www.b-books.co.kr

www.b-books.co.kr

그대는 나를 좋아한다

그대는 나를 좋아한다

최윤서 장편 소설

목차

나는 그대를

"하아."

쏟아지는 신음을 참으며 도하는 주먹을 그러쥐었다.

바로 앞에 그녀가 있었다. 체온이 느껴질 만큼 가까운 거리에서, 등을 보이고 선 채. 교탁에 선 도하의 품 안으로 예고도 없이 들어와 노트북을 만지던 솔의 뒷모습을, 가녀린 목덜미를 그는 결국 참지 못했다.

덥석, 마우스를 잡고 있던 솔의 작은 손을 잡아 쥐고, 다른 한 손으론 그녀의 얇은 허리를 당겨 안았다. 놀랐는지 짧은 신음을 흘리며 고개를 돌리는 솔의 입술을 틀어막고 와락, 끝까지 끌어안았다.

세게. 더 세게.

봉긋한 엉덩이 사이로 중심을 밀어붙이고 뽀얀 목덜미를 집어삼켰다. 깨물면 터질 것처럼 여린 살결을 입술 새에 가두고 부드럽게 쓸어 보았다. 형언할 수 없이 보드라운 촉감에 혀가 절로 거칠어졌다. 동그랗게 굴려 핥다가 후욱, 단숨에 빨아들이니 솔의 몸이 농밀하게 비틀렸다.

그 작은 움직임이 도하를 더욱 미치게 만들었다.

7

결국 참지 못한 도하가 솔의 골반을 움켜잡고 그녀의 치마 아래, 얇은 팬티 한 장을 찢고 들어갈 기세로 페니스를 처박았다. 선단에서 흘러내린 액체에 이미 제 속옷은 엉망이 된 것 같았다. 더는 견딜 수가 없었다.

이곳이 대학, 강의실만 아니었다면.

마음 같아선 당장이라도 거추장스러운 옷들을 벗어 버리고 솔의 안으로 들어가고 싶었다. 도하는 타오르는 갈증을 억누르듯 그녀의 목덜미를 짓씹고 또 짓씹으며 정신없이 손을 추켜올렸다. 골반에서부터 빠르게 밀어 올린 손이 주저 없이 블라우스의 단추를 풀어 헤치고 속옷까지 파고들어 갔다.

브래지어 밖으로 빠져나온 여린 살덩이를 힘껏 움켜쥐자 자지러지는 신음이 귓가에 쑤시듯 박혔다. 속옷의 레이스를 찢어 내듯 젖힌 그가 기어이 정점을 찾아내고 무방비 상태가 된 가슴을 양손으로 휘어잡았다.

그런데 그 순간, 도하의 단단한 손이 바르르 떨리다 차게 굳고 말았다. 높게 터지는 신음과 함께 솔이 무너지듯 교탁을 움켜잡은 바로 그 순간, 보고 만 것이다.

상흔. 여린 손목에 선명히 그어져 있는 두 줄의 상흔을.

……온몸에서 힘이 빠진 그때 챙, 날카로운 마찰 소리와 함께 품 안에 있던 그녀가 깨어져 버렸다. 산산조각 나 버렸다.

유리처럼. 환상처럼.

"하아!"

숨이 막힐 듯한 느낌에 거친 신음을 터뜨린 도하는 번쩍 눈을 떴다.

낯선 천장, 낯선 매트리스, 낯선 벽지가 그를 감싸고 있었다. 그제야 도하는 자신이 단기 계약 한 오피스텔에 입주했었다는 걸 깨닫고 몸을 일으켰다.

그가 지금 무슨 꿈을 꾸었는지 깨닫는 데는 한참이 걸렸다. 그러나 그게 무엇을 의미하는지 깨닫는 데는, 단 1초도 걸리지 않았다. 사실 4년 전 그때부터 셀 수 없이 많은 밤, 그를 짓이겨 왔던 꿈이었으므로.

'하지 마세요, 그런 장난.'

아니었다. 그런 게.

그때는 답하지 못했지만 이제는 분명해져 버렸다. 더는 부인할 수 없었다.

나는 너를 안고 싶어 한다.

나조차도 믿을 수 없는 더럽고 한심한 인간이 되어서라도.

나는 너를,

나는 너를 온통,

"미친 거네, 강도하."

갖고 싶어 한다.

1

그대는 나를 보고 있을까?

그 남자다.

복숭아 아이스티를 움켜잡는 솔의 손이 떨렸다.

"아이스 아메리카노 한 잔이요."

늘 그랬듯 낮고 울림 있는 목소리가 귓가를 울렸고, 머지않아 쿵쿵 심장 소리 같은 발소리가 옆쪽으로 다가왔다. 털썩. 그가 자리에 앉는 소리가 들린다. 스윽. 재킷을 벗는 소리도.

"하아."

어느새 5월이 끝나 가고 있었다. 산뜻한 벚꽃이 지고 짙은 녹음이 시작되는 계절. 재킷이 조금 더울 만도 하지만, 그래도 더워서 뱉은 한숨이라기엔 너무 깊다. 눈을 지그시 내리깔고 있는 것을 보니 약간 지쳐 보이기도 한다.

혹시 무슨 힘든 일이라도 있었던 걸까.

"아이스 아메리카노 한 잔 나왔습니다."

늘어진 옷처럼 등받이에 기대어 있던 그가 직원의 목소리에 자리에서 일어섰다. 뚜벅, 뚜벅. 다시 정갈한 발소리가 귓가를 울렸다.

"감사합니다."

여지없이 담백한 목소리도.

"〈프라하에서〉 입장 15분 전입니다!"

그때, 카페 밖에서 영화관 스태프의 안내 음성이 들렸다. 솔은 이제 막 커피를 받은 그가 조급한 마음에 제대로 마시지도 못할까 신경이 쓰여서 한 번 더 훔쳐보았다. 하지만 그는 조급해하기는커녕 15분이나 남았냐는 듯 다시 의자에 등을 기대고 앉아서 빨대를 입에 물었다.

옅은 적색의 건조한 입술. 솔은 그새 남자의 입술을 훔쳐본 자신이 음흉하게 느껴져 얼른 시선을 거두고 책에 고개를 박았다.

벌써 한 달째. 같은 패턴이었다. 솔은 적어도 일주일에 한 번 이상은 그를 만났다. 이곳, 시네하우스에서.

시네하우스는 예술 영화 전용 극장으로, 한 개의 상영관과 오픈형 카페, 갤러리로 이루어져 있는 복합 극장이었다. 본래 서울만 해도 종로, 명동, 광화문 등 곳곳에 있었는데 재정난을 이유로 하나씩 폐관해서 지금은 이곳 역삼점이 유일했다.

여기 또한 언제 폐관될지 모르지만.

"〈프라하에서〉 입장 시작하겠습니다!"

대기 중인 관객이래야 솔과 남자, 그리고 복도의 여자 둘뿐이었는데 직원의 목소리는 우렁찼다. 솔은 자리에서 일어나 반 정도 남은 아이스티를 카페 직원에게 넘겨주고 나왔다. 예술 영화관은 상영관에 스낵이나 음료를 들고 들어갈 수 없기 때문이다.

그는 다 마셨을까? 너무 급하게 마시느라 가슴이 차가워지지는 않았을까?

"감사합니다."

고개만 까딱하고 나온 솔이 무안할 정도로 남자는 가벼우면서도 정중

한 인사를 하고 나왔다.

참, 인사성도 밝지.

솔은 슬쩍 새어 나오는 미소를 숨기며 표를 들고 직원에게 향했다. 등 뒤로 남자의 존재가 느껴졌다. 은은한 투베로즈 향. 달달한 듯하면서도 코끝이 아릿해지는 남자의 향이었다.

쿵쾅쿵쾅. 이놈의 심장은 또 변태처럼 두근거린다. 고작 향기 하나만 으로 그는 솔의 사위를 완전히 지배해 버렸다.

"즐거운 관람 되세요."

매일 저녁 8시 30분. 솔은 시네하우스를 찾아 8시 50분 영화를 보았다.

그 영화가 무엇이든 상관없었다. 영화 제작자인 엄마 윤정의 영향 때 문인지 어릴 때부터 영화를 좋아했던 솔은 음식은 가려 먹어도 영화는 가려 보지 않았다. 모든 장르의 영화를 사랑했다. 영화의 좋고 나쁨은 별개의 문제였다. 하루 일과의 마무리는 꼭 영화였다. 시네하우스에서 영화를 보고 집에 들어간 후에는 꼭 제일 좋아하는 평론가의 블로그에 들어가 리뷰를 읽으며 잠이 들었다.

남자도 마찬가지로 영화를 좋아하는 듯했다. 매일 오는 솔과 다르게 일주일에 한두 번만 온다는 것이 차이였지만. 그마저도 언제 올지는 알 수 없었다.

이런 걸 두고 복불복이라고 하는 건가?

그가 오면 행운처럼 반가웠고, 아닌 날은 아쉬웠다. 그래도 그 역시 항상 8시 50분 영화를 본다는 것만으로도 감사했다. 다른 시간대의 영 화를 보면 같은 날 영화관을 찾아도 만나지 못할 수 있었으니까.

언제부턴가 그랬다. 그를 마주치는 것이 하나의 낙이 되었다. 얼굴밖 에 모르는 그를. 이름도, 나이도, 직업도, 사는 곳도, 아무것도 모르는 그를.

그새 정이라도 든 건지 자꾸 신경이 쓰였고 그의 정갈하고 묵직한 분위기가 점점 더 좋아졌다. 날카로운 듯 잘생긴 외모도, 책을 볼 때의 깊이 있는 눈동자도, 그리고 무엇보다……

착각일지 모르지만 그녀를 묘하게 의식하는 듯한 느낌도.

"……!"

그때, 솔의 심장이 덜컹, 흔들리더니 순식간에 아래로 곤두박질쳤다.

'왜…… 여기에?'

늘 맨 왼쪽 자리에 앉던 그가, 오늘은 가운데 자리에 앉은 것이다. 솔이 항상 앉는 자리에서 한 칸 떨어진 자리였다. 분명히 하나의 자리가 그들 사이에 놓여 있었지만, 솔은 그가 바로 옆에 앉은 것처럼 심장이 쿵쾅쿵쾅 뛰어서 미칠 것 같았다.

한 달 동안 한 번도 가장자리를 벗어난 적이 없던 그였다. 관객은 그들 포함 오직 넷뿐이고 다른 두 명의 여자는 앞쪽에 있었기에 자리가 없는 것도 아니었다.

그런데, 대체 왜?

순수하게 왼쪽 자리가 불편하거나 아무 생각 없이 오늘은 가운데서 보고 싶은 마음에 옮긴 것일 수도 있었다. 아니, 그럴 확률이 제일 컸다. 그런데도 가슴이 벌렁거리는 이유는 방금 마신 복숭아 아이스티가 너무 차갑기 때문이리라.

솔은 어떻게든 자기 자신을 안정시키려 노력하며 마른침을 꼴깍 삼켰다.

"……"

숨을 쉬면 들릴 것 같다. 고요한 정적과 함께 살을 에는 떨림이 솔을 감쌌다.

그는 아까처럼 등받이에 등을 푸욱 기대고 편안하게 앉아 있었는데, 솔은 허리를 꼿꼿이 세우고 앉아 미동도 하지 못했다.

정신을 차렸을 때 영화는 이미 한참이나 진행된 후였다.

솔은 어둠을 방패 삼아 그를 훔쳐보고 싶은 마음을 꾹 누르고 스크린만 응시했다. 옆자리인 만큼 고개를 조금만 돌려도 티가 날 것 같아서였다.

심장에 자그마한 개미가 기어 다니는 기분. 불쾌하면서도 간질거리는 기분. 솔은 한동안 그 기분에서 헤어 나오지 못했다.

○ ◎ ●

혹시 불편하려나? 그래도 어쩔 수 없다. 이미 저질러 버렸으니.

그녀는 체육 교과서에나 나올 법한 정자세로 앉아 있었다. 덕분에 시야가 조금 더 뒤에 있던 도하는 그녀를 마음 편히 바라볼 수 있었다.

어깨선에서 조금 더 내려오는 천연 갈색 머리. 하얀 블라우스에 네이비색 치마바지. 곧게 모은 두 발. 그리고…… 수수한 바디 워시 향기.

피식. 다문 입술 새로 한 줄기 바람이 새어 나온다. 이제 보는 것만으로도 웃음이 났다. 기분 좋은 웃음이었다. 빡빡했던 오늘 하루가 증발되어 버리는 것만 같은 시원함에서 나온 웃음. 그래도 그녀 앞에서는 표정 관리를 제법 잘한 편이다. 도하는 일부러라도 그녀 앞에서 웃지 않으려고 노력했다.

첫 만남 때의 영향이었다.

'왜?'

한 달 전, 시네하우스 카페에서 처음 만난 그녀는 남자와 함께 있었다. 한눈에 봐도 어린 티가 나는 둘이었다. 스무 살? 스물한 살? 갓 새내기가 된 것 같은 대학생들이 심각한 표정으로 마주 보고 앉아 있는 것이 재미있어서 도하는 대놓고 지켜보고 있었다.

'이유가 뭔데?'

헤어지자고 하는 남자에게 그녀는 이유를 물었다. 진부한 드라마 속의 한 장면 같았다.

'네가 너무 부담스러워.'

남자는 그렇게 말했던 것 같다.

'내가 왜?'

'너무 주기만 하잖아.'

웃음이 났다. 어린아이들이 그런 대화를 하는 것도 재미있었지만, 다른 것도 아니고 주기만 하는 게 이유라니, 보나 마나 다른 여자가 생겨 핑계를 대는 거라고 생각했다.

'그럼 너도 주면 되잖아.'

한참 만에 그녀가 뱉은 말이었다. 남자와 너, 너 하는 것을 봐서 둘은 동갑인 것 같았는데 이상하게 그때 이질감이 들었다. 그녀가 노안이라는 게 아니라, 분위기가 그랬다. 어린 외모에 비해 그녀는 왠지 깊어 보였다.

'내가 주는 게 버거우면 너도……'

'주고 싶지 않아.'

확실히 일반적인 대화는 아니었다. 니가 싫어져서, 다른 여자가 생겨서, 혹은 니가 곤약 같아서 등. TV 드라마의 뜨거운 한 장면을 기대했던 도하는 김이 새는 한편 묘하게 흥미가 생겼다. 그래서 아이스 아메리카노 한 잔을 벌써 다 마신 것도 잊고 계속해서 빨대를 빨며 본격적으로 그들의 이별을 시청했다.

'왜?'

'너를 사랑하지 않으니까.'

또 짧은 웃음이 샜다.

그래, 사랑이란 말은 모를수록 더 쉬운 법이니까.

'그러니까, 너를 위해서도……'

'알겠어.'

뒤늦게 이어지려는 남자의 구구절절한 포장을 여자는 용납지 않았다.

'그렇게 싫은데, 3년이나 어떻게 참았어?'

그저 짧은 웃음을 흘리고.

'조금 더 일찍 말해 줬으면 좋았겠지만.'

앞에 놓인 복숭아 아이스티를 쪽쪽 빨아들이며, 좀 전보다 가볍고 따뜻해진 목소리로 말했다.

'지금이라도 말해 줘서 고마워.'

그러자 남자는 마음이 조금 약해졌는지 그윽한 눈길로 여자를 보았다. 금세 눈물이 차오를 것만 같은 모양새였다.

아무리 어리다지만 3년이라면 그래, 그럴 만도 하겠다.

도하도 다시 엷은 웃음을 지으며 얼음만 남은 컵을 툭 내려놓았을 때였다.

'너한테 더 주지 않게 해 줘서.'

여자의 잔잔한 목소리가 맑은 호숫가의 물비늘처럼 일렁였다.

'이제 아무에게도 더 주지 않게 해 줘서.'

'……'

'더는 바보가 되지 않게 해 줘서.'

도하의 손이 멈칫했다.

'잘 가.'

여자의 인사를 마지막으로, 한참을 망설이던 남자가 떠났다. 여자는 푸욱 고개를 숙였다.

앞에서는 괜찮은 척하더니 뒤에서 울려는 건가.

안쓰러운 마음도 들었지만, 애들 연애에는 이제 관심 끄자는 생각으로 휴대폰에 시선을 꽂았다. 저녁 8시 45분. 영화가 상영되기까지는 아직 5분이 남아 있었고. 그리고…….

저들이 이별한 시간은 15분이었다.

툭.

그때, 고개를 숙이고 있는 여자가 안쓰러웠는지 직원이 티슈 몇 장을 테이블 위에 놓고 카운터로 돌아갔다.

하, 저건 또 무슨 오지랖인가 싶어 실소가 났다. 같은 또래라고 공감해 주는 건가?

그런데.

"……!"

마주쳤다.

제 앞에 놓인 티슈를 보고 고개를 든 여자가 딱딱하게 굳은 눈으로 도하를 보고 있었다.

'나…… 아닌데.'

그런 말을 하는 것도 애매한 순간이었다. 그녀가 티슈를 구길 듯 움켜쥐고 벌떡, 일어나더니 성큼성큼 다가왔다.

타악.

테이블에 티슈를 소리 나게 내려놓은 그녀는 무덤덤한 듯 건조한 눈동자로, 그러나 다분히 화가 난 어조로 말했다.

'성의는 감사하지만. 저는 울지 않으니까.'

눈물이라곤 한 방울도 찾아볼 수 없는 메마른 눈동자.

'그쪽도 웃지 마세요.'

그 눈동자가 뇌리에 박혔다.

'저기.'

뒤늦게 해명을 해 보려 했지만 그녀는 눈 깜짝할 새 상영관 안으로 들어가 버렸고, 타이밍을 놓친 도하는 더 이상 아무 말도 하지 못했다.

그래서였다. 그날 이후 매주 한 번씩은 영화관에서 꼭 마주치고 같은 시간, 같은 줄에서 영화를 보았음에도 그녀에게 다가가지도, 마음껏 미소 짓지도 못한 것은.

의도치 않게 내 미소가 네 아픔의 일부가 돼 버렸으니까. 혹여나 내 경솔함이 네가 원치 않는 기억을 불러올지도 모르니까.

— 그럴 때마다, 저는 이렇게 주문을 외워요.

물끄러미 그녀를 바라보고 있던 도하의 귓가에 스크린 속 여배우의 목소리가 내려앉았다.

— 나는 그대를 좋아한다. 그리고…….

달콤한 듯 차가운 목소리. 그녀를 닮은 목소리였다.

— 그대도 나를 좋아한다.

도하의 눈동자가 잠시 흔들렸다. 동시에 미동도 없던 그녀의 손가락이 약간 움직이는 게 보였다. 공기 중에 떠도는 것은 차가운 적막이 전부인데 그 손짓 하나에 몸이 뜨거워지는 것은 이제 산뜻한 벚꽃이 지고 짙은 녹음이 오고 있기 때문일 것이다.

— 그대는 나를 좋아한다.

짙은, 너무도 짙은.

— 그대는 나를 좋아한다.

너라는 계절의 녹음이.

○ ◎ ●

그로부터 한 달이 지난, 6월의 어느 날이었다.

평소보다 조금 일찍 영화관에 도착한 도하가 텅 빈 카페를 보며 왠지 모를 초조함을 느끼고 있을 때. 차분한 발소리가 심장을 울렸다. 그녀라는 확신이 들었기 때문에 도하는 오히려 고개를 들 수가 없었다. 때마침 드르르르, 휴대폰 진동이 울렸다. 타이밍 좋게 걸려 온 팀장의 전화였다.

"네, 팀장님."

일을 하는 척 노트북을 두드리며 시선을 들던 도하가 흠칫 굳었다.

베이지색 민소매 플라워 원피스에 살구색 구두. 그리고 리본 모양의 핀으로 살짝 잡은 반묶음 머리.

아. 예쁘다.

그녀는 평소에도 잘 차려입긴 했지만 원피스를 입은 모습은 처음이었다. 잘 잡힌 원피스의 라인은 적당한 굴곡이 있는 그녀의 몸매를 고스란히 드러내 주었고, 무릎을 살짝 웃도는 길이는 단정한 듯 관능적인 느낌을 주었다. 이런 느낌을 받는다는 것 자체가 왠지 죄의식이 들어 얼른 시선을 돌려 보지만.

"금방…… 마무리해서…… 보내겠습니다."

말마디 사이사이에 공백이 생긴다. 긴장으로 일렁이는 목울대를 들킨 것 같다.

도하는 아이스 아메리카노를 벌컥벌컥 들이켜며 일에 집중하는 척했다. 하지만 화면은 백지상태에서 더 나아가지를 못했다.

너에겐 오늘 하루 무슨 일이 있었을까? 혹시 소개팅이라도 하고 온건가? 그렇다면 어떡하지? 더 늦기 전에, 오늘은 다가가 볼까?

별의별 생각들에 잠겨 있던 그때, 그녀가 복숭아 아이스티를 받아 들고 그의 옆쪽으로 다가왔다. 상영관에서와 마찬가지로 한 자리를 띄워놓은 옆 옆 자리.

기회다. 지금이 아니면 할 수 없다. 상영관에 들어가면 정숙해야 하니 말 붙이기가 더 어려워진다.

도하는 옅은 숨을 길게 뺐었다. 마음을 먹었더니 그렇잖아도 두근거리던 심장이 배로 뛰는 기분이었다. 사실 상영관에서 자리를 옮기는 용기를 냈던 후로, 도하는 그녀에게 조금 더 가까이 다가가 보기 위해 나름의 노력을 기울였다.

'안녕하세요.'

뜬금없이 그간 안 하던 인사를 건네 보기도 했고.

'오늘 영화는 뭐예요?'

시간표가 극장 입구에 빤히 붙어 있음에도 못 본 척 물어보기도 했고.

'추우시면 이거라도 입으실래요?'

영화를 보면서 오들오들 떠는 그녀에게 미친 척 재킷을 건네 보기도 했다. 하지만 돌아오는 대답은 늘.

'안녕하세요.'

'〈중경삼림〉이요.'

'아, 감사합니다.'

단답 그 자체. 조금의 수식어도 덧붙이지 않았고, 다른 무언가를 물어오지도 않았다. 아무 의미 없는 스몰토크. 그 이상도 이하도 아닌.

고백의 성공 여부에도 확률이 있다면 거절당할 확률이 99.9프로는 되어 보였다. 그러나 절망도 잠시, 도하는 그런 생각을 하는 스스로가 우스워서 실소가 났다.

내가? 다른 사람도 아니고 정말 내가?

믿기 어려웠지만 처음이었다. 이런 사소한 감정 때문에 고민하고 걱정하고 흔들리는 자신을 보는 것이. 이전까지 도하에게 '사소한 감정'이란 호르몬 이상에 지나지 않았으니까.

"저……."

그러나 어쩔 수 없었다.

"저기요."

천하의 강도하도 정체불명의 거대한 호르몬 앞에서는 속수무책이었다.

"미안, 너무 늦었지?"

낯선 남자의 목소리가 갑자기 끼어들기 전까지는.

"차가 막혀서. 그래도 다행히 안 늦었네."

그녀는 땀에 젖은 셔츠를 펄럭이며 제 앞에 앉는 남자를 보곤 애써 웃음 지었다.

"아, 잠시만요."

그러곤 상당히 난감한 표정으로 도하를 돌아보았다.

"무슨 일로……."

"아."

너무 갑자기 닥친 상황. 그것도 예기치 못한 상황. 말문이 막힌 도하는 빠르게 머리를 굴려 보았지만, 웬만한 스몰토크는 다 써 버린 상황이라 곧장 해야 할 말이 떠오르지도 않았다. 와중에 그녀의 앞에 앉은 남자는 무슨 일이냐는 듯, 경계심 가득한 눈초리로 그를 보고 있었다.

"여기 와이파이 비밀번호가 뭐였죠?"

한참 만에 생각해 낸 게 고작 와이파이라니. 내가 이렇게 찌질한 남자였던가?

목부터 시뻘겋게 달아오르는 것을 애써 감추며 도하는 빙긋, 사무적인 미소를 띠어 보였다.

"거기 영수증 밑에 쓰여 있을 거예요."

그녀는 무표정한 얼굴로 답하곤 재빨리 고개를 돌렸다. 더는 말 걸지 말라는 무언의 압박 같았다. 와이파이 비밀번호는 직원에게 물어야지 왜 나한테 묻느냐고 따지지 않은 것이 다행일지도 몰랐다.

정말이지 최악의 순간이다. 30년 인생에 이런 수치는 한 번도 겪어 본 적 없었다. 강도하에게 연애라는 건 계절 같은 것이었으니까. 내 의지와 상관없이 때가 되면 찾아오는. 그리고 적당한 시기에 바뀌는.

그는 일평생 단 한 번도 누군가를 간절하게 원해 본 적 없었다. 처음 사귄 사람은 있어도 '첫사랑'은 없었다. 굳이 따지자면 먼저 신경 쓰이고, 먼저 설레고, 먼저 애가 닳아 미칠 것 같았던 근 두 달이 첫사랑 같은 심정이었다. 그런데, 그런 그녀에게 남자가 있었다니.

그렇잖아도 처음 겪어 보는 감정에 그녀에게 어떻게 다가가야 할지 모르고 있었던 도하의 눈앞에 새카만 암전이 닥쳐 버린 것 같았다.

"〈냉정과 열정 사이〉 입장 시작하겠습니다!"

그녀와 남자가 먼저 일어났다. 손을 잡지 않는 것으로 봐서 아직 연인은 아닌 것 같은데, 그렇다고 아무 사이가 아닌 것 같지도 않았다. 종종 도하에게 닿는 남자의 눈빛이 서늘했으니까.

'뭘 봐?'

도하도 짙은 눈썹을 모으며 그를 쏘아보았다. 전 남자 친구보다 외모나 분위기가 더 성숙해 보이긴 했지만 그래도 도하보다는 한참 어려 보였는데 경계하는 듯 힐긋거리는 게 같잖았다. 자신보다 잘생긴 것 같지도 않았다.

왜, 그런데 왜.

태어나 처음 자존심이란 것에 상처를 입어 본 도하는 허탈한 실소를 흘렸다. 이런 마음으로는 도저히 영화를 볼 수 없을 것 같아 하던 일을 마무리하고 노트북을 챙겨 일어섰다. 어디로든 도망쳐야 했던 그때, 타이밍을 아는 팀장님이 절묘하게 또 전화를 걸어 주었다.

"네, 팀장님. 지금 가겠습니다."

— 뭔 소리야? 원고를 보내라니까 왜 니가……

뚝.

전화를 끊은 도하는 그녀가 줄을 선 상영관 앞에서 몸을 꺾었다. 찰나지만 그녀가 돌아보았고, 눈이 마주쳤다.

'왜……'

도하의 걸음이 멈칫했다.

낯설었다. 그런 눈빛. 그런 표정. 항상 벽을 치듯 차갑고 딱딱한 표정으로 일관하던 그녀가 그 순간에는 심해의 적막처럼 무거운 눈동자로 그를 보고 있었다.

너무 깊고, 고요하다.

그녀는 제 어깨에 팔을 올리는 남자 때문에 금방 등을 돌려 상영관으로 들어갔지만 혼자 남은 도하는 그 자리에서 한동안 붙박인 듯 움직이지 못했다. 심장이 그녀의 무거운 눈동자를 이고 있는 것처럼 천천히, 천천히, 가라앉는다.

마치.

이별, 한 것처럼.

○ ◎ ●

"왜 그래? 어디 안 좋아?"

영화를 보는 도중 진석이 속삭이듯 물어 왔다.

"아무것도 아니에요."

솔은 몸을 약간 떨어뜨리며 엷게 웃었다.

하필이면 오늘. 하필이면.

급한 일이라도 생긴 듯 영화도 보지 않고 떠나 버린 그의 뒷모습이 계속 떠올랐다. 이미 스크린은 온통 그의 모습으로 채워져 있어서 영화는 눈에 들어오지도 않았다.

'저기요'

처음이었다. 그런 말은. 항상 가볍게 인사만 하거나 용건부터 툭 꺼내놓고 마는 그였는데. 오늘은 그녀를 불렀다.

이솔이라는 사람을.

'여기 와이파이 비밀번호가 뭐였죠?'

정말 궁금한 게 그것이었을까. 이상하게 아닌 것 같은 느낌이 들었다. 진석이 왔을 때 당황하던 표정과 짧은 적막이 잊히지가 않았다.

그 사람, 정말 무슨 말을 하려고 했을까?

"후우."

나지막한 숨이 새어 나왔다. 진석은 눈치채지 못하고 다시 영화에 빠져 있었다. 미소 짓고 있는 그의 얼굴이 원망스러웠다.

진석을 여기서 만난 것은 예정되어 있던 일이 아니었다. 경영학부생인 솔은 영화영상학과 선배인 진석과 같은 영화 동아리였고, 진석의 추천으로 영화과 전공인 〈서양 영화 분석〉이라는 수업을 듣고 있었다.

그런데 수업에서 기말고사 대체로 〈냉정과 열정 사이〉 영화의 감상문을 제출하라는 과제를 내 주었고, 혹시나 싶어 시네하우스의 시간표를 살펴보았는데, 운 좋게도 상영이 잡혀 있었다. 솔은 곧바로 영화를 예매했다.

만약 와 준다면. 와 주기만 한다면.

'이번엔 꼭…… 말해야지.'

이번이 마음 편히 시네하우스를 올 수 있는 마지막 날이기도 했다.

1학년 1학기를 마친 솔은 돌아오는 금요일에 이사가 잡혀 있었다. 정확히 말해서는 '독립'이었다. 역삼동 본가에서 부모님과 함께 살던 솔은 1학기만 마치고 학교가 있는 상계동으로 독립하기로 했었고 바로 들어갈 수 있게 준비를 다 마쳐 놓은 상태였다.

물론 이사를 간다고 해도 시네하우스는 얼마든지 찾아올 수 있었지만, 집에서 코앞이었던 전과 다르게 전철로 장거리 이동을 해야 해서 자주 오기는 힘들 것 같았다. 더구나 생활비는 스스로 벌겠다고 선언한 터라 방학 내내 아르바이트도 해야 했다. 만일 아르바이트가 평일 저녁으로 잡히면 그를 볼 수 있는 확률은 더 적어졌다.

'저…… 저는…… 아니야.'

'저는 이솔이라고 해요. 이것도 아닌데.'

'저 실례가 안 된다면……. 아, 어떡하지.'

그래서 솔은 오늘을 결전의 날로 잡았다.

안 입던 원피스를 사서 입고, 제일 아끼던 구두도 신고, 좀 과하다 싶을 정도로 큰 리본 머리핀으로 반묶음도 해 봤다. 평소에는 가볍게만 하던 화장에도 심혈을 기울였다. '한 듯 안 한 듯 내추럴 메이크업'을 인터넷에서 얼마나 뒤져 봤는지 모른다.

그런데 준비를 끝내고 막 집에서 출발했을 때 진석에게서 전화가 왔다.

─ 솔아, 너 오늘 〈냉정과 열정 사이〉 본다고 했지? 어디서 보는 거야?

'시네하우스요. 왜요?'

─ 아, 그래? 나 안 그래도 그 근방인데 괜찮으면 같이 봐도 될까? 오늘이 마감일인데 미루다 미루다 아직도 못 봤거든.

'아……'

난감하기 그지없었다. 다른 것도 아니고 기말고사 대체 과제인 데다가, 솔이 시네하우스에 전세를 낸 것도 아니었기에 그가 오든 말든 상관할 수가 없었다.

'그……렇게 하세요.'

다만 제발 '친한 척'은 하지 않기를 바랐건만. 그는 오자마자 함박 미소를 지으며 남자 친구처럼 다정하게 말을 건네 오는 것이 아닌가.

이럴 줄 알았으면 진석이 오기 전에 그에게 말을 건넸어야 하는데. 하필이면 오늘 꾸미는 것에 신경을 쓰느라 평소보다 늦어 버렸고, 진석이 생각보다 일찍 와서 말을 건넬 타이밍조차 없었다.

꼭 하고 싶은 말이 있었는데.

꼭 묻고 싶은 말이 있었는데.

"선배, 죄송해요."

"응?"

"저 일이 생겨서 먼저 나가 볼게요. 잘 보고 가세요."

결국 솔은 영화 상영 도중 자리를 박차고 나와 버렸다. 벌써 30분은 진행된 후였기에 그는 이미 떠나고 없겠지만, 왠지 오늘이 아니면 만나기 힘들 것 같은 불안감에 시네하우스 근방을 뒤지고 또 뒤졌다.

여기 어디 있을 거 같은데. 제발 어디 있었으면 좋겠는데.

사거리에는 수많은 사람들이 오가고 있었지만 아무리 찾아도 그의 모습은 보이지 않았다. 어떤 카페에도, 어떤 영화관에도, 어떤 음식점에도, 그는 없었다.

그리고 그때.

'안녕하세요.'

그럴 리는 없겠지만.

'오늘 영화는 뭐예요?'

어쩌면 그도, 같은 마음이지는 않았을까.

'추우시면 이거라도 입으실래요?'

한 번도 가져 본 적 없는 불가능한 희망이 뜬금없이 차올라서.

'저기요.'

얼마 되지도 않는 그 문장들이 눈물처럼 차올라서.

― 그대는 나를 좋아한다.

숨이 턱― 막혀 버렸다.

마치.

이별, 한 것처럼.

○ ◎ ●

불안감은 현실이 되었다.

그날 이후 솔은 그를 만나지 못했다. 다음 날도, 그다음 날도 시네하우스를 찾았지만 그는 다른 일정이 있는지 오지 않았고, 그다음 날은 솔이 이사를 했다. 주말에는 친한 친구의 생일 기념으로 여행을 다녀와서 들를 수 없었고, 그다음 주 월요일에는…….

「임대차 계약 만료로 폐관합니다. 그동안 많은 사랑을 주셔서 감사합니다.
　　　　　　　　　　　　　　　　　　　　　　　— 시네하우스」

시네하우스가 떠나 버렸다.

더 이상 우연히도 만날 수 없게 된 것이다. 혹시나 싶어 가끔 시네하우스 건물의 카페나 음식점을 들러 보긴 했지만 소용없었다. 그런 스스로가 헛된 것에 집착하는 바보처럼 느껴지기도 했다. 생각해 보면 정말 아무것도 없던 사이였으니까.

그냥, 스치는 인연 같은 거였으니까.

「영화 〈냉정과 열정 사이〉의 키워드는 '운명적 사랑'이 아니다. '복원'과 '재생'이다.」

뒤늦게 감상문을 제출한 솔은 늘 그랬듯 가장 좋아하는 평론가의 블로그에서 리뷰를 읽으며 생각을 정리했다.

「영화의 말미, 절대 복원이 불가능할 것만 같던 작품을 새로이 탄생시키는 준세이의 모습은 '사랑도 얼마든지 재생이 가능하다'는 희망적 메시지를 선사한다. 여기서 주목할 것은 그 재생이라는 것이 얼마나 섬세하고도 끈질긴 노력을 기반으로 하는가…….」

그런데 왜일까.

「준세이가 기적이라고 생각했던 피렌체의 공연이 실은 아오이가 부탁한 공연이었다는 것, 아오이가 포기한 사랑을 준세이가 끝까지 잡아 내는 엔딩은 적극적인 행동력의 단적인 예로…….」

그를 찾지 못했을 때도, 시네하우스가 폐관했을 때도, 그를 체념했을 때도 나지 않던 눈물이 지금에야 흐르는 것은.

「언뜻 '운명적 사랑'을 말하는 것 같은 이 작품은, 사실 두 남녀의 처절하고도 치열한 '노력형 사랑'을 말하는 것이다.」

그래, 내가 한 번이라도 노력했다면.

「― S무비, 강도하」

나는 그 말을 할 수 있었을까?
'저…… 제 이름은, 이솔이에요.'
그리고 알게 될 수 있었을까?
'그쪽 이름은…… 뭐예요?'
당신의 이름. 그리고 당신이라는 사람을.

2

그대는 나를 기억할까?

4년 후.

"쏠!"

자그마한 발로 새하얀 눈을 걷어 내고 있던 솔이 익숙한 목소리에 뒤를 돌아보았다.

멀리서 여진이 해사하게 웃으며 뛰어오고 있었다.

"성공했어?"

"너는?"

2월 15일 오늘은 대망의 수강 신청이 있는 날. 각기 다른 컴퓨터실에서 수강 신청을 한 솔과 여진은 경영관 앞에서 만나 서로의 안부를 물었다.

"나는 한 개 빼곤 다. 그래도 그건 그냥 끼워 넣은 거라 바꾸면 돼."

여진이 먼저 쾌활한 어조로 말했다. 어쩐지 함박 미소를 띠고 오더니, 솔도 기분 좋게 웃으며 답했다.

"나는 두 개 실패했는데 괜찮아. 제일 중요한 걸 성공했으니까."

"뭐? 〈영화와 문화〉?"

"응. 대기 1번 떠서 걱정했는데 5분 만에 빠져서. 천만다행이야."

솔이 가슴을 쓸어내리며 후련한 미소를 지었다.

이번 4학년 1학기를 마지막으로 조기 졸업을 생각하고 있는 솔은 수강 신청이 어느 때보다 중요했지만 〈영화와 문화〉 한 과목을 무사히 신청했다는 사실만으로도 행복했다.

"그렇게 좋아하더니. 드디어 강도하 실물 보겠네?"

이유는 오직 하나, 강도하.

고등학교 1학년 때부터 솔의 정신적 지주나 마찬가지였던 평론가 강도하가 맡은 수업이었기 때문이다.

원래 도하는 솔이 다니는 S대 교수가 아니었다. S대는 물론 어떤 학교에서도 강의를 한 적이 없었다. 그게 어디 강의뿐이랴. 서른 살 때 이미 '대한민국에서 가장 신뢰도 높은 평론가 1위'로 꼽힌 그는 이후 라디오, TV 프로그램, 인터넷 방송 등 온갖 매체에서 섭외를 받았지만 다방면에서 활동하며 이름을 날리는 다른 평론가들과 다르게 집필 외에는 어떤 활동도 하지 않았다. 본업인 〈S무비〉 기자와 블로거, 교양서적 작가로만 활동할 뿐이었다.

그는 오직 글로써만 자신을 드러냈고, 기사나 책에 사진을 싣지도 않았다. 그래서 영화계 관계자가 아니고서야 그의 얼굴을 알 수는 없었다. 그랬던 그가 무슨 일인지 갑자기 S대 초빙 교수로 등장한 것이다. 그것도, 마침 솔의 마지막 학기에.

이게 운명이 아니면 무얼까?

"강도하, 대머리 아저씨라는 말도 있던데. 그래도 좋을 것 같아?"

여진이 쿡쿡 웃으며 솔을 놀리듯 물었다.

"대머리 아저씨건 백발의 할아버지건 뭐 어때? 난 그 사람의 글이 좋은 건데."

아니, 실은 그 사람 자체가 좋았다. 남자가 아니라 사람으로서.

무려 7년 동안 토씨 하나까지 덕질한 결과, 그의 사고방식과 가치관, 삶에 대한 태도까지 알게 되었고 그것들이 솔에게 많은 교훈과 위안을 주었기 때문이다.

"직접 만날 수 있다는 것만으로도 영광이야."

이제 그 멋진 사람의 마음을 글이 아닌 말로 들을 수 있다니. 마음이 벅차고도 남았다.

"호는 성공했을까? 왜 이렇게 안 나오지? 우리가 가 보자."

그런데. 행복에 겨운 미소를 좀처럼 감추지 못했던 그때.

"솔?"

멀거니 한곳을 보고 있던 솔이 흠칫 놀라며 여진을 보았다.

"가자니까 뭐 해?"

"……어, 어."

아니다. 그럴 리가 없다. 또 쓸데없는 주책이다. 그렇게 생각하면서도 절로 돌아가는 시선은 막지 못했다. 심장이 고장이라도 난 듯 평소보다 두 배 이상 빠르게 뛰기 시작했다.

놀랍게도 무심코 고개를 돌렸던 곳에 익숙한 얼굴이 있었던 것이다.

해학관으로 올라가는 높은 계단 위. 약간 느슨한 셔츠에 그레이 슈트를 입고 있던 남자. 벽에 기대어 서리 같은 담배 연기를 흘리던 남자. 무감한 얼굴로 허공을 바라보던 남자. 그 남자는 분명히 '그'였다.

'그쪽도 웃지 마세요.'

웃지 말랬다고 정말 떠날 때까지 짧은 미소 한번 보여 준 적 없던 그.

'저 사람이 왜 여기에……'

하지만 역시나. 다시 돌아본 곳에 그는 없었다. 텅 빈 자리에는 연약한 햇볕만 쏟아지고 있었다. 햇볕에 반사된 새하얀 눈이 투명한 막 같은 걸 만들어 냈다. 신기루처럼. 환상처럼.

'역시…… 그럴 리가 없잖아.'

드문 일은 아니었다. 솔은 지난 4년간 종종 이런 환영에 휩싸이곤 했다.

이제 끝난 줄 알았는데 아직인가 보다.

고작 두 달의 인연을 4년 동안이나 잊지 못하는 자신이 이제는 비정상적으로 느껴질 정도였다.

"후우."

망연히 바라본 곳에 희끗한 눈발이 흩날렸다. 눈은 그쳤지만 덧없이 부는 한 줄기 바람 때문이었다.

그래. 그저, 한 줄기 바람 때문에.

○ ◎ ●

그로부터 약 한 달이 지난 3월의 어느 날.

[쏠! 오고 있어?]

여진으로부터 문자가 왔다.

[거의 다 왔어. 교수님은 아직이지?]

[응 아직. 얼른 와!]

여진의 문자를 보니 갑자기 가슴이 쿵쾅거리며 떨려 왔다. 이토록 설레는 등굣길은 입학 4년 만에 처음이다. 솔은 새내기처럼 부푼 마음으로 걸음을 재촉했다.

캠퍼스 곳곳에 적색 목련꽃이 떨어져 있었다. 올해는 목련의 개화가 한 달이나 앞당겨진 덕분이었다. 대부분의 캠퍼스가 벚나무를 많이 심는 반면 S대는 적목련과 백목련을 섞어 심어서 봄이면 적색과 백색이 조화를 이루는 아름다운 풍경이 펼쳐진다. 산뜻한 목련꽃 때문인지 심장이 조금 더 간질거린다.

남자가 아니라 사람으로서 존경한다 해 놓고, 왜 이렇게 긴장이 되는지 모를 일이다. 정작 그는 나를 알지도 못하는데.

"후우."

마침내 〈영화와 문화〉 수업이 열리는 예술관 앞에 도착한 솔은 긴 숨을 내쉬었다.

9시 50분. 아직 수업이 시작되기까지는 10분이 남아 있었다. 아무래도 심장을 조금 가라앉히고 들어가야겠다. 수줍은 소녀처럼 땅을 긁는 솔의 구두 위로 설익은 연홍색 꽃잎 하나가 가물거리며 내려앉았다.

아, 예쁘다.

솔은 희미하게 웃으며 꽃잎을 줍기 위해 허리를 굽혔다.

그때였다. 갑자기 적색 꽃잎 위로 검은 그림자가 드리워졌다.

"이솔 씨."

솔의 몸이 흠칫 떨렸다. 누군가 그녀의 이름을 불렀다. 익숙한 듯 익숙하지 않은 목소리.

누구지?

솔은 꽃잎을 주우려던 것도 잊고 허리를 세웠다.

길게 뻗은 다리. 슬림한 듯 탄탄한 허리. 느슨하게 푼 와이셔츠와 그레이 슈트. 그리고…… 은은한 투베로즈 향.

투베로즈 향?

마지막으로 고개를 번쩍 든 솔의 눈이 동그랗게 커졌다.

"여기 학생이었어요?"

터질 것처럼 뛰던 심장이 종국에는 정지한 것처럼 멎어 버린다.

신기루가 아니었다. 환상이 아니었다. 그 사람이었다.

진짜, 그 사람.

'어떻게 여기……'

완전히 벙찐 솔과 다르게 그는 꽤나 여유가 있는 표정으로 엷은 미소를 짓고 있었다.

가만, 그런데 이슬 씨라니?

'어떻게 내 이름을⋯⋯.'

나는 당신의 이름을 모르는데, 당신은 어떻게 내 이름을 알고 있는 거지?

"우리 구면인데."

선선한 봄바람과 함께 그가 한 번 더 미소 지으며 말했다.

웃었다. 끝끝내 단 한 번도 웃어 주지 않았던 4년 전과는 다르게. 그는 참 후하게도 웃는다.

아직 설익은 적목련처럼 엷은 미소가 심장에 닿는다. 그리고 지그시 내리누른다. 더 이상 떨어질 수 없을 때까지.

"나⋯⋯ 모르겠어요?"

내가 당신이라는 봄바람에 속절없이 떨어지기 시작한 순간이었다.

○ ◎ ●

그로부터 약 한 달 전인 2월의 어느 날.

"역시 강도하는 강도하야."

이사장 종수가 호쾌하게 웃으며 도하 앞에 마주 앉았다. 도하는 빙긋 웃으며 뜨끈한 녹차 한 모금을 들이마셨다. 좀 전에 피운 담배 맛이 아직 남아서 그런지 녹차가 떫게 느껴졌다.

"세 강의 전부 1분 만에 매진에 초과 신청자만 백 명이 넘는다니!"

잘 팔린 강의 때문인지 종수는 한껏 상기된 표정이었다.

"정말 고맙네. 우리 세희를 위해서 이런 어려운 결정을 해 주고."

역시, 쓰다.

도하는 녹차를 내려놓으며 사무적인 미소를 지었다.

"세희 때문이 아닙니다. 엄밀히 말하면 저 때문이죠."

단언해서 말했지만 종수는 개의치 않았다.

"우리 세희가 자네를 많이 의지하는 거 알지?"

"세희는 누구에게도 의지하는 성격은 아닌 걸로 압니다."

"그 녀석 엄청 독립적인 척하지만 실은 아니야. 누가 곁에서 챙겨 주고 보듬어 주는 걸 좋아하지. 제 어미가 그랬으니까."

도하의 미간이 미세하게 구겨졌다.

이런 식으로라면 약속과 다르다.

"좋은 사람이 있으면 주선하겠습니다."

도하가 한 번 더 선을 긋자 종수는 그제야 큼, 헛기침하며 무안한 기색을 표했다. 하지만 종수가 아무리 불편해한대도 어쩔 수 없었다. 더 불편한 것은 도하였다.

"이사장님."

기왕 이렇게 된 것, 도하는 조금 더 솔직하게 나가기로 했다.

"이런 말씀 드리기 죄송하지만 저는 세희에게 이성적인 감정이 없습니다."

현재 KBC를 대표하는 미모의 기자 세희는 도하의 대학 후배였다. 본래도 친한 사이였지만 서로의 모친이 KBC 입사 동기라는 것을 알고 난 후에는 집안끼리 가까워지면서 나중에는 의남매처럼 허물없는 사이가 되었다. 우연찮게도 세희의 모친 승미는 보도국장, 도하의 모친 정아는 예능국장이었던 것이다.

앙금 없이 적당히 가까운 사이였던 둘은 서로의 자녀가 썩 괜찮은 혼인 상대라는 것을 깨닫곤 탐을 내기 시작했고 나중에는 약혼을 종용하기에 이르렀다. 그런데 그들보다 더 적극적으로 밀어붙인 것이 바로 후에 개입한 세희의 부친, 종수였다.

"더 이상 저희의 약혼을 요구하지 않으신다는 약속하에 이 자리를 받아들였다는 거, 이사장님도 분명히 알고 계실 거라 생각합니다."

"……."

"그것도 딱, 한 학기만요."

초강수를 두어 그의 고집을 꺾어야겠다고 생각한 도하는 더 이상 약혼 얘기를 꺼내지 않는다면 강사 자리를 받아들이겠다는 뜻을 전했고, 종수 또한 그의 의견을 받아들였다.

의외였지만 나쁠 것 없다는 생각도 들었다. 딱 한 학기, 4개월만 버티면 귀찮은 부모들의 간섭에서 벗어날 수 있었고, 끈질기게 밀려드는 방송계의 섭외를 거절할 더욱 확실한 명분도 생겼으니까. 얼굴이 알려지는 것은 매한가지였지만, 그래도 전국에 알려지는 방송보다야 대학 교수 활동이 백번 나았다.

"이런 일로 문서까지 작성하고 싶진 않습니다."

"자네는 참 칼같군그래."

"맡은 강의에는 최선을 다하겠습니다."

"아니, 우리 세희가 대체 어때서 그러지?"

이제는 자존심이 상한 듯 종수가 달갑잖은 표정으로 투덜거렸다.

"세희의 문제가 아닙니다. 감정의 문제죠."

아득히 먼 과거의 어느 날 누군가가 했던 말처럼, 도하도 그랬다.

'그럼 너도 주면 되잖아.'

'주고 싶지 않아.'

'왜?'

'너를 사랑하지 않으니까.'

그때는 가벼이 여겼던 말들이 시간이 지날수록 생각이 났다.

주고 싶지 않았다. 어떤 노력도, 시간도, 감정도. 우습게도 스치듯 지나갔던 4년 전 그녀 이후, 누구에게도.

……그리고 바로 오늘.

한 학기. 개월 수로 치면 4개월 남짓 되는 짧은 기간. 버티자. 그래. 까짓것 경험 쌓는다 생각하고 즐기면 그만이다. 그런 막연한 생각으로 펼친 학생 기록부였다. 제일 첫 번째 장에서 그 이름을 발견할지도 모른 다는 것은 그가 상상할 수 있는 영역의 일이 아니었다.

"강 선생님, 뭘 그렇게 뚫어져라 보세요?"

외래 강사실에서 함께 수업 준비를 하던 강사가 나가기 직전 물어 왔다.

"아는 학생이라도 있어요?"

"⋯⋯글쎄요."

"네?"

"아는 사이면 좋겠는데."

강사가 계속 의아한 표정이자 도하는 수습하듯 말을 이었다.

"예전에 알았던 학생이 있는데, 그 학생은 저를 기억하지 못할 수도 있거든요."

도하는 '이솔'이라는 이름 옆에 붙어 있는 작은 사진으로 다시금 시선을 내렸다. 현실을 받아들이기까지는 꽤 오랜 시간이 걸렸다. 아직까지도 처음 사진을 본 순간 격하게 뛰었던 심장의 여진이 남아 있는 것 같다.

이솔.

산뜻한 나무 향이 폴폴 날 것만 같은 녹색의 이름. 그녀는 모르겠지만 도하는 그녀의 이름을 알고 있었다.

'야, 이솔. 무슨 생각 해?'

그녀를 마지막으로 봤던 그날. 그녀와 함께 있던 남자가 종종 그녀의 이름을 불렀던 것이다.

무엇 때문인지 정신이 없어 보였던 그녀는 남자가 자신의 이름을 몇 번이나 거론했으며, 덕분에 도하가 자신의 이름을 알게 되었다는 사실을 조금도 인지하지 못한 것 같았다. 하지만 그런 것은 아무래도 상관없었다.

'이솔……이었구나.'

상처받은 와중에도 그런 생각을 했고.

'다음에 만나면 꼭 이름을 불러야지.'

도망치는 와중에도 그런 생각을 했다. 그게 끝이라고는 상상도 하지 못했었다. 물론 이렇게 다시 만날 줄도.

"기억하지 않을까요?"

상념에 빠진 도하를 가만 바라보던 강사가 조심스럽게 한마디를 건넸다.

"강 선생님이 쉽게 잊히는 인상은 아니잖아요. 물론 좋은 쪽으로요."

"그렇게 봐 주셨다니 감사합니다."

도하는 짧은 웃음을 흘리면서도 다소 딱딱한 어조로 말했다. 더 말을 잇기는 힘들다는 것을 감지한 강사는 눈인사를 끝으로 강사실을 나갔다.

쉽게 잊히지 않는 인상이라. 강사는 '좋은 쪽'이라고 말해 주었지만 그게 꼭 좋은 쪽만은 아니라는 것을 도하는 잘 알고 있었다.

우선 도하는 외모부터가 선한 인상이 아니었다. 선명하고 큼직한 이목구비와 짙은 눈썹, 날렵하게 뻗은 눈매는 보는 사람이 위압감을 느낄 정도로 강렬한 느낌을 주었고 분위기 역시 그에 크게 반하지 않았다.

평론가 강도하가 일각에서 지나치게 객관적인 평으로 '영화계 과학자'라 비난받았다면, 인간 강도하는 섬세하지만 무뚝뚝한 성격으로 '차가운 신사'라 불리기도 했다.

쉽게 말해 외모도, 분위기도 센 남자.

'너도 그랬을까?'

하지만, 그렇게라도 그녀의 기억에 남았다면 퍽 마음에 들지 않는 제 인상도 조금이나마 사랑해 줄 의향이 있었는데.

"우리 구면인데."

"……."

"나…… 모르겠어요?"

역시나. 그녀는 벙찐 표정으로 바라만 볼 뿐이다.

"제 이름을 어떻게 아세요?"

멍하니 바라보던 그녀가 처음으로 물었다. 묻는 말엔 대답도 안 하고 의심에 가득 찬 눈초리로.

역시, 이렇게 다가가는 게 아니었나 보다.

"〈영화와 문화〉 학생 아니에요?"

빙긋 웃으며 태연한 척해 보지만.

"그런데요?"

젠장, 그것만으로 기억한다는 게 더 이상하잖아.

"일단 들어갈까요? 수업 늦겠는데."

수습 대신 도피를 택한 도하는 걸음만은 여유롭게 예술관 안으로 들어섰다.

"……저기요!"

뒤늦은 그녀의 부름도 외면하고.

○ ◎ ●

태어나서 그런 기분은 처음이었다. 한 시간이 어떻게 지나갔는지 모르겠다.

OT 날 강의 시간을 꽉 채우는 것을 질색하는 솔이었지만 그날은 풀 강의를 하지 않는 도하가 야속하게 느껴질 정도였다.

"안녕하세요. 〈영화와 문화〉 수업을 맡은 강도하라고 합니다."

강의실이 떠나갈 듯한 함성 소리와 함께 들어선 그는 곧장 교탁으로 향하며 말했다.

"대박! 대머리 아저씨는 어딨냐? 연예인 특강 아니야?"

흥분해서 발을 동동 구르는 여진의 목소리가 조금도 들려오지 않았다.

"출석 부를게요."

혼돈 상태에 빠진 솔은 반쯤 벌어진 입을 다물지도 못하고 교탁만 바라보았다.

"이솔."

강도하라니.

"이솔."

저 사람이 강도하라니.

"이솔 학생."

어떻게 저 사람이……!

"거기 있죠?"

대답하지 않는 솔 대신 '거기 있죠?'라는 한마디를 던지곤 제멋대로 체크를 해 버리는 도하 때문에 솔은 한 번 더 패닉에 빠졌다.

"뭐야, 방금? 둘이 알아? 강의실 앞에서 통성명이라도 한 거?"

여진이 오두방정을 떨며 물었다. 하지만 그건 솔이 더 궁금한 것이었다.

어떻게 다른 사람도 아닌 4년 전 그가 강도하일 수가 있으며, 어떻게 다른 사람도 아닌 강도하가 내 이름을 알고 있는 것인가?

아무리 생각해도 이해 불가였다. 아메리카노를 두 잔은 원샷 한 것처럼 심장이 싸하게 뛰었다. 것도, 무척이나 불규칙하게.

"이솔?"

온전치 못했던 정신이 돌아온 것은 수업이 끝난 직후, 누군가 솔의 이름을 불렀을 때였다. 막 교재를 챙겨 강의실을 나가는 도하를 쫓아 나가려던 솔이 뒤로 돌았다.

"너 이솔 맞지? 해원고등학교."

솔의 낯빛이 싸늘하게 식었다.

"맞네, 이솔! 나야 미선이. 와, 이렇게도 만나네?"

"……"

"기억 안 나?"

"……글쎄."

솔의 헛헛한 웃음에 미선의 얼굴에도 어두운 그늘이 내려앉았다.

"내가 사람을 잘 기억 못 해서."

"……"

"미안. 먼저 가 볼게."

솔은 미선에게 가볍게 눈인사를 하곤 여진을 데리고 강의실을 나갔다.

"어? 교수님! 수업 잘 들었습니다!"

문턱을 지나치면서 도하에게 꾸벅 인사를 하던 여진은 솔의 다부진 손에 끌려갔다.

"야, 왜 이래! 인사하는데!"

말을 걸어 보려던 용기는 어디 가고, 솔은 그새 시뻘겋게 달아오른 얼굴을 들키지 않으려고 도망치듯 강의실을 나왔다.

"쟤 알아?"

"어. 고등학교 동창인데, 모른 척하네?"

"동창?"

"왜? 선배도 알아?"

"……알지, 그럼."

그녀가 나간 자리를 누군가 은은한 미소로 채우는 것도 모르고.

"우리 과 후밴데."

○ ◎ ●

「박준 감독이 말하는 영화 속 여성 캐릭터의 역할에 대해서……」

얼마나 오랫동안 그 상태로 있었는지 모르겠다. 한 줄 아래로 광활하게 펼쳐진 백지를 바라보며 도하는 커서처럼 눈만 껌뻑거리고 있었다.

'글쎄. 내가 사람을 잘 기억 못 해서.'

마치 그에게 하는 것만 같았던 말. 무안함은 잠시, 가슴 한구석이 뻥 뚫린 것 같은 공허함이 밀려와서 다음 수업 시간 내내 가슴이 시리다 못해 으슬으슬했다.

역시, 그렇지. 1년도 아니고 2년도 아니고 4년 전 잠깐 닿았던 인연을 기억할 수 있는 사람이 얼마나 되겠나. 쉽게 잊히지 않는 인상 따위, 그녀 앞에선 아무 소용 없었다. 그렇다고 이제 와 뭘 어쩔 수도 없었다. 그때는 아무 관계가 없는 성인 남녀였다지만, 지금은 명백한 사제지간이 아닌가.

관계만으로도 금기처럼 느껴지는 사이.

"무슨 생각을 그렇게 해?"

타악— 복숭아 아이스티 한 잔을 내려놓으며 세희가 마주 앉았다.

"언제 왔어?"

"방금. 주문하면서도 계속 쳐다봤는데 어떻게 한 번을 안 보냐?"

세희가 짐짓 서운한 투로 말했다.

"여기, 부탁한 거."

그러거나 말거나. 도하는 가방에서 두툼한 파일 하나를 꺼내어 내밀었다. 얼마 전 세희가 취재차 부탁한 영화계 스크린 독점에 관한 자료였다. 졸업 논문으로 관련 이슈를 다루었던 도하는 흔쾌히 자료를 넘겨주었다.

"역시 선배. 뭐 먹고 싶어? 오늘 내가 쏠게."

"빨리 가서 기사나 써."

"내가 양심도 없는 파렴치한이야? 자료만 받아서 튀게?"

"자료만 받아서 튀는 게 난 더 편해."

"자존심 상해, 진짜."

하지만 도하는 개의치 않고 등받이에 등을 기대며 피로에 젖은 눈을 깊이 감았다.

"첫 수업 별로였어? 것도 궁금해서 빨리 왔는데."

"……세희야."

"왜? 무슨 일 있었어?"

세희는 손으론 도하가 건넨 자료를 쭉쭉 훑어 넘기고 입으론 복숭아 아이스티를 쪽쪽 빨아들이며 물었다.

"마시지 마. 그거."

"……뭐?"

"복숭아 아이스티 그거. 네가 언제부터 그런 걸 마셨다고 그래?"

안 그래도 떨치기 힘든 얼굴이 세희 때문에 계속 생각이 나자 도하는 툭툭 비집고 나오는 짜증을 막지 못했다.

복숭아 아이스티. 그녀는 지금도 즐겨 마시고 있을까?

"아니 왜 나한테 화풀이실까? 무슨 일이 있었길래?"

뭔가 심상치 않다는 것을 느낀 세희가 자료를 탁 접어 가방에 넣으며 도하에게 집중했다.

"무슨 일이냐니까. 아빠가 또 뭐라고 해?"

"후우."

대답 대신 깊은 한숨을 내쉰 도하가 등받이에서 몸을 떼고 바로 앉았다.

"……나 말이야."

어울리지 않게 수줍은 듯한 목소리. 필시 무슨 일이 있는 게 틀림없다.

"첫인상이 어땠어?"

"……뭐?"

"쉽게 잊히는 인상인가, 내가?"

"뜬금없는 이 답정너는 뭐지?"

"……됐다."

혼자 묻고 혼자 포기하는 모습도 낯설기 그지없다.

"선배, 오춘기야?"

"……참, 나 그 친구 봤다."

체념한 듯 다시 늘어지던 도하가 작게 웃으며 아메리카노를 입에 대었다.

"왜, 그 정열의 연하남 말이야."

내내 여유 만만하던 세희의 눈동자가 바싹 굳은 순간이었다.

○ ◎ ●

"대박, 진짜?"

여진이 큰 키의 호를 바싹 올려다보며 되물었다.

"그렇다니까. 그러니까 너도 이솔도 잘 피해 다니라고. 괜히 걸리지 말고."

4년 전, 솔에게 치근거리다가 거절당하고 동아리에서 한바탕 난동을 부렸던 진석의 이야기였다. 이후 근 몇 년간 휴학을 하고 군대에 들어가느라 학교에 모습을 드러내지 않았던 진석이 이번에 복학을 해서 다시 동아리에 나타났다는 것이다.

큰일이었다. 분명 이보다 큰일은 없을 만큼 큰일이었는데.

"쏠, 듣고 있지?"

솔의 귀에는 호의 이야기가 잘 들려오지 않았다.

"야, 이솔."

복숭아 아이스티를 쥔 손이 천천히 젖어 들었다.

"어? 강 교수님이다."

멀리, 저 멀리 예술관 앞에서 학생들과 이야기를 나누고 있는 도하가 보였다. 도하, 만 보였다.

"역시 스타 강사는 다르네. 혼자 있을 때 말 좀 걸어 볼랬더니 틈이 있어야지."

여진이 아쉬운 듯 투덜거리며 솔의 어깨를 툭 쳤다. 어서 가던 길을 마저 가자는 뜻이었다. 하지만 솔은 꿈쩍도 않고 도하를 바라보았다. 언뜻언뜻 웃는 모습에 굳어 있던 솔의 입꼬리도 살짝 움직였다.

가슴 깊은 곳에 잔잔한 산들바람이 스며드는 것 같았다. 간지럽고 아릿한 기분. 보는 것만으로도 이렇게 저릿한 기분이 드는 것은 정말이지 4년 만에 처음이다.

그런데.

"어? 여기 보는 것 같은데."

여진의 말에 희미하게나마 걸려 있던 미소가 툭 떨어졌다. 긴장할 때마다 생기는 버릇이다. 감정을 감추는 것.

"너 보는 것 같지 않아, 솔아?"

계단 위에 서 있던 솔과 저 아래 있던 도하의 눈이 마주쳤다.

'이솔 씨.'

'여기 학생이었어요?'

'〈영화와 문화〉 학생 아니에요?'

대체 어떻게 알았을까. 아직 답을 듣지 못했다. 그 답을 상상하느라 밤새 한숨도 자지 못했다.

"그러게. 자꾸 보는데……."

호까지 거들자 솔은 더는 참지 못했다. 한 발. 두 발. 그저 묵묵히 계단을 내려가기 시작했다.

"야, 솔! 어디 가? 경영관 가야지!"

더는 괜한 추측 따위 하고 싶지 않았다.

나를 보는 걸까, 아닐까? 나를 아는 걸까, 아닐까? 나를 기억하는 걸까, 아닐까? 나를…… 나를…….

"그럼 이따 뵙겠습니다!"

다행히 도하를 둘러싸고 있던 한 무리의 학생들이 예술관 안으로 들어가면서 건물 앞에는 도하와 솔, 단둘만 남았다.

"교수님."

학생들을 들여보낸 도하가 적이 놀란 눈빛으로 솔을 보았다.

"저……."

제 이름을 어떻게 알고 계셨던 거죠? 저를 기억하고 계신 건가요?

작은 주먹을 불끈 움켜쥐고 입술을 말아 보지만 메마른 혀끝은 쉽게 움직일 생각을 하지 않는다. 어쩌면, 누군가와 이별했던 그날부터였을까. 그나마 주기만 하던 마음까지 선뜻 주지 못하게 되어 버린 것은.

하지만 안 된다. 이렇게는, 도무지 이렇게는 한 학기를 버틸 수가 없을 것 같다.

"저……."

결국 용기를 내 보기로 마음먹은 솔은 마른침을 꿀떡 삼키고 어렵사리 입술을 뗐다.

"안녕하세요."

젖 먹던 힘까지 쥐어짜듯 어렵게, 어렵게.

"더우시면 이거라도 드실래요?"

아이스티를 건네는 손이 미세하게 떨렸다.

"기사 잘 보고 있었는데…… 몰라뵀어요."

받아 드는 손도 미세하게 떨린 것 같다면, 착각일까?

"오늘 영화는…… 뭐예요?"

그는 몰랐겠지만 그건 전부 단 하나의 질문이었다. 간질거릴 만큼 간절한 한 여자의 마음.

'안녕하세요.'

그대,

'오늘 영화는 뭐예요?'

나를,

'추우시면 이거라도 입으실래요?'

기억하고 있나요?

○ ◎ ●

아직도, 좋아하는구나. 복숭아 아이스티.

"고마워요."

떨리는 손을 감추듯 곧장 한 모금을 마신 도하는 어색하게 웃으며 답했다.

"오늘 영화는……."

생각지도 못했는데. 갑자기 다가오더니 불쑥 인사를 건네고, 마치 매일 블로그를 보고 있던 것처럼 싹싹한 질문을 던지는 솔 때문에 도하는 가슴이 설레 미칠 지경이었다.

"……〈프라하에서〉."

이 정도면 답이 되었을까?

그럴 리는 없겠지만, 그는 바랐다. 몇 마디 되지 않던 그들의 대화를 그녀가 어렴풋이나마 기억해서 일부러 변형한 것이기를.

"아…… 〈프라하에서〉."

내가 처음 너의 곁에 앉았던 그 순간을, 너도 기억하고 있을까?

"솔!"

그때, 웬 남자가 그녀를 부르는 소리가 들렸다. 캡 모자를 쓴 남자. 다른 여자와 함께 있는 것을 보니 셋이 친구인 것 같았다.

휴우. 왜 안도감이 드는 건지.

긴장으로 **뻑뻑**했던 가슴이 한결 느슨해졌다.

"그럼 내일 뵐게요!"

잠시 머뭇하던 그녀는 이내 꾸벅 인사를 하고 친구들에게로 떠났다. 보일 듯 말 듯 엷은 미소를 띠고. 찰나였지만 그 짧은 미소가 도하의 하루를 완전히 뒤흔들어 버렸다. 진심이었다.

'내일……'

내일이라는 말이 이렇게 설렐 수 있다는 것을, 34년 만에 처음 알았다.

○ ◎ ●

생텍쥐페리가 그랬던가. 네가 오후 4시에 온다면 난 3시부터 행복해지기 시작할 거라고.

"한 나라의 사회 문화가 영화에 어떻게 반영되는지 가장 선명하고 단적으로 보여 주는 예로 퀴어 영화를 들 수 있는데요."

다음 날. 3시부터 시작된 행복감은 그의 수업이 시작된 4시에는 벅찬 감동으로 번져 솔은 수업 내내 떠오르는 미소를 감출 수가 없었다.

"미국을 예로 들면, 동성애 검열이 심했던 1930년대에는 은유적인 표현의 퀴어 영화들이……"

별도로 준비한 PPT 자료를 띄워 놓고 기자답게 정확한 문장과 발음으로 수업을 이어 가는 그는 딴 세상 사람처럼 멋져 보였다.

"사회적 분위기가 조금씩 변하기 시작한 1960년대부터는 〈황금 눈에 비친 내 모습〉을 시초로……."

종종 머리를 쓸어 넘기는 모습. 집중할 때 콧잔등을 검지로 매만지며 미간을 살짝 구기는 모습. 시원스럽게 교재를 넘기는 모습. 한쪽 팔을 교탁에 대고 비스듬히 기대어 서는 모습. 학생들의 농담 섞인 말에 얼핏얼핏 웃는 모습. 프리젠터로 화면을 가리키며 전문적인 내용들을 술술 읊는 모습.

전부 좋았다. 단 한 순간도 놓치기 싫을 만큼.

"그러다 2000년대, 할리우드 퀴어 영화계는 비로소 활기를 찾게 되었는데요. 대표적으로 어떤 작품들이 있는지 아는 사람?"

열정적으로 수업에 참여하던 학생들은 질문이 나오자 하나같이 고개를 숙이거나 시선을 돌리며 딴청을 피웠다.

"아무도 없어요?"

도하가 약간 실망한 투로 물었지만 정적은 여전했다.

"뭐 해, 이솔! 영화광 스케일 함 보여 줘야지?"

여진이 솔의 옆구리를 쿡쿡 찌르며 소곤거렸다. 그렇잖아도 답을 할까 말까 망설이던 중 여진까지 부추기니 갑자기 심장이 쿵쾅거리며 뛰었다. 다른 사람도 아니고 도하의 수업이라 긴장감이 배가되는 것 같았다.

"하아."

낮은 숨을 토해 낸 솔은 책상 밑으로 주먹을 꼬옥 쥐었다.

그래, 해 보자.

2000년대는 물론, 1980—90년대의 퀴어 영화까지 줄줄이 꿰고 있는 솔이었다. 지금이 도하에게 자신을 각인시킬 수 있는 절호의 기회라는 것을 생각하면 얌전히 있는 것은 바보 같은 짓이었다.

"헤드……."

"헤드윅."

그러나. 이번에도 타이밍은 솔의 편이 아니었다.

"2000년 〈헤드윅〉, 2002년 〈디 아워스〉, 2007년 〈셸터〉, 그리고 2005년 〈브로크백 마운틴〉 정도가 대표적인 작품이라고 알고 있습니다."

솔과 동시에 입을 열었던 남학생이 한발 빠르게 읊어 버린 것이다.

"물론 〈헤드윅〉이나 〈디 아워스〉 같은 경우 메시지의 폭이 넓지만……."

심지어 그는 작품별로 세세한 부가 설명까지 보태어 완벽하게 발표했다.

"잘 알고 있네요."

고개를 끄덕이며 가만히 듣기만 하던 도하가 짧은 미소와 함께 말했다.

"경영학부, 신지태 학생?"

신지태. 솔도 아는 이름이었다. 같은 학부 한 학년 선배였으니까.

"저 양아치, 잘난 척도 재수 없네."

여진이 불만스럽게 중얼거렸다.

지태는 잘생긴 외모와 큰 키, 장난기 많고 털털한 성격, 높은 성적까지. 어디 하나 빠지는 데가 없는 남자였다. 그래서 과 내에서 가장 인기가 많았지만 그만큼 안티도 많았다. 안티는 대개 그의 어장에 걸렸다가 자의로든 타의로든 빠져나온 여자들이었다. 물론, 솔은 그 편에 속하진 않았다. 불행인지 다행인지 어장에 빠질 기회조차 없었다.

4년 전. 입학 초기.

조별 과제 때문에 주말에 학교에 들렀던 솔은 아무 생각 없이 과실에 들어갔다가 충격적인 장면을 목격하곤 곧바로 문을 닫고 나왔다. 하지만.

'거기, 잠깐만.'

홧홧하게 달아오른 얼굴을 감싸고 도망치던 솔을 낮은 목소리가 불러세웠다. 그러곤 입 모양으로 짧은 한마디를 건넸다.

'쉿.'

흐트러진 모습으로 소리 없이 검지를 입에 대던 모습. 돌아서는 순간 늘어진 셔츠 안으로 보이던 어깨의 짧은 문신과 그 위에 겹쳐진 붉은 립스틱 자국. 그게 지태의 첫인상이었다.

당연히 사귀는 사이인 줄 알았는데, 지태는 당시 과실에 함께 있었던 4학년 선배와 아무 사이도 아니었다. 심지어 며칠 뒤엔 다른 과의 후배와 사귄다는 소문이 났다. 들리는 말로 지태는 연상과는 사귀지 않는다고 했다.

그렇구나. 사귀지는 않아도 키스는 할 수 있는 거구나.

놀란 게 아니었다. 우스웠다. 솔은 그때부터 속으로 지태를 비웃었다. 아니, 싫어했던 것 같다.

"저 양아치, 들었나?"

그때 여진이 조심스러운 말투로 속삭여 왔다.

"뭘?"

"네가 동시에 말한 거 말이야."

"왜?"

"자꾸 너를 보는 것 같아서."

"……신경 쓰지 마."

좋아하는 사람의 시선에 집중하기도 바쁜데, 싫어하는 사람의 시선까지 신경 쓸 여유는 없었다.

그럴 리는 절대 없지만. 솔은 지태가 만에 하나 자신에게 관심을 두고 있다고 해도 그의 좁고 탁한 어장에 들어가고 싶은 생각은 눈곱만큼도 없었다.

그러나 지태는 그런 솔의 마음을 조금도 모르는 것 같았다.

"이솔."

아쉬운 수업이 끝나고 과제를 핑계로 도하에게 말을 걸어 볼 타이밍만 살피고 있던 솔에게 갑자기 친한 척 다가오는 것이었다. 지태와 함께 있던 미선도 그의 행동을 예상하지는 못했는지 다소 경계하는 눈빛으로 솔을 바라보았다.

"왜요?"

괜한 오해는 사기 싫었는데. 불안한 마음으로 답하던 순간 도하와 눈이 마주쳤다. 그새 학생들에게 둘러싸인 도하가 잠시나마 이쪽을 보고 있었던 것이다.

그리고 하필 그때. 지태가 솔의 양어깨를 부드럽게 감싸 잡더니 키스라도 할 것처럼 바싹 다가왔다.

"이게 무슨······."

이게 웬 친한 척인가 싶어 확 떼어 내려던 순간. 들려온 말이 솔의 온몸을 꼼짝도 못 하게 옭아매 버렸다. 솔의 하얀 얼굴이 순식간에 벌겋게 달아오르자 지태는 만족한 듯 여유로운 미소를 띠곤 유유히 자리를 떠났다.

미선이 씩씩거리며 뒤따라갔고, 머잖아 지켜보던 학생들도 강의실을 빠져나갔다. 도하의 주변을 감싸고 있던 학생들도.

······도하도.

"왜 그래? 뭐라는데?"

모두 떠난 뒤에야 솔은 여진이 채근하는 소리에 정신을 차렸다. 하지만 지태가 남기고 간 말은 계속해서 솔의 귓가에 남아 메아리쳤다. 강의실에서 나와 학교를 벗어나던 순간까지도.

'티 났지? 내가 너 보는 거.'

'······.'

'너는 어땠을까?'

○ ◎ ●

불운은 거기서 끝이 아니었다.

[자니?]

간만에 여진, 호와 함께 치킨을 먹고 돌아가던 길. 복학했다던 진석에게서 뜬금없이 문자가 온 것이다.

[잘 지내?]

답장을 하지 않은 사이 두 번째 문자가 왔다. 이걸 어떻게 해야 하나 고민하며 걸어가던 중, 툭― 누군가와 어깨가 부딪쳤다.

"죄송합니다."

긴장하고 있던 솔은 놀란 나머지 상대방의 얼굴도 보지 않고 걸음을 재촉했다. 곧이어 뒤에서 묵직한 발소리가 따라왔지만 다시 문자가 오는 바람에 듣지 못했다.

[보고 싶어서 연락했어.]

휴대폰을 쥔 솔의 손이 떨렸다.

'꼬리 칠 땐 언제고 이제 와서 뭐? 좋아하는 사람이 있어? 그게 갖고 논 거지 뭐냐고!'

4년 전. 술에 취한 채 동아리실에 들이닥쳐 난동을 피웠던 진석의 목소리가 아직도 생생했다. 금방이라도 폭행을 휘두를 것처럼 격앙되어 있던 목소리. 거친 행동.

'너, 그렇게 아무한테나 흘리고 다니면 좋냐?'

'내가 널 좋아해서 고백한 것 같지? 아니. 절대!'

'네가 쉬워 보여서야. 순전히 그것 때문에.'

여자로서 절대 듣고 싶지 않은 말만 골라 하던 그는 남자 선배들이 끌고 나갈 때까지도 솔을 향해 고래고래 소리를 지르며 폭언을 퍼부었다. 시네하우스에 찾아와서 다정하게 말을 건네던 때와는 전혀 딴판이었다.

차라리 그때 본색을 드러냈으면 그 사람과의 시간을 방해받지는 않았을 텐데. 그 사람이 오해하지도, 그렇게 허무하게 끝나지도 않았을 텐데. 우습게도 그 와중에 그런 생각이 들었다. 눈물이 나지도 않았다.

"이솔."

하지만 조급한 마음으로 마지막 코너를 돈 직후, 솔은 더 나아가지 못했다.

"왜 내 톡 씹냐?"

언제 왔는지 솔의 오피스텔 앞에 쭈그리고 앉아 담배를 피우고 있던 진석이 담뱃불도 끄지 않은 채 다가오고 있었다.

"……오지 마요."

솔은 진석이 들고 있는 담배의 옅은 불빛만 바라보며 말했다.

"전 선배랑 할 얘기 없고 하고 싶지도 않으니까 그만 돌아가 주세요."

"내가 언제 얘기가 하고 싶대? 난 그냥 네가 보고 싶었을 뿐이야."

"전 보고 싶지 않아요."

"하, 웃기는 애네. 이거."

"오지 말라고!"

여차하면 그가 들고 있는 담배라도 빼앗아 공격할 생각이었다.

"내가 뭘 했다고 벌써 치한 취급이야?"

그런데.

"넌 그때도 이랬지. 피해자인 나를 가해자 취급 하면서!"

어느새 한 발 앞으로 다가와 있던 진석이 막 담배를 쥔 손을 들어 올린 순간이었다.

"덕분에 내가 지금 어떤 꼴인 줄 알아? 너 때문에 애들이 날 어떤 눈으로 보는지……!"

버릇처럼 언성을 높이던 진석이 갑자기 숨이 멎은 것처럼 말을 뚝 삼키더니 한 발 뒤로 물러섰다.

툭. 그가 들고 있던 담배가 떨어지면서 옅은 불씨가 마지막 숨을 토하듯 반짝거렸고, 그 위로 묵직한 발이 내려앉았다. 차분하게 불씨를 끄며 등장한 남자는 곧장 진석의 손목을 잡아채고 내던지듯 구석으로 밀쳐냈다. 솔에게서부터 완전히 떼어 내듯. 그녀의 정반대 편으로.

속수무책 밀려난 진석은 나자빠질 뻔한 꼴을 간신히 면하고 균형을 잡으며 헉헉거렸다.

"아무것도 아닙니다. 정말 아무 일도……."

겁에 질린 얼굴로 열심히 변명하는 진석과 달리, 남자는 아무 말도 하지 않았다. 다만 상당히 노곤한 표정으로 오른손을 들어 머리를 쓸어 넘겼다.

"직접 선택할까? 집으로 갈지, 경찰서로 갈지."

"아니, 그게……."

버릇처럼 부인하려던 진석은 이윽고 마주 본 남자의 형형한 눈빛에 침을 꼴깍 삼키곤 잽싸게 몸을 틀어 줄행랑쳤다.

"죄, 죄송합니다!"

진석이 떠나고 둘만 남은 자리에는 잔잔한 침묵이 내려앉았다.

고요를 둘러싸는 것은 따뜻한 봄바람, 작은 새소리, 희미한 달빛, 은은한 투베로즈 향 같은 것들이 전부였다. 삭막한 겨울 같던 공간이 한순간에 따뜻한 봄으로 뒤바뀌는 기분이었다.

"……교수님."

오직, 그로 인해.

"어떻게 여기에……."

도하는 대답 대신 솔에게 주먹 쥔 왼손을 내밀었다. 천천히 펼쳐진 손에는 영화 필름 모양의 책갈피가 들려 있었다. 어젯밤, 도하의 말을 듣고 집에서 〈프라하에서〉 영화를 다시 보다가 충동적으로 바꿔 낀 책갈피였다.

귓불이 갑자기 불에 덴 것처럼 뜨거워졌다. 마음을 들킨 것 같아서였다. 하필이면, 아까 부딪친 사람이 그였다니.

"……죄송합니다."

조심스럽게 사과했지만 도하는 계속 묵묵부답이었다.

"도와주신 은혜는 꼭……."

순간 화악, 따뜻한 온기가 솔의 손을 감쌌다. 말문이 막힌 솔이 고개를 들어 그를 올려다보았다. 그제야 눈이 마주쳤고, 그의 미소가 보였다. 눈가에 짧은 주름이 두세 가닥 지는 엷은 미소. 마음이 평안해지는 그 미소와 함께 그는 솔의 작은 손에 직접 책갈피를 쥐여 주며 말했다.

"좋은 영화였어요."

〈프라하에서〉의 한 장면이 담긴 책갈피가 고아한 달빛 아래 은은히 빛나고 있었다.

"……그쵸?"

더없이 좋았던, 그날의 기억과 함께.

3

그대는 나를 어떻게 생각할까?

늦은 밤. 솔은 옅은 스탠드 불빛에 〈프라하에서〉 책갈피를 비추어 보았다. 불그스름한 석양이 밀려드는 유리창 옆에 다정한 연인이 마주 보고 앉아 있는 장면이었다. 턱을 괴고 남자를 바라보는 여인의 미소에는 복잡다단한 감정이 담겨 있었다. 언뜻 보아도 알 수 있었다. 책갈피를 손에 쥐고 바라보는 솔의 표정도 크게 다르지 않았다.

'좋은 영화였어요. 그쵸?'

4년 전 시네하우스에서 같이 보았던 때를 말하는 걸까. 알 수 없는 질문에 심장이 동한 순간, 그는 말했었다.

'진짜, 나만 기억하는 건가.'

'……!'

'4년 전, 시네하우스.'

아, 탄식 같은 웃음이 흘렀다. 근 몇 년간 그토록 어색한 웃음을 흘려 본 일이 없었다. 무슨 말이든 하고 싶은데 어떤 말도 쉽게 할 수가 없어서 입가의 근육이 떨리는 기분.

'학생 기록부에서 보고 낯익다 싶어서 생각해 보니 그때였더라고요.'

'……'

'그래서 알은척했어요. 나도 모르게.'

'……'

'반가워서.'

반가워서, 라는 말이 이토록 반가운 말이었던가.

'이솔 씨는, 정말 기억 안 나요?'

……기억. 다시 한번 어색한 미소가 떠올랐다.

질문이 틀렸다. 기억이 나는지 나지 않는지, 솔에겐 그런 문제가 아니었다. 잊을 수 있는지 없는지의 문제였지.

'몰랐어요, 저도.'

'……'

'이렇게 다시 만날 줄.'

젖 먹던 힘까지 쥐어짜서 꺼낸 용기였다. 그에겐 그저 반가운 말일지 모르지만. 아니, 반가운 말이라도 되었으면 싶었다.

'다행이네요.'

그저 짧게 웃은 그는 긴 팔을 들어 오피스텔 입구를 안내하듯 가리켰다. 뭐가 다행이라는 건지는 말해 주지 않고.

'들어가요. 문단속 잘하고.'

진석에 대해서도 아무것도 묻지 않고.

'참, 그리고…… 전화해요.'

'……'

'혹시 또 좀 전 같은 일이 생기면.'

도하의 날카로운 듯 부드러운 눈매가 손에 들린 〈프라하에서〉 책갈피를 가리켰다. 슬쩍, 돌려 본 책갈피에는 열한 자리의 번호가 적혀 있었다.

'내가 증인이니까.'

생전 처음 보는 열한 자리의 숫자. 낯선 그 숫자가 112라는 익숙한 숫자보다 훨씬 든든하게 느껴졌다.

'꼭 해요.'

그게 마지막이었다. 솔은 번호가 적힌 책갈피의 뒷면을 돌려 보며 그의 뒷모습을 떠올렸다. 솔이 오피스텔에 들어서고 엘리베이터를 탈 때까지 가만히 지켜보다가 문이 닫히던 순간에야 천천히 돌아서던 그 뒷모습. 얼핏 남자 친구 같았던 그 뒷모습. 그 모습이 자꾸 떠올라 가슴 한가운데가 뭉근하게 달아올랐다.

곁에 있는 거라곤 반딧불처럼 야트막한 스탠드의 불빛이 전부였는데, 이상했다.

누군가 함께 있는 것처럼. 외롭지가 않았다.

○ ◎ ●

"죄송합니다."

진석은 꾸벅 고개를 숙이며 교탁을 잡고 있는 남자의 손을 흘깃 보았다. 푸르스름한 핏줄이 솟아 있는 단단한 손등은 같은 남자가 보기에도 위협적이었다.

"뭐가?"

톡톡. 검지로 교탁을 두드리며 묻는 목소리가 싸늘했다.

"어제 그……. 근데 오해십니다! 저는 그냥 동아리 선배로서 인사 좀 하려고 간 건데, 이솔이 갑자기 치한 취급을 하는 바람에……."

억울한 듯 하소연을 하던 진석이 뚝, 말을 끊고 슬그머니 눈을 치떴다. 후우, 도하의 붉은 입술을 비집고 나온 나직한 숨소리 때문이었다.

"김진석 학생."

"네."

"난 전임 교수도 아니고 학생을 훈계할 권한도 마음도 없어요. 근데."

톡톡. 느린 박자로 교탁을 두드리던 도하의 손이 멈추었다.

"목격자로서 증언할 생각은 충분히 있거든."

"……교수님."

"어제 그 상황이 선배로서 인사를 하던 상황이었는지 치한으로 위협을 하던 상황이었는지는 경찰이 다 판단해 줄 테니까."

도하는 진석의 간곡한 부름에도 아랑곳 않고 차디찬 어조로 말을 이었다.

"궁금하면 한 번 더 찾아가 보든가."

말투는 가벼웠지만 눈빛은 조금도 가볍지 않았다. 그 무게에 눌린 진석은 불안에 찬 눈동자를 조용히 내리깔며 한발 물러섰다.

"조심하겠습니다."

아무리 특임 교수라지만 도하는 영화과 전공을 두 개나 맡고 있었고 이사장과 직접적인 친분 관계도 있었다. 그뿐이랴. 그의 집안에 대해서도 온갖 추측이 난무했는데, 그중에서도 가장 유력한 소문은 국민 배우이자 대형 기획사 이사인 강민성이 그의 아버지이고, KBC를 대표하는 예능국장 최정아가 그의 어머니란 것이었다. 현재 강도하가 영화의 흥행을 좌우할 정도의 영향력을 지니고 있는 평론가라는 것만 생각해도 오금을 저릴 판인데, 그 소문이 진짜라면 그는 이미 업계에 차고 넘치는 권력을 소유한 것이나 다름없으니, 잘못 찍혀서 좋을 게 없음은 당연한 이야기였다.

"그래요. 가 봐요."

진석은 그제야 건조한 미소를 짓는 도하에게서 도망치듯 강의실을 빠져나갔다.

'……죄송합니다.'

진석이 나간 자리를 바라보던 도하는 자연히 그녀의 목소리를 떠올렸다. 구해 준 사람에게 고맙다는 말보다 죄송하단 말을 먼저 하던 여자. 이상했다.

물론 과거에도 간간이 단편적인 모습만 본 게 전부라 아는 사이라고 할 순 없었지만, 어제는 전혀 몰랐던 사람을 본 것처럼 생소한 기분이 들었다. 사람을 경계하는 길고양이처럼 움츠러들어 있던 어깨. 잠든 아이처럼 오므라져 있던 작은 손. 그리고…… 좀처럼 시선을 맞추지 못하던 다갈색 눈동자.

단순히 어제 일 때문만은 아닌 것 같았다.

'성의는 감사하지만. 저는 울지 않으니까.'

'그쪽도 웃지 마세요.'

왜인지 그녀를 처음 만났던 순간이 떠올랐다.

생각해 보면 그때도 그랬다. 어딘가 날이 서 있었다. 누구의 접근도 쉬이 허용하지 않겠다는 듯 바짝 선.

마음이 쓰였지만 도하가 심각하게 받아들이면 솔에게도 심각한 일이 되어 버릴까 봐 부러 미소를 지으며 예정에도 없던 옛날얘기를 꺼냈다.

'진짜, 나만 기억하는 건가.'

그렇게 갑자기 기억을 고백할 생각은 없었는데.

'몰랐어요, 저도. 이렇게 다시 만날 줄.'

막상 그녀도 도하를 기억하고 있다는 것을 알게 되니 와중에도 눈치 없이 가슴이 뛰었다.

'꼭 해요.'

번호는 저장했을까?

교탁 위에 둔 휴대폰이 눈에 들어왔다. 오늘만 해도 수십 번은 확인해 봤지만 메신저에 새로 등록된 친구는 없었다. 솔의 번호는 수강생 정보를 확인하면 얼마든지 알 수 있었지만 학생의 개인 정보를 그런 식으로 빼내면 안 될 것 같았다.

아니, 실은 그러고 싶지 않았다.

습관적으로 휴대폰을 들여다보던 도하는 멈칫, 꺼 버리곤 주머니에 쑤셔 넣었다.

"하."

스스로가 바보처럼 느껴져서 헛웃음이 났다.

이솔. 그 이름이 뭐길래 이렇게 하루 종일 찾고 있나.

그 이름이, 대체 뭐길래.

○ ◎ ●

010.8047.40……

번호를 누르던 솔의 손이 움찔 멈추었다.

미쳤다. 외워 버렸다. 어젯밤부터 수도 없이 눌렀다 지웠다를 반복했더니 어느새 습관적으로 누르게 되어 버린 것이다.

"솔, 뭐 해?"

여진의 갑작스러운 부름에 솔은 무슨 잘못이라도 한 사람처럼 서둘러 지움 버튼을 누르고 휴대폰을 닫아 버렸다.

"아니야. 아무것도."

"개총 뒤풀이 갈 거지?"

솔이 열한 자리 번호에 정신이 팔려 있던 사이 개강 총회가 끝나고 학생들은 하나둘 소강당을 빠져나가고 있었다.

"가자. 소고기 먹는다는데."

호가 솔의 어깨를 확 잡아당기며 거들었다.

"그래. 우리도 선배놀이 좀 해 보자. 죄 당한 기억밖에 없는데 벌써 4학년이야."

"그런 거 해서 뭐 한다고."

시큰둥하게 답하는 솔에게 호가 얼핏 웃으며 속삭였다.

"영화과도 같은 데서 한다는데?"

"……그게 뭐?"

"강도하 교수도 올지 모른다는데?"

아무렇지 않은 척하려 했지만 갑자기 사레라도 들린 것처럼 목이 막혔다. 캑캑, 헛기침을 하는 솔의 모습에 여진이 깔깔 웃으며 팔짱을 꼈다.

"뭘 물어. 가자, 가!"

하지만 호의 소식통이 100프로 들어맞지는 않았다. 영화영상학과도 같은 고깃집에서 뒤풀이를 하긴 했지만 도하가 오지는 않은 것이다. 도하는커녕 어젯밤 일로 불편한 진석이 솔의 바로 뒤쪽에 앉아서 시끌벅적 떠들고 있었다. 그래도 진석은 웬일인지 솔의 털끝 하나 건드리지 않았는데.

문제는 지태였다.

'티 났지? 내가 너 보는 거.'

'……'

'너는 어땠을까?'

어제는 강의 후에 이상한 말로 솔의 신경을 장악하더니 지금은 맞은편에 앉아서 끊임없이 술로 공격하는 것이었다.

"야, 이솔. 안 마시냐?"

지태는 이솔 죽이기 특명이라도 받은 사람처럼 솔의 잔이 조금이라도 차 있으면 대놓고 마시라는 눈치를 주고 비어 있으면 직접 따라 주기를 반복했다. 웬만하면 그에게 맞추어 주려던 솔도 슬슬 인내심에 한계를 느끼고 있었다.

"안 마시냐고."

솔이 대답 없이 물을 들이켜자 지태가 한 번 더 강조하듯 말했다. 큰 손으로 턱을 괴고 비스듬하게 내려다보는 지태의 시선은 끈적할 정도로 노골적이었다.

이미 술기운이 오른 솔은 무거워진 눈꺼풀을 천천히 들어 올리며 지태를 마주 보았다.

"네. 안 마셔요."

"……뭐?"

"선배나 드세요."

그러자 지태는 의외라는 듯 피식 미소를 지으며 턱에서 손을 떼고 솔을 바로 보았다.

"너 지금 뭐라 그랬나?"

"선배나 잘 드시라구요."

일순 사위가 서늘한 적막에 휩싸였다.

"야, 신지태. 너 왜 그렇게 애를 못 잡아먹어 안달이야?"

둘 사이의 묘한 분위기를 느낀 세준이 장난스럽게 지태의 어깨를 치며 말했다. 세준은 지태의 동기이자 4학년 과대로 그저 이 자리가 아무 탈 없이 끝나기만을 바라고 있는 것 같았다.

"관심이면 그만 끄고 새내기들이나 챙겨. 애들 자기소개하는 거 안 보이냐?"

"어, 안 보여."

하지만 지태는 관심 없다는 듯 차갑게 답하곤 상체를 당겨 솔에게 조금 더 가까이 다가갔다. 어디, 해보자는 듯이.

하지만 솔은 피하지 않았다. 오히려 좀 전보다 더 또렷한 눈으로 지태를 마주 보았다.

"빼앗을 태! 영 영! 선배님들의 혼을 쏙 빼놓을 요물, 19학번 김태영입니다!"

요란스러운 신입생의 자기소개로 테이블이 웃음바다가 된 순간에도 단 두 사람, 솔과 지태만은 뚫어져라 서로를 직시하기만 했다. 그리고.

"이솔."

한참을 지켜만 보던 지태가 돌연 가라앉은 목소리로 솔의 이름을 부른 순간. 딸랑, 문이 열리는 소리와 함께 우레 같은 환호성이 쏟아졌다.

돌아보지 않아도 알 수 있었다.

"교수님!"

재미없고 무료하기만 하던 이 술자리에 가슴 터지는 활기를 불어넣은 주인공이 누구인지.

"너도 해 봐."

익숙한 투베로즈 향이 솔의 바로 뒤에서 멈추었다. 진석의 옆자리에 앉는 것 같았다.

"너도 자기소개해 보라고, 저렇게."

그러거나 말거나, 지태는 솔에 대한 공격을 멈추지 않았다.

"……하면, 아쉬울 텐데."

"……뭐?"

지태가 흥미롭다는 듯 입꼬리를 끌어 올리며 되물었다. 솔은 지지 않고 답했다.

"선배한테 더 어울리는 이름이라서요."

"뭔데."

"……버릴 솔."

등 뒤에서 잔을 채우던 맥주 소리가 뚝 끊겼다.

"땅에 버릴 솔."

그리고.

"크하하!"

커다란 웃음소리 하나가 경영학부 테이블을 완전히 장악해 버렸다.

붉은 입꼬리를 한껏 끌어 올린 지태는 한참을 그렇게 웃다가 영화과인 옆 테이블까지 조용해진 후에야 희미한 미소만 남긴 채 다시 솔을 바라보았다.

"재밌네, 이솔."

"……."

"나 버리고 싶어?"

아니, 솔의 바로 뒤편을.

"그럼 먼저 날 가져야 하는데."

강도하를 바라보고 있었다.

"우리 사귈래?"

○ ◎ ●

몇 주 전, 늦은 눈이 내렸던 수강 신청 날이었다.

경영학부 전임 교수실에 불려 갔던 지태는 올해는 제발 좀 조용히 넘어가자는 당부를 귀에 못이 박히도록 듣고 나오던 중 우뚝, 멈추어 섰다.

'정말 고맙네. 우리 세희를 위해서 이런 어려운 결정을 해 주고.'

이사장실 근처에서 들려온 '세희'라는 이름 때문이었다.

벌써 몇 년이나 지났는데. 아직도 그 이름만 들으면 살을 에는 추위가 온몸을 감싸 왔다.

'우리 세희가 자네를 많이 의지하는 거 알지?'

더 듣지 않아도 알 수 있었다. 이사장과 대화를 나누고 있는 상대가 누구인지.

좀 전보다 열 배는 무거워진 발을 떼어 걸었다. 빨리 걸었다.

'이런 말씀 드리기 죄송하지만 저는 세희에게 이성적인 감정이 없습니다.'

그 말이 들려오기 전까지.

'더 이상 저희의 약혼을 요구하지 않으신다는 약속하에 이 자리를 받아들였다는 거, 이사장님도 분명히 알고 계신다고 생각합니다.'

'…….'

'그것도 딱, 한 학기만요.'

믿기지 않았다. 5년 전, 지태의 앞에서 세희와 입을 맞추던 도하가 하는 말이라고는. 세희의 맑은 시선을 한 몸에 받던 *그*가 하는 말이라고는.

'아니, 우리 세희가 대체 어때서 그러지?'

'세희의 문제가 아닙니다. 감정의 문제죠.'

사랑하지 않는다. 그 말을 참 격식 있게도 돌려 말하는 그에게서는 정말, 아무것도 느껴지지 않았다. 어떤 울림도, 어떤 떨림도, 또는 그 어떤.

죄책감도.

'이솔.'

그랬던 그가 며칠 전 강의에서 처음 보는 학생을, 그것도 자신보다 열 살이나 어린 학생을 부를 때는 전혀 다른 사람이 되어 있었다.

'이솔 학생.'

미세하지만 분명히 느껴졌다.

'거기 있죠?'

어미 끝에 남은 울림, 그리고 떨림.

"크하하!"

그게 우스웠다.

"재밌네, 이솔."

정말 단지, 그게 우스워서였다.

"우리 사귈래?"

그러자고 할 리 없다는 건 알았지만, 그렇다고 그런 대답을 할 줄도 몰랐다.

"……싫은데요?"

"뭐?"

"선배가 잘 모르시나 본데…… 원래 갖기 싫을 때, 버리는 거예요."

"……."

"갖고 나서 버리는 건 버리는 게 아니라."

지태는 모르고 있었다.

"……죽이는 거지."

그의 눈앞에 있던 여자는 다른 어떤 여자가 아니라, 이솔이라는 것을.

○ ◎ ●

담뱃불이 손가락 가까이 타들어 온 줄도 모르고 있던 도하는 따끔한 느낌에 정신을 차렸다.

"야, 이솔, 괜찮아?"

"진짜 혼자 갈 수 있겠어?"

벽 너머로 두 남녀의 목소리가 들렸다. 도하는 곧장 들고 있던 담배를 비벼 끄고 벽을 돌아 나갔다. 생각할 새도 없이 몸이 먼저 반응했다.

"괜찮아. 혼자 갈 수 있어."

솔은 여진의 손을 단호히 떨치며 말했다. 조금의 흐트러짐도 없이 또 렷한 눈으로 미소 짓는 걸 보니 술은 많이 깬 것 같았다.

"너넨 오늘 세준 선배 도와주기로 했잖아. 얼른 들어가."

"그럼 택시라도 타지."

"바로 앞인데 택시는 무슨. 들어가서 연락할게."

아무리 그래도 이 밤에 혼자라니.

도하는 얼른 가게로 들어가 학과장을 비롯한 교수들에게만 조용히 인사를 하고 빠져나왔다.

다행히 솔은 그새 멀리 가지 않았다. 사거리 큰 신호등 앞에 서서 지루한 듯 한쪽 발로 땅을 긁고 있었다. 덧없어 보이는 그 작은 행위가 왜인지 안쓰럽게 느껴졌다.

보듬어 주고 싶다.

그런 생각은 알 수 없는 죄의식을 꼬리표처럼 달고 온다는 것을 누구보다 잘 알면서도 멈출 수가 없었다. 저 작은 아이 같은 여자의 곁에 서서 얇은 옷 위에 재킷을 덮어 주고 싶고, 움츠러든 어깨에 손을 올려 주고 싶다. 아마 교수가 아니었다면, 이런 신분으로 다시 만나지만 않았다면, 이미 저질러 버렸을지도 모른다.

그때, 신호등에 푸른빛이 켜졌다. 솔은 추운 듯 옷을 여미면서도 천천히 걸었다. 터벅, 터벅, 터벅. 하얀 운동화가 단아하고 정갈한 소리를 낸다.

도하가 좋아하는 소리였다.

4년 전, 시네하우스에서 그의 가슴을 늘 설레게 했던 소리. 그녀의 발소리는 그녀를 닮아 있었다. 차분하고 조용하면서도 어딘가 묵직한 데가 있었다.

'……버릴 솔.'

'…….'

'땅에 버릴 솔.'

어딘가, 그와 닮은 데가 있었다.

"원래 거느릴 솔이었는데."

2미터쯤 뒤에서 따라가던 도하가 멈추어 섰다. 마치 그의 생각을 읽기라도 한 듯, 불쑥 말을 꺼낸 솔 때문이었다.

"실수로 손 수 자를 덧붙이는 바람에 그렇게 됐대요."

도하가 따라가고 있는 것을 알고 하는 말인지, 혼자 하는 말인지 알 수 없었다. 혹시 누군가와 통화를 하고 있는 건가 싶어 슬쩍 살펴보았지만 귀에는 아무것도 꽂혀 있지 않았다.

　"그러니까, 이상하게 생각하실 거 없어요."

　"……"

　"처음부터 버려진 건 아니니까."

　아무래도 전자가 맞는 것 같았다.

　"지금 저는 어때요?"

　어느새 횡단보도를 다 건넌 솔은, 한층 더 소리 높여 말했다.

　"어제, 그쪽 뒷모습은 멋있었는데."

　아직 횡단보도 한가운데 멈춰 있는 도하를 향해.

　"강도하…… 교수님."

○ ◎ ●

　학생들이 많이 빠진 한적한 술자리.

　"미쳤냐? 제정신 아닌 애를 혼자 보내면 어떡해?"

　지태는 그가 자리를 비운 사이 솔이 집에 갔다는 말에 버럭 화를 냈다. 호가 황당한 웃음을 흘리며 들이받듯 답했다.

　"누구 때문에 갔는데요."

　"야야, 하지 마."

　여진이 호의 단단한 팔뚝을 잡아채며 속삭였다. 이미 솔과 지태의 소문이 빠르게 퍼지고 있었는데 괜히 호까지 얽혀서 좋을 게 없었다.

　'……싫은데요?'

　'갖고 나서 버리는 건 버리는 게 아니라, 죽이는 거지.'

　그때 여진이 어색한 탄성으로 분위기를 띄워 주었기에 망정이지, 자칫 잘못했다간 한번 싸움으로 번질 수도 있었다. 웬만하면 넉살 좋게 넘어가는 평화주의자 세준도 이건 아니다 싶은지 굳어 가고 있었기 때문이다. 여진이 굳이 이번 뒤풀이는 저희가 돕겠다고 나선 것도 그런 이유에서였다.

"그리고 이솔 멀쩡하거든요? 취했다고 생각하는 게 선배한텐 편하겠지만."

하지만 눈치 없는 호는 여진의 노력을 전부 물거품으로 만들 기세였다.

"야, 최호 많이 컸네. 4학년 되니까 눈에 뵈는 게 없나?"

"선배야말로 졸업할 때 되니까 눈에 뵈는 게 없으신가 봐요. 이솔을 건드리고."

지태의 얼굴에서 그나마 남아 있던 조소까지 사라졌다.

"이솔이 뭔데. 건드리면 큰일이라도 나냐?"

"푸하하하!"

그때 옆 테이블에서 커다란 웃음소리가 들려왔다.

"이솔?"

취기로 벌겋게 달아오른 진석이 맥주잔을 들고 돌아보고 있었다.

여진은 깊은 한숨을 쉬며 고개를 숙였다. 올 게 왔다.

"큰일, 나지! 아암. 나고말고."

갑작스러운 진석의 난입에 지태의 미간이 바싹 구겨졌다. 그러나 진석은 아랑곳하지 않고 잘 가누지도 못하는 상체를 지태 쪽으로 바싹 기울여 속삭이듯 말했다.

"저기 씨, 이솔 건드리면…… 피 봐요."

"……."

"가해자가 피해자가 되고, 피해자가 가해자가 된다니까?"

"선배!"

보다 못한 호가 진석을 지태에게서 떼어 내 밀치듯 옆 테이블로 보냈다. 진석은 우당탕탕! 요란한 소리를 내며 의자를 잡고 엎어졌다. 하지만 영화과 학생들도 이미 진석의 주정에 지쳤는지 불쾌한 표정으로 힐긋한 번 보고 말 뿐이었다.

"뭔 소리야?"

진석의 말에 무언가 있다고 느꼈는지 지태가 여진을 보고 물었다.

"……그냥 헛소리죠."

"아무도 몰라. 아무도!"

여진은 대강 둘러댔지만 진석은 흐느적거리며 일어나 계속해서 큰 소리를 냈다.

"이솔이 얼마나 당돌하고 도발적인 앤지."

지태의 시선이 닿을 때까지.

"얼마나 무서운 년인지."

○ ◎ ●

그들 사이엔 여전히 2미터의 간극이 있었다.

터벅, 터벅, 터벅. 일정한 걸음 소리를 들으며 도하는 생각했다.

길다. 2미터가 이렇게 긴 길이였던가.

"교수님."

아까까지만 해도 그쪽, 이라는 말로 도하의 심장을 철렁하게 했던 솔은 다시금 교수님이라는 호칭을 썼다. 어쩐지, 2미터에서 한 뼘이나 훌쩍 더 멀어져 버린 것 같은 느낌.

"저 왜, 데려다주시는 거예요?"

술기운 때문인지 오늘의 솔은 평소보다 더 직설적으로 느껴졌다. 그래도 어떤 상황에서도 누구에게든 깍듯한 존칭은 버리지 않는다. 예의 바른 거리 두기. 그게 솔의 주특기인 것 같았다.

"늦었잖아요. 가는 길이기도 하고."

"이 동네에 사세요?"

"……그러려고."

솔의 두 다리가 멈칫하는 게 보였다. 그제야 아차 싶었다.

스토커처럼 보이려나. 하지만 그건 좀 억울하다.

물론 어제 진석의 일 때문에 본격적으로 알아보긴 했지만 사실 그 전부터 계획했던 일이었다. 학교가 강남에서 출퇴근하기에는 꽤 멀어서 한 학기만이라도 학교 근처 오피스텔에서 지내볼까 싶었던 것이다.

"저 데려다주지 마세요."

"왜. 불편해요?"

"아니요."

"그럼."

"그냥…… 이상한 기분이 들어서요."

"……."

"꼭 바람피우는 것처럼."

도하가 멈칫하는 소리가 들렸다. 이번엔 솔이 아차 싶었다.

이상하게 보이려나. 혼자 너무 멀리 가 버린 것 같다. 뒤늦게 취기라도 올라오는 듯 눈가가 후끈, 뜨거워졌다.

"그러니까, 제 말은……."

"피워 봤어요?"

다행히 도하는 쿡 웃으며 물었다.

"교수님은요?"

어색한 분위기를 넘기려는 장난스러운 질문이었던 걸 알면서도 솔은 역으로 질문해 보았다. 늘 궁금했었다.

"인기 많았을 것 같은데."

그의 연애사.

"……글쎄. 하도 오래돼서 잘 기억도 안 나네."

문득 돌아보고 싶었다. 약간의 웃음기가 느껴지긴 했지만 장난인지 진심인지, 그는 지금 어떤 표정을 지으며 말을 하고 있는지 너무 궁금해서.

"오래……됐어요?"

"한 4년쯤."

4년. 그 숫자 하나에 왜 심장이 미친 듯이 요동을 치는지 모를 일이다.

4년 전 시네하우스. 첫 연애 상대에게 깔끔하게 차이고 다시는 누구도 만나지 못했던 건 솔도 마찬가지였다.

"왜요?"

사생활을 너무 깊이 물어보는 건 아닌가 싶어 걱정됐지만 궁금한 건 도저히 참을 수가 없었다. 특히 도하에 관련된 것은.

"그냥…… 주지 않고 싶어서."

"……."

"아무에게도."

우뚝. 미미한 가로등 불빛 아래 하얀 운동화가 가지런히 놓였다. 어느덧 오피스텔 바로 앞이었다. 우뚝. 그의 구둣발도 따라 멈추는 소리가 들렸다. 그는 여전히 2미터 뒤에 있겠지만.

'지금이라도 말해 줘서 고마워.'

'…….'

'너한테 더 주지 않게 해 줘서'.

어쩐지 바로 뒤에 서 있는 것 같은 느낌에 어깨가 가늘게 떨려 왔다.

'이제 아무에게도 더 주지 않게 해 줘서.'

4년 전 그 순간을 그가 기억할 리 없는데. 본인도 아니고 남의 이별을 그리도 생생하게 기억할 리가 없는데. 그런데 왜 주변의 공기가 바뀌고 향기가 바뀌고 모양이 바뀌는지. 정신을 차렸을 때 사방은 이미 따뜻한 베이지색 톤의 카페로 바뀌어 있었다.

"왜 하필…… 여기예요?"

꿈인지 현실인지 헷갈릴 정도로 선명한 분위기. 그가 다시 온 순간부터 솔은 항상 이곳에 서 있었다.

"왜 하필…… 우리 학교예요?"

"……."

"왜 하필……."

손을 뻗어도 닿을 수 없는 과거에.

마음에.

"그건, 내가 묻고 싶은 말이었는데."

돌아보고 싶은데, 왠지 그러면 안 될 것만 같았다. 착각인 줄로만 알았는데 어느새 정말 그의 투베로즈 향기가 바로 뒤에서 바람처럼 불어오고 있어서. 미친 척 그 향기에 기대어 버리고 싶어서.

"저, 들어가 볼게요."

살갗이 헤질 정도로 주먹을 세게 쥐는 수밖에 없었다.

"데려다주셔서 감사합니다."

돌아보는 둥 마는 둥 고개만 살짝 돌려 인사하고 들어서는 솔의 손목을 그가 움켜잡았다. 살짝 말려 올라간 옷 사이로 들키기 싫었던 상처가 보였다. 지긋한 시선이 닿는 게 느껴졌다. 얼른 떨쳐 내려는데 부드러운 힘이 한 번 더 짓눌렀다.

"……솔."

쓰다듬듯, 매만지듯, 부드러운 손길로.

"……이솔."

"……."

"그래도 난 좋았어요. 그 이름을 다시 만나서."

눈가가 뜨거워졌다. 이번엔 술기운 때문이 아니었다.

"예뻐서."

검붉은 자국을 가리듯 매만지는 그의 엄지손가락 때문에. 작지만 뜨거운, 그 온기 때문이었다.

○ ◎ ●

잠이 오지 않는다.

카페인 과다 섭취를 한 것 같은 두근거림에 집에 들어오자마자 신경안정제를 먹고 누웠지만 잠깐 선잠이 들었다 깬 후로는 안정제가 아니라 각성제를 먹은 것처럼 정신이 또렷해져 버려서 눈도 감을 수 없었다.

검은 천장 위로 방금 전 꾸었던 꿈의 잔상이 떠올랐다.

바닷물이라곤 흔적도 찾아볼 수 없는 간조 시간의 서해. 메마른 해변 위에 한 여자가 홀로 서 있었다. 갈매기 밥을 주듯 왼손을 하늘 높이 뻗고 있던 여자의 뒷모습이 익숙해서 이름을 불러 볼까 싶던 순간, 여자의 가녀린 손목 위로 커다란 새 한 마리가 날아들었다.

푸른 잿빛의 털과 날카로운 눈을 가진 바다매였다. 매는 잠시 여자와 교감하는 듯하더니 이윽고 갈고리 같은 발톱을 사납게 휘어 발돋움했다. 치이익. 매가 날아가면서 여자의 손목에 기다란 자국을 남겼다.

모난 무언가에 베인 것 같은 검붉은 자국.

그 상처를 마지막으로 도하는 잠에서 깼다. 아무래도 솔을 데려다주고 우연히 보았던 손목의 상처가 뇌리에 남았던 모양이다.

그렇다고 꿈까지 꿀 줄이야.

도하는 본래 꿈을 잘 꾸는 편이 아니었다. 대체로 상념 없이 바로 잠드는 편이었고 한번 잠이 들면 누가 업어 가도 모를 만큼 깊이 들어 꿈을 꿀 새가 없었다. 그런데 왠지 오늘부터는 안정제가 아닌 수면제가 필요할 것 같은 불길한 예감이 들었다.

"하아."

도하는 손등으로 눈을 덮었다. 어둠에 어둠이 덮였다. 그래도 잠은 오지 않았다. 또다시 한 여자의 뒷모습만 떠올랐다. 간절히 위로해 주고 싶던.

'그래도 난 좋았어요. 그 이름을 다시 만나서.'

아무리 그래도 너무 간 건 아닐까.

'예뻐서.'

그녀야말로 이상하게 생각하진 않을까.

……갑자기 담배 생각이 절실해졌다.

벌떡. 결국 침대에서 몸을 일으킨 도하는 서랍장에서 담배 한 갑과 라이터를 꺼내 베란다 문을 열었다. 시원한 찬바람이 나이트가운의 밑단을 적셨다. 흔들리는 푸른 잿빛을 보며 도하는 꿈속의 바다매를 떠올렸다.

나는 네게 어떤 존재일까.

잠시 스쳐 가는 겨울새라도 머물러 보고 싶다. 그래서 떠나게 되더라도 꼭 알려 주고 싶다. 누군가 머물렀다 떠나도, 반드시 상처가 남는 건 아니라는 걸.

충분히 괜찮을 수 있다는 걸.

○ ◎ ●

"선배, 뭐야?"

가방을 내려놓기 무섭게 날 선 목소리가 날아들었다.

"개총 때 쟤한테 사귀자고 고백했다며. 진짜야?"

지태는 미선의 채근에도 눈길 한번 주지 않고 한쪽 팔을 베고 드러누웠다. 쟤, 라고 불리는 아이는 언제나처럼 반듯한 자세로 앉아 책을 들여다보고 있었다. 겨우 두 자리 앞이라 전부 들릴 게 뻔한데. 마치 아무 일도 없었던 것처럼. 한결같이 거들떠도 보지 않고.

"진짜냐니까!"

"넌 어떻게 알았는데."

"어떻게 알긴! 영화과 친구가 소문 쫙 퍼졌다던데. 선배 진짜 미쳤어? 왜 갑자기 저런 애를 건드려?"

꼿꼿하던 솔의 어깨가 약간 움찔하는 게 보였다.

"저런 애가 뭔데."

"뭐?"

"쟤가 어떤 애냐고. 너, 같은 고등학교 나왔다며. 들어나 좀 보자. 대체 어떤 애길래 다들 그렇게 난린지."

미선은 그제야 앞쪽을 힐끗거리며 목소리를 한층 낮추어 말했다.

"……딱 보면 몰라? 어두침침, 쎄하잖아."

"그딴 거 말고. 팩트만."

그러자 미선은 잠시 고민하는 듯하더니 이윽고 지태에게만 들릴 정도의 작은 목소리로 속삭였다. 무표정한 얼굴로 미선의 말을 듣던 지태의 두 눈이 차츰 굳어 갔다. 잠시 후, 지태는 미선에게 단호한 어조로 물었다.

"……보태거나 뺀 건."

"내가 뭐 하러? 같은 반이었다니까. 본 것 그대로 말한 거야."

"……"

"그러니까 웬만하면."

"너 그 영화과 친구. 영화 동아리도 한다고 했지?"

"어……. 근데 그 친군 갑자기 왜?"

"하나만 좀 알아봐 주라."

시선은 여전히, 반듯하게 앉아 있는 한 여자에게만 꽂아 둔 채.

"4년 전에 이솔이랑 김진석, 무슨 일이 있었는지."

○ ◎ ●

'쟤가 어떤 애냐고.'

대화는 거기서 끊겼다. 지태는 분명 들었겠지만 솔에겐 들리지 않았다. 알고 싶지도 않았다. 솔은 지태가 그녀를 어떤 사람이라 생각하든 상관없었다. 다만 소문은 나지 않길 바랐다. 혹시나 도하의 귀에 들어갈까 봐.

그건 정말, 죽기보다 싫었다.

"첫 번째 리포트 주제는 '영화와 가족' 입니다."

그런 솔의 마음을 아는지 모르는지, 도하는 수업에만 열중이었다. 어느덧 수업이 끝나고 과제에 대한 공지 사항이 전달되고 있었다.

"요즘 시대의 가족 문화를 반영한 영화를 찾아보고 감상문을 제출하시면 됩니다. 기한은 다음 주 목요일 수업 종료 전까지."

학생들이 곳곳에서 앓는 소리를 냈지만 도하는 눈 하나 깜짝하지 않았다.

이럴 때 보면 참 칼같이 냉정하다. 솔을 집까지 데려다주고, 더없이 다감하고 따뜻한 목소리로 손목을 쓸어 주던 그때와는 전혀 딴판이다. 혼자만의 착각일지라도, 그때를 생각하면 왠지 도하와 비밀스럽고 특별한 사이가 된 것만 같았다.

"지난번 OT 때도 말했다시피 우리 수업은 과제가 50프로로, 출석, 중간, 기말을 다 합친 것과 다름없는 높은 비중을 차지합니다. 그래서 과제는 책임지고 꼼꼼하게 관리해 줄 강의 반장이 필요한데……."

반장이라는 말에 학생들은 약속이라도 한 듯 고개를 숙였고, 멍하니 도하를 바라보고 있던 솔은 엉겁결에 혼자만 뾰족 서 있는 모양이 되었다. 여지없이 도하와 눈이 마주쳤고.

"이솔 학생?"

여지없이 가슴이 뛰었다.

"괜찮겠어요?"

닿은 것은 시선뿐인데 꼭 온몸이 닿은 것처럼 화끈한 기분이 들었다. 당황한 솔은 그저 시선을 피해야겠다는 생각으로 고개를 수그렸다.

그게 긍정의 사인이 될 줄이야.

"그럼 강의 반장은 경영학부 이솔 학생에게 부탁할 테니, 앞으로 과제에 관한 모든 것은 이솔 학생에게 문의해 주시면 됩니다. 그리고 이솔 학생은, 잠깐 나 좀 보고 갈래요?"

일순 작지만 분명한 한탄의 소리들이 들려왔다.

나 좀 보고 갈래요? 가슴 철렁하게 달콤한 그 한마디 때문이었다.

"이 파일부터 잘 숙지하면 돼요."

수업이 끝나고, 솔과 단둘이 남은 도하는 노트북에 있던 과제 안내 파일을 직접 보여 주며 말했다. 하지만 솔은 파일이 눈에 들어오지 않았다.

"글자 포인트는 11, 줄 간격은 160프로, 장평은 100프로 꼭 맞춰서 한 장 넘지 않도록. 그리고 제목은 이렇게 통일해서……."

운동을 즐겨 하는 걸까. 말려 올라간 셔츠 아래로 군살 없이 단단한 팔뚝과 진녹색 핏줄이 보였다.

"제출 기한은 꼭 엄수할 수 있도록 공지 잘해 주고, 수업 종료 후 10분까지만 받아 주세요. 이후부턴 하루 늦을 때마다 1점씩 감점해 주면 되는데……."

노래를 즐겨 하진 않을까.

낮고 무거운 목소리에서는 들을 때마다 깊은 울림이 느껴진다.

"강의 게시판에 올리긴 할 건데 그 전에 메일로 보내 줄게요. 주소 좀……."

"……."

"이솔 씨?"

"아, 네."

한 발 뒤에서 도하만 바라보고 있던 솔은 깜짝 놀라 다가갔다. 혹시 그를 훔쳐보느라 넋 놓고 있던 걸 들켰나 싶어 정신이 아득해졌다. 무작정 노트북 앞에 선 솔은 멈칫, 교탁을 짚는 도하의 단단한 손을 보고 그제야 자신이 그의 품속으로 달려들 듯 파고들었음을 깨달았다.

굳이. 불러 줘도 됐을 주소를 직접 입력하겠다고 아주 굳이 말이다.

"아……."

부끄러움이 밀려왔을 땐 이미 늦은 후였다. 제 의지와 상관없이 백 허그를 하는 자세가 되어 버렸던 도하는 머잖아 한 발 물러서며 솔에게 자리를 내어 주었고, 코끝을 찔렀던 투베로즈 향기도 한 발 멀어졌다. 남은 것은 급격히 무거워진 주변의 공기뿐.

"제 주소가 좀 어려워서……."

솔은 불에 덴 듯 벌게진 얼굴을 노트북에 박고 서둘러 주소를 입력했다. sol—0329

……퍽이나 어려운 주소였다. 아무 말이나 뱉진 말 걸 그랬다.

"생일이에요?"

다행히 도하는 비웃지 않고 물었다.

"0329."

"……아, 네."

"봄에 태어났네."

"……네."

"어울린다."

"……네?"

의아한 얼굴로 고개를 돌린 순간, 교탁에 한쪽 손을 짚고 기대어 선 채 노트북을 들여다보고 있던 도하와 눈이 마주쳤다. 너무, 가까이서.

"이름이…… 어울리잖아요. 솔이랑, 봄이랑."

긴장으로 바싹 굳은 것도 잠시, 솔의 입에서 짧은 웃음이 샜다.

"왜 웃어요? 진심인데."

아무 말이나 내뱉고 있는 건 자신만이 아니라는 안심이 들어서.

"다 됐습니다."

솔은 대답 대신 파일을 첨부해서 메일까지 보내 놓고 비켜섰다. 메일이 정상적으로 전송된 것을 확인한 도하는 묵묵히 노트북을 끄며 말했다.

"혹시 더 궁금한 게 있으면 따로 연락을……."

흐려지는 도하의 말꼬리에 솔도 잠시 말문이 막혔다.

010.8047.40…….

알고 있지만 연락하지 않았던 지난날이 후회됐다. 며칠 전, 그가 집까지 데려다준 날만 해도 감사하다는 문자를 보낼까 말까 한참을 고민하다 꼴딱 밤을 새 버렸다. 마음이 없으면 쉬운 일일 텐데.

"할게요."

솔에게는 모든 게 어렵기만 하다.

"교수님도 하세요."

"……."

"필요한 거 있으시면, 언제든 편하게."

역시, 그날 바람피우는 것 같다는 말은 괜히 한 것 같다.

도하는 전혀 신경 쓰지 않을지도 모르지만, 솔은 그날 이후 사소한 말 하나하나까지 신경 쓰게 됐다. 혹시 내가 흑심을 품고 있다고 생각하진 않을까, 목적이 있어서 접근한다 생각하진 않을까, 아니면 그냥 이상한 변태라고…….

"필요한 거 없어도……."

정신없이 뻗어 나가던 잡념이 뚝 끊겼다.

"연락, 하면 안 되나?"

도하가 보일 듯 말 듯 희미한 미소를 띠고 물었다. 어떤 상황에서도 누구에게도 지키던 깍듯한 존칭도 버려 가면서. 왜인지 순간, 심장이 끝도 없이 곤두박질쳐 버려서.

"……네."

솔은 한참 만에 입을 열었다.

"하지 마세요, 그런 장난."

"……."

"먼저 가 보겠습니다."

싫었다. 돌아서는 와중에도 가슴이 뛰는 게. 그의 시선이 닿아 있을 뒷모습이 신경 쓰이는 게.

그간 도하가 하루 중 가장 많은 시간을 휴대폰을 보는 데 쓰고 있었다는 사실을 알 리 없는 솔은 도하의 미소를 '장난'이라 받아들였다. 그리고 버렸다. 기대도, 희망도. 차라리 그게 편했다.

하루 중 가장 많은 시간을 휴대폰을 보는 데 쓸 자신이, 솔은 없었다.

○ ◎ ●

"하아."

쏟아지는 신음을 참으며 도하는 주먹을 그러쥐었다.

바로 앞에 그녀가 있었다. 체온이 느껴질 만큼 가까운 거리에서, 등을 보이고 선 채. 교탁에 선 도하의 품 안으로 예고도 없이 들어와 노트북을 만지던 솔의 뒷모습을, 가녀린 목덜미를 그는 결국 참지 못했다.

덥석, 마우스를 잡고 있던 솔의 작은 손을 잡아 쥐고, 다른 한 손으론 그녀의 얇은 허리를 당겨 안았다. 놀랐는지 짧은 신음을 흘리며 고개를 돌리는 솔의 입술을 틀어막고 와락, 끝까지 끌어안았다.

세게. 더 세게.

봉긋한 엉덩이 사이로 중심을 밀어붙이고 뽀얀 목덜미를 집어삼켰다. 깨물면 터질 것처럼 여린 살결을 입술 새에 가두고 부드럽게 쓸어 보았다. 형언할 수 없이 보드라운 촉감에 혀가 절로 거칠어졌다. 동그랗게 굴려 핥다가 후욱, 단숨에 빨아들이니 솔의 몸이 농밀하게 비틀렸다.

그 작은 움직임이 도하를 더욱 미치게 만들었다.

결국 참지 못한 도하가 솔의 골반을 움켜잡고 그녀의 치마 아래, 얇은 팬티 한 장을 찢고 들어갈 기세로 페니스를 처박았다. 선단에서 흘러내린 액체에 이미 제 속옷은 엉망이 된 것 같았다. 더는 견딜 수가 없었다.

이곳이 대학, 강의실만 아니었다면.

마음 같아선 당장이라도 거추장스러운 옷들을 벗어 버리고 솔의 안으로 들어가고 싶었다. 도하는 타오르는 갈증을 억누르듯 그녀의 목덜미를 짓씹고 또 짓씹으며 정신없이 손을 추켜올렸다. 골반에서부터 빠르게 밀어 올린 손이 주저 없이 블라우스의 단추를 풀어 헤치고 속옷까지 파고들어 갔다.

브래지어 밖으로 빠져나온 여린 살덩이를 힘껏 움켜쥐자 자지러지는 신음이 귓가에 쑤시듯 박혔다. 속옷의 레이스를 찢어 내듯 젖힌 그가 기어이 정점을 찾아내고 무방비 상태가 된 가슴을 양손으로 휘어잡았다.

그런데 그 순간, 도하의 단단한 손이 바르르 떨리다 차게 굳고 말았다. 높게 터지는 신음과 함께 솔이 무너지듯 교탁을 움켜잡은 바로 그 순간, 보고 만 것이다.

상흔. 여린 손목에 선명히 그어져 있는 두 줄의 상흔을.

……온몸에서 힘이 빠진 그때 챙, 날카로운 마찰 소리와 함께 품 안에 있던 그녀가 깨어져 버렸다. 산산조각 나 버렸다.

유리처럼. 환상처럼.

"하아!"

숨이 막힐 듯한 느낌에 거친 신음을 터뜨린 도하는 번뜩 눈을 떴다.

낯선 천장, 낯선 매트리스, 낯선 벽지가 그를 감싸고 있었다. 그제야 도하는 자신이 단기 계약 한 오피스텔에 입주했었다는 걸 깨닫고 몸을 일으켰다.

그가 지금 무슨 꿈을 꾸었는지 깨닫는 데는 한참이 걸렸다. 그러나 그게 무엇을 의미하는지 깨닫는 데는, 단 1초도 걸리지 않았다. 사실 4년 전 그때부터 셀 수 없이 많은 밤, 그를 짓이겨 왔던 꿈이었으므로.

'하지 마세요, 그런 장난.'

아니었다. 그런 게.

그때는 답하지 못했지만 이제는 분명해져 버렸다. 더는 부인할 수 없었다.

나는 너를 안고 싶어 한다.

나조차도 믿을 수 없는 더럽고 한심한 인간이 되어서라도.

나는 너를,

나는 너를 온통,

"미친 거네, 강도하."

갖고 싶어 한다.

○ ◎ ●

"미친 새끼."

지태가 조소를 흘리며 빨대를 입에 물었다. 서늘한 입꼬리에 불쾌한 감정이 드러났다.

"근데 이상한 게, 그 미친 새끼는 극구 부인했다는 거지."

미선이 골똘한 표정으로 말을 이었다.

"부인?"

"자기가 한 게 아니라고, 이솔이 했다고."

잘근잘근. 빨대를 씹는 버릇이 있던 지태는 혀끝에 툭 걸리는 플라스틱 느낌에 결국 퉤, 하곤 빨대를 내뱉었다.

이틀 전 알아봐 달라 부탁했던 영화 동아리 사건에 대한 이야기었다. 영화 동아리 회원인 미선의 지인에 의하면, 4년 전 솔에게 고백했다 거절당한 진석이 동아리실에서 난동을 부리다 술병을 깼고, 그것으로 솔을 위협하다 실수로 솔의 손목까지 그어 버렸다고 했다. 다행히 상처가 깊지 않았고 마침 선배들이 와서 진석을 끌고 나간 덕분에 큰 사고로 이어지진 않았다고.

그런데 정작 진석은 펄쩍 뛰며 부인했다는 것이다.

"누가 뭘 해?"

바싹 구겨지는 지태의 미간에 적잖은 짜증이 묻어났는지 미선이 힐긋 눈치를 보며 답했다.

"이솔이 직접…… 자기 손목에……."

"……."

"김진석 그 인간이 평소에 한 짓도 있고 여자애들 사이에선 이미 사이코로 유명했나 봐. 그래서 아무도 믿지는 않았다는데, 뭔가 이상하긴 하지?"

"……."

"고등학교 때랑 비슷하잖아. 그때도 애들은 이솔이 직접……."

"됐어."

더 듣기 싫다는 듯 지태가 자리에서 일어섰다.

'저기 씨, 이솔 건드리면…… 피 봐요.'

'가해자가 피해자가 되고, 피해자가 가해자가 된다니까?'

개강 총회 뒤풀이 때 진석이 했던 말이 생각났다. 지태도 사건의 전말이 의심스러운 것은 사실이었다. 하지만 무엇이 사실인지는 당사자가 아니면 알 수 없다. 모든 일이 그렇다. 겪어 보지 않으면 알 수 없다.

"아이스 바닐라 라떼 한 잔 나왔습니다."

지태는 얼음만 남은 컵과 라떼 한 잔을 바꾸곤 무심한 손길로 컵홀더와 빨대를 꽂아 미선에게 건넸다. 요즘 통장 잔고가 바닥이라며 좋아하던 커피도 마시지 않던 미선은 깜짝 놀란 듯 환한 미소로 받아 들며 물었다.

"언제 샀어?"

"뇌물이야. 앞으로도 내 정보원 역할 좀 잘해 달라고."

"뭐야, 그게 뭐 어려운 일이라구. 우리 사이에."

지태는 우리 사이에, 라는 말을 강조하며 달라붙는 미선을 귀찮은 듯 떼어 내고 카페를 나섰다.

미선과는 작년에 교양 수업에서 만나 조별 과제를 같이하다 가까워진 사이, 그 이상도 이하도 아니었다. 마음만 먹으면 언제든 '그 이상'이 될 수 있었지만 그러고 싶지 않았다. 그건 단지 이성적인 호감이 없어서가 아니었다.

미선이 종종 이렇게 커피 하나에 세상을 다 가진 듯 행복해하는 미소를 보이기 때문에. 진심을 보이기 때문이었다.

진심이 섞이면 어려워진다. 지태는 그랬다.

"근데 선배, 왜 그렇게 이솔에 대해서 알려고 하는 건데? 설마 진짜 사귀려는 건 아니지?"

"사귀든 말든, 니가 상관할 일도 아니지."

"선배!"

미선의 서운한 외침에 귀가 따가웠다. 지태는 귓바퀴를 가볍게 후비며 코너를 돌았다.

'아무도 몰라, 아무도!

'이솔이 얼마나 당돌하고 도발적인 앤지.'

'얼마나 무서운 년인지.'

하긴, 알고 싶긴 하다. 아무도 모른다는 그 애. 알면 알수록 알아서는 안 될 것 같은 그 애. 그래도 왠지 이솔 옆에 있으면 그의 상처쯤은 아무것도 아니게 될 것 같아서. 그런 잔인한 이기심과 가학적인 기대감으로 자꾸 파헤치게 됐다.

물론, 강도하를 엿 먹이고 싶다는 생각이 우선이었지만.

"장난하지 말구, 진짜로! 진짜 사귀려는 건 아니지? 어?"

어디선가 달콤한 향이 섞인 찬바람이 코끝을 스쳤다. 돌아보니 편의점 앞에 예쁘게 포장된 사탕과 초콜릿 바구니가 한가득 쌓여 있었다.

「3월 14일 화이트 데이! 달콤한 마음을 전하세요~」

펄럭이는 현수막을 보는데 얼핏 웃음이 났다. 5년 전 그날 이후 한 번도 거들떠본 적 없는 현수막이 오늘따라 눈에 들어왔다.

"장난도 가려 가면서 쳐야지."

"뭐야, 그럼 안 사귄다는 거지?"

사귀고 싶다고 사귈 수 있을지도 모르겠지만.

"신지태!"

건조한 입술을 끌어 올리는 지태의 눈빛에 전에 없던 생기가 일렁였다.

○ ◎ ●

이틀 만에 본 도하는 수업 중 단 한 번도 솔을 쳐다보지 않았다. 이전에는 고의였는지 우연이었는지 적어도 두세 번은 솔에게 눈길을 주곤 했는데. 아니, 그렇다고 느꼈었는데.

'하지 마세요, 그런 장난.'

역시, 그 말 때문일까.

명색이 강의 반장이었는데 오늘은 수업이 끝나고 따로 부르지도 않았다. 연락하지 말라며 철벽을 칠 땐 언제고 이제 다가오지 않는다고 서운해하는 자신이 싫어서 한숨이 났다.

뭐 어쩌라는 심보인지.

하지만 어쩔 수가 없었다. 무언가에 대한 두려움과 불신은 쉽게 없앨 수 있는 게 아니었다.

"야, 대박! 기사 봤어?"

수업이 끝나고 오랜만에 찾은 곱창집. 상념에 젖어 곱창은 먹는 둥 마는 둥 부추만 뒤적이고 있던 솔에게 여진이 호들갑을 떨며 물었다.

"뭔데?"

또 연예인 얘기냐며 심드렁하게 들여다보던 호도 이내 짙은 눈을 번뜩이며 휴대폰을 빼앗아 들었다.

"이 사람 세준 선배 누나 아니야?"

"그러니까, 완전 대박이지? 어떡하냐, 세준 선배. 난리 났네."

세준의 친누나가 KBC 방송국 기자라는 얘기는 1학년 때부터 들어서 알고 있었다. 스물네 살의 어린 나이에 한 번에 입사를 했다고 당시 세준이 팔불출처럼 자랑을 하고 다녔다. 2년 전부터는 9시 뉴스 앵커를 맡아 KBC의 얼굴마담으로 활동하고 있었기에 이름도 모르려야 모를 수가 없었다.

차세희.

이름부터 차가운 도시 여자의 이미지가 폴폴 풍기는 여자. 이름도, 얼굴도 세련미 넘치고 예뻐서 한번 본 후에는 잊히지 않았다.

"왜, 무슨 일인데?"

남 일에는 원체 관심이 없는 솔이었지만 요란에 맞춰 주듯 형식적으로 물었다.

"이것 좀 봐 봐."

호가 건넨 휴대폰을 받아 든 솔은 포털 사이트 메인을 장식한 댓글 1만
개가 넘는 기사를 덤덤히 읽어 내려갔다.

「[단독] 차세희 앵커, 강기우 태진전기 부회장과 열애」

자극적인 타이틀에 비해 정작 내용은 정확하지 않은 추측성 기사였
다. 하지만 두 사람이 늦은 밤 함께 거니는 사진과 두 사람이 탄 차가 고
급 호텔로 들어가는 사진은 의심을 사기 충분했다.

무엇보다 세희가 속해 있는 KBC 방송국은 태진그룹 회장이 창간한
경부일보의 자회사라는 것이 대중의 의심을 확신으로 만드는 데 결정적
인 역할을 했다. 차세희가 강기우의 스폰으로 KBC의 얼굴마담이 된 것
이라는 추측이 가능했기 때문이다.

"아닐 수도 있지."

솔은 무미건조하게 말하며 휴대폰을 도로 넘겨주었다.

여진과 호는 역시 이솔이라며 웃어넘겼지만 솔은 처음으로 그들과의
식사가 불편하게 느껴졌다. 잘 알지도 못하는 남의 이야기를 함부로 하
는 것이 싫었다. 그걸 즐기듯 잔악무도한 댓글로 공격하는 익명의 사람
들도. 무엇이 사실인지는 당사자가 아니면 알 수 없으니까.

모든 일이 그랬다. 겪어 보지 않으면 알 수 없었다.

절대로.

○ ◎ ●

그 시각, 도하는 잠시도 휴대폰을 손에서 내려놓지 못하고 있었다.

"세희 아무 일 없을 거예요. 걱정 마세요."

연락 두절인 세희 때문에 곳곳에서 도하에게 전화를 걸어 온 때문이었다. 그런데, 저녁 8시쯤 모르는 번호로 전화가 걸려 왔다.

"차세희! 너 지금 어디야."

건너편에선 아무 말도 없었지만, 도하는 그가 세희임을 단번에 알아차렸다.

"지금 어디냐니까. 왜 대답이……."

— 집들이 왔어.

"뭐?"

— 선배 이사한 기념으로 집들이 왔다구.

"뭐라는 거야, 너 지금?"

황당한 표정으로 되묻던 순간, 띵동— 초인종이 울렸다.

설마. 굳은 얼굴로 인터폰을 확인한 도하는 당장 현관으로 나갔다. 문을 열어 주자마자 모자와 선글라스, 마스크로 얼굴을 가린 세희가 커다란 쇼핑백을 척 내밀며 들어왔다.

"선배가 좋아하는 와인. 스위트하고 라임 향 깊은 걸로 사 왔어. 아마 딱 취향일걸?"

세희가 마스크를 벗으며 주방으로 향했다. 슬리퍼로 바닥을 끄는 다소 느린 걸음, 평소보다 한층 높은 톤의 목소리.

"집에 치즈랑 과일은 좀 있어? 카나페 해서 같이 먹고 싶은데."

알고 지낸 시간만 9년이었다. 그사이 도하와 세희는 누가 뭐래도 서로를 이성으로 보지 않는 유일한 사이이자, 친남매보다 더 가까운 사이가 되었다.

"세희야."

그러니까, 모를 수가 없었다.

"너…… 진짜야?"

"……."

"차세희, 너 진짜 그 사람이랑……."

그녀가 지금 울고 있다는 것을.

"……그런 거면 좋겠다."

"……."

"차라리 내가 정말 그 사람을 사랑하는 거였으면 좋겠어."

"알아듣게 얘기해. 무슨 말이야."

진정하려 했지만 떨리는 목소리도 고스란히 느껴졌다.

"다 가지고 태어났다고 생각했는데, 아무것도 아니더라. 대학교 이사
장 아버지, 보도국장 엄마? 그 사람 앞에선 명함도 못 내밀어. 나는 내가
대단히 유별나게 태어난 별종인 줄 알았는데, 나보다 더 잘나고 똑똑한
별종들이 차고도 넘쳐. 고작 이 좁아터진 방송국 빌딩 하나에."

성큼성큼. 주방으로 걸어간 도하가 세희를 잡아 돌렸다. 선글라스 너
머로 언뜻 보이는 눈이 탱탱 부어 있었다. 떨리는 손으로 묵묵히 선글라
스를 벗겼다. 아직 생긴 지 얼마 되지 않은 듯 붉은 기가 도는 멍들이 곳
곳에서 모습을 드러냈다.

"……하."

항상 일정한 온도를 유지하던 도하의 눈빛이 싸늘하게 식었다.

"선배 나…… 잘되고 싶었어."

터질 것 같은 마음을 누르고 또 눌렀지만.

"……지금 어디 있어."

"그땐 바보처럼 한 번이면 될 줄 알았어. 그런데 정말 그걸로 발목을
잡을 줄은……."

"그 개새끼 지금 어디 있냐고!"

더는 참을 수가 없었다. 답해 주지 않는 세희를 떨치고 직접 찾아 나
서겠다고 돌아서던 도하의 다리를 차가운 냉기가 휘어 감았다. 털썩. 무

릎을 꿇고 앉은 세희가 도하의 한쪽 다리를 끌어안고 있었다. 투명한 액체가 뚝뚝, 잿빛 카펫을 적셨다.

"알아. 내가 잘못했어. 내가 비겁하고 나빴어. 어떤 핑계도 변명도 할 수 없는 거 알아. 근데 선배…… 나 너무 무서워. 그 사람은 나 하나쯤 터뜨린다고 아무 타격 없는 거 알잖아. 근데 나는 아냐. 난 정말…… 죽을지도 몰라. 나 이제 잘되지 않아도 돼. 별나지 않아도 돼. 그냥…… 그냥 너무 살고 싶어."

"……"

"나 좀 살려 주라, 선배."

처참할 정도로 절박한 한 여자의 울음소리가 공허한 집 안에 울려 퍼졌다.

사람이 둘이면 온기가 좀 찰 줄 알았는데, 어쩐지 더 춥게만 느껴졌다. 슬프게도.

"우리 그냥…… 약혼하면 안 될까?"

내가 사랑하는 모든 것이 나를 사랑하는 것은 아니었다.

○ ◎ ●

집 앞이라 가볍게 후드 집업을 입고 나왔더니 밤공기가 너무 쌀쌀했다.

패딩을 입고 나올걸.

짧은 후회와 함께 횡단보도 건너편을 열심히 살펴보았지만 새로 지은 오피스텔의 분양 현수막이 거세게 펄럭이는 것 말고는 눈에 띄는 게 없었다.

부를 땐 언제고 왜 보이질 않는 건지.

집에 들어와 막 씻으려고 속옷을 꺼내고 있을 때 지태에게서 문자가 왔다.

[사거리 횡단보도.]

밑도 끝도 없이 무슨 말인가 싶어 답장을 하려다가 답답해서 통화 버튼을 눌렀더니 신호음이 한 번 이어지기도 전에 덜컥, 전화를 받는 소리가 났다.

— 너 보러 왔어.

'네?'

— 줄 것도 있고.

'갑자기 뭘요?'

— 나 지금 너 못 보면 안 될 것 같은데. 잠깐만 나오지.

술주정 같지는 않은데 제정신이라기에는 횡설수설하는 느낌도 없지 않았다. 왠지 나가지 않으면 안 될 것만 같은 찝찝한 기분이 들었다. 결국 고민 끝에 후드 집업만 걸쳐 입고 집을 나왔는데, 정작 지태는 보이지 않았다.

아직 오고 있는 것인지, 혹시 이전에 공개적인 수치를 준 것 때문에 골탕을 먹이려고 거짓말을 한 건 아닌지, 갖은 의심이 들 무렵, 멀리서 익숙한 실루엣이 보였다.

횡단보도 건너편. 막 오피스텔을 걸어 나온 남자가 펄럭이는 현수막 밑에서 담배 한 대를 꺼내 들고 있었다.

그레이 슈트가 잘 어울리는, 도하였다.

'이 동네에 사세요?'

'……그러려고.'

그게 진심일 거라곤 생각지 못했다. 가슴이 무겁게 내려앉았다.

"……하아."

그러나 반가운 마음도 잠시, 연기처럼 드러나는 그의 깊은 한숨에 걱정이 앞섰다.

무슨 일이라도 있는 걸까.

"땅에 버릴 솔."

그때, 뒤에서 익숙한 목소리가 날아들었다. 흠칫 놀라 돌아보니 모자를 눌러쓴 지태가 작은 쇼핑백 하나를 척 내밀고 있었다.

"……뭐예요?"

일단 받아 들고 보니 선물처럼 포장된 직사각형의 상자가 들어 있었다.

"카카오 88프로 다크초콜릿. 너는 사탕 같은 거 싫어할 것 같아서."

"그러니까 이걸 갑자기 왜 주는 거냐구요."

"맞아, 틀려?"

"아니, 맞긴 맞는데……."

어떻게 알았는지 용하기는 했지만 자꾸만 신경이 횡단보도 건너편으로 향했다. 혹시나 도하가 보고 있다면, 괜한 오해를 사기는 싫었다.

"받을 이유가 없는 것 같아요."

쇼핑백을 다시 건네는 솔을 보고 지태가 픽, 바람 같은 웃음을 흘렸다. 모자를 쓴 데다 고개까지 숙이고 있어서 표정은 잘 보이지 않았다. 순간 이상한 느낌을 받은 솔이 고개를 살짝 기울여 지태의 얼굴을 들여다보려는데.

"그냥 가져. 갖고 나서 버리면 되잖아."

"……네?"

"갖고 나서 버리는 건, 버리는 게 아니라 죽이는 거라며."

"……."

"그러니까 그래 달라고. 나 좀 죽여 달라고."

거세게 불던 찬바람에 지태의 모자가 들썩였다. 자칫 휘익, 날아가려는 것을 얼결에 솔이 잡아 눌러씌워 주었다. 그 바람에 모자 아래 가려져 있던 그의 두 눈이 보였다.

보지 말걸.

보자마자 후회가 될 정도로 붉게 물들어 버린 두 눈이.

○ ◎ ●

「[단독] 차세희 앵커, 태진전기 부회장 강기우와 열애」

단체 메신저 방에 올라온 기사를 보고 멍해져 있을 때, 포장된 수제 초콜릿이 나왔다. 무슨 정신으로 초콜릿을 받아 들었는지 모르겠다. 그 저 어느 순간 보니 고동색 쇼핑백이 손에 들려 있었다.

다 읽은 기사를 두 번, 세 번 반복해서 읽고 나니 멀미가 나는 것처럼 속이 울렁거리고 머리가 어지러웠다. 한 손으로 벽을 짚고 멈춰 선 순간, 누군가와 부딪쳤다. 고개만 까딱하고 빠른 걸음으로 스쳐 가는 여자 의 팔을 한 손으로 잡아 세웠다.

'사과는 하고 가셔야죠.'

믿기 힘들었지만 익숙한 파우더 향기가 나서.

'……죄송합니다.'

'뭐가요?'

익숙한 목소리가 들려서.

'뭐가 죄송한데요.'

운명인지 우연인지, 하필 이 시점에 같은 백화점에서 만난 그녀를 지 태는 놓아 줄 수가 없었다.

'이것 좀 놓아 주시죠, 사람들 보는…….'

쾅! 지태는 바로 옆에 있는 비상문을 열고 여자를 데리고 들어갔다.

'여긴 사람 없는데. 이제 말할 수 있겠어요? 뭐가 죄송한지.'

심장이 벌렁거리는 건 멀미의 증상이다. 틀림없다.

'······하아.'

여자는 그제야 지태가 다 알고 있음을 깨달은 듯, 피로한 숨을 내쉬며 마스크를 벗었다.

'내가 너한테 왜 죄송해야 하는데?'

지태는 한눈에 알아보았었다. 그녀는 올해 가장 핫한 스캔들의 주인공이자 그의 지독한 첫사랑, 차세희라는 것을.

'너도 기사 보니 내가 만만해 보여? 어떻게 한번 해 볼 수 있을 것 같아?'

'그렇게 말하면, 마음이 좀 낫냐?'

'······.'

'너도 참, 한결같이 후지다.'

그간 세준 때문에 오다가다 마주치긴 했지만 제대로 말을 섞어 보는 건 5년 만에 처음이었다. 그런데, 그게 하필이면.

'당연히 죄송해야지. 너 때문에 망가진 사람도 있는데, 너 보라고 쓰레기처럼 살아온 사람도 있는데, 니가 더 망가져 있음 허탈하잖아. 짜증 나잖아!'

'······비켜. 지금 너 상대해 줄 시간 없어.'

'고작 그딴 인간한테 당하려고 한 사람 인생을 종 쳐 놨으면, 최소한 미안한 마음이라도 있어야지. 안 그래?'

앙칼지게 쏘아붙일 땐 언제고 그녀는 한동안 아무 말 없이 바라만 봤다.

'그러니까 빨리 사과해. 죄송하다고 똑바로 사과하라고!'

5년 전 그때처럼.

'너야말로····· 참 한결같이 후지다.'

'······.'

'아직도 날 믿니?'

'······.'

'누가 그래? 내가 당한 거라고.'

……또 져 버렸다.

'열남비라도 세워 주고 싶은 순정이네. 감동이야, 아주.'

코웃음을 치며 돌아서는 세희를 지태는 다시 붙잡지 못했다.

'그냥 결혼하지 그랬어.'

'……'

'결혼할 사이라더니, 강도하 그 인간 지금 어쩌고 있는지나 알아?'

'주제넘지 마. 강 선배가 네 친구야?'

'지금이라도 잡아. 너 살 수 있는 방법, 그것밖에 없잖아.'

'부탁인데, 이제 그만 좀 하자.'

덜컥, 비상문을 연 세희가 등을 보이고 말했다.

'아무리 가슴 아픈 사연도 계속 들으면 피곤해하는 게 사람이야. 너 이러
는 거, 지치다 못해 짜증 나.'

쾅. 들어올 때보다 더 거친 쇳소리가 지태의 마음을 울렸다.

진심이란 것이 왜 들키면 안 되는 치부 같은 것인지, 얼마나 별 볼 일
없고 수치스러운 것인지 몸소 가르쳐 주는 여자. 역시, 차세희였다.

"그냥 가져. 갖고 나서 버리면 되잖아."

"……네?"

"갖고 나서 버리는 건, 버리는 게 아니라 죽이는 거라며."

"……."

"그러니까 그래 달라고. 나 좀 죽여 달라고."

그런 감정으로 찾은 사거리 횡단보도. 아무것도 모르는 솔에게 하소
연이라도 하듯 감정적으로 굴고 말았다. 게다가 붉게 물든 두 눈까지 들
켜 버렸다. 마음이란 절대 들켜선 안 되는 거란 걸, 방금 배웠으면서.

"간다."

뒤늦은 후회가 든 지태는 솔이 돌려준 쇼핑백을 받지 않고 돌아섰다.

"……저기."

붙잡을 줄은 몰랐다.

"밥은 먹었어요?"

것도 그런 질문으로.

○ ◎ ●

"이건 사과의 의미라고 받아들일게요."

솔은 초콜릿 봉투를 비어 있는 옆자리에 놓으며 말했다.

"무슨 사과?"

맞은편에 앉은 지태가 메뉴판을 뒤적이며 물었다. 오늘따라 비에 젖은 강아지처럼 영 가엾어 보이기에 예정에 없던 친절을 베풀어 주었건만 자신의 잘못을 인정하기는커녕 알지도 못하는 눈치가 황당했다.

"개총 뒤풀이 때요. 저한테 술 강요하시고 사귀자고 막말하셨잖아요."

"막말 아닌데."

지태는 여전히 메뉴판만 뒤적이며 말했다.

"뭐, 그렇게 느꼈다면 미안하고."

"그게 사과예요?"

"여기요! 모둠 부대찌개 2인 주세요. 라면 사리도, 아 사이다도 한 병 같이요!"

가게에 오는 동안 슬픔은 싹 가셨는지 어느새 평소의 모습대로 돌아온 지태를 보며 솔은 굳이 밥을 사 주겠다고 한 자신의 행동이 후회됐다. 저녁도 이미 먹어 놓고.

"모둠 괜찮지?"

선주문 후양해. 지태다운 방식이었다.

"맘대로 하세요."

"삐졌냐?"

"······우리가 삐지고 말고 할 사이 아닌 것 같은데요."

본능이다. 누군가 조금이라도 다가오거나 친하게 구는 것 같으면 밀어내는 것.

"넌 진짜 넘사벽 철옹성이다."

너무 정색했나 싶었는데 지태는 그럴 줄 알았다는 듯 픽 웃으며 컵에 물을 따라 주었다. 티슈 몇 장을 깔고 테이블 서랍에서 수저와 젓가락도 꺼내 놓아 주었다. 의외였다.

음식은 늦지 않게 나왔고 지태는 며칠은 굶은 사람처럼 밥도 찌개도 푹푹 떠먹으며 밥 한 공기를 뚝딱 해치웠다. 솔은 그런 지태를 빤히 바라보았다.

"왜 그렇게 봐?"

"그냥, 신기해서요."

"뭐가?"

"밥도 그렇게 열과 성을 다해 먹을 수 있는 거구나."

"······지금 나 먹이는 거냐?"

"아뇨, 진심이에요."

맹세코, 솔은 한 번도 밥이란 걸 그리 신나게, 열심히 먹어 본 기억이 없었다. 그저 때가 되니까, 먹어야 사니까 먹었던 것뿐. 지태는 그런 솔의 관심이 부담스러운 듯 두어 번 헛기침을 하더니 수저를 내려놓았다.

"더 드셔도 되는데······."

"밥은 이제 됐고, 술이나 한잔 마셔도 되냐?"

애초에 솔이 산다고 했기 때문인지, 아니면 또 강요한다 생각할까 염려가 된 것인지 지태는 그답지 않게 양해를 구해 왔다. 또, 의외였다.

"그러세요."

솔은 '너나 먹으라'는 말을 짤막하게 돌려 했지만 지태는 개의치 않고 술이 나오자마자 두 잔 중 한 잔에만 따라 홀짝 마셔 버렸다. 먹을 생각은 없었지만 막상 묻지도 않고 자작하는 것을 보니 이상한 반발심이 들었다.

하여튼 이 청개구리 심보.

그렇잖아도 오늘 차가웠던 도하의 모습 때문에 마음이 공허했던 솔은 한잔 마실까 고민이 되었지만, 지태는 술병에 닿아 있는 솔의 시선은 느끼지도 못한 듯 또 혼자 두 잔이나 연거푸 따라 마셨다. 꼭 취해야 하는 이유라도 있는 사람처럼.

"미안하다."

그러더니 들릴 듯 말 듯 툭 내뱉는 첫마디가 그거였다.

"네?"

"개총 때도 오늘도. 막무가내로 군 거."

이 말을 하려고 소주를 시킨 건가?

오늘따라 평범한 사람처럼 보이는 지태가 낯설었다. 솔은 다른 말 없이 지태 앞에 놓여 있던 잔 하나를 가져와 술을 따라 마셨다.

"이유가 뭐예요?"

"……뭐가?"

"저랑 만나야 하는 이유요."

솔은 알고 있었다. 그가 준 초콜릿은 사과의 의미가 아니라 고백의 의미라는 것을. 또한 '우리 사귈래?' 부터 시작해 초콜릿까지 이어지는 그의 행동이 진심에서 비롯된 것은 절대 아니라는 것도.

정곡이 찔린 듯 말이 없던 지태는 솔이 세 잔을 연이어 자작하려던 순간 술병을 빼앗아 제 잔에 따르며 입을 열었다.

"보여 주고 싶은 사람이 있어."

"……질투 작전 같은 거예요? 선배가 연애하는 걸 보면 그 사람이 힘들어질 것 같아서?"

"아니."

"……."

"편안해질 것 같아서."

진심을 말할 줄은 몰랐다.

"그래서 미안하지만 나는 앞으로도 계속 너한테 막무가내로 굴 수밖에 없어. 니가 척이라도 해 줄 때까지."

"……왜 하필 전데요?"

내내 망설임 없이 바로 말하던 그가 처음으로 기울이던 술잔을 멈추었다.

"너는 나한테 진심 같은 거 줄 리 없으니까. 덜 미안하잖아."

"……."

"딴 데 보고 있는 게 웬만큼 티가 나셔야지."

피식 웃으며 미간을 좁히는 그에게서 달고도 쓴 술맛이 느껴졌다.

'티 났지? 내가 너 보는 거.'

'…….'

'너는 어땠을까?'

○ ◎ ●

며칠 동안 세간을 뜨겁게 했던 차세희와 강기우의 스캔들은 주말이 지난 화요일 아침 전혀 다른 국면을 맞았다.

「[단독] 차세희, 평론가 강도하와 열애 중」

묵묵히 휴대폰을 보고 있는 솔의 옆에서 여진이 상기된 얼굴로 기사를 읽었다.

"강기우 태진전기 부회장과 열애설이 난 당일 바로 전면 부인 하는 입장을 내놓았던 차세희는 그럼에도 의혹이 사라지지 않자 오늘 오전 열애 중인 상대는 태진전기 강기우 부회장이 아닌 '평론가 강도하'라 밝히며 현재 결혼을 전제로 4년째 열애 중이라고 밝혔다. 평론가 강도하 역시 열애를 인정한다는 입장을 밝히면서……."

여진의 목소리가 끊겼다. 하지만 강의실에 있는 모든 학생들이 이번 열애설에 대해 떠들고 있었기에 차세희, 강도하의 이름은 잠시도 귓가에서 떠나지 않았다.

하필이면 〈영화와 문화〉 강의실이었다.

"임시방편으로 연기하는 거 아냐?"

"그럴 수도 있지. 강기우랑 사진이 완전 빼박이던데."

여진과 호가 솔의 눈치를 살피듯 힐긋거리며 이야기했다.

"교수님이랑 차세희가 Y대 신방과 동기에다 모친들도 같은 KBC 국장이면 충분히 신빙성 있네."

연이어 뒤쪽에서 미선의 목소리가 들렸다. 지태에게 하는 말이었지만, 지태는 강의실에 들어선 후 한마디도 하지 않았다.

솔은 묵묵히 나머지 기사를 읽었다.

「한편 차세희는 지난 14일, 강기우 부회장과는 골프 동호회로 가까워진 사이라 두어 번 만났을 뿐 절대 불건전한 관계가 아니며, 논란이 된 호텔 사진은 KBC 보도국장 손승미를 비롯한 보도국 관계자들과 함께 레스토랑에 식사하러 가는 와중에 찍힌 사진이라고 적극 해명한 바 있다.」

댓글들은 여진, 미선이 한 말처럼 불신과 신뢰가 섞여 있었지만 이번 열애 발표를 믿는 쪽이 주를 이루었다. 마침 도하가 세희의 부친이 이사장으로 있는 S대에서 특강을 맡고 있다는 사실이 알려지면서 집안까지 가까운 사이라는 것이 구체적으로 입증되었고, 집필 활동만 하던 도하가 세희를 위해 특강을 맡았다는 추측도 가능해진 것이다.

"와아!"

순간 터질 듯한 환호성이 강의실을 울렸다.

"축하드려요, 교수님!"

오오— 학생들이 바람을 넣으며 요란을 떨었지만 도하는 아무런 표정 변화 없이 교탁 앞에 섰다.

"진짜 사귀시는 거예요?"

"결혼은 언제 하시는 거예요?"

"교수님 싱글인 척하시더니 너무해요!"

"한마디만 해 주세요!"

도하를 좋아하던 수많은 여학생들의 추궁으로 강의실은 순식간에 기자 회견장이 되었다.

"출석 부를게요."

그러나 도하는 기사와는 달리 아무런 입장 표명도 하지 않고 출석부를 펼쳤다. 학생들이 아쉬운 듯 야유했지만 그는 아랑곳하지도 않았다. 그 표정이 어두워 적이 서늘한 느낌마저 주었다.

"이보연."

"네!"

"이상진."

"네—"

"이솔."

"……."

"이솔."

솔의 이름이 두 번이나 불렸다. 솔은 입도 벙긋하지 못했다. 여진이 솔의 옆구리를 쿡 찌르고, 몇몇 학생들의 시선이 그녀에게 닿고, 도하의 시선이 닿을 때까지도.

"이아영."

"네."

메마른 입술을 떼는 순간 애써 삼키고 있던 무언가 왈칵 쏟아져 나올까 봐. 터질 것처럼 붉어진 얼굴을 들켜 버릴까 봐.

드르륵. 결국 조용히 의자를 빼고 강의실을 나섰다.

"이찬……."

나오는 순간 출석을 부르는 도하의 목소리가 흔들리는 것을 느꼈지만 쳐다보지 않았다. 어차피 착각일 테니까.

"이솔."

도망치듯 화장실로 향하던 솔을 누군가 뒤에서 불렀다. 천천히 돌아섰다. 이제는 꽤 친숙한 얼굴이 보였다.

"괜찮냐?"

저벅저벅 걸어온 지태의 넓은 가슴팍이 눈앞을 가렸다.

다행이었다. 울어도 될 것 같았다.

"아니 뭐 언제 봤다고 울 정도로 좋아……."

"4년이요."

"……."

"4년이나 됐다고요."

어차피 치부를 들킨 상대라 그런지 지태의 앞에서는 참았던 마음이 왈칵 쏟아졌다.

연인이 있는 사람을 좋아한 게 민망해서가 아니었다. 혼자만 좋아한 마음이 부끄러워서도 아니었다.

'현재 결혼을 전제로 4년째 열애 중이라고 밝혔다.'

'……글쎄. 하도 오래돼서 잘 기억도 안 나네. 한 4년쯤.'

4년. 4년이라는 그 말 때문에.

"선배."

당황한 듯 어찌할 바를 모르던 지태가 돌연 고개를 든 솔을 보곤 더욱 바싹 굳었다.

"선배가 좋아하는 그 사람, 편안하게 해 주고 싶다고 했죠."

"……."

"내가 그렇게 해 줄게요."

어느새 단호해진 솔의 눈빛이 지태의 가슴팍 너머로 향했다.

"……척이라도 해 줄게요."

드륵, 강의실 앞문이 열리고 전화를 받듯 휴대폰을 들고 나오는 남자가 보였다. 창가의 빛이 어린 그는 오늘도 잔인하게 눈부신 시선으로 그녀를 바라보았다.

"만나요, 우리."

그러나 솔은 이제 분명히 알았다. 시선만큼 무의미한 것도, 한 번도 사랑받지 못한 사람에게 사랑이 오는 이변도 없었다.

그대는 나를,

그대는 나를 역시, 좋아하지 않았다.

4

그대는 그(그녀)를 정말 좋아할까?

"그게 무슨 말도 안 되는 소리야?"

탁. 물잔을 내려놓는 정아의 눈초리가 매섭게 번뜩였다.

"기왕 열애설을 발표했으면 끝을 봐야지 뭘 어째? 잠잠해지면 결별 발표? 너희 정말, 결혼이 장난인 줄 알아?"

"아시잖아요. 저랑 세희, 조금의 감정도 없다는 거."

흥분한 모친 정아와 달리 도하는 감정을 꾹 누르듯 낮은 목소리로 말했다. 도하는 지금 정아와 다툴 기분이 아니었다.

'만나요, 우리.'

그 말 하나가 머릿속을 완전히 지배해 버려서.

출석을 부를 때부터 이상했던 솔이 결국 강의실을 나가고, 연이어 지태가 따라 나간 후, 도하는 온 신경이 복도로만 향해서 하마터면 모든 학생의 이름을 '이솔'이라 부를 뻔했다. 정아에게서 온 전화를 핑계로 복도에 나갔을 때는 이미 늦은 후였다.

'만나요, 우리.'

불안은 현실이 되어 있었다.

사실 며칠 전 화이트 데이, 세희로부터 약혼해 달라는 부탁을 받았던 도하는 집 앞에서 생각을 정리하다가 건너편의 두 사람을 보았었다. 지태는 솔에게 선물 상자를 건넸고 솔은 그것을 받아 들었다.

설마. 약혼을 부탁받은 입장에서 염치없다는 것을 알면서도 도하는 솔이 걱정되어 한숨도 자지 못했다.

'만나요, 우리.'

그리고 오늘, 그녀는 끝내 다른 남자의 연인이 되었다. 붉은 눈시울로 도하를 바라보던 모습이 잊히지 않았다. 그 붉은 시선은 무엇을 의미하는 걸까.

'필요한 거 없어도…… 연락, 하면 안 되나.'

아마도 경멸이었을 것이다.

'네. 하지 마세요, 그런 장난.'

장난이라 여겼던 마음에 확신이 생겼을 테니까. 같잖은 거짓말로 학생에게 추근거리기나 하는 한심한 교수로 보였을지도 모른다. 아니, 그 정도면 다행이려나.

심장이 따끔거리다 못해 아프게 쑤셨다. 도하는 결국 젓가락을 내려놓고 가슴 한가운데를 깊게 눌렀다. 와중에도 맞은편에 앉은 정아에게서는 앙칼진 잔소리가 끊임없이 흘러나왔다.

"그렇다고 적당히 척만 하다 헤어진다는 게 말이 돼? 그럼 세희는? 보나 마나 강기우 부회장이랑 스캔들이 사실이었다고 또 억울하게 뭇매를 맞을 게 뻔한데."

"……어머니."

도하의 무거운 목소리가 정아의 말을 싹둑 잘랐다.

답답했다. 너무 답답해서 견딜 수가 없었다.

"제가 거기까지 신경 써야 하나요?"

"뭐?"

"지금도 충분히 할 만큼, 아니 그 이상으로 한 것 같은데."

"……"

"저한테 차세희 인생까지 책임져야 할 의무가 있냐고요."

"그럼, 네 아버지에 이어 너까지 열애며 결별이며 구설에 오르는 걸 내가 또 봐야 한다는 거야?"

동문서답과 다름없는 대답이었다. 심지어 구설에 올라야 하는 당사자가 아닌, 그것을 지켜봐야 하는 자신의 피로만 걱정하는 자기중심적인 대답. 벽에다 얘기하는 것처럼, 가슴이 꽉 막혀 왔다.

그러나 정아는 오히려 도하 때문에 편두통이 오는 양 검지와 중지로 한쪽 이마를 짚으며 깊은 한숨을 내쉬었다. 많은 걱정을 내포한 그 한숨에, 도하는 없었다.

약혼해 달라는 부탁은 거절했지만 열애 발표를 한 것도 도하로서는 많은 피해를 감수하고 내린 어려운 결정이었다. 정아의 말대로 열애며 결별이며 구설에 오르게 될 것이고 대중에게는 평론가 강도하가 아닌 차세희 전 남친으로 각인될 테니까. 무엇보다, 진짜 좋아하는 사람이 있어도 다가갈 수 없었다.

'만나요, 우리.'

만날 수 없다.

"휴우, 지긋지긋해. 정말."

타앙! 내내 감정을 억누르던 도하가 결국 의자를 거칠게 박차고 일어섰다.

"저야말로 지긋지긋해요."

"……뭐?"

"어머니의 그 위선적인 자기 연민과 피해 의식 때문에 미칠 것 같다고요."

정아는 얼이 빠진 표정으로 도하를 올려다보았다. 너무 놀라 할 말을 잃은 것이었다. 그도 그럴 것이 도하는 지금껏 단 한 번도 대든 적이 없었다. 고분고분하고 곰살궂은 아들은 아니었어도 그 흔한 일탈 한번 한 적 없는 착한 아들이었다. 그저 묵묵히, 부모가 원하는 대로만 살아 준 아들. 그런 반듯한 아들이 사춘기 때도 한 적 없던 반항을 하고 있었다. 것도 과히 충격적인 단어 선택과 함께.

······위선이라니. 자기 연민에 피해 의식이라니!

"······너, 너 나를 그동안 그렇게 생각해 왔던 거야?"

두 귀로 똑똑히 들었건만, 정아는 재차 확인하지 않고는 믿을 수가 없었다.

"열애 발표. 딱 여기까지. 다시는 이 이상을 바라지도, 요구하지도 마세요. 잘 아시잖아요. 사랑 없는 결혼이 얼마나 끔찍한 지옥인지."

이 모든 말이 제 아들 강도하의 입에서 나오고 있다는 사실을.

"지옥 같은 건, 죽어도 물려받기 싫으니까."

○ ◎ ●

차갑다. 오랜만에 본가를 방문한 솔은 새하얀 대리석 바닥을 바라보며 생각했다. 실내화도 신었고 난방도 충분히 뜨끈뜨끈하게 가동되고 있음에도 그랬다. 언제 봐도 시리도록 차갑게만 느껴졌다.

"다음 주 월요일에 사전 미팅이고 간단한 인터뷰 정도 할 테니까 크게 신경 쓸 거 없다."

"꼭 해야 하는 거예요?"

솔은 샐러드를 뒤적이며 물었다.

이석의 못마땅한 시선이 느껴졌다. 솔의 부친인 이석은 차이니스 레스토랑을 운영하고 있는 유명한 중식 셰프로 전국에 이미 백오십 개가 넘는 가맹점을 가지고 있었다. 그런데도 사업을 더 벌이겠다며 자금 확보와 인지도 제고를 위해 방송을 잡아 왔다. 문제는 그 방송이 요즘 유행하는 가족 예능이라, 솔까지 출연해야 한다는 것이었다.

"그냥 같이 요리하고 밥만 먹음 되는 건데, 뭐가 어려워서 그래?"

"어렵다는 게 아니라……."

"……."

"안 물어보셨잖아요. 제 의사."

언제나 그랬다. 늘 그래 왔지만 이번엔 왠지, 그냥 지나칠 수가 없었다.

"뭐?"

이석이 되물었다. 불쾌한 듯 미간을 바싹 좁히고. 무심하게 밥만 먹던 윤정도 이상한 분위기를 느꼈는지 헛웃음을 흘리며 끼어들었다.

"얘는. 아빠는 당연히 네가 좋아할 거라 생각해서 그러신 거지. 방송 타면 좋잖아. 유명해지고, 출연료도 나오고, 또……."

"말이 되는 소릴 해야지."

솔의 조소 섞인 혼잣말에 이석과 윤정이 당황한 듯 쳐다보았다.

"그새 잊으셨어요? 저 한번 유명해졌었는데."

솔은 샐러드를 포크로 크게 찍어 먹으며 말했다.

"그때 제가 좋아했던가요?"

싸늘한 정적이 내려앉았다. 아삭아삭. 샐러드 씹는 소리만 정적을 가르길 한참, 이석과 윤정은 약속이라도 한 듯 입을 열고 나섰다.

"너 아직도 그때 일 때문에 그러는 거야?"

"과거 때문이라면 걱정할 필요 없다. 사람들 생각보다 남 일에 관심 없어. 언제 적 일을 가지고……."

"정말 그렇게 생각하세요?"

샐러드를 힘겹게 삼킨 솔은 다음으로 화이트와인을 잔에 가득 따라

벌컥벌컥 들이마셨다. 꿀꺽꿀꺽. 와인이 목구멍으로 넘어가는 동안 타는 듯한 뜨거움이 느껴졌다. 어렵게 다 마신 솔은 입가에 흐른 와인을 손등으로 슥 닦아 내곤 보란 듯이 빙긋 웃으며 말했다.

"그럼 해 보죠, 뭐."

벌떡. 자리에서 일어선 솔은 가방을 챙겨 들고 꾸벅 인사를 했다.

"잘 먹었습니다."

거칠게 의자를 밀어 내고 나왔지만 뒤에선 아무 소리도 들리지 않았다. 현관문을 열고 나올 때까지. 익숙한 정적이었다. 공허한 마음은 무게도 없이 가라앉았다.

'후회 안 하겠어?'

지태는 물었었다.

'이미 하고 있어요.'

한 사람 때문에 텅 빈 마음이 다른 사람으로 인해 채워질 리 없다는 것쯤은 솔도 알고 있었다. 하지만 그렇게라도 묶어 두고 싶었다. 그래야 했다. 주제도 모르고 널뛰는 마음을 그대로 내버려 뒀다간 당장 달려가 따질 게 뻔했다.

왜 그런 거짓말을 했냐고. 왜 그런 눈으로 나를 봤냐고. 왜 그런 말들을 했냐고. 왜 나를,

초라하게 만드느냐고.

터벅, 터벅, 터벅. 차오르는 감정을 내리누르며 힘겹게 걸어가던 솔이 돌연 우뚝 멈추어 섰다. 익숙한 건물에 붙은 뜻밖의 종이 한 장이 솔의 시선을 붙들었다. 바람 한 자락 깃들지 않던 텅 빈 마음에 뜨거운 공기가 밀려들기 시작했다. 그때 처음 알았다.

「2019. 03. 22. 시네하우스가 재개관합니다.」

무게도 없이 떨어지는 마음은, 묶어 둔다고 멈출 수 있는 게 아니었다.

○ ◎ ●

가슴 한가운데가 쓰린 느낌은 단순한 기분 탓이 아니었다. 잠시라도 공복 상태가 되면 위가 조이는 것처럼 아팠고 밥을 먹으면 잠시 괜찮았다가 또 금세 쓰라렸다. 잠을 자다가도 위가 뒤틀리는 느낌에 깨기 일쑤였다. 도하는 결국 통증을 이기지 못하고 병원을 찾았다.

'최근에 스트레스를 크게 받은 일이 있나요?'

태어나 처음 위염이라는 진단을 받았다.

"천하의 강도하가? 푸하하!"

오랜만에 만난 친구 정욱은 도하가 스트레스성 위염이라 술을 못 마신다는 이야기를 듣고 배꼽을 잡고 웃었다.

"예전에 나 실연당하고 위염 걸렸을 때 비웃던 강도하 어디 갔냐? 요즘 차세희 때문에 속 좀 썩었나 보지?"

"그런 거 아니야."

정욱은 반건조 오징어 다리를 잘근잘근 씹어 먹으며 계속해서 깐족거렸다.

"그렇게 아닌 척하더니 결혼을 전제로 4년 동안 열애? 호박씨 깐 벌이다, 인마."

아무리 절친한 친구라지만 정욱에게는 더더욱 사실을 말할 수 없었다. KBC 방송국 내 소문은 송정욱을 거치지 않은 게 없다는 말이 있을 정도로 그는 무척이나 입이 가벼운 피디였으니까.

"그 사람은, 별문제 없고?"

그 사람. 도하의 유일한 치부에 대해 정욱이 떠벌리지 않은 것은, 어쩌면 기적에 가까운 의리였다.

"딱히. 근데 요즘 새 프로 한다고 시끄럽긴 해."

"새 프로?"

"〈홈메이드〉라고. 셰프들 가족 예능인데, 왜 이이석 셰프 알지? 도형철이랑 기 싸움 제대로 붙었다네."

이석이라면 정아가 과거 피디일 때 요리 예능을 같이했던 셰프라 잘 알고 있었다. 당시 프로그램이 잘되면서 이석과 정아는 함께 승승장구했지만, 그때도 이석이 한 성격 한다며 정아가 골치 아파했던 기억이 있다. 도형철 피디가 이석 때문에 골을 앓고 있다면, 정아는 그때보다 지금 더 열을 내고 있을지도 모른다.

도하의 붉은 입술 사이로 자조 섞인 웃음이 샜다. 정욱은 그런 도하를 힐긋 보곤 화제를 바꾸듯 다른 이야기를 꺼냈다.

"근데 넌 술도 못 마시는 애가 왜 술집으로 사람을 불러?"

"……그냥, 심심해서."

빤히 보이는 거짓말이었다. 술 생각이 간절한데 술을 마실 수는 없고, 마음이 허해서 누구라도 만나고 싶었다. 그럼 잠시 잠깐이라도 잊을 수 있으니까.

"그럼 그렇게 좋아하던 아지트를 가든가. 재오픈했더만."

"……뭐?"

도하가 굳은 얼굴로 되물었다.

"시네하우스. 역삼부터 다시 개관한다고 기사 났던데, 몰랐어?"

쾅. 급하게 일어나는 바람에 의자가 뒤로 나자빠져 버렸다.

"아 씨 깜짝이야! 뭘 그렇게 놀라?"

"먼저 간다. 술은 내가 살게."

"야, 야 강도하!"

도하는 의자에 걸쳐 놓은 재킷을 손에 들고 황급히 카운터로 향했다.

"저런 미친……. 저 새끼 진짜 오늘 왜 저래?"

순식간에 헌신짝 신세가 된 정욱은 황당한 웃음을 흘리며 도하의 뒷모습을 바라보았다. 신호가 촉박해도, 비가 와도, 그 어떤 상황에도 뛰지 않던 강도하가 긴 다리를 성큼성큼 내디디며 빠르게 걷고 있었다.

뛰어가고 있었다.

○ ◎ ●

"하아. 하아."

도하가 가쁜 호흡을 내쉬며 시네하우스의 카페로 들어섰다.

따뜻한 베이지색 톤의 카페는 과거 모습을 그대로 옮겨 놓은 것처럼 똑같았다. 다른 게 있다면 재개관한 날이라 그런지 바글바글한 사람들, 그리고 그 속에 솔은 없다는 사실뿐.

……없는 걸까. 아니, 있다면 또 뭘 어쩌겠다고 미친놈처럼 여기까지 뛰어온 건가.

거친 숨 사이사이로 헛웃음이 비죽비죽 쏟아져 나왔다.

"주문하시겠어요?"

얼결에 카운터 앞에 서 있던 도하에게 직원이 물어 왔다.

"아…… 아이스티 한 잔 주세요."

헛된 희망 같은 건 갖지 않고 그냥 돌아가고 싶었지만 몸은 마음을 따라 주지 않았다.

이건 그냥 갈증 때문이다. 너무 빨리 뛰느라 목이 타서 어쩔 수가 없는 거다.

얼음이 동동 뜬 아이스티를 받아 든 도하는 항상 앉던 자리에 앉아 시계를 보았다.

7시 30분. 늘 8시 30분쯤 만났던 4년 전 그때보다 한 시간이나 이른 시간이다. 하지만 시간표를 보니 재개관한 시네하우스는 7시 50분 영화를 마지막으로 재편되어 있었다.

……만일 그녀도 알고 있다면.

위염의 증상인지 가슴 한가운데가 또 싸하게 아려 왔다.

"어서 오세요!"

직원의 목소리가 들릴 때마다 증상은 더욱 심해졌다.

"〈화양연화〉 입장 시작하겠습니다!"

그러나 7시 40분이 될 때까지도 그녀는 나타나지 않았다. 10분 만에 다 마신 음료를 들여다보던 도하는 천천히 일어섰다. 잠시나마 뜨겁게 일렁이던 마음이 다시 간조 시간의 서해처럼 메마르기 시작했다.

역시, 그럴 리가 없지.

만에 하나 알고 있었다 하더라도 저와 마주칠까 봐 오지 않았을 수도 있겠다는 생각이 들자 마음이 더욱 공허해졌다.

"티켓 확인하겠습니다."

그러고 보니 누군가를 기다리는 데만 정신이 팔려 티켓도 끊지 않은 상태였다.

〈화양연화〉. 좋아하는 영화였다. 도하는 여기까지 왔는데 영화라도 보고 가자는 생각으로 몸을 틀었다.

"……!"

그리고 그대로, 멈춰 버렸다. 티켓 부스에 서 있는 한 여자의 실루엣이 그의 시선을 확 사로잡았다. 아마도 그때부터 시작되었던 것 같다.

"〈화양연화〉 한 장만 주세요."

화양연화(花樣年華). 인생에서 가장 아름답고 행복한 순간이.

○ ◎ ●

전공으로 시작해서 전공으로 막을 내리는 하루는 여느 날보다 힘들다.

금방이라도 감길 것처럼 뻑뻑한 눈을 문지르며 정문을 나온 솔은 저녁을 먹고 가자는 여진과 호의 제안도 거절하고 전철역으로 향했다.

「2019. 03. 22. 시네하우스가 재개관합니다.」

몸을 짓누르는 피로도 이길 만큼 강렬했던 문구 때문이었다.

약속한 것도 아닌데. 하루 종일 시선이 시계에만 꽂히더니 정신을 차렸을 땐 이미 시네하우스였다. 것도 영화 상영 시간보다 50분이나 이른 시간에.

"……미쳤어."

카페에 자리부터 잡고 앉은 솔은 7시가 조금 넘은 시계를 보며 혼잣말을 했다.

성급히 오긴 했지만 이렇게 빨리 도착할 줄이야. 이건 순전히 취미를 즐기기 위해서다. 한때는 하루 일과의 마지막을 장식했던 중요한 곳이니만큼 반가운 마음에 다시 찾은 것뿐이다.

그렇게 열심히 합리화를 해 봤지만 자꾸만 카페 입구 쪽으로 향하는 시선과 간질거리는 마음은 어찌할 수가 없었다.

간혹 슈트를 입은 남자가 지나가기라도 하면 심장이 철렁 내려앉았다. 혹시 그인가 싶어 두 번 세 번은 다시 쳐다보다가 한 번은 눈까지 마주쳤다. 블랙 슈트를 입은 남자는 솔을 의아하게 쳐다보곤 멀찌감치 앉았다.

……이상한 사람이라 생각한 것 같았다.

"아이스크림 수플레 케이크와 복숭아 아이스티 한 잔 나왔습니다."

그때 주문한 메뉴가 나왔다. 솔은 트레이를 받아 오기 무섭게 아이스티부터 빨아들였다. 얼마나 갈증이 났는지 쭉쭉 잘도 들어갔다. 한 번에 반 이상을 마셔 버린 솔은 결연한 표정으로 포크와 나이프를 집어 들었다. 정확히 일직선으로 내린 시선을 수플레 케이크에 꽂으며 생각했다.

집중하자, 집중. 입구 쪽은 쳐다도 보지 말자. 절대.

굳은 다짐을 하고 케이크 가운데를 길게 썰었지만 직원의 "안녕하세요!" 소리에 곧장 또 고개가 돌아갔다.

7시 30분경. 솔은 결국 수플레 케이크를 반도 채 먹지 못하고 카페를 나왔다.

역시, 올 리가 없지.

설사 알았다 하더라도 제가 있을까 봐 오지 않았을 거라는 생각도 들었다. 강의 반장도 맡았겠다. 그는 그저 저와 적당한 친분을 가지려 했을 뿐인데 그간 혼자 장난하지 말라며 과민 반응을 한 것일지도 모르니까. 대놓고 난 당신 남자로 생각하니까 다가오지 마세요, 고백 같은 철벽을 친 꼴이니까.

어쩌면 피하는 것도 당연했다.

쏴아아. 화장실에 들른 솔은 찬물에 세수라도 하고 싶은 심정을 억누르고 손을 씻었다. 말끔하게 씻겨 나가는 거품처럼 이 복잡한 생각들도 떨쳐 버릴 수 있다면. 허망한 마음으로 페이퍼 타월을 빼냈을 때였다.

"나 본 것 같다니까."

호들갑스러운 여자의 목소리가 귀에 꽂혔다. 거울을 보니 솔의 또래쯤 되어 보이는 여자 둘이 화장대 앞으로 가며 속닥거렸다.

"나라니까."

"정확하게 나랑 마주치자마자 시선 돌렸다니까. 진짜."

연예인이라도 왔나. 긴 포니테일 머리와 연갈색 단발머리의 여자는 뭔가에 홀딱 반한 표정으로 누군가가 서로를 봤다고 주장하고 있었다. 그사이 손을 다 닦은 솔은 가방을 고쳐 메고 문으로 향하다 우뚝 멈추어 섰다.

"근데 왠지 그 사람 같기도 한데…… 왜 그 차세희랑 사귄다던 평론가 있잖아."

"누구, 강도하?"

"어, 맞아. 강도하!"

······설마.

"네가 강도하 얼굴을 어떻게 알아?"

포니테일 여자가 연분홍색 블러셔로 열심히 볼 터치를 하며 새침하게 물었다. 그러자 단발머리 여자는 립스틱을 바르다 말고 휴대폰을 꺼내어 보며 답했다.

"차세희 스캔들 나자마자 인터넷에 강도하 얼굴 떴잖아. 이전에 S대 커뮤니티에 올라왔던 영화과 OT 단체 사진 때문에. 여기 있다! 봐 봐."

"맞네. 진짜 아까 그 사람 같은데?"

"그치, 맞지?"

두 여자는 작은 휴대폰 위에 머리를 맞대고 방정을 떨었다.

"아 씨, 뭐야. 괜히 설레었네."

"참나. 차세희 아니었어도 넌 안 되거든요?"

"나 본 거 맞다니까!"

다시 티격태격하는 여자들을 뒤로하고 솔은 굳어 있던 발을 떼었다.

간신히 진정시킨 심장이 다시 요동치기 시작했다. 머리가 멍해진다. 뭘 보고 있는 건지 어디로 가는 건지도 모른 채 넋을 놓고 걷다 보니 어느새 극장 안으로 입장 중인 사람들이 보였다. 그가 있다.

여기 어딘가 강도하가 있다.

"티켓 확인하겠습니다."

······아, 티켓.

긴장한 나머지 티켓을 사는 것도 깜빡하고 있었던 솔은 서둘러 티켓 부스로 향했다.

"〈화양연화〉 한 장만 주세요."

티켓을 받아 드는 손이 뻣뻣했다. 어디선가 그가 먼저 저를 발견했을지도 모른다는 생각을 하니 걸음걸이와 손짓 하나에도 어색해지는 것 같았다. 머리부터 발끝까지. 온몸에 누군가의 시선이 달라붙어 있는 것처럼. 그 기분이 틀리지 않았다는 것은 티켓을 사고 돌아서는 순간 바로 알 수 있었다.

"······!"

눈이 마주쳤다.

기다린 시간은 40분이 넘는데, 4초도 채 버틸 수가 없었다. 경직된 몸과 마음을 들킬 것 같아서. 어디로든 도망치고 싶은 마음이 앞서 버려서. 결국 먼저 시선을 돌린 솔은 고개를 까딱 숙여 인사를 하고 발을 떼었다.

'왜 그 차세희랑 사귄다던 평론가 있잖아.'

그래, 연인이 있는 사람이다. 아니, 연인이 없었다 해도 절대 저와는 이루어질 수 없는 사람. 자꾸 잊어버리면 안 된다.

솔의 하얀 운동화가 도하의 검은 구두 곁을 스쳤다. 도하의 기다란 손끝이 살짝 접혔다. 하지만 도하의 새까만 눈동자는 미동도 없이 같은 곳을 향해 있었다. 처음 눈이 마주쳤던 곳.

수많은 사람들이 강도하를 보고 있는 동안에도 그는 단 한 곳, 이솔의 눈동자가 있던 자리만을 바라보고 있었다.

○ ◎ ●

항상 자리가 남아돌아서 원하는 곳을 지정석처럼 사용할 수 있었던 4년 전과는 달리 오늘은 관객이 너무 많아 남는 자리가 별로 없었다. 결국 늘 앉던 자리가 아닌 다른 곳에서 보게 되었다.

솔은 정가운데쯤, 도하는 그보다 세 줄 뒤의 오른쪽 구석 자리.

영화가 아니라 그녀를 보는 게 낙이었던 도하에게는 여간 곤혹스러운 일이 아닐 수 없었다. 그럼에도 시선이란 건 제 맘대로 되지 않았다. 끈질기게 한곳만 좇았다. 종종 비척일 때 보이는 머리카락이 전부일지라도, 그녀가 앉은 의자만 계속 쳐다보게 됐다. 그녀가 그곳에 있다는 사실만으로도.

"……미친놈."

영화가 끝난 후에는 한 장면도 집중해서 보지 못한 자신이 한심해 혼잣말이 나왔다.

진짜 미친 거다. 이 정도면 중증이다. 단언컨대, 솔이 그의 마음을 알게 된다면 스토커라 생각하고 도망가 버릴지도 몰랐다.

엔딩 크레딧이 전부 올라간 후, 관객들은 하나둘 자리를 뜨기 시작했고 솔도 일어나 그들 사이로 섞여 들었다. 아까는 너무 놀란 나머지 그냥 스쳐 가게 두고 말았지만 이번엔 그럴 수 없다. 무슨 말을 해야 하는지, 어떤 말이 가능한지도 모르지만 일단 붙잡고 아무 말이라도 하고 싶었다.

도하는 얼른 재킷을 챙겨 들고 일어나 계단을 내려갔다.

성큼성큼. 긴 다리를 뻗어 큰 보폭으로 걷다 보니 금세 그녀와 가까워졌다. 출구를 지날 무렵, 도하는 솔의 가녀린 어깨 쪽으로 손을 뻗었다. 그런데.

"저기요."

갑자기 도하를 앞서간 남자가 솔의 옆에 척 서서 말을 붙이는 게 아닌가.

도하와 비슷한 스타일의 블랙 슈트를 입은 남자였다. 솔은 당황한 듯 멈추어 섰고, 뒤에 있던 도하도 따라서 멈추었다. 솔은 제 뒤에 도하가 있는 줄 모르는 것 같았지만, 대놓고 새치기를 한 블랙 슈트의 남자는 도하를 의식하듯 흘깃 한 번 보곤 뻔뻔하게 입을 열었다.

"우리 아까 카페에서 본 것 같은데, 그죠?"

카페? 도하의 짙은 눈썹 한쪽이 일그러졌다.

"……아, 네."

"다른 게 아니라, 너무 제 이상형이셔서…… 계속 보고 있었거든요."

이상형? 도하의 날카로운 눈매가 바싹 가늘어졌다.

"괜찮으시면 잠깐 얘기 좀 할 수 있을까요?"

얘기라니! 어딜 감히.

도하는 차가운 것을 넘어 섬뜩해진 눈빛으로 남자에게 다가갔다. 잠시 이성이 가출한 나머지 자신에겐 남자를 가로막을 어떤 표면적 이유나 자격이 없다는 것도 잊은 채.

"죄송합니다."

아마도 남자 친구 행세를 하려 했던 것 같다.

"저 남자 친구 있어요."

그 말을 듣기 전까진.

"그리고 아까, 그쪽 본 거 아니에요."

"……네?"

"저 때문에 오해하신 거라면 죄송해요. 그럼 먼저 가 보겠습니다."

깔끔하게 철벽을 친 솔은 그대로 직진을 했다. 조금의 흐트러짐도 없는 단정한 걸음으로. 블랙 슈트의 남자는 민망한지 큼큼, 헛기침을 하곤 도망치듯 반대쪽 계단으로 향했다.

하아, 짧은 웃음이 샜다. 멀어지는 솔의 뒷모습을 망연히 바라보던 도하는 이내 천천히 걸음을 내디뎠다.

'저 남자 친구 있어요.'

또 잊었다.

'저 남자 친구 있어요.'

그 사람은 자신이 아니라는 사실을.

○ ◎ ●

1.5미터쯤 될까.

좁은 엘리베이터 안에서 최대한 넓은 간격을 두고 떨어져 있던 도하는 1층에서 사람들이 물밀듯이 내린 후 따라 내리려던 솔의 손목을 잡았다.

"데려다줄게요."

솔은 멈칫하면서도 돌아보지 않았다.

"어차피 같은 동네니까."

그러고 보니 이사했다는 사실은 아직 말하지 않은 것 같은데. 진짜 스토커처럼 생각할지도 모르겠다. 하지만 솔은 데려다준다는 말에도 동네에 대해서도 아무런 반응을 보이지 않았다.

답이 오지 않는 사이 문이 닫혔다. 솔은 다시 열지 않았고, 엘리베이터는 주차장이 있는 지하 5층으로 내려갔다.

한 층, 한 층. 빠른 듯 느리게 변하는 숫자를 보고 있는데 문득 손안에서 미미한 체온의 변화가 느껴졌다. 약간은 뜨겁게. 도하는 그제야 자신이 아직도 솔의 손목을 잡고 있었음을 깨닫고 얼른 놓아 주었다.

갑자기 엘리베이터 안의 공기가 확 바뀌는 듯한 느낌이 들었다. 높은 밀도에 목이 턱 막히는 기분. 빽빽이 들어찬 것은 그녀의 숨인지 그의 숨인지 알 수 없었지만 누군가의 깊고 뜨거운 숨인 것만은 분명했다.

여전히 뒷모습만 보인 채 미동도 없는 솔의 손목이 보였다. 바다매가 할퀴고 간 것만 같았던 붉은 자국이 다시금 떠올랐다. 상처가 있는 손목을 세게 잡지는 않았을까. 조심스레 잡은 것 같긴 한데 어느 정도의 힘이 실렸는지 기억도 나지 않았다.

홀린 듯 그녀의 손목을 향해 손을 올리던 도하는 쿵, 멈추는 엘리베이터에 정신을 차렸다.

— *지하 5층입니다.*

어떡하지.

— *문이 닫힙니다.*

잡고 싶다. 한 번만 더. 조금만 더.

"……안 내리세요?"

먼저 내리지 않고 기다려 준 솔은 대답 없는 도하를 천천히 돌아보았다. 지하 5층. 닫힌 엘리베이터 안의 두 사람은 아무 말 없이 서로를 바라보았다.

늘 금방 시선을 피하던 그녀는 웬일로 오래도록 그를 머금었다. 작은 다갈색 눈동자에 갇힌 도하도 꼼짝도 하지 못한 채 오롯이 그녀만을 응시했다.

손끝 하나 닿지 않았는데. 닿은 것은 오직 시선뿐이었는데. 뜨거웠다. 머리부터 발끝까지. 온몸에 누군가의 체온이 달라붙어 있는 것처럼.

확신컨대, 단 한 번도 경험해 보지 못한 최고치의 밀도와 온도가 그들의 숨을 옥죄듯 감싸 오기 시작했다.

○ ◎ ●

"내려야죠."

좁은 엘리베이터 안에서 서로만 바라보길 한참, 도하는 기다란 손가락 네 개를 천천히 그러쥐며 말하더니 돌연 성큼, 크게 한 발 다가왔다. 솔은 갑자기 코앞에 닥친 투베로즈 향기에 놀라 흠칫, 한 발 물러섰다.

도하의 짙은 시선이 솔을 지그시 내리눌렀다. 약간은 풀린 듯 느슨하고 가느다란 눈매가 어찌나 고혹적인지. 본능적으로 위험 신호를 감지하면서도 피할 수가 없었다. 흡, 저도 모르게 숨을 삼킨 순간, 도하의 긴

124

팔이 솔의 옆을 스쳤다.

— 문이 열립니다.

눈을 감지 않은 게 천만다행이었다.

그는 그저 열림 버튼을 누르기 위해 한 발 다가와 손을 뻗은 것뿐인데. 바보처럼, 뭘 기대한 건지.

"안 내려요?"

어느새 붉은 홍조가 물든 솔에게 앞을 양보하며 도하가 물었다. 솔은 그를 보는 둥 마는 둥 고개만 끄덕이고 먼저 나갔다. 그런 분위기에서 시작된 동승이었다. 어색하지 않을 수가 없었다.

솔은 차를 타고 가는 내내 한마디도 하지 않았고 도하도 딱히 먼저 말을 걸어오지는 않았다. 그저 과한 적막이 불편했는지 음악을 틀 뿐이었다. 그나마 다행인 것은 그의 플레이 리스트가 솔의 취향에 딱 맞아서 내내 굳어 있던 몸의 근육들이 조금은 이완되었다는 것.

도하는 잔잔하고 묵직한 음악을 즐겨 듣는 것 같았다. 딱 강도하 같은 음악들. 음악 취향만으로 상대가 어떤 사람인지 알 수 있다더니. 자신과 닮은 음악을 즐겨 듣는 도하를 보니 왠지 짧은 미소가 샜다.

그때 귀에 익은 멜로디가 흘러나왔다.

기억하니? 우리 함께였던 그 밤, 그 별
sinking, oh sinking
twinkling, no twinkling
우린 같은 게 하나도 없었는데
사실은 멀기도 참 멀었었는데

"아, 저도 이 노래 좋아하는데."

'너라면 좋겠다'라는 곡으로 유명해진 인디 가수 소유의 '그 밤, 그

별' 이라는 곡이었다. 구슬이 굴러가는 것 같은 피아노 소리와 맑은 목소리의 조화가 일품이라 듣고 있으면 절로 마음이 편안해지곤 했다.

그래도 타이틀곡이 아니라 앨범에 수록된 곡 중 하나라 아는 사람이 많지는 않았는데 도하가 알고 있다니 문득 반가운 마음이 들어서 저도 모르게 말을 걸고 말았다. 것도 푼수처럼 활짝 웃으며.

……조울증 같았으려나.

"그래요?"

정지 신호에 멈춘 도하가 고개를 돌려 솔을 보며 되물었다. 솔은 얼른 미소를 거두긴 했지만 웃음기가 남았는지 도하도 따라서 짧게 웃었다.

웃었다.

sinking, oh sinking
twinkling, no twinkling
우린 닮은 게 너무나 많았는데
보고만 있어도 참 좋았었는데

그때부터였을까. 노래 가사가 유독 선명하게 들리기 시작했다.

sinking, oh sinking
twinkling, no twinkling
잊어버릴 수가 없었어 네 목소리가 자꾸 들려서
가라앉던 나를 꺼내서 찬란하게 웃는 별처럼
그래, 그랬었지

나만 이런 걸까. 아니면 당신도,

기억하니? 우리 함께였던 그 밤, 그 별
우리 빛났었던
우리
우리

그때를 떠올리고 있을까.

"나도 좋아해요."

"……."

"이 노래."

잘랑잘랑, 별 같은 방울 소리를 마지막으로 노래는 끝났다. 하지만 놀란 가슴은 음악처럼 뚝, 멈춰지지 않았다. 마음에 남은 잔물결이 춤을 추듯 반짝거렸다.

참 우아하고도, 주제넘게.

○ ◎ ●

"작작 먹어. 밤에 너무 많이 먹으면 무거워서 잘 못 자. 소화도 안 되구."

밤 10시가 훌쩍 넘은 시간.

구석에서 열심히 밥을 축내고 있는 지태에게 엄마 정혜가 재료를 손질하며 걱정스러운 목소리로 다그쳤다. 그러거나 말거나 지태는 묵묵히 뼈다귀 하나를 집어 들고 후루룩 쪽쪽 잘도 빨아 먹었다.

복합 상가 건물 1층. '신가네 감자탕'은 지태네가 벌써 10년째 운영 중인 가게였다.

"다리! 다리, 인마!"

대걸레를 빨아 온 아빠 병운이 지태의 발밑을 닦으며 짜증스럽게 말했다. 지태는 두 발을 맞은편 의자로 척 올리곤 다시 뼈다귀에 붙은 살을 발라 먹는 데 집중했다. 중간중간 소주도 한 잔씩 들이켜며 캬, 시원한 탄성을 내뱉는 것도 잊지 않았다.

"맛있냐?"

병운은 대걸레를 탁 세우곤 본격적으로 지태를 노려보았다.

"맛있으면 팔천오백 원."

"왜 애 먹는 데 그래."

정혜가 타박하듯 말했지만 병운은 억울한 어조로 항변했다.

"짜식이 부모는 뼈 빠지게 일하는데 도와줄 생각은 안 하고 처먹기 바쁘잖아."

"네 시간이나 도와줬음 이 정돈 먹어도 되지. 아빠 내 시급이 얼만지나 알아? 이 얼굴로 딴 데 가면,"

"여보, 내가 좀 도와줄까?"

하지만 지태가 귀 따가운 레퍼토리를 꺼내 놓자 듣기 싫다는 듯 정혜에게로 향했다. 어차피 이기지도 못할 거면서. 지태는 피식 웃으며 남은 밥에 감자탕 국물과 우거지를 넣고 싹싹 비벼 먹었다. 밥 한 톨도 남김없이 긁어 먹고 물 한 잔을 따라 마시는데 문득 한 장면이 지태의 뇌리를 스치고 지났다.

'왜 그렇게 봐?'

'그냥, 신기해서요.'

'뭐가?'

'밥도 그렇게 열과 성을 다해 먹을 수 있는 거구나.'

'……지금 나 먹이는 거냐?'

'아뇨, 진심이에요.'

우습게도, 진짜 같았다. 밥처럼 맛있는 걸 한 번도 열과 성을 다해 먹어 본 적 없는 표정. 그러고 보면 예전에도 그랬다.

신입생 학과 OT 때, 중국집에서 뒤풀이를 하는데 솔은 짜장면 하나를 시키더니 깨작깨작 뒤적이기만 하다가 반도 채 먹지 못하고 젓가락을 내려놓아서 여자아이들의 야유를 산 적이 있었다. 그땐 그냥 내숭이겠거니 비웃고 말았었는데…….

아, 됐다. 잘 먹든 말든 내 알 바 아니잖아. 어차피 척만 하는 사인데.

"여기, 이만 원."

지태는 카운터로 가서 현금 이만 원을 척 내놓았다.

"뭐야?"

"감자탕 하나랑 소주 하나, 그리고 하나는 포장이요."

"됐어, 인마! 어차피 오늘 남은 거 집에 다 싸 갈 거야. 너 처먹일 건 차고도 넘치니까 걱정 말어."

병운은 황당하다는 듯 이만 원을 밀어 주며 말했지만, 지태는 꿋꿋이 내놓으며 말했다.

"남은 거 말고, 새로 하나만 해 주시라구. 맛있게."

"너 이 새끼 또 어디 가서 술 처먹고 오려고 그러지?"

"영업하고 올 거거든요? 열과 성을 다해 먹을 수밖에 없는 음식, 신가네 감자탕."

"……지랄."

병운은 끌끌 혀를 차며 돌아섰다. 그래도 이만 원을 돈통에 집어넣고 주방으로 들어서는 것을 보니 해 주긴 할 모양이다.

지태는 웃으며 휴대폰을 꺼내 들었다. 영업 대상자에게 연락이라도 해 볼까 하다가 새로 온 문자가 0인 것을 보고 접었다. 밥 먹는 게 세상 귀찮아 보이던 아이는 연애하는 척도 귀찮은지 해 주겠다는 말만 하고 기회조차 주지 않았다. 어차피 목표였던 강도하가 알았으니 상관없긴 하지만, 그래도 공개 연애를 해야 하는지 어째야 하는지 결정할 것도, 할 얘기도 많은데.

그러니까 어쩔 수 없는 거다. 일단 찾아가는 수밖에.

지태는 제가 먹은 자리를 치우며 이런저런 질문거리들을 생각했다.

"안녕하세요."

마지막 손님이 찾아오기 전까지는.

"혹시 영업 끝났나요?"

○ ◎ ●

솔을 집에 데려다주면서 저도 모르게 배고프다, 는 말을 내뱉어 버린 게 문제의 시작이었다. 솔은 조심스럽게 뭐, 라도 드시고 가실래요? 라고 물었고 도하는 기다렸다는 듯 아, 그럴까? 해 버렸다.

하지만 밤늦은 시간에 음식점을 찾기란 쉬운 일이 아니었다. 이곳저 곳을 헤매다 문득 이사한 오피스텔 1층에 야식집이 많다는 것이 떠올라 데리고 왔는데 솔이 가장 구석진 곳에 있던 감자탕집을 쳐다보았다.

'감자탕 좋아해?'

'딱히 좋아하진 않는데 제일 무난할 것 같아서.'

그러고 보니 대개 곱창, 닭발, 전집, 호프집 등 술을 위주로 파는 가게 들이었다.

솔과 단둘이 술이라니. 큰일 날 소리였다.

결국 고민 끝에 감자탕집에 들어가 영업이 끝났는지 묻는데 익숙한 얼굴과 마주쳤다. 맹세코, 하필 지태네 가게일 줄은 생각도 못 했다. 그 랬다면 이렇게 어색한 자리가 마련되지도 않았겠지.

사실 도하는 솔이 가장 당황스러울 것 같아서 그냥 돌아가려 했지만 지태가 어차피 솔에게 줄 감자탕을 포장하고 있었다며 같이 먹자는 제 안을 해서 어쩔 수 없이 받아들인 상태였다.

"드세요."

지태가 특유의 껄렁한 말투로 손을 뻗으며 말했다.

"그래서, 영화는 재밌게 보셨어요?"

"좋은 영화니까요."

"너도 좋아하는 영화야?"

도하가 답하기 무섭게 지태가 솔을 향해서도 물었다. 그런데 둘이 다 투기라도 한 건지 솔은 지태를 한 번도 쳐다보지 않고 있었다. 아까 차에서 봤던 미소는 상상도 할 수 없을 것 같았다. 세상을 다 가진 것만 같은 풍족한 설렘을 선물해 줬던 그 미소.

"좋아하지."

도하는 그 순간이 생각나 저도 모르게 웃으며 솔을 보았다. 소유의 노래를 듣고 나서부터 분위기가 좀 풀려서 오는 길에 몇 마디 더 대화를 나누었는데, 왕가위 영화를 워낙 좋아해서 DVD를 모으고 있다는 이야기를 들었다. 〈화양연화〉는 아직 구해 놓지 못했지만.

아무리 그래도 나설 데가 따로 있지.

아차 싶었을 때 솔이 수습하듯 말했다.

"네, 좋아해요."

"……."

"많이."

그러나 수습이라기보다는 불난 집에 부채질을 한 꼴이 되어 버렸다. 도하는 순간적으로 굳은 표정을 지태에게 들켜 버렸고, 지태는 어두운 눈빛을 애서 감추며 화제를 바꾸듯 말했다.

"너도 좀 먹어."

커다란 뼈다귀 하나를 집어 젓가락으로 꼼꼼히 살까지 발라 주며.

"네, 먹고 있어요."

"국물도 좀 먹고. 여기 진짜 소문난 국물 맛집이거든?"

아무리 우연일지라도 제 연인이 다른 남자와 말도 없이 영화를 보고 온 게 서운할 법도 한데 지태는 그런 내색이 조금도 없었다. 오히려 섬세하고 다정한 태도로 솔을 살뜰히 챙겼다.

……그래, 그랬었지. 신지태는 원래 이런 남자였지.

도하는 찰나였지만 5년 전, 지태를 처음 봤던 순간이 떠올랐다.

"교수님이랑 같은 건물인 줄 몰랐는데. 우리 지태, 잘 좀 부탁드려요."

그때 정혜가 두툼한 계란말이가 든 접시를 가져다주며 말했다.

"전공도 아니고 그냥 교양 수업인데요."

"그래도요. 애가 워낙 사고를 많이 쳐서. 행여나 교수님한테 실수할까 봐 걱정이네요. 원래는 이런 애가 아니었는데……."

"아니에요. 잘하고 있습니다."

"근데 학생은 누구……?"

정혜가 호기심 가득한 눈초리로 솔을 응시하며 물었다. 갑작스러운 관심에 놀랐는지 솔은 그나마 먹던 살코기까지 내려놓으며 헛기침을 했다.

"괜찮아?"

반사적으로 물잔을 들어 건넸는데, 하필이면 동시였다.

"마셔."

지태가 제 물잔을 솔의 손에 쥐여 주며 말했다.

"내 여자 친구."

"……뭐?"

"예쁘지?"

손에 힘이 빠졌다. 도하는 얇은 미소를 거두며 빈 잔에 술을 따랐다.

"며칠 안 됐어. 아빠한텐 아직 비밀로 해 주고."

"세상에, 이게 웬일이야. 우리 지태가 여자 친구 데리고 온 건 이번이 처음인데. 너무 참하고 예쁘시네."

"……감사합니다."

쓰다. 술 한 잔을 털어 넣은 도하가 입가심을 하듯 물을 마셨다.

"맛있는 거 많이 해 줘야겠다. 좀만 기다려요. 얼른 내올게."

정혜는 흥분을 감추지 못하고 주방으로 들어섰다. 테이블엔 다시 세 사람만 남았다.

더 이상은 안 되겠다. 지태와의 과거도 자꾸 떠올라 불편했지만 무엇보다 지태가 솔의 옆에 붙어 앉아 남자 친구 노릇을 하는 모습은 도저히 두 눈으로 지켜볼 수가 없었다. 도하는 술을 한 잔 더 털어 넣고 말했다.

"난 먼저 일어날게요. 솔이 잘 데려다주고. 다음 수업 때 봐요."

"잠시만요."

가방을 챙기려는데 지태의 묵직한 목소리가 들렸다.

돌아보자 지태도 혼자 술을 한 잔 털어 넣고 도하를 마주 보았다. 5년 전의 맑은 눈빛은 찾아볼 수 없는 싸늘하고 당돌한 표정이었다.

"궁금한 게 있는데, 누구 맘대로 솔이에요?"

"……뭐?"

"원래 학생들한테 존대하지 않으세요?"

솔이 잘 데려다주라는 말이 거슬린 모양이었다. 좋아하지, 괜찮아? 같은 말들도.

"왜 제 여자 친구한테만 특별 대우를 하시냐고요."

"……."

"반말하고, 데려다주고……. 애인도 있으신 분이 학생들 헷갈리게 괜히 친하게 굴고 그럼 안 되는 거 아닌가. 교수님, 차세희 앵커랑 사귀신다면서요. 혹시, 가짜 연애 뭐 그런 거예요?"

"……선배, 그만해요."

솔의 표정이 무겁게 가라앉는 게 보였다.

"왜. 궁금하잖아. 대답해 보세요. 차세희 앵커, 좋아하시는 거 맞느냐고요."

도하는 대답 대신 소주 한 잔을 더 따라 마시곤 나른한 듯 단단한 눈매로 지태를 바라보았다.

"……대답하면, 감당할 수는 있고?"

"……"

"그럼 같이 한번 솔직해져 보고."

무슨 용기로 그런 자존심을 부렸는지 모르겠다.

"괜찮겠어요, 신지태 학생?"

○ ◎ ●

두 남자의 단단한 눈빛 사이로 서슬 퍼런 불꽃이 튀었다.

지태는 도하의 저돌적인 태도를 예상치 못한 듯 잠시 멈칫했지만 이내 흥미롭다는 듯 고개를 살짝 기울이며 붉은 입꼬리를 말아 올렸다.

뭐, 괜찮겠어요, 신지태 학생?

사실 뒷말은 필요 없는데 '학생'이라는 단어는 굳이 붙인 거다. 권위에는 전혀 관심 없는 사람처럼 굴더니, 정작 중요한 순간엔 교수와 학생이라는 신분적 격차를 인지시키며 우위를 선점하려 한 것이다. 흠잡을 데 없이 완벽한 사람처럼 보였던 강도하도 결국 유치한 남자였다는 생각이 들자 오히려 마음 한편은 더 가벼워졌다.

하지만 한 가지.

'그럼 같이 한번 솔직해져 보고.'

그 말은 목에 걸린 생선 가시처럼 따갑게 거슬렸다.

강도하는 알고 있는 거다. 아니, 적어도 의심은 하고 있는 거다. 지태 역시 지금 가짜 연애를 하고 있을지 모른다고. 어쩌면 5년이 지난 지금까지 차세희를 잊지 못했을지도 모른다고.

영화나 분석할 것이지 사람 심리까지 꿰뚫어 보고 분석하는 것만 같은 그가 아니꼬웠다.

"저야 걱정하지 마시고 먼저 까시죠."

차세희 앵커와는 진짜 사귀는 사이가 맞으니, 괜한 추측으로 이상한 소문을 퍼뜨리지 말라고.

그게 지태가 원하는 대답이었다. 그래야 솔이 더 이상 흔들리지 않고 마음을 접을 거고, 도하도 말썽 없이 세희 곁에 머물 테니까.

"차세희 앵커랑 난……."

"……."

"우린……."

설마 진심을 말하진 않겠지.

"……그만."

순간적인 불안감이 등골을 스친 순간, 솔이 건조한 입술을 떼며 나섰다.

"그만들 하세요. 지금 뭐 하시는 거예요."

"……."

"당사자는 배제하고 두 분이서, 뭘 까고 말고 한다는 거죠? 감정이라는 게, 그렇게 양파처럼 까고 말고 할 수 있는 건가요?"

차분하고 정갈하지만 분명한 힐책이 깃든 어조에 매섭게 기 싸움을 하던 두 남자가 동시에 입을 다물었다.

"갑자기 분위기 망쳐서 죄송하지만, 저는 먼저 일어나 보겠습니다."

"……."

"선배 어머니께는 준비해 주신 거 못 먹고 가서 죄송하다고 전해 주세요. 꼭이요."

"야, 이솔!"

솔은 말을 마치기 무섭게 가게를 나갔고, 지태는 공허한 표정으로 앉아 있는 도하를 한 번 보곤 서둘러 솔을 따라 나갔다.

"잠깐만."

다급히 솔의 팔을 잡아 돌려세웠지만 그녀는 가볍게 떨쳐 내며 말했다.

"확인 사살이라도 시켜 주고 싶으셨어요? 저 사람은 너 거들떠도 안 보니까 맘 좀 접어라. 그렇게?"

솔은 지태의 행동이 당최 이해가 되지 않았다. 자신이 도하를 좋아하는 것을 빤히 알면서 왜 군이 현실 자각을 시켜 주려 하는지. 도하의 입에서 차세희랑 나는 정말 사귀는 사이다, 정말 좋아한다는 말이 나올까 봐 무서워 도중에 끊어 내면서, 이런 상황을 만든 지태에게 서운한 마음까지 들었다.

"대체 왜 교수님한테 그렇게 무례하게 굴면서까지 대답을 끌어내려 한 거냐구요. 단둘이 영화 보고 왔다니까 내가 뭐, 스토커처럼 쫓아가서 수작이라도 부린 것 같았어요? 구질구질해 보였냐구요."

쉴 새 없이 쏘아붙이는데, 지태는 무엇 때문인지 변명도 반박도 하지 않고 묵묵히 듣고만 있었다.

"왜 대답이 없어요? 무슨 말이라도……."

"더 해 봐."

"……네?"

"너 이렇게 말 많이 하는 거 처음 봐. 신기해."

솔이 황당하다는 듯 헛웃음을 흘렸다.

"선배, 전 지금 정말 진지하게 화가 나 있는 상태예요. 그런 식으로 말 돌리는 거 굉장히 불쾌한데요."

"니가 이러니까."

"……."

"니가 이렇게 완전히 딴사람이 될 정도로 강도하한테 빠져 있는 게 나한텐 너무 잘 보이니까. 그래, 확인 사살 시켜 주고 싶었어. 어차피 너도 맘 접으려고 나랑 사귀는 척하고 있는 거 아니야?"

지태는 언제나처럼 뻔뻔하고 당당했다. 그 태도에 더 화가 났지만 전부 맞는 말이라 할 말은 또 없었다. 하는 수 없이 분을 삭이던 솔은 문득 통유리 너머에서 자신들을 찾는지 두리번거리는 정혜를 보곤 아차 싶은 얼굴로 물었다.

"그럼 어머니는요?"

"엄마가 뭐?"

"강도하 교수님 앞에서만 척하면 되는 걸 왜 굳이 어머니한테까지 밝히셨냐구요. 마음 무겁게."

"강도하 앞에서만 그럼 되는 거야?"

지태는 또 묻는 말엔 대답하지 않고 예상 밖의 질문을 해 왔다. 그래도 질문은 질문이니까. 곰곰이 되짚어 보던 솔은 이내 그의 의도를 어렴풋이 추측하곤 말을 이었다.

"……선배가 좋아한다던 그 사람은, 아직 몰라요?"

"……."

"공개 연애, 해야 하는 거예요?"

"……아니, 알아. 그럴 필요 없어."

대답 사이에 약간의 공백이 있었다. 이상하게 솔은 지태의 앞에서 다 내려놓고 솔직하게 되는데, 지태는 아닌 것 같은 생각이 들었다.

늘 뭔가를 감추고 있는 것 같은 느낌.

그래도, 공개 연애를 하지 않아도 된다는 것은 다행인 일이었다.

"……엄마한텐, 불편했다면 미안해."

"……."

"좀 주책이시긴 한데 딱히 간섭하진 않으실 거야. 볼 일도 없을 거고."

"그런 뜻에서 한 말은 아닌데……."

"그냥 아깐, 그러고 싶었어."

막상 사과를 들으니 괜히 마음이 불편해졌다. 그때 통유리 너머로 도하가 일어서는 게 보였다.

"그럼 그만 가 볼게요."

"같이 가. 데려다줄게."

"괜찮아요. 진짜 사귀는 것도 아닌데."

순간 지태의 침묵이 마음에 걸렸지만 솔은 우선 도하부터 피하고 싶은 마음에 도망치듯 자리를 떴다. 비겁한 자신이 싫었다.

그냥, 무서웠던 것뿐이면서.

여전히 쌀쌀한 봄바람이 심장을 관통하듯 무서운 기세로 스쳐 지났다.

○ ◎ ●

주말의 카페는, 특히 청담동의 카페는 흡사 관광지에 버금갈 정도의 인파로 북적였다. 본래 사람 많은 곳을 싫어하는 도하는 그렇잖아도 날이 선 눈매를 가늘게 좁히고 예민을 넘어 과민한 기운을 폴폴 풍기며 늘어져 있었다. 그럼에도 도하를 향한 은밀한 플래시 세례는 멈추지 않았다.

"선배, 괜찮아?"

맞은편에 앉은 세희가 조심스럽게 물어 왔다.

열애 발표를 하고 처음 보는 세희는 전보다 밝아 보였다. 확실히 마음이 편해진 덕분인지 얼굴이 반들반들 윤기가 나고 혈색도 은은하게 돌았다.

문제는 도하였다. 그렇잖아도 차가운 이미지가 핏기 없이 야윈 얼굴에 건조한 눈빛 때문에 더욱 차가워 보였다. 멀리서 보는 강도하는 그랬다. 분명 남다르게 고급스럽고 신비한 분위기를 풍기긴 했지만 선뜻 다가가기는 어려울 만큼 묵직하고 서늘한 분위기가 전반에 깔려 있었다.

"생전 안 걸리던 위염에 다 걸리고…… 혹시 나 때문일까?"

억울한 강아지처럼 눈썹을 축 늘어뜨리고 물어 오는 표정에서 미안한 마음이 느껴졌지만 아니라고 할 수는 없었다. 애초에 가짜 열애 발표만 아니었어도, 솔과 이렇게까지 어긋나진 않았을 것 같은 막연한 아쉬움 때문에.

게다가 보여 주기 식 연애를 위해 그토록 싫어하는 사람 많은 장소에 와서 신상 노출까지 자진해서 하고 있었으니, 위염 증상이 더 심해지는 것 같았다. 심해진다면 뭣보다 어젯밤 지태와 기 싸움을 하느라 술을 계속 들이켠 게 가장 큰 원인이겠지만.

"어제 그 친구 봤어."

도하는 긴 다리 한쪽을 다른 쪽으로 넘기며 무감한 표정으로 말했다. 오늘 만남의 목적을 생각하자면 세희를 최대한 애틋하고 다정한 눈길로 봐라봐 주어야 한다는 것을 알지만 그게 그렇게 맘대로 되지가 않았다.

"누구?"

"정열의 연하남."

그러자 세희는 제 발 저린듯 주변을 의식하며 목소리를 낮췄다.

"걔 얘길 여기서 왜 해?"

"이사한 오피스텔 1층이 그 친구네 가게더라고. 오래된 것 같던데, 몰랐어?"

"그걸 내가 어떻게 알아."

"그 앤 우리, 알고 있는 것 같던데……."

최대한 돌려 말했음에도 세희는 거친 손길로 머리를 쓸어 넘기며 한숨을 쉬었다.

"내 생각엔 아직 너를……."

"그만해."

다시 만나 볼 생각 없냐고 묻고 싶었지만 듣는 귀가 많아 관두었다. 아마 물었어도 세희는 이전에도 만난 적은 없다고 단칼에 잘라 냈을 것이다. 하지만 도하는 알고 있었다. 좋든 싫든 차세희는 그에게만 다르게 굴었다는 걸. 도하는 그게, 아직도 또렷이 기억나는 그만의 정열 때문이라고 생각했다.

아니, 진심이라는 표현이 더 맞으려나.

— 땡동.

5년 전, 화이트 데이 날이었다.

정원에 매화나무 심는 것 좀 도와 달라던 세희의 부탁에 반나절 동안 진땀을 빼고 젖은 몸을 봄바람에 말리고 있을 때, 누군가 초인종을 눌렀다. 대문을 열어 주니 앳된 얼굴의 남자가 커다란 사탕 바구니를 품 안 가득 들고 들어섰다.

세준의 친구, 지태라고 했다. 친한 사이라 몇 번 놀러 왔었다고.

하지만 세희를 바라보는 지태의 표정은 단지 한두 번 마주친 친구의 누나를 보는 표정이 아니었다. 잠시 시선을 옮겨 경계 반, 호기심 반의 눈빛으로 도하를 보던 그가 이내 성큼성큼 걸어와 세희의 품에 사탕 바구니를 척 안기며 말했다.

매화꽃처럼 하얀 사탕으로만 이루어진 바구니였다.

'……제가 직접 만든 거예요.'

'……'

'좋아하는 사람 생기면 억겁의 시간도 모자란다는 게 전엔 무슨 말인지 몰랐었는데, 이거 만들면서 알았어요. 전 누나랑 1분 1초도 떨어져 있기 싫어요. 그냥 하루 종일 생각나고 빨리 보고 싶고 계속 같이 붙어 있고 싶고 나중에 백발 돼서 죽으면 못 본다는 생각만으로도 벌써부터 무서울 정도로 누나가 좋아요.'

마치 대본을 달달 외워 온 것처럼 주먹을 꼭 쥐고 속사포로 쏟아 내던 그는 마지막으로 눈을 질끈 감고 말했다.

'그러니까, 누나, 우리 정식으로……'

'아, 올드해.'

묵묵히 지태를 지켜만 보던 세희의 첫마디였다.

'몇 번 좀 만나 줬다고 착각했나 본데, 난 너처럼 올드한 남자는 취향 아니야. 그리고 보다시피, 애인도 있고.'

충격이 큰 듯 지태가 얼어붙은 얼굴로 눈 한번 깜빡이지 못하고 바라보는데, 세희가 돌연 도하에게 팔짱을 껴 왔다. 마치 SOS를 치듯 팔뚝을 살짝 꼬집으며.

'강도하 평론가, 들어 봤지? 우리 결혼할 사이니까, 나중에 결혼식이나 와주면 고맙고.'

세희는 동의를 구하듯 도하를 향해 눈을 찡긋하며 웃어 보였고 도하는 짧은 미소로 답했다. 그럼에도 지태는 굳어 선 채 한 발짝도 움직이지 않았다. 그러자 세희는 도하를 향해 그렇지? 묻곤 까치발을 홀짝 들어 입을 맞추어 왔다.

세희가 남자를 떼어 내기 위해 도하에게 도움을 청한 적은 몇 번 있었지만 입을 맞춰 온 것은 그때가 처음이었다. 그것도 척이 아닌 진짜 키스로.

연애나 스킨십에 아무 감정이 없었던 5년 전이었기에 도하는 당시 세희의 키스도 순전히 SOS의 일환으로 감정 없이 받아 주었다. 그로 인한 상대방의 상처가 얼마나 클지는 짐작도 하지 못했다.

'열심히 만들었다니까 이건 특별히 버리지 않고 돌려줄게. 가져가서, 너 먹어. 그래도 쓰레기통보단 사람 입이 낫잖아. 그치?'

세희가 왜 유독 지태에게만 그렇게 독하게 굴었는지도.

세희의 손만 가만히 바라보던 지태는 이윽고 붉어진 눈을 찡긋 구기며 사탕 바구니를 던지듯 내쳐 버렸다. 한 입 크기의 작고 하얀 사탕들이 하늘 높이 솟구쳤다가 둥근 매화 꽃잎처럼 너울너울 떨어져 내렸다.

'이렇게까지 할 필은 없었잖아.'

지태가 대문을 박차고 나간 후, 도하가 땅에 떨어진 사탕들을 안쓰럽게 보며 말했더니 세희는 코웃음을 치며 답했다.

'세준이 생각해서 몇 번 받아 줬더니 주제도 모르고 들이대는 것뿐이야. 쟤도 다른 남자들이랑 똑같아. 아니, 오히려 더해.'

'……'

'얼굴에 쓰고 다니잖아. 연애 한 번도 안 해 본 천연기념물이라고. 아무것도 모르는 꼬맹이라고. 애기 분 냄새나 안 나면 다행이지. 안 그래?'

'차세희.'

작정이라도 한 듯 청색 대문을 노려보며 모진 말을 쏟아 내던 세희는 한참 만에야 두 눈에서 독기를 빼고 말했다.

'순진한 척, 진심인 척.'

'……'

'나는 그게 더 싫어.'

흰 껍질이 벗겨진 사탕 하나가 바람에 흩날려 정원 계단 아래로 굴러 떨어졌다.

"그만 가자."

세희도 잠시 그때 생각에 잠겼던 듯 어두운 표정으로 자리에서 일어서며 말했다.

"충분히 찍힌 것 같은데."

○ ◎ ●

주말 내내 도하는 시네하우스에 오지 않았다.

142

실은 솔도 혹여나 도하와 마주치면 그를 기다린 것처럼 보일까 봐 오지 않으려 했지만 결과적으론 이틀 내내 시네하우스에 있었다. 마음을 들킬 것 같은 부끄러움보다 도하를 직접 보고 어색한 감정을 풀고 싶은 마음이 앞섰기 때문이다.

하지만 전부, 무의미한 일이었다.

헛헛한 마음으로 플랫폼에 서서 전철을 기다리던 중 휴대폰이 시끄럽게 징징거리기에 보았더니 주말 동안 보이지 않던 그의 안부가 쭉쭉 올라오고 있었다.

[대박이지? 차세희 SNS에 올라옴. 둘이 사귀는 거 진짠가 봐.]

[와중에 슈트 핏 죽이네.]

[하 진짜 분위기에 치인다. 다리 길이는 또 왜 저렇게 비현실적?]

[난 저 재킷 걸치면 심정지로 즉사할 듯.]

동기 한 명이 도하와 세희의 사진을 단체 메신저 방에 올린 것이다.

아직 쌀쌀한 날씨였는데도 와인색 민소매 투피스를 입은 세희가 도하의 블랙 슈트 재킷을 어깨에 걸친 채 웃으며 찍은 셀프 카메라였다. 도하는 뒤에서 다리를 꼬고 등받이에 기대어 앉은 채 그런 세희를 바라보고 있었는데, 상대적으로 굳은 표정이었지만 세희를 지긋하게 바라보는 시선만으로 충분히 로맨틱한 분위기가 넘쳐흘렀다.

세희의 뽀얀 어깨에 걸쳐진 도하의 검은 재킷만 빤히 바라보던 솔은 이내 메신저 방의 알림을 끄고 휴대폰 화면을 닫아 버렸다.

좀 전까지만 해도 도하를 만날까 봐 기대에 차 있던 심장이 끝도 모르고 가라앉았다.

한심하다, 이솔. 그만두자, 제발.

그때 전철이 들어오는 소리가 들렸다. 휴대폰을 코트 주머니에 넣고 한 발 물러서는데, 갑자기 코트에서 기다란 진동이 울렸다. 무심하게 휴대폰을 꺼내던 솔이 전철의 거친 바람과 함께 한 발 휘청였다.

방금까지 가라앉았던 심장이 자존심도 없이 다시 뛰어올랐다.

010.8047.40……

유일하게 외우고 있던, 열한 자리 숫자에.

○ ◎ ●

멍하니 보다가 전철을 놓쳤다.

문이 열렸다 닫히는 것도 모를 정도로 휴대폰 액정에만 홀려 있었다. 한바탕 거센 바람이 스쳐 간 후에야 정신을 차린 솔은 진동이 끊기려 할 때쯤 저도 모르게 통화 버튼을 눌렀다.

……여보세요. 그 흔한 한마디도 하지 못했다. 바람이 흔들고 간 목소리에 여진이 남아 있을 것 같아서.

— 나예요, 강도하.

"……."

— 지금 어디예요?

번호를 가진 쪽은 솔일지라도 도하는 교수인 만큼 혹시나 솔의 번호를 찾아 먼저 연락할 수도 있지 않을까, 내심 기대했던 것은 사실이었다. 그게, 지금일 줄은 몰랐지만.

— 여보세요?

한 번 더, 굵고 낮은 목소리가 치고 들어왔다. 대답 없는 상대에 대한 불안이 깃든 듯 약간의 떨림이 섞여 있었다. 그 작은 진동에 가슴이 뛰는 한편 이상한 가학 심리가 샘솟았다.

대답하지 않을 거다. 내 침묵이 불안하다면, 계속 불안해하도록.

왜인지 자꾸 머릿속을 침범하는 도하와 세희의 사진을 떠올리며 솔은 마른 입술을 굳게 맞붙였다.

이럴 거면 전화는 왜 받아서. 모순적인 자신의 행동이 스스로도 이해

되지 않았다.

— 이슬 씨 휴대폰 아닌가요?

불안이 확신이 된 듯, 도하가 조심스럽게 물었다. 조금만 더 침묵했다 간 그대로 죄송합니다, 전화를 끊을 기세였다. 그제야 나름의 소심한 가학 욕구가 해소된 솔은 짓눌렸던 미간을 풀며 답했다.

"⋯⋯무슨 일이세요?"

그러자 이번엔 건너편에서 말이 없다.

"여보세요?"

한참을 말이 없는 대신 수화기 너머에서는 빠른 구두 소리가 들렸다. 하아, 하아, 조금은 거친 듯한 숨소리도.

"교수님."

— ⋯⋯맞네.

"네?"

— ⋯⋯다행이다.

들릴 듯 말 듯, 혼잣말처럼 작았던 마지막 말은 분명 휴대폰과 등 뒤에서 동시에 들렸다. 솔은 긴장으로 빳빳해진 몸을 천천히 틀었다.

차가운 바람을 맞아 흔들리는 그의 머리칼이 보였다. 눈가까지 내려오는 검은 머리칼 사이로 땀방울이 이슬처럼 톡톡, 굴러떨어졌다. 그가 귓가에 대고 있던 휴대폰을 느리게 내리며 웃었다.

"왜, 영화 안 보고 그냥 나갔어요?"

따각, 따각. 이슬을 머금은 고동색 구두가 명랑한 소리를 내며 다가온다. 제 코에 떨어진 땀 한 방울이 누군가에게 얼마나 큰 의미가 되는지 아무것도 모른 채.

"좀 늦어서 못 보는 줄 알았는데, 이슬 씨 같은 사람이 나가는 게 보여서. 괜찮으면 같이 가요. 어차피 같은 방향인데."

그 말을 하려고⋯⋯ 따라왔다고? 이렇게 쌀쌀한 날씨에 땀이 맺힐 만큼, 호흡이 거칠어질 만큼 빠른 걸음으로. 왜, 대체 왜.

"……왜."

"…….'

"왜 웃으세요?"

잘 안 들리는지 고개를 살짝 기울이는 도하의 표정이 사뭇 진지했다.

"왜 자꾸 웃으시냐고요. 제가 웃겨요?"

웃겨요, 가 아니라 우스워요, 라고 묻고 싶었는데. 말이 이상해져 버렸다.

"아니, 그러니까…… 제가 분명히 전에 안 데려다주셔도 된다고 했는데. 왜 자꾸 데려다주려고 하시는지 궁금해서요."

어째서 강도하 앞에만 서면 아무 말이나 하게 되는 걸까. 밑도 끝도 없이 앞도 뒤도 없이 중구난방. 약간 모자란 애처럼. 대체 날 어떻게 생각할까. 스스로도 답답해 한숨이 나는 솔이었다. 그러니까 정확히는, 정확히 묻고 싶던 말은,

"교수님 여자 친구분이 싫어하실 수도 있는데……."

여자 친구도 있으면서 나한테 왜 이렇게 잘해 줘요?

"저는 그냥 전철 타고 갈게요."

다시 만나면 화해, 까진 아니더라도 그 비슷한 걸 하려고 했다. 아무리 그래도 교수님인데 지난번 지태와의 자리에서 화를 내고 먼저 일어나 버린 게 마음에 걸려서. 그땐 제가 죄송했다고 한마디만 하고 보통의 관계가 되고자 했다. 딱 학생과 교수. 아니, 조금은 가까운 사이의 학생과 교수, 정도랄까.

"불편했다면 미안해요."

미소를 거둔 도하가 예의 그 묵직한 표정으로 말을 이었다.

"내가 너무 단순하게 생각한 것 같네."

"…….'

"신경 쓰일 수도 있는데."

내심 여자 친구에 대해 부인이라도 해 주길 바랐던 건지. 그의 대답이 썩 달갑진 않았다.

"괜찮습니다. 그럼 들어가 보세요."

그만두자. 주제넘는 욕심 좀 버리자. 마음을 체념하고 짧게 인사를 건넨 순간이었다.

"근데, 아니에요."

멈칫, 가방을 고쳐 메던 솔이 시선을 들어 도하를 보았다. 마침 두 번째 전철이 들어온다는 안내 방송이 들렸다. 주변의 사람들이 스크린 도어를 향해 한 발씩 다가섰다.

"웃겨서 웃은 거."

"……."

"왜 웃겨서 웃은 거라고 생각하지? 사람은 보통, 좋을 때 웃지 않나. 그냥 기분이 좋거나 행복할……."

도하가 말을 하다 말고 멈추었다. 앞 눈썹을 살짝 일그러뜨리는 표정이 실수를 숨기지 못하는 아이 같았다.

전철이 들어오면서 처음보다 더 거센 바람을 몰고 왔다.

"그러니까 내 말은……."

그러니까 지금 얼굴이 뜨거워지는 것은 절대, 기온 탓이 아니다.

"그냥 데려다주면 안 될까?"

"……."

"다른 건, 신경 안 썼으면 좋겠는데."

두 번째 전철이 떠났다. 우르르 내린 사람들이 계단을 오르고, 잠시나마 플랫폼에는 도하와 솔, 단둘만 남았다.

'원래 학생들한테 존대하지 않으세요?'

'반말하고, 데려다주고…….'

'왜 제 여자 친구한테만 특별 대우를 하시냐고요.'

특별 대우. 본래 뜻과는 다르게 굉장히 불편한 단어였다. 두 번만 받았다간 심장이 남아나지 않을 테니까.

○ ◎ ●

"교수님은 어떤 사람이에요?"

사거리 횡단보도. 이제 이곳만 지나면 그녀를 내려 줘야 한다는 생각에 저도 모르게 아쉬운 한숨이 잇새로 흘렀을 때, 솔이 물었다.

"원래 이렇게 아무한테나 친절하세요?"

아무한테나, 라는 말이 끼어 있는 걸 보면 순도 100프로의 칭찬은 아니라는 것쯤은 도하도 알 수 있었다. 도하는 현명한 대답을 위해 먼저 솔을 슬쩍 한 번 곁눈질했다.

시종일관 창밖을 보며 묻는 말에 대답도 잘 하지 않더니 불쑥 물어 오는 말이 어떤 사람이냐니. 솔은 오늘따라 도통 예측 불가의 노선을 보였다.

무슨 안 좋은 일이라도 있는 걸까. 멀리 던진 눈망울은 공허한 상념을 담은 듯 탁해 보였다. 어쨌든, 답은 정해져 있다.

첫 연애는 있어도 첫사랑은 없었던 도하였지만 나름의 어설픈 연애 기억들을 최대한 끌어모아 답을 유추해 냈다.

"아무한테나 친절하진 않죠."

힐긋, 또 한 번 눈치를 보았지만 솔은 여전히 창밖만 바라볼 뿐 입꼬리가 움찔거리는 미동조차 없었다.

오답이었나.

하지만 데려다주는 것만으로도 부담스러워하는 그녀에게 너에게만 친절한 거라고 솔직하게 말했다간 이 아슬아슬한 관계마저도 완전히 끝이었다. 아마 자체 드롭을 하고 강의실은 물론 예술관에도 얼씬하지 않으려 하겠지.

"그럼 전 아무나 시켜 주세요."

"……뭐?"

놀란 나머지 반말이 튀어 나가 버렸다.

"교수님 친절 그만 받게요."

결국, 오답이었던 거다.

정말이지 오늘의 솔은 달라도 너무 달랐다. 평소에도 그다지 살가운 편은 아니었지만 오늘따라 유독 차가운 직구와 거리 두기로 도하의 감정을 들었다 났다 미치게 만들었다. 도하의 하루는 그녀의 말 하나, 행동 하나에 완전히 바뀌어 버린다는 것도 모른 채.

"반말도 하지 말아 주세요."

"……."

"물론 저야 교수님이시니까 말씀 편하게 하시는 거 상관없지만, 저한테만 그러시면 지태 선…… 오빠 말대로 특별 대우처럼 느껴져서요."

지태…… 뭐? 헛헛한 실소가 나가려는 것을 간신히 막았다.

이럴수록 침착해야 한다. 감정을 컨트롤해야 한다.

도하는 어느새 땀이 밴 손으로 머리를 한 번 쓸어 넘기곤 핸들을 고쳐 잡았다. 다행히 마침 신호가 바뀌어 잠시 진정할 수 있는 여유가 주어졌다.

가만, 그러니까 신지태 때문이었던 건가?

그날 감자탕집에서 솔이 나가 버린 후, 지태가 쫓아 나가 한동안 두 사람이 싸우듯 말을 주고받는 걸 보았었다. 맘 같아선 당장 따라 나가 솔과 따로 이야기하고 싶었지만 그럴 만한 관계는 아니었기에 꾹 참아야 했다.

그런데 그날 이후 솔이 이렇게 돌변한 걸로 봐선, 아무래도 지태로부터 강도하 교수를 조심하라고, 멀리하라고 주의를 들은 것 같았다.

그렇다면, 둘의 사이는…… 진짜인 건가?

"후우."

34년 동안 포커페이스 하나는 자신 있었는데 솔의 앞에서는 한숨 하나 제어하기가 어려웠다.

"……내가 반골 기질이 있어서, 뭐든 반대로 하려는 습관이 있는데."

"……."

"그렇게 말하니까 자꾸 반항하고 싶어지네."

게다가 한번 고삐 풀린 마음은 제멋대로 활개를 치기 시작했다.

"특별 대우, 하면 좀 안 되는 건가?"

"……."

"그 정도도 할 수 없는 인연이었던가, 우리가?"

모든 개인적인 감정을 배제하고 본대도 그랬다. 적어도 도하는 그렇게 생각했다.

4년 전, 같은 취미를 가지고 두 달이 넘게 얼굴을 마주했다. 서로의 취향을 알고, 체취를 알고, 발소리를 안다.

"같은 시간, 같은 버스에서 몇 번만 만나도 아는 사람이라고 내적 친밀감을 느끼게 되는 게 사람인데, 두 달이 넘게 같은 영화를 보던 사이에 다시 만난 게 반가운 건 당연한 거 아닌가? 이 정도 친절은 베풀어도 되는 거 아니냐고."

솔이 놀란 듯 드디어 창문에서 시선을 떼고 도하를 보았다.

젠장, 또 실수였다.

두 달이란 말은, 그런 구체적인 기억은 꺼내지 말았어야 하는데. 진정 스토커라고 확신을 하면 어쩌나, 마음을 졸이며 솔의 대답을 기다리는 사이 신호가 바뀌었다.

도하는 눈을 질끈 감았다 뜨곤 액셀을 밟았다. 가까운 거리긴 했지만 솔은 집 앞에 주차할 때까지 아무 말이 없었다. 시동을 끄자 더욱 선명한 정적이 내려앉았다. 침을 삼키면 들릴 것 같은 무거운 정적. 도하는 감정을 컨트롤하지 못한 자신을 후회하며 목을 뒤로 젖혔다. 그때였다.

"……같은 영화를 보던 사이."

솔이 멀리, 화사한 보름달에 시선을 꽂은 채 말했다.

"그거 괜찮네요."

도하는 뒤로 젖힌 목을 들어 천천히 솔을 바라보았다. 솔은 여전히 정면만 본 채였다.

"딱, 그 정도의 사이."

"……."

"그럼 앞으로도, 딱 그 정도로만 지내요, 우리."

역시 괜한 기대였을까 체념하려던 순간, 솔의 나긋한 목소리가 도하의 고막을 간질이듯 파고들었다.

"전 앞으로 월, 수, 금요일에 시네하우스에서 영화를 볼 예정인데…… 교수님은요?"

"……."

"참, 말씀은 편하게 하셔도 돼요. 교수님이 저보다 한참 위잖아요."

하마터면 그녀가 싫어하는 웃음을 터뜨릴 뻔했다.

농담인지 진담인지 도통 알 수 없는 표정이었지만 한 가지, 앳된 순수함만은 분명히 보였다.

그래, 어쩌면 이거였던 것 같다. 내가 너를, 너와의 시간을 또렷하게 기억할 수밖에 없었던 이유.

그녀에게는 다른 어떤 여자와도 비교할 수 없는 순수함이 있었다. 사람을 두려워하는 고양이처럼 늘 바짝 신경을 곤두세우고 있지만 눈망울만은 아이처럼 해맑았다. 상처받은 사람만 알아볼 수 있는 어둠이 겹겹이 쌓여 있음에도 아직 사람을, 세상을 포기하지 않은 그 투명한 눈동자가, 그를 끌어당긴 것이다.

그러니까 우리는 어쩌면, 서로의 취향을 알고, 체취를 알고, 발소리를 알고, 그리고…….

"나도."

서로를 알고 있을지 모른다.

"월, 수, 금요일에 보려고."

"……."

"너랑 같이."

탁, 안전벨트를 풀어 헤친 솔이 마침내 도하를 향해 몸을 틀며 웃었다.

"좋아요."

결코 넘을 수 없는 완전한 선과 함께.

아이러니하게도, 그녀는 한 발 더 그의 앞에 있었다.

5

그대도 나를 안고 싶을까?

"솔이 씨는 무슨 급한 일이라도 있으세요?"

인터뷰가 끝나 갈 즈음, 메인 작가가 솔을 향해 물었다. 표면상으론 걱정이었지만 실은 미팅을 하는 동안 시간을 자주 확인했던 솔에게 눈치를 주려는 것이었다. 하지만 솔은 작가의 새초롬한 눈매에 기죽지 않고 당당히 말했다.

"네. 약속이 있어서요."

오늘은 월요일이었다.

'나도. 월, 수, 금요일에 보려고.'

'너랑 같이.'

그를 만나는 날.

지금 솔에게 그것만큼 중요한 것은 없었다.

그런데 애초에 6시까지 진행하기로 예정되어 있던 예능 〈홈메이드〉의 사전 미팅이 한 시간이나 지연되면서 어느새 시간은 7시를 훌쩍 넘어 있었다. 7시 50분 영화를 보려면 지금 출발해도 빠듯했다.

그렇잖아도 불편한 자리가 더 늘어지자 머리가 어지럽고 배 속이 더 부룩한 게 체기가 느껴지는 듯했다. 솔은 당장 문을 열고 나가고 싶은 충동을 억누르고 차분히 물었다.

"더 얘기할 게 남았을까요?"

"아닙니다. 오늘 미팅은 여기까지 하는 걸로 하죠."

메인 작가가 탐탁지 않은 얼굴로 나서려던 찰나, 가운데 앉아 있던 도형철 피디가 자료를 정리하며 말했다.

담당 피디인 형철은 창의적인 기획력으로 KBC 간판 예능을 세 개나 배출한 예능국의 대부였다. 오는 길에 이석은 그가 옹졸한 자만심으로 똘똘 뭉쳐 시답잖은 자존심을 부린다고 흉을 봤지만 솔은 딱히 그런 느낌을 받지는 못했다.

언행이 차갑고 딱딱하긴 해도 불필요한 사담이나 허세가 없어 오히려 편했다. 후줄근한 작업복 차림의 많은 피디들과 달리 댄디한 캐주얼 슈트를 입은 그는 차림새만큼이나 깔끔한 분위기를 풍겼다.

"저희가 맞벌이다 보니까 애랑 같이 있던 시간이 많지 않아서 에피소드랄 것도 딱히 없고 이렇게 어색해요. 피디님이 예쁘게 잘 좀 찍어 주세요."

의욕 없는 딸과 폼만 잡는 남편 사이에서 엄마 윤정이 어쩔 수 없다는 듯 나서며 말했다.

"저도 아들이랑 같이 산 지 얼마 안 돼서 이해합니다. 애초에 저희 프로의 취지가 가족애를 회복하는 것이기도 하고."

"그렇게 말씀해 주시니 감사하네요."

"별말씀을요. 그럼 다음 미팅 때 뵙죠."

형철이 각진 안경을 추켜올리며 먼저 일어섰다.

솔은 그가 수고했다며 건네는 손을 맞잡았다. 순간 누군가 떠오르는 듯한 느낌을 받았지만 이내 떨쳐 버렸다. 온 신경이 이미 시네하우스로 향해 있던 솔은 다른 것을 신경 쓸 여유가 없었다.

이석과 윤정은 계약과 관련하여 추가 회의를 하기로 했지만 솔은 약속에 늦었다며 뒤도 안 돌아보고 엘리베이터에 올랐다. 그만큼 다급했다.

혹여나 그를 만나지 못할까 봐. 그와의 소중한 두 시간이 이대로 사라져 버릴까 봐.

10, 9, 8, 7, 6……. 오늘따라 층수는 유달리도 느리게 바뀌는데, 가슴은 더없이 빠르게 뛰었다. 자그마한 발을 동동 구르던 솔은 1층에서 문이 열리기 무섭게 밖으로 뛰어나갔다. 그런데.

"아!"

너무 성급했던 걸까. 주변을 살피지 못하고 달려 나가던 솔은 엘리베이터를 타려고 기다리던 누군가와 어깨를 부딪쳤다.

"죄송합니다."

급한 대로 짧게 고개만 숙여 인사하고 지나치려는데.

"잠깐만."

타악. 차가운 냉기가 손목을 휘어 감았다. 놀란 솔은 본능적으로 손을 떨치고 뒤를 돌았다. 맑지만 뾰족한 눈망울이 맞은편 남자를 가득 담은 순간, 솔의 뽀얀 낯빛이 더욱 새하얗게 질려 갔다.

"……이솔?"

기억이란 게 원망스러웠다.

사라지지 않고 숨바꼭질하듯 뇌리 구석구석에 숨어 있다가 술래가 얼씬만 하면 귀신같이 튀어나와 머릿속을 뛰어다니며 장악해 버리는 놈. 덕분에 이제 완전히 잊은 줄 알았던 악몽 같은 기억도 그의 얼굴을 마주하는 순간 바로 어제 일처럼 생생히 되살아났다.

이솔에게 도유진은, 꼭꼭 숨어 머리카락 한 올도 보이지 않았으면 싶었던, 죽어도 찾고 싶지 않았던 체기 같은 기억이었다.

○ ◎ ●

"감자탕 드시게?"

얼굴의 반을 가리는 커다란 선글라스를 쓰고 베이지색 스카프로 입까지 칭칭 감은 채 가게 앞을 기웃거리던 세희가 뒤에서 불쑥 끼어든 목소리에 화들짝 놀라며 돌아섰다.

"아, 아니요. 그냥 본 거예요."

겁먹은 사람처럼 훌쩍 물러나는 세희를 보며 병운은 무안한 듯 너털웃음을 흘렸다.

"그래요, 그럼."

가게 안으로 들어서는 병운을 보며 세희는 저도 모르게 90도 가까이 허리를 숙여 인사했다. 수상한 여자의 연이은 과장된 행동에 병운은 미심쩍은 표정을 감추지 못하고 연신 고개를 갸웃거렸다.

"후우."

병운이 들어간 뒤에야 깊은 호흡을 내뱉은 세희는 2층으로 가는 계단 위에 걸터앉아 통유리로 된 가게 안을 바라보았다.

처음이었다. 그의 공간에 온 건.

그래도 5년이나 알고 지냈고 동생 세준의 절친한 친구였는데, 어디서 어떻게 사는지도 몰랐다.

차세희에게 신지태는 늘, 먼저 오는 사람이었으니까. 그런데 왜 갑자기 그에게 먼저 가 보고 싶었는지 모르겠다.

그저 태진전기 부회장실을 나오는데 이사한 오피스텔 1층이 지태네 가게라던 도하의 말이 떠올랐고 걸음이 이리로 향했다. 1층에 가게는 많았지만 '신가네 감자탕'이라는 단순 명료한 이름 때문에 이곳이 지태네 가게임을 단번에 알 수 있었다.

사실 인정하고 싶지 않을 뿐, 세희는 항상 그랬다. 강기우가 아니라 누굴 만나도 헤어지고 나면 그 끝은 꼭 지태였다.

　'잡아넣을 거야, 당신. 성폭력 범죄 처벌 등에 관한 특례법 위반, 폭행, 협박, 강간. 너무 많아서 열거도 안 되는 죄목들 싹 다 끌어모아서. 내가 꼭 처벌받게 할 거야.'

　퇴근 후, 태진전기 부회장실에 들어섰던 세희는 부들부들 떨리는 손을 감추며 선전 포고를 했다. 등 뒤에 감춘 백 안에서는 볼펜형 녹음기가 반짝거리고 있었다.

　'그런다고 네가 받은 것들이 사라지진 않을 텐데.'

　강기우는 서슬 퍼런 눈매로 코웃음을 치며 말했다. 그는 어젯밤 'LS호텔 1203호' 문자를 무시하고 이제야 나타난 세희에게 단단히 화가 난 상태였다.

　'그래, 내가 너를 협박하고 때리고, 노예처럼 끌고 다닌 시간이 장장 2년이라 쳐. 그래도 사람들은 네가 몸 팔아 9시 뉴스 따낸 단 하루에 집착해. 난 많고 많은 재산 위에 범죄 이력 한두 줄 얹었다가 그마저도 돈으로 깨끗이 지워 버리면 그만이지만, 넌 평생 창녀 소리 들으면서 살아야 한다고. 그게 현실인 걸 아직도 모르겠어?'

　알고 있었다. 차라리 모르고 싶을 만큼 너무도 잘.

　세희는 2년 전, 강기우 부회장이 널 찾는다던 선배 앵커의 말을 무시하지 못했던 순간을 뼈저리게 후회했다. 그때는 이성을 잃은 상태였다.

　오로지 앵커 하나만 바라보고 평생을 달려왔는데 전쟁 같은 경쟁에서 끝없이 뒤처지다 생방 사고까지 치는 바람에 9시 뉴스는커녕 기사 한번 제대로 읊어 보지 못하고 낙오될 처지가 되어 버렸다. 실력도 없으면서 보도국장 엄마 백으로 들어왔다는 수군거림과 선입견들은 나날이 쌓이며 세희의 어깨를 아프게 짓눌렀다.

　외중에 강기우의 컨택은 동아줄처럼 느껴졌다. KBC 방송국이 태진그룹 산하였기에 감히 태진가에 반기를 들었다간 무슨 일을 당할지 후사가 두렵기도 했다.

이미 남자들에게는 질릴 대로 질린 상태였다. 특히 믿었던 지태마저도 잃은 후에는 완전히 체념해 버렸다. 이 세상에 사랑 같은 건 없다고. 그렇게 자기 학대와도 다름없는 어리석은 결정을 했다. 강기우가 그날의 일을 기록으로 남겨 무려 2년이나 옭아맬 줄은, 그렇게 학습적 무기력 상태에 빠지게 만들 줄은, 맹세코 상상도 하지 못했다.

남자를, 세상을 다 아는 것처럼 굴었던 차세희는 사실 아무것도 몰랐던 백치였다.

'넌 내가 왜 좋은데?'

'……순수해서요.'

그 옛날, 누군가의 말처럼.

"……나쁜 새끼."

신지태. 그는 세희를 성적인 대상으로만 바라봤던 수많은 남자들과 달리, 다른 이유를 댔던 유일한 남자였다.

'천진무구한 어린애처럼, 엄청 맑잖아요. 누나.'

……물론, 그 또한 거짓말이었지만.

"나 말하는 거야?"

순간 뒤에서 묵직한 목소리가 끼어들었다. 깜짝 놀란 세희는 벌떡 일어나다 말고 발을 헛디뎠다. 잘못 디딘 10센티의 스틸레토 힐이 몸 전체의 균형을 망가뜨리며 세희를 계단 아래로 이끌었다.

한 발, 휘청하던 세희는 일순 허리를 받쳐 드는 단단한 손길에 간신히 멈추었다. 걷어붙인 남방 아래로 푸른 핏줄이 얼기설기 솟아 있는 팔뚝이 보였다. 한 계단 아래 선 지태는 한쪽 팔론 세희의 허리를 휘어 감고 다른 한쪽 손으론 세희의 손목을 잡은 채 가느다란 눈매를 미세하게 늘어뜨리고 있었다.

싸늘하면서도 농밀한 시선이 세희의 얼굴을 하나, 하나 뜯어보듯 깊게도 훑었다.

심장이 쿵쾅거리며 빠르게 뛰었다. 지태는 5년 새 성숙미 폴폴 풍기는 어엿한 남자가 되어 있었지만, 마주 보기 힘들 정도의 깊이 있는 눈동자만큼은 변함이 없었다. 예나 지금이나. 세희는 그게 싫었다.

"지겹지도 않아? 그런 착각."

남다른 척, 진심인 척 착각하게 만드는 눈빛.

"도하 선배 보러 온 거야."

확 떨쳐 내자 지태는 가볍게 밀리며 한 계단 아래로 내려갔다. 두 계단이나 아래 서게 됐지만 워낙 큰 키의 지태는 여전히 세희와 시선이 맞았다.

"강도하가 저 안에 있어?"

"발이 아파서 잠깐 앉아 있던 것뿐이야. 너희 가겐 줄 몰랐어."

"……우리 가게라고 안 했는데."

"……."

차세희는 백치였다. 진정.

"비켜."

세희는 지태를 지나쳐 내려가려 했지만 지태가 세희를 따라 크게 한 발, 이동하는 바람에 길이 막혀 버렸다. 이쪽, 저쪽으로 움직여도 마찬가지였다.

"너랑 놀아 줄 시간 없어. 비키라니까?"

미간을 한껏 좁히고 말했건만 지태는 태연자약한 표정으로 입꼬리까지 끌어 올렸다.

"나랑 놀고 싶어서 왔나 보네."

"……뭐?"

"난 아무리 생각해도 네가 날 보러 온 것 같은데."

"······그래. 착각은 자유니까."

세희는 피곤한 척 한숨을 쉬며 지태를 한 번 더 밀쳤다. 그러자 지태는 당황스러울 정도로 순순히 비켜서 주었다. 막상 지태가 잡지 않자 헛헛한 느낌이 든 세희가 짜증스러운 표정으로 지태를 돌아보았다.

어느새 포지션은 뒤바뀌어, 몇 계단 위에 선 지태가 난간에 팔꿈치를 대고 비스듬히 기댄 채 세희를 내려다보고 있었다. 그 시선에 또 심장이 동한 세희는 괜히 냉소적인 목소리로 말을 꺼냈지만.

"혹여나 착각할까 봐 분명히 해 두는 건데, 앞으로 날 여기서 봐도······."

"차세희."

곧장 말문이 막혀 버렸다. 야, 너, 라는 말은 가끔 쓴 적 있어도 이렇게 차세희, 이름 석 자를 부른 것은 처음이었다.

"나 여자 친구 있어."

뜬금없는 다음 말은 세희의 동공을 차게 굳혀 버렸다.

언젠 없었나, 항상 있었으면서 새삼스레 왜, 따지려던 순간이었다.

"그러니까 안심해."

"······."

"이제 이렇게 이죽거릴 수 있을 만큼 너, 잊어 가고 있어."

"······."

"더 이상 그렇게 피곤한 표정 짓지 않아도 된다고."

강기우의 장황한 독설 따윈 아무것도 아니었다.

"이제 진짜, 잊을 수 있을 것 같으니까."

그 한마디 말 앞에.

"그러니까 너도······ 안녕해."

편안하라는 말이 잘 지내라는 이별 통보로 들린 것은 기분 탓이 아니었다.

신지태는 진심이었다. 진심으로 안녕해지고 있었다. 저 혼자만.

치사하게 저 혼자서만.

"……그래. 고마워."

그는 정말 모르는 것 같았다. 끝을 잃어버린 세희는 이제 영영 안녕해질 수 없다는 걸.

○ ◎ ●

밤 10시 반. 시네하우스의 불이 꺼졌다.

상영관 앞 대기석에 앉아 있던 도하는 불이 꺼지고 나서야 자리에서 일어섰다.

[어디예요?]

[무슨 일 있어요?]

[이솔 씨.]

[이솔.]

네 개의 문자는 여전히 읽히지 않은 상태였다. 세 통의 전화도 해 봤지만 솔은 한 번도 받지 않았다. 그날, 같은 영화를 보는 사이, 그거 괜찮다며 웃던 솔이 꿈처럼, 환상처럼 느껴졌다.

설마 장난이었을까. 아니면 막상 닥치고 보니 역시 말도 안 되는 일이라 생각했을까. 수많은 추측이 머릿속에서 뒤엉켰지만 마지막에 남는 결론은 항상 똑같았다.

그녀는 오지 않았다는 것.

지하 주차장에 도착한 도하는 더 이상의 희망은 그만 접기 위해 휴대폰을 억지로 주머니에 집어넣고 차 키를 눌렀다.

삐삑. 넓은 주차장 한구석에 외로이 주차되어 있던 승용차가 기다렸다는 듯 울어 댔다. 뚜벅, 뚜벅, 뚜벅. 뒤이어 도하의 무거운 구둣발 소리가 주차장을 울렸다.

띵. 그리고 뒤이어 엘리베이터가 멈추는 소리가 들렸다.

분명 상가의 가게들은 대부분 문을 닫은 상태였고, 도하와 함께 시네하우스에서 마지막으로 나왔던 직원은 1층으로 나간 상태였다. 게다가 지하 주차장엔 도하의 차 한 대밖에 없었다.

다시 말해, 올 사람이 없었다. 그럼에도 터벅, 터벅, 터벅, 발소리 하나가 귓가를 울렸다.

익숙한 발소리. 그가 좋아하는 발소리. 그런데 어딘가…… 미약한 발소리.

마지막 느낌에 놀란 도하가 서둘러 뒤를 돌았을 때였다.

"늦어서…… 죄송해요."

핏기 없는 얼굴의 솔이 가녀린 몸을 간신히 지탱하듯 벽을 짚고 서 있었다. 놀란 도하가 성큼성큼 걸어가 솔의 양어깨를 잡고 살피며 물었다.

"왜 이래요. 어디 아파요?"

"나 좀…… 데려다줄래요?"

"……"

"……없는 데."

메마르다 못해 퍼석하게 갈라진 입술을 힘겹게 떼며, 솔은 말했다.

"……아무도 없는 데."

그리고 다음 순간. 쿵. 솔의 여린 무릎이 차디찬 주차장 바닥에 닿았다.

"솔아."

무너지듯 도하의 품에 안긴 솔의 가슴이 차가웠다. 파르르 떨리던 솔의 무거운 눈꺼풀이 멎는 순간, 도하의 심장도 함께 정지해 버렸다.

"……이솔!"

어두운 주차장에 도하의 커다란 목소리만 절박하게 메아리쳤다.

"급성 탈수증으로 인한 쇼크입니다. 구토가 심했던 것 같습니다. 다행히 특별한 위장 질환은 발견되지 않았는데, 혹시 극심한 스트레스를 받은 일이 있습니까?"

말문이 막힌 도하는 응급실 침대에 누워 있는 솔을 바라보았다. 파리하게 질린 솔은 갈라진 입술을 꾹 다문 채 잠들어 있었다.

······구토라니. 스트레스라니.

"이런 경우 구토의 사유가 중요한데, 과음이나 약물, 식중독에 의한 구토는 아니라 심리적인 요인일 가능성도 있습니다. 만일 그렇다면 뇌가 자극을 받을 만한 스트레스나 상황은 피해 주시는 게 좋습니다."

대체 왜. 무슨 일이 있었기에. 도하는 식은땀이 흐른 얼굴을 마른세수로 닦아 내고 의사에게 짧은 묵례를 했다.

"감사합니다."

의사는 마지막으로 링거액을 한 번 더 확인한 후 자리를 떴다. 가슴에 눅진한 공기가 들어찬 것처럼 답답한 기분이 도하를 휘어 감았다. 다 나아 가는 것 같았던 위염이 다시 도지는 듯 흉골 부근이 아릿하게 쓰라렸다. 위급한 상황이 아닌 건 분명 다행인 일이었지만 그럼에도 두려웠다.

원인을 알 수 없는 그녀의 고통도, 아무것도 해 줄 수 없는 자신도.

아니, 그 전에, 그녀가 이렇게 아파 누워 있는 모습을 보는 것만으로도 미쳐 버릴 것 같았다.

'······제발, 눈 좀 떠. 이솔.'

움푹 파인 눈두덩 위로 내려앉은 거무죽죽한 어둠. 하얗고 건조한 피부. 보고만 있는데도 갑자기 울컥 목울대가 일렁이는 기분이 들었다.

"······솔아."

누군가의 고통에 이렇게까지 가슴이 저려 왔던 적이 있던가. 웬만해선 남의 슬픔에 동요하지 못해 타고나기를 공감 능력이 부족하게 태어난 거라고 합리화해 왔던 도하였다. 하지만 지금 보니 착각이었던 모양이다. 마치 손바닥만 한 아기 고양이 한 마리가 빼빼 마른 채 쓰러져 작은 숨결을 간간이 토해 내는 모습을 속수무책 지켜봐야만 하는 심정이었다.

가련하고, 아프다.

따뜻하게 안아 주고 싶은데 손대면 그대로 바스라질 것만 같아 무서웠다.

"……솔아."

그럼에도 절로 향하는 손을, 마음을 멈출 수는 없었다. 도하의 엄지손가락이 솔의 여린 뺨에 닿았다.

"……괜찮아."

많이 아프냐고. 대체 왜 아픈 거냐고. 혹시 그 아픔에 내 이기적인 투정이, 나라는 존재가 일조한 건 아니냐고. 묻고 싶은 말이 더 많았지만 도하는 그렇게 말했다.

"이제 안 아플 거야."

"……."

"푹 자고 일어나면…… 데려다줄게, 내가."

"……."

"아무도 없는 곳에. 따뜻한 곳에."

솔의 가슴께가 천천히 올랐다 내려앉았다. 닿은 듯 닿지 않은 듯, 붓처럼 가벼운 손길로 솔의 뺨을 어루만지던 도하는 이윽고 손을 내려 얇은 이불을 가슴팍까지 끌어 올려 주었다.

"같이 있을게."

그리고 토닥, 토닥. 이불이 덮인 솔의 가슴께를 느리고 약하게 다독여 주었다. 솔이 뽀얀 두 뺨이 선홍빛 혈색을 되찾을 때까지. 메마른 입술 끝이 보일 듯 말 듯 엷은 곡선을 그릴 때까지. 악몽 같은 기억에서 아주 잠시나마, 벗어날 수 있을 때까지.

○ ◎ ●

자정이 다 되어 갈 때에야 집에 돌아온 세희는 무력한 얼굴로 실내용 슬리퍼를 갈아 신었다.

"뭐 하다 이제 들어와?"

자줏빛 홈 가운을 입은 승미가 종수의 눈치를 보듯 안방을 곁눈질하며 속삭였다.

"내가 애야? 그런 것까지 보고하게."

차마 첫사랑의 가게를 기웃거리다 대차게 차이고 왔다는 말은 할 수 없었다.

"엄마가 언제 너 귀가 시간 갖고 뭐라고 한 적 있어? 지금 상황이 상황이니까 그렇지! 간신히 안정된 마당에 괜히 또 눈에 날 짓 하지 말고 일찍일찍 다니란 말이야."

"나 피곤해."

대충 둘러대고 올라가려는데 승미가 세희의 코트 자락을 낚아챘다.

"도하는, 안 만났어?"

"도하 선배가 시간이 남아돌아? 이렇게 도와 달라 한 것도 염치없고 미안한데 어떻게 자꾸 만나 달라고 해? 엄마랑 아버지도 이제 도하 선배한테 연락하고 그러지 마."

"얘가 진짜!"

"그리고 엄마. 이제 나 좀 내려놔."

"……뭐?"

세희는 승미의 손을 떼어 내며 단호히 말했다.

"나 실력 없는 거 알잖아. 5년 동안 지켜보면서 충분히 쪽팔려 왔잖아."

"얘가 지금 뭐라는 거야! 누가 그래? 9시 뉴스는 뭐 아무나 하는 줄 알아?"

세희는 대답 대신 깊은 한숨을 쉬었다.

강기우와의 스캔들은 사실이 아니라고 잡아뗐지만, 승미가 몰랐을 리 없다. 2년 전 지지부진했던 제 딸을 KBC 국장이 직접 나서 챙겼을 때 이미 충분히 짐작했을 것이다. 그러면서도 모른 척, 잘하고 있다고, 이대로 쭉쭉 올라가기만 하면 된다고 다독일 만큼 승미는 욕망이 강한 사람이었다. 그때 승미가 다른 엄마들처럼 등짝이라도 때리며 너 대체 뭘 하고 다니는 거냐고 질책이라도 해 줬다면.

거기까지 생각하다 세희는 또 남의 탓을 하며 핑곗거리를 찾는 자신이 혐오스러워 조소가 났다.

"다 내 잘못이야."

"차세희!"

상황이 어쨌건 결국 선택은 제 몫이었다. 욕심이 앞서 부정한 방법으로 자리를 따내려 한 것은 다른 누구도 아닌 자신이었다. 그날, 그 선택이 잘못된 것임을 알고 나서도 차마 내려놓지 못한 것 또한 자신이었다. 물론 지금까지도.

"그러니까 제발…… 이제 그만 내려놓으라구."

승미가 아니라 자신을 향해 질책하듯 쏘아붙인 세희는 지친 표정으로 뒤를 돌았다.

다행히 승미는 더 이상 그녀를 붙잡지 않았다. 뒤이은 헛바람에서는 안쓰러움이 아닌 답답함이 느껴졌다. 세희는 돌아보지 않고 계단을 올랐다.

유독 무겁게 느껴지는 몸을 끌고 제 방에 들어섰을 때, 화들짝 놀라며 돌아보는 세준이 보였다.

"아, 진짜 미안. 딱 한 판만 하고 나갈게."

작년부터 학점이 떨어지는 바람에 컴퓨터를 압수당한 세준은 노트북으로 잘 안 된다며 가끔씩 세희의 방에 와서 게임을 하곤 했다. 어느새 게임 전용 키보드와 마우스를 구비하고 헤드셋까지 쓰고 있는 세준을 보며 세희는 설레설레 고개를 저었다. 세준까지 상대할 힘이 없었다.

"아 신지태 이 개새끼!"

그때, 스카프를 풀던 세희의 손이 멈추었다.

"그만 좀 들이받으라고! 아!"

"⋯⋯신지태랑 하는 거야?"

"어? 어."

세준은 그제야 흘깃 세희의 눈치를 보곤 흘리듯 답했다.

세준은 제 누나와 지태가 어색한 사이라는 걸 알고 있었지만, 이미 5년 전에 끝난 일이었기에 이후론 크게 신경 쓰지 않았다.

"지태 여자 친구 생겼다며."

세희는 핸드백을 정리하며 가벼운 투로 물었다.

"어? 어. 어?"

몰랐던 이야긴 듯, 세준이 놀라 되묻더니 헤드셋에 대고 소리쳤다.

"야! 너 여친 생겼냐? 누구야?"

파우치를 마지막으로 꺼내며 핸드백을 정리하던 세희는 슬쩍 세준을 보았다.

"아 잠깐⋯⋯. 설마 이솔이냐?"

⋯⋯이솔?

"아니긴 뭐가 아니야! 어쩐지 개총 때 이상하다 싶더니."

지태는 계속 잡아떼는 모양이었지만 세준은 거의 확신한 표정으로 웃으며 말했다.

"하긴, 솔이가 좀 어두워서 그렇지 착하고 예쁘긴 하지. 암만 그래도 과 후배를, 에라 이 요물 같은 새끼야!"

S대 경영학부. 이솔. 지태가 처음으로 '너, 잊어 가고 있어.' 라고 말할 수 있을 만큼 빠지게 된 여자. 조사를 마친 세희는 공허한 표정으로 핸드백을 수납 장에 밀어 넣었다.

"뭐? 볼펜을 가져가라고?"

순간 세희의 손이 파르르 떨렸다.

"누나, 지태가 볼펜 흘리고 간 거 가져가라던데? 둘이 오늘 만났어?"

⋯⋯녹음기. 황급히 핸드백을 도로 빼서 뒤져 보았지만 없었다. 아까 계단에서 휘청이며 지태의 품에 안겼던 순간 떨어진 것 같았다.

등신같이, 하필이면 왜 그걸!

"알았⋯⋯다고 전해 줘."

설마, 그게 녹음기인 줄은 모르겠지. 암, 그럴 거다. 절대 알아볼 리 없을 거다.

"⋯⋯하아."

털썩. 침대에 걸터앉은 세희가 참담한 표정으로 얼굴을 감싸 쥐었다.

○ ◎ ●

익숙한 악몽을 꿨다.

검은색 가면을 쓰고 번뜩이는 눈만 내놓은 수백 명의 사람들이 솔을 둘러싸고 있는 꿈이었다. 솔은 하얀 침대 위에 고슴도치처럼 몸을 웅크리고 앉아 바들바들 떨고 있었다. 가면을 쓴 사람들은 솔을 향해 손가락질하며 무어라 떠들어 댔다.

수백 명의 목소리가 한꺼번에 얽혀 한 사람의 말도 제대로 들을 순 없었지만 전부 가시 돋친 말들뿐이라는 건 듣지 않아도 알 수 있었다.

솔은 양쪽 귀를 틀어막고 고개를 더욱 깊숙이 숙였다. 너무 춥고 무서웠다.

도망치고 싶다. 지금 당장 아무도 없는 곳으로. 따뜻한 곳으로.

하지만 방에는 출구는커녕 작은 창문 하나도 없었다. 와중에 가면을 쓴 사람들은 조금씩 거리를 좁히며 솔에게 가까이 다가왔다. 사람들과의 마찰로 침대가 들썩였다.

쿠궁. 탁. 쿠궁. 탁. 기괴한 마찰 소리와 함께 삿대질하는 사람들의 손가락이 솔의 피부를 스쳤다. 악! 솔은 비명을 지르며 눈을 질끈 감았다. 이대로 있다간 숨이 막혀 질식할 것만 같았던 그때.

'괜찮아.'

누군가의 목소리가 들렸다.

'이제 안 아플 거야.'

'……'

'푹 자고 일어나면…… 데려다줄게, 내가.'

'……'

'아무도 없는 곳에. 따뜻한 곳에.'

순간, 피부를 스치던 싸늘한 감촉이 사라졌다. 기괴한 마찰 소리도, 주변을 감싸고 있던 검은 가면의 사람들도 사르르, 전부 증기처럼 휘발되었다.

솔은 천천히 고개를 들었다.

작은 창문도 없는 방 안은 여전히 추웠지만, 금방이라도 그녀를 잡아먹을 것만 같던 어둠은 사라지고 이른 봄의 개나리처럼 노오란 햇살이 가득 들어차 있었다. 왈칵, 눈시울이 뜨거워지면서 코끝이 시큰해졌다.

'같이 있을게.'

연이은 목소리에 꽉 막혀 있던 숨통이 트였다. 말라비틀어져 따갑게 느껴지던 입술 끝이 슬며시 말려 올라갔다.

처음이었다. 이렇게 아늑한 느낌.

엄마의 보드랍고 포근한 품에 안겨 커다란 날개 아래 안전하게 보호받고 있는 아기 새가 된 것만 같았다.

"……솔아. 이솔."

어느덧 평온한 표정으로 미소를 짓던 솔이 젖은 속눈썹을 천천히 들어 올렸다.

"괜찮아? 정신 들어?"

흐릿했던 눈앞이 서서히 선명해지면서 한 남자의 얼굴이 보였다.

"……하아. 다행이다."

그제야 한시름 놓은 듯, 그는 몸에 힘을 빼고 늘어져 앉으며 엷은 미소를 흘렸다.

"……교수님."

그 미소를 보는데 왜 눈물이 날 것 같은지. 그를 부르는 말끝이 흔들렸다. 그러자 도하가 상체를 숙여 가까이 다가왔다. 솔의 말을 조금 더 잘 듣기 위함인 것 같았다.

솔은 다가오는 그를 물끄러미 바라보았다. 어느덧 습기가 차오른 동공 때문에 시야가 흐렸지만, 흐리게 보이는 그의 얼굴은 변함없이 근사했다. 안개처럼 뿌옇고, 신기루처럼 아슬아슬하고, 빛처럼 눈부셨다.

'같이 있을게.'

그는, 약속을 지킬 줄 아는 어른이었다.

"……습니다."

"……응?"

"……고맙……습니다."

결국, 참았던 눈물이 흘렀다. 솔의 입가에 귀를 대고 있던 도하가 고개를 돌려 솔을 바라보았다. 놀란 듯 흔들리는 도하의 눈동자 속에 자그맣게 축소된 솔이 담겨 있었다. 따뜻해 보였다. 그곳은.

평생 강도하의 눈동자 속에만 갇혀 있고 싶을 정도로.

"나도 고마워."

조용히 우는 솔을 한참 응시하던 도하는 이내 그녀의 젖은 잔머리를 조심스럽게 쓸어 넘겨 주며 말했다.

"무사해 줘서."

태연한 척하지만 미세하게 떨리는 손끝이 보였다. 그 떨림을 숨기려는 듯 그는 서둘러 일어서며 말했다.

"괜찮으면 이제 죽 먹고 약 먹자. 내가 얼른……."

왜일까. 순간 솔은 이성을 앞서가는 감성을 막지 못했다.

덥석. 멀어지던 그의 손을 잡아 버리고 만 것이다.

"……!"

도하의 입가에 희미하게 서려 있던 미소가 거두어졌다. 실수였다는 생각이 들었을 땐 이미 늦은 후였다.

안기고 싶다. 미친 척, 한 번만 그에게 안겨 보고 싶다.

추운 겨울 속에서 따뜻한 동굴을 찾는 사람처럼, 불가피한 욕망이 솔을 끌어당기고 있었다.

○ ◎ ●

솔을 단독 병실로 옮긴 후 도하는 한참 고민했었다.

지태에게 연락을 해야 하는지 말아야 하는지.

다행히 수액 투여로 상태가 많이 호전되어 의사는 깨어나면 바로 퇴원해도 된다고 했지만 가뿐하게 완쾌하려면 적어도 내일까지는 푹 쉬게 해야 할 것 같았다. 한데 그러자면 보살펴 줄 사람이 필요하고, 상식적으로 간호는 남자 친구의 몫이 되어야 했다.

일개 강의 교수가 아닌, 남자 친구.

'같이 있을게.'

하지만 도하는 약속을 지켜야 한다는 핑계로 끝내 지태에게 연락하지 못했다. 아니, 하지 않았다. 상식을 논하자면 이미 도하는 거리낄 게 너무 많은 죄인이었다. 우선 남자 친구가 있는 학생을 이렇게 따로 만나는 것부터가 문제였고, 그 학생이 쓰러졌을 때 남자 친구에게 가장 먼저 연락하지 않은 것도 잘못이라면 잘못이었다.

그럼에도 지태의 번호만큼은 도저히 누를 수가 없었다.

지태가 정말 솔과 만나는 게 맞는다면 당장에라도 달려올 텐데. 이 좁은 병실에서 단둘이 긴 밤을 함께 보내게 할 수는 없었다.

그건 정말, 미친 짓이었다.

"······솔아. 이솔."

결국 양심 대신 죄의식을 택하고 무거운 마음으로 솔의 간호에만 전념하고 있을 때였다. 병실을 옮길 때도 눈 한번 깜빡하지 않았던 솔이 돌연 어두운 눈꺼풀을 들어 도하를 보았다.

"······고맙······습니다."

반가운 마음도 잠시, 솔의 눈에서 흘러내린 눈물 한 방울에 심장이 쿵 멎었다.

대체 무슨 일이 있었던 거냐고 묻고 싶은 마음이 굴뚝같았지만 솔이 먼저 꺼내기 전에는 모른 척해 주어야 할 것 같아 눈물 대신 젖은 머리칼을 쓸어 넘겨 주며 말했다.

"나도 고마워. 무사해 줘서."

태연한 척했지만 보드라운 머리칼에 닿은 손끝이 떨렸다. 이러다간 정말 마음을 들켜 버릴 것 같았다. 아니, 이미 들켜 버렸으려나.

"괜찮으면 이제 죽 먹고 약 먹자. 내가 얼른······."

결국 죽을 핑계로 자리에서 일어선 순간이었다. 왼손에 야트막한 온

기가 닿았다. 그녀의 가느다란 손가락이 제 1.5배는 될 듯한 도하의 손
가락들을 붙잡듯 거머쥐고 있었다. 솔에게 잡힌 네 개의 손가락이 찌르
르 달아오르더니 이윽고 온몸에 전율이 퍼진 듯 심장이 저릿하게 아려
왔다.

심장이 떨리다 못해 아프다는 게 이런 기분이었을까.

도하는 사선으로 내리간 시선을 어쩌지도 못하고 붙잡힌 손만 바라보
며 굳어 있었다.

"조금만 더…… 있다 가시면 안 돼요?"

"……."

"지금은 아무것도 먹고 싶은 생각 없는데."

도하는 그간 온 힘을 다해 참아 왔던 자제력이 한순간 산산조각 날 것
만 같았는데 솔은 정말 아무 생각이 없는 모양이었다. 그렇게 애절한 눈
망울로 가지 말라는 말을 할 수 있다니. 잡은 손을 더욱 꼭 쥘 수 있다
니.

"……그래, 그럼."

다시 자리에 앉으며 도하는 솔에게 잡힌 손을 빼냈다.

"조금 이따 먹자."

1분 1초라도 더 잡혀 있다간 무슨 짓을 벌일지 모를 것 같아서였다.

그녀와 닿았던 손끝은 감전이라도 된 듯 아직도 따갑게 진동하고 있
었다. 손끝을 감추듯 말아 쥐면서 도하는 보이지 않게 입술을 깨물었다.
그새 허전한 듯 꿈틀거리는 솔의 손을 보는데 미칠 것 같았다.

다시 잡고 싶어서.

체면이고 신분이고 관계고 다 집어치우고 당장 그녀의 손을 그러쥐고
싶었다. 여린 몸을 일으켜 맞닿은 가슴이 아플 정도로 세게 끌어안고 싶
었고, 메마른 입술을 제 타액으로 흠뻑 적셔 주고 싶었다.

할 수만 있다면, 이 갈증이 완전히 죽어 없어질 때까지 저 입술을, 저

안의 과즙보다 달콤한 혀를…….

상상만으로도 심장이 쿵쾅거리며 빠르게 뛰기 시작했다.

그런 못된 생각은 여지없이 쓰라린 죄의식을 끌고 왔지만, 쓰린 고통마저도 흥분으로 느껴질 만큼 도하는 위태로운 상태였다.

"……하아."

결국 꽉 깨물고 있던 아랫입술이 벌어지며 낮은 신음이 흘러나왔다. 저도 모르게 벌어진 일이었다.

"어디 안 좋으세요?"

솔이 동그란 눈을 크게 뜨며 물어 왔다.

미친놈.

혼자 상상하다 혼자 흥분하고 것도 숨기지 못해 들켜 버리다니. 네가 진짜 정신이 나가도 제대로 나갔구나. 도하는 벌겋게 달아오른 목울대를 머쓱한 듯 쓸어 넘기며 자조 섞인 웃음을 흘렸다.

"아니, 그냥 좀 더운 것 같아서. 병실 온도가 높은 것 같은데 괜찮아?"

온도계에 표시된 숫자는 22. 적당하다 못해 낮다면 낮은 수치였다.

"네, 전 괜찮은데……."

"아, 그럼 다행이고."

도하는 답답한 마음에 셔츠 단추를 풀어 헤치고 가슴 부근을 잡아 펄럭였다. 순간 솔이 당황한 듯 시선을 돌리는 게 보였다.

젠장, 분위기가 더 이상해져 버렸다.

묘한 수치심이 머리끝까지 차오르며 얼굴이 뜨거워졌다. 나 지금 흥분했다고 동네방네 떠벌린 꼴 같달까.

"저기, 아, 그, 상태를 아직 모르겠구나. 급성 탈수증으로 인한 쇼크라고……. 지금은 수액을 맞아서 괜찮아지긴 했지만 내일까진 쉬는 게 좋을 것 같은데."

도하는 우선 아무 말이나 생각나는 대로 지껄이기 시작했다.

"지태한테 연락……"

하지만 고민 중이던 생각까지 튀어나올 줄은 몰랐다. 무거운 정적이 병실에 내려앉았다.

하아, 한심한 놈.

"아니에요."

깊은 자괴감에 건조한 얼굴을 거칠게 쓸어 냈을 때, 솔이 입을 열었다. 여전히 시선은 반쯤 돌린 채, 단호한 표정으로.

"연락, 안 하셔도 돼요. 그냥 퇴원해서 집에서 쉬고 싶어요."

"……그래도 병원에서 링거를 맞는 게,"

"괜찮아요. 한두 번 있던 일도 아니고."

마지막 말은 의도치 않게 나온 듯, 솔이 뒤늦게 입술을 말았다.

"극심한 구토 때문이었다는데. 한두 번 있던 일이 아니라면…… 내 상식선에선 괜찮은 일이 아닌데."

"……"

"굉장히 위험한 일인데."

잘 참고 있었는데, 결국 간접적으로나마 몰아붙이듯 묻고 말았다. 별일 아니라는 듯 무심한 눈빛으로 뱉어 내는 모습 때문에.

"……왜, 누구나 그런 거 있잖아요. 게워 내고 싶은 기억 같은 거."

"……"

"그런 기억을 마주할 때마다 이래요. 본능적인 방어 기제처럼. 교수님은 그런 거 없어요?"

갑자기 제게로 옮겨진 포커스에 도하는 말문이 막혔다. 그러나 연이어 어린 시절, 집 안 화장실에서 숨죽여 구토했던 순간이 떠올랐다.

그래, 그랬었다.

'사랑해, 사랑해.'

작은 손으로 변기를 부여잡고, 그 말을 토해 내듯 열심히도 게워 냈다. 도하에게도 그런 기억이 있었다.

"……그래서, 게워 내고 나면 그다음은?"

"……."

"매번 이렇게 쓰러져서 입원할 건가?"

다소 서늘한 음성에 솔의 촉촉한 눈망울이 서운한 듯 일렁였다. 그러려던 건 아닌데, 말이 비뚤게 나가 버렸다.

"그러니까 내 말은……."

"교수님한테 도와 달라 하진 않을 테니까 걱정 마세요."

솔은 보란 듯이 선을 그으며 말했다. 비뚜름하게 휘어진 눈썹이 불쾌한 감정을 고스란히 드러냈다. 간신히 가까워졌다 생각했는데, 또 이렇게 멀어지는 건가 싶어 허탈한 한편 도톰한 입술을 삐죽 내밀고 뾰로통해 있는 솔이 귀여워 웃음이 났다.

화나게 해 놓고 좋아서 웃다니.

자신이 정말 가학적인 변태는 아닐까, 심히 고민되는 도하였다.

"아니, 쓰러질 거면 내 앞에서만 쓰러져."

말이 좀 이상하긴 하지만.

"다른 경우는 내가, 생각도 하기 싫어서."

진심이었다. 남자 친구도 빤히 있는데 제가 뭐라고, 우습게 생각할지도 모르지만 저 빼곤 다 늑대처럼 느껴졌다. 애인 있는 남자들의 유치한 너스레가 이제야 이해가 되었다.

"풋."

일순 솔이 짧은 웃음을 터뜨리며 입을 가렸다.

"왜 웃지? 난 진지한데."

전부터 느낀 건데, 솔은 도하와 웃음 코드가 전혀 다른 것 같았다. 평소엔 잘 보여 주지도 않는 비싼 웃음을 하필 도하가 진지할 때만 선사해 주는 걸 보면.

"교수님은 안전해요?"

컥. 목이 메었다. 장난스러운 농담이란 걸 알았지만 도하는 경직된 얼굴로 따라 웃지 못했다. 너무, 정곡을 찔려 버린 탓이었다.

"……그럼, 시험해 보든가."

대신, 진지한 남자만이 할 수 있는 과히 뻔뻔한 제안으로 응수했다.

"퇴원하고 싶다며. 데려다줄게."

"……."

"얼른 가서 죽 먹고 약 먹자."

쇼크 상태에 빠진 것은, 이솔이 아니라 강도하인 게 틀림없었다.

"집에 가서."

○ ◎ ●

새벽 1시경 집에 도착한 솔은 거실 소파에 앉아 일체형으로 이어진 주방을 멍하니 바라보았다. 냉장고를 뒤적이며 매의 눈으로 야채들을 선별하고 있는 제 앞의 남자가 강도하라는 사실이 좀처럼 믿기지 않았다. 지나친 이질감이다.

'지금 시간에 연 죽집은 없을 텐데.'

'편의점에서 사 갈까?'

'전 인스턴트는 안 먹어서요.'

'그럼 어쩔 수 없네. 내가 해 주는 수밖에.'

오기인지 장난인지 진심인지. 서로 한 치도 물러서지 않고 치고받은 대화가 결국 일을 이 지경까지 몰고 와 버렸다.

"양파는 없나?"

"맨 위 칸이요. 반찬 통에 썰어서 담아 놨어요."

"생각보다 야무지네. 밥이라곤 안 해 먹고 살 것 같은데."

솔은 밥을 잘 챙겨 먹진 않지만 한번 해 먹을 때 제대로 해 먹는 편이었다. 무관심한 맞벌이 부모 밑에서 혼자 자란 솔은 살기 위해선 제대로 먹어야 한다는 것을 일찍이 터득했다. 처음엔 귀찮아서 라면만 대충 끓여 먹거나 인스턴트 음식으로 때웠지만 그러다 한번 장염에 걸려 호되게 고생을 한 후 스스로 식단을 바꿨다.

몸에 좋은 식재료들을 사서 직접 해 먹는 습관을 들인 것이다. 셰프 이석의 피를 이어받아 요리 솜씨도 타고났던 솔은 섬세한 미각과 빠른 습득력으로 중학생 때부턴 요리책을 보지 않고도 웬만한 요리는 뚝딱 해 낼 수 있게 되었다.

그래도 살기 위해, 때가 되면 어쩔 수 없이 먹는 건 변함없었지만.

"저 잘 먹어요."

솔은 얼굴에 두꺼운 철판을 깔고 거짓말을 했다.

"……다행이네."

그의 짧은 웃음소리 한번 듣겠다고. 그러고 보니 아직 도하와는 단둘이 밥을 먹어 보지 못했다. 오늘이 그와 단둘이 나누는 첫 끼가 될 거란 생각을 하니 괜스레 긴장이 되어 허리가 절로 펴졌다.

"그러니까 맛있게 해 주세요."

"걱정 마. 누가 먹을 건데."

도하는 특유의 부드러운 목소리로 말하며 꺼낸 식재료를 들고 일어섰다. 얼핏 보니 참치 캔, 당근, 오이, 양파 등인 것 같았다.

탁탁탁탁. 능숙한 손놀림으로 야채를 썰어 나가는 모습이 듬직했다.

"원래 요리를 잘하세요?"

"아무래도, 어릴 때부터 혼자 있었던 시간이 많다 보니."

도하는 가볍게 한 말이었지만 솔은 무겁게 들렸다. 국민 배우 아버지와 예능국장 어머니. 바쁜 맞벌이 부부 밑에서 자란 것은 도하도 마찬가

지인 것 같았다.

"외동이에요?"

"응, 너는?"

도하는 삼색 빛깔의 야채를 접시에 털어 넣고 참치 캔을 따며 물었다.

"저도요."

외동이라는 사실이 항상 외롭고 싫었던 솔이었지만 그 순간만큼은 도하와 닮은 점이 있다는 사실에 해죽 웃음이 났다.

어쩐지, 처음 봤을 때부터 익숙한 분위기가 난다 했더니. 외동이라는 공통점 하나에 어느덧 무수히 많은 의미를 부여하고 있는 솔이었다.

그사이, 레인지 위에서 다시마와 멸치를 넣은 육수가 폴폴 끓는 소리가 들렸다. 도하는 팬 하나를 더 꺼내 참기름을 크게 한 바퀴 두르고 야채를 달달 볶았다. 고소한 냄새가 주방을 넘어 거실까지 은은하게 퍼졌다.

"……좋다."

허리를 꼿꼿이 세우고 도하를 지켜보던 솔은 들릴 듯 말 듯 작게 중얼거렸다.

누군가 저를 위해 요리를 해 주는 것이 처음이라 느껴질 만큼 오랜만이었다. 사람들은 아버지가 셰프면 평소에도 맛있는 음식을 잔뜩 먹을 수 있겠다며 부러워했지만 솔은 아주 어릴 때 이후론 요리하는 이석의 뒷모습을 본 적이 없었다.

사업이 잘되기 시작한 후부터 이석은 집에 오면 쓰러지기 바빴고, 가끔 윤정이 요리 좀 해 달라고 하면 밖에서 하루 종일 요리하고 오는데 집에서까지 일을 해야 하냐며 버럭 화를 내곤 했기 때문이다.

어쩌면 그래서였던 것 같다. 밥이란 걸 한 번도 신나게 먹어 보지 못한 것은. 남의 집에 얹혀사는 것도 아니면서 항상 눈칫밥을 먹어야 했기 때문에. 이렇게 정성 어린 손길로 저를 위해 요리를 해 주는 누군가의 뒷모습을 보는 게 낯설고 어색하면서도 뭉클하게 좋았다.

"……뭐라고?"

도하가 잘 섞인 야채와 쌀에 기름 뺀 참치와 육수를 부으며 물었다.

"네? 뭐가요?"

"방금 뭐라고 하지 않았어?"

좋다, 라고 아주 작게 말한 걸 들은 모양이었다. 솔은 그의 등에 대고 보이지도 않는 손사래를 치며 말했다.

"아니요, 아무 말도……."

도하가 고개를 살짝 돌려 솔을 보곤 설핏 웃었다. 잠시 닿은 그 시선과 미소에 가슴이 또 주책맞게 뛰었다.

"왜 그렇게 불편하게 앉아 있어? 설마 내가 환자한테까지 예의와 격식을 요구하는 권위적인 교수로 보이나?"

"아니요. 그래도 힘들게 요리하시는데 어떻게 누워 있어요."

"누워 있으라곤 안 했는데."

"……."

"내가 아무리 안전한 사람이라지만, 그건 좀 위험할 것 같지 않아?"

도하는 등을 보이고 있었기에 어떤 표정을 짓고 있는지 알 수는 없었지만 왜인지 계속 웃고 있는 것만 같아 얼굴이 화끈해졌다. 솔은 긍정도 부정도 하지 못하고 침묵을 지켰다. 아깐 짧은 농담에도 정색을 하더니, 지금은 도리어 적극적으로 나서는 그가 당황스러웠다.

정말이지, 도통 알 수 없는 난해한 남자다.

"다 됐다."

어색한 분위기에 TV를 틀고 한참을 기다린 끝에, 그가 죽 한 그릇과 김치가 담긴 쟁반을 들고 다가와 거실 테이블에 내려놓았다.

가만, 그런데 한 그릇이라니.

"같이 안 드세요?"

그와 같이 먹을 생각에 계속 기대하고 있었는데, 한 그릇이라니!

도하는 약과 물까지 챙겨 주더니 옷걸이에 걸어 두었던 재킷을 집어 들며 말했다.

"내가 어떻게 먹어."

"왜요? 죽 싫어하세요?"

"아니."

휘익. 재킷을 걸쳐 입는 그에게서 향긋한 투베로즈 향이 훅 끼쳤다. 코끝만 스쳐도 가슴이 설레는 깊은 남자의 향기.

"질 것 같아, 내가."

무슨 말인가 싶어 동그란 눈을 깜빡이며 보고 있는데, 그는 갑자기 아이 대하듯 솔의 머리를 가볍게 헝클어뜨리며 말했다. 피식, 한숨 같은 웃음과 함께.

"너를 앞에 두고 어떻게 밥을 먹냐고, 내가."

그 짧은 웃음이 솔의 마음까지 와장창, 헝클어 버렸다.

○ ◎ ●

빙그르르, 빙그르르.

가벼운 알루미늄 볼펜을 검지와 중지 사이에 끼고 돌리는 지태의 표정이 심오했다.

"대박이지, 응?"

그러나 눈치 없는 미선은 제 얘기만 조잘조잘 늘어놓으며 동조를 구하기 바빴다.

대강 요약하자면 미선의 남자 사람 친구가 제 여자 친구의 휴대폰에 해킹 어플을 심었다가 여자 친구가 바람을 피운다는 걸 알게 되었다는 이야기였다.

"내 친구는 진짜 그 여자애 믿었거든. 근데 어떻게 바람을 피울 수가 있어?"

피식. 지태는 가볍게 웃으며 계속해서 볼펜만 돌려 댔다.

"믿는데 어플을 심냐?"

"그, 그야 취미로 개발한 김에 시험 삼아 해 본 거고."

"바람피우는 거나 감시하는 거나 똑같아. 똑같이 거지 같은 거라고."

"걘 진짜 진심이었어. 여자 친구랑 결혼까지 생각한다고 맨날 그랬다니까."

"스물네 살에 결혼은 무슨."

"살기 싫다, 죽어 버릴 거다, 툭하면 문자해서 난 걱정돼 죽겠는데."

"죽을 거면 문자 보내기 전에 죽었어."

지태의 시니컬한 반응에 미선은 샐쭉한 표정으로 말했다.

"선배는 뭐 그래?"

"뭐가."

"알지도 못하면서 왜 그렇게 비꼬기만 하냐고. 선배가 당해 봤어?"

빙그르르, 탁. 끊임없이 돌아가던 볼펜이 멈추었다. 지태의 날렵한 눈매가 한층 더 얇아지자 미선은 눈치껏 꼬리를 내리며 말을 이었다.

"아니, 유독 예민해 보이니까……. 혹시 선배도 여자가 바람피워서 헤어진 적 있나 해서. 그, 그냥 한 말이니까 신경 쓰지 마."

지태는 두 손가락 사이에 끼어 있는 검은 볼펜을 빤히 바라보았다.

……바람이라. 그것도 바람이라면 바람이었으려나.

'아, 올드해.'

5년 전, 화이트 데이.

스무 살의 지태는 태어나 처음 고백이란 걸 했고, 용기의 대가로는 다소 과한 스크래치를 받았었다.

'몇 번 좀 만나 줬다고 착각했나 본데, 난 너처럼 올드한 남자는 취향 아니

야. 그리고 보다시피, 애인도 있고.'

'……'

'강도하 평론가, 들어 봤지? 우리 결혼할 사이니까, 나중에 결혼식이나 와 주면 고맙고.'

고백도 이미 늦었다 생각했는데, 그만큼 깊은 사이라 생각했는데, 세희는 '몇 번 좀 만나 준 사이'로 그들의 관계를 정리하더니 보란 듯이 남자에게 키스를 했다. 전날 밤만 해도 지태와 나누던 키스를. 그의 앞에서, 다른 남자와.

'열심히 만들었다니까 이건 특별히 버리지 않고 돌려줄게. 가져가서, 너 먹어. 그래도 쓰레기통보단 사람 입이 낫잖아. 그치?'

하얀 사탕 바구니가 지태의 앞으로 척 다가왔다.

사탕 따위와 비할 수도 없을 만큼 달콤한 신음을 속삭이고, 세상에서 가장 값진 황홀함을 선사해 주었던 여자가 하는 말이라곤 결코 믿을 수 없는 잔악한 말들뿐이었다. 그 정도면 가슴이 갈기갈기 찢기다 못해 조각나야 마땅한데, 도무지 현실감이 없던 나머지 지태는 통증조차 느끼지 못했다.

다만 한 가지, 이게 버려진 것이라는 것쯤은 알 수 있었다. 지금 떠나지 않으면 더 아프게 버려질 거라는 것도.

결국 상처로부터 자신을 보호하기 위해 정원을 뛰쳐나오면서 지태는 축축한 눈가를 옷소매로 쿡쿡 찍어 냈다. 길 잃은 어린애처럼.

'이렇게까지 할 필욘 없었잖아.'

어디로 가야 할지도 모른 채 대문 앞에 망연히 서 있는 지태를 겨냥하듯, 칼날 같은 목소리가 흘러나왔다.

'세준이 생각해서 몇 번 받아 줬더니 주제도 모르고 들이대는 것뿐이야. 쟤도 다른 남자들이랑 똑같아. 아니, 오히려 더해.'

세희는 마치 지태가 여전히 대문 밖에 서 있다는 사실을 알기라도 하는 것처럼, 아픈 말들을 끊임없이 이어 갔다.

'얼굴에 쓰고 다니잖아. 연애 한 번도 안 해 본 천연기념물이라고. 아무것도 모르는 꼬맹이라고. 애기 분 냄새나 안 나면 다행이지. 안 그래?'

그제야 가슴 가운데가 쿡쿡 쑤셔 왔다. 통증이 시작된 지태는 벌겋게 달아오른 얼굴을 후드로 덮어 버리고 미친 듯이 달리기 시작했다. 어디로든, 아무도 없는 곳으로. 따뜻한 곳으로.

……그래서, 그다음 말은 듣지 못했다.

'순진한 척, 진심인 척.'

'……'

'나는 그게 더 싫어.'

지태는 생각했다. 만일 그날 차세희가 바람이었다면, 나는 어느 쪽이었을까. 함께 바람을 일으킨 가해자였을까. 아니면 바람을 맞은 피해자였을까. 혹은 이도 저도 아닌, 그저 스쳐 가는 바람이었을까.

"근데 선배, 갑자기 그 볼펜은 뭐야? 안 지워지는 거 싫다고 맨날 샤프만 쓰더니."

공허한 눈으로 옛날 생각에 잠겨 있던 지태를 미선이 툭 치며 깨웠다.

"게다가 안 어울리게 웬 사무용 볼펜?"

"별거 아냐."

그냥…… 일개 녹음기일 뿐이지.

[점심시간에 학교로 갈게. 볼펜 가져와.]

지태는 어젯밤 세희가 보낸 문자를 다시 보았다.

녹음기를 잃어버리고 발을 동동 구르며 긴장된 표정으로 문자를 보냈을 모습이 훤히 그려졌다. 대체 무슨 내용이 녹음되어 있는 것인지 당장 들어 보고 싶었지만 꾹 참았다. 나는 지금, 당신을 잊어 가는 과정이니까.

잊어야만 하니까.

"쏠, 여기!"

그때, 흐려졌던 초점이 또렷해졌다.

"웬일로 이렇게 아슬아슬하게 와? 교수님도 오늘 좀 늦으셔서 망정이지 명색이 강의 반장인데 지각할 뻔했어."

"이거 생일 주라고 너무 해이해진 거 아니야?"

여진과 호가 쏠을 반갑게 맞이하며 말했다. 그중, 호의 마지막 말이 귀에 꽂혔다.

생일 주?

"우리 금요일에 뭐 할까? 날도 풀리는데 간단하게 로켓월드 콜?"

"쏠이 놀이 기구 잘 못 타잖아. 그냥 맛있는 거 먹으러 가는 게 낫지 않아?"

금요일이면…… 3월 29일이었다. 아무리 가짜 연애라지만 그래도 남자 친군데 생일도 몰랐다니. 턱을 괴고 쏠의 뒷모습을 바라보던 지태의 미간이 살짝 좁혀졌다.

지난 금요일, 감자탕집에서 한바탕 쏘아붙이고 간 후 쏠에게서는 연락 한번 없었다. 어제는 전공인 〈소득세법〉 수업이 겹치긴 했지만 끝나자마자 볼일이 있는지 어디론가 후다닥 뛰어가 버리는 통에 말을 붙일 새도 없었다. 그날 못다 한 얘기를 좀 하고 싶었는데.

"미안. 그날은 안 될 것 같아. 약속이 있어서."

"약속? 우리 말고 누구랑?"

여진이 놀란 얼굴로 쏠의 팔을 낚아채며 물었다.

"너 혹시 남친 생겼어?"

"에이, 설마."

"왜 말이 없어? 진짜야? 진짜 남친 생겨서 우리 버리고 데이트하러 가는 거야?"

남자 친구라는 말에 지태의 몸이 바싹 굳었다. 진짜도 아니면서 제 발

저리는 꼴이 우스웠지만 혹시 그 약속이라는 게 자신을 생각하고 한 말은 아닐까, 공연히 기대가 되었다. 그럴 리 없다는 걸 뻔히 알면서도.

"그런 거 아니야. 그냥…… 가족끼리."

그때, 강의실 앞문이 열리고 도하가 들어섰다. 학생들은, 특히 여학생들은 기다렸다는 듯 책상을 두드려 가며 환호를 했다. 확실히 일반적인 강의실에서 볼 수 있는 풍경은 아니었다.

"오늘 착장 미쳤는데?"

"머리도 내렸어! 덮도하라니 무슨 일이야! 연애라도 하나?"

"하잖아, 멍충아!"

"……아, 그렇지."

옆자리에서 속닥거리는 여학생들의 말마따나 도하는 오늘 평소와 다른 모습이었다.

본래 차콜그레이 계열의 격식 있는 슈트를 즐겨 입으며 지적이지만 차가운 느낌을 주었다면, 오늘은 베이지색 니트에 슬랙스, 카디건으로 캐주얼하고 부드러운 느낌을 주었다. 헤어스타일도 본래 눈썹 아래까지 오는 앞머리를 양쪽으로 자연스럽게 넘긴 애즈펌에서, 앞머리를 전부 내려 매트하게 뻗어 나가는 느낌의 스왈로펌으로 바꾸었다.

한마디로, 전보다 훨씬 영하고 따뜻해진 느낌이라고 해야 하나. 같은 남자가 보기에도 더욱 편안한 호감형이 되어 나타나 버렸다.

왠지 모르게 불편해진 지태는 곧장 두 칸 앞자리로 시선을 던졌다. 솔의 양옆에 앉은 여진과 호는 다른 학생들처럼 요란을 떨며 수군거리고 있었는데, 정작 솔은 별다른 말 없이 고개만 숙이고 있었다. 바라보지도 못하고.

'넌 내가 왜 좋은데?'

……그 언젠가, 누군가를.

'……순수해서요.'

바라보지도 못하고 말했던 자신처럼.

○ ◎ ●

어젯밤, 도하가 그렇게 가 버린 후 솔은 죽 한 그릇을 다 비우는 동안 정신이 완전히 나가 있었다. 머릿속에는 그가 했던 말만 맴돌고, 머리 위에는 그가 헝클이던 느낌만 계속 남아 온몸이 저릿했다.

그래도 강도하가 해 준 음식이니까. 그렇잖아도 잘 넘어가는 죽을 열심히 꼭꼭 씹어 먹고 약까지 꼼꼼하게 챙겨 먹었다. 그는 없었지만 그가 남기고 간 향기와 온기 덕분에.

……맛있었다.

죽을 먹다 말고 픽 웃으며 솔은 울컥거리는 감정을 꾸역꾸역 참아 넘겼다.

어제 오후, 방송국에서 고등학교 동창이자 단짝 친구였던 도유진을 만나고, 솔은 '사람 잘못 보셨다'는 짧은 말만 남긴 채 도망치듯 달아났다. 그는 믿지 않는 듯, '이솔!' 하고 계속 불렀지만 솔은 경주라도 하는 사람처럼 앞만 보고 달려갔다.

황급히 전철역 화장실을 찾아간 솔은 변기를 부여잡고 구토를 했다. 그다지 많지도 않은 내용물을 다 비워 내고, 더 비워 낼 게 없어 멀건 위액만 나올 때까지. 그렇게 한참을 게워 내고 나니 어느새 시간은 9시를 훌쩍 넘긴 상태였다.

몸은 어디든 부여잡지 않으면 액체처럼 흘러내릴 만큼 지쳐 있었지만, 꿋꿋이 세면대를 잡고 서서 양치를 했다. 대여섯 번은 한 것 같다.

이후엔 희미해진 정신을 붙들고 전철을 탔다. 당연히 제때 내리지 못했다. 몇 번을 지나치고 다시 타고 지나치길 반복하다 간신히 시네하우스에 도착했을 때가 10시 반, 이미 영화는 끝나고 영화관의 문까지 닫힌 시간이었다. 혹시나 하는 마음으로 주차장에 갔는데, 그가 있었다.

그 순간은 솔에게 기적과도 같았다.

덕분에 곧장 병원으로 이송될 수 있었고, 누군가 직접 만들어 준 죽을 먹을 수 있었고, 악몽으로만 얼룩질 뻔했던 밤을 숙면으로 이겨 낼 수 있었다. 그래서 무리하면 안 된다는 것을 알면서도 구태여 옷을 챙겨 입고 학교에 왔다.

전하고 싶었다. 잘 먹었다고. 맛있었다고.

물론, 그 핑계를 대고라도 그를 한 번 더 보고 싶은 마음이 가장 컸지만.

"공포 영화는 사회를 반영하는 대표적인 장르입니다."

그 노력이 헛되지 않게 도하는 평소보다 훨씬 멋들어진 모습으로 강단에 나타났다.

"예컨대, 미국의 경우 1950년대에는 전쟁에 대한 공포가 사회를 지배하면서, 핵폐기물에서 괴물이 탄생하는 영화부터……."

왜 하필 오늘 이렇게 나타났을까. 바뀐 헤어와 패션 스타일이 지나치게 잘 어울리는 것을 떠나서, 그런 의문이 솔을 설레게 만들었다.

"1970년대에는 성 해방 운동에 대한 반동으로, 섹스와 마약에 탐닉하는 청소년들을 응징하는 슬래셔 영화들이 제작되기도……."

너무 설레서 솔은 도하를 한시도 제대로 보지 못했다. 그저 책에만 시선을 꽂고 도하의 낮은 음성을 따라 열심히 필기를 했는데.

"이솔 학생."

어느 순간, 그녀의 이름이 들렸다.

"네?"

깜짝 놀라 고개를 들었을 때 도하와 눈이 마주쳤다.

오늘, 처음으로.

"한국의 경우, 공포 영화가 어떤 식으로 사회 문화를 반영해 왔는지

알고 있나요?'

게다가, 그런 날카로운 질문까지 던져 왔다. 도하가 수업 중에 질문을 하는 일은 더러 있었지만 학생 한 명을 콕 집어서 묻는 것은 처음이었다.

모두 의외라는 듯 관심을 가지고 도하와 솔을 주시했다.

대체 왜 이런······.

"부담 갖지 말고 아는 대로 말해 봐요. 한 가지라도 괜찮으니까."

학생 대 교수로 마주한 도하는 냉정했다. 대답하기 전까진 물러설 기미가 없어 보였다. 정적이 길어지자 학생들은 슬슬 기대감을 접고 부끄러움은 제 몫이라는 듯 고개를 숙이거나 딴청을 피워 댔다.

"······알 리가 없지."

뒤에서 무시하는 듯한 미선의 콧소리도 들렸다.

"한국의 경우,"

그때, 솔이 머뭇거리던 입을 열고 도하를 당당히 마주 보았다.

"1990년대 후반 이후 10대 공포 영화들로 주요 흐름이 형성되었습니다. 예컨대 〈여고괴담〉이나 〈고死〉는 제도 교육의 비인간성을 고발하였고, 〈여고괴담2〉는 섹슈얼리티에 대한 억압을, 〈화이트: 저주의 멜로디〉는 학생들 간의 경쟁, 왕따 문제를······."

솔은 차분한 목소리로 다양한 예시들을 열거했고, 그 끝엔 잠시 침묵이 흘렀다.

학생들은 놀란 얼굴로 솔을 흘깃거리거나, 도하를 올려다보며 맞는 말인지 아닌지 정답을 기다렸다. 그리고 도하는, 굳어 있던 눈매를 살짝 휘며 말했다.

"······대단하네요. 이솔 학생."

여진과 호는 기다렸다는 듯 물개 박수를 치며 솔을 치켜세웠고, 다른 학생들도 곳곳에서 감탄사를 내뱉으며 선망의 시선으로 솔을 보았다.

"앞으로도 기대할게요."

도하의 말에 솔은 다시 붉어진 얼굴로 고개를 숙였다.

사람들의 관심과 시선을 불편해하는 솔은 웬만하면 발표를 잘 하지 않는 편이었지만, 도하의 수업에서는 벌써 두 번이나 용기를 냈다. 첫 수업에서 도하의 호감을 사기 위해 퀴어 영화에 대해 발표하려다 지태에게 빼앗겼던 때와 지금.

그러고 보니, 지태도 보고 있었으려나.

같은 수업인데 인사도 하지 못한 게 새삼 마음에 걸렸다. 지금이라도 돌아볼까 하다가 괜히 어색하기만 할 것 같아 관두었다.

"그럼 오늘 수업은 이걸로 마치겠습니다. 다들 점심 맛있게 드시고, 이솔 학생은 잠깐만."

수업이 끝나고, 도하는 기다렸다는 듯 솔을 불렀다. 솔은 여진과 호에게 먼저 식당에 가 있으라 말하고 교탁으로 향했다.

"몸은 좀 괜찮아요?"

도하는 수업 자료를 정리하며 천연하게 물었다. 학생들은 대거 빠진 상황이었지만 그래도 솔은 눈치를 살피며 작게 물었다.

"대체 왜 그러신 거예요?"

"낯빛이 창백한 걸 보면, 아무래도 괜찮지 않은 것 같은데."

"아까 왜…… 그러신 거냐구요."

"쉬지 않고 왜 나왔어요?"

"제가 먼저 물었잖아요."

솔은 답답한 마음에 한층 올라가려는 목소리를 애써 낮추며 물었다.

탁탁. 자료를 책상에 내려쳐 반듯하게 정리한 후 파일에 집어넣은 도하는, 마지막 학생까지 나가는 것을 보고는 돌연 파일에서 손을 떼고 앞으로 쭉 뻗었다. 솔의 동그란 이마가 있는 곳까지.

"……!"

흠칫 놀란 솔은 한 발 물러섰지만 도하의 팔이 조금 더 길었다. 열을 재듯 이마에 닿은 도하의 손이 따뜻했다.

"그래야 이 얼굴을 볼 수 있으니까."

잘못 들은 게 아니었다. 뜬금없고 앞뒤 없고 현실감도 없는 말이었지만, 분명히 제대로 들은 말이었다. 그녀에게 열이 없는 것을 확인한 도하는 그제야 손을 내리고 유연한 미소를 지으며 말했다.

"그래야 네가 날 봐 주니까."

유연하지만 태연하지 않은, 가식 없는 미소였다.

"혹시나 했는데, 보니까 좋다."

○ ◎ ●

"열은 없는 것 같지만 오늘은 수업 끝나면 되도록 집에 가서 쉬어요."

다음 수업의 학생들이 하나둘 강의실로 들어오자 도하는 파일을 챙겨 들고 강단에서 내려섰다.

"그래야 내 수업을 안 빠지지."

"……."

"안 가요?"

벙쪄 있던 솔은 그제야 에코백을 고쳐 메고 작은 발을 성큼 내디디며 도하의 뒤로 따라붙었다.

하늘하늘한 시폰 원피스에 청 재킷을 입은 그녀에게서는 향긋한 꽃내음이 나는 것 같았다. 매년 거리를 가득 메운 벚꽃을 볼 때도 느끼지 못했던 봄이 그녀를 보는 순간 완연하게 느껴졌다.

봄이란 게 이렇게 산뜻하고 청명하며 가슴 설레는 계절이었나. 다시 앞을 보고 걷는 도하의 입가에 은근한 미소가 걸렸다.

솔은 오늘따라 유독 청아하고 예뻤다.

"꼭 그렇게 한 발 뒤에서 걸어야 하나?"

조금만 더 보고 싶은데. 얼굴 한번 보겠다고 수업 중에 이솔만 콕 집어 질문을 던지는 유치한 짓까지 했는데. 솔은 훔쳐보는 곁눈질도 용납지 않겠다는 듯 구태여 한 발 뒤에서 걸었다. 같이 걷자는 간접적인 요구에도 아랑곳 않고.

"저, 교수님. 드릴 말씀이 있는데요."

"……말해요."

도하는 멈추거나 돌아보지 않고 계속 걸으며 답했다. 뜬금없이 낮아진 음성이 왜인지 불안해서였다.

어젯밤, 왜 가냐며 또랑또랑한 눈으로 자신을 바라보던 솔의 얼굴이 아른거려 날밤을 지새운 도하는 결국 충혈된 눈으로 동이 트는 창문을 마주하며 생각했었다.

……이대로는 안 되겠다.

마음을 삼키고 삭이느라 썩어 문드러지는 속이나, 마음을 전하고 거절당해 썩어 문드러지는 속이나, 결국 문드러지는 건 똑같았다. 그렇다면 적어도 후회는 없는 쪽이 나았다. 다만 타인에 대한 경계심이 남다른 솔을 위해서는 당장 고백하기보다 조금씩 천천히 다가가면서 마음을 표현하는 게 나을 것 같았다.

심기일전한 도하는 밤도 샌 김에 일찍 집에서 나와 머리와 옷 스타일까지 바꾸어 버렸다. 조금 더 부드럽게, 따뜻하게, 조심스럽게 다가가 보자는 마음가짐이었다.

물론, 솔에게 잘 보이고 싶은 마음이 가장 먼저였지만.

'그래야 이 얼굴을 볼 수 있으니까.'

하지만 막상 솔을 보니 들뜬 마음이 제멋대로 날뛰어 버렸다. 어제 솔과 부쩍 가까워진 것은 사실이었지만 그렇다고 너무 갑자기 친한 척을 한 것은 아닐까. 지난번처럼 장난하지 말라고 훅 선을 긋고 멀어져 버리면 어쩌나. 뒤늦은 후회와 걱정에 피가 마르는 기분이었다.

"다른 게 아니라……."

꿀꺽. 마른침을 삼킨 도하가 우뚝 멈추어 섰다. 어느덧 예술관을 나가는 문 앞이었다.

"뭔데요?"

이제 헤어져야 하는데. 대체 무슨 말을 하려고 이토록 뜸을 들이는 건가. 도하가 긴장을 참지 못하고 먼저 물은 순간이었다.

"선배!"

어디선가 익숙한 목소리가 들렸다.

"그렇잖아도 전화하려 했는데 여기서 만나네. 지금 수업 끝난 거야?"

또각또각. 명랑한 구두 소리를 내며 걸어온 그녀는 세희였다.

……하필이면 지금.

"네가 왜 여기 있어?"

"아, 지태한테 뭐 좀 받을 게 있어서."

그리고 보니 지태가 멀리, 목련 나무 옆에서 이쪽을 바라보고 있었다.

"괜찮으면 같이 점심이나 먹자고 하려 했더니, 이미 일행이 있나 보네."

세희가 도하의 옆에 선 솔을 보고 생긋 웃으며 말했다.

"아니요. 저는……."

하지만 솔은 당황한 듯 시선을 피하고는 도하를 향해 꾸벅 고개를 숙였다.

"먼저 가 보겠습니다."

"……잠깐만."

타악. 잘못이라도 저지른 듯 달아나려는 솔을 도하가 붙잡았다.

"맞아, 일행."

"……!"

"우리 아직 얘기 다 안 끝났잖아."

도하는 당혹감에 젖은 솔을 꼿꼿이 직시하며 말했다.

"할 말 있다며 나한테."

"아니요. 별거 아니라서……. 다음에 다시 말씀드릴게요."

"그러지 말고 같이 가서,"

"이솔!"

점심이라도 같이 먹자고 하려던 도하의 말이 중간에 싹둑 잘려 나갔다. 성큼성큼. 커다란 보폭으로 가까워져 오는 지태의 목소리 때문이었다. 순간 두 여자의 안색이 동시에 굳었다.

"너 뭐냐?"

어느새 솔의 앞에 선 지태는 도하는 투명 인간 대하듯 쳐다보지도 않고 솔만 주시하며 말했다.

"아파?"

평소보다 창백한 낯빛을 알아본 모양이었다. 솔이 아무에게도 얘기하지 않으려 했기에 자연히 도하와 솔만의 비밀이 될 줄 알았는데.

"왜 아픈데?"

"……일단 가요."

"아니, 왜 아프냐니까?"

솔은 이 자리에서 대화가 길어지는 게 불편했는지 더 말하지 않고 지태의 팔을 잡아끌었다.

도하의 검은 눈동자가 한곳에 박혔다. 도하의 손에서 벗어나 지태의 팔꿈치에 닿아 있는 솔의 손에. 어제까지만 해도 온전히 제 것인 줄로만 알았던 그 작고 하얀 손이 한순간에 다른 남자의 곁에 머물러 있었다. 도하의 검은 눈동자가 정처 없이 흔들렸다.

"……저 애가, 이솔이야?"

세희가 무거운 목소리로 물었지만 도하는 듣지 못하고 멀어지는 두 사람의 뒷모습만 멀거니 바라보았다.

"선배."

잠시 잊고 있었다. 그저 너무 좋아서, 설레서.

"강도하!"

애당초 그들에겐 속이 썩어 문드러지더라도 다가갈 수 없는, 분명한 이유가 있었다는 사실을.

○ ◎ ●

"넌 나를 호구로 아냐?"

지태가 밥을 먹다 말고 수저를 탁 내려놓으며 쏘아붙였다.

"내가 파우더 가루랑 혈색도 구분 못 할 만큼 멍청해 보이냐고."

하도 왜 아픈지, 어디가 아픈지 캐묻기에 평소보다 파우더를 많이 발라서 하얗게 떠 보이는 거라고 둘러댔더니 이렇게 성화였다.

"그냥 좀, 넘어가 주시죠."

솔은 짧은 한숨을 쉬며 주방의 눈치를 살폈다.

"어머니가 신경 쓰실 거 아니에요."

지태의 갑작스러운 난입에 여진과 호에게 오늘 점심은 따로 먹어야겠다고 문자를 보낸 후 지태네 감자탕집으로 온 상태였다. 지난번에 지태의 어머니가 성심껏 만들어 준 음식을 못 먹고 나온 것도, 지태가 오해한 것도 마음에 걸려서. 사실, 학교에서 최대한 멀리 떨어진 곳에서 먹고 싶기도 했다. 그래 봐야 학교 앞 상가였지만.

"엄마 지금 바빠서 정신없으신 거 안 보여? 우리 가게 핫플이야. 어떨 땐 점심시간에 웨이팅도 있다고."

"맞아요. 맛있어요. 메뉴도 신선하고."

"그치? 다 내가 개발한 거야."

솔은 콩나물감자탕의 국물을 한 수저 떠먹으며 동그란 눈으로 지태를 바라보았다.

"뭐냐, 그 불신의 눈빛은?"

"요리 잘하세요?"

"메뉴 개발이란 게 꼭 요리 솜씨로 하는 게 아니야. 창의력으로 하는 거지."

"아이디어만 제공하셨다는 거구나."

"……꼭 그렇게 집어 말해야만 속이 후련하냐?"

"그것도 대단한 거예요."

"난 병 주고 주는 약 안 먹어."

"……진심인데."

처음 먹어 본 콩나물감자탕의 국물은 얼큰하면서도 시원한 맛이 있었다. 지태네 감자탕은 기본 감자탕을 시작으로 얼큰 감자탕, 콩나물감자탕, 시래기감자탕, 부대감자탕 등 다양한 종류의 감자탕을 팔고 있었다. 학교 앞인 만큼 부담 없는 가격의 1인 메뉴를 다른 감자탕집에 비해 훨씬 많이 개발한 것이었다.

"남들이 생각하지 못하는 걸 생각한다는 건 그 자체로 특별한 일이잖아요. 그걸 현실적으로 구체화할 수 있는 능력까지 있다면 더 좋고. 선배는 기획 개발 분야에서 일하시면 정말 잘하시겠네요."

감자탕의 국물을 계속 떠먹으며 끊임없이 이야기하던 솔이 문득 고개를 들었다. 얼굴이 따가울 정도로 뚫어져라 바라보고 있는 지태 때문이었다.

"……왜요?"

"넌 대체 뭐냐?"

"제가 뭐요?"

"영혼이라곤 눈곱만큼도 없어 보이는 표정으로 그렇게 진지한 말을 늘어놓으면 내가 어떻게 받아들여야 돼?"

"⋯⋯제가 그래 보여요?"

"응, 무척."

"딱히 그런 적은 없는데⋯⋯."

"지금도 봐. 그렇게 무심하고 시크한 말투로 딱히 그런 적은 없는데, 하면 누가 믿냐?"

솔은 그럼 믿지 마시든가요, 하려다 관두었다.

"누구 앞에서는 아주 영혼이 가득 들어차다 못해 유체 이탈 할 지경이면서."

얼큰한 국물이 목에 턱, 걸리는 것 같았다.

"강도하 앞에선 그렇게 표정 관리를 못해서 어쩔래?"

"⋯⋯그러는 선배는요."

"내가 뭐?"

"선배도 예쁜 여자 앞에선 표정 관리 못하잖아요."

"내가 언제?"

"아까 말이에요. 차세희⋯⋯ 앵커 앞에서."

지태의 표정이 잠시 굳었다.

"⋯⋯내가, 어떤 표정이었는데?"

"그냥⋯⋯ 남자 같던데요."

"뭐?"

지태가 황당한 표정으로 되물었다.

"내가 언젠 남자가 아니었고?"

"그런 뜻이 아니라⋯⋯. 평소보다 무겁고 진지한 분위기라고 해야 하나. 지금처럼 촐싹거리진 않았잖아요."

"촐싹? 내가 지금 너한테 촐싹⋯⋯."

지태가 말을 하다 말고 됐다며 실소를 터뜨렸다.

"그런데, 원래 아는 사이였어요?"

백목련이 떨어지는 나무 아래. 지태는 세희에게 검은 볼펜 같은 걸 건넸고, 세희는 차갑게 받아 들었다.

'아, 지태한테 뭐 좀 받을 게 있어서.'

둘 사이의 분위기는 쌀쌀했지만, 지태를 언급하는 세희의 모습에서는 오랜 시간 알고 지낸 사이 같은 자연스러움이 느껴졌다.

"……그냥, 뭐."

"아, 세준 선배 때문에 아시는구나."

지태가 얼버무리는 사이, 솔이 아차 싶은 표정으로 말했다. 생각해 보니 세희는 세준의 친누나였고, 지태는 세준의 절친한 친구였으니 모를 리가 없다 싶었다.

"어, 맞아."

지태는 가볍게 웃으며 다시 수저를 들었다. 귀찮을 정도로 말을 걸 땐 언제고, 그는 갑자기 뚝배기에 코를 박더니 밥 먹기에만 열중이었다.

도통 알 수 없는 난해함은 도하나 지태나 매한가지 같았다.

다시 떠오른 도하의 생각에 솔의 얼굴에 옅은 그늘이 졌다. 밝은 얼굴로 다가와 도하의 곁에 섰던 세희의 모습이 잊히지 않았다.

딥 브라운 아이섀도가 반짝이던 짙은 쌍꺼풀의 고아한 눈매. 매끄럽게 광이 나던 오뚝한 콧날, 끝이 약간 올라가 섹시한 느낌을 주던 두툼한 입술. 주먹만 한 얼굴에 흠잡을 데 없는 이목구비가 오밀조밀 균형 있게도 자리 잡고 있었다.

게다가 앳된 얼굴과 가녀린 체형의 솔은 죽었다 깨나도 흉내 낼 수 없을 것 같은 관능적인 성숙미가 온몸에 철철 흘러넘쳤다.

어디에 섞여 있어도 단연 돋보이는 세련된 여자. 그녀가 도하의 곁에 선 모습은, 인정하기 싫었지만 영화의 한 장면 같았다. 눈이 부시게 어울렸다. 하필이면 봄 햇살이 따사롭게 비추고, 하필이면 목련꽃이 흐드러진 날이었으니.

……하아.

솔은 끝도 없이 가슴을 헤집는 상대적 박탈감과 열등감에서 벗어나기 위해 힘차게 고개를 저으며 다시 수저를 들었다.

"그런데 이솔."

한동안 조용하던 지태가, 흘리듯 그런 질문을 해 올 줄은 몰랐다.

"너, 금요일에 뭐 하냐?"

○ ◎ ●

또르르, 똑. 또르르, 똑. 창문에 달라붙은 물방울이 또르르 구르다가 똑, 떨어지기를 반복했다.

마지막 수업을 마치고 교내 카페에서 오랜만에 〈S무비〉 평론을 집필하고 있던 도하는 규칙적인 물소리에 창가로 시선을 옮겼다. 3월 말인 오늘, 갑자기 꽃샘추위가 오더니 눈비가 섞여 내렸다.

……하필이면 오늘.

도하는 손목을 들어 시계를 확인했다. 6시 54분. 아직 원고를 마무리하지 못했지만 7시 정각에는 시네하우스로 출발해야 했다. 간다 해도 마주칠 확률은 거의 없었지만.

'드릴 말씀이 있는데요.'

드릴 말씀은 다음에 전하겠다더니, 솔은 그날 이후 한 번도 나타나지 않았다. 시네하우스는 물론 〈영화와 문화〉 수업에도 오지 않았다. 걱정이 되어 솔과 친해 보였던 남학생에게 무슨 일인지 물었더니 몸이 좀 안좋은 것 같다는 말뿐이었다.

역시 그날, 무리해서 학교를 나온 바람에 건강이 악화된 것일까.

몇 번 보냈던 문자에도 답장이 없어서 집에 찾아가 볼까도 싶었지만 혹시나 일부러 도하를 피하고 있는 거라면 더 부담이 될까 봐 선뜻 용기를 낼 수가 없었다. 그렇게 속만 타들어 가는 와중에 3월 29일, 금요일이 왔다.

'생일이에요? 0329.'

'······아, 네.'

지나가듯 나눈 대화였지만 잊히지 않았다. 작지만 선물도 준비했다. 며칠씩 학교에도 나오지 않았던 솔이 생일 당일에 남자 친구나 친구, 가족도 포기하고 시네하우스에 올 리는 만무하다는 것을 알면서도.

도하는 결국 원고 마감을 내일로 미루고 노트북을 끄기 위해 마우스를 움직였다.

그때, 띠링— 짧은 알림음이 울렸다. 도하의 블로그인 '공무도하'에 누군가 댓글을 남긴 모양이었다. 습관적으로 알림 문자를 클릭하고 댓글을 읽던 도하의 눈빛이 서서히 깊어졌다.

「좋은 영화였어요. 그죠?」

최근 업로드를 했던 〈화양연화〉 평론에 달린 댓글이었다. 흔한 댓글이었기에 평소라면 별생각 없이 넘겼을 텐데, 그 순간엔 왜인지 댓글을 남긴 블로거를 확인하고 싶어졌다.

'좋은 영화였어요. 그죠?'

문득, 그녀에게 〈프라하에서〉 책갈피를 건넸던 순간이 떠올라서.

'파인'이라는 닉네임의 블로거는 도하가 처음 블로그를 시작했던 7년 전부터 도하의 기사를 꾸준히 구독하며 가끔 댓글을 남기거나 응원을 해 주는 영화 블로거였다. 도하도 그녀의 논리적이고 철학적인 분석이 마음에 들어 여러 번 방문을 했었다. 하지만 한 번도 자세히 살펴보지는 못했었는데······.

"……하."

묘한 두근거림으로 그녀의 블로그를 클릭한 도하의 입에서 탄성 같은 웃음이 흘렀다.

「파인(sol-0329)」

아이디 숨길 생각을 미처 하지 못한 건지 아닌지, 그런 건 아무래도 상관없었다.

아니, 알고도 단 댓글이라면 좀 더 활짝 웃어도 되려나?

벌떡. 자리에서 일어난 도하는 곧장 노트북을 접어 가방에 넣고 재킷을 챙겨 카페를 나섰다.

'기사 잘 보고 있었는데…… 몰라뵀어요.'

스치는 말 하나, 눈빛 하나도 가볍지 않은 여자. 그 여자를 보고 싶었다. 눈앞에 있다면 지금 당장 끌어당겨 와락 안아 버릴지도 몰랐다. 할 수만 있다면……. 아니, 이제는 할 수 없다 해도 어쩔 수 없다. 속이 썩어 문드러져도 다가갈 수 없는 분명한 이유 같은 건, 없애 버리면 그만이다.

타는 듯한 갈증과 열망으로 흠뻑 젖은 손을 그러쥐며, 도하는 눈비가 퍼붓는 바깥으로 뛰쳐나갔다.

6
그대는 왜

작은 휴대폰 화면을 바라보는 세희의 눈빛이 진지했다.

요즘 유행하는 피플스타그램이라는 SNS에서 '이솔'이라는 이름을 검색해 보았더니 동명이인이 수두룩하게 떴다. 그중 지난번에 봤던 아이와 가장 비슷해 보이는 프로필 사진이 걸린 계정을 클릭했다.

「sol-0329」

간단명료한 아이디로 만들어진 계정은 사진 한 장 없이 텅 비어 있었다. 그나마 있는 프로필 사진은 확대도 안 돼서 코를 박듯이 들여다봐야 자세히 볼 수 있었다. 음료 한 잔과 책을 앞에 둔 채 멀뚱히 앞을 보고 있는 사진이었다. 의도한 게 아니라 누군가 불러서 쳐다볼 때 찍힌 것 같았다.

그 모습이 청초했다.

어깨선을 조금 넘어간 천연 갈색 머리는 물결처럼 자연스럽게 말려 있었고, 뽀얀 얼굴에 자리한 이목구비는 큼직큼직하진 않지만 오목조목 귀염성스러웠다. 손톱만 한 크기의 작은 사진에서도 앳된 풋풋함이 고스란히 느껴졌다.

스물서너 살쯤 됐을까.

세희는 며칠 전 S대학교에서 보았던 솔의 모습을 떠올렸다.

도하의 옆에서 쭈뼛거리고 있는 모습이 고백을 앞둔 소녀처럼 수수했다. 세희는 한눈에 그녀가 도하에게 마음이 있음을 알았다. 도하 역시 세희를 반기지 않는 표정으로 봐서 솔과 다르지 않은 것 같았다.

그럼에도 도하에게 식사를 권한 것은 뒤에 지태가 있었기 때문이다. 도하에게 말을 걸면서도 세희의 온 신경은 뒤에서 자신을 지켜보고 있을 지태에게 향해 있었다. 그러나 세희는 머잖아 그것이 착각임을 깨달았다.

'너 뭐냐?'

성큼성큼 걸어온 지태는 솔에게 물었다.

'아파?'

솔에게만 물었다.

'왜 아픈데?'

신지태가 바라보고 있던 것은 차세희가 아니었다.

나중에 백발 돼서 죽으면 못 본다는 게 무섭다고 세상 순애보인 척할 땐 언제고.

"아직 새치도 안 났으면서."

그게 서운해지는 자신이 바보처럼 느껴졌다. 마음 없는 집착이라도 영원하길 바란 건지. 세희는 땅이 꺼져라 한숨을 쉬며 다시 솔의 사진을 보았다. 문득 사진을 찍은 사람이 지태는 아니었을까, 싶은 생각이 들자 자연히 손이 '팔로워'라는 글자로 향했다.

63명. 많지 않은 숫자를 보니 정말 친한 사람들과만 관계를 맺는 성향인 것 같은데. 휴대폰 화면을 아래로 밀어 내는 손가락이 뻣뻣했다. 이게 뭐라고 긴장이 되나 싶었지만 나름대로 중요한 문제였다.

세희의 직감으로 봤을 때 솔은 지태가 아닌 도하를 마음에 품고 있는 것 같았는데, 진짜 여자 친구일까? 지금까지 그랬듯 보여 주기 식으로 가볍게 만나고 있는 것은 아닐까? 실낱같은 희망이 든 것이다.

첩보 영화라도 찍듯 예리한 눈동자로 팔로워를 확인하던 세희의 손가락이 어느 순간 멈추었다.

화면이 더 내려가지 않았다. 팔로워 목록은 끝이었고 신지태는 없었다. 그것만으로 단언할 순 없지만 불편한 두근거림이 일었다.

지긋지긋한 희망 고문은 이번에도 끝이 아니었다.

○ ◎ ●

7시 30분. 어김없이 시네하우스를 찾은 솔은 상가 건물에 들어서기도 전에 걸음을 멈추어야 했다. 문 앞을 막고 선 채 그녀를 보고 있던 남자 때문이었다.

투명한 우산 위로 눈비가 떨어지는 소리가 들렸다. 솔은 보송하지도 시원하지도 않은 그 소리가 싫다고 생각했다. 두껍지도 얄팍하지도 않은 질감도 마음에 들지 않았다.

애매하니까.

"왜 안 들어가고 여기 계세요?"

솔은 우산을 접으며 물었다. 도하는 답하지 않고 솔을 가만히 보았다.

"어서 들어가요."

"차, 앞에 대 놨어."

애써 무덤덤하게 말하고 들어가려는데, 그의 낮은 음성이 들렸다. 젖은 재킷과 가라앉은 머리칼이 이상하다 싶었더니, 주차장에 차를 대고 엘리베이터로 올라온 게 아닌 모양이었다.

"혹시나 네가 오면 바로 나가려고."

혹시나, 라는 말에서 약간의 서운함이 느껴졌다. 예전처럼 같이 영화를 보자고 먼저 말할 땐 언제고 정작 영화관엔 나타나지도 않고 수업도 무단결석을 하고 몇 통의 연락에도 묵묵부답이었으니 그럴 만도 했다.

하지만 솔에게는 시간이 필요했다.

강도하라는 남자에게는 연인이 있다. 그것도 감히 저와는 비교할 수도 없이 아름답고 능력 있는 연인이 있다. 자꾸만 잊게 되는 그 사실을 정확히 인지하고 받아들일 시간. 관계를 정립하고 앞으로의 행동 노선을 결정할 시간. 그리고 지금.

솔은 그 모든 것을 정리한 후, 이곳으로 온 상태였다.

"……좋아요."

"……."

"어디로 갈까요?"

흔쾌히 말하는 솔을 빤히 주시하던 도하는 이내 안내하듯 앞서 걸었다. 별다른 말은 없었다. 그동안 왜 연락이 없었냐고 묻지도 않았다. 큼직큼직한 걸음걸이에서 이전과는 묘하게 다른 느낌이 났다.

문득 연락이 없던 3일 동안, 그도 솔 못지않게 뭔가를 정리했을지도 모른다는 생각이 들었다.

우산도 없이 저벅저벅 걷는 그를 종종걸음으로 따라가서 척, 손을 높이 들었다. 작은 우산 속에 갇힌 그는 걸음을 멈추더니 말없이 우산을 받아 들었다. 그리고 같이 걸었다.

우산을 든 도하의 오른팔이 솔의 왼팔에 닿을 때마다 가슴이 괴로울 정도로 간질거렸지만, 다행히 차가 가까이 있어 금방 도착했다.

도하는 솔을 먼저 태우고 앞을 빙 돌아 운전석에 탔다.

"저녁 먹었어?"

도하는 재킷 안주머니에서 손수건을 꺼내 물이 묻은 손을 닦아 내며 물었다.

"저, 드릴 말씀이 있어요."

솔은 대답 대신 하고 싶은 말부터 던졌다.

도하가 운전석에 타는 동안 세 번은 넘게 심호흡을 했다. 어딜 가든 무거운 기분으로 가고 싶지 않았다. 그러려면 지금 해 버려야 할 것 같았다.

"······그때 못 했던 그 말?"

손수건을 다시 집어넣는 도하의 손놀림이 좀 전보다 느릿해졌다.

"아니요, 그거랑은 다른 말인데······."

"뭔데?"

왼손으로 핸들을 잡은 도하가 의자에 등을 기대며 물었다. 들어 보고 출발하려는지 바로 시동을 걸지는 않았다. 정면만 보고 있는 날카로운 옆모습이 빨리 끝내라는 것처럼 느껴져 더욱 긴장이 되었다.

솔은 마지막으로 숨을 크게 한 번 삼키고 치맛자락을 꼬옥 움켜쥔 채 입을 열었다.

"저, 교수님 팬이었어요."

"······."

"고등학교 1학년 때부터요. 우연히 잡지에서 교수님 평론을 봤는데 인상 깊어서 검색했다가 블로그를 발견했거든요. 그 후로 구독을 하다가 자연스럽게 그렇게 됐어요. 교수님이 쓰신 기사 중에 안 본 거 하나도 없고 책도 여덟 권 다 가지고 있어요."

도하는 미동도 없이 정면만 보고 있었다. 그녀 딴에는 엄청난 용기를 가지고 한 말인데 놀랍지도 않은 모양이었다.

"그런데 교수님이 4년 전에 시네하우스에서 자주 봤던 그분이었다는 걸 알고 놀랍기도 하고 반갑기도 하고. 괜히 혼자 친밀감이 들었어요.

그래서 주제넘게 행동한 것 같아요. 저도 모르게."

"……."

"예전처럼 같이 영화 보려고 한 것도 생각해 보니 차세희 기자님한테는 실례이고. 그냥 교수님 팬이던 학생이 친해지고 싶은 마음에 철없이 굴었다 생각하시고 없던 일로 해 주셨으면 좋겠어요. 제가 생각이 짧았던 것 같아요. 죄송합니다."

차분히 한다고는 했는데, 그래도 장황한 말을 쉼 없이 뱉어 내고 나니 숨이 찼다. 후우, 솔은 깊은숨을 쏟아 내며 도하를 보았다.

"다 했어?"

도하는 처음 그대로 정면만 보며 물었다.

"……네."

"열심히 정리한 것 같아서 웬만하면 들어주고 싶은데,"

정리, 라는 말에 정곡이 찔린 듯 따가웠다.

"내가 없던 일로 못 하겠다면?"

무표정한 얼굴로 꺼내는 말끝이 차가웠다. 그런 반응을 전혀 예상하지 못한 것은 아니었지만 도하는 솔의 예상보다 조금 더, 아니 훨씬 더 서늘했다.

화, 난 걸까.

"내 기억엔 우리 그날 이후로 아직 한 번도 영화를 같이 본 적이 없는데. 애초에 있지도 않았던 일을 어떻게 없던 일로 하지?"

"교수님."

"교수님이라는 소리가 이렇게 듣기 싫어 보기는 처음이네."

"……."

"팬이었던 학생이 친해지고 싶은 마음에 철없이 한 행동. 정말 그게 다야?"

다소 위압적으로 느껴지는 낯선 도하의 모습에 막연한 두려움이 일었다. 치맛자락을 바싹 구겨 쥔 솔은 자신을 보호하기 위해 고슴도치처럼 잔뜩 가시를 세우고 받아쳤다.

"……그게 다가 아니면요?"

"……뭐?"

"그게 다가 아니면, 뭐가 더 있을 수 있는데요? 아니, 그게 가능하기나 한 거예요?"

"가능하지 못할 이유는 뭐고?"

"하아."

솔은 답답한 실소를 흘리며 머리를 쓸어 넘겼다.

교수님은, 결혼할 사람이 있잖아요.

그 말만은 제 입으로 꺼내고 싶지 않았는데.

"내가 분명히, 다른 건 신경 쓰지 않았으면 좋겠다고, 말했던 것 같은데."

도하의 다음 말이 솔의 말문을 막았다.

"누군가한테 실례가 될 수 있다는 생각, 나라고 못 한 거 아니야."

"……."

"네 옆에 있는 사람 때문에 이러는 거라면, 그래, 받아들일 수 있어. 그런데 그게 아니라 내 옆에 있는 사람 때문이라면…… 미안하지만 그렇게 못 해."

솔의 심장이 거세게 뛰기 시작했다.

"……왜요?"

"그럴 필요 없으니까."

도하가 마침내 고개를 돌려 솔을 바라보았다.

"진짜가 아니니까."

아까보다 거세진 빗소리가 무거운 정적을 비집고 들어왔다. 도하의 단단한 눈동자 너머로 창틈에 토도독토도독 달라붙는 빗방울들이 보였다. 어느새 눈은 사라지고 기다란 장대비가 쏟아지고 있었다.

비만, 내리고 있었다.

"내 말, 무슨 뜻인지 알아듣겠어?"

"……."

한참 내리는 비만 바라보던 솔이 천천히 고개를 끄덕였다. 온몸으로 비를 맞은 것처럼 축축한 느낌이 들었다. 어느새 붉어진 눈가도, 마음도.

"그럼 이제 다시 물을게."

핸들을 고쳐 잡는 도하의 손이 떨렸다.

"내가 없던 일로 못 하겠다면."

"……."

"월, 수, 금요일의 약속은 계속 유효할 수 있는 건가?"

문득 솔도 지태와의 관계에 대해 이야기해야 하나 싶었지만 도하는 구태여 묻지 않았고, 솔은 깨달았다.

"네."

그 짧은 대답을 하는 순간, 이미 다른 말은 필요 없어졌다는 것을.

"하아."

금방이라도 핏줄이 튀어나올 것만 같던 도하의 손등에서 힘이 빠졌다. 하지만 떨림은 쉽사리 멈추지 않았다. 도하는 그 상태로 핸들에 얼굴을 파묻듯 고개를 숙이고 한참을 호흡만 골랐다. 낮고 일정한 그 숨소리가 쿵쿵 심장을 쳐 대는 것 같았다.

"……교수님."

"아, 영화 한번 같이 보기 너무 어렵다."

어렴풋이 웃는 소리가 따뜻했다. 솔이 알던 도하의 온도였다.

"있잖아."

"……네."

"조금 더 철없이 굴어도 돼. 그래도 괜찮아, 난."

"……."

"주제는 내가 넘고 있으니까."

솔은 그저 작게 따라 웃었고, 도하는 그제야 고개를 들고 시동 버튼을 눌렀다. 부르릉, 진동하는 차를 달래듯 천천히 후진시키는 도하의 모습이 새삼스럽게 멋져 보였다. 매끄러운 솜씨로 차를 빼서 중앙으로 진입하던 도하가 불현듯 떠올랐는지 솔을 향해 물었다.

"그래서, 저녁은 먹었어?"

○ ◎ ●

강남 5성급 호텔의 레스토랑. 자리에 앉은 솔은 기다란 벽면을 가득 채운 고급 와인과 커다란 유리창 너머로 보이는 한강의 눈부신 야경을 보며 적잖이 당황한 기색을 보였다.

"왜 이런 델 오신 거예요?"

네 생일이잖아, 라고 말하고 싶은 것을 참았다.

"자주 오는 곳이야."

둘러대고 보니 다분히 허세 같은 말이었다.

도하는 수습하듯 메뉴판을 뒤적였다. 코스 요리를 주문하고 머지않아 식전 빵과 버터, 엔초비가 나왔다. 노란 볼처럼 동그란 모양으로 얹혀져 나온 버터를 바라보며 귀엽다, 혼잣말을 하는 솔의 눈이 예쁘게 휘었다.

정작 귀여운 건 본인이라는 사실을 죽었다 깨나도 모를 여자.

차 안에서의 대화가 잘 풀리지 않았다면, 이렇게 예쁜 눈웃음도 보지 못했을 거라는 생각을 하니 정신이 아찔했다. 하지만 도하는 마음과 달리 어떤 말도 쉽게 할 수가 없었다. 막상 진심을 언뜻 보이고 나니 말 하나, 행동 하나도 더 조심스러워졌다.

솔도 별다른 말은 하지 않았다.

다양한 코스 요리의 맛에 대한 평가만 주고받길 한참, 메인 디쉬인 스페셜 스테이크와 레드와인이 나왔다. 도하는 기다렸다는 듯 레드와인을 한 모금 넘기곤 와인의 힘을 빌려 입을 열었다.

"궁금한 게 있는데."

솔은 스테이크를 작게 썰어 단호박 퓌레에 찍어 먹으며 도하를 바라보았다.

"그건 뭐였어?"

"네?"

"처음에 하려고 했던 말."

"아……."

드릴 말씀이 있다던 그 말 한마디에 3일을 앓았다. 정말 사소한 말부터 상상만 해도 심장이 터질 것 같은 고백까지. 갖은 망상으로 지새운 밤들을 생각하면 지금도 눈이 따가웠다.

"정말 별거 아니었는데……."

"그러니까 뭐였느냐고."

도하는 연신 붕붕 뜨는 마음을 억지로 내려놓으며 유연한 척 웃었다.

"……었어요."

솔은 무의식중에 같은 낙서를 반복하듯 썰어 놓은 스테이크를 썰고 또 썰고 또 썰며 홍조 띤 얼굴로 말했다.

"응?"

"……맛있었어요."

"……."

"그날 해 주시고 간 죽 말이에요."

하아, 도하는 긴장이 쑥 내려가는 허탈한 마음에 가볍게 웃었지만 솔은 저에겐 중요한 일이라는 듯 진지한 표정으로 말을 이었다.

"지금 이 스테이크, 입에 넣으면 아이스크림처럼 녹아 없어지는 게 신기할 정도로 맛있는데요. 그날 교수님이 해 주신 죽이 저한테는 백배 천배 더 맛있었어요."

"……"

"정말로요. 태어나서 먹어 본 것 중에…… 제일 맛있었어요."

도하의 입가에서 웃음기가 천천히 가셨다.

"……잘 먹었습니다."

솔은 포크와 나이프를 천천히 내려놓으며 생긋 웃었다.

"그 말을, 꼭 하고 싶었어요."

도하는 그때 알았다. 솔이 왜 대본 외우듯 준비한 말들을 달달 쏟아 내면서까지 도하를 밀어내려 했는지.

이솔은 그런 사람이었다.

맛있었다는 말 한마디 꺼내기까지 무수히 많은 호흡과 덧없는 손놀림과 용기가 필요하고, 잘 먹었다는 흔한 말이 어색할 정도로 정성 어린 상 한번 받아 보지 못한 사람.

'고마워. 너한테 더 주지 않게 해 줘서.'

'이제 아무에게도 더 주지 않게 해 줘서.'

'더는 바보가 되지 않게 해 줘서.'

어쩌면 사람이, 두려운 사람.

"……다행이다. 가끔 해 줄게."

그런 솔을 위해 자주, 라는 마음 대신 가끔, 이라는 단어를 붙이며 도하는 웃었다.

"참, 솔아."

그리고 덧붙였다.

"생일 축하해."

어느덧 비가 그친 창가에 뭉근한 달빛이 밀려들었다. 서로 다른 표정의 두 남녀가 빛이 어린 창문에 아렴풋 떠올라 선명해졌다.

　선명해지고 있었다.

○ ◎ ●

　저녁을 먹은 후 도하는 바로 솔의 집으로 향했다. 망설이던 솔이 차라도 한잔 사겠다고 했지만 도하는 픽 웃으며 됐다고 거절했다. 대신 30분 정도 늦게 도착해도 괜찮겠느냐 묻더니 솔이 응하자 바로 내비게이션을 끄고 속도를 높였다.

　머잖아 맞닥뜨린 검푸른 한강의 모습에 솔은 묵묵히 웃으며 창문을 열었다. 거친 바람이 솔의 머리카락을 마구잡이로 날렸지만 상관없었다. 솔은 도리어 창가에 얼굴을 더욱 바싹 붙이고 차가운 밤바람을 만끽했다.

　비가 적시고 간 밤공기는 평소보다 가볍고 상쾌했다. 딱히 누군가와 단둘이 드라이브를 해 볼 일이 없었던 솔은 그 순간이 새롭고 특별하게 느껴졌다.

　솔의 입가에 어린 미소를 본 걸까. 차의 속도가 한층 더 빨라졌다.

　"오늘 감사했습니다."

　생각보다 길어진 드라이브에 11시가 다 되어 집에 도착했지만 인사를 전하는 마음은 여전히 아쉬웠다. 솔은 정도를 모르는 마음을 억누르며 뒤로 돌았다.

　"아, 잠깐만."

　별다른 말 없이 보고 있던 도하가 갑자기 뭔가 생각난 듯 솔을 불러 세웠다. 이윽고 차 뒷문을 열었다 닫은 도하의 손에 하얀 쇼핑백 하나가 들려 있었다.

　"별건 아니고."

도하가 가벼운 말투로 쇼핑백을 건넸다.

"어제 DVD 정리하다가 찾아서."

의아한 표정으로 쇼핑백을 열어 보던 솔의 눈빛에 반가움이 깃들었다. 어두운 밤이었지만 붉은 색감의 표지에 적힌 네 개의 한자는 또렷하게 보였다.

花樣年華.

"내가 이사한 지가 얼마 안 됐잖아. 그래서 물건들도 이제야 정리했거든."

도하는 어울리지 않게 묻지도 않은 말들을 줄줄이 덧붙이며 말했다.

시네하우스의 재개관 날. 함께 〈화양연화〉를 보고 돌아가던 차 안에서 왕가위 영화를 좋아하는데 〈화양연화〉 DVD는 아직 구하지 못했다는 말을 한 적이 있었다. 설마 그걸 기억하고 가져온 걸까. 그럴 리 없다고 생각하면서도 묘한 설렘이 일었다.

"정말 이걸 저한테 주시는 거예요?"

"나야 DVD가 워낙 많으니까. 부담 갖지 말고 가져도 돼."

"……감사합니다."

솔은 기쁜 표정을 숨기지 못했다. 도하는 연이어 무슨 말을 하려는지 손을 움찔거렸지만 아무 말도 하지 않았다. 살짝 벌어졌다 닫히는 입술이 붉었다.

"그래, 들어가 봐."

한 손을 가볍게 내젓는 도하에게 솔은 꾸벅 고개를 숙였다. 쇼핑백을 챙겨 들고 돌아서는 마음이 붕 뜨면서도 무거웠다. 분위기 좋은 레스토랑에서의 저녁 식사. 한강 드라이브. 그리고 DVD 선물까지. 받은 게 너무 많은 날이었다.

솔은 다음에 만나면 꼭 간단한 식사라도 대접해야지, 생각하며 엘리베이터에 올랐다.

집에 들어서서는 곧장 불을 켜고 창가로 향했다. 고급스러운 진회색 승용차에 막 시동이 걸리고 있었다. 혹시나 싶었는데 아직 떠나지 않았다는 사실에 괜한 안도감이 들었다. 솔은 도하의 차가 골목을 빠져나갈 때까지 가만 지켜보았다.

'참, 솔아.'

'……'

'생일 축하해.'

'……!'

'말했었잖아, 그때.'

말했었다, 그는. 봄에 태어났네, 어울린다.

'그냥…… 문득 생각이 나서.'

솔은 도하의 차가 완전히 사라진 후, 하얀 쇼핑백에서 DVD를 꺼내어 들었다. 아직 뜯지 않은 비닐이 번들거렸다. 원래 가지고 있던 물건이라기에는 너무 깨끗한 새것임을 모르지 않았다. 플라스틱 케이스를 어루만지는 솔의 손이 미미하게 떨렸다.

그건 분명, 받아 본 것 중 가장 값진, 마음이었다.

○ ◎ ●

툭. 검은 쇼핑백을 내던지고 뒤를 돌던 지태가 멈칫했다.

"에이 씨."

이렇게 버리기엔 너무 아까웠다. 결국 다시 돌아 쇼핑백을 집어 들고 탈탈 털어 내던 지태의 미간이 구겨졌다.

"후지게 진짜."

모양이 좀 빠지나 싶어 흘긋 주변을 살펴보았지만 다행히 아무도 없었다. 진회색 승용차가 빠져나가고 난 뒤의 골목은 종종 개 짖는 소리만 들릴 뿐 고요했다.

'그런데 이솔. 너, 금요일에 뭐 하냐?'

며칠 전, 지태는 솔에게 물었었다.

'……왜요?'

'아니 그냥, 뭐, 밥이나 한 끼 살까 하고.'

'왜요?'

'뭘 자꾸 왜요야. 그냥 산다면 사는 거지.'

둘러댈 핑계가 없어서 괜히 말이 퉁명스럽게 나갔다.

'저 그날, 가족 모임이 있어서요.'

'……그래? 몇 시쯤 끝나는데?'

가족 모임이 일도 아니고, 끝나는 시간을 정확히 알 리 없는데 바보 같은 질문이었다.

'아니다. 됐어. 알았어.'

아무 일도 없었던 듯 깍두기를 집어 먹으며 지태는 생각했다.

그래도 생일인데, 선물은 줘야 될 텐데.

솔이 좋아하는 게 뭘까, 한참 생각하다 불현듯 영화 〈화양연화〉가 떠올랐다. 지난번 그 영화를 보고 무척 좋아했던 솔의 모습이 생각나서였다. 인터넷에 '화양연화 DVD'를 쳐 봤지만 배송까지는 시간이 좀 걸릴 것 같아 직접 DVD 매장을 찾아가 구매했다. 어설프게 포장 같은 걸 했다간 괜히 비웃음을 살 것 같고. 그냥 검은 쇼핑백 하나 사서 달랑 넣고 솔의 집을 찾아갔다.

며칠 동안 학교를 나오지 않았던 솔은 왜 안 오냐, 무슨 일 있냐는 몇 통의 문자도 당당히 읽고 씹었기에 구태여 따로 연락을 하지는 않았다. 불이 켜져 있으면 불러서 주고, 없으면 그냥 집 앞에 두고 갈 생각이었다.

솔이 학교 근처에서 자취를 하는 것은 알고 있었지만 정확한 집 주소는 몰랐기에 4학년 과대인 세준에게 물어 알아냈다. 왜 여친 집도 모르냐는 세준에게 그런 거 아니니까 헛소문 내면 죽여 버린다고 신신당부하는 것도 잊지 않았다.

솔의 말대로 강도만 알면 그만인 일이었다. 진짜 사귀는 것도 아닌데 쓸데없이 CC라는 딱지를 붙여 주고 싶지 않았다.

'오늘 감사했습니다.'

그러나 그녀의 집 앞에 다다랐을 때 그런 광경을 볼 거라곤 예상치 못했다.

'나야 DVD가 워낙 많으니까. 부담 갖지 말고 가져도 돼.'

하필이면 DVD였다. 〈화양연화〉가 분명했다. 게다가 도하는 이제 대놓고 말을 놓고 있었다. 어느새 꽤 친밀한 사이가 된 것 같았다.

마지막으로 불이 켜진 2층을 한 번 쳐다보고 뒤로 돌면서 지태는 짧게 웃었다.

"제법이네, 이솔."

거짓말도 할 줄 알고.

제아무리 가짜 연애 같은 걸로 도하와 솔을 막으려 해도, 이어지는 마음은 별수 없구나 싶었다. 뭔가 조금 서운하기도 하고 허탈하기도 하고 부럽기도 하고. 이래저래 복잡다단한 심경이 들었지만 그 끝에 남은 것은 미안함이었다.

저렇게 세상 다 가진 것처럼 웃는데.

고작 제 지난 사랑을 위해서 솔의 현재 사랑을 막고 있는 것 같아 마음 한구석이 불편하고 찜찜했다.

차세희가 뭐라고. 나 따윈 안중에도 없는 여자가 뭐라고.

"하아, 짜쳐."

괜스레 시커먼 하늘을 향해 버럭 화풀이를 하고 털레털레 걷는 지태의 얼굴에 밤보다 깊은 어둠이 스쳤다.

○ ◎ ●

마지막 눈이 내렸던 3월 29일 이후, 봄은 기다렸다는 듯 빠른 속도로 다가왔다. 높은 기온과 맑은 날씨가 이어지며 전국 곳곳에서 개화 소식이 들려왔다. 솔은 지난 열흘 동안 벚꽃이 만개하는 과정을 생생하게 지켜보았다.

도하와 함께.

시네하우스 도로변에도 벚나무 수십 그루가 줄지어 서 있었기 때문이다.

월요일, 몽우리 속에 갇혀 있던 꽃은 수요일, 살짝 눈치를 살피며 얼굴을 드러내더니 금요일, 기지개를 펴듯 비집고 나왔다. 아마 다시 월요일이 된 오늘은 환하게 웃으며 춤을 추고 있겠지.

카페에서 과제를 하고 있던 솔은 설레는 마음으로 시계를 보았다.

지난 열흘, 그들은 어김없이 월, 수, 금요일 7시 30분이면 시네하우스에서 만났다. 생일에 받은 것을 갚고 싶은 마음에 솔이 도하의 표까지 끊어 놓은 이후로, 자연스럽게 먼저 도착하는 사람이 상대의 표를 함께 끊었다.

대화는 많지 않았고 그나마 하는 것도 대개 영화에 관한 것이었다. 게다가 늘 일정한 거리를 두고 걷는 그들은 언뜻 보기에 연인 사이라기보다는 영화계 종사자들이나 일 때문에 만난 관계처럼 건조해 보였다.

하지만 실상은 달랐다. 무서운 속도로 피어나는 벚꽃처럼 솔과 도하는 빠르게 가까워지고 있었다.

한 칸 떨어진 자리가 아니라 바로 옆자리에서 영화를 본다는 것, 그리고 함께 집에 간다는 것은 4년 전 통성명도 하지 못했던 그들에게는 무척이나 큰 의미였다. 자꾸 스치는 촉감과 은은하게 풍겨 오는 체향의 유혹을 수도 없이 넘겨야 했으니.

집에 데려다주고 2층 불이 켜지면 떠나는 도하를 닫힌 유리창 너머에 숨어서 지켜보길 몇 차례, 솔은 마침내 휴대폰을 들고 열한 자리의 번호를 저장했다.

그리고 입력했다.

[조심히 가세요.]

아니, 지우기.

[조심히 가세요!]

고작 그 한마디 보내 놓고 침대 위에 엎어져 얼마나 요란을 떨었는지 모른다. 답장 같은 걸 기대하지 않으려고 휴대폰 모드를 무음으로 바꿔 놓고 던지듯 엎어 놓은 후, 노력이 무의미할 만큼 수시로 쳐다보다가 결국 확 뒤집어 보았다. 시한폭탄이라도 되는 양 빠르고 거칠게.

[고마워. 잘 자.]

답장을 확인한 순간, 긴장으로 벌렁거리던 심장이 순식간에 사르르 녹아내렸다. 베개에 얼굴을 파묻은 솔은 싸하게 조여 오는 가슴께를 움켜쥐고 몇 번이나 이리저리 뒤척이다 새벽 4시가 다 되어서야 잠이 들었다. 갖은 상상으로 흘려보낸 시간들이 아깝지 않았다.

진짜, 봄이 온 것 같았다.

"침 떨어진다."

헤벌쭉 웃으며 그때를 떠올리고 있던 솔이 화들짝 놀라 앞을 보았다. 지태가 태연한 표정으로 가방을 내려놓으며 빨대를 입에 물었다.

"무슨 생각을 하길래 그렇게 모지리처럼 웃고 있어?"

"제, 제가 언제요?"

"하긴, 안 봐도 비디오다."

"⋯⋯무슨 일이신데요?"

"선배가 후배한테 말 거는데, 꼭 무슨 용건이 있어야 해?"

솔은 헛웃음을 흘렸다. 틀린 말은 아니었지만 열흘 동안 후배를 피해 다니다시피 한 선배가 할 말은 아니었다.

지태는 무슨 이유에서인지 그동안 솔과 부쩍 거리를 두었다. 강의실 에서 만나 인사를 해도 받는 둥 마는 둥 했고, 왜 학교를 안 나오느냐고 연락을 할 땐 언제고 과제 때문에 묻는 말도 읽고 씹기 일쑤였다. 그러 더니 갑자기 이렇게 나타나 아무 일도 없었던 것처럼 말을 거는 것이었 다.

그간 모든 정신이 도하에게만 쏠려 있어 지태가 그러든 말든 신경 쓰 지 못했던 솔은 뒤늦게 궁금해졌다. 지태가 좋아한다던 사람은 누구인 지. 연애하는 척을 해서라도 그 사람을 편하게 해 주고 싶다더니, 이렇 게 거리를 두고 지내도 괜찮은 건지.

"저, 선배."

아무래도 그것부터 확실히 해야 할 것 같아 망설이다 입을 열었는데,

"그래, 그래! 용건 있어서 왔다. 됐냐?"

지태가 제 발 저린 듯 불쑥 치고 나왔다.

"……뭔데요?"

재촉하려던 건 아니었지만 굳이 해명하지는 않았다. 그의 용건이라는 게 더 궁금했다.

지태는 먼저 후우, 깊은 한숨을 내쉬더니 반쯤 남은 아이스 아메리카 노를 빠르게 쭉쭉 빨아들이곤 탕 소리가 나게 내려놓았다.

"나, 끝났어."

"……네?"

"그 사람이랑 완전히 좋 났다고. 이제 뭔가를 보여 줄 필요도 없고 척 할 필요도 없고. 편하게 해 줄 필요도 없어."

"……."

"그러니까 너도, 나 신경 쓰지 말고 너 하고 싶은 대로 해."

정제되지 않은 말이 서툴렀지만 무슨 말인지는 충분히 이해할 수 있었다. 순간 작은 바늘이 가슴을 콕콕 찌르는 것처럼 따가운 느낌이 들었다. 그의 말을 듣는 게 염치없을 정도로 솔은 그를 신경 쓰지 못했다는 생각 때문이었다.

도하에게 지태와의 관계에 대해 털어놓지는 않았지만 서로의 마음을 어렴풋이나마 확인했던 그날, 실은 암묵적으로 시인한 것이나 다름없었다.

지태와 자신도 진짜가 아니라고.

지태의 입장도 있는데 미처 생각하지 못한 것이 미안했다.

"……저기."

하지만 무슨 말을 어떻게 꺼내야 할지 알 수가 없었다. 그때, 지태가 피식 웃으며 말을 이었다.

"근데 너, 들키지 마라."

"……."

"연애를 하든 뭘 하든, 상황이 정리될 때까지는 절대 누구한테도 들키지 마. 그래야 안 다쳐. 그 사람도, 그 여자도, 그리고 너도."

그리고 너도. 그 말이 솔의 가슴을 끌었다.

왜였을까. 순간 머릿속에 그날이 떠올랐다.

"……선배."

그날, 그 말들이.

'왜 갑자기 저런 애를 건드려?'

'저런 애가 뭔데.'

'뭐?'

'쟤가 어떤 애냐고. 들어나 좀 보자. 대체 어떤 애길래 다들 그렇게 난린지.'

그때는 지태가 저에 대한 소문을 들었든 듣지 못했든 상관없다고 생각했었는데.

"혹시…… 알고 계세요?"

아니었던 모양이다.

"저……에 대해서."

불안에 떨리는 솔의 눈동자를 보며 잠시 침묵하던 지태는 이내 백팩을 한쪽 어깨에 걸쳐 메고 다 마신 커피 잔을 집어 들었다.

"응."

그러곤 드륵, 의자를 빼고 일어나 솔을 지나치며 말했다.

"근데 그게 뭐."

아무것도 아니라는 듯, 아무렇지도 않게.

"유별난 건가?"

○ ◎ ●

"선배, 괜찮아?"

잠시 정신을 놓고 있던 도하가 퍼뜩 세희의 눈을 마주하며 웃었다. 그 웃음이 자못 어색했다.

"오늘따라 이상하네. 자꾸 정신을 놓고."

생전 안 오던 방송국까지 찾아왔으면서, 도하는 별말도 없이 자꾸 상념에만 잠겨 있었다.

"무슨 할 말 있어?"

그러자 도하는 갈증이 나는 듯 이미 바닥을 보인 찻잔을 들다가 헛웃음을 흘리며 내려놓았다.

"아니, 그냥 지나는 길에 들른 거지. 추가 주문 좀 하고 올게."

카운터로 향하는 도하를 바라보는 세희의 얼굴에 얇은 그늘이 내려앉았다. 항상 반듯하면서도 가벼운 여유가 있었던 걸음걸이가 오늘은 왠지 무겁게만 보였다. 강도하답지 않은 걸음이었다.

강도하는 강한 사람이었다. 누구에게도 주눅 드는 법 없고 쉽게 무릎 꿇지 않았다. 약한 자에게 약하고 강한 자에게 강했다. 어디서든 온화한 미소와 기품을 유지하면서 좌중을 압도하고 상황을 이끄는 힘이 있었다.

세희는 그를 처음 만난 순간을 떠올렸다.

대학교 1학년, 학과 오리엔테이션 뒤풀이가 있던 날이었다.

'어, 세희 이리 와 앉아.'

학과장으로 신방과를 장악하고 있던 전임 교수가 세희를 콕 집어 옆자리에 앉히더니 그때부터 계속 다독이는 척 손을 잡거나 허벅지를 더듬어 댔다.

당시 세희는 신입생이었고 학과 첫 행사였기에 웬만하면 참아 넘기려 했지만 술에 취할수록 그의 행위는 점점 대범해졌다. 자리를 바꾸고 싶어도 여학생들은 세희의 시선을 외면했고 남학생들은 도와주기는커녕 몰래 훔쳐보며 키득거리기 바빴다. 결국 참다못한 세희가 가방을 집어 들고 일어나려 한 순간이었다.

쾅! 남학생들이 주로 몰려 있던 오른쪽 테이블이 엎어지면서 귀가 쨍할 정도로 요란한 소리가 났다.

술병이 깨지고 그릇들이 나뒹굴며 자리는 순식간에 엉망이 되었고, 바로 옆자리에 앉아 있던 교수도 까무러치듯 놀라 일어섰다. 테이블이 엎어지면서 교수의 허벅지에 술이 쏟아진 것이었다. 두툼한 허벅지에 착 달라붙은 바지를 펄럭이며 교수가 한 사람을 향해 버럭 소리를 쳤다.

'지금 뭐 하는 짓인가!'

많은 학생들 틈에서도 혼자만 불쑥 솟아 있던 장신의 남자, 4학년 과대 강도하였다.

'죄송합니다, 교수님.'

제정신이 아닌 사람처럼 테이블을 걷어찰 땐 언제고, 그는 조금의 흐트러짐도 없이 멀쩡한 얼굴로 말했다.

'자꾸 허벅지에 달라붙는 날파리를 쫓는다는 게 그만.'

'뭐, 뭐?'

'그런데 보아하니, 교수님 하체부터 챙기셔야겠네요.'

조롱이 다분한 말에 교수가 황당한 표정으로 입술만 벙긋거리자 도하는 가볍게 웃으며 맞은편 남학생들에게 말했다.

'뭣들 하고 있어? 계속 그렇게 쳐다만 볼 거야?'

교수와 세희를 흘겨보며 키득거리기만 했던 남학생들에게 가하는 따끔한 일침이었다. 4학년 선배의 기에 눌린 1학년 남학생들은 그제야 우왕좌왕 테이블을 치우기 시작했는데,

'못 알아듣네.'

살벌한 웃음소리가 한 번 더 테이블을 갈랐다.

'교수님부터 밖으로 모시라고.'

'……!'

'밖으로, 모시라고.'

그제야 상황을 파악한 1학년 과대가 다급히 교수의 곁으로 왔고, 이미 장악되어 버린 분위기에 별도리가 없었던 교수는 헛웃음만 흘리며 못 이기는 척 밖으로 나갔다. 곳곳에 엎어진 술병에서 알싸한 알코올 냄새가 치솟았다. 항상 구역질이 날 것만 같았던 그 냄새가 처음으로 시원하게 느껴진 순간이었다.

그날, 도하는 말했었다.

'앞으론 부딪치지 못하겠으면 도망쳐. 도망도 못 치겠으면 내 뒤에 숨든가. 어떻게든, 너는 지켜.'

그래, 그랬었다.

"여기 웨이팅이 좀 기네. 오래 기다렸지?"

그랬었는데.

"……미안해, 선배."

"응?"

"나, 지키지 못했네."

뜬금없는 세희의 말에 느슨히 앉아 있던 도하가 상체를 앞으로 기울였다.

"……뭐?"

"비겁하게 숨기만 하고. 정작 지키지는 못했어."

"……."

"그리고…… 고마워."

아무 말도 하지 않아 줘서. 나를 버리지 않고, 먼저 용기 낼 기회를 줘서.

"자꾸 무슨 소리야."

세희는 알고 있었다. 세상 두려울 것 없이 당당했던 강도하의 어깨가 왜 축 처져 있는지. 여기까지 찾아와서 차마 꺼내지 못한 말이 무엇인지. 그래서 세희도 아무 말 하지 않았다.

"그냥, 와 줘서 고맙다고."

그저 실없는 소리 하지 말라며 웃는 도하를 따라 웃으며, 손에 들린 핸드백을 꼬옥 그러쥘 뿐이었다.

'조금만 기다려, 선배. 이번엔 내가 도망치게 해 줄게.'

○ ◎ ●

다소 거친 속도로 차를 몰던 도하가 돌연 핸들을 잡아 돌렸다. 끼익, 진회색 승용차가 갓길에 멈춰 섰다.

"하아."

핸들에 얼굴을 파묻은 도하의 입술에서 긴 한숨이 쏟아졌다.

지난 열흘, 도하는 솔을 만나면 만날수록 한숨이 깊어졌다. 서로의 체온과 체향을 느끼는 횟수가 많아지면서 조금 더 얘기하고 싶고, 조금 더 닿고 싶고, 조금 더 같이 있고 싶고. 욕망은 염치도 한계도 없이 눈덩이처럼 불어나는데 정작 할 수 있는 건 없었기 때문이다.

'고백하고 싶다.'

그런 마음이 진지하게 든 순간, 도하는 뒤늦게 깨달았다. 사정이 어찌 됐건 강도하는 공공연한 차세희의 남자 친구라는 사실을.

세상엔 다른 여자의 연인으로 알려져 있으면서 감정만 앞세워 솔에게 다가가는 것은 뻔뻔하게 몰래 만나 달라는 뜻이나 다름없었다. 만에 하나 솔이 상관없다고 해도, 자칫 잘못했다간 솔까지 곤란한 상황에 처할 수도 있었다. 그렇게 만들 순 없었다. 절대.

결국 도하는 고민 끝에 세희를 찾아가 방송국 근처 카페로 불러냈다. 솔에게 조금 더 당당히 다가가기 위해서는 이 연극부터 어떻게든 정리해야 했기 때문이다. 그러나 그것도 그것대로 쉽지가 않았다.

절벽 끝에 선 세희를 도와주기로 한 지 한 달도 안 된 상황이었다. 지금 결별설을 발표하는 것은 애당초 열애 발표를 하지 않은 것만 못했다. 온갖 악질 루머만 더 많이 양산될 것이 뻔했기 때문이다. 결국 제 행복을 위해 세희의 불행을 자초해야 하는 건데. 당장은 차마 그럴 수가 없었다.

대체 이 복잡한 상황을 어떻게 타개할 수 있을까.

핸들에 엎어진 채 관자놀이를 한 손으로 짓누르던 도하는 고민 끝에 상체를 세워 휴대폰을 들었다. 주소록을 찾아보던 엄지손가락이 한순간 멈추었다.

여기까진, 절대 가고 싶지 않았는데.

한참을 머뭇거리다 끝내 통화 버튼을 누르는 도하의 표정이 무거웠다.

[아버지]

○ ◎ ●

　예상대로였다.

　그날 밤, 시네하우스 도로변에는 만개한 벚꽃들이 살랑살랑 불어오는 봄바람에 춤을 추고 있었다. 하지만 벚꽃 길을 지나는 순간은 솔이 예상했던 대로가 아니었다.

　오후에 지태와 나눈 대화 때문에 종일 멍해 있던 솔은 영화를 보고 나와 도하의 차를 타는 순간에야 깨달았다. 도하 역시 오늘 자신과 다름없었다는 사실을.

　'오셨어요.'

　'응, 들어갈까?'

　시네하우스 카페에서 만나 나눈 인사가 처음이자 마지막이었다. 이후로 그들은 한마디도 하지 않은 상태였다.

　혹시, 무슨 안 좋은 일이라도 있었던 걸까?

　"무슨 일…… 있으세요?"

　도하의 그늘진 옆모습을 빤히 바라보던 솔이 조심스럽게 물었다. 도하는 갑작스러운 질문에 놀란 듯 움찔했지만 이내 픽 웃으며 말했다.

　"일은 네가 있는 것 같은데?"

　솔도 픽 웃어 버렸다.

　"혹시 컨디션 안 좋아? 저번처럼……."

　"아니요. 괜찮아요. 아주 좋아요."

문득 걱정이 됐는지 살짝 휘어지는 눈매에 솔이 얼른 손사래를 치고 나섰다. 부러 목소리도 한층 높이고 입매도 끌어 올렸다. 제 기분 때문에 도하와의 소중한 시간을 허무하게 날리고 싶지는 않았다.

이게 얼마 만인데.

월, 수, 금은 시네하우스에서 화, 목은 강의실에서, 5일 내내 만나다 보니 그를 보지 못하는 주말 이틀이 몹시도 길게 느껴졌다.

"영화는, 괜찮았어?"

솔의 노력을 느꼈는지 도하도 한결 풀어진 목소리로 물어 왔다.

"네, 괜찮아요. 아주 좋아요."

솔은 이번에도 생긋 웃으며 대답했다.

"특히 차곡차곡 쌓인 복선이 후반 반전의 설득력을 높인 데다 주제 의식을 선명하게 완성시켜서 좋았던 것 같아요. 옴니버스 형식을 취하는 것처럼 속이다가 후반부에 하나로 몰아붙이는 플롯도 신선했고요."

"역시 이솔이네."

"네?"

"강의에서도 돌발 질문에 기대 이상으로 답해서 놀랐더니, 영화 블로거던데."

장난스럽게 입꼬리를 올리는 도하의 모습에 솔이 화르르 달아오른 얼굴로 물었다.

"어, 어떻게 아셨어요?"

"sol-0329."

"아……."

아무래도 최근 〈화양연화〉 평론에 댓글을 단 게 문제였던 모양이다. 솔은 제 아이디가 일전에 알려 준 메일 주소와 같다는 것을 정말이지 까맣게 잊고 있었다.

바보같이!

"그러니까…… 팬이라고 했잖아요."

솔은 치부라도 들킨 사람처럼 부끄러운 표정으로 말했다. 말끝이 저절로 기어들어 갔다. 숨을 곳이 있다면 제 몸뚱이도 와그작 욱여넣고 싶은 심정이었다.

"어디가 그렇게 좋았는데?"

"……네?"

"내가 쓴 기사 중에 안 본 거 하나도 없고 책은 여덟 권 다 가지고 있다며. 어디가 좋아서 그렇게나 열성 팬이 되어 준 건데?"

이쯤 되면 놀리는 게 틀림없다. 솔은 제가 한 말을 이렇게 고스란히 돌려주는 도하가 얄미웠지만 얼굴이 너무 화끈거려 노려볼 수도 없었다.

"응? 솔아."

"……그만하세요."

"고등학교 1학년 때부터면 벌써 7년인데. 7년 동안이나 지켜봐 줄 만큼 좋았던 부분이,"

"……아 그만!"

작은 두 손으로 얼굴을 가리고 어울리지 않게 빽 소리를 치며 고개를 돌린 솔이 입을 꾹 닫았다. 마침 신호에 걸려 있었던 탓일까. 도하는 고개를 약간 기울인 채 다정한 미소로 솔을 바라보고 있었다. 마치, 귀여운 아이를 바라보듯 흐뭇한 표정으로. 사랑스럽다는 듯한 눈빛으로.

사랑스럽……다는…… 듯한.

"……!"

순간 도하가 아차, 싶은 표정으로 시선을 돌리며 성급히 말을 돌렸다.

"오늘 날씨 좋다. 벚꽃도 많이 피고."

차는 다시 출발했고, 도하는 이미 정면을 보고 있는데 솔은 다시 고개를 돌릴 수가 없었다. 좀 전에 보았던 그의 눈빛과 표정이 잊히지 않아서. 잔상이 계속 남아 있는 것만 같아서. 가슴이 거세게 뛰기 시작했다.

"솔이 넌 벚꽃 안 좋아해? 괜찮으면 구경이라도 할까?"

열심히 말을 돌리던 도하는 뒤에 붙인 말 때문인지 이번에도 아차, 싶은 표정을 지었다. 아차, 싶은 그 표정이 사람을 얼마나 설레게 하는지도 모르고.

"아, 역시 좀 그렇지. 시간도 너무 늦었……."

"아니요."

지난 열흘, 도하는 딱 정해진 선을 지키려고 노력했다. 정해진 시간에 찾아왔고 같이 영화를 봐 주었고 영화가 끝나면 집에 데려다주고 돌아갔다. 단조로울 만큼 건조한 반복이었지만, 솔은 싫지 않았다. 이전과 비교하면 충분히 과분한 관계였으니까.

하지만 늘 의문이 드는 것도 사실이었다. 영화고 뭐고 없던 일로 하자고 했을 때 다른 사람처럼 서늘하게 화를 내고, 세희와의 관계는 진짜가 아니니 신경 쓰지 말라고 고백하고, 아닌 척 생일까지 챙겨 준 그가 갑자기 멀어지려는 것만 같아서.

당신은 딱 이 정도의 관계만 원하는 걸까? 그렇다면 이 정도의 관계는 굳이 왜, 원하는 걸까? 당신은 나를 어떻게 생각할까? 무슨 생각일까?

왜, 더는 다가오지 않는 걸까.

한번 깊게 생각하기 시작하면 끝도 없는 의문들이 샘솟았다. 전혀 짐작하지 못하는 바는 아니었지만 만일 솔이 생각하는 그 이유가 맞는다면. 그렇다면.

"괜찮아요. 아주 좋아요."

말해 주고 싶었다.

"이 길, 같이 걸어 보고 싶었어요."

나는, 괜찮다고.

"우리 같이 걸을까요?"

천천히 속도를 줄이던 차가 마침내 갓길에 멈추어 섰다.

쿵, 심장이 멈추듯. 깊게 침잠한 도하의 검은 눈동자가 솔을 향했다.

○ ◎ ●

밤늦은 시각, 시네하우스를 조금 지나친 도로변은 한적했다. 쌩쌩 지나다니는 차들만 간간이 보일 뿐 인도에도 사람이 잘 오가지 않았다. 그래도 듬성듬성 줄지어 선 가로등이 벚나무들과 짝을 맞추어 빛나고 있어서 고요하면서도 아늑한 분위기가 흘렀다.

"예쁘다."

수북이 쌓인 눈처럼 풍만한 벚꽃을 올려다보며 솔이 말했다.

한 무더기의 꽃들이 살랑살랑 흔들리는 모습은 진정 벅차게 아름다웠다.

그래도, 네가 더 예뻐.

말하고 싶은 마음을 꾹 참으며 도하는 제 자신이 우스워 피식 웃음을 흘렸다.

"왜요?"

웃음소리를 들었는지 솔이 옆을 돌아보며 물었다.

"어, 예뻐서."

"교수님은 별 감흥 없어 보이는데."

"내가?"

"하도 많이 봐서 그런가."

솔이 새초롬하게 도하를 흘기며 떠보듯 말했다. 그 모습이 귀여웠지만 당치도 않은 말에 헛웃음이 났다.

"34년 살았다고 서른네 번이나 벚꽃을 봤을 거라고 생각하는 거야?"

"딱 서른네 번은 아니더라도 그만큼 많이 봤을 거란 얘기죠."

"글쎄, 이렇게 여자랑 단둘이 거닐면서 본 적은 없는 것 같은데."

그러자 옆에서 풋, 하고 웃는 소리가 났다.

"비웃는 거야, 못 믿는 거야?"

"음, 뭔가 수영 선수가 태어나서 한 번도 수영을 안 해 봤다고 하는 느낌이랄까요."

도하는 억울한 마음에 짙은 눈썹을 살짝 일그러뜨리며 물었다.

"지금 나를 선수 취급 하는 거야?"

이렇게 억울할 데가 없었다. 물론 연애를 적게 한 건 아니었다. 4년 전까진 오고 가는 인연들을 굳이 막지 않았으니까. 그래도 맹세코 이렇게 단둘이 벚꽃 길을 거닐어 본 기억은 없었다. 그렇게 오고 간 연인들은 전부 벚꽃이 피고 지는 시간만큼이나 짧게 머물다 떠났고, 도하는 그들 중 누구와도 함께 꽃을 보고 싶었던 적이 없었다.

그만큼의 시간을 내어 줄 마음도, 여유도.

"아니에요?"

솔은 맑은 눈을 깜빡이며 물었다. 그 모습이 어찌나 진지하고 순수하던지, 도하는 결국 푸하, 웃어 버리고 말았다.

"대체 왜 그렇게 생각하는 건데?"

막상 다그치듯 묻자 솔은 입을 꾹 다물고 아무 말도 하지 않더니, 한참을 더 걷다가 횡단보도 앞에서야 멈추어 서며 말했다.

"……잖아요."

"뭐?"

"잘났잖아요, 교수님은!"

끝을 살짝 올리는 목소리에 약간의 투정 같은 게 묻어났다.

도하는 말려 올라가던 입꼬리를 굳히고 솔을 바라보았다. 수줍은 듯 양 볼을 벚꽃색으로 물들이고 입술을 우물거리는 모습에 심장이 고장이라도 난 듯 불규칙하게 뛰어 댔다.

귀엽다.

어린아이도 아니고 다 큰 성인을 보고 이렇게 귀여워 죽겠다는 생각을 하는 것 또한, 도하는 처음이었다. 맘 같아선 꽃잎처럼 연약하고 보드라운 저 볼살을 쭈욱 잡아당겨 주고 싶은데, 그랬다간 애써 유지하고 있는 이 관계마저도 잃어버릴까 차마 할 수도 없었다.

하아, 대체 뭘까. 이 여자는 무슨 생각일까?

같이 걷자며 나긋하게 다가오고, 당신은 잘나지 않았냐며 투정을 부리는 모습들이 사람을 얼마나 설레게 하는지 정말 모르는 걸까? 생일날 그렇게 대놓고 다가갔는데, 내가 널 좋아하는 것도 모르는 걸까? 내가 지금, 너와 손을 잡고 싶어서 미칠 것 같은 마음을 죽어라 누르고 있다는 건?

너는 정말 무슨 생각으로 이러는 걸까.

"잘났다고 다 선수는 아니니까."

도하는 애써 장난스러운 미소로 말을 받았다. 솔은 황당한 듯 차, 웃으며 발을 내디뎠다. 어느새 신호가 바뀌어 있었다.

"그런데."

도하는 한 발 늦추며 조심스레 입을 열었다.

"너는 이렇게 나랑 보고 있어도 돼?"

"……."

"올해 벚꽃 말이야. 아마 내일부턴 비가 와서."

"……네."

"……."

"신경 쓰지 않으셔도 돼요."

선수가 아님을 증명이라도 하듯 어수룩하게 꺼낸 질문을 솔은 용케도 알아들어 주었다.

"저도, 진짜가 아니거든요."

종일 무겁게 가라앉아 있던 가슴이 순식간에 공기처럼 떠올랐다.

어느 정도 짐작은 했지만 확신이 필요하던 차였다. 지태와의 관계가 진짜든 아니든 제 입장이 정리되면 마음만은 확실히 표현하자고 다짐하면서도, 학생들의 연애에 훼방이나 놓는 형편없는 교수가 될까 봐. 솔이 진짜 좋아하는 사람이 지태일까 봐. 두려운 것도 사실이었으니까.

"……하아."

설렘과 안도의 탄성이 바람처럼 쏟아졌다.

도하는 고개를 살짝 젖혀 밤하늘을 가리고 있는 벚나무를 쳐다보았다. 순간 바람이 화락 지나가면서 나뭇가지들이 꽃잎들을 흘려보냈다. 툭, 툭. 자꾸 스치던 손등의 감촉을 참지 못한 도하는 꽃잎을 받으려는 척 허공에 손을 뻗으며 말했다.

"진짜 예쁘네."

설핏 느려지는 솔의 하얀 운동화 위로 하이얀 벚꽃 잎이 나비처럼 떨어져 내렸다.

과분히도 아름다운 유영이었다.

○ ◎ ●

그로부터 4일이 지난 금요일. KBC 방송국은 발칵 뒤집혔다.

보지 않아도 알 수 있었다 과실 소파에 누워 있던 지태는 서서히 몸을 일으키며 눈앞에서 방방 뛰고 있는 친구를 바라보았다.

"진짜 안 받아?"

"이제 아예 전원 꺼 놨어. 서른 다 돼서 사춘기야, 뭐야? 왜 자꾸 사고를 치고 다니냐고! 아오 진짜!"

세준은 손에 들린 휴대폰이 세희라도 되는 양 소파에 집어 던지며 버럭 소리를 질렀다.

오늘 아침, 모친이자 보도국장인 승미의 책상에 당당히 '사직서'를 올려 둔 세희는 정오가 다 되어 가는 지금까지 연락 두절이라고 했다. 덕분에 세희가 맡고 있던 9시 뉴스는 급하게 대타 앵커를 준비시키는 중이라고.

강기우와의 스캔들 이후 앵커를 교체하네 마네 난리가 났고 세희의 후임은 암묵적으로 정해져 있었기에 당장 오늘 방송에는 큰 차질이 없었지만 문제는 다른 데 있었다.

「'강도하♥' 차세희, 퇴사 후 잠적, 왜?」
「스폰설→열애 발표→퇴사, 차세희 앵커의 미심쩍은 행보」

세희가 사직서를 냈다는 소문이 퍼지며 기사까지 터져 버린 것이었다. 누가 봐도 수상쩍은 행보에 대중들은 찔리는 게 있으니 사표를 낸 게 아니냐며 스폰설이 사실이라는 쪽으로 무게를 싣기 시작했고 추측은 산불처럼 빠르게 악플로 번져 나갔다.

"후, 어디 짚이는 데 없어?"

휴대폰으로 사태의 심각성을 확인한 지태는 굳은 표정으로 물었다.

"없어. 웬만한 덴 이미 다 가 봤고, 그 별종 속을 누가 아냐?"

"강도하는?"

"연락해 봤는데 모른대. 일단 민성 아저씨부터 만나러 갔어."

"누구?"

"배우 강민성. 형네 아버지. 포털부터 잠재우려는 거 같아."

"배우가 그만한 힘이 어디 있어서?"

"SG 이사잖아."

강민성이 단지 배우가 아니라 SG의 실세라는 것은 처음 안 사실이었다. SG라면 국내에서 가장 큰 규모의 기획사로 정, 경, 검과 모두 연결

되어 있는 대기업 중의 대기업이었다. 게다가 한국의 대표적인 포털 사이트 M사와 은밀한 결탁 관계를 구축하고 있어 기사 몇 개 갈아 치우는 것은 일도 아니었다.

지태는 문득 느껴지는 도하와 자신의 영역 차이에 비식 웃음을 흘리며 자리에서 일어섰다.

"어디 가?"

세준이 불안한 강아지처럼 촉을 세우고 물었다.

"수업 가야지. 넌 얼른 누나나 찾아."

세준에게 휴대폰만 휙 던져 주고 나가려는데, 벌컥, 누군가 먼저 과실 문을 열고 들어섰다.

"어우 씨, 뭐야. 넌 아직도 졸업 안 했냐?"

지태를 보고 흠칫 놀란 그는 이내 기분 나쁜 미소를 실실 흘리며 물었다. 과한 포마드 머리에 딱 붙는 슈트로 느끼한 분위기를 한껏 자아낸 그는 동기 박기천이었다. 올 초 대기업에 취직했다고 단체 메신저 방까지 열어서 자랑을 하더니 오늘은 신입생 취업 특강 때문에 학교에 온다고 한바탕 요란을 떨어 댄 터였다.

지태는 그가 싫었다. 오래전부터 그랬다.

몸에 밴 껄렁함부터 저급하고 더러운 말투까지. 내키지 않는 게 한두 가지가 아니라 한번 걸리면 손 좀 봐 줘야지 생각했는데 작년 말 졸업해 버려서 기회가 없었다.

"넌 졸업한 새끼가 눈치 없이 왜 과실을 얼쩡거리냐?"

"너네들 얼굴 보러 왔지. 특히 우리 차세준이. 괜찮냐? 차세희 잠수 탔다며."

작정하고 세준에게 다가가려는 그의 앞으로 지태가 긴 다리를 척 내밀었다. 발이 걸려 넘어질 뻔한 기천이 짜증스럽게 지태를 쏘아보며 말했다.

"나가려면 빨리 나가지?"

"너나 빨리 꺼져. 좋게 말로 할 때."

"야, 됐다. 우리가 나가자."

세준이 기천을 상대하기 싫다는 듯 지태의 곁으로 다가와 어깨를 툭툭 치며 말했다. 날 선 눈매로 기천을 직시하던 지태는 결국 다리를 거둬 내고 세준을 따라나섰다. 뾰족하게 솟은 신경을 애써 죽이고 있는데, 뒤에서 가래 낀 목소리가 끈질기게 따라붙었다.

"야, 어디 가! 나 뭣 좀 물어보러 온 건데! 나 궁금한 거 못 참는데! 응? 맞지? 너네 누나 강기우한테."

"저 씨발 새끼가."

홧김에 돌아보려는 지태를 세준이 잡아끌었다.

"지금 저기다 쏟을 기운 없다. 네 말대로 빨리 차세희부터 찾으러 가야 해. 그냥 무시해."

후우, 지태는 거친 숨을 쏟아 내며 세준의 손을 떨치고 앞서 걸었다. 갑자기 참을 수 없는 답답함이 가슴 깊이 밀려들었다. 박기천 같은 표정으로, 저런 더러운 시선으로 차세희를 지켜보고 있을 수많은 익명의 놈들을 생각하면 속에서 천불이 날 것 같았다.

"야, 신지태!"

아무래도 안 되겠다. 지태는 답답한 셔츠 단추를 거칠게 풀어 헤치며 성마른 걸음으로 계단을 내려갔다.

혹시 거기, 설마 거기 있진 않을까.

0프로에 가까운 희망으로.

○ ◎ ●

"그럼 효력이 있다는 말씀이시죠?"

변호사와 마주 앉은 세희의 얼굴에 약간의 화색이 돌았다.

"네. 몰래 녹음이 위법이라고는 해도 증거 채택은 전적으로 법관의 판단에 달려 있습니다. 더구나 이 파일 같은 경우, 제삼자가 아닌 당사자가 직접 한 녹음이고 피고가 죄를 인정한 것이나 다름없기 때문에 증거 가치가 충분하다고 봅니다."

변호사는 휴대폰에 연결했던 볼펜형 녹음기를 빼서 돌려주며 말했다.

고소를 진행하기 전 충분한 준비가 필요할 것 같아 친구에게 아는 변호사를 소개받아 상담을 부탁을 한 터였다.

"피고 측에서 알지 못하게 주의만 잘해 주시면 될 것 같습니다. 사진과 진단서도 가지고 있다고 하셨죠?"

"아, 네."

세희는 검푸른 멍이 선명한 신체 곳곳의 사진들과 병원 진단서 등 그간 몰래 모아 두었던 자료들을 전부 보여 주었다. 변호사는 진지한 얼굴로 자료들을 검토한 뒤, 이 정도면 충분할 것 같다고 말해 주었다. 하지만 상대가 상대인 만큼 결과는 너무 기대하지 말라고. 세희는 알고 있지만 포기하지 않을 거라고 미소로 답했다.

변호사가 돌아간 뒤, 세희는 페퍼민트차 한 잔을 우려냈다.

김이 모락모락 나는 하얀 머그잔을 양손으로 곱게 쥐고 소파에 깊숙이 몸을 파묻었다. 향긋한 페퍼민트 향을 맡으니 이제야 조금 쉬는 느낌이 났다.

"괜찮아."

괜찮아, 차세희.

스스로를 다독이듯 말하며 차 한 모금을 들이켜는데 갑자기 왈칵 감정이 솟구치며 코끝이 시큰해졌다. 머그잔을 내려놓고 소파 위에 모로 누웠다. 몸이 절로 웅크려졌다. 변호사 앞에선 씩씩한 척했지만 사실 세희는 무서웠다.

강기우라는 상대도, 세상의 질타도, 기댈 곳 없는 현실도.

꼭 필요한 것만 최소한으로 갖추어진 널따란 오피스텔이 오늘따라 유독 춥고 쓸쓸하게 느껴졌다. 5년 전만 해도 비밀 아지트로 자주 애용했던 곳이지만 이후에는 간간이 청소업체만 불렀을 뿐 웬만해선 잘 들르지 않았다.

이곳에 오면, 누군가와의 추억들이 자꾸 생각나서.

이번에도 어김없이 감은 눈 위로 그와의 기억이 선명하게 떠올랐다.

KBC 방송국에 입사한 지 얼마 안 됐을 때였다.

대학생 때까지만 해도 자신을 성적인 대상으로만 보는 남자들에게 질려 강도하 외에는 어떤 남자도 상대하지 않았던 세희였지만, 입사 후에는 위계질서를 중요시하는 방송국의 특성상 남녀 가리지 않고 누구에게나 싹싹하게 굴기 위해 최선을 다했다. 모든 사람에게 마음을 다해 이야기했고, 마음을 다해 웃었다.

'세희야, 적당히 좀 해.'

그러나 이변은 없었다.

'네 덕분에 보도국 남자 기자들 지금 경쟁 붙었다더라. 서로 네가 자기 좋아한다고. 내 입으로 말해 주긴 좀 그렇고. 네가 봐 봐.'

선배 기자는 어디서 났는지 다섯 명의 남자 기자들이 참여한 대화 창 사진을 보여 주었다.

[차세희랑 제일 먼저 자는 사람이 오백 갖는 거다. 뒷말 없기.]

익숙한 일이었다. 처음으로 진심이란 걸 다해 봤지만 이번에도 역시, 진심은 정반대의 모욕으로 돌아왔다.

'넌 내가 왜 좋은데?

'천진무구한 어린애처럼, 엄청 맑잖아요. 누나.'

하필 그날이었다. 처음으로 사람으로서 사랑받는다는 느낌에 울컥하면서도, 그 또한 그저 자신을 현혹하기 위해 하는 말일지도 모른다는 생각에 충동적으로 말했다.

'너, 나랑 잘래?'

뒤통수라도 맞은 것처럼 얼이 빠진 표정으로 한참을 서 있던 지태는 이내 뭔가가 못마땅한 아이처럼 미묘하게 표정을 구기더니 되물었다.

'왜요?'

'어?'

놀란 것은 세희 쪽이었고.

'누나는 저 안 좋아하잖아요. 근데 왜요?'

천진무구한 어린애처럼, 엄청 맑은 건 그쪽이었다. 상처받은 표정으로, 좋아하지 않으면 잘 수 없다는 말을 하는 그를 보면서 세희는 생전 처음 가슴이 떨렸다.

남자 때문에.

'좋아하게 될 것 같아서.'

'⋯⋯.'

'그럼 같이 자도 돼?'

그날 밤, 세희는 아무에게도 보여 준 적 없던 자신만의 공간에 지태를 불러들였고, 페퍼민트차를 마셨고, 소파에 누워 입을 맞췄고, 함께 잠이 들었다. 그리고 다음 날 아침, 피가 묻은 소파 커버를 작은 대야에 넣고 발로 밟으며 함께 빨았다. 그랬다.

그들은 서로에게 처음이었다.

"차세희."

어느덧 그날의 기억은 꿈이 되어 있었고, 그 또한 꿈인 줄 알았다.

"세희야."

어렴풋 달빛이 스며든 거실. 테이블에 걸터앉아 다 식은 페퍼민트차를 마시며 희미하게 미소 짓고 있던 그는 정말이지 꿈처럼 아름다웠으니까. 몽롱한 정신으로 그 모습만 빤히 바라보느라, 알 수가 없었다.

"……죽여 줄까?"

그의 시선이 어디에 그렇게 붙박인 듯 꽂혀 있었는지.

"이 새끼 내가…… 죽여 버릴까?"

테이블 한곳엔, 상처투성이의 아픈 기억들이 난잡하게 어질러져 있었다.

○ ◎ ●

"……신지태?"

그제야 정신이 든 세희는 천천히 몸을 일으켜 세우며 앞에 앉은 남자를 마주 보았다.

지태는 묵묵히 미소를 거두며 찻잔을 내려놓았다. 탁. 테이블에 세게 부딪친 찻잔이 바르르 몸을 떨다 멈추었다. 그 작은 진동만으로도 충분히 알 수 있었다. 신지태가 지금 얼마나 최선을 다해서 참고 있는지.

"네가 왜 여기……."

"대답해."

지태가 찻잔 옆에 놓여 있던 검은색 볼펜을 집어 들며 말했다. 손가락 사이에서 살살 돌아가는 볼펜을 바라보는 표정이 살벌할 정도로 차분했다.

"내가 이 새끼를…… 죽여도 되냐고 물었잖아."

"이리 내."

비로소 사태 파악을 마친 세희가 홱 손을 뻗었지만 지태가 한발 빨랐다. 벌떡 자리에서 일어선 지태는 픽, 헛웃음을 흘리며 볼펜을 들어 보였다.

"이깟 걸로 뭐가 될 것 같아?"

세희는 메마른 입술을 잘끈 깨물며 지태를 쏘아보았다.

수치스러웠다. 다른 사람도 아니고 신지태가 그걸 들었다고 생각하면 수치스러워 견딜 수가 없었다.

　'그래, 내가 너를 협박하고 때리고, 노예처럼 끌고 다닌 시간이 장장 2년이라 쳐. 그래도 사람들은 네가 몸 팔아 9시 뉴스 따낸 단 하루에 집착해. 난 많고 많은 재산 위에 범죄 이력 한두 줄 얹었다가 그마저도 돈으로 깨끗이 지워버리면 그만이지만, 넌 평생 창녀 소리 들으면서 살아야 한다고. 그게 현실인 걸 아직도 모르겠어?

　강기우의 비웃음 소리가 다시금 생생히 재생되는 것 같았다.

　"주제넘게 굴지 말고 당장 이리 내."

　세희가 이를 악물고 소파에서 일어섰다. 하지만 아무리 손을 뻗어도 저보다 한참이나 위에 있는 데다 민첩하기까지 한 지태를 상대하기는 역부족이었다.

　"아직도 세상을 그렇게 몰라? 아무것도 바뀌는 건 없어. 그럴 바엔 그냥 확 죽여 버리는 게 낫지. 안 그래?"

　"내놓으라고!"

　그럴수록 녹음기를 빼앗기 위한 세희의 손짓은 점점 거칠어졌고, 지태의 감정도 격앙되어 갔다.

　"이 개자식 말대로 평생 온갖 더러운 말들을 듣고 살아야 할지도 모른다고!"

　"그러든 말든 네가 상관할 일 아니야."

　"아니, 난 죽일 거야. 네가 당한 것보다 몇 배는 더 고통스럽게, 잔뼈 하나까지 싹 다 으스러뜨려서 죽여 버릴 거라고!"

　"신지태!"

　"대체 왜!"

　지태가 안간힘을 쓰던 세희의 팔을 낚아채고 소리쳤다.

　"왜 이렇게 불행하게 살았는데, 왜!"

어느덧 붉어진 눈시울로.

"왜 이렇게까지······ 이렇게까지 살아야 했는데!"

벗어나려고 몸부림치던 세희의 몸에서 탁, 힘이 풀렸다.

"다 좆같아. 내가 얼마나 우스웠어?"

"······."

"너 그렇게 끌려다니는 동안 혼자 불행한 척, 힘든 척, 망가진 척, 유치하게 얼쩡거리는 나 보면서 얼마나 한심했냐고."

목울대로 뜨거운 열기가 솟구쳐 올랐다. 덩달아 붉어진 눈시울로 지태를 응시하던 세희가 한참 만에 입을 열었다.

"아니, 좋았어."

"······뭐?"

"나는 너, 행복하지 않기를 바랐으니까."

5년 전, 그들은 서로에게 처음이었고 서로에게 미쳐 있었다. 함께 소파 커버를 빨았던 그날 이후 지태는 거의 매일같이 세희의 공간에 왔고 하루에도 서너 번씩 사랑을 나눴다. 서로의 일거수일투족을 알게 됐고 취미와 취향을 공유했고 밥을 기다렸다 함께 먹었다.

그렇게 한 달이었다.

세희는 이런 게 결혼이라면 해도 좋겠구나, 처음으로 생각했고, 그간 미루어 오던 관계 정립도 해야겠다고 다짐했다. 그리고 바로 그날 아침이었다.

[야, 했냐?]

지태가 샤워하러 간 사이, 화장대 위에 놓여 있던 휴대폰에 문자가 도착했다. 화장대 앞에 앉아 드라이어로 머리를 말리고 있던 세희는 무심코 휴대폰을 바라보았고 연이어 액정에 뜨는 문자들을 망연히 지켜볼 수밖에 없었다.

[내기하기로 한 지가 언젠데 아직도 말이 없어.]

[했으면 빨리 인증해.]

내기, 인증……. 자신을, 여성을 사람으로 대하지 않는 남자들이 주로 썼던, 이제는 지겨울 정도로 익숙한 그 단어들에 심장이 미친 듯이 뛰기 시작했던 그때. '박기천'이라는 상대로부터 마지막 문자가 도착했다.

[기왕이면 아래 말고 위로. 걘 가슴이 죽이잖아.]

쿵. 들고 있던 드라이어가 떨어지면서 두 동강이 났다.

욕실 안에서 지태가 무슨 일이냐 물었지만 답하지 않고 오피스텔을 나왔다. 도망치듯 뛰쳐나왔다. 무슨 정신이었는지도 모르겠다. 다 마르지도 않은 머리에서는 물이 뚝뚝 떨어졌고, 오롯이 한 사람만을 믿었던 마음에서는 피가 철철 쏟아지는 것 같았다.

두렵고 끔찍해서 눈물도 나지 않았던 그날은 3월 14일, 화이트 데이였다.

"다 내가 딱 바라던 거였어. 네가 불행한 거, 힘든 거, 망가지는 거."

"……왜."

"……."

"버려진 건 난데, 버린 네가 왜?"

지태가 헛헛한 표정으로 물었다.

사실은 그랬다. 신지태는 그럴 사람이 아니라는, 뭔가 오해가 있을지도 모른다는 생각이 자꾸 들었지만 애써 무시하고 확인하지 않았다. 진실을 물었다가 '미안하다'는 말을 들을까 봐. 부정이 아닌 설득을 당할까 봐. 그게 너무 두렵고 겁이 났다.

생전 처음 몸과 마음을 다 내어 사랑했던 사람에게 그런 상처를 받으니, 영원히 그리워하고 증오하면서라도 실낱같은 희망을 가지고 살고 싶었다.

너는 진심이었을지도 모른다는, 헛된 기대.

차세희는 그렇게 약하고 어리석은 인간이었고, 신지태는 그런 차세희의 기대에 충실히 부응해 주었다. 지금 이 순간까지도.

"네가 뭐 때문에 내가 불행하길 바라냐고!"

끝내 눈물까지 보이는 지태 덕분에, 세희는 또 하루를 살아갈 수 있었다.

"내가 너, 미워했으니까."

내가 너, 좋아했으니까.

툭. 맥없이 풀린 지태의 손에서 마침내 검은색 볼펜이 떨어졌다.

"그만 가 주라."

세희는 떨어진 볼펜을 줍기 위해 상체를 숙이며 나직하게 말했다.

뚝. 참았던 눈물이 지금 떨어지는 것을 다행으로 여기며.

"더 미워지기 전에."

더, 좋아지기 전에.

○ ◎ ●

SG 사옥 이사실.

스케줄 때문에 지방에 가 있던 민성은 해가 진 후에야 돌아와 도하를 만나 주었다. 그리고 다분히 피곤한 표정으로 물었다.

"그래서, 원하는 건?"

누가 봐도 부자 관계라기보다는 사업 파트너에 가까워 보일 만큼 건조하고 직접적인 질문이었다. 예상치 못한 건 아니지만 불편한 감정이 드는 건 어쩔 수 없었다. 도하는 보이지 않게 주먹을 그러쥐며 감정을 삭였다.

"도와주세요."

힘들게 꺼낸 얘기에도 민성은 아무런 대꾸가 없었다. 그저 소파에 등을 푸욱 기대고 팔걸이를 톡톡, 손가락으로 두드리기만 했다. 도하도 뭔가에 집중하거나 골몰할 때 자주 하는 습관이었다.

"청명일보에서 오래전부터 태진그룹 파 왔던 거 알고 있어요. 그쪽에 있는 후배 기자 만나고 오는 길이에요. 갖고 있는 건 많은데 아직 시기를 노리고 있다고요."

청명일보는 민성의 SG, 포털 사이트 M사와 커넥션을 맺고 있는 신문사로, 태진그룹 경부일보와는 살벌한 적대 관계에 있었다. 그래서 어떤 신문사보다 태진그룹의 약점을 많이 쥐고 있었다. 게다가 후배 기자의 말에 따르면, 그중 8할은 강기우의 비리라고 했다.

"지금 당장 터뜨려 달라는 건 아니에요. 오늘은 일단 기사만 더 번지지 않게 부탁드릴게요. 그런데 만에 하나 세희에게 무슨 일이 생기면……."

"힘 좀 실어 달라."

민성이 픽, 짧은 실소를 흘리며 담배를 꺼내 들었다.

"부탁드립니다."

도하도 알고 있었다. 명색이 기자인 제가 언론 플레이를 부탁하는 게 얼마나 수치스러운 짓인지. 그것도 여태 대놓고 경멸해 왔던 사람에게.

"후우."

한참을 말없이 연기만 내뿜던 민성은 반쯤 타들어 간 담배를 재떨이에 비벼 끄고는 예의 그 알 수 없는 미소를 띠었다.

"너 하나 때문에 터뜨릴 수 있는 일이었으면 진작 하고도 남았을 거다. 이런 일엔 정치적인 시기라는 게 가장 크게 작용하니까."

"알고 있습니다."

"일단 조치는 취해 두겠지만 너무 기대하진 말란 소리야."

"네."

"그래서, 세희랑 결혼할 생각이냐?"

내내 시선을 아래에 두고 있던 도하가 처음으로 고개를 들어 민성을 마주 보았다. 그리고 당당히 말했다.

"아니요. 좋아하는 사람, 있습니다."

그러자 민성은 흥미롭다는 듯 입꼬리를 조금 더 올려 웃었다.

"네가?"

아무리 1년에 한두 번 볼까 말까 한 사이라지만, 민성도 알고 있을 것이었다. 제 아들이 사랑이란 것에 얼마나 염세적이고 회의적이었는지. 전부, 그 덕분이었으니까.

"결혼까지 생각 중이고?"

불쑥 자리에서 일어난 민성이 책상으로 향하며 물었다.

도하는 아무 말 하지 않았다. 늘 가벼이만 여겼던 결혼이란 단어가 새삼 커다랗고 묵직하게 느껴졌다. 아직 연애도 상상할 수 없는 대상이었기에 한 번도 생각해 보지 못했지만, 막연히 떠올린 순간 왜인지 심장이 저릿하게 떨려 왔다.

"생각 중인가 보군."

서랍에서 봉투 하나를 꺼낸 민성이 도하에게 다가오며 말했다. 처음엔 그저 피로해만 보였던 그의 얼굴에 어쩐지 약간의 생기가 느껴졌다.

"누구든, 데리고 오거라."

어느새 마주 앉은 민성이 금색 봉투를 도하의 앞에 밀어 놓으며 말했다. 곧 개봉하는 영화 〈개화〉의 VIP 시사회 표였다.

"네 장 들었을 거다. 기자들 시선도 무시할 수 없으니, 여럿 데리고 와."

"……."

"이번 일의 대가는 예비 며느리 얼굴 보는 걸로 만족하지."

그동안 민성이 출연하는 영화는 일부러라도 피해 온 도하였다. 아무리 객관적인 평론가로 유명한 도하라 해도 아버지의 영화를 평론하는 것은 적잖이 껄끄러운 일이었고, 혹여나 추후 주관적 평론이라는 뒷말이 나오진 않을까 걱정하는 것도 피곤했다. 그래서인지 민성 역시 한 번도 도하에게 제 영화를 보러 오라 한 적이 없었는데, 왜 갑자기 적극적으로 시사회 표를 건네는지 알 수가 없었다. 게다가 그 표정은 자못 들떠 보이기까지 했다.

어찌 됐건 이번 일의 대가라니 거절할 수는 없고. 도하는 묵묵히 시사회 표를 챙겨 안쪽 주머니에 넣고 자리에서 일어섰다.

"그럼 가 보겠습니다."

꾸벅 인사를 하고 돌아서는데, 민성의 마지막 말이 도하를 붙잡아 세웠다.

"결혼은 족쇄다."

"……."

"그래도 기왕 찰 족쇄라면, 사랑하는 사람이 주는 걸 차야 해."

평생 가족을 버려 온 사람이 처음으로 꺼낸 변명이었다.

"그럼 적어도, 불행하진 않을 테니까."

○ ◎ ●

터벅터벅. 골목길을 걷는 솔의 시선이 공허했다.

[오늘은 못 갈 것 같아.]

문자 한 통을 끝으로 도하에게서는 아무 연락이 없었다. 이유는 굳이 듣지 않아도 알 수 있었다. 가십에 민감한 여진과 호 덕분에 솔도 세희가 잠적했다는 기사를 본 상태였으니까. 무슨 일인지 걱정이 되면서도 그녀를 찾아 나섰을 도하를 상상하면 기분이 썩 좋지는 않았다.

"……철없긴."

그와 그녀는 아무 사이도 아닌데. 더불어 그와 저도 아무 사이도 아닌데. 이 무슨 주제넘은 감정인가 싶었다.

도하는 심각한 상황에 처해 있는데 자신은 아무것도 해 줄 수 없을뿐 더러 전혀 별개의 존재라는 사실이 새삼 인지되어 무력감이 들기도 했 다.

잡념을 떨치고 싶어서 혼자서라도 영화를 볼까 하다가 중간고사도 얼 마 남지 않아 그냥 학교 도서관으로 갔다. 그래도 공부에 집중하다 보니 시간이 훌쩍 갔다. 다행이라고 생각했다. 아직 일상이 엉망진창이 될 정 도로 빠져 있는 건 아니구나, 싶어서.

그러나 그게 착각이란 걸 깨닫는 데는 그리 오랜 시간이 걸리지 않았 다.

"……!"

터벅터벅 걷던 솔의 걸음이 오피스텔 앞에서 멈추었다. 정확히는, 익 숙한 진회색 승용차 앞에. 순간 언제 괜찮은 적이 있었냐는 듯 심장이 쿵쾅거리며 널을 뛰기 시작했다.

"……교수님?"

차에 등을 기대고 선 채 무연히 허공만 보고 있던 남자가 고개를 돌렸 다. 머잖아 그의 입가에 희미한 미소가 걸렸다. 반응하는 걸 보니 헛것 은 아닌가 보다, 싶었는데.

"왜 여기 계세요?"

"……."

"왜 여기……."

"보고 싶어서."

그 말을 듣는 순간 현실감이 쨍그랑, 깨져 버렸다.

"……네?"

"오늘 못 봤잖아, 우리."

이윽고 나른하게 풀린 눈매가 솔의 얼굴을 천천히 뜯어보듯 훑어 내

렸다. 차에 비스듬히 기대어 있던 그는 솔과 시선이 맞아서 건조한 듯
열띤 눈동자가 적나라하게 느껴졌다.

"……이제 됐다."

한참을 그렇게 노골적인 시선으로 솔을 바라보던 도하가 얼핏 웃으며
차에서 몸을 떼었다.

"들어가, 얼른."

이제 괜찮아졌다는 듯.

"늦게 다니지 말고."

"……"

"우린 월요일에,"

돌아서던 그가 멈칫하곤 작은 손에 잡힌 제 옷자락을 내려다보았다.
당황스러울지라도 어쩔 수 없었다.

"지금이요."

"……!"

"월요일 말고 지금. 봐요, 우리."

솔은 아직, 괜찮지가 않았다.

●

7

그대는 나를 좋아할까?

"어때요, 이 정도면 꽤 근사한 카시어터 같죠?"

차량용 거치대에 태블릿 PC를 설치한 솔이 무선 이어폰 한쪽을 도하에게 건네며 생긋 웃었다.

근사하다 뿐이랴. 넓은 동작대교 위. 검푸른 한강과 새까만 밤하늘을 배경으로 설치된 카시어터는 완벽 그 자체였다. 하지만 미안하게도 지금 도하는 영화가 눈에 들어올 것 같지 않았다.

그저 얼굴만 보고 돌아가려던 도하에게 솔이 연한 홍조를 빛내며 지금 봐요, 말한 순간부터 이성이 반쯤 가출해 버렸기 때문이다.

'오늘 볼 영화를 내일로 미루지 말자. 제 신조거든요.'

'하지만 지금은 시네하우스도 문을 닫았고, 어디서……'

도하는 말끝을 맺지 못했다. 설마 집에서 보자는 건가, 말도 안 되는 상상에 숨이 턱 막혀 버린 탓이었다. 눈치챘을까. 아무렴, 그렇게 대놓고 벌게진 얼굴로 당혹감을 표하는데 몰랐을 리가.

……하아, 죽자.

뒤늦은 후회에 이를 어떻게 수습해야 하나 막막했을 때 솔이 말을 이어 주었다.

'걱정 마세요. 제가 좋은 데 알아요.'

그러더니 내비게이션에 입력한 곳이 바로 이곳, 동작대교였다. 가라니 가긴 하지만 동작대교에 심야 영화를 볼 수 있는 곳이 있나 싶어 내심 또 '좋은 데'에 대한 온갖 상상이 난무했다. 제 숨겨진 자아가 진정 변태였던 건가, 심각한 고민에 빠졌을 무렵 동작대교에 도착했다.

솔의 지시대로 카페 옆 주차장에 차를 대고 보니 눈앞에 드넓은 한강이 펼쳐졌다.

도시의 빛을 받아 물비늘처럼 빛나는 강 표면을 보며 도하는 그제야 웃음을 흘렸다. 명색이 영화 전문가라는 놈이 영화를 대상으로 순수하지 못한 상상을 한 것도 부끄럽고 이곳에 오기까지 주체할 수 없이 뛰어대던 심장도 무안했다. 그럼에도 눈치 없는 심장은 거센 진동을 계속했다.

혹시나 솔에게 들리진 않을까 두려울 정도로.

"무슨 영화 보게?"

"오늘 상영한 영화 봐야죠. 〈달의 정원〉, 보셨어요?"

"……어, 알지."

"저도 좋아하는 영화라 가지고 있었거든요."

하필이면 멜로 영화였다. 도하의 기억으론 키스 신과 베드 신도 있었던 것 같다.

괜찮아. 영화는 영화다. 영화는 영화로만 봐야 한다.

도하는 헛바람이 들어간 것처럼 간질거리는 위 가슴을 손바닥으로 지그시 눌러 돌리며 끊임없이 되뇌었다. 하지만 아무리 다독여도 헛바람은 빠질 줄을 몰랐다.

"하, 저기."

도하는 결국 참지 못하고 입을 열었다. 영화를 틀기 위해 태블릿 위를 바삐 움직이던 솔의 손가락이 멈추었다.

"커, 커피 좀 사 올게. 마시면서 보자."

대체 말은 왜 더듬은 건지!

볼일이 급한 강아지처럼 안절부절못하는 모습을 들킨 것만 같아 민망했다.

"네. 좋아요."

답이 오기 무섭게 차 문을 열고 내렸다. 도망치듯 옆에 있던 카페로 들어가 아이스 아메리카노 한 잔과 복숭아 아이스티 한 잔을 샀다. 그동안 마음을 좀 진정시키려 했지만 소용없었다. 하필이면 카페 마감 시간이라 심호흡할 시간도 없이 음료가 나왔다. 결국 변함없이 긴장한 채로 차에 돌아갔는데 솔이 반가운 표정으로 말했다.

"복숭아 아이스티네요."

"어, 좋아하잖아."

해사하게 웃으며 아이스티를 받아 드는 솔과 손이 스쳤다. 심장이 좀 전보다 두 배는 더 빠르게 뛰었다.

큰일이다. 이 상태로 영화나 볼 수 있을지.

"볼까?"

떨리는 모습을 감추려 괜히 영화를 재촉했다. 그런데 막상 도하가 마음의 준비를 하고 나니 이번엔 솔이 재생 버튼 앞에서 손가락을 머뭇거리다 조심스럽게 입을 열었다.

"좀 늦은 질문인 것 같긴 한데, 괜찮으세요?"

"뭐가?"

"지금 이렇게 영화 보시는 거요."

괜찮을 리가, 없지 않은가.

정곡을 찔린 도하는 목울대가 꿈틀, 일렁이는 것을 막지 못했다.

"오늘 일도 많으셨을 테고, 피곤하실 텐데. 제가 너무 제멋대로 군 건 아닌가 싶어서."

도하가 커피를 사 오는 동안 솔은 그런 생각을 한 모양이었다. 혹시, 커피를 사 온다고 한 게 피곤하다는 뜻으로 들렸을까. 배려심 많고 섬세한 솔이라면 그럴 수도 있다고 생각하면서도 한편으론 억울했다.

이렇게 좋은데.

"아니야. 나야 좋지."

생각하다 보니 나야 좋지, 라는 말이 필터링 없이 나가 버렸다. 그런데 솔은 정작 그 말은 신경 쓰지도 않는 듯, 무언가 생각에 잠긴 표정으로 물었다.

"정말 괜찮으신 거죠?"

"응."

"별일은 없으시고요?"

"그렇다니까."

도하는 연신 되묻는 솔이 귀여워 픽 웃으며 답했다.

"너는, 오늘 별일 없었어?"

"저야 뭐."

"뭐 했는데?"

저도 모르게 꼬치꼬치 캐묻고 말았다.

"그냥 도서관에 있었어요. 중간고사가 얼마 안 남아서."

"참, 그렇지."

그러고 보니 공부할 시간도 부족할 텐데 일주일에 세 번이나 시네하우스에 오는 게 부담이 되진 않을까.

"그럼 당분간 시네하우스는,"

"괜찮아요."

"……."

"갈 수 있어요. 그 정도는."

솔은 도하가 말을 다 하기도 전에 잘라 버리더니 뒤늦게 눈치를 보며 덧붙였다.

왜인지, 그 모습이 사랑스러웠다. 못 견디게.

"이거 시네하우스 출석 점수라도 줘야 하나."

농담 삼아 웃으며 한 말이었는데, 솔의 낯빛이 순간적으로 어두워졌다.

"농담이라도 그런 말씀 마세요. 저 교수님한테 조금의 특혜도 받기 싫어요."

솔은 단호했다.

"그러려고 만나는 거 아니에요."

순간 심장이 쿵 내려앉았다. 명백한 실수였다.

"그런 뜻 아니야. 절대."

"알아요. 그래도 한 번은 확실히 짚고 넘어가야 할 것 같아서요."

"……"

"저한테 지금 교수님은 교수님 아니에요. 그냥 강도하 씨예요."

"알아. 내가 실수."

"교수님한테도 제가, 그랬으면 좋겠어요."

"……"

"학생이 아니라, 그냥 이솔이었으면 좋겠어요."

처음 보는 솔의 모습에 어찌할 바를 모르고 다독이던 도하가 말을 멈추었다. 가슴부터 치고 올라온 열기가 목을 넘어 얼굴까지 번지는 것 같았다. 솔도 눈에 보일 정도로 달아오른 얼굴을 식히려는 듯 창문을 열었다. 열린 문틈으로 조용한 바람 소리와 강물 소리가 흘러들어 왔다.

"차 기자님은, 찾으신 거예요?"

솔이 자그맣게 물었다. 혹시 처음부터, 그게 궁금했던 걸까. 한 번에 알아듣지 못한 제가 바보 같았다.

"어, 찾았대."

아버지를 만나고 나올 무렵 지태에게서 문자가 왔었다.

[차세희 H오피스텔에 있어요. 오늘은 찾지 마세요.]

"다행이네요."

도하도 그렇게 생각했다. 문자를 받자마자 종일 수축되어 있던 몸이 일시에 풀어지면서 안도감이 들었다. 동시에 어디에든 기대고 싶어졌다. 아니, 실은 '어디에든'이 아니었다. 차 시트에 몸을 파묻고 망연히 주차장에 머무는 동안 단 한 사람의 얼굴만 떠올랐다. 보기만 해도 하루의 노곤함이 가시고 기분이 좋아지는 사람.

이솔이 보고 싶었다.

"넌 신경 안 써도 돼."

너무 제 기분과 상황에 맞춰 주려 할 필요는 없다는 뜻이었는데. 차갑게 들린 걸까. 솔은 대답이 없었다. 그저 살짝 그늘진 표정으로 입술을 오므리더니 잠시 후 아무 말 없이 영화를 틀었다.

영화는 좋았다.

도하와 솔은 늘 그랬듯 아무 말도 하지 않고 영화를 보았다. 도하는 보는 내내 긴장이 되어 아이스 아메리카노를 금방 다 비웠지만 솔은 처음 한 모금 이후 얼음이 다 녹도록 아이스티를 마시지도 않고 내버려 두었다. 그리고 아무 일도 없었다.

도하의 걱정과 달리 키스 신이나 베드 신 같은 장면이 나와도 어색하지 않았다. 언뜻 초연해 보일 정도로 무감한 솔의 표정 덕분이었다. 도하는 무언가 이상한 것을 느꼈다. 그것을 인지한 순간 좀 괜찮아졌나 싶던 가슴이 다시 뛰기 시작했다. 얼음만 남은 아메리카노를 빨아들이며 버석버석 마른 입안을 축였다.

무슨 말이라도 해야 할 것 같았다. 그런데 무슨 말을, 어떻게 해야 할지. 한참을 고민하던 도하는 영화가 끝날 때쯤 결국 바싹 마른 입술을 떼었다.

"솔아."

솔은 대답이 없었다.

"솔……."

왠지 모를 초조함에 고개를 돌렸을 때, 혀가 말랐다.

솔은 시트에 고개를 기대고 눈을 감고 있었다. 그 얼굴이 비스듬히 도하를 향해 있었다. 처음이었다. 솔이 영화를 보다 잠든 건. 기다랗고 풍성한 속눈썹이 미동도 없이 고요한 것을 보면 잠든 게 맞는 것 같긴 한데.

도하는 허탈한 웃음을 흘리며 솔의 얼굴을 빤히 바라보았다.

무언가 이상하다는 느낌은 기분 탓이었던 걸까. 애가 타서 피가 말랐던 그와는 달리 솔은 아무렇지도 않은 모양이었다.

문득 궁금해졌다. 이렇게 피곤하면서 왜 붙잡았는지. 밤늦은 시간에 겁도 없이 왜 단둘이 영화를 보자고 한 건지. 예전 같았으면, 솔이 아니라 다른 여자 같았으면, 도하는 단번에 확신했을 것이다.

너는 나를 좋아한다고.

하지만 왜인지 솔에게는 그런 확신이 들지 않았다. 그토록 많은 시선과 그토록 많은 영화와 그토록 많은 말들이 있었음에도.

나는 너를 이렇게 좋아하는데, 라는 생각이 먼저 들었고. 너는 나를 좋아할까, 의문으로만 마무리됐다. 그랬다.

나는 너를 이렇게 좋아하는데, 라는 생각을 태어나서 처음 해 보는 강도하는 모든 게 어렵고 어설프기만 했다.

"예쁘다."

도하는 솔처럼 시트에 얼굴을 기댄 채 그녀의 얼굴을 가만히 내려다보았다. 어서 빨리 말하고 싶었다.

나는 너를 이렇게 좋아하는데, 너는 나를 좋아하냐고.

상황이 정리될 때까지 기다려야 한다는 걸 알면서도 마음은 하루가 다르게 재처럼 타들어 갔다. 조급하고, 초조했다. 이렇게 예쁜 여자를 그사이 누가 채 가 버리면 어쩌나. 지태가 솔을 진짜 좋아하게 되기라도 하면 어쩌나.

그런 생각을 하는 동안, 꾹 말아 쥐고 있던 손이 더는 못 버티겠다는 듯 뻗어 나갔다.

도하의 엄지손가락이 솔의 입술에 달라붙은 잔머리에 닿았다. 조심스럽게, 부드럽게, 아주 살며시 거둬 냈는데, 염치없는 엄지손가락은 이후에도 떨어질 줄 몰랐다. 너무 연해서 금방이라도 찢어질 것만 같은 살결에 짜릿한 감각이 들었다. 감각은 열기로 변해 온몸으로 퍼졌다. 순식간이었다.

도하는 야문 자두처럼 탐스럽고 촉촉한 입술에서 손도 시선도 떼지 못하고 멈춘 시간 속의 사람처럼 얼어붙은 채 생각했다.

내가 널, 참을 수 있을까. 내가 널, 얼마나 참을 수 있을까.

그때였다.

"……쓰여요."

굳게 닫혀 있던 솔의 입술이 열렸다.

"쓰지 말래도 자꾸, 신경이 쓰여요."

기다랗고 풍성한 속눈썹이 느릿하게 올라갔다.

"강도하 씨가."

눈이 마주쳤다. 시트에 얼굴을 기댄 두 남녀의 비스듬한 시선이 서로에게 닿았다.

"……."

도하는 아무 말도 할 수가 없었다. 온몸의 피가 죄다 심장으로 쏠린 것처럼. 가슴이 터져 버릴 것 같아서. 그렇게 한참이었다.

도하는 솔의 입술에서 손을 떼지 않았고, 한 쪽씩 나눠 낀 이어폰에서는 영화의 마지막을 장식하는 내레이션이 흘러나왔다.

　— 서늘한 그늘 아래 얼음처럼 천천히도 녹았다.

　꼿꼿이 닿은 시선 아래, 도하의 엄지손가락이 솔의 입술을 쓸었다.

　— 너의 곁에서 나는 그랬다.

　솔은 시선을 피하지 않았다.

　— 발가벗은 줄도 모르고 흘러 다녔고

　— 사라진 줄도 모르고 떠다녔다.

　제 입술에 닿은 뜨거운 손도 피하지 않았다.

　— 그래서 나는 너였다.

　새카만 밤하늘을 닮은 도하의 눈동자가 천천히 움직였다.

　— 나도 모르는 내 모습을 보여 줄 수 있는

　입술.

　— 너의 옆에서 나는 기필코

　그리고 눈.

　— 좋은 사람이 되겠다고

　그리고 입술.

　— 참, 천천히도 녹았다.

　네 입술. 야문 자두 같은 그 입술.

　도하는 결국 그 입술을 참지 못했다.

○ ◎ ●

　불시였다. 도하의 열기 가득 찬 입술이 솔의 촉촉한 입술을 집어삼키듯 물어 버린 건. 읍, 얕은 신음과 함께 벌어진 입술 새로 뜨겁고 말랑한 감촉이 밀려들었다. 부드러운 듯 거센 움직임이었다.

어느덧 솔의 양 볼을 감싸 쥔 도하는 거침없이 밀려들어 왔다. 마치 오랜 시간 참아 온 열망을 한꺼번에 터뜨리듯. 지금 이 순간은 아무것도 보이지 않는 듯. 여태 본 적 없는 도하의 거칠고 격렬한 모습에 솔은 숨이 막힐 지경이었다. 심장이 미친 듯이 뛰었다.

너무 부드러워. 너무 뜨거워.

정신이 아찔해질 정도로 야릇한 촉감에 온몸이 바르르 떨려 왔다.

"하아."

결국 숨이 막힌 솔이 도하의 어깨를 잡고 살짝 밀어 내며 입술을 떼었다. 도하의 높은 코는 여전히 제 코에 닿아 있었고, 옅은 적색의 입술은 타액으로 젖어 번들거렸다. 그 입술이 반짝, 빛났다. 강물에 비친 도시의 불빛처럼. 문득 이 상황이 지독히도 현실감 없게 느껴졌다.

그래서 더, 놓칠 수가 없었다.

반짝이는 도하의 입술을 물끄러미 바라보던 솔은 제 얼굴을 감싸 쥔 도하의 손이 멈칫 미끄러질 때쯤, 힘주어 손을 뻗었다. 솔의 가녀린 팔이 도하의 목을 둘러 감았다. 그리고 촉. 놀란 듯 살짝 벌어져 있던 도하의 입술에 닿았다.

지금 이게 무슨 상황인지, 우리는 앞으로 어떻게 되는 건지, 그런 건 생각할 겨를이 없었다. 새하얗게 질린 머리와 마음에는 오롯이 단 하나의 감정만 남았다.

닿고 싶다, 더.

"읍."

그때부턴 걷잡을 수 없었다. 도하는 솔의 팔을 제 목에 더욱 바싹 감아 붙이곤 정신없이 밀어붙여 왔다. 그녀의 키스가 그나마 남아 있던 그의 이성을 모조리 날려 버린 것 같았다.

솔의 입술을 잘근 깨물어 더욱 벌리게 한 도하는 타들어 갈 듯 뜨거운 혀로 솔의 입안 곳곳을 헤집기 시작했다. 고른 치열부터 입천장과 아래까지 살살이 핥더니 이내 강한 흡입력으로 솔의 혀를 빨아들였다. 동시에 갈 곳 잃은 손으로는 한 줌에 들어올 듯 얇은 솔의 허리를 휘어 감았다. 어느덧 솔의 시트로 완전히 넘어온 도하의 상체가 그녀를 내리눌렀다.

솔은 달뜬 신음과 함께 그의 목을 감싸 안았다. 빈틈이 없을 정도로 꽈악, 온 마음을 다해 안았다. 그러자 단단한 그의 가슴이 말랑한 그녀의 가슴 위로 고스란히 느껴졌다. 쿵쿵쿵쿵. 금방이라도 터질 것처럼 빠르게 뛰는 심장 소리도.

도하가 젖은 입술로 거침없이 솔의 혀를 빨아들이면서 손으론 느리고 강하게 허리를 매만졌다. 혀끝을 맴도는 난잡하고 야릇한 소리. 가슴과 골반 사이를 천천히, 아찔하게 오가는 절박하고도 진득한 촉감. 미칠 것 같았다. 다리 사이로 뭔가가 울컥 쏟아지며 미끄럽고 간지러운 느낌이 아랫배를 온통 휘어 감았다.

흐웃, 끝내 참았던 신음이 입 밖으로 샐 것만 같았던 바로 그때, 영화의 엔딩 음악이 끝나고 귓가에 완전한 적막이 내려앉았다.

도하는 그제야 하, 깊은 신음과 함께 꽉 부여잡고 있던 솔의 숨을 놓아주었다.

누구의 것인지도 알 수 없는 거친 호흡이 뒤섞이며 정적을 갈랐다.

"……하아."

솔은 천천히 시선을 들어 도하를 마주 보았다. 땀과 타액에 젖어 풀어진 모습이 퇴폐적이면서 자극적이었다. 더없이 관능적인 남자의 모습에 심장이 남은 여진을 토해 내듯 찌르르 떨렸다. 동시에 그의 넓은 가슴도 오르락내리락하는 게 보였다.

다행이었다. 지금 진정하지 못하는 건 나뿐만이 아니구나 싶어서.

뒤늦게 홍조가 오른 솔은 도하의 목을 휘어 감았던 팔을 풀어 내리며 고개를 숙였다. 그러나 고개는 떨어지기 무섭게 다시 들렸다. 도하가 솔의 턱을 부드럽게 잡아 올리며 시선을 맞춰 왔다.

"⋯⋯무슨 생각 해?"

나직한 목소리가 그렇게 물었다. 다시 눈을 맞추자 눈에 띄게 떨리는 검은색 눈동자가 보였다. 마치 첫사랑을 앞에 둔 소년처럼 설렘과 불안을 담고 진동하는 눈동자. 감정을 투명하게 드러내는, 숨김없이 청량한 눈동자. 그때도 봤던 눈동자였다.

4년 전, 시네하우스에서 도하를 처음 봤을 때.

오래 만났던 남자 친구를 허망하게 보내고 수그렸던 고개를 들었는데, 눈앞에 티슈 몇 장과 그가 있었다. 당장은 너무 수치스럽고 화가 나서 저벅저벅 걸어가 티슈를 돌려주며 웃지 말라 말했지만, 억울하게 저를 올려다보는 도하의 눈을 보고 금방 깨달았다.

'아니구나.'

더불어 생각했었다. 참 투명하다고. 저렇게 마음이 다 보이는 눈으로 사랑을 말한다면, 그런 사랑을 받는다면 어떤 기분일까, 하고. 그런데.

그런데 나는 지금, 어떤 기분인가?

"교수님은요?"

"응?"

"지금 무슨 생각, 하시는데요?"

"⋯⋯."

도하는 아무 말도 하지 않았다. 그저 흔들리는 시선으로 솔을 빤히 바라만 보았다. 정적은 길지 않았다. 하지만 5초도 되지 않는 그 짧은 사이에 불현듯 엄청난 강도의 현기증이 밀려왔다.

"⋯⋯아."

솔은 알 수 없었다. 설렘과 불안이 분명하게 드러났던 그의 눈을 보고도, 온몸이 전율할 정도로 뜨거운 키스를 받고도, 투명한 사람의 사랑을 받는 게 어떤 기분인지, 아니 애초에 사랑을 받긴 했는지, 조금도 알 수가 없었다.

"솔아."

솔은 제 턱에 닿아 있는 도하의 손을 잡아 내리며 어지러운 눈을 감았다.

'나라면 그냥 죽는다.'

'왜 사냐?'

'그냥 꺼져.'

'여기 너 좋아하는 사람 아무도 없어.'

문득 아주 먼 어딘가에서 싸늘한 목소리들이 들려왔다. 잦은 악몽 속에서 그녀를 둘러쌌던 검은 가면의 사람들이 빠르게 몰려오며 말하는 것 같았다.

네 주제에 지금 무슨 생각을 한 거냐고. 사랑일 리가, 있냐고.

파리하게 질린 솔의 입에서 짧은 조소가 흘렀다.

그래, 그럴 리가 없는데, 항상 그럴 리 없다고 생각해 왔었는데, 자꾸 잊어버린다. 강도하를 다시 만난 이후로는. 자꾸만 나는 유별나지 않다는 착각에 빠졌고, 그는 나를 좋아할지도 모른다는 헛된 희망을 품었다.

또한, 그런 착각에 빠져 있는 지금이 아니면 다시는 영원히 사람의 마음을 믿지도 받지도 못할까 봐 요 며칠 유독 조급하게 밀어붙였다. 솔은 그런 자신이 한심하고 바보같이 느껴졌다.

"솔아."

초조함에 바싹 마른 목소리가 다시금 솔을 불렀다. 애써 잡아 내렸던 그의 손이 이번엔 솔의 어깨를 잡았다. 하지만 솔은 이번에도 도하의 손을 떨치며 말했다.

"걱정 마세요."

천천히 들어 올린 제 시선이 얼마나 차게 식어 있었는지도 모르고.

"전, 아무 생각 안 하니까."

"……뭐?"

"영화 더 보실 거예요?"

"……."

"다 끝난 것 같아서."

"이솔."

깊게 가라앉은 목소리가 한 번 더 솔을 불렀다.

"갑자기 왜 이러는지는 모르겠는데, 지금 이건, 지금 나는,"

"설명하지 않으셔도 돼요."

"……."

"저, 괜찮아요."

솔은 더 이상 말하지 않고 창밖으로 시선을 돌렸다. 그러자 머잖아 헛바람 같은 숨소리가 들렸고, 한참 만에 시동 소리가 이어졌다.

"벨트 매."

뭔가를 꾹꾹 쌓아 누른 듯 무거운 목소리가 엔진 소리 위에 얹혔다. 쿵. 다소 거친 후진으로 주차장을 빠져나간 차는 빠른 속도로 대교 위를 질주하기 시작했다.

창밖으로 아무렇게나 내던져 두었던 시야가 흐려졌다.

한심해. 솔은 자조하며 생각했다.

'너 좋아하는 사람 아무도 없어.'

하릴없었다. 무감하게 흘려보낸 세월이 너무 길었던 탓일까. 유감스럽게도 고작 5초의 침묵이 그녀에게는 너무 큰 의미가 되어 버렸다.

그는 이미 너무 큰 의미였다.

○ ◎ ●

이틀이 지난 월요일.

오전 수업밖에 없는 도하는 오후엔 KBC 방송국 카페에 와 있었다. 인근에 있는 청명일보 후배 기자와 만나기 전에 시간이 떠서 정욱의 얼굴이라도 보고 가려고 들른 것이었다.

"너 얼굴이 왜 그래? 무슨 일 있어?"

정욱은 도하를 보자마자 그렇게 물었다. 척 보기에도 느껴지는 모양이었다. 하기야 며칠째 잠도 제대로 못 자고 속은 속대로 썩어서 얼굴이 부쩍 수척해진 상태였다. 도하는 시린 눈을 누르며 다 져 버린 벚꽃처럼 의자에 늘어졌다.

"일은 무슨."

말은 그렇게 했지만 일이 없을 리 없었다.

지난 주말, 도하는 당장이라도 솔에게 달려가고 싶은 마음을 누르고 H오피스텔로 향했다. 우선 잠적한 세희부터 만나 자초지종을 듣고 사태를 해결해야 했기 때문이다. 그래야 솔의 앞에서도 당당히 따져 물을 수 있을 것 같았다.

대체 그날의 키스는 뭐였냐고. 그리고 당당히 말할 수 있을 것 같았다.

'강도하 씨는요? 지금 무슨 생각, 하시는데요?'

너를 안고 싶어. 네가 너무 좋아. 좋아서 미칠 것 같았다고.

부끄럽게도 그때는 그녀를 안고 싶다는 생각으로 가득 차 있던 바람에 말문이 막혀 버렸다. 무슨 말을 어떻게 해야 하는지 몰랐지만 어떻게든 고백하려 했을 땐 이미 타이밍이 지난 후였다.

솔은 변해 있었다. 전혀 다른 사람처럼. 마치 입술쯤이야 사랑 없이도 얼마든지 내어 줄 수 있는 사람처럼. 그렇게 솔을 보내 놓고 도하는 밤새 앓았다.

그런 도하의 마음을 알았던 걸까. 세희는 말했다.

'선배는 선배 길 찾아가. 나도 이제 내 길 찾아갈래.'

늦었지만 제 잘못을 밝히고 강기우를 고소할 것이라고.

'선배까지 세상을 속이게 해서, 거짓말쟁이로 만들어서 미안해.'

원한다면 결별설만 내고 마무리하겠다고 했지만 그렇게 되면 세희가 더 곤란해질 것을 알기에 도하는 사실대로 밝히자고, 저도 대가를 받겠다고 했다. 하지만 어쨌거나 일이 터지면 강기우 측에서 세희를 가만둘 리는 없었다.

"후우."

머리가 지끈거렸다. 저도 모르게 담배를 찾아 안주머니를 뒤적이던 도하의 손이 멈추었다. 얼마 전부터 담배를 끊은 상태였다. 매일같이 솔을 만나는데, 퀴퀴한 담배 냄새를 풍기는 게 싫어서 줄이다 보니 자연히 그렇게 됐다.

[오늘은 못 갈 것 같아요. 죄송합니다.]

하지만 오늘은 솔을 만날 수 없다. 사유도 없이 달랑, 보내온 문자 때문이었다. 간단한 이모티콘 하나 없는 그 문자를 멍하니 보던 도하가 불쑥 정욱에게 물었다.

"야, 정욱아."

"응?"

"혹시…… 내 키스가 별론가."

"그걸 내가 어떻게 아는데."

정욱이 불쾌한 표정으로 도하를 보았다.

"왜, 차세희가 별로래?"

"그런 게 아니라…… 후, 아니다. 아무것도."

"뭐야, 싱겁게."

도하는 너무 답답한 마음에 실없는 고민까지 하는 자신이 우습게 느껴졌다.

"도 피디는, 별일 없고?"

도하가 주기적으로 묻는 '별일'이란 건 소문이었다. 불행 중 다행으로 수십 년을 만나 왔으면서 그들은 아직 용케도 비밀스러운 관계를 유지하고 있었다.

"걱정 마라. 요즘 〈홈메이드〉 준비 때문에 워낙 바빠서. 이이석 셰프랑은 여전히 으르렁대긴 하는데…… 이 셰프도 양반은 못 되네."

도하는 픽 웃는 정욱의 시선을 따라 고개를 돌렸다. 지금 막 방송국에 들어선 이석이 두 여자와 함께 엘리베이터 앞으로 향하는 게 보였다. 그중 오른쪽에 서 있던 젊은 여자의 뒷모습은 왜인지 낯이 익었다. 시린 눈에 바짝 힘을 주고 미간을 좁히던 도하가 천천히 굳었다.

"뭘 그렇게 보냐?"

도하의 진득한 시선을 느낀 정욱이 가볍게 설명을 이어 붙였다.

"이 셰프 딸이래. 캐릭터가 독특해서 기대된다더라. 묘하게 어두우면서도 귀여운 데가 있어. 네가 봐도 그러냐?"

천연 갈색의 머리. 마른 체형에 수수한 옷차림. 그리고 하얀 운동화. 의심이 점점 확신으로 변해 가면서 심장이 거칠게 반응하기 시작한 순간이었다.

"이솔!"

누군가 뒤에서 큰 소리로 외쳤다. 도하가 부르고 싶던 그 이름을.

낯선 남자였다.

○ ◎ ●

"혹시 해원고 이솔 아니에요?"

다급한 걸음으로 솔에게 다가간 남자는 그렇게 물었다.

"……."

솔은 아무 말도 하지 않았다. 그저 묵묵히 남자를 바라보았다. 그 눈빛이 적이 서늘했다. 마치 이틀 전, 그때처럼.

"아는 사람이니?"

솔의 옆에 있던 중년 여자가 물었다. 영화 제작사 '공필름'의 서윤정 대표였다. 이석과 윤정이 부부지간이라는 것은 업계 종사자라면 누구나 아는 사실이었다. 도하는 기자 시사회 때문에 윤정을 몇 번 본 적이 있었다.

이럴 줄 알았으면 잘 좀 하는 거였는데.

매번 허를 찌르는 질문만 하곤 신랄한 비판을 쏟아 낸 기억이 났다.

……가장 최근 영화는 몇 점을 줬더라.

솔과 낯선 남자 때문에 신경이 바싹 곤두선 상태에서도 그런 생각들이 스쳐 지났다.

"기억 안 나세요?"

솔은 남자에게 꽂은 시선을 거두지 않고 윤정에게 물었다. 윤정은 무슨 소리냐는 듯 미간을 좁혔고, 무관심하게 엘리베이터만 기다리던 이석도 무언가 불안한 낌새를 느낀 듯 고개를 돌려 솔과 남자를 보았다.

남자는 다짜고짜 솔을 불렀던 처음과 달리 약간 어두운 표정이었다. 솔은 그런 남자를 보고 조소하듯 말을 이었다.

"하긴, 기억하실 리가 없지."

"……."

"얼굴도 제대로 안 보고 합의하셨잖아요."

합의? 그 단어 하나만으로도 둘 사이가 평범하지는 않았다는 것을 알 수 있었다.

"그럼 네가 그때 그……."

"입조심해."

윤정이 남자를 알아보려 하자 이석이 버럭, 낮은 호통을 쳤다. 뭔가, 좋지 않은 관계였음은 분명해 보이는데.

"솔아. 나랑 잠깐 얘기 좀 하자."

남자는 뻔뻔할 정도로 적극적이었다. 게다가 솔아, 라니. 도하의 짙은 눈썹이 까딱 일그러진 순간, 솔이 남자에게서 한 발 물러서며 말했다.

"나도 그러고 싶은데."

"……."

"유진아, 난 네 이름만 떠올려도 구역질이 나."

"……."

"그러니까 다시는 내가 네 이름을 부를 일 없게 해 주라. 예전처럼 흉한 꼴 보고 싶지 않으면. 응?"

부탁할게. 솔의 마지막 말과 함께 띵, 엘리베이터가 멈추었다.

남자는 그녀에게 더 다가가지 못했고, 솔은 싸늘하게 등을 돌려 엘리베이터에 올랐다. 머잖아 솔은 많은 사람들 틈에 가려 보이지 않았고, 엘리베이터 문도 빠르게 닫혔다.

남자는 한동안 그 자리에 서서 알 수 없는 표정으로 닫힌 문을 바라보았고, 도하는 그를 바라보았다. 언뜻 보기에는 훤칠하고 멀끔했지만 표정이나 분위기는 확실히 석연찮은 데가 있었다. 이솔의 어둠을 끌어내는 남자.

유진, 이라…….

등골이 차가워지는 불안감이 도하를 훑고 지났다.

○ ◎ ●

"다리, 다리 좀!"

푹푹. 대걸레를 찔러 넣는 병운의 손이 여지없이 거칠었다. 지태는 병운의 타박에도 개의치 않고 긴 다리를 반대편 의자에 올리곤 술 한 잔을 더 따라 마셨다.

"야 이 새끼야!"

참다못한 병운이 대걸레를 탁 세워 두고 호통을 쳤다.

"술을 퍼마실 거면 남의 가게에서 마시든지! 왜 꼭 여서 죽치고 청승이야? 넌 친구도 없어, 인마!"

병운이 평소보다 유독 면박을 주는 것도 어쩌면 당연했다.

지태는 지난 주말부터 밥도 제대로 먹지 않고 내리 술만 마시고 있었다. 그것도 제 부모가 버젓이 지켜보고 있는 가게에서.

"친구 누나한테 차였는데 어떻게 친구를 만나요, 아저씨."

눈이 반쯤은 감긴 지태가 괴었던 턱을 푸욱 숙이며 혀 꼬부라진 소리를 냈다.

"저는 친구가 걔 말곤 별로 없거든요. 남자한테 인기가 없어서. 왜 줄 아세요?"

"……."

"여자한테 인기가 많아서. 푸하하하."

"저 호로새끼를 진짜."

"그냥 둬요. 실연당했다잖아."

엄마 정혜가 작은 목소리로 타일렀다. 정혜 말이라면 꼼짝도 못 하는 병운은 이번에도 못 이기는 척 한숨을 쉬며 옆 테이블로 옮겨 갔다.

"근데요, 아저씨."

그러나 지태는 병운의 뒤통수에 대고 끈덕지게 주정을 이어 갔다.

"그 누나만 저를 안 좋아해요."

"후우."

"세상 모든 여자가 나를 좋아한대도 그 여자는 안 좋아할걸요."

아들놈의 진상에 한숨을 푹푹 내쉬는 병운과 달리 정혜는 안쓰러운 표정으로 지태를 바라보았다. 그래도 생전 처음 부모 앞에 데려올 만큼 좋아했던 사람에게 실연을 당했는데 밖에서 사고 치며 돌아다니지 않고 제 눈앞에서 청승을 떠는 게 오히려 다행이다 싶었다.

'근데 그 친구가 누나였나?'

정혜는 자연히 그날 봤던 여자아이를 떠올렸다. 병운에겐 비밀로 해 달라면서 정혜에겐 제 여자 친구라고 당당히 소개했던 아이. 처음 인사한 날 준비해 준 음식을 다 못 먹고 간 게 마음에 걸렸다며 다른 날 점심에 다시 와서 뚝배기며 반찬이며 싹싹 비우고 갔던 섬세하고 속 깊은 아이.

솔, 이라고 했었는데.

어쩐지 마음 씀씀이가 넓고 어른스러워 보이긴 했지만 얼굴은 참 앳되고 수수해서 지태보다 몇 살은 더 어린 줄 알았는데 의외였다. 동시에 왠지 지태가 철없게 굴다 차였을 것만 같아 아쉬운 마음이 들었다.

쩝, 입맛을 다신 정혜는 아쉬움을 떨치듯 마지막 테이블을 힘주어 닦으며 말했다.

"아들, 이제 그만 먹고 정리해. 당신도 TV 좀 끄고."

그때였다. 쿵. 의자가 벽에 부딪치는 커다란 마찰 소리가 들렸다. 돌아보니 벌떡 일어선 지태가 한곳만 바라보고 있었다. 리모컨을 들고 있던 병운도 마찬가지였다. 미처 끄지 못한 TV에 두 남자의 시선이 꽂혀 있었다.

뭐길래 저래?

별생각 없이 고개를 돌린 정혜도 머잖아 동그란 눈을 크게 뜨고 뉴스에 집중했다. 지태의 별로 없다는 그 친구 중 하나인 세준과 관련된 일이었기 때문이다.

— 그동안 강기우 태진전기 부회장과 갖은 의혹에 휩싸였던 *KBC* 간판 앵커 차세희 기자가 오늘 오후 자신의 *SNS*에 장문의 글과 함께 충격적인 녹취 파일을 공개하여 논란이 되고 있습니다.

지태는 어느덧 취기가 싹 가신 듯 날카로운 눈매로 휴대폰을 확인했다. 뉴스에서는 기자의 무거운 목소리가 연이어 흘러나왔다.

— 차세희 기자는 강기우 태진전기 부회장과의 스폰설에 대해 사실을 인정하며 늦었지만 부당하게 얻은 자리를 내려놓기 위해 퇴사하였음을 밝혔습니다. 또한, 그간의 의혹처럼 강 부회장과의 관계를 숨기기 위해 강도하 평론가에게 사정하여 열애 발표를 하였던 것이며 대중을 기만한 것에 대해서 어떠한 벌도 달게 받겠다고 사죄의 뜻을 표했습니다.

하이고, 정혜가 젖은 행주를 양손으로 말아 쥐며 작은 한숨을 내쉬었다.

— 문제는 이어진 폭로에 있었습니다. 차 기자는 강 부회장과의 관계를 사실대로 밝힐 수 없었던 이유에 대해 '용기가 필요했다.' 말하며 2년 전 그날 자신의 과오가 불법적으로 촬영되었고 강 부회장이 이를 빌미로 수차례 협박과 폭행을 가했다고 고백했습니다. 공개된 녹취 파일에서도 강 부회장이 자신의 잘못을 시인하는 한편 차 기자를 협박하는 내용이 담겨 있어 충격을 주고 있습니다.

기자의 목소리가 거기까지 이어졌을 때였다. 지태는 죄송해요, 한마디만 남기고 가게를 뛰쳐나갔다. 걱정스러운 표정으로 지태를 좇던 정혜의 시선이 그가 있었던 테이블로 옮겨 갔다. 감자탕은 거의 손도 대지 않은 채 깨끗하게 비워진 소주 세 병만 어지러이 널려 있었다.

○ ◎ ●

"고맙네. 덕분에 오랜만에 관심도 받아 보고."

강기우가 휴대폰을 테이블이 깨질 정도로 세게 내던지며 고고한 미소로 마주 앉았다. 휴대폰 화면에는 댓글이 5만 개가 넘는 기사가 떠 있었다.

「강기우 태진전기 부회장, "불법 촬영 동영상 없어" 전면 부인」

예상치 못한 일은 아니었다. 애초에 녹취 파일에는 협박과 폭행을 인정하는 내용은 있어도 불법 동영상에 대한 이야기는 없었기 때문이다.

강기우는 이를 근거로 세희가 면죄받기 위해 자신을 모함하는 것이라고 반박했다. 자신은 세희와 진짜 연인 관계였으나 스폰설이 난 후 세희가 갑자기 자신과의 관계를 협박과 강요에 의한 관계로 정의하며 일방적인 이별 통보를 하여 감정적으로 대응하던 과정에서 녹취 파일이 생성된 것이라고 해명한 것이다.

'내가 너를 협박하고 때리고, 노예처럼 끌고 다닌 시간이 장장 2년이라쳐.'

가장 논란이 된 그 부분도 세희의 주장을 인용한, 단순한 가정이었다고.

하지만 그의 주장은 법정에서나 효용이 있을지언정 대중들을 속이진 못했다. 많은 대중들이 그의 말을 믿기는커녕 작위적인 변명에 반감을 표한 것이다. 그렇다고 세희가 부정한 방법으로 앵커 자리를 얻고 대중을 기만했던 일이 정당화되는 건 아니었지만, 솔직하게 다 털어 내고 나니 앓던 이를 뺀 것처럼 마음만은 후련했다.

설령 강기우와의 소송에서 패할지라도, 이제 숨은 쉴 수 있을 것 같아서.

"어떻게 하면 그런 생각을 할 수 있지?"

강기우는 정말 궁금하다는 표정으로 세희를 바라보며 탁, 라이터를 켰다.

"네가 나를 이길 수 있을 거라는."

불이 붙은 담배가 빠르게 수축되어 갔다. 세희는 제 얼굴 앞으로 퍼져 오르는 담배 연기를 묵묵히 직시했다.

"왜, 지금도 녹음하고 있어?"

"……."

"그래. 하고 싶으면 마음껏 해. 어차피 자유를 누리는 것도 지금이 마지막이니까."

"……역겨워."

세희는 고저 없는 목소리로 말했다.

"너 같은 인간을 제일 혐오하면서 하필이면 너 같은 인간한테 나를 버렸던 내가 너무 역겹다고."

"……."

"강기우. 주제 파악 똑바로 해."

"……."

"너는 내 쓰레기통이었어."

치익. 타들어 가던 담배가 찻잔 안에 짓이겨졌다. 세희가 좋아하는 페퍼민트차가 담겨 있던 잔이었다. 표정 변화 하나 없이 웃으면서 세희를 지켜보던 강기우는 이내 어깨가 결리는 듯 천천히 목을 돌리며 자리에서 일어섰다.

"네가 쓰레기라는 건 인정하나 보네."

그의 거무죽죽한 손이 휴대폰을 집어 들었다.

"그럼 얼른 다시 버려야지. 너무 오래 두니까 악취 나잖아. 그치?"

강기우가 버튼을 누르고 휴대폰을 귀에 댄 순간, 세희가 자리에서 일어섰다. 보지 않아도 뻔했다. 밖에 세워 둔 수족을 불러들여 세희를 강제로 끌고 가려는 것이었다.

"어, 대기해."

짧게 통화를 마친 강기우는 웃으며 세희를 보았다.

"뭐 해, 차세희. 문 열어 줘야지."

강기우는 늘 이런 식이었다. 무엇이든 당연하다는 듯 굴었다. 너는 당연히 이렇게 해야 하고, 또 하지 말아야 한다. 너는 당연히 내 말에 순종해야 한다. 그러지 않으면, 끝나고 말 것이다.

네 하찮은 인생 따윈.

강기우에게 얽매여 있던 지난 2년 동안 세희는 그렇게 학습적 무기력 상태에 처했었고 벗어나려 발버둥 칠 생각조차 못 했었다. 하지만 이제는 아니다. 세희는 손에 땀이 찰 정도로 휴대폰을 꼬옥 그러쥐며 강기우를 보았다.

"네가 열어."

"……뭐?"

"네가 열고, 당장 내 집에서 나가."

제집에서 제가 나가야 할 이유는 없었다. 차세희는 강기우의 노예가 아니라 그냥 차세희였다. 누구의 무엇도 아닌 차세희.

"내 몸에 그 더러운 손끝 하나도 대지 말고 당장 꺼지라고!"

쨍그랑! 순간이었다. 테이블에 있던 찻잔이 벽에 부딪쳐 빛처럼 부서져 내렸다.

"목소리 안 낮춰?"

높은 마찰 소리와 상반되는 낮은 음성이 살벌했다. 세희는 자신의 볼을 간신히 스치고 지나간 찻잔에 소름이 끼쳤지만 두려운 마음을 애써 감추며 당당히 강기우를 바라보았다.

"어디 앞이라고 감히."

저벅저벅. 강기우가 큰 보폭으로 테이블을 빙 돌아 세희에게 다가왔다. 그가 한 걸음 한 걸음 걸을 때마다 문밖에서 쾅쾅거리는 소리가 났다. 수상한 낌새를 느낀 그의 수족이 문을 부수고라도 들어오려는 모양이었다. 어느덧 강기우는 세희의 코앞에 멈춰 섰고, 세희는 물러서지 않았다.

시커먼 어둠 같은 그의 손이 부르르 떨리는 게 보였다. 손을 높이 치켜올리기 직전에 보이는 증상이었다.

"문 열어."

강기우는 말했다.

"마지막이야. 얼른 가서 문 열어."

"나도 마지막이야. 진단서 가지고 기자 회견 하는 꼴 보고 싶지 않으면……."

말이 끝나기 무섭게 커다란 음영이 화악, 세희를 덮쳤다. 그가 어느 때보다 높이 들어 올린 손바닥을 그대로 세희를 향해 내려치려던 순간.

쾅! 빠른 기계음과 함께 열린 문이 도로 거칠게 닫혔다.

띠띠띠띠— 하지만 제대로 닫히지 않은 문에서 시끄러운 경고음이 났고 그보다 더 커다란 발소리가 세희의 쪽으로 다가왔다.

"신……."

퍼억! 고작 세 글자를 다 꺼내기도 전이었다. 복부를 정확히 걷어차인 강기우가 세희 앞에 쓰러졌고.

"쓰레기 같은 새끼가."

불시에 침입한 남자는 순식간에 강기우 위에 올라타 주먹을 치켜들었다.

"어디 앞이라고 감히."

분노에 가득 찬 목소리와 함께.

"신지태!"

○ ◎ ●

세희의 부름에 지태의 주먹이 멈칫, 허공에서 정지했다.

"일어나. 네가 나설 일 아니야."

"지금 그런 말이 나와? 이 개자식이 감히 널, 너를……!"

276

말을 다 잇지도 못하고 흥분에 찬 주먹만 바르르 떠는 지태의 모습은 선득하면서도 서글펐다. 그런 지태를 훑어 내린 강기우의 입에서 피식, 비릿한 웃음이 흘렀다.

"하아, 차세희…… 수준하고는."

"미친 새끼가."

지태가 다시 살기 어린 눈빛으로 주먹을 치켜들었지만 강기우는 아랑곳도 않고 물었다.

"이 새끼였어?"

"그만해."

세희가 서둘러 막았지만.

"네가 잘 때마다 찾던 새끼 말이야."

결국, 올 게 오고야 말았다.

"신……지태라고 했었나."

거세게 흔들리던 지태의 고동색 눈동자가 멈췄다.

"하도 절절하게 찾아 대길래 얼마나 대단한 놈인가 했더니 젖비린내 나는 애송이일 줄이야. 하아, 나까지 수준 떨어지는 것 같아 역겹다, 야."

비웃는 강기우의 목소리는 하나도 들리지 않는 것 같았다. 순식간에 혈기를 잃은 지태의 눈동자는 망연히 허공만 바라보고 있었다.

지난 시간이 주마등처럼 스쳐 지났다.

처음엔 세희도 몰랐다. 그러나 시간이 지나면서 자연히 깨달았다. 영상을 빌미로 세희를 가지려는 강기우의 욕망이 점점 거세질수록 고통은 심해졌고 지쳐 잠든 몸은 본능적인 생존 욕구처럼 지태를 찾았다는 걸. 신지태는 차세희의 구원자이자 무의식이었다.

"부회장님!"

그때였다. 검은 슈트의 남자가 반쯤 열려 있던 문을 거칠게 젖히며 뛰어 들어오더니 곧장 지태의 멱살을 낚아채 옆으로 내던지듯 밀쳤다. 온몸에 힘이 빠져 있던 지태는 손쉽게 밀렸고, 그제야 잃었던 초점을 간신히 찾으며 남자를 돌아보았다.

"괜찮으십니까?"

남자가 강기우를 일으키며 걱정스럽게 물었다. 강기우는 몸 곳곳을 탈탈 털어 내며 짜증스럽게 말했다.

"애송이 하나 처리 못 해서 이 지경을 만들어?"

"죄송합니다."

"이번엔 제대로 처리하고 저년이나 데리고 나와."

불쾌한 표정으로 나가려는 강기우에게 지태가 씨발, 짧은 욕설을 내뱉으며 한 발 다가간 순간이었다.

"저, 부회장님."

남자가 난감한 기색으로 강기우에게 따라붙더니 낮은 목소리로 말했다.

"지금 빨리 본가로 가 보셔야 할 것 같습니다."

불길한 예감을 느낀 듯 강기우의 두툼한 눈썹이 일그러졌다.

"청명일보에서 일을 친 것 같습니다."

"뭐?"

"지금 M사에서 작정하고 청명일보 기사들을 띄우고 있는데, 그게……."

M사라면 한국에서 가장 영향력이 있는 포털 사이트 중 하나였다.

"별장 얘깁니다."

망설이던 남자의 말이 끝나기 무섭게 우당탕탕 요란한 소음이 고막을 짓쳐들어왔다. 강기우가 거친 욕설을 쏟아 내며 닥치는 대로 집어 던진 것이다.

……설마, 정말 그게 터진 걸까?

별장은 강기우의 섹스 아지트라 불리는 곳으로, 그의 문란한 성생활의 근거지이자 성매매 알선지였다. 태진그룹과 손을 잡고 있는 야당 의원들부터 협력 업체 수뇌부, 검찰청 인사들까지, 강기우는 전부 제 비밀 별장에 불러 브로커가 데려온 여성들로 접대하곤 했다.

세희는 1년 전쯤, 강기우가 별장에서의 일은 다 기록되어 있다며 누군가를 협박하는 통화 내용을 엿들은 적이 있었다.

'벌레만도 못한 새끼.'

그때 세희는 확신했었다. 별장에서 촬영된 영상은 결코 그것 하나만이 아닐 거라고. 어쩌면 그곳은 그의 추잡한 집착과 더러운 욕망들의 집합체일지도 모른다고.

"차세희. 나대는 꼴이 어디 믿는 구석이라도 있는 것 같더라니, 이거였어?"

그때, 강기우가 홱 몸을 틀더니 섬뜩한 웃음을 흘리며 말했다.

세희는 그의 말뜻을 바로 이해할 수 없었다. 이런 일이 벌어질 거라곤 예상조차 못 했으니까. 하지만 왜인지 순간 도하의 부친 민성이 떠올랐다. 민성의 회사가 청명일보, M사와 이익 관계라는 것은 세희도 아는 사실이었기 때문이다.

그렇다면, 혹시 도하가⋯⋯.

"부회장님, 지금 검찰 측에서도 계속 연락이 오고 있습니다. 일단 빨리 가셔야 할 것 같습니다."

"후우."

강기우는 온몸을 감싸는 파괴욕을 간신히 짓누르듯 깊은숨을 내쉬고는 한 번 더 세희를 바라보았다.

"그만 좀 천박하게 굴어, 차세희."

"저런 씨⋯⋯."

한 발 더 내디디려는 지태의 팔을 세희가 붙잡았다.

"법정에서 봐요. 도망치지 말고."

세희는 여유로운 미소로 말했다. 강기우는 마지막으로 선반 위에 있던 유리잔까지 깨부순 뒤에야 오피스텔을 나갔고, 띠리리— 문이 닫히는 소리와 함께 세희는 무너지듯 주저앉았다.

"차세희!"

다리에 힘이 풀린 것을 시작으로 온몸에서 힘이 빠져나갔다. 기대고 싶었다.

"괜찮아?"

좀 전의 살기는 어디 가고 세상 가장 다정한 눈빛으로 물어 오는 남자에게.

"왜 안 물어봐?"

세희는 다 체념한 표정으로 지태를 올려다보았다. 그러자 지태가 시선을 맞추듯 상체를 낮추어 세희의 앞에 앉았다. 마치 어린아이 대하듯.

"잘 때마다 왜 네 이름 불렀냐고, 물어보고 싶잖아."

"물어보면, 넌 또 아니라고 할 거잖아."

"……."

"그 말 듣기 싫어서라도 난 안 물어봐. 그냥 계속 간직하고 혼자 좋아할 거야."

혼자 좋아할 거야.

그 말에 참았던 눈물이 덜컥 올라왔다. 지태의 그 모습이 세희 자신을 되돌아보게 했다. 지태에게 자신과의 관계가 전부 장난이고 내기였냐고 물었다가 그렇다고 할까 봐, 그 말을 듣는 게 두려워 침묵했던 자신을. 세희는 그때의 저와 너무도 똑 닮은 지태의 대답을 들은 순간 비로소 알 것 같았다.

그때의 자신이 얼마나 어리석었는지. 그리고 지태는 얼마나 진심이었는지.

어떻게 된 사정인지는 모르겠지만 5년 전 그날, 박기천이라는 사람이 보낸 문자는 분명히 오해였을 거라는 것까지.

"나, 좋아한 적 없어."

그래서 늦었지만 처음으로 용기를 낼 수 있었다.

"도하 선배."

"……."

"5년 전 그때도 아무 사이 아니었어."

오늘, 감당하기 힘든 마음들이 한꺼번에 쏟아져서일까. 지태는 언뜻 화가 난 사람처럼 차갑게 굳어 가고 있었다.

"그럼, 왜 그랬어?"

괜한 말을 한 걸까 후회가 들기 시작했을 무렵, 지태가 물었다. 여전히 서늘한 표정과 차분한 목소리로.

"네가 날 안 좋아하는 줄 알았어."

세희는 최대한 담담하게 말했다. 이 말의 무게가 너무 커서 영원히 하지 못할 줄 알았는데 막상 꺼내 놓으니 허무할 정도로 금세 사라져 버린다.

"……뭐?"

표정 없던 지태의 얼굴에 약간의 그늘이 생겼다.

"너는 장난이었다고 생각했으니까."

"그게 대체 무슨, 말도 안 되는 소리야?"

흥분에 찬 목소리가 높이 올라갔다가 천천히 가라앉았다. 최대한 인내하려는 지태의 노력이 느껴졌다.

"그럼, 아니야?"

"뭐가?"

"나한테 장난이었던 적 없어? 단 한 번도?"

"너 지금 이게 말이 되는 질문이라고 생각하는 거야?"

"나를 두고 내기 같은 걸 한 적은?"

"차세희!"

"대답해."

"하아."

지태는 도무지 이해할 수 없다는 듯 황당한 표정으로 한숨을 내쉬곤 세희의 눈을 똑바로 마주 보았다.

"없어. 단 한 번도."

웃어야 하는데. 분명히 행복해야 하는데. 무엇 때문인지 참았던 눈물이 결국 기어 나와 볼을 타고 떨어져 내렸다. 순간 지태의 고동색 눈동자가 짧게 흔들렸고, 머잖아 이러지도 저러지도 못하고 허공을 배회하는 손이 보였다.

그래, 신지태는 이런 남자였다.

항상 차세희가 고귀한 조각상이라도 되는 양 손 하나 까딱하는 것도 어려워했다. 서로의 몸을 탐하는 순간에는 전혀 다른 사람처럼 격정적으로 달려들면서도 조금이라도 아플까 봐 늘 신경을 곤두세웠고 관계가 끝난 후엔 항상 욕실로 안고 데려가 어린 소녀가 인형을 대하듯 조심스럽게, 소중하게 씻겨 주었다.

사람을 아낀다는 게 어떤 건지, 매 순간 온몸으로 알려 준 사람. 그게 신지태였다.

"그냥 만져."

"······어, 어?"

"이 정도 했으면 그냥 좀 만지라고, 멍청아!"

세희의 벼락같은 호통에 지태가 흠칫하더니 이윽고 피식 웃으며 허공에 떠 있던 제 손을 세희의 볼에 가져다 대었다. 아직 마르지 않은 눈물 자국에 지태의 엄지손가락이 닿았다. 그 손가락이 얼마나 떨리던지, 세희의 심장도 저릿하게 달아올랐다.

처음엔 그저 눈물을 닦아 주지 못해 망설이던 그의 손이 안타까워 한 말인데, 막상 뜨거운 온기가 닿고 나니 욕심이 생겼다.

조금 더 다가와 줬으면, 지친 몸을 네가 좀 안아 줬으면.

"세희야."

어느덧 눈물 자국을 다 거둬 낸 지태가 세희를 부드럽게 끌어당겨 일으켜 세웠다. 그러곤 세희의 볼을 조심히 어루만지며 말했다.

"차세희."

"응."

다른 한쪽 뺨에도 연이어 따뜻한 온기가 내려앉았다.

"고생했어. 오늘."

"……."

"그리고…… 잘했어."

기껏 닦아 놓은 눈물 자국이 다시 젖어 들길 바라기라도 하는 건지, 지태는 세희의 눈물샘을 끝도 없이 자극해 댔다.

"미안해. 너 힘들 때 옆에 없었던 거."

"……."

"어떻게 된 건진 모르겠지만, 너 오해하게 만든 것도."

"……."

"내가 다 잘못했어."

결국 세희는 무거운 눈꺼풀을 꾹 내리 닫았다. 감은 눈 밑으로 뜨거운 마음들이 줄줄이 흘러내렸다.

"이제 혼자 무서워하지 마."

촉. 따뜻한 온기가 왼뺨에 닿았다. 눈물을 머금는 소리가 슬프고도 달 았다.

"내가 있을게."

촉. 다음엔 오른뺨에 닿았고.

"내가 너, 열심히 좋아할게."

촉. 다음엔 입술에 닿았다.

"지금까지처럼."

지태는 묻지 않았다. 그때 나는 네게 진심이었는데 너는 어땠냐고. 지금 나는 네게 진심인데 너는 어떠냐고. 아무것도 묻지 않고 그저 말해 주었다. 나는 단 한 순간도 빠짐없이 너를 열심히 좋아했고 앞으로도 그럴 거라고.

"신지태."

느리게 들어 올린 눈꺼풀 아래 세희의 눈망울이 촉촉하게 빛났다.

"나는 오늘도 잠이 들면 너를 찾을 거야."

마주 보는 지태의 눈망울도 어느새 똑같이 젖어 있었다.

"그때 내 옆에 있어 주라."

희미하게 웃는 세희의 입술에 지태의 시선이 닿았다. 어슷하고 지긋한 시선에 심장이 조여 오길 잠시, 지태의 붉은 입술이 화악, 삼키듯 세희의 입술을 물었다. 지태의 매끈한 혀가 밀려 들어오는 동시에 단단한 상체가 가슴을 압박하듯 짓눌렀다. 덕분에 후욱 밀린 세희의 등으로 차가운 벽의 촉감이 느껴졌다.

그러자 지태는 기다렸다는 듯 세희의 다리를 벌리고 그 사이에 무릎을 받치며 거침없이 밀어붙여 왔다. 5년 만에 맞이하는 그의 혀는 여전히 뜨거웠다. 세희의 혀를 뽑을 기세로 빨아들이고 이내 부드럽게 얽어매는 솜씨가 원숙했다.

그동안 지태가 얼마나 많은 여자들을 만나 왔는지 잘 아는 세희는 불현듯 화가 치밀어 지태의 가슴을 밀어 내듯 쳐 댔지만 그것은 지태에게 자극만 될 뿐이었다.

세희의 양손을 부드러운 듯 강한 힘으로 잡아 내린 지태는 단단해진 중심부를 세희의 다리 사이에 밀어붙이며 숨이 막힐 정도로 강하게 입술을 빨아들였다. 동시에 굶주린 듯 거친 숨소리를 쏟아 냈다. 지태는 흥분을 감추거나 누르는 타입이 아니었다. 오히려 순간순간 솔직하게 뱉어 내며 세희를 더욱 달뜨게 만들었다.

"여전히 달다, 차세희. 달아서 미치겠어."

지태가 타액에 젖은 입술로 세희의 하얀 귓불을 지분거리며 속삭였다.

"너무 그리웠어, 이 느낌."

낮은 음색이 지나치게 섹시했다. 그의 중심이 닿을 때부터 위험했던 다리 사이가 빠르게 젖어 들기 시작했다.

"나 지금 꿈꾸고 있는 것 같아. 그동안 매일 꿈에서 너 이렇게 안고 있었는데."

귀 밑, 목, 쇄골, 빠짐없이 키스한 지태는 어느새 세희의 브이넥 니트를 검지로 길게 잡아 내리며 그 사이에 거칠게 입술을 묻었다. 세희의 입에서도 결국 높은 신음이 샜다.

"꿈 아니지? 응? 아니라고 말해 주라."

대답할 때까지 묻겠다는 듯 집요한 목소리가 세희의 가슴께에서 들려왔다. 니트 위로 봉긋하게 솟아 있는 언덕을 강하게 움켜쥔 지태가 동시에 니트를 더 길게 늘여 아슬아슬하게 정점을 가리고는 그 안쪽을 세게 빨았다.

"응? 세희야."

"으응. 아니야. 우리, 현실이야."

"그 말 좋다."

지태는 세희의 말이 마음에 든 듯 빙긋 웃더니 갑자기 양손을 니트 아래로 집어넣어 브래지어를 쑥 밀어 올렸다. 성마른 손길에서 후크를 풀 여유도 없다는 게 느껴졌다.

"현실."

재빠르게 고개를 내린 지태는 니트 위로 솟은 정점을 그대로 입에 물었다. 좀 전보다 몇 배는 더 뜨거워진 열기에 세희가 가녀린 허리를 휘며 지태의 얼굴을 감싸 안았다. 덕분에 세희의 가슴에 완전히 파묻힌 지태는 더는 참지 못하겠다는 듯 니트를 찢을 기세로 화악 잡아 내리고 맨 가슴에 얼굴을 묻었다.

뭉근한 혀가 정점 위를 빙빙 돌더니 이내 강한 흡입력으로 빨아들였다. 부드럽게 핥고 거세게 빨아들이기를 반복하던 지태는 다른 손으로 반대쪽 가슴을 움켜쥐고 세게 돌렸다.

너무 좋아, 너무 달아, 너무 맛있어, 지태는 5년 전 그때처럼 끊임없이 표현했고 세희는 속수무책 젖어 들었다. 이를 느꼈는지 지태의 단단한 손바닥이 세희의 면바지 사이를 꾸욱 눌렀다. 두말할 것 없이 축축한 촉감에 하아, 낮은 신음을 토해 낸 지태가 곧장 세희의 등과 무릎 아래로 팔을 밀어 넣고 번쩍 들어 올렸다.

"까악!"

세희가 짧은 비명을 지르며 지태의 가슴을 쳤지만 지태는 끄떡도 없었다.

"여긴 너무 위험해. 깨진 게 한두 가지여야지. 난 널 밤새, 곳곳에서 안을 건데."

"빨리 내려! 무겁단 말이야!"

"내려 줄게."

지태는 정말 솜 베개라도 든 듯 여유작작했다.

장난스럽게 올라간 붉은 입술이 다시금 촉, 세희의 입술에 닿았다.

"침대로 가서."

이내 저벅저벅 거침없이 걸어가는 지태의 품에서 세희는 끝내 웃음을 터뜨리며 지태의 목을 꼬옥 끌어안았다. 얼마 만인지 기억도 나지 않았다.

수면제도 음악도 없었지만 한 사람이 곁에 있었던, 벅차게 안온한 밤
이었다.

○ ◎ ●

"교수님 안녕하세요!"

한 무리의 학생들이 벤치에 앉아 있던 도하에게 밝게 인사를 건네 왔
다.

"교수님 요즘 너무 피곤해 보이세요."

"너무 무리하시는 거 아니에요? 잘난 얼굴 다 상하겠어요."

"힘내세요, 교수님! 파이팅!"

도하는 들고 있던 아이스 아메리카노를 살짝 흔들어 보이며 미소로
인사를 대신했다. 흔들리는 살얼음이 오후의 햇살을 받아 더욱 반짝거
렸다.

"하아."

학생들이 지나간 후, 도하는 긴 숨을 흘리며 목을 젖혀 하늘을 바라보
았다. 구름 한 점 없이 맑은 하늘에 연녹색 나뭇잎들이 나풀나풀 흔들리
고 있었다. 화려했던 목련꽃이 지고 녹음의 냄새가 물씬 풍겨 오는 오늘
은 4월 22일, 어느덧 4월도 끝나 가는 봄의 절정이었다.

도하는 제 얼굴을 한 손으로 쓸어내리며 눈을 감았다. 척 보기에도 피
곤해 보일 만큼 퍼석하긴 하다. 그동안 세희의 최측근으로서 경찰 조사
도 받고 고소장도 함께 접수하고 소송에 대해서도 자세히 알아보는 등
근 일주일을 하루도 쉬지 못하고 내달린 탓이었다.

아니, 엄밀히 말하면 그러느라 누구를 못 봤기 때문일까.

지난 일주일, 도하는 한 번도 시네하우스에 가지 못해 〈영화와 문화〉

수업 시간에만 잠깐 솔의 얼굴을 볼 수 있었다. 웬만해선 고개를 들지 않는 솔을 혼자 훔쳐보느라 얼마나 애가 탔던지. 잘난 얼굴이 상했다면 그 덕인 게 틀림없었다.

그나마 다행인 것은 세희의 사건이 잘 마무리되고 있다는 사실이었다.

「'불법 촬영X성폭행 부인' 강기우, 이번엔 강제 성 접대 의혹」
「"불법 촬영 영상으로 협박당해" 또 다른 피해자 진술 차세희와 동일」

세희가 SNS를 통해 공식 입장을 발표한 그날 밤, 강기우의 또 다른 피해자가 등장한 것이다.

그날 오후 도하가 후배 기자를 만났을 때만 해도 별장 사건을 터뜨리는 것에 대해 내부 회의가 오가곤 있지만 아무래도 아직 어려울 것 같다는 이야길 들었었는데, 세희의 폭로를 보고 용기를 낸 별장 사건의 피해자가 먼저 청명일보에 진술을 하고 싶다고 연락해 온 것이다.

한 사채업자와 채무 관계였던 그녀는 빚을 갚을 시기가 지났다는 이유로 어떤 별장으로 끌려가 이름도 몰랐던 국회 의원에게 성폭행을 당했으며 이후 별장에서 불법 영상이 촬영되었음을 알게 되어 신고하지 못했다고 했다.

그때 분명, 별장의 주인인 강기우가 알선하였으며, 잔악하게 웃고 있었다고.

강기우 측에서는 역시나 허위 사실이라고 반박하고 나섰다. 그러나 다음 날, 그리고 또 다음 날, 같은 방식으로 별장에서 피해를 당한 여성들이 하나둘씩 더 목소리를 내기 시작하면서 별장의 강제 성 접대는 기정사실화되었고.

「강기우 태진전기 부회장에 대한 구속과 엄중한 수사를 촉구합니다.」

분노한 대중들은 국민 청원을 실시, 청원자는 며칠 새 100만 명을 넘어가면서 국민적 원성이 극에 달했다. 결국 검찰은 수사에 착수했고, 이제 남은 과정들도 부패 없이 착착 진행되기만을 바라면 되는 상황이었다.

간신히 한숨 돌린 덕분일까.

며칠 동안 잠을 제대로 자지 못했는데도 몸과 마음은 그 어느 때보다 가벼웠다.

'네 장 들었을 거다. 기자들 시선도 무시할 수 없으니, 여럿 데리고 와.'

'이번 일의 대가는 예비 며느리 얼굴 보는 걸로 만족하지.'

도하는 재킷 안주머니에서 금색 봉투를 꺼내 보았다. 아버지 민성이 주었던 영화 〈개화〉 시사회 표였다. 오는 금요일 표라 아직 시간이 며칠 남긴 했지만 그래도 오늘은 꼭 주고 싶었다.

"교수님!"

그때, 어디선가 귀에 익은 목소리가 들려왔다. 무심코 돌아본 도하가 손에 쥔 금색 봉투를 바짝 움켜쥐었다. 저도 모르게 긴장이 된 탓이었다.

"여기서 뭐 하세요?"

"오늘 〈영화와 문화〉 수업 없는데 교수님 얼굴도 보고 완전 계 탔어요!"

첫 번째는 호, 두 번째는 여진이었다. 그리고 아무 말도 없이 고개만 까딱 숙여 인사를 하는 여자는, 도하가 좀 전까지 생각하고 있던 그녀였다.

오늘도 어김없이 예쁘네.

"퇴근하기 전에 커피 한잔하고 가려다가. 수업 끝났어요?"

"오늘은 수업 아니고 중간고사요. 완전 망했어요."

여진이 우는 목소리로 말했다. 호가 피식 웃으며 그런 여진의 이마를 검지로 훅 밀었다.

"너 그 소리 좀 하지 말랬지? 다른 애들이 들으면 재수 없어 한다고. 얘랑 이솔이 저희 과탑 라이벌이거든요."

"라이벌은 무슨. 솔이가 장기 집권 한 지가 벌써 몇 년이구만. 얘가 보기보다 아주 독종이에요, 독종."

대놓고 팔꿈치를 치며 말하는데도 솔은 웃는 둥 마는 둥 입꼬리만 짧게 올렸다 내릴 뿐이었다.

"어쩌지. 나도 이번 시험 어렵게 냈는데. 공부 많이 했어요?"

도하는 피식 웃으며 아메리카노를 한 모금 빨아들였다. 질문은 여진에게 했지만 비스듬히 기울인 시선은 교묘하게 솔을 보고 있었다.

"아, 교수님. 너무해요."

"내일 시험 세 개나 있는데, 1교시부터 절망해야 한다니."

"그럼 오늘 밤새겠네."

"당연하죠."

"솔이 씨도?"

무감해 보이는 다갈색 눈동자가 처음으로 도하의 눈을 보았다. 이름을 콕 집어 말을 걸 때에야 바라봐 주는 건 여전하다.

독종. 무슨 말인지 알 것도 같다. 아름다운 독종.

솔은 머리카락도 눈동자도 모두 갈색 계열이었다. 새삼 그게 참 잘 어울린다고 생각했다. 은은하고 고아하다. 또 너의 어떤 부분이 갈색일까. 얇디얇은 솜털 하나하나까지 알고 싶다.

보고 싶다. 너의 전부.

독처럼 삽시에 퍼지는 욕망에 도하가 먼저 시선을 피했다.

"그럼 힘들 텐데 고생들 해요."

벌떡 일어선 도하가 손에 쥐고 있던 금색 봉투를 들어 보였다.

"참, 그리고 이거 〈개화〉 VIP 시사회 표인데, 혹시 볼 생각 있어요?"

"대박! 솔이 너 완전 보고 싶어 했잖아."

"그럼 같이 와요. 딱 세 장이니까 셋이 오면 되겠네. 금요일이라 시험도 끝날 테고."

도하가 여진에게 봉투를 건네며 웃었다. 순전한 우연인 것처럼 태연하게 연기를 하는 제 모습이 웃겼다.

"와, 정말요?"

"감사합니다!"

호와 여진은 신이 나서 금색 봉투를 열어 보았지만 솔은 여전히 묵묵부답이었다.

"그런데 저희 초대해 주시는 거면 교수님도 가시는 거예요?"

들뜬 표정으로 시사회 표를 보던 여진이 불쑥 물었다. 도하는 잠시 솔을 바라보았다. 어긋났던 시선이 다시 닿았다. 도하의 붉은 입꼬리가 느리게 호선을 그렸다.

"보고 싶었으니까."

이제야 말할 수 있게 됐다. 이제야. 애타게 기다린 만큼 웃어 줄 것이다.

봐야겠다. 너의 전부.

어슷하게 마주 닿은 시선 위로 청명한 녹음이 쏟아져 내렸다.

○ ◎ ●

중간고사는 무사히 끝났다.

마지막 학기인 만큼 긴장한 상태였는데 기말고사도 이대로만 마무리한다면 조기 졸업은 물론 수석 졸업도 가능할 것 같았다.

도하를 만나지 못하는 시간 동안 솔은 허한 마음을 잊기 위해 공부에만 집중했었다. 그래도 〈영화와 문화〉 시험을 준비할 때는 좀 힘들었다. 어떤 부분을 공부해도 도하가 가르쳤던 모습이 떠올랐기 때문이다. 특히 한쪽 손만 교탁 위에 대고 비스듬히 기대어 서 있던 모습. 솔이 좋아하던 모습이 자꾸 생각났다.

그때마다 궁금했었다.

'교수님은요? 지금 무슨 생각 하시는데요?'

그날, 그 입맞춤 후에.

'갑자기 왜 이러는지는 모르겠는데, 지금 이건, 지금 나는,'

당신은 무슨 말을 하려 했던 걸까.

"이솔! 빨리 와!"

멍하니 생각에 잠겨 있던 솔은 퍼뜩 고개를 들고 호와 여진의 뒤를 따랐다.

"여기 진짜 엄청 정신없다. 까딱했다간 길 잃어버리겠어."

"도대체 9관이 어디야?"

영화 〈개화〉의 VIP 시사회가 열린 영화관은 우리나라에서 가장 큰 규모로 솔도 자주 와 보지 못한 곳이었다. 국민 배우 강민성 주연에 대형 제작사와 배급사까지. 그럴 만도 하다 싶었다.

끊임없이 이어진 에스컬레이터를 타고 올라가다 보니 사람이 빽빽이 들어찬 포토 존 뒤에 '5—10관'이라 쓰인 표지판이 보였다. 솔은 드디어 찾았다며 반색하는 친구들을 따라 에스컬레이터에서 내렸다.

"야, 저긴 전쟁터다. 전쟁터."

포토 존을 지나치는데 귀가 멎을 듯한 환호성이 들렸다. 언뜻 보니 유명한 배우가 단상 위에 서서 손을 흔들고 있었다. 소문난 영화인 만큼 각계각층의 인사들이 모인 모양이었다. 아무렴, 관심 없었다. 솔은 미어캣처럼 얼굴을 쑥쑥 올려 대는 호와 여진의 등을 떠밀며 영화관이나 찾자고 걸음을 재촉했다. 그런데.

"강도하 씨! 한 번만 서 주시죠!"

우뚝, 세 사람의 걸음이 동시에 멈췄다.

"뭐야, 지금 강도하라고 하지 않았어?"

"헤엑, 우리 교수님 우주대스타 된 거야?"

"빨리 가 보자, 빨리!"

여진과 호는 목석처럼 굳어 있는 솔을 끌다시피 하며 기어이 포토 존의 사람들 틈으로 파고들어 갔다. 중간쯤 섰을까. 화려한 플래시 세례에 눈이 부셨다. 솔은 한 손으로 눈을 가리며 고개를 들어 보았다. 못 이기는 척 끌려왔으면서 셋 중에 가장 길게 목을 빼고 있었다.

햇살처럼 반짝이는 인공조명 아래 블랙 슈트를 입은 남자가 긴 다리를 뻗으며 성큼성큼 단상 위로 걸어 올랐다. 검은 배경과 검은 슈트 때문일까. 희고 작은 얼굴이 더욱 돋보였다.

"꺄악! 교수님!"

정말이었다. 정중한 자세로 이쪽저쪽을 향해 짧게 고개를 숙이며 인사하는 그는, 그녀가 좀 전까지 생각하고 있던 남자였다.

"한 말씀만 해 주시죠!"

수많은 사람들 틈에 둘러싸여 있는 그를 보니 갑자기 광활한 우주 안의 작은 지구처럼 스스로가 자그마하게 느껴진다.

아니, 별이라도 되면 다행일지 모르겠다.

그는 어디서나 반짝반짝 빛이 나는데 그녀는 오래전 파괴되어 빛을 잃은 행성처럼 무색무취했으니까. 문득 유명한 배우 못지않게 잘난 그의 이목구비가 유독 선명하게 보였다.

"죄송합니다."

그때, 도하의 입에서 첫마디가 흘렀다. 영화 시사회 현장에서 흔히 나오는 말은 아니었기에 제 귀가 의심되었다.

"진심으로 사죄드립니다."

놀란 것은 솔뿐만이 아닌 듯했다. 도하의 빼어난 미모를 촬영하기 바빴던 기자들은 웅성거리기 시작했고, 지켜보던 사람들은 요란하게 질러 대던 목소리를 낮추었다.

"이 말은 꼭 전하고 싶었습니다."

도하는 그 말을 끝으로 단상에서 내려섰다. 거침없는 걸음이 단정하고 기품 있었다. 빠르게 포토 존을 벗어나는 그에게서는 당당한 겸손까지 느껴졌다.

이번에 세희의 사건이 큰 화제가 되면서 덩달아 도하에 대한 대중의 관심도 커졌다. 다행히 그것은 기만에 대한 분노라기보다는 가십과 상관없이 세희를 도운 미남 평론가에 대한 궁금증이었다. 더욱이 오늘은 평론가가 아닌 배우 강민성의 아들로서 응원하기 위해 이 자리에 온 만큼 기자들은 화제성 차원에서 도하를 포토 존에 부른 것 같았다. 도하는 그저 거기에 응했을 뿐이라고 생각했다.

대중을 속인 만큼 대중에게 직접 얼굴을 보이고 사죄를 하기 위함이었다는 건 그가 순식간에 포토 존에서 사라져 버린 후에야 깨달았다. 그제야 참, 강도하였지 싶었다. 그리고,

무거웠구나. 많이.

불현듯 버려졌다는 생각만으로 지난 2주를 자괴하며 보낸 자신이 한심하게 느껴졌다.

빛은 끊임없이 쏟아지는데 마음은 까무룩 침잠해 갔다.

○ ◎ ●

"어? 교수님도 여기서 보세요?"

여진이 반사적으로 엉덩이를 들며 물었다. 여진의 왼쪽 빈자리에 좀

전에 포토 존에서 보았던 블랙 슈트의 남자가 저벅저벅 다가와 앉은 것이었다.

"왜요, 불편해요?"

도하는 얼핏 웃으며 물었다. 여진의 오른쪽 옆자리에 있던 솔은 언뜻 동상처럼 얼어 버렸다. 심장이 빠르게 뛰기 시작했다.

"네!"

그때 들려온 여진의 당찬 대답에 솔과 호가 동시에 고개를 돌렸다.

"교수님 옆자린 너무 불편할 것 같습니다! 솔아, 나랑 자리 좀 바꾸어 주지 않을래?"

갑자기 국어책을 읽는 듯한 여진의 정확한 발음에 솔은 당혹감을 감추지 못했다.

"응? 친구야."

여진이 대답 없는 솔의 팔꿈치를 길게 꼬집으며 웃었다.

"좀 비켜 달라고."

그래도 반응이 없자 여진은 직접 솔을 일으키더니 강제로 자리를 빼앗아 앉았다.

"죄송해요, 교수님. 제가 불편한 사람이랑 있으면 영화에 집중을 잘 못해서."

그제야 얼굴을 빼꼼 내밀고 자연스럽게 웃는 여진을 보며 도하는 짧게 웃었고 솔은 난감한 표정으로 걸터앉았다. 그의 옆자리에.

"……."

숨 막히는 침묵 속에 조명이 어둑하게 내려앉았다. 너무 오랜만이어서일까. 그의 옆에 처음 앉아 보는 것도 아닌데 새삼 긴장이 되었다. 마치 4년 전 처음, 그가 솔의 곁에 앉았을 때처럼.

"솔아."

화면이 켜지고 제작사와 배급사의 로고가 떠오르던 때였다.

"오랜만이네."

그가 낮고 작은 음성으로 말을 건네 왔다. 의자에 등을 푹 기댄 채, 시선은 스크린만 주시하며. 마치 비밀 이야기라도 하듯.

"네, 오랜만이에요."

솔과 도하 사이에는 팔걸이가 없었다. 여진이 애초에 빈자리라고 생각해 내려 두지 않았던 것이다. 도하도 솔도 구태여 내리지 않았다. 그래서일까. 도하가 더 가까이 있는 것처럼 느껴졌다. 상체를 솔의 쪽으로 비스듬히 기울인 채 의자에 머리를 대고 있는 도하의 숨결이 솔의 귓가에 고스란히 내려앉았다.

돌연 차 안에서 나눴던 그와의 격정적인 키스가 스쳐 지났다. 타는 듯한 호흡. 부드러운 촉감. 끈적하던 타액. 심장이 터질 것 같았던 온도까지. 그런데.

"……!"

그 온도가 다시 내려앉았다.

그의 커다란 손이 솔의 작은 손을 조용히 잡아 올리더니 그대로 제 입술에 가져다 댄 것이다. 섬뜩할 정도로 부드럽고 촉촉한 입술. 말캉한 혀의 감촉이 솔의 손등을 핥듯이 뜨겁게 스쳐 지났다. 온몸의 혈액이 심장으로 쏠린 것처럼 또, 터져 버릴 것 같다.

"무슨 생각 해?"

그가 물었다. 어느새 잡아 내린 손을 제 가늘고 하얀 손가락 사이, 사이에 느리게 끼워 오며.

"솔아."

이제는 대놓고 솔의 귓가에 붉은 입술을 갖다 대고 지분거리듯 속삭이며.

"나는 널 생각해."

스크린 위로 밝은 화면이 불길처럼 떠올랐다. 강민성을 비롯한 배우들의 이름이 하나씩 떠오르기 시작했다.

"매일 그랬어."

마침내 영화가 시작되고 있었다.

"이솔, 너였어."

8

그대가 질투를?

"이게 다 뭐야?"

반신욕을 마치고 나온 지태가 젖은 눈을 크게 뜨고 물었다. 목에 걸친 수건으로 머리칼을 대충 털어 내자 물기가 똑똑 떨어져 내렸다. 세희는 그런 지태를 흐뭇한 미소로 한 번 보곤 식탁 위에 수저와 젓가락을 가지런히 놓으며 말했다.

"얼른 와, 앉아."

정사각형의 2인용 식탁 위에는 고슬고슬 윤기가 나는 흰쌀밥과 소시지볶음, 치즈계란말이, 버섯전, 달래무침 등 각종 밑반찬들과 갓 끓인 꽃게된장찌개가 놓여 있었다. 하얀 가운을 입은 지태가 맞은편 의자에 앉았다. 길게 말려 올라간 입꼬리가 내려올 줄을 몰랐다.

"이게 다 뭐냐니까?"

"그냥 뭐, 심심하기도 하고. 너 욕조 한번 들어가면 나올 줄을 모르잖아."

"그래서, 다 네가 한 거야?"

"전이랑 나물은 어제 사다 놓은 거고 너 좋아하는 소시지랑 계란말. 찌개도 뭐, 금방 끓이니까."

말은 무심하게 하지만 지태는 알고 있었다. 세희가 음식 하나를 할 때 얼마나 열과 성을 다하는지.

요리를 즐겨 하지 않는 세희는 계란말이 하나를 해도 우당탕탕 요란스러운 소리를 내며 주방을 난장판으로 만들곤 했다. 이번에도 역시 반짝반짝 빛이 날 정도로 깔끔한 식탁과 달리 조리대는 처참하기 그지없었다.

이리저리 나뒹구는 남은 재료들과 싱크대를 가득 채운 식기들, 나름 한쪽에 모아 놓긴 했지만 산처럼 쌓인 각종 야채 껍질까지. 그중 감자 껍질은 어째 된장찌개에 들어 있는 감자들보다 훨씬 두툼해 보였다.

기분 탓이겠지.

"야채들이 워낙 상태가 별로라서 다 깎아 낸 거거든? 이따 다 치울 거야."

조리대에 꽂힌 지태의 시선을 느꼈는지 세희가 멋쩍은 얼굴로 변명을 늘어놓았다.

그 모습이 귀여워 지태는 픗 웃으며 수저를 들었다.

"누가 뭐래? 너 이렇게 고생하는데 난 욕실에서 음악이나 들으면서 쉬고 있었던 게 미안해서 그렇지."

"고생 아니라니까. 엄청 금방 했다고."

"알았어, 알았어."

어르고 달래는 투로 웃는 지태를 보며 세희는 못마땅한 표정으로 수저를 따라 들었다.

"너 시험 끝난 기념으로 특별히 해 준 거야. 다신 없어."

뾰로통한 입술이 약간 부어 있었다. 시험이 끝나자마자 달려와 너무 심하게 몰아붙인 탓이었다. 그렇잖아도 도톰한 입술이 더 도톰해져 버렸다.

이거 큰일이다.

"왜 이렇게 귀엽냐?"

지태는 결국 참지 못하고 상체를 세워 세희의 입술에 쪽, 입을 맞추었다.

"뭐래."

세희는 픽 웃으며 지태를 밀어 냈다. 애써 밀려 준 지태는 그제야 만족스러운 듯 붉은 입술을 혀로 슥 핥으며 말했다.

"벌써 맛있는데?"

"밥이나 먹어."

"여기 와서 앉으면 안 돼?"

"식탁이 2인용인데 무슨."

"여기, 내 다리 위에."

지태가 제 허벅지 위를 툭툭 두드리며 음흉한 미소를 지어 보였다.

"너 끌어안고 먹고 싶어."

"밥이나 먹으라고 했다."

"밥 한 번 먹고 너 먹고, 밥 한 번 먹고 너……."

세희가 더는 못 참겠다는 듯 젓가락을 확 치켜들어 공격할 시늉을 했다. 지태는 그제야 하하 웃으며 알았다고 수저를 들었다. 후루룩, 한 수저 떠먹은 찌개에서 그럭저럭 찌개 맛이 났다. 꽃게가 들어가서 그런지 적당히 깊고 시원한 맛이었다.

신기했다. 세희가 하는 요리는 과정을 보면 항상 두려웠지만 결과만 보면 꽤나 수준급인 데다 지태의 입맛에 꼭 맞았다.

혀에도 콩깍지가 씌었나.

"……어때?"

대충 했다고 뻔뻔한 허세를 부릴 땐 언제고 물어보는 표정은 긴장으로 가득했다.

"죽겠다, 진짜."

"왜? 너무 짜?"

"아니, 좋아서."

바보처럼 활짝 웃으면서 엄지손가락을 치켜세우니 세희의 안면 근육이 간신히 풀렸다.

"죽을라구 진짜."

지태는 아직 머리에서 물기가 떨어지는 것도 잊고 본격적으로 밥을 먹기 시작했다. 어제 사다 놓았다는 전과 달래무침도 고소한 기름에 상큼한 맛의 조합이 완벽했다. 며칠 전 지태가 TV 프로그램을 보다가 무심코 먹고 싶다고 한 걸 기억하고 사다 놓은 모양이었다.

그 마음이 달콤했다.

"너무 맛있다."

"많이 먹어. 너 집밥 좋아하잖아."

세희가 치즈계란말이를 지태의 밥 위에 올려 주며 작게 웃었다.

집밥이야 항상 먹는 것이지만 세희랑 같이 먹는 느낌은 또 달랐다. 세희는 지난 5년 동안 기자 생활을 하면서 항상 저녁을 샐러드나 고구마처럼 가벼운 것으로 때우고 운동으로 하루 일과를 마무리해 왔다고 했다.

지태는 그런 세희의 일상을 깨뜨리지 않으려고 주로 저녁을 따로 먹고 오거나 함께 간단히 먹었다. 그래서 이렇게 푸근한 집밥을 같이 먹을 일이 잘 없었다. 아침이나 점심을 함께해도 지태는 무조건 세희가 좋아하는 브런치나 다이어트 식단 위주로 먹자고 했으니까.

"근데 넌 괜찮아? 쌀밥 잘 안 먹잖아. 그냥 현미로 하지."

지태가 부드러운 쌀밥을 한 수저 푸욱 떠먹으며 물었다.

"이제 그렇게까지 관리할 필요 없으니까."

세희는 대수롭지 않게 웃으며 말했지만 지태는 입안에 담긴 밥을 꼭꼭 느리게 씹어 먹으며 세희의 얼굴을 빤히 바라보았다. 문득 5년 전 세희의 모습이 생각나서였다.

당시 새내기 대학생이었던 지태는 학점이고 장래고 세희의 생각만으로 가득했지만 이제 막 기자가 되었던 세희는 아니었다. 늘 페퍼민트차를 마시며 뭔지 모를 상념에 잠겨 있었고, 가끔 자다 깨서 보면 노트북을 붙잡고 열심히 타자를 치고 있었다. 그때도 세희는 지태가 서운할 만큼 일밖에 모르는 워커홀릭이었다.

그렇게 좋아한 일이었는데, 포기하는 마음이 어땠을까. 또 지금은 얼마나 복잡한 심경일까. 졸업과 취업을 앞둔 4학년이 되고 나니, 지태도 이제 조금은 알 것 같았다.

앞으론 어떻게 하고 싶은 거냐고, 일이 잘 마무리되면 다시 복귀하는 건 어떠냐고 넌지시 묻고도 싶었지만 아직은 세희가 그런 생각을 하는 것조차 피곤할 것 같아 그저 찌개 국물과 함께 말도 삼켜 버렸다.

"무엇보다, 네가 좋아하고."

그때, 세희가 슬며시 웃으며 말했다.

"나한테만 다 맞춰 주는 거 힘들잖아. 이제 그러지 마."

따뜻하다. 깊은 욕조 안에 있을 때보다 수천 배는 더.

"나도 원래 쌀밥 좋아했어. 우리 다음엔 같이 소주 한잔할까? 감자탕에 소주도 좋고, 순댓국에 소주도 좋고. 또 뭐지, 아, 불막창이랑 닭발도……."

"세희야."

지태가 물을 한 모금 마시고 내려놓으며 나직이 그녀의 이름을 불렀다. 밥을 한 수저 떠먹은 세희가 도톰한 입술을 우물거리며 동그란 눈으로 지태를 보았다.

"나는 차세희가 좋아."

"……."

"쌀밥도 좋고 감자탕도 좋고 순댓국도 좋고 다 좋은데, 네가 제일 좋

아. 그래서 네가 좋아하는 모습 보는 게 좋아. 그러니까 나한테 맞춰 주려면 너 좋아하는 거 하면 돼. 그럼 내가 행복해지니까."

"……"

"진심이야. 순도 100프로."

묵묵히 지태를 바라보던 세희가 풋 웃었다. 촉촉하고 동그란 눈이 매끄러운 반달 모양을 그렸다.

달이 어떤 밤 속에 있든 이보다 예쁠 순 없겠지.

유치한 생각을 하며 따라 웃었다.

"근데, 지태야."

"응?"

"그때 그건 뭐였어?"

"뭐?"

"여자 친구 있다는 말."

밥이 찬 수저가 지태의 코앞에서 뚝 멈추었다.

"이제 나, 진짜 잊을 수 있을 것 같다던 말."

"……"

"그건 진심 아니었어?"

아무렇지 않은 척 엷게 웃는 세희의 미소 끝에 묘한 살기가 느껴졌다.

"솔이라는 여자애. 그 애한테도 정말, 진심 아니었어?"

머릿속에서 적색경보가 울리기 시작했다. 일촉즉발. 위기일발. 단어 하나, 억양 하나가 인생을 바꿀 수도 있는 위기라는 것을 지태는 온몸으로 직감하고 있었다.

○ ◎ ●

영화가 끝났다.

도하는 끝날 때까지 솔의 손을 놓지 않았고, 솔 또한 빼지 않았다. 엔딩 크레딧이 올라간 후에야 놓아 준 손에서 축축한 습기가 느껴졌다. 세게 잡고 있지 않았는데도 그랬다. 손뿐만이 아니라 온몸에 땀이 찬 느낌이었다. 태어나서 그리도 오래, 그리도 일관되게 심장이 빠르게 뛴 적은 맹세코 처음이었다.

　솔에게서 무슨 말이라도 들릴까 봐 내내 주의를 기울이고 있었더니 오른쪽 뒷목이 뻐근할 정도였다. 하지만 끝내 솔은 아무 말도 하지 않았다.

　"영화 진짜 대박이네요."

　"근데 우리 이제 집에 가는 거예요?"

　"그런 거예요, 교수님?"

　영화관을 나오는 동안 여진과 호는 대놓고 아쉬운 눈치를 보냈다. 덕분에 도하는 야식을 사겠다는 핑계로 솔까지 데리고 나올 수 있었다.

　마침 한쪽에서 지인들과 인사를 나누고 있던 민성이 도하를 발견하고 언뜻 미소를 지었다. 도하는 조심스럽게 '인사하고 갈래?' 물었고 여진과 호는 격하게, 솔은 묵묵히 환영했다. 다행히 싫지는 않은 기색이었다.

　"왔구나."

　민성이 도하의 어깨에 손을 올리며 가볍게 웃었다. 어울리지 않는 터치에 도하는 슬쩍 어깨를 빼내며 학생들을 소개했다.

　"제 수업 듣는 학생들이에요."

　어떻게 소개해야 할지 고민했지만 그것 말고는 딱히 표현할 길이 없었다. 그러자 학생이라는 말에 경악을 할 줄 알았던 민성은 의외로 한바탕 호방하게 웃더니 한 명 한 명에게 손을 내밀었다.

　"반가워요. 강도하 교수의 생물학적 친부랄까."

　"하하하! 배우님은 말씀도 재밌게 하시네요."

여진이 분위기를 띄워 주지 않았으면 어색해질 뻔했다.

하여간 한 치 앞도 예측할 수 없는 사람.

도하는 바짝 굳은 미간을 좁히며 어서 빨리 이 시간이 끝나기만을 기다렸다.

"저 예전부터 엄청 팬이었어요! 진짜 신기해요!"

"저도요! 영화도 너무 재밌었어요."

여진과 호가 먼저 악수를 하며 한마디씩 건넸고 마지막으로 솔이 민성의 손을 맞잡았다.

"만나 뵙게 돼서 영광입니다. 좋은 영화 보여 주셔서 감사합니다."

특유의 낮고 단아한 음색이 귀에 착 감겼다. 도하는 저도 모르게 굳어 있던 입매를 살짝 끌어 올렸다. 민성도 앞선 두 학생과는 전혀 다른 분위기를 느꼈는지 솔을 꽤 깊이 주시하며 미소 지었다.

"학생은……."

정확히 솔을 향한 이야기에 도하의 날카로운 눈썹이 살풋 휘었다. 또 무슨 말을 하려고. 우려가 되었던 순간.

"우리 도하를 닮았네요."

생각지도 못한 말이 흘렀다. 솔 역시 당황한 듯 네? 하고 되물었지만 마침 다가온 다른 지인들을 본 민성은 짧은 너털웃음과 함께 마무리 인사를 건넸다.

"오늘 와 줘서 고마워요. 다들 조심히 들어가고, 다음에 또 만날 기회가 있었으면 좋겠네요."

마지막 말은 솔을 향해 있었다.

메마른 목에 침도 넘기지 못하고 서 있던 도하는 민성이 돌아선 후에야 간신히 입술을 축이며 태연한 척 웃었다.

"그만 갈까?"

도하가 떠난 후, 민성이 가장 여리고 왜소한 그녀를 돌아보며 어떤 생각을 했는지는 알지 못했다.

'학생은, 우리 도하를 닮았네요.'

밤이 가린 별이네.

○ ◎ ●

야식으로는 여진과 호가 가장 좋아하는 곱창을 먹었다.

도하는 운전 때문에 술을 마시지 않으려 했지만 여진과 호의 계속되는 부추김에 결국 대리를 부르기로 하고 맥주 한 잔을 마셨다. 솔도 오늘은 술을 마시지 않고는 버틸 수 없을 것 같아 함께 맥주잔을 기울였다.

오늘 본 영화를 주제로 떠들다 보니 술이 빠르게 돌아서 곱창 한 판을 다 먹기도 전에 취기가 올랐다. 솔은 차갑지도 뜨겁지도 않게 적당히 달아오른 뺨을 감싸 쥐며 생각했다.

……이제, 말해야 하는데.

사실 솔은 아까부터 오늘 들은 고백에 대해 무어라 말해야 하나 고민하느라 심장이 벌렁거려 미칠 것 같았다.

처음엔 믿을 수 없었고 그다음엔 믿고 싶었고 지금은 확인받고 싶었다. 이 믿을 수 없는 현실이 정말인지. 그리고 정말이라면, 그렇다면…….

생각만으로도 얼굴이 화끈거린다.

"솔아, 어디 아파?"

그때 옆자리에 있던 호가 고개를 바싹 기울이며 물어 왔다. 목울대가 벌건 것을 보니 호도 꽤나 취한 상태인 것 같았다. 솔은 몸을 흠칫 뒤로 빼며 아니라고 어색하게 웃었다. 호는 평소엔 표현을 잘하지 않지만 취하면 좋아하는 사람들에게 애교와 스킨십이 많아지는 편이었다.

"뭘 아냐. 얼굴이 빨간데에."

호가 빙긋 웃으며 솔을 향해 손을 쭉 뻗었다. 이마도 아니고 볼에 닿은 손길이 당혹스러웠다. 솔의 뽀얀 볼을 이리저리 만져 보던 호는 이내 풀린 눈을 찡긋 감으며 웃었다.

"우리 솔이 볼 부드러운 거 봐. 하얀 찹쌀떡 같다. 헤헤."

"뗵! 너는 애한테 찹쌀떡이 뭐야. 찹쌀떡이. 우리 솔이는 꿀떡이지. 꿀같이 달콤하잖아. 푸하핫!"

여진이 호를 좀 말려 주려나 했더니 오른쪽 볼에 쪽 뽀뽀하는 시늉까지 하며 한술 더 떴다. 왼쪽의 호와 오른쪽의 여진이 양쪽에서 볼을 만지작거리는 덕분에 그렇잖아도 벌게진 볼이 더욱 벌겋게 물들어 갔다.

"놔아. 좀 놓으라니까."

참다못한 솔이 뿌리치자 여진의 손은 쉽게 떨어져 나갔지만 남자인 호는 힘으로 상대하기가 쉽지 않았다. 괜히 맞은편에서 묵묵히 술을 꺾는 도하의 눈치가 보였다. 날카로운 듯 지긋한 눈빛이 솔에게서 한시도 떨어지지 않고 있었기 때문이다.

"왜에. 귀여워서 그러는데. 솔아, 내가 너 엄청 좋아하는 거 알지? 응?"

"그래, 아니까 이것 좀."

"많이 취한 것 같은데."

그때, 탁, 소리 나게 맥주잔을 내려놓은 도하가 나지막이 말했다. 이윽고 기다란 팔이 자연스럽게 솔의 볼에 닿아 있던 호의 손을 거둬 냈다.

"그만 일어날까?"

동시에 솔의 볼을 부드럽게 쓸어내린 것은 오로지 솔만 알았다.

쿵쿵. 호의 손이 닿을 때는 불편하기만 하더니 도하의 뜨거운 손이 닿자마자 순식간에 저릿한 감각이 등골을 훑고 지났다. 도하는 아쉬워하는 호와 여진을 달래고는 먼저 계산서를 들고 일어섰다. 뒤따라 일어선 솔의 꼿꼿한 시선이 그의 너른 등을 좇았다.

짧은 스침이 남긴 여운만으로도 충분했다. 더는 확인 같은 게 필요하지 않았다.

'솔아, 나는 널 생각해. 매일 그랬어. 이솔, 너였어.'

한 번도 사랑받지 못한 사람에게 사랑이 오는 이변이 지금 일어나고 있는 것이다. 지금이 아니면 영영, 다신 오지 않을지도 모른다. 그 사실을 인지한 순간 아무것도 보이지 않고 두렵지 않아졌다.

당신을 잃지 않기 위해서라도 지금 나는 믿어야 한다. 누군가 나를 생각한다. 누군가 나를 매일 생각한다. 누군가 나만, 생각한다.

그대가 나를 좋아한다.

그 빛나는 사실.

멈춰 있던 솔의 하얀 운동화가 움직이기 시작했다.

고백을 주저할 이유가 없었다.

○ ◎ ●

"영수증은 버려 주세요."

막 계산을 마친 도하가 지갑에 카드를 꽂으며 뒤를 돌다 깜짝 놀라 한 발 물러섰다. 언제 왔는지 바로 뒤에 붙어 서 있던 솔 때문이었다. 그렇잖아도 작은 발소리가 떠들썩한 주변의 소음에 묻혔는지 조금도 들리지 않았다.

"언제 왔어?"

"방금요."

"……괜찮아?"

울긋불긋한 솔의 볼이 신경 쓰였다. 아무리 친구라지만 저도 아직 마음껏 만져 보지 못한 그녀의 여린 뺨을 호가 대놓고 쓰다듬을 때는 하마터면 자제력을 잃어버릴 뻔했다. 정말이지 그런 양상, 그런 규모의 불쾌감은 단 한 번도 경험해 본 적 없었다.

"네, 괜찮아요."

"아닌 것 같은데."

도하는 저도 모르게 뻗어 나가는 손을 허공에서 멈추었다. 시도 때도 없이 만지려 드는 걸 보니 자제력은 이미 잃어버린 지 오래인가 보다. 애꿎은 입술만 깨물며 손을 그러쥐었다.

"얼른 가자. 우선 애들부터……."

"저, 교수님."

아직도 어기적거리는 여진과 호를 데리러 가려는데 솔의 단아한 음색이 도하의 걸음을 붙들었다. 지은 죄가 있어 제 발이 저렸다. 멋대로 손등에 키스를 한 것도, 손을 잡고 놓지 않은 것도 죄라면 죄니까. 차마 고개를 돌리지 못하는 도하에게 솔이 조심스레 말을 이어 왔다.

"얘기 좀 하고 싶은데요."

그토록 애타게 기다린 응답인데 어째서 불안감에 등골이 선득해지는지. 인위적으로 올라간 입술 끝이 어색하게 떨렸다.

"어, 그래. 해야지. 얘기."

말투도 어색하기 짝이 없다. 문득 4년 전 솔에게 와이파이 비밀번호를 물었던 순간이 떠올랐다.

"언제가 좋아? 내일은 주말이니까."

"저, 데려다주시면 안 될까요?"

"……어?"

"저희 집에요."

집, 이라는 걸 몰라서 되물은 건 아닌데. 마치 뜻밖의 상황에 처한 사람처럼 심장이 거세게 뛰기 시작했다.

미친, 놈.

"당연히 그래야지. 우린 같은 동네니까 애들 먼저 데려다주고 같이 가면 될 것 같은데."

"네. 그렇게 해요, 우린."

우리. 그 단어가 뭐라고. 심장 박동이 조금 더 빨라졌다. 단어를 삼켜 버리고 싶다는 충동은 또 처음이었다. 더 정확히는 그 단어를 굴려 뱉은 솔의 말랑한 혀를 삼켜 버리고 싶은 거였지만.

"아, 교수님— 너무해요. 저흰 더 마실 수 있는데."

마침 호와 여진이 다가오지 않았으면 솔의 벌어진 입술 새만 직시하던 음험한 시선을 들킬 뻔했다.

"그치, 솔아?"

솔의 어깨를 와락 안으며 묻던 호가 순식간에 앞으로 당겨졌다. 도하가 잽싸게 호를 낚아채고 문밖으로 밀고 나간 것이다.

"마실 거면 혼자. 집에 가서 마시죠."

한 번만 더 만지면, 자제력이라곤 이미 잃은 지 오래인 미친, 놈이 어떤 짓을 할지 모르겠으니까.

호의 팔뚝을 붙잡은 손에 다분히 사적인 힘이 실렸다.

○ ◎ ●

"감사합니다, 교수님! 복 받으실 거예요!"

여진이 차 문을 닫으며 꾸벅 인사했다. 도하는 차창을 내리고 짧은 미소로 답했다. 그새 취기가 좀 가셨는지 아파트 단지로 들어서는 여진의 걸음이 씩씩했다. 도하는 여진이 완전히 사라질 때까지 기다렸다가 룸미러를 통해 뒷좌석의 솔이 안도하는 모습을 보고 나서 창문을 올렸다.

"상계동으로 가 주세요."

대리 기사에게 건넨 말을 마지막으로 침묵이 흘렀다. 여진과 호가 있을 땐 술주정이 끊임없이 이어져 몰랐는데 음악도 틀지 않은 상태였다.

도하가 한 손을 뻗어 음악을 틀려는데 갑자기 토독토독, 익숙한 소리가 들리더니 머잖아 앞 유리에 작은 빗방울들이 달라붙기 시작했다.

"비가 오나 봐요."

솔이 말했다.

"그러게."

"빗소리 좋아하는데……."

솔의 말에 도하가 음악을 찾던 손을 거두었다.

대리 기사가 와이퍼를 작동시켰다. 빗줄기가 쏟아지면서 시원한 빗소리에 작은 기계 소리가 겹쳤다. 더 이상 정적이 어색하지 않았다.

일정한 빗소리에 도하의 마음도 천천히 안정을 찾아갈 무렵, 솔의 집 근처에 다다랐다.

"차에서 얘기해도 괜찮겠어? 아니면 사거리에 24시 카페도 있고."

"혹시 우산 있으세요?"

"트렁크에 있긴 한데."

"그럼 좀 걷는 건 어때요?"

"괜찮겠어?"

"불편하시면 카페도 좋지만…… 같이 걷고 싶어서요."

"안 불편해. 우산이 작은 거 하나라 네가 젖을까 봐 걱정인 거지."

"그럼 가요. 전 괜찮아요."

룸미러로 본 솔의 입가에 짧은 미소가 걸렸다. 그제야 딱딱하게 굳어 있던 도하의 입꼬리도 조금 느슨해졌다.

얼마 지나지 않아 차가 솔의 집 앞에서 멈추었다. 도하는 대리 기사를 먼저 보내고 트렁크에서 하얀색 접이식 우산을 꺼내어 펼친 후 뒷좌석 문을 열었다.

"물 조심해."

"앗!"

하필 솔이 내리는 곳에 커다란 물웅덩이가 있었다. 밟지 않게 하려고 솔의 팔을 살짝 잡아당겼더니 간신히 웅덩이는 피했지만 균형을 잃은 솔의 상체가 앞으로 기울어지면서 도하의 넓은 가슴팍에 폭 안기는 모양새가 되어 버렸다.

깜짝 놀라 물러서려는 솔의 허리를 도하가 잽싸게 훅 들어 안았다. 그러곤 반 바퀴를 빙 돌아 내려 주었다. 솔의 뒤에 있던 웅덩이를 밟지 않게 하려던 것뿐이었는데, 어쩌다 보니 솔과 하체가 완전히 맞붙은 채 허리를 끌어안고 있는 야릇한 자세가 되어 버렸다. 가느다란 허리에 닿은 손끝에 뒤늦게 짜릿한 감각이 치고 올라왔다.

"감…… 감사합니다."

살을 에는 침묵 속에 지그시 서로만 응시하길 한참, 솔이 먼저 인사를 건네며 시선을 피했다. 도하의 손에서도 천천히 힘이 빠졌다. 그제야 풀려난 솔이 도하의 왼쪽에 자리를 잡고 섰다.

도하는 우산을 오른쪽 손으로 바꿔 들고 왼손으로 솔의 어깨를 감쌌다. 작은 어깨가 흠칫 떨리는 게 느껴졌지만 더욱 단단히 당겨 잡았다.

"있어. 비 맞으면 추워."

우산이 워낙 작아 도하가 아무리 솔의 쪽으로 기울여도 솔의 어깨가 비에 젖을 것 같았다. 역시나 솔의 어깨를 잡은 도하의 손등이 금세 축축하게 젖어 들었다.

그래도 좋았다.

새벽녘. 인적이 드문 개천가는 고양이 한 마리 없이 고요했다. 사위가 빗소리뿐인 적막이라 그런지 묘하게 더 은밀한 분위기가 흘렀다.

그렇게 얼마나 걸었을까.

"교수님은 빗소리 안 좋아하세요?"

솔이 커다란 나무 옆에 멈춰 서며 물었다. 푸른 잎이 무성한 상록수 위로 연한 가로등 불빛이 넘실거렸다. 도하는 비 내리는 풍경을 바라보며 가만히 소리에 귀를 기울여 보았다.

주룩주룩. 추적추적. 시원하다는 것 외에는 별 감흥이 들지 않았다.

"글쎄, 딱히 좋지도 싫지도 않은 것 같은데, 왜?"

그러자 솔도 엷게 웃으며 앞을 보았다. 도하보다 조금 더 깊이, 멀리 보는 것 같았다.

"전 눈과 비가 섞인 소리는 애매해서 싫은데 그중 한 가지 소리는 좋아해요. 어릴 때부터 그랬어요. 특히 빗소리는 커서 그런지 외롭지가 않았거든요. 비라도 오니까 적막하지 않아서. 혼자 있다는 느낌이 안 들어서요."

"……"

"저는…… 사람보다 비가 편했어요."

빗줄기가 굵어졌다. 솔을 바라보는 도하의 눈동자도 조금 더 깊어졌다.

"비는 그치는 게 당연한 거니까. 떠난다고 해서 슬퍼할 필요가 없으니까. 가끔 미치게 외로울 때면 비가 오길 바라기도 했어요."

"……"

"그랬는데…… 그런데……."

"……"

"언제부턴가 자꾸 빗소리가 아닌 발소리를 기다리게 됐어요."

솔이 가느다란 손가락으로 얇은 치맛자락을 움켜쥐었다.

"4년 전 이맘때쯤, 시네하우스 카페에서."

걷는 동안 간신히 안정시켰던 도하의 심장이 다시금 미친 듯이 뛰기 시작했다.

"좋아했어요."

"……!"

"교수님이 교수님도 아니고, 강도하 씨도 아니고, 그 누구도 아니었을 때부터. 빗소리를 좋아하듯 당신의 존재를 좋아했어요."

겪어 본 적 없는 양상과 규모의 떨림이었다.

"정갈한 발소리, 묵직한 분위기를 가진 사람. 책을 읽는 눈빛이 깊고, 일을 할 때 집중력이 강하고, 인사성이 밝고, 말수와 웃음이 적은, 그냥 그런 어떤 사람. 그 사람의 모든 순간, 모든 모습을 좋아했어요. 제가 그렇게 몰래, 오래……."

도하는 그 떨림을 견딜 수가 없었다. 도저히.

솔의 말이 끝나기도 전에 우산을 던지듯 내려놓은 도하가 솔을 나무 아래로 끌어당기며 그대로 입술을 집어삼켰다.

"흐읍."

빗소리를 닮은 습기 찬 신음이 흘렀다. 그 소리도 주저 없이 삼켜 버렸다. 도하는 한 손으로 솔의 목 뒤를 받쳐 잡고 다른 손으로는 아까부터 참을 수 없었던 뽀얀 뺨을 감싸 쥐었다. 보드라운 살결을 어루만지며 붉고 말랑한 혀를 빨아들이자 솔이 양손을 뻗어 도하의 등을 감싸 안았다.

왜인지 알 수 없었다. 눈가가 뜨거워졌다. 가슴 깊은 곳에서 무언가 자꾸 울컥울컥 새어 나와 미칠 것 같았다.

일순 도하의 등에 차가운 감각이 훅 끼쳤다. 그것이 나무 기둥임을 인지한 도하는 온몸에 힘을 빼고 나무에 등을 기댄 후 솔을 화악 당겨 안았다. 빠져나가지 못하게 어깨와 허리를 단단히 휘어 감고 붉은 입술 속으로 깊게, 한없이 깊게 파고들어 갔다.

밤하늘을 가득 메운 연녹색 이파리들이 바람에 살랑거리며 빗줄기를 얇게 흩뿌렸다. 살얼음 같기도, 작은 보석 같기도 한 빗방울이 그와 그녀의 온몸에 퍼졌다. 하지만 춥지 않았다. 적나라하게 맞닿은 몸 때문에 체온이 한도 끝도 없이 올라갔다. 축축하게 젖은 도하의 셔츠 위로 봉긋하고 말랑한 솔의 가슴이 고스란히 느껴졌다.

온몸의 감각이 솔에게만 향했다. 이성을 잃지 않은 게 기적이었다.

"솔아…… 솔아."

신음처럼 그 이름을 뱉었다. 수도 없이 뱉었다. 뱉고 삼키고 뱉고 삼키기를 끝도 없이 반복하다 도하가 잠시 입술을 떼고 촉촉이 젖은 솔의 입술을 엄지로 살살 쓸어 만지며 달뜬 목소리로 속삭였다.

"내가 먼저 기다렸어. 그때."

"……."

"내가 더 먼저, 더 많이 좋아했어."

조용한 발소리, 차분한 분위기를 가진 사람. 책을 읽는 눈빛이 깊고, 공부를 할 때 집중력이 강하고, 말수와 웃음은 적지만 이별 앞에서도 단단한 사람, 잔잔한 목소리가 맑은 호수의 물비늘처럼 일렁이는 사람. 보는 것만으로도 가슴이 설레는 사람. 그냥 그런 어떤 사람.

너라는 존재의 모든 순간, 모든 모습을 좋아했다.

좋아한다.

"이제, 비보다 강도하가 더 편할 거야. 나는 잠시 잠깐 그칠 일도 없으니까."

솔의 젖은 입술이 마르기 전에 도하가 한 번 더 제 입술을 포갰다. 솔의 작고 도톰한 입술은 아무리 빨고 깨물어도 미치도록 갈증이 나는 샘물 같았다. 혀를 최대한으로 옭아매어 봐도 부족했다. 더 난잡하게, 더 엉망으로 얽고 빨아서라도 영원히 제게서 빠져나가지 못하게 만들고만 싶었다. 그런 가학적인 욕망이 스스로도 당황스러울 만큼.

도하는 솔의 타액으로 제 입술을 잔뜩 축이고도 모자란 듯 솔을 더욱 세게 끌어안으며 목구멍까지 탐할 기세로 몰아붙였다.

"하아, 잠깐만요."

결국 참다못한 솔이 도하를 밀어 냈지만 쉴 틈은 정말 잠깐뿐이었다.

"방금 말했잖아. 잠시 잠깐 그칠 일도 없다니까."

도하의 진지한 채근에 솔이 풋 웃음을 흘렸다. 하지만 그 웃음도 금세 빨려 들어갔다. 도하는 솔의 입술을 절대로 놓아 주지 않을 것처럼 꼭 맞붙인 상태로 지분거리며 거친 호흡으로 말했다.

"미치겠다."

도하가 솔의 아랫입술을 깨물어 벌렸다.

나는 네가 부족하다. 아무리 바라봐도, 아무리 안아도, 아무리 파고들어도 가슴이 꽉 차올랐다가 금세 뻥 뚫린 것처럼 허하고 간지러워진다. 언제고 그녀를 갖는 순간이 와도 그럴 것이 자명했다.

이솔은 과분한 아름다움이었다. 분에 넘치는 것은 넘치기에 가질 수 없고 가질 수 없기에 항상 부족하니까. 달콤한 지옥이 있다면 아마 여기가 아닐까. 그런 생각이 들 정도였다.

"교수님."

"그렇게 부르지 마."

솔에게 완전히 취한 상태에서도 도하는 교수님이란 소리에 즉각 반응했다.

"이제 실수로라도 안 돼."

"왜요?"

"남자 친구잖아."

그 말이 웃긴 건지 좋은 건지 솔이 풋 하고 젖은 눈을 예쁘게 기울였다. 약간 처진 그 눈매에 도하가 살며시 입을 맞추었다. 입술에 닿는 차가운 액체에 도하의 눈이 번뜩 뜨였다. 그제야 정신이 들었다.

이렇게 젖게 해선 안 됐는데.

"미안, 감기 걸리겠다."

도하가 서둘러 제 재킷을 벗어 솔의 어깨에 감싸 주었다. 다 젖어서 착 달라붙은 블라우스 안으로 브래지어 윤곽과 속살이 훤히 드러나 보였다.

순간적으로 눈앞이 아득해졌다. 그러자 이제 와서 시선을 어디에 둘지 몰라 방황하는 도하의 얼굴을 솔이 탁 잡아 제게 고정시켰다.

"그렇게 돌리지 마요."

"……."

"남자 친구잖아요."

멍해 있다가 이내 헛웃음을 터뜨리는 도하의 입술에 솔이 그대로 쪽 입을 맞추었다.

"이제 얼른 갈까요? 감기 걸리겠어요."

젖은 목소리가 나긋했다.

도하는 솔에게 양 볼을 잡힌 채 뭔가에 홀린 사람처럼 멍하니 고개를 끄덕이다 멈칫 굳었다. 도하의 검은 눈동자가 더욱 짙어졌다.

이 상태로 대체 어디에…… 가야 하는 건가.

"남자 친구님."

하얀 우산을 집어 들고 생긋 웃는 아름다운 독종 앞에서 도하는 한 번 더 달콤한 지옥에 빠졌다.

너무, 젖어 버렸잖아.

○ ◎ ●

쏴아아. 쏟아지는 물소리가 청량했다. 하지만 그 소리를 듣고 있는 마음은 청량과는 거리가 멀었다.

아무렴, 남자의 샤워 소리를, 그것도 (과히 잘난) 제 남자의 샤워 소리를 들으며 맑고 깨끗한 마음을 가질 수 있는 여자가 몇이나 되겠는가.

"하아, 미쳤어."

가벼운 트레이닝복 차림으로 거실을 서성이던 솔이 털썩 소파에 앉으며 두 손에 얼굴을 묻었다.

누구의 탓도 할 수 없었다.

도하의 오피스텔은 사거리만 지나면 갈 수 있는 엎어지면 코 닿을 거리였다. 짧은 거리라 대리를 부르기도 뭐하고, 도하는 오늘만 차를 여기 두고 걸어가겠다고 했다. 하지만 솔은 걸어서 15분도 넘게 걸리는 거리인데 다 젖은 채로 가다가 환절기에 감기라도 들면 어떻게 하냐고 도하를 구태여 제집으로 끌고 와 욕실로 떠밀었다.

도하가 한사코 먼저 씻으라고 버티는 통에 결국 먼저 샤워를 하긴 했는데, 개운하게 씻고 나니 점점 정신이 맑아지면서 현실이 자각되기 시작했다.

"내가 왜 그랬을까."

키스할 때만 해도 아무 생각이 없었는데.

성난 맹수처럼 달려들던 도하가 솔의 젖은 몸을 보더니 갑자기 수줍은 소년처럼 당황하는 것을 보고는 이상하게 자극하고 괴롭히고 싶은 욕구가 생겼다. 아무리 그래도 이 새벽에 집까지 데려와 씻으라고 강요하다니. 다른 사람도 아니고 이솔 자신이 한 행동이라고는 믿을 수 없었다.

"솔아."

그때, 욕실 안쪽에서 낮은 목소리가 울렸다. 벌떡 일어난 솔은 한걸음에 욕실 앞으로 달려가 문에 귀를 바짝 대고 물었다.

"네?"

"……안 될 것 같아."

"뭐가요?"

"옷 말이야. 다른 거 없어?"

연말 파자마 파티 때 호가 두고 간 수면 바지가 있어서 솔이 가지고 있는 가장 큰 티셔츠와 함께 건네주었는데 뭔가 마음에 들지 않는 걸까.

"그거 말고는 샤워 가운밖에 없는데."

샤워 가운은 남녀 공용 사이즈라 맞긴 할 테지만 젖은 머리에 샤워 가운을 입은 강도하라니. 감당할 자신이 없었다.

"많이 작아요?"

똑똑. 솔은 대답 없는 도하를 노크로 한 번 더 불렀다. 그러자 다른 말도 없이 벌컥, 문손잡이가 돌아가는 소리가 들렸다. 머잖아 희뿌연 수증기와 함께 작은 욕실과는 어울리지 않는 장신의 남자가 모습을 드러냈다.

"푸핫."

솔이 짧은 웃음을 터뜨렸다.

한쪽 허리춤에 손을 얹고 빼딱하게 선 그의 자세는 모델처럼 근사했으나 걸치고 있는 천 쪼가리들은 그를 따라가 주지 못했다.

호도 키가 큰 편이었지만 그의 남색 스누피 수면 바지는 도하의 발목에도 미치지 못했고 솔의 펑퍼짐한 면 티셔츠는 도하의 넓은 가슴에 터질 것처럼 쫙 달라붙어 있었다. 결국 손으로 입을 가리고 웃음을 참는 솔의 모습에 도하가 눈을 가늘게 뜨고 물었다.

"그 웃음은 아무래도 샤워 가운이 나을 것 같다는 뜻이겠지?"

"아, 아뇨. 그런 게 아니라…… 드릴까요?"

그래, 본인이 입겠다는데 굳이 만류할 필요가 뭐 있나. 어쩌면 그게 더 이상해 보일지도 모른다. 도하의 침묵을 긍정으로 이해한 솔은 서둘러 옷장으로 향하다 말고 우뚝 멈추었다.

"자고 가도 돼?"

등 뒤로 훅 치고 들어온 묵직한 저음 때문이었다.

똑똑. 베란다 건조대에 늘어져 물기를 흘리고 있는 옷들이 보였다. 물론 마르려면 한참은 더 기다려야 했다. 그래도 따뜻하게 씻었으니 적어도 감기에 걸릴 일은 없다.

검은색 쫄티에 스누피 파자마를 입은 그에게 집도 가까우니 착장 따윈 신경 쓰지 말고 뛰어가라고 보내 버릴까. 아니면 아무것도 모른다는 표정으로 그럼요, 해 버릴까. 것도 아니면 세상 쿨한 여자인 척 그럼 그냥 가려고 했어요? 앙칼지게 되물어 볼까.

짧은 사이에 수십 가지의 고민이 들었지만.

"불편할 것 같으면,"

"아뇨, 전혀! 불편하지 않은데요."

한발 물러서는 도하의 말에 홱 돌아서 반응해 버리고 말았다.

"그러니까 제 말은…… 보시다시피 저희 집이 복층이라서요. 제가 소파에서 잘 테니까 2층 침대에서 주무시면 될 것 같다고요. 그러면 저는, 아니 우리 둘 다 조금도 불편하지 않게 잘 수 있지 않을까요?"

……어디 싱크홀 같은 게 없을까. 격하게 숨고 싶은데.

당황한 나머지 수습하려다 너무 대놓고 선을 그어 버리고 말았다. 횡설수설 말까지 더듬은 건 또 어떻고.

"그러니까, 손도 잡지 말고 자자?"

그걸 또 콕 집어서 물어 오는 도하였다.

"꼭 그런 뜻은 아니지만요."

나도 내가 뭐라는 건지 모르겠다.

입술을 질끈 깨물자 도하의 하얀 칼발이 다가오는 게 보였다. 세상에 태어나 사람의 발을 보고 예쁘다는 생각을 한 적이 한 번도 없었는데 우습게도 그 와중에 발도 예쁘네, 하는 생각이 스쳤다. 볼이 좁고 발끝이 뾰족해서 날렵하면서도 묘하게 섹시한 느낌을 주었다.

위험했다.

"우선 가운부터 드릴게요."

솔은 잽싸게 돌아서 옷장 문을 열어젖혔다.

다크 그레이와 애쉬 그린, 두 개의 샤워 가운 중 도하가 좋아하는 그레이 계열을 집어 들려는데 뒤에서 기다란 팔이 불쑥 들어오더니 주저 없이 애쉬 그린을 집어 들었다. 그러곤 척, 솔의 앞으로 내밀었다.

"넌 이게 어울릴 것 같다."

"네?"

"나 편하게 자라고 네가 친히 구역도 나누고 잠자리까지 지정해 줬는데, 너도 편하게 샤워 가운 입고 자야. 아, 근데 구역은 좀 바꿔야겠다. 네가 소파에서 자는 걸 내가 어떻게 봐? 이거 입고 2층 침대에서 푹, 제대로 편하게 자."

말은 그렇게 했지만 살짝 올라간 붉은 입술이 사악해 보였다. 놀리는 게 분명했다.

오기가 생긴 솔은 헛웃음을 참으며 샤워 가운을 탁 빼앗아 들었다.

"그럴게요, 그럼. 이거 입고 2층 침대에서 푹, 제대로 편하게 잘게요. 커플 룩 같고 좋네요."

도하의 입술 끝이 좀 더 올라갔다. 터지려는 웃음을 애써 참고 있는 것 같았다.

뭐가 좋다고 자꾸 저렇게 웃는 건지.

솔이 미간을 좁히자 도하가 그제야 갈아입고 오겠다며 다크 그레이 가운을 들고 돌아섰다.

"참, 솔아."

욕실로 향하는 칼발이 왜인지 불안하더라니.

"일반적으로 샤워 가운이란 건 맨몸에 입는 거, 알지?"

불안은 적중하라고 있는 모양이다.

"명심할게요."

어쩐지 전세가 제대로 역전된 기분이다.

○ ◎ ●

샤워 가운으로 갈아입고 머리를 말리고 나온 도하는 몇 발 내딛지도 못하고 자리에 박힌 듯 섰다.

"워낙 키가 크셔서 소파가 좀 작을 것 같은데, 정말 괜찮으시겠어요?"

정말 애쉬 그린 가운으로 갈아입은 솔이 소파에 푹신한 이불을 깔아주고 있었다.

상체가 기울어져 내려간 가운 아래로 하얗고 연한 가슴골이 보였다.

"······."

대답 없는 도하를 향해 솔이 고개를 돌린 순간, 도하가 먼저 시선을 틀었다. 당당하게 너도 가운을 입으라 요구할 땐 언제고, 막상 정말 솔이 실오라기 하나도 걸치지 않은 알몸으로 가운을 입고 있는 것을 보니 심장이 너무 빠르게 뛰어서 눈도 제대로 쳐다볼 수가 없었다.

"이건 뭐야?"

다행히 아무렇게나 던진 시선에 김이 나는 머그잔 하나와 텀블러 하나가 들어왔다.

괜찮아, 자연스러웠어.

"머그잔에 있는 건 꿀물이에요. 술 많이 드시진 않았지만 따뜻하게 한잔 마시고 나면 잠이 더 잘 오지 않을까 싶어서. 그 옆에 있는 건 그냥 시원한 물이고요. 새벽에 혹시라도 갈증 나면 드시라구."

역시, 섬세하다.

솔의 꼼꼼한 배려에 긴장이 조금 풀린 도하는 소파로 다가가 앉으며 머그잔을 집어 들었다. 그래도 여전히 쳐다보기는 어렵다.

"고마워. 너는?"

"전 마셨어요. 드라이하시는 동안."

"아아."

"······."

"······."

"그럼, 주무세요."

어색한 분위기를 느꼈는지 2층으로 도망치려는 솔의 손목을 도하가 붙잡았다. 자고 간다는 말에 격하게 선을 긋던 솔에게 강제로 뭘 어쩔 생각은 없었다. 다만 이대로, 이 소중하고 아까운 밤을 끝내고 싶지 않았다.

"조금만 더 같이 있자."

고작 1층과 2층의 거리도 도하에겐 너무 멀었다. 조금이라도 더 같이 있고 싶고 한마디라도 더 나누고 싶었다. 평소엔 그토록 달가운 잠이 불청객처럼 느껴질 정도였다.

"이런 차림으로 이런 말 하는 거 좀 웃기긴 한데, 다른 뜻 없어. 진심이야."

그러자 솔이 짧게 웃으며 소파에 걸터앉았다. 도하는 그제야 솔에게서 손을 놓고 다시 머그잔을 들었다. 잔에 댄 입술에 미소가 번졌다. 감추려 해도 자꾸만 기어 나와서 꿀물을 마시기가 힘들 정도였다. 어렵게 한 모금 넘긴 꿀물이 혀끝을 적셨다.

따뜻하고 달콤하다.

"맛있어요?"

"응, 너 같아."

불현듯 상록수 아래에서의 키스가 떠올라 말했더니 솔이 순식간에 붉어진 얼굴로 흘겨보는 게 느껴졌다.

"왜, 순수한 진심인데. 네 키스가 이것보다 훨씬 달고 좋아."

도하가 머그잔을 살짝 들어 보이며 웃었다.

"이렇게 말씀도 잘하시는 분이 그땐 왜 그랬어요?"

"그때?"

"네, 그때."

더 묻지 않아도 알 것 같았다. 차 안에서의 첫 키스 후, 무슨 생각 하냐던 솔의 질문에 아무 말도 하지 못했던 걸 마음에 담아 둔 모양이었다.

"솔직하게 말해도 돼?"

그 질문에 솔이 조금 불안한 듯 망설이다 고개를 끄덕였다.

"안고 싶다."

"……"

"온통 그 생각뿐이었어. 그래서 말 못 했어. 그땐, 남자 친구님도 아니었으니까."

"……"

"실망했어?"

도하가 조심스럽게 물었다.

"……아뇨."

천천히 답하는 솔의 얼굴에 그늘이 졌다. 눈시울이 약간 붉어진 것 같기도 했다. 도하가 머그잔을 내려놓고 제대로 몸을 틀어 솔을 보았다.

"죄송해요."

"네가 왜?"

"제가…… 못 믿어서요."

"……"

"실은 제가, 사람을 잘 믿지 못해요. 병적으로요."

"……"

"실망했어요?"

내리깐 솔의 눈꺼풀이 무거워 보였다. 도하는 그 눈꺼풀이 올라올 때까지 가만히 기다리다가, 예쁜 다갈색 눈동자를 맞이한 후 빙긋 미소 지었다.

"아니."

불안에 떨리던 다갈색 눈동자에 안도감이 스쳤다.

"왜냐고 물어봐도 돼?"

하지만 그 질문에 금세 다시 떨린다.

아직이구나.

도하는 오래전부터 그녀의 밝은 빛을 가리던 어둠이 무엇인지 애타게 알고 싶었지만 채근하지 않았다. 생각만으로도 벌써 힘들어하는 게 눈에 보여서. 언제고 이야기해 줄 때가 올 거라 믿으며 대신 먼저, 어렵게 입술을 떼었다.

"나는 사랑을 잘 믿지 못했어. 병적으로."

동그란 눈이 도하와 똑같이 왜냐고 묻는 것 같았다.

"내가 처음 본 사랑은 어머니랑 아버지가 아니라, 어머니랑 다른 남자였거든."

열 살 때였다.

'우리 엄마가 그러는데, 너네 아빠 질 나쁜 짐승 새끼래. 너네 엄마도 친엄마가 아닐 수도 있다는데? 큭큭. 더러운 딴따라 자식새끼라고.'

결혼 전 열애설이 많았던 아버지 민성 때문에 도하는 학교에서 한 남자아이에게 공개적인 조롱을 받았고 참다못해 주먹을 날렸다.

피멍이 든 남자아이의 부모가 학교로 뛰어와 교무실에서 한바탕 난리를 쳤지만 도하는 아무것도 할 수가 없었다. 아버지 민성도, 어머니 정아도 전화를 받지 않았다. 결국 남자아이의 부모에게 뺨과 머리를 수십 대 맞고 봉사 시간으로 합의를 본 도하는 강제로 조퇴를 당해 평소보다 일찍 집에 갔다.

신발장에 성인 여자와 남자의 구두가 나란히 놓여 있었다.

아버지도 오랜만에 왔나 보다 싶어 서럽고도 반가운 마음에 안방으로 뛰어갔는데 열린 문틈으로 발가벗은 엄마가 보였다. 엄마는 꼭 벌을 받는 사람처럼 엎드린 채 비명 같은 걸 질렀고 엄마처럼 벌거벗은 남자가 엄마의 다리 뒤에 붙어 몸을 마구 치대고 있었다. 흡사 때리는 것처럼 난폭하고 이상한 짐승 같은 행위였다.

아버지가 아니었다. 낯선 남자였다.

순간적으로 욱하고 구역질이 치밀었지만 나쁜 아저씨가 엄마를 괴롭히는 것을 막아야 한다는 생각으로 뛰어 들어가려고 했다.

'사랑해, 사랑해.'

그 말을 듣기 전까진.

도하가 배운 한, 세상에서 가장 눈부신 말이었다.

뒷걸음치던 도하는 그대로 도망쳐 나갔고, 피투성이 몰골로 동네를 하염없이 돌고 또 돌았다. 달이 내린 후에야 돌아간 집에는 아무도 없었고 새벽녘 진한 술 냄새를 풍기며 돌아온 엄마는 잠들지 못한 도하를 끌어안고 토닥이며 말했다.

'사랑해, 사랑해.'

그날 밤, 피투성이 아이는 밤이 새도록 숨죽여 구역질을 했다. 작은 손으로 변기를 부여잡고, 그 말을 토해 내듯 열심히도 게워 냈다.

사랑해. 빛나는 말에 울었다.

"아버지랑 어머니는 한평생 다른 사람을 사랑하면서 서로를 증오했어. 저주처럼 태어난 나는 사랑 없는 지옥에서 자랐고. 그래서 애초에 사랑 같은 건 없다고 믿었어."

"……."

"그런 게 있으면, 한 번도 받지 못한 내가 너무 억울하니까."

정작 말하는 도하는 무덤덤했는데 듣는 솔의 눈에 눈물이 가득 차올랐다.

"그랬었어. 널 만나기 전까진."

도하는 그런 솔의 눈가에 부드럽게 입을 맞추며 속삭였다.

"어쩌면 믿지 못한 게 아니라, 믿고 싶었던 건가 봐."

"……."

"그러니까 걱정하지 마. 그건 틀린 게 아니야."

입술이 닿는 동시에 솔의 눈 밑으로 액체가 흘러내렸다.

"이상한 게 아니야."

달게 달아오른 혀끝이 액체를 핥아 올렸다.

"내가 증명해 보일게."

달이 내린 밤, 도하는 잠들지 못하는 그녀를 끌어안고 토닥이며 마음 속으로 말했다.

사랑해. 빛나는 말에 웃었다.

도하가 알게 된, 세상에서 가장 아까운 말이었다.

○ ◎ ●

'연락이라도 하고 갈까.'

이사장실에서 나온 세희는 경영관을 지나다 말고 멈춰 섰다.

오늘 아침, 그간 연락 한번 없던 아버지 종수가 다 쉰 목소리로 전화를 하더니 와라, 한마디만 하고 끊어 버렸다. 말도 없이 사직서를 내고 독립을 하고 폭탄 고백에 고소까지. 정신적 충격을 연타로 드렸으니 몸살이 날 만도 했다.

양심상 건강식품점에서 홍삼정 한 박스를 사 갔더니 종수는 차마 내던지진 못하고 화를 삭이며 말했다.

'네 엄마 지금 제정신인 게 기적이야. 병원에 드러눕는 꼴 보기 싫으면 당장 들어와라. 뭐가 됐든 일단 들어와서 정리해.'

세희도 승미가 자신의 모친으로서 얼마나 곤란한 가시방석에 앉아 있을지 잘 알고 있었다. 화병이 나서 불면증에 시달리고 있을 엄마를 생각하면 마음이 편치 않았다. 하지만 이대로 다 접고 들어갈 순 없었다.

'엄마가 저 안 찾을 때, 그때 갈게요.'

벌써 스물아홉이었다. 이제 승미에게서도 완전히 벗어나 제 인생을 살고 싶었다.

사랑하는 사람과 함께.

'그래, 여기까지 왔는데 잠깐이라도 보고 가야지.'

다시금 지태 생각이 나자 세희는 결국 참지 못하고 휴대폰을 들었다.

오후 3시. 마침 마지막 수업도 끝날 시간이었다.

"야, 이솔!"

막 단축 번호 1번을 누르려는데 익숙한 이름이 귀에 들어왔다. 세희는 고개를 들어 앞을 보았다.

"안녕하세요."

솔이 한 남자를 향해 고개를 까딱 숙여 인사하는 모습이 보였다. 썩 달가운 표정은 아니었다. 하지만 과한 포마드 머리에 딱 붙는 슈트를 입은 남자는 몹시도 반가운 듯 느끼한 웃음을 흘리며 솔에게 다가섰다.

"뭐야, 요즘 연애하냐? 겁나 예뻐졌네?"

남자가 솔을 위아래로 훑어보며 말했다. 노골적인 시선이 음흉했다.

바닐라색 롱 원피스를 입은 솔은 오늘따라 유독 청초하고 고아한 분위기가 흘렀다. 암만 그래도 저런 남자에게 칭찬을 듣자고 입은 옷은 아닐 텐데. 세희는 왠지 석연찮은 느낌에 그를 계속 지켜보았다.

"감사합니다. 선배는 무슨 일로……."

"나? 난 여자 친……. 아니, 취업 특강 때문에 왔지."

"네. 그럼 수고하세요."

"아니, 끝나고 가는 길이라고. 넌 어디 가? 시간 되면 오빠랑 커피나 한잔."

"제가 오늘 약속이 있어서요. 죄송합니다. 다음에 봬요."

"야, 야 이솔!"

솔은 뒤도 돌아보지 않고 정문으로 향했다. 단정하고 빠른 걸음이었다. 지켜보던 세희의 입가에 미소가 걸렸다. 흠잡을 데 없이 깔끔한 철벽에 박수를 쳐 주고 싶을 정도였다.

"주제에 튕기기는."

그러나 이어진 포마드 남자의 혼잣말에 웃음이 싹 가셨다. 솔의 뒷모습을 비웃으며 쳐다보던 남자는 곧바로 어디론가 전화를 걸며 떠나갔다.

"어, 오빠 지금 도착했는데 카페에서 기다릴게. 보고 싶으니까 빨리 와. 울 애기 뽀뽀 쪽!"

지랄 염병을 하네. 주제에 연애는! 큰 소리로 외쳐 주고 싶은 마음을 꾹 누르며 세희는 남자의 통통한 뒤태를 노려보았다. 늘어진 엉덩이에 꽉 낀 슈트가 추잡하기 그지없었다.

"저기요!"

그때, 반가운 목소리가 세희의 이목을 잡아끌었다. 언제 나왔는지 지태가 경영관 앞에서부터 성큼성큼 걸어오고 있었다. 적당히 탄탄한 엉덩이와 허벅지를 여유롭게 감싼 슬림 핏 청바지에 눈길이 갔다. 보기만 해도 안구가 말끔히 정화되는 기분이었다.

역시 내 남자.

"지금 저 보고 웃으신 거 맞죠?"

지태가 능구렁이처럼 웃으며 물었다.

"아닌데요."

"선글라스 꼈다고 모를 줄 알아요? 정확히 제 허벅지 보고 웃으셨잖아요."

아직 대중의 시선을 조심해야 하는 터라 세희는 오늘도 선글라스와 머플러로 완전 무장 한 상태였다. 그런 세희의 마음을 알아서인지 단순한 재미를 위해서인지, 지태는 모르는 여자에게 대시하는 척 어쭙잖은 상황극을 하고 있었다.

"괜찮아요. 그런 시선 익숙하니까."

"하."

"원한다면 계속 보셔도 돼요. 대신, 관람료는 그쪽 번호로 받고 싶은데."

지태의 끈질긴 능청에 세희는 헛웃음을 흘리며 앞서 걸었다.

"정말 나 본 거 아니에요? 나 보러 온 거 아니에요?"

"네, 아니에요."

"그럼 왜 이렇게 예뻐요?"

"그쯤 하시죠."

"나 보러 온 것도 아니면서 이렇게 예쁘면 곤란한데. 선글라스 낀다고 그 미모를 가릴 수 있을 줄 알아요? 멍멍이 새끼들이 다 그쪽만 쳐다보잖아요."

세희가 무던한 표정으로 차 키를 꺼냈다.

"멍멍이 새끼? 그쪽?"

삑삑. 울어 대는 차 앞으로 걸어가는데 옆이 조용했다. 돌아보니 지태가 심각한 표정으로 멈춰 서 있었다.

"남잔 나 빼고 다 개새끼고 난 다른 개새끼들이랑 달라요."

진짜 삐졌나 싶었는데 계속되는 상황극에 기가 찼다.

"안 타요?"

"번호 안 주면 안 타요."

"그럼 잘 가요."

쿨하게 돌아서니 차 문을 열기도 전에 후다닥 달려온다. 장난감 사 달라고 드러누웠다가 먼저 가니 엉엉 울며 쫓아오는 어린아이 같았다.

쾅. 반항하듯 거칠게 차 문을 닫은 지태가 선글라스를 벗은 세희의 턱을 잡아 돌리더니 곧장 머플러를 끌어 내리고 키스했다. 놀란 세희가 지태를 확 떼어 내며 쳐다보자 짧은 새 세희의 입안을 짙게 훑었던 붉은 혀로 제 입술을 뱀처럼 적시며 웃는다.

하여간 신지태!

"미쳤어? 누가 보면 어쩌려고. 여기 네 친구들도 많을 텐데."

"난 상관없어. 아니, 차라리 좀 봤으면 좋겠어. 너 쳐다보던 멍멍이 새끼들 눈깔에 비수 좀 꽂게. 아주 확 다 찢어 버리고 싶은데 참는 거 야."

"진짜 상관없어?"

세희가 담담히 물으며 시동을 켰다. 문득 며칠 전 식사 중 흔들리던 눈빛이 떠올랐다.

'솔이라는 애, 그 애한테도 정말, 진심 아니었어?

당연하지, 라는 말끝에 붙었던 어색한 미소도.

"그 애가 본 것 같은데."

"응?"

부웅— 빠르게 출발하는 차가 한곳에 멈춰 서 있던 아이를 지나쳤다. 바닐라색 롱 원피스를 입은 아이. 질투 나 죽겠는데 묘하게 마음이 가는 아이.

"솔이가 있었다고."

○ ◎ ●

"솔아."

"……."

"솔아?"

"네, 네?"

"입맛에 맞느냐고."

"아, 네. 맞아요. 맛있어요."

솔이 어색하게 웃으며 봉골레파스타를 은색 포크에 돌돌 말았다.

오늘은 수업이 일찍 끝나는 날이라 시네하우스에 가기 전 도하와 함께 저녁을 먹으러 온 상태였다. 지난 주말은 도하의 마감 때문에 보지 못했기에 오늘이 제대로 된 첫 데이트였다.

오늘만을 기다리며 주말 동안 열심히 쇼핑을 했던 솔은 새벽부터 일어나 그간 공부했던 베이스 메이크업도 꼼꼼히 하고 새로 산 원피스도 꺼내 입었다. 마지막 수업이 끝난 후에는 여진과 호에게 제대로 인사도 하지 못하고 제일 먼저 강의실을 뛰쳐나왔다. 그리고 다급히 약속 장소로 향하던 중 뜻밖의 인물들을 만났다.

첫 번째는 경영학부의 곰팡이 같은 존재 박기천이었고, 두 번째는…….

"무슨 일 있어?"

신지태였다. 연인과 함께 있던 신지태.

"아뇨, 없어요."

지태가 연애를 하든 말든 상관할 바는 아니었다. 항상 있던 일이니 그다지 놀라울 것도 없었다. 다만 문제는, 그 상대가 그녀였다는 것.

'번호 안 주면 안 타요.'

와인색 스포츠카를 지나쳐 내려가던 솔은 귀에 익은 목소리에 뒤를 돌았다가 지태가 웬 여자와 함께 스포츠카에 타더니 그녀의 머플러를 잡아 내리고 키스하는 모습을 전면 유리로 보게 되었다. 어쩐지 익숙한 스타일이다 싶었는데, 자세히 보니 세희였다.

처음엔 충격이었고 다음엔 굉장히 복잡한 심경이 들었다.

'이유가 뭐예요? 저랑 만나야 하는 이유요.'

'보여 주고 싶은 사람이 있어.'

'……질투 작전 같은 거예요? 선배가 연애하는 걸 보면 그 사람이 힘들어질 것 같아서?'

'아니.'

'……'

'편안해질 것 같아서.'

지태가 솔에게 가짜 연애를 제안했던 이유를 이제야 알 것 같았다.

'근데 너, 들키지 마라.'

'연애를 하든 뭘 하든, 상황이 정리될 때까지는 절대 누구한테도 들키지마. 그래야 다쳐. 그 사람도, 그 여자도, 그리고 너도.'

만일 지태가 좋아한다던 그 사람이 세희였다면, 지태는 세희가 도하와 안전한 연극을 할 수 있게, 그래서 편안해질 수 있게, 솔을 제 옆에묶어 두려고 한 것이다. 가짜 연애를 해서라도. 솔이 도하와 잘되는 것을 막기 위해.

'나, 끝났어. 그 사람이랑 완전히 끝났다고.'

'그러니까 너도, 나 신경 쓰지 말고 너 하고 싶은 대로 해.'

물론 결국 가짜 연애를 택한 건 솔 자신이었고 지태는 얼마 되지 않아솔을 보내 주었다. 그게 솔을 위한 일이었음을 모르지 않았다. 지태는겉보기와 다르게 마음이 약한 사람이었으니까. 아마 괜한 죄책감에 많은 신경을 썼을 것이다. 그럼에도 불구하고 기분이 이상했다.

'아니 뭐 언제 봤다고 울 정도로 좋아……'

'4년이요. 4년이나 됐다고요.'

처음 비밀을 털어놓은 사람이라 그랬을까. 그래도 꽤 가까워졌다고생각했는데.

지태는 전혀 다른 목적으로 접근했을지도 모른다는 생각을 하니 왠지서운하기도 하고 씁쓸하기도 하고. 묘하게 무거운 마음이 들었다.

왜 하필 그 순간이었는지는 모르겠지만 도유진의 잔상도 짧게 스쳐지났다.

가까운 사이. 그건 한 사람의 '아니.' 라는 짧은 부정만으로도 얼마든지 산산조각 날 수 있는 관계였다. 어쩌면 모든 관계가 그러할지도 모르지만.

"저, 교수님."

"또."

새삼 제 앞에 앉아 있는 남자에게도 불안한 마음이 들어 성마르게 불렀더니, 도하가 포크를 내려놓고 날렵한 턱을 괴며 솔을 바라보았다. 예쁘게 휘어진 눈매에서 은은한 향기가 쏟아졌다.

"둘만 있을 때는 이름만 부르라니까."

"어색해요."

강도하 씨면 모를까 도하 씨는 아직 입에 안 붙었다. 뭔가 낯간지럽달까. 그럼에도 도하는 끈질기게 성 빼고 이름만 부르라고 강요했다.

"계속하다 보면 안 어색해."

"……."

"얼른."

도하 씨라고 불러 주기 전엔 심장에 무리가 오는 저 노골적인 눈빛을 절대 치워 주지 않을 것 같다.

"……도하,"

"……."

"도하 씨."

결국 솔이 기어들어 가는 목소리로 말하며 수줍게 웃자 도하는 만면에 하얀 미소를 띠며 솔의 볼을 가볍게 꼬집었다.

"이상하지. 네가 그렇게 내 이름을 부르면 왠지 심장이 떨려."

이쪽은 당신이 어떻게 불러도 심장이 떨린다고 말하려다 말았다.

"저, 뭐 하나만 물어봐도 돼요?"

"얼마든지."

"우리는 어떤 사이예요?"

최대한 조심스럽게 물었지만 여유 만만하던 도하의 얼굴에 약간 당황한 기색이 스쳤다. 뜬금없이 그런 질문을 할 줄은 몰랐던 모양이다.

"……사귀는 사이지?"

말끝을 올려 답하는 도하에게서 애매한 문제의 정답을 찍는 모범생 아이의 불안감 같은 게 느껴졌다.

"그건, 얼마나 가까운 사이예요?"

"음."

연이어 주어진 고난도 문제에 모범생 아이는 검지와 중지로 미간을 짚고 심각한 고민에 빠졌다.

"아마도…… 육신과 영혼 같은 사이?"

"네?"

누가 예술 평론가 아니랄까 봐 심히 철학적인 대답이었다.

"육신과 영혼 사이에는 거리가 없잖아. 눈에 보이는 가시적인 거리 말이야. 그냥 '나' 라는 교점에 하나처럼 붙어 있을 뿐이지. 연인 사이도 마찬가지라고 생각해. '우리' 라는 교점에 하나처럼 붙어 있는 거야. 거리가 있을 수 없지."

어려웠다. 거리가 없는 사이. 하지만 그 말 하나에 내내 무거웠던 마음이 평온하게 가라앉았다.

"그럼……."

"……."

"차 기자님이랑은 얼마나 가까운 사이예요?"

"……응?"

"차세희 기자님이요."

같은 대학 선후배에 집안끼리도 무척 가까운 사이. 자신의 사생활을 포기하면서까지 주저 없이 열애 발표를 할 수 있는 사이. 그런 사이는 얼마나 가까운 사이일까. 차마 그동안 하지 못했던 질문을 꺼내 놓자 도하의 얼굴에서 미소가 가셨다.

"솔아."

답은 않고 이름을 부르는 나직한 목소리에 새삼 긴장이 된 순간.

"지금 질투하는 거야?"

"……네?"

"아니야?"

"네? 무슨, 아니, 아닌데."

"질투라고 말해 주면 대답하고."

"네에?"

"아니야?"

도하는 여전히 표정 없는 얼굴로 솔의 입술만 직시하며 물었다. 마치 유도 신문을 하는 형사처럼. 이게 이렇게까지 심각할 일인가.

"……맞는 것 같긴 한데요."

"같긴 한 거야, 맞는 거야?"

"네, 맞아요."

결국 오기가 생긴 솔이 붉어진 얼굴로 단호히 대답하니 도하의 입꼬리가 그제야 올라갔다. 천천히, 느리게, 끝도 없이.

"마음을 물어볼 수 없는 사이."

이제 됐냐고 쏘아붙이려는데, 도하가 불쑥 말을 꺼냈다.

"남매처럼 가까운 사이는 맞지만 나는 그 애한테 어떤 마음도 물어볼 수 없어. 지금 너한테 물은 것처럼. 거리란 건 그런 거야."

"……."

"답이 됐을까?"

잠시 침묵하던 솔은 이윽고 고개를 주억거렸다. 선명한 비교에 조금 은 알 것 같았다.

거리가 없는 사이. 진짜 연인.

이상하지. 이제야 첫사랑을 시작하는 기분이다.

○ ◎ ●

다시는 이러지 않으려고 했는데.

솔을 집으로 데려다주는 길, 도하의 심장이 여지없이 빨라지기 시작
했다.

며칠 전, 얇은 샤워 가운만 입고 솔의 집에서 잠을 잤던, 잠만 잤던 그
날 이후 도하는 매일 밤만 되면 그 순간이 떠올라 심장병이 걸릴 지경이
었다.

처음엔 소파에서 잠든 솔을 깨워서 2층으로 올려 보낼까 하다가 제
손을 꼬옥 붙잡은 솔의 손을 떨치기 싫어서 그냥 혼자 바닥으로 내려가
소파에 얼굴을 기댔다. 바라보기만 해도 묵직하게 솟아오르는 아래를
진정시키느라 꽤나 애를 먹었지만 뜬눈으로 밤을 지새우더라도 솔을 더
오래, 더 많이 보고 싶었다.

보고만 있어도 이렇게 심장이 간질거리고 흥분이 되는데. 언젠가 그
녀를 품에 안을 생각만 하면 벌써부터 정신이 아득해졌다.

"벌써 다 왔네."

도하가 익숙한 자리에 차를 주차시키며 말했다.

"……그러게요."

탁, 솔이 벨트를 푸는 소리가 들렸다.

"오늘 저녁도 너무 맛있었어요. 감사해요."

"……어, 나도."

"먼저 들어가세요. 가는 거 보고 갈게요."

솔이 차 문을 열고 내렸다. 하지만 도하는 먼저 가지 않고 시동을 끈
후 솔을 따라서 내렸다.

"너 가는 거 보고 갈게."

솔은 더 만류하지 않고 옅게 웃으며 뒤를 돌았다. 오피스텔로 걸어가는 솔의 기다란 원피스가 밤바람에 흩날렸다. 그 모습을 빤히 바라보던 도하가 돌연 검은 구두를 내디디며 성큼성큼 그녀를 따라 걸었다. 안 되겠다. 한번 안아야겠다.

"솔아."

그런데 그때. 탁, 오피스텔의 노란 센서 등이 켜졌다. 솔은 건물 앞에서 멈춰 섰고 도하도 그녀의 한 발 뒤에 따라 섰다.

"이솔."

도하의 목소리가 아니었다.

밤 11시. 달빛 같은 불빛 아래 걸어 나오는 남자는, 도하를 보고도 흔들리는 기색 하나 없이 솔의 앞에 마주 서는 남자는.

"잠깐 얘기 좀 하자."

신지태였다.

○ ◎ ●

"선배가 여길 어떻게……."

솔이 당황하는 것을 보니 집을 알려 준 적은 없는 것 같은데. 두 사람의 심상찮은 분위기를 감지한 도하가 한결 예민해진 눈빛으로 나섰다.

"무슨 일이시죠?"

"여기가 강의실인가요?"

지태가 딱딱한 표정으로 응수했다.

"제가 교수님한테 설명할 이유는 없는 것 같은데요."

도하의 반듯한 미간이 날카롭게 좁혀졌다.

"이 늦은 시간에 가르치는 학생을 사적으로 만나고 집까지 데려다준 교수님이야말로 설명이 필요하신 입장 아닌가요?"

"아직도 척하는 중인가요?"

"……."

"나야말로 진짜 남자 친구도 아닌 상대한테 굳이 설명할 이유는 없는 것 같은데."

한참이나 어린 학생을 상대로 이런 자질구레한 말싸움이나 하고 싶진 않았건만, 지태의 당당한 태도에 저도 모르게 날이 섰다.

"교수님, 죄송해요."

그때 솔의 나긋한 목소리가 귀에 감겼다.

"선배랑 얘기 좀 해야 할 것 같아요."

난감한 표정이긴 했지만 도하의 눈을 피하지 않는 것으로 봐선 분명한 용건이 있는 것 같았다. 도하는 솔의 맑은 눈망울을 가만 바라보다가 천천히 고개를 끄덕였다.

"그래, 그럼."

"……."

"전화해."

쿨한 척했지만 속은 열대야가 따로 없었다. 그래서 부러 더 다정하게 인사했다. 안아 주진 못하더라도 애틋한 마음까지 숨기고 싶진 않았다.

"조심히 가세요."

도하는 솔의 짧은 미소를 마지막으로 차로 향했다. 운전석에 올라 시동을 켜는데 전면에서 무표정한 얼굴로 고개만 까딱 숙여 인사하는 지태가 보였다.

지태의 마음이 누구에게 향해 있는지 뻔히 알고 있었다. 별일 없을 거라는 믿음도 있었다. 하지만 늦은 밤 여자 친구를 사지 멀쩡한 데다 잘생기기까지 한 남자의 곁에 두고 떠나는 것은 전혀 별개의 문제였다.

"후우."

핸들을 잡아 돌리는 도하에게서 깊은 한숨이 새어 나왔다. 후진을 하는 차체가 무겁게 느껴졌다. 물러서는 게 이렇게 어려운 일이었나. 타들어 가는 마음을 애써 진정시키며 거칠게 차를 돌렸다.

아름다운 독종이 작아져 갔다.

○ ◎ ●

슥슥. 덧없이 모래를 긁던 하얀 운동화가 멈추었다.

언제부턴가 액체가 아닌 공기를 빨아들이는 소리만 들리기에 슬쩍 옆을 보니 지태의 아이스초코가 어느새 바닥을 보이고 있었다.

"좀 드릴까요?"

녹지도 않은 얼음을 쪽쪽 빨아들이는 모양새가 안타까워 물었더니 지태는 빨대를 훅 뱉어 내고 다소 과장된 어투로 답했다.

"아니? 괜찮은데? 나 지금 더 먹고 싶어서 이러는 거 아닌데. 습관이야, 습관."

"아, 네."

"내가 지금 갈증이 나서 빨리 마신 거라고 생각하면 오산이라고. 긴장한 것도 아니고 갈증이 왜 나겠어, 내가?"

"알겠어요."

누가 뭐랬나.

솔은 옷소매를 끌어 내려 손바닥까지 덮은 후 다시 아이스티를 들었다. 밤이라 그런지 홀더가 있어도 차가웠다. 바람도 쌀쌀해서 사거리에 있는 24시 카페에 가려 했더니 밤샘 공부 중인 학생들이 너무 많아 음료만 사서 인근 놀이터로 온 터였다.

놀이터는 조용했다. 끼익끼익. 간간이 솔과 지태가 타고 있는 그네의 쇳소리만 정적을 채웠다.

"야, 이솔."

"네."

"너 왜 아무 말도 안 하냐?"

그건 솔이 묻고 싶은 말이었다.

"먼저 얘기하자고 한 건 선배 같은데요."

"……."

"할 말 있으면 하세요."

솔은 아이스티를 한 모금 넘기며 다시 그네를 탔다. 상큼한 복숭아 향이 식도를 넘어가는 동시에 차가운 밤바람이 뺨을 스쳤다. 졸음이 조금 가시는 듯했다.

타악. 그때 그네가 약간 휘청이며 멈추었다.

눈앞에 까만 어둠이 드리워졌다. 고개를 들어 보니 지태가 솔의 앞에서 그네의 양쪽 줄을 잡고 있었다.

"빨리 욕 안 해?"

가로등 불빛 아래 솔을 내려다보는 그의 시선이 자못 진지했다.

"너 오늘 나 봤다며. 그럼 다 알았을 거 아니야. 네가 강도하 좋아하는 거 뻔히 알면서 훼방 놓으려고 사귀자고 했던 거. 내가 좋아하던 사람, 차세희라는 거."

"……."

"그니까 빨리 욕하고 따져. 어떻게 네 사랑 챙기겠다고 남의 사랑을 깨뜨리려 드느냐고. 미친 새끼 이기적인 새끼 시원하게 지랄이라도 한번 하라고."

속사포처럼 쏟아 낸 지태의 호흡이 조금 빨라졌다. 그 호흡을 가만히 듣던 솔이 언뜻 웃었다.

"왜 웃어?"

지태가 황당하다는 눈빛으로 물었다. 나는 이렇게 진지한데 뭐가 웃긴 건지 진심으로 궁금하다는 표정이었다.

"선배는 사과도 특이하게 하시네요."

"뭐?"

"선배가 저 대신 시원하게 지랄해 주셨으니까 됐어요."

"야."

"충분히 괜찮아지네요."

진심이었다. 적어도 그는 외면하지 않았으니까.

솔이 문제 삼지 않는 이상 설사 알았더라도 모른 척 그냥 멀어질 수 있었는데 여기까지 찾아와 어설프게나마 미안한 마음을 열렬히 쏟아 냈다. 그것만으로 충분했다.

가까운 사이가 아닌 건 아니었구나. 좋은 사람이 아닌 건 아니었구나.

"감사해요."

그네를 붙잡고 있던 지태의 손이 떨어졌다.

"뭐?"

"그래도 선배 덕에 저도 잘 챙겼어요."

빗소리보다 편한 사람. 나의 사람.

"그때 선배가 말해 주셨잖아요. 선배 신경 쓰지 말고 하고 싶은 대로 하라고."

"……."

"저는 유별난 게 아니라고."

그 말이 아니었으면 그때도 지금도 용기 내지 못했을지도 모른다.

"선배도 유별난 게 아니에요."

지태가 픽 웃으며 한발 물러섰다.

"하여간 이솔. 사람 미안하게 하는 덴 선수지."

앞을 가렸던 어둠이 사라졌다. 동시에 솔의 손에 들려 있던 아이스티도 훅 사라졌다.

"안 마신다면서……."

말을 다 끝내기도 전에 아이스티는 다시 솔의 손에 돌아왔다. 뭔가 이상하다 싶은 순간 두 겹이 된 홀더가 눈에 들어왔다. 더는 냉기에 소매를 끌어 내릴 필요가 없었다.

"그렇게 좋냐? 교수님이."

지태는 홀더가 홀라당 벗겨진 제 컵을 들고 그네에 앉았다. 한결 가벼워진 얼굴이었다.

"네."

"다행이네. 잘돼서."

"선배도 다행이에요. 잘돼서."

지태와 솔은 동시에 웃었다. 미소는 짧았지만 여운은 길었다.

차가운 아이스티를 따뜻하게 손에 쥔 밤, 작은 그네에 앉기에는 한 뼘 더 키가 자란 기분이었다.

○ ◎ ●

톡톡톡톡. 테이블을 두드리는 손길이 불안정했다.

[솔아 어디야?]

읽지 않은 문자에 '아직 밖이야?'라는 문자를 연이어 써 놓고 전송을 누를까 말까 망설이던 도하는 결국 소파에서 벌떡 일어섰다.

"괜찮아. 별일 아니야. 강도하. 촌스럽게 굴지 마."

말은 그렇게 하면서도 소파 앞을 왔다 갔다 하는 걸음이 조급했다. 시선은 자꾸만 벽에 걸린 시계로 향했다. 12시 28분. 어느덧 자정을 훌쩍 넘긴 시간이었다.

지태를 만난 게 11시쯤이었는데 이렇게 오래 이야기할 일이 대체 뭔지, 그 자식은 잠깐만 얘기하자더니 왜 한 시간 반이 지나도록 붙들고 있는 건지. 슬슬 불안과 짜증이 밀려오기 시작했다.

'12시 30분까지 답장이 없으면 연락을 해야겠다.'

도하는 다시 소파에 앉아 휴대폰을 집어 들었다.

[아직 밖이야?]

뭔가를 덧붙이다가 지우고 또 쓰다가 지우기를 몇 번, 다시 원상태의 문자가 되었다.

'그래, 그냥 보내자.'

심호흡을 하고 보니 12시 30분이었다. 너무 정각에 보내는 것도 이상하려나 싶어 1분만 더 기다릴까 하다가 에라 모르겠다, 전송 버튼을 누르려던 순간, 휴대폰이 진동했다.

[독종♡]

최근에 바꾼 이름이 화면 가득 떠올랐다. 깜짝 놀란 도하는 진동이 한 번 지나기도 전에 통화 버튼을 누르고 귀에 가져다 댔다.

— 여보세요?

나긋한 목소리가 도하를 부른다.

순간적으로 경직됐던 몸에서 힘이 쫙 풀린 도하는 소파에 등을 푹 기대고 왼손으로 얼굴을 쓸어내렸다. 그제야 피식 웃음이 났다.

"어, 솔아."

— 저 아까 들어와서 지금 막 씻고 나왔어요. 연락드리고 씻으려다 깜빡해서.

"괜찮아. 잘 들어갔으면 됐어."

1분 1초에 연연하던 자신의 모습이 주마등처럼 스쳐 지났다.

내가 뭘 한 건가, 급격한 환멸이 밀려든다.

— 얼른 주무세요. 내일 오전 수업이잖아요.

"너랑 같은 수업인 것 같은데."

그러자 솔이 짧게 웃었다. 도하의 입꼬리도 따라 올라갔다.

"솔아."

도하가 한 손으로 이마를 짚은 채 살살 쓸어 만지며 조심스레 입을 열었다.

"지태랑, 무슨 일 있어?"

건너편에서는 잠시 대답이 없었다. 그 잠깐의 간격에 입안이 바짝 말랐다.

— 사람이 사람을 너무 많이 좋아하면 일이 나나 봐요.

평소처럼 아무 일도 없었다고 둘러대면 속상할 것 같았는데 생각지도 못한 말에 심장이 철렁 내려앉았다.

"뭐?"

— 차 기자님이랑 연애하신다는 얘기 듣고 홧김에 했던 거예요. 가짜 연애.

아, 안도의 탄성이 흘렀다.

— 지태 선배도 마침 좋아하던 사람 때문에 가짜 연애를 해야 한다고 했었고요.

"……"

— 그런데 그게 차 기자님이라는 걸 오늘 알았어요.

사실 도하는 어느 정도 짐작하고 있었다. 지태가 저를 유독 경계하고 솔과의 관계를 방해하려는 느낌을 받았을 때, 솔에 대한 마음이 진심이거나, 세희를 잊지 못해 그러는 거라고 생각했으니까. 그런데 세희 때문이었다면.

"내가 세희 옆에 있길 바란 거구나."

역시 기대를 저버리지 않는 놈이었다. 정열의 연하남.

"속상했겠네, 우리 솔이."

오늘 저녁을 먹을 때까지만 해도 무슨 일이 있는 것처럼 상념에 잠겨 있던 솔의 모습이 떠올랐다. 끝 간 데 없이 마음 넓은 남자 친구가 되어 주고 싶었지만 씁쓸한 미소가 샜다. 아무리 가까운 사이였다고 하더라도 솔이 다른 남자 때문에 속상해하는 것은 싫었다. 뼛속까지 차갑게 얼어붙는 기분이다.

— 교수님.

"……."

— ……도하 씨.

넋이 나가 있던 도하는 제 이름이 들렸을 때에야 초점을 찾고 앞을 보았다.

— 나, 듣기만 했어요.

"……응?"

— 마음을 물어볼 수 없는 사이. 거리란 건 그런 거잖아요.

자그마한 목소리가 부리는 능청에 그새 또 웃음이 샌다.

"이솔 학생은 응용력이 참 뛰어난 학생이네요."

— 어떤 교수님 덕분에요.

"일 났네."

— 네?

"사람이 사람을 너무 좋아하면 일이 난다며."

— 풋. 교수님도 응용력이 참 뛰어나시네요.

솔은 농담처럼 받았지만 도하는 진심이었다. 겁이 났다.

이제 시작인 것 같은데. 도대체 얼마나 더 좋아하게 될지 감조차 잡히지 않아서.

"……보고 싶다, 솔아."

나는 내가, 너를 사랑하는 내가 두려워지기 시작했다.

○ ◎ ●

"저 새끼는 왜 자꾸 오는 거야?"

교내 식당. 지태가 못마땅한 표정으로 건너편 테이블에 앉은 기천을 쏘아보았다.

"회사가 이 근처잖아. 지난번 취업 특강 때 다른 과 신입생 한 명 홀린 것 같더라. 연애한다고 틈만 나면 오는 거지, 뭐."

세준이 고개를 설레설레 저으며 수저를 들었다. 언제나처럼 슈트를 빼입고 온 기천은 식판도 없이 자리를 잡고 앉아 전화를 하고 있었다.

"그냥 무시해. 괜히 입맛 떨어진다."

세준의 말이 맞았다. 지태는 어쩐지 기천만 보면 입맛이 떨어질 정도로 껄끄러운 느낌이 들었다. 그래, 차라리 보지 않는 게 답이었다. 애써 시선을 거두고 수저를 드는데 걸걸하니 가래 낀 목소리가 갑자기 귓가에 훅 꽂혀 왔다.

"아오 씨, 내기하기로 한 지가 언젠데 아직도 말이 없어."

순간적으로 이상한 기시감이 들었다.

"한 거야 만 거야? 했으면 빨리 인증하라고."

주변의 시선을 의식하기는커녕 떠벌리고 싶은 듯 떵떵거리는 목소리. 그 커다란 목소리에 지끈, 편두통이 일었고 다음 순간 섬광처럼 하나의 기억이 뇌리를 스쳤다.

"난 조만간 보낼게. 걔 아래가 죽이거든."

[야, 했냐?]

[내기하기로 한 지가 언젠데 아직도 말이 없어.]

[했으면 빨리 인증해.]

[기왕이면 아래 말고 위로. 걔 가슴이 죽이잖아.]

언제였더라, 그런 문자를 받은 적이 있었다.

보기만 해도 눈살이 찌푸려지는 문자였지만 마지막에 뜬 잘못 보냈다는 말에 그저 짧은 욕을 하고 대화방을 나가 버렸다. 그때 지태는 굉장히 다급한 상황이었기 때문에 잘못 받은 문자에 신경을 쓸 겨를이 없었다.

그때 뭐가 그렇게 급했더라, 어떤 상황이었기에, 여기까지 생각이 미쳤을 때.

"야, 씨발 인사 안 하냐?"

박기천의 목소리가 한 번 더 식당을 울렸다.

"이솔 너 많이 컸다? 좀 예쁘다 해 줬더니 뭐라도 된 것 같지? 주제 파악 못 해? 어디 감히 건방지게 쌩을 까고 지랄이야!"

"……"

"웃어? 이게 진짜 뵈는 게 없나."

쾅!

'네가 날 안 좋아하는 줄 알았어.'

의자를 박차고 일어선 지태가 저벅저벅 걸어가 솔을 지나쳤다.

'너는 장난이었다고 생각했으니까.'

퍼억! 연이은 마찰 소리에 식당 곳곳에 외마디 비명 소리가 번졌다. 지태는 휘청이는 기천의 멱살을 잡아채고 한 번 더 주먹을 치켜들었다.

'나한테 장난이었던 적 없어? 단 한 번도?'

이제야 기억이 났다.

'나를 두고 내기 같은 걸 한 적은?'

그래, 그날은, 그날은 분명…… 5년 전 화이트 데이.

그녀를 잃었던 날이었다.

9

그대는 모르기를

"글쎄 전 합의 절대 안 한다니까요."

기천이 퉁퉁한 허벅지 위로 다리를 꼬아 올리며 팔짱을 꼈다. 얼굴 곳곳에 피멍이 들고 입술이 부르튼 처참한 몰골이 누가 봐도 피해자임이 분명해 보였다. 반면 솔을 사이에 두고 오른쪽에 앉아 있는 남자의 얼굴은 작은 상처 하나 없이 깨끗했다.

"신지태 씨는 계속 그렇게 입 다물고 있을 거예요?"

형사가 뒷머리를 털어 내며 피곤에 찌든 목소리로 물었다.

지태가 반쯤 내리깐 눈빛으로 형사를 바라보았다. 가느다란 눈매가 살벌했다. 그냥 뒀다간 형사에게도 화풀이를 할 기세였다.

"말씀드렸잖아요. 저 때문이에요. 제가 이쪽한테 위협을 받아서 지태 선배가 도와준 거라고요."

"위협은 무슨 위협이야?"

솔이 지태 대신 조곤조곤 말하자 기천이 발끈하며 나섰다.

"너네 잤지? 딱 보니까 답 나오네. 어디서 뒹굴다 와서 생사람을 잡고 지랄이야, 지랄이!"

그러자 묵묵히 앉아 있던 지태가 벌떡 일어섰다. 늘어지게 하품을 하던 형사도 놀란 얼굴로 따라 일어섰다. 당연히 한 대 칠 줄 알았는데 지태는 기천을 지나 그의 앞에 놓인 휴대폰을 집어 들었다.

"뭐야?"

기천이 황당해하는 표정으로 묻자 지태는 서늘한 눈빛으로 마주 보며 형사에게 말했다.

"신고 좀 할게요."

"네?"

"여기 불법 촬영 상습범이 있어서."

툭. 지태가 들고 있던 기천의 휴대폰이 형사 앞으로 떨어졌다.

"그 휴대폰 확인해 보시면 성폭력 범죄의 처벌 등에 관한 특례법에 위반되는 행위들이 많이 있을 거거든요? 확인하시고 처벌해 주세요."

"이 미친놈이 뭐라는 거야?"

"기천아, 우리 합의 그딴 거 말고 내기나 하는 게 어때? 누구 형량이 더 세게 나오는지. 네가 좋아하는 거잖아. 내기."

형사가 휴대폰을 집어 들자 기천이 하얗게 질린 얼굴로 우악스럽게 달려들었다.

"뭐 하시는 거예요? 사생활 침햅니다, 이거!"

"일단 앉으세요."

"선배님, 이것 좀 보십쇼."

마침 옆자리에 있던 신참 형사가 전화 한 통을 받더니 박기천에 대한 추가 신고가 들어왔다며 담당 형사에게 제 모니터를 보여 주었다.

누군가 교내 식당에서 있었던 일을 영상으로 촬영하여 S대 커뮤니티에 올린 모양이었다. 다행히 영상은 박기천이 솔에게 황당한 시비를 거는 순간부터 찍혀 있었고 많은 댓글들이 그의 평소 행실을 증명해 주고 있었다.

「미친 꼰대 새끼 내가 한번 줘 터질 줄 알았음ㅇㅇ」
「맞은 애 쟤 강남에서 유명한 몰카충」
「쟤한테 성추행당한 여자애들이 한둘이 아님 내 친구도 극혐한다」

"어쩔 수 없네. 확인해 봐."

담당 형사가 신참 형사에게 휴대폰을 넘겨주며 말했다.

"형사님!"

"그리고 폭행 건은,"

"아 씨, 합의 안 한다구요! 휴대폰이나 주세요, 빨리!"

"합의, 하셔야 할 것 같은데."

그때 뒤에서 익숙한 중저음의 목소리가 들렸다.

솔은 곧장 고개를 돌렸다. 급하게 왔는지 약간 흐트러진 머리칼을 쓸어 넘기며 남자가 웃었다. 웃으며 솔을 보았다.

"……교수님."

새벽녘 서리 같은 미소가 감렬했다.

달고도 차가웠다.

○ ◎ ●

박기천의 가족에게 연락하여 적지 않은 합의금을 제시한 도하 덕분에 지태는 결국 합의 끝에 경찰서를 나올 수 있었다. 어느덧 어슴푸레 노을이 지고 있었다.

"무튼 감사합니다."

지태는 여느 때처럼 불퉁한 표정으로 고개만 까딱 숙여 인사했다. 무튼이라는 말에서 별로 합의하고 싶지는 않았다는 마음이 느껴졌다.

"감사는 저쪽에 해야 할 것 같은데."

지태가 가느다란 눈매를 치뜨고 도하가 턱짓하는 곳을 바라보았다. 와인색 스포츠카가 경찰서 앞에서 대기 중이었다.

수업이 끝나고 미팅 때문에 〈S무비〉 본사에 가 있었던 도하는 세희의 연락을 받은 후에야 학교에서 일어난 일을 알게 되었다. 세희는 동생 세준과 연락을 하다가 자연히 듣게 된 모양이었다. 얘기는 간단했다.

지태가 제 동기를 죽어라 패서 경찰서에 갔는데 그게 솔 때문이라는 것.

도하는 그렇잖아도 세희에게 지태와의 관계에 대해 묻고 솔과의 관계에 대해서도 이야기하려고 했지만, 오늘 일을 상의하는 과정에서 자연스럽게 서로의 상황과 마음을 알게 되었다.

도하는 세희에게 아직 강기우의 사건이 다 마무리되지 않았는데 또 다른 일로 경찰서에 들락거리는 것은 아무래도 좋지 않을 테니 집에서 쉬고 있으라 했지만 세희는 구태여 경찰서까지 따라왔다.

"……다 안 거예요?"

"원망은 친구한테 하고."

"하아."

지태가 커다란 손으로 얼굴을 쓸어내리며 깊은숨을 내쉬었다.

"나도 고마워요."

그런 지태에게 도하가 불쑥 말을 건넸다. 내용과는 달리 말끝이 서늘했다.

"솔이 도와준 거."

도하는 지금 최선을 다해 노력하는 중이었다. 신지태를 이해하기 위해. 그리고 자신을 참아 내기 위해.

"……아뇨. 그것보단."

지태의 시선이 솔에게로 옮겨 갔다.

"일 크게 만든 거 미안해. 그래도 앞으론 그런 놈 보면 그냥 좀 피해 다녀. 피하기 싫으면 그냥 무시하든가. 굳이 상대하지 말라고. 괜히 다치게."

일순 도하의 시선이 굳었다.

'앞으론 부딪치지 못하겠으면 도망쳐. 도망도 못 치겠으면 내 뒤에 숨든가. 어떻게든, 너는 지켜.'

오래전 세희를 처음 만났을 때, 그때 자신이 했던 말이 떠올라서였다.

"저는 괜찮아요."

솔은 단정하게 웃었고 지태는 짧은 눈인사를 끝으로 돌아섰다. 둘 사이에는 따뜻한 감정이 흘렀지만 그 이상의 뜨거움은 없었다. 오래전에도 지금도, 세희와 자신이 그렇듯. 도하는 그제야 지태를 조금은 이해할 수 있을 것 같았다.

"……저."

오늘 내내 숨기지 못했던 냉기를 느낀 걸까. 솔이 도하의 눈치를 보며 살며시 다가왔다. 잘못한 것도 없으면서. 고개를 숙인 채 손만 꼼지락거리는 솔을 말없이 주시하던 도하는 그녀를 천천히 당겨 안았다. 놀란 듯 움츠러드는 어깨를 더욱 꽉 끌어안았다.

"그 자식, 입이 심하게 거칠던데."

"……."

"미안해. 내가 옆에 없어서."

실은 그랬다. 자신이 아닌 다른 남자가 그녀의 옆에 있었다는 것, 그리고 지켜 줬다는 것, 그로부터 비롯된 낯선 불쾌감에 도하는 완전히 함몰되어 있었다. 강도하란 인간에게 소름이 끼칠 정도로.

"정말 괜찮아?"

"……아니요."

지태에겐 괜찮다며 아무렇지 않은 듯 웃었던 솔은 도하의 가슴팍에 얼굴을 묻고 파고들며 아이처럼 웅얼거렸다.

"무서웠어요."

솔의 목덜미를 쓸어내리던 도하의 손이 멈칫했다.

"그렇게 몰아붙이던 선배도, 둘러싸고 있던 사람들도, 경찰서도, 형사도, 다 싫고 무서웠어요."

도하는 묵묵히 솔을 쓰다듬고 토닥이며 꼭 안아 주었다. 눈 밑이 뜨거워졌다.

"괜찮아, 다 괜찮아질 거야."

이제 묻지 않아도 알 수 있을 것 같았다.

"얼른 가자."

아무도 없는 곳, 따뜻한 곳으로.

○ ◎ ●

"세희야."

"……."

"차세희."

세희는 대답 대신 브레이크를 밟았다. 끼이이익. 지면에 닿는 바퀴의 마찰 소리가 귓가를 찢어 놓는 듯했다. 그래도 지태는 한결같이 차분한 목소리로 물었다.

"내릴까?"

세희는 묵묵히 창밖을 바라보았다. 넘실대는 강물 위로 붉은 노을빛이 흩뿌려졌다. 꽉 막힌 것처럼 답답했던 속이 조금은 뚫리는 기분이었다.

"진심 아니었다며."

거세게 휘몰아치는 마음을 숨기고 나직하게 말했다.

"근데 왜 그랬어?"

"······."

"왜 그렇게까지 했냐고."

처음 세준에게서 지태의 이야기를 들었을 땐 그럴 수 있겠다 싶었다. 원체 불의를 못 참고 다혈질인 지태의 성격상 제 동기가 절친한 후배에게 인사 따위로 꼰대질을 하는데 두고 볼 수가 없었을 것이다. 하지만 영상을 보았을 땐 심장이 쿵 내려앉았다.

지태가 때린 남자는 얼마 전 세희가 학교에서 보았던 그 남자였다. 솔에게 대놓고 추근거리다가 실패하자 지질한 욕을 하며 돌아서던 남자. 게다가 지태는 단순히 화가 난 정도가 아니라 정신이 반쯤 나간 상태였다. 남자가 쓰러져 피를 토할 때까지 주먹을 날리던 잔악한 표정이 잊히지 않았다. 그렇게 살기 넘치는 표정은 강기우와의 사건 이후 처음이었다.

그러니까, 같은 마음이었던 걸까. 강기우에게서 세희를 구해 줄 때와 그 남자에게서 솔을 구해 줄 때.

심장이 처참하게 짓이겨지는 기분이었다.

"괜찮으니까 솔직히 말해 봐. 저번에 물었을 때도 너, 머뭇거렸잖아."

"······."

"좋아하는 거지? 그 애."

이런 질문을 하는 스스로가 끔찍이도 싫어졌을 때 쾅, 차 문이 열렸다. 내내 덤덤하던 지태가 강바람을 맞으며 난간을 내리치는 모습이 보였다. 흥분을 삭이는 것 같았다.

세희는 차오르는 설움을 꾹 누르고 따라 내렸다. 아무렇지 않은 척, 쿨한 척. 그깟 자존심이 뭐라고. 무감한 표정으로 지태의 옆에 서서 차가운 강바람을 맞고 있는데 지태가 홱 몸을 틀더니 다소 격앙된 어조로 외쳤다.

"괜찮아? 넌 뭐가 그렇게 다 괜찮냐?"

"……."

"그래, 솔직히 말할게. 그동안 너 보라고 막살면서 만난 여자들이랑은 달랐어. 걔한테는 나, 손끝 하나 대기 힘들었어. 네가 그렇게 좋아한다던 강도하, 네 옆에 좀 붙여 놓으려고 솔이한테 몹쓸 짓 하면서 미안하고 신경 쓰이고 그랬으니까. 걔한테는 잠시 잠깐도 함부로 할 수가 없었어."

세희의 가라앉은 눈동자가 흔들렸다. 지태가 왜 솔을 만났었는지, 그 이유에 대해 말해 준 것은 처음이었다.

"좋아하냐고? 좋아하고 싶었어. 이번 생엔 죽어도 널 만날 수 없다면, 다른 누군갈 좋아해야 한다면 그게 그 애였으면 좋겠다고 생각했어. 예쁜 애라서, 좋은 애라서, 그 이유도 맞는데, 그 애한테서 자꾸…… 내가 보여서."

"……."

"5년 전, 널 사랑했을 때의 내가."

"……."

"그때 알았어. 나는 안 된다는 거. 아무리 노력해도 네 이름 석 자에서 벗어날 수 없다는 거. 어떻게 발버둥 쳐도 나는 5년 전 그 시간에 갇혀 있고 내 좁은 세상은 결국 너, 온통 너라서. 다른 누군갈 사랑하고 싶어도 할 수 없다는 거."

잘 참고 있었는데 결국 시야가 습기에 차 흔들렸다. 그런 세희를 가만히 바라보던 지태는 잠시 호흡을 고른 후 말을 이었다.

"오늘 그 새끼, 박기천이었어."

"……뭐?"

"그동안 잘못 받은 문자라서 까맣게 잊고 있었는데 그 새끼 말투를 듣자마자 갑자기 생각이 나서."

믿을 수가 없어서 헛웃음이 흘렀다. 동시에 정신을 잃고 주먹을 휘두르던 지태의 모습이 떠올라 가슴이 뜨거워졌다.

"아무리 그래도, 어떻게 나를 의심할 수가 있어? 5년 전의 난, 그렇게 한심하고 더러운 새끼였어? 너를 두고 그딴 내기나 할 만큼? 너한테 그만큼의 믿음도 주지 못할 만큼 하찮은 놈이었냐고."

지태라서가 아니었다. 세희라서였다. 고작 그딴 짓이라는 걸 수도 없이 당해 온 차세희라서.

"최소한 한 번이라도 물어봤어야지. 그렇게 가 버리진 말았어야지. 지난 5년 동안 내가 왜 그렇게 막살았는데. 연애 한 번 안 해 본 천연기념물, 분 냄새나 나는 어린애 티 좀 벗으려고! 네가 싫어한다고 했으니까. 그러면, 그러면 네가 좀 좋아해 줄까 싶어서."

세희가 한 손으로 얼굴을 가렸다. 결국 노을 진 강물처럼 붉은 눈가에서 차디찬 액체가 뚝뚝 흘러내렸다.

"근데 이게 다 그 같잖은 새끼가 보낸 문자 하나 때문이었다는 생각을 하면, 네가 받을 필요도 없었던 상처 때문에 5년이나 힘들어했던 생각을 하면, 너무 허탈하고 억울하고, 씨발 참을 수가 없어서, 그냥 다 화가 나서……."

더 들을 필요가 없었다. 세희는 조용히 지태의 품에 안겼다. 허공에 떠 있던 지태의 손이 흩날리는 세희의 머리칼로 내려앉았다. 지태의 티가 세희의 눈물로 젖어 들었다.

"미안해."

"……."

"못 믿어서."

돌고 돌아 여기까지 왔는데 애가 타는 마음 때문에 또 돌아갈 뻔했다.

"내가."

한 번도 하지 못했던 말이었는데, 오늘은 해야 할 것 같았다. 할 수 있을 것 같았다.

"너무 좋아해서."

귓가에 낮은 신음이 들렸다. 세희가 좋아하는 지태의 숨소리였다.

"……너 진짜."

지태가 울컥한 목소리로 세희를 조금 더 깊이 끌어안았다.

"사람 미치게 한다."

높은 다리 위. 끝도 없이 펼쳐진 한강이 빛나는 노을을 빨아들이는 모습이 보였다. 은은한 잠식. 그 아래, 또 새로운 밤이 물들고 있었다.

○ ◎ ●

"선배님, 식사 안 하십니까?"

신참 형사가 서 내 한쪽에 차려진 뜨끈한 국밥들을 흘겨보며 물었다.

"어, 가야지."

조서를 쓰던 형사는 모니터에 띄워 둔 창을 정리하며 답했다.

"어? 근데 이 여자……."

그때 신참 형사가 모니터에 얼굴을 들이밀며 눈을 흡떴다. 솔의 신상 정보 옆에 관련 수사 기록이 떠 있었다.

"그때 그 피해자였어요?"

"어, 근데 그때 아니라고 결론 났잖아."

형사는 대수롭지 않게 말하며 자리에서 일어섰다.

"아니 그래도……."

"그게 사실이든 아니든 알 게 뭐야. 참, 몰카 건은 니가 처리해라. 피곤하다."

형사가 자리를 뜨고 신참은 한 번 더 모니터를 들여다보았다. 빼곡한 자료들 옆에 흑백이 아님에도 어둑해 보이는 솔의 사진이 보였다. 눈을 맞추고 있는 듯한 착각이 들 정도로 선명하고 깊은 눈동자.

「해원고 학교 폭력 수사 기록」

그 눈동자가 슬펐다.

○ ◎ ●

"야, 온다, 온다!"

여학생 한 명이 앞문으로 들어오며 제 친구들에게 호들갑을 떨었다. 강의실 곳곳의 여학생들이 립스틱을 꺼내 덧바르거나 머리를 묶는 등 분주하게 움직였다.

"교수님 오시나 보다."

솔은 여진의 속삭임에도 짧은 미소로 답하고 책에만 시선을 꽂았다. 그러나 손은 자연스럽게 머리로 향했다. 고데기라는 걸 한다고 해 봤는데 영 어색했다. 말린 듯 풀린 듯 애매한 머리칼을 귀 뒤로 넘겼다 뺐다 나름의 사투를 벌이고 있는데 뒤에서 픽 웃는 소리가 들렸다.

"넘긴 게 낫다."

고개를 돌리자 지태가 시침을 뚝 떼는 표정으로 어깨만 으쓱해 보였다.

"뭐가?"

지태의 옆자리에 앉아 있던 미선이 제게 하는 말인 줄 알았는지 눈을 동그랗게 뜨고 물어 왔다. 지태는 휴대폰을 보는 척 태연하게 말을 이었다.

"블루벨벳 아이민 말이야. 얼굴이 작아서 머리 넘겨도 예쁜데 자꾸 내리길래."

"아아."

"팬들한테 잘 보이려고 오늘 힘 좀 썼네."

쿡쿡 웃는 모습에 붉어진 얼굴의 솔이 홱 몸을 틀었다. 저를 놀리는 게 분명해 보였다.

"암만 그래도 예쁜 얼굴 가려서 뭐 해. 안 그래?"

솔이 휴대폰을 꺼내 들고 빠르게 문자를 쳤다.

[그만하시죠.]

곧바로 답장이 왔다.

[뭘? 난 진짜 아이민 말한 건데.]

[본인이 예쁘다고 생각하나 봐.]

[이솔♡강도하]

빛의 속도로 쏟아지는 연속적인 문자에 헛웃음이 났다.

며칠 전 놀이터에서 도하와 잘됐다는 소식을 전한 후로 지태는 가끔 볼 때마다 이렇게 놀려 대곤 했다. 누군 할 말 없나 싶었지만 똑같이 유치해지고 싶지는 않아 휴대폰을 내려놓은 순간 강의실에 환호성이 쏟아졌다.

"교수님 안녕하세요!"

학생들의 인사에 엷게 웃으며 강단에 올라서는 도하를 보자 저도 모르게 헤실 웃음이 났다.

며칠 전 검찰이 강기우를 기소하면서 세희의 사건이 잘 마무리되고 있는 데다 지난번 시사회에서의 사과 영상이 화제를 모으면서 도하는 오히려 전보다 인기가 치솟아 버렸다. 나날이 늘어나는 인기에 솔이 부담스러울 정도로.

"교수님은 왜 SNS 안 하세요? 계정 만들면 완전히 뜨실 텐데!"

"해 주시면 안 돼요? 팔로우 좀 하게요!"

지금만 해도 그랬다. 도하를 이렇게 만날 수 있어 좋으면서도 제 주위의 모든 여학생들이 대놓고 도하에게 추파를 던질 때면 며칠 밤을 샌 것처럼 급격한 피로가 몰려왔다.

강도하는 이름까지 강도하라며 S대 커뮤니티에는 이미 고정적인 팬층까지 생겨나고 있었다. 하기야 잘생기고 지적이고 반듯한 데다 여자친구까지 없는 교수인데 인기가 없을 수 없다고 생각하면서도 이 많은 여자들이 적이라니 당장 눈앞이 까마득했다.

"블로그 하는데. 거기 보면 다양한 영화 정보와 칼럼이,"

"그런 거 말고요. 피플스타그램 같은 거요! 교수님 일상을 볼 수 있는 거."

"일상?"

순간 도하와 눈이 마주쳤다.

왜 그때 저를 보았는지는 모르겠지만 솔은 괜히 제 발이 저려 먼저 피했다. 그렇잖아도 강의 반장이라 도하와 친하게 지내는 것을 시기하고 질투하는 시선이 점점 늘고 있는데 연애를 한다는 게 들통나면 어떤 사태가 벌어질지 안 봐도 뻔했다. 그래서 진짜 연애를 시작한 후로는 눈한번 마주치는 것도 어려웠다.

"고려해 보죠."

도하는 가볍게 웃어넘기며 학생 기록부를 펼쳤다.

그로부터 두 시간 후.

학생들의 과제를 모아 외래 강사실에 간 솔은 어디에 갔는지 보이지 않는 도하를 기다리던 중 띠링, 낯선 알림을 받았다.

「beautiful_DJ 님이 팔로우를 요청했습니다.」

누군가 피플스타그램에서 솔에게 팔로우를 요청해 온 것이었다. 프로필 사진도 없고 팔로워나 팔로우도 없는 텅 빈 계정이었다.

뷰티풀 디제이? 클럽 DJ를 하는 사람인가.

이상한 유령 계정 같아서 '거절'을 눌렀는데.

"너무한 거 아니야?"

갑자기 뒤에서 도하의 목소리가 날아들었다.

"깜짝이야."

솔은 놀란 와중에도 반가운 얼굴로 도하를 맞이했다.

"언제 왔어요?"

도하는 별말 없이 문을 닫고 자리에 가 앉으며 솔이 가져온 과제들을 살펴보았다. 약간 숙여진 고개 때문에 표정이 보이지 않았다.

"제출하지 않은 학생들은 대략 열 명 정도,"

"날 거절하다니."

불쑥 내뱉는 목소리가 자못 심각했다.

"네?"

"66명 중에 지태도 있어?"

"무슨,"

"피플스타그램 말이야."

"아."

"있어?"

솔은 그제야 좀 전에 팔로우를 요청해 온 뷰티풀 디제이가 도하라는 사실을 깨달았다.

"왜 아이디가 그래요?"

"신지태 있냐고."

도하는 과제에만 시선을 꽂은 채 물었다.

지태와는 본래 팔로우를 하지 않았다가 최근에 맺은 상태였다. 그때 광고성 팔로워도 늘어나는 것을 보고 비공개 계정으로 전환해 놓았는데 덕분에 도하에게 의도치 않은 불친절을 행하게 되었다. 팔로워를 확인할 수 없어 답답해했을 도하의 모습을 생각하니 풋 웃음이 났다.

"있죠."

"······있죠?"

도하가 기다란 눈썹을 추켜올리며 솔을 보았다.

"그럼 난 왜 안 되는데?"

"말했잖아요. 아이디가 그래서 몰라봤어요."

"아이디가 왜, 어때서? 굉장히 심오한 뜻이 담긴 건데."

"무슨 뜻인데요?"

그러자 도하는 잠시 입을 다물었다.

"교수님?"

"······."

"도하 씨."

솔이 고개를 살짝 기울이며 도하를 보았다. 장난치듯 밝은 목소리로 불렀지만 도하는 여전히 심각한 얼굴이었다.

"흠."

무슨 생각을 하는지 골몰한 표정이던 도하는 갑자기 휴대폰을 들어 1번을 꾸욱 눌렀다. '독종♡'이라는 사람에게 전화가 걸렸고 머잖아 솔의 휴대폰이 길게 울렸다.

[강도하 교수님]

솔의 휴대폰 액정에 뜬 제 이름을 확인한 도하가 통화 종료 버튼을 눌렀다. 표정이 썩 좋지 않았다.

"설마 제가 독종이에요?"

"설마 나는 그냥 강. 도. 하. 교. 수. 님이고?"

"그건······."

솔도 도하와 연애를 시작한 이후 저장된 이름을 바꾸어 볼까 했지만 혹시나 누가 보게 될까 두려워 포기했다.

"이거 생각보다 섭섭한데."

"……팔로우 할까요?"

솔이 휴대폰을 들며 슬그머니 도하의 눈치를 살폈다.

"근데 연인끼리는 SNS 친구 하는 거 아니라던데."

그러면서도 조곤조곤 뒷말을 덧붙였더니 도하가 눈을 가늘게 뜨며 솔을 보았다.

"66명의 다른 사람들은 보는 네 일상을 연인인 나는 보지 못한다고?"

"어차피 저 사진 한 장도 없어요."

"앞으론 생길 수도 있는 거잖아."

"괜히 신경 쓰여서 더 안 올릴 수도 있죠."

마지막 말은 하지 말 걸 그랬나.

도하가 다시 입을 다물었다. 무표정한 얼굴에 내재된 감정이 무엇인지 읽을 수 없었다. 다만 그것이 적어도 기쁨은 아니라는 것쯤은 솔도 알고 있었다.

묵묵히 생각에 잠겨 있던 도하가 돌연 툭, 휴대폰을 내려놓으며 말했다.

"그래, 강요하지 않을게."

"아니에요. 강요라곤 생각하지 않았는데……."

"괜찮아. 나 이런 걸로 집착하는 남자 아니야."

집착이랄 것까지야. 그래도 하지 않겠다면 굳이. 솔은 가볍게 웃으며 피플스타그램을 종료했다. 순간 왠지 손이 따가운 느낌이 들어 보니 도하가 솔의 작은 손짓을 뚫어져라 바라보고 있었다.

"호칭도 편하게 불러. 강. 도. 하. 교. 수. 님이 좋으면 쭉 그렇게 불러도 돼."

"……."

"기자님도 괜찮고. 사무적이고 아주 좋은 것 같은데."

도하의 표정이 여간 진지한 게 아니라서 웃으면 안 될 것 같았지만 자꾸 입꼬리가 씰룩거렸다. 누가 봐도 삐진 게 분명했다. 괜히 더 놀리고 싶어지게.

"그러게요. 그것도 좋은 것 같네요."

의연하게 받아치는 솔을 보며 도하가 제대로 미간을 좁혔다.

"솔아."

"네."

"내가 정말 이런 말까진 안 하려고 했는데."

혹시 진짜 화났나. 적이 심각한 눈빛으로 제 턱을 쓸어 만지는 도하를 보며 더는 놀리지 말아야겠다고 다짐한 순간.

"우리 사진 좀 찍을까?"

또 예상 밖의 질문이 떨어졌다.

"갑자기 사진은 왜……."

"그냥 뭐, 하나쯤 있으면 좋으니까."

이쯤 되니 분명 어디선가 #럽스타그램 같은 걸 보고 온 게 틀림없다는 생각이 들었다.

"잠깐 이리 와 봐."

"여기서요?"

"뭐 어때. 아무도 없는데."

도하가 의자를 뒤로 빼더니 안기라는 듯 양팔을 벌렸다. 다행히 창문에는 블라인드가 쳐져 있었지만 전용 교수실이 아닌 만큼 누가 언제 문을 열고 들어올지 모른다는 불안감이 들었다.

"나라면 머뭇거릴 시간에 빨리 찍고 끝낼 것 같은데."

"정말 꼭 지금 찍으셔야겠어요? 나중에 시네하우스나 차 안에서나 아니면……."

"아니면?"

집에서, 라고 하려던 말을 꿀꺽 삼켰다.

박기천과 한바탕 진흙탕 싸움을 벌였던 그날, 도하는 솔을 집에 데려다주고 마음이 안정될 때까지 함께 있어 주었다. 하지만 그날 이후 그를 다시 집에 들인 적은 없었다.

실은 그날 입을 맞추던 중 흥분한 도하의 손이 셔츠 안으로 훅 들어와 가슴까지 닿았는데, 솔이 저도 모르게 흠칫 놀라며 밀어 내 버려서 도하가 솔이 얼마나 조심하고 있는지 확실히 알게 되어 버린 것 같았다.

짧게 웃으며 다정한 키스로 솔을 놓아 주던 도하에게 싫어서 그런 게 아니라고, 단지 놀랐을 뿐이라고 말을 했어야 하는데 그러지 못했다.

사실 솔은 아직 성관계 경험이 없었다.

4년 전 도하의 앞에서 헤어졌던 강민과의 연애가 처음이자 마지막이었기 때문이다. 갓 스무 살이었던 그때는 너무 어려서 몸도 마음도 순수한 만남을 가졌었다. 강민이 몇 번 관계를 시도해 오긴 했지만 고등학생 때부터 친구처럼 만나던 그와 갑자기 몸을 섞는 것이 왠지 낯설고 어색해 솔이 먼저 피해 버렸었다.

그러나 도하는 서른넷의 완전한 어른이었고 연애 경험도 많아 보였다. 관계가 익숙할 그에게 처음이란 말을 선뜻 하기가 어려웠다.

"그냥 찍자구요."

솔은 수줍게 말하며 도하에게 다가갔다.

그의 옆에 서서 허리를 숙여 키를 맞추고 휴대폰을 꺼내 드는데 갑자기 몸이 화악 당겨졌다. 악! 짧은 비명과 함께 정신을 차리고 보니 어느새 그의 탄탄한 허벅지 위에 걸터앉은 상태가 되었다.

"서, 서서 찍어도 되는데요!"

"기왕 찍을 거 제대로 찍어야지."

그가 셔츠를 반쯤 걷은 팔로 솔의 납작한 배를 단단히 안으며 얼굴을 최대한 밀착시켜 왔다. 짙은 투베로즈 향이 훅 끼쳤다. 숨이 턱 막혀 왔다. 도하가 다른 손으로 솔의 휴대폰을 빼앗아 들고 셀프 카메라 모드로 맞춘 뒤 45도 각도로 올려 들었다.

"하나, 둘, 셋……."

셋이라고 말함과 동시에 부드러운 감촉이 볼에 닿았다. 도하가 고개를 살짝 돌려 솔에게 입을 맞추는 사진이 휴대폰에 담겼다. 여유롭게 미소 짓고 있는 도하와 달리 솔은 깜짝 놀란 듯 토끼 눈을 뜨고 정면만 보고 있었다.

"예쁘다. 그치?"

도하가 사진을 저장하고 휴대폰을 돌려주며 물었다.

"네. 잘 나왔네요."

솔은 얼른 휴대폰을 받아 챙기고 몸을 일으켰다. 하지만 털썩, 곧바로 주저앉혀지고 말았다. 다리 사이로 군살 없이 단단한 허벅지가 느껴졌다. 바짝 긴장한 솔의 어깨 위로 도하가 입술을 묻었다. 솔의 허리를 양 팔로 끌어안는 그에게서 깊은숨이 흘렀다. 살갗이 간질거렸다.

"이 시간엔 아무도 안 와. 잠깐만 이러고 있자."

나직한 목소리에서 녹진한 피로가 느껴졌다. 하기야 오늘 오전에는 평론 작업을 하고 오후에는 강의를 연달아 두 개나 해서 피곤하지 않을 리가 없었다. 새삼 안쓰럽기도 하고, 자꾸 피하는 자신의 태도가 미안해져서 솔은 잠깐만이라도 잠자코 앉아 있기로 했다.

마음을 내려놓으니 몸에서도 힘이 빠졌다. 무겁진 않을까 걱정이 되면서도 한결 편안해졌다.

솔은 제 허리를 놓지 않으려는 듯 꼭 감싸고 있는 도하의 손을 양손으로 부드럽게 감싸 잡았다. 그러자 도하의 입술이 어깨에서 떨어지는 게 느껴졌다.

"아무리 생각해도."

어깨에서 떨어져 쇄골, 목, 그리고 귓가로 올라왔다.

"내가 널 더 좋아하는 것 같아."

민감한 부위에 닿는 뜨거운 혀의 감촉에 신경이 다시 바짝 솟으며 몸이 빠르게 달아올랐다.

"그치?"

솔은 대답 대신 천천히 고개를 돌렸다. 날카롭게 솟은 그의 코끝이 솔의 코끝을 스쳐 지났다. 옅은 적색의 입술이 바로 눈앞에 있었다. 따뜻한 숨결이 고스란히 느껴졌다. 그 숨결을 삼키고 싶었다. 입 맞추고 싶었다. 솔은 작은 손을 뻗어 흐트러진 그의 옷깃을 바로잡아 주며 어깨와 목에 팔을 둘렀다.

그런 솔의 행동에 자극을 받았는지 도하가 솔의 손을 제 목에 더욱 바짝 감게 한 후 고개를 꺾어 왔다. 입술이 한결 더 가까이 다가왔다. 1센티도 안 될 것 같은 짧은 거리. 입술만 축여도 혀가 닿을 것 같은 거리. 그 거리에 심장 박동이 빠르게 솟구쳤다.

"글쎄요, 저는……."

그래도 오늘은 용기를 내야 할 것 같았다. 물러서기만 하다가는 이렇게 오해가 생기고 마니까.

"아닌 것 같은데."

내가 더 좋아하는 것 같은데.

하, 도하의 입술 새로 미미한 웃음이 새어 나왔다. 그러나 웃음은 채다 흐르기도 전에 솔의 입술에 삼켜졌다.

솔의 말랑한 혀끝이 도하의 입술 속으로 침투했다. 언제 닿아도 달고 뜨거운 혀가 솔의 입술을 빠르게 옭아매었다. 한껏 벌어진 도하의 입술이 솔의 혀를 빨아들이고 입술을 오가며 정신없이 머금었다.

시작은 솔이었지만 그다음은 온전히 도하의 주도였다. 있는 힘껏 참아 내듯 솔의 허리에만 단단히 묶여 있던 도하의 손이 이성을 잃듯 툭,

떨어지며 솔의 허벅지에 닿은 순간.

달칵. 차가운 쇳소리가 귓가를 파고들었다.

○ ◎ ●

"아!"

도하의 입에서 외마디 비명이 흘렀다.

쇳소리에 놀란 솔이 반사적으로 도하를 밀치며 벌떡 일어섰는데 그 힘이 어찌나 세던지 의자가 뒤로 쭉 미끄러지며 벽에 쿵 닿은 것이다. 척추를 타고 오르는 찌릿한 통증에 도하가 허리를 짚으며 낮게 신음했다.

"괜찮으세요?"

솔이 한달음에 달려가 도하를 살피며 물었다.

"이런, 안 괜찮으신 것 같은데."

도하는 괜찮다 말했지만 타이밍 좋게 열린 문틈에서 한 남자의 목소리가 끼어들었다.

"하필이면 허리를."

끌끌, 혀를 차는 소리가 여지없이 그였다.

"선배."

신지태. 솔이 당혹스러운 얼굴로 여긴 웬일이냐며 돌아보자 지태가 손에 들린 에이포 용지 두 장을 펄럭이며 히죽 웃었다.

"과제 제출하러 왔는데요. 프린트 좀 해 오느라 늦었습니다."

"제가 아까 분명히 마감한다고 했는데요! 다음 주에 제출하셔야죠."

"내가 아무리 타이밍을 잘못 맞췄다지만 너무 박하시네."

솔은 타이밍이라니 무슨 소리를 하는 거냐고 되받아치려다 말았다. 어차피 지태 앞에선 그런 변명이 통할 리 없고 할 필요도 없었다. 누가 봐도 수상한 이 상황에 다른 사람이 아니라 지태가 들어온 것이 오히려 다행이라면 다행일까.

아무리 그래도, 왜 하필 신지태냐고.

굶주림에 어슬렁거리던 사자에게 먹이를 던져 준 기분이었다.

지태는 만면에 당혹감을 띠고 입술을 앙다문 솔의 모습이 재미있는지 쿡쿡 웃으며 다가와 책상 위에 쌓인 과제들 위로 제 프린트물을 고이 내려놓았다.

"그럼 전 이만 가 보겠습니다. 하던 일, 마저 하세요."

그 천연덕스러운 행동에 도하도 결국 피식 웃어 버렸다.

지태는 평소처럼 고개만 까딱 숙여 인사한 뒤 휘휘 휘파람을 불며 강사실을 나갔다. 솔은 문이 닫히자마자 깊은숨을 내쉬며 주저앉았다. 허탈한 안도감이 밀려드는 동시에 퍼뜩 도하가 걱정됐다.

"정말 괜찮으세요?"

"기왕 나가는 거 문이라도 잠가 달라고 할 걸 그랬나."

와중에도 여유작작한 농담이 나오다니.

착! 솔은 도하의 허벅지를 가볍게 때리며 눈을 흘겼다. 그러자 도하는 하하, 호쾌한 웃음을 흘리며 솔의 머리를 부스스 헝클어뜨렸다.

"하나도 안 괜찮을 것 같은데. 네 손이 계속 거기 있으면."

솔은 화들짝 놀라며 도하의 허벅지에서 손을 떼어 냈다. 몰랐는데 꽤나 위쪽에 닿아 있었다. 갑자기 좀 전의 키스가 생각나서 얼굴이 달듯이 뜨거워졌다.

"그, 그럼 저도 가 볼게요. 도하 씨도 일찍 들어가요."

"간다고? 내 허리를 이렇게 만들어 놓고?"

그 말에 솔은 금세 하얗게 질린 얼굴로 도하의 척추 곳곳을 만져 보며 물었다.

"어디예요? 여기? 여기?"

진득한 촉감과 나긋한 목소리에 도하의 귓불이 빠르게 붉어지는 것도 모르고.

"그걸 그렇게 섹시하게 물어보면……."

"네? 많이 아파요? 병원 갈까요?"

나직한 혼잣말이 잘 들리지 않아서 도하의 입술에 귀를 바짝 대고 물었더니 고통 같은 신음만 들릴 뿐이었다.

"아니, 괜찮아. 장난이야. 하나도 안 아파."

"정말이에요?"

"그렇다니까. 얼른 가 봐."

솔은 걱정스러운 표정으로 몸을 일으켰다.

그가 아무리 장난이라 해도 명백한 쿵, 소리를 들었기에 막상 혼자 두고 가려니 마음이 편치 않았다. 게다가 오늘은 시네하우스에 가는 날도 아니라서 지금 헤어지면 여기서 끝이었다. 화요일, 목요일은 서로의 스케줄을 생각해서 약속을 잡지 않았으니까. 집에라도 같이 가자고 하기에는 보는 눈이 너무 많고.

"……저."

혼자만의 갈등에 파묻혀 있던 솔이 조심스레 입을 열었다.

"갑자기 이런 말씀 당혹스러우실 것 같긴 한데, 우리 당분간 시네하우스에 가는 건 조심하는 게 어떨까요?"

역시 당혹스러웠는지 다정했던 그의 눈매가 약간 굳었다.

"……왜?"

"이제 막 스캔들에서 벗어나셨는데 혹시라도 우리 사이가 밝혀지면 다시 곤란해지실까 봐 걱정돼서요. 특히 요즘 워낙 많이 알려지셨으니까."

도하는 등받이에 허리를 깊이 묻고 솔을 올려다보았다.

"그리고?"

"제가 조만간 다른 일정 때문에 바빠질 수도 있는데 영화관 가는 시간을 줄이면 좀 더 자주 만날 수 있지 않을까 싶어서."

"다른 일정?"

"네. 그건 나중에 말씀드릴게요."

"흠."

뭔가 마음에 들지 않는지 뚫어져라 바라보던 도하가 돌연 팔을 뻗어 솔의 손을 잡았다. 갑자기 닥친 온기가 뭉근했다. 도하는 그대로 손을 당겨 솔을 제 품에 안았다.

"뭔가 서운하지만,"

마치 어린아이를 안듯 솔을 왼 다리 위에 마주 보도록 앉힌 도하는 부드러운 손길로 솔의 말린 머리칼을 넘겨 주며 속삭였다.

"예쁘니까 봐준다."

피식 웃는 모습에 솔도 따라 웃었다. 심장이 간질거렸다.

"그리고 마지막은?"

"마지막은……."

솔은 내리깔고 있던 눈을 살짝 들어 도하와 시선을 맞추었다.

"아무 때나 보고 싶어서요."

"……."

"가령 오늘 같은 날."

도하의 날렵했던 눈매가 풀린 듯 휘었다. 맥없이 웃는 그의 모습에 솔은 더 용기를 내 보았다.

"같이 저녁 먹고 싶어요."

"좋지. 뭐 먹고 싶은 거 있어?"

"음…… 먹이고 싶은 건 있어요."

"하하, 뭔데?"

"제가 잘하는 음식이요."

순간 도하의 눈가가 움찔 굳었다. 솔도 그런 스스로가 낯설었지만 당당하게 그의 눈을 마주 보았다. 왜인지 오늘은 꼭 해 주고 싶었다. 단둘이 집에 가는 것을 기피하는 것 같은 오해도 풀고 싶었고 혹시나 아플지모르는 그를 푹 쉬게 해 주고 싶었다.

"저 아플 때 죽 만들어 주신 거 보답할게요."

그의 집에서.

"초대해 주실래요?"

해죽 웃는 솔의 모습에 도하도 마침내 입가를 끌어 올렸다. 동시에 솔의 뽀얀 볼이 그의 손에 잡혔다. 엄지로 꼬집듯 살살 쓸어 만지는 손길이 기분 좋았다.

"이솔."

짧게 웃는 모습에 내재된 감정이 선명하게 보였다.

"너 때문에 심장병 걸리겠다."

행복이었다.

○ ◎ ●

저녁 7시 15분.

집 안을 휘젓는 도하의 걸음이 정신없이 빨랐다.

원체 여유를 중시하고 칼같은 성격이라 지각 한번 해 본 적 없었기에 제집에서 이렇게 바쁘게 움직여 본 것은 맹세코 처음이었다.

그러나 6시 반쯤 헤어진 그녀가 집에 가서 씻고 옷을 갈아입고 장을 봐 온다고 한 시간은 7시 30분. 솔을 맞이할 준비를 하기엔 너무 촉박한시간이었다.

도하는 제일 먼저 평소엔 들여다보지도 않던 소파나 수납 장 밑 등 집안 구석구석을 청소기로 빨아들이고 밀대로 닦고, TV 위의 가벼운 먼지까지 물티슈로 싹싹 닦아 냈다.

시원하게 환기를 한 후에는 거실 선반 위의 향초에 불을 붙여 은은한 향을 내고 무드 등을 켰다. 이사를 온 뒤 아직까지 정리해 두지 않고 있던 짐을 풀어 집 안 곳곳에 장식용 그림들을 걸어 두기도 했다.

냉장고를 가득 채우고 있던 맥주와 소주는 싹 다 빼서 베란다로 치워 놓고 진열되어 있던 와인 중 가장 좋아하는 두 병을 잔과 함께 테이블에 꺼내 두었다.

대강 정리가 끝난 후에는 음식물 쓰레기부터 재활용 쓰레기까지 죄다 끌어모아 끙끙 신음하며 분리수거를 하고 왔다.

그렇게 반짝반짝 윤이 나게 벼락치기 청소를 끝낸 시간이 7시 15분이었다.

"하아. 괜찮아, 자연스러워."

누가 봐도 부담스러울 만큼 깨끗한 집 안을 둘러보며 도하는 거친 숨을 몰아쉬었다.

땀을 씻어 내기 위해 가볍게 샤워를 하고 머리를 말리니 얼추 솔이 도착할 시간이었다. 옷장을 거의 갈아엎을 기세로 홈 웨어를 찾아 헤매다 너무 편안한 차림도 예의가 아닌 것 같아 검정 브이넥 티와 슬림 핏 면 바지를 갖춰 입었다.

바지 주머니에 양손을 찔러 넣고 전신 거울 앞에서 이리저리 비추어 보던 도하는 그럭저럭 신경 쓴 것 같으면서도 편안한 스타일에 만족스러운 미소를 짓고 머리를 한 번 쓸어 넘겼다.

띵동. 그때 기다렸던 초인종 소리가 들렸다.

"어, 잠깐만!"

서둘러 방을 나가려는데 거울 속으로 침대 위에 처참하게 너부러진 옷가지들이 보였다.

"젠장."

도하는 옷가지들을 한꺼번에 끌어안고 옷장 안으로 욱여넣었다. 꾸역
꾸역 박아 넣느라 셔츠 소매 한쪽이 장 밖으로 비집고 나왔지만 보지 못
했다.

도하는 마지막으로 가진 것 중 가장 향이 미약한 향수를 양 손목에 칙
칙 뿌린 후 방을 나섰다.

심장이 빠르게 뛰기 시작했다.

○ ◎ ●

"어때요?"

솔은 밀푀유나베 국물을 한 모금 음미한 도하에게 기다렸다는 듯 물
었다.

도하의 입꼬리가 씨익 올라가는 게 보였다. 미간을 찌푸린 것도 아닌
데 그 웃음에 왠지 더 긴장이 됐다.

"역시 피는 못 속이나 봐."

"네?"

"셰프님 딸답다고."

"그걸 어떻게 아셨어요?"

솔이 언뜻 굳은 표정으로 물었다. 제 가족에 대해서는 절친한 친구인
여진과 호에게도 이야기한 적이 없었다.

"아."

도하가 아차 싶은 표정으로 이마를 쓸며 엷게 웃었다.

"실은 일전에 방송국에서 본 적 있어. 이이석 셰프님이랑 서윤정 대
표님이, 너랑 같이 있는 모습."

"……방송국이요?"

"응, 친구가 KBC 피디라 잠깐 보러 갔다가."

다른 것보다 방송국이라는 단어에 등골이 선득해졌다. 방송국에 간 횟수는 많지 않았다. 그리고 그 많지 않은 횟수 중 한 번은 이석, 윤정과 함께 있을 때 도유진을 만났었다.

설마 그때 본 건 아닐까.

그럴 확률은 적다는 것을 알면서도 솔은 서둘러 기억을 되짚어 보았다.

'하긴, 기억하실 리가 없지.'

'얼굴도 제대로 안 보고 합의하셨잖아요.'

하아.

'유진아, 난 네 이름만 떠올려도 구역질이 나.'

'그러니까 다시는 내가 네 이름을 부를 일 없게 해 주라. 예전처럼 흉한 꼴 보고 싶지 않으면. 응?'

자세한 이야기를 한 것 같진 않지만 분명 들키고 싶지 않은 모습들이 있었다. 솔이 급격히 어두워진 얼굴을 한 손에 묻었다. 언제 맺혔는지 이마에서 식은땀 한 줄기가 툭 떨어져 내렸다.

"솔아."

도하가 놀란 듯 무거운 음성으로 솔을 불렀다.

"네가 말하기 전까지 기다리려고 했는데, 미안해."

"아, 아니에요. 일부러 보신 것도 아닌데요."

도하가 제 뒷조사를 한 것도 아니고 순전히 우연한 만남이었는데 개인적인 트라우마 때문에 예민하게 굴고 싶진 않았다.

"맛있다니 다행이에요."

애써 웃는 솔을 보며 도하가 쓰게 따라 웃었다. 노력한다곤 했지만 불시에 드리워진 어둠을 완전히 거둬 내진 못한 모양이었다.

"와인 한잔할까?"

어색해진 분위기를 풀려는 듯 도하가 먼저 술을 권했다. 테이블에 미리 준비해 둔 와인이 보였다.

"혹시 소주 있어요?"

그래도 오늘은 왠지 알싸한 소주가 당겼다.

"있긴 한데, 괜찮겠어?"

"네. 기왕이면 빨간 모자로요."

생긋 웃으며 당차게 말하자 도하가 쿡 웃으며 자리에서 일어섰다. 베란다에서 소주 두 병을 꺼내 온 도하는 한 병은 냉장고에 넣고 다른 한 병은 잔과 함께 가져왔다. 왜 소주가 베란다에서 나오는지 궁금했지만 굳이 묻지 않았다.

"천천히 마셔."

쪼르르, 소주를 반쯤 따른 도하가 엷게 웃으며 잔을 건넸다. 탁, 경쾌한 소리와 함께 맑은 액체가 찰랑거렸다. 여럿이 함께 마신 적은 있어도 도하와 단둘이 술을 마시는 것은 오늘이 처음이었다. 그것도 이렇게, 아무도 없는 곳에서.

한 번에 훅 넘긴 알코올이 평소보다 달게 느껴졌다.

절로 지어지는 서로의 미소를 목격한 두 사람이 동시에 풋 하고 웃음을 터뜨렸다. 도하의 새하얀 미소가 머리부터 발끝까지 검은 옷차림과 대비되어 더욱 화사해 보였다.

그 웃음이 맛있었다.

솔은 천천히 마시라는 말도 잊고 연거푸 술잔을 꺾었다. 도하도 솔이 잔을 들 때마다 함께 맞추어 주느라 어느새 브이넥 사이로 보이는 살갗이 붉게 물들어 있었다.

오늘 하루 있었던 일들을 이야기하고 자잘한 농담을 주고받으며 그렇게 얼마나 마셨을까.

"실은,"

도하가 한쪽 손으로 턱을 괴고 솔을 지그시 응시하며 말했다.

"그때 그 남자가 도형철 피디야."

도형철 피디라면 지금 솔이 준비 중인 프로그램 담당 피디였다. 그리고 도하가 말하는 '그때 그 남자'는.

"내 새아버지가 될지도 모르는 사람."

어린 시절 도하의 어머니 옆에 있었다던 그, 도하에게 불륜과 관계의 충격을 안겨 주었던 그 사람이었다.

도형철 피디는 도하가 열 살 때부터 지금까지 한결같이 정아의 곁을 지키고 있다고 했다. 그런데도 용케 아직 소문이 나지는 않았다고. 그래도 도하는 방송국에 가는 게 항상 꺼려졌다고 했다. 콩가루 같은 제 집안의 치부를 들킬 것 같아 두려웠다고.

솔은 다른 말 대신 그의 옆자리에 가 앉았다. 넓은 어깨에 머리를 기대고 가만히 숨을 쉬었다. 제 모든 것을 숨기려고만 드는 솔과 달리 부끄러워도 조금씩 천천히 자신을 드러내는 도하가 고마웠다. 덕분에 만나면 만날수록 점점 더 가까워지는 기분, 진짜 거리가 없는 사이가 되어 가는 기분이 들었다.

"걱정하지 마요."

솔은 도하의 손을 꼭 잡으며 자그맣게 속삭였다.

"두려운 건 당연하고, 누구나 치부는 있잖아요."

"……."

"그건 때때로 틀린 걸 수는 있지만 이상한 건 아니니까."

그가 주었던 마음을 있는 그대로 돌려주었다. 그럴 수 있어 다행이었다.

"다 괜찮아질 거예요."

"……."

"많이 외로웠을 텐데, 이렇게 반듯하게 살아왔잖아요."

기댈 곳 없는 외로움이 사람을 얼마나 엉망으로 비틀어 버릴 수 있는지 누구보다 잘 아는 솔이었다.

"그렇게 올곧은 걸음 끝에 나한테 와 줘서."

그래서 어긋나 버린 자신과 달리 조금도 흐트러지지 않은 그가 더없이 환한 빛처럼 느껴졌다.

"고마워요, 남자 친구님."

솔은 생긋 웃으며 도하의 목덜미에 입을 맞추었다. 목울대의 떨림이 고스란히 느껴졌다. 소리 없는 울음이 심장에 닿았다.

거리는 이미 사라진 지 오래였다.

○ ◎ ●

솔은 얇은 눈꺼풀을 비비적거리며 몸을 뒤척였다. 햇살이 밀려드는지 눈은 따갑고 몸은 따뜻했다. 침대가 복층에 있는 솔의 집에서는 경험하기 힘든 일이었다. 경험하기 힘든······.

거기까지 생각이 미친 솔은 번뜩 눈을 뜨고 앞을 보았다. 낯선 천장이 보였다. 낯선 전등도, 낯선 벽지도, 낯선 가구도. 목각 인형처럼 딱딱하게 굳은 솔이 천천히 고개만 꺾어 옆을 보았다.

밝은 햇빛을 받아 은처럼 빛나는 남자의 얼굴이 보였다. 조각처럼 세밀하게 빚어진 이목구비가 틀림없는 도하였다. 그가 솔을 향해 모로 누워 있었다. 작고 일정한 호흡을 보니 그는 아직 잠들어 있는 것 같았다.

솔은 하얀 이불을 천천히 끌어안고 살포시 들추어 보았다. 잠시 후, 제 옷차림을 확인한 솔의 가슴이 거세게 뛰기 시작했다.

'괜찮아.'

이럴 때일수록 침착해야 한다. 곰곰이 생각해서 기억해 내야 한다. 왜 어제 입고 온 원피스가 아닌 커다란 남성용 와이셔츠를 입고 있는 건지. 왜 제 침대가 아닌 도하의 침실에서 함께 잠들어 있는 건지. 왜. 대체 왜.

솔은 지그시 눈을 감고 내면에 몰두했다.

'그렇게 올곧은 걸음 끝에 나한테 와 줘서. 고마워요, 남자 친구님.'

그래, 솔은 도하의 목덜미에 입을 맞추었고, 도하는 화답하듯 솔의 턱을 부드럽게 잡아 올려 키스했었다.

솔은 도하의 손에 이끌려 그의 다리 위에 마주 보고 올라타게 됐고, 그의 묵직한 앞섶을 가랑이 사이로 선명하게 느꼈다. 낯선 감각에 몸을 비틀자 도하는 뜨거운 신음을 뱉으며 더욱 격정적으로 솔의 입술을 탐했다.

그러는 도중 솔의 등이 여러 번 식탁에 부딪혔고 머잖아 챙, 술병이 엎어지는 소리가 들렸다. 등 뒤로 차디찬 액체의 촉감이 훅 끼쳐 온 것은 순간이었다.

그래, 그랬던 것 같다.

그다음부터는 아무리 생각해도 잘 기억이 나지 않았지만 옷이 술에 몽땅 젖어 버렸으니 도하의 셔츠를 빌려 입은 모양이었다. 속옷은 잘 갖춰 입고 있는 것을 보면 별일은 없었던 것 같다. 아마도, 그럴 것이다. 솔은 굳게 믿었다.

"기억이 안 나면 곤란한데."

도하의 커다란 손이 제 허리를 와락 끌어당기기 전까지는.

"진도를 다시 빼야 하잖아."

도하는 솔의 부스스한 머리칼을 쓰다듬으며 동근 이마에 쪽, 입을 맞추었다.

"네?"

"정말 기억 안 나?"

"……."

"어제 이렇게……."

도하가 나른한 눈매를 약간 기울이며 입술을 아래로 옮겼다. 코에서 입술, 입술에서 턱, 턱에서 귀, 귀에서 목, 목에서 쇄골, 쇄골에서⋯⋯.

"이렇게⋯⋯."

동그란 언덕 위 부근까지.

툭, 도하는 솔의 셔츠 단추 두어 개를 풀고 검은 브래지어 위로 드러난 하얀 살결을 단숨에 빨아들였다. 웃, 생소하고도 저릿한 촉감에 솔이 낮게 신음하며 허리를 뒤로 뺐지만 도하가 한발 빨랐다. 도하의 손이 셔츠 위로 드러난 솔의 허리 라인을 느리게 타고 올랐다.

"천천히 가자고 했었는데."

위에서 아래로, 가슴과 엉덩이 사이를 아슬아슬하게 오르내리는 그의 손길에 온몸의 신경이 바짝 서는 것 같았을 때.

"딱, 여기까지."

도하가 셔츠 안쪽을 길게 잡아 내리고 브래지어의 정가운데를 머금었다. 후읍, 속옷째로 물었는데도 입안의 뜨거운 촉감이 맨살에 그대로 느껴져 정신이 아득해졌다. 동시에 불현듯 기억이 났다.

솔이 도하의 옷장 밖으로 삐져나와 있던 셔츠 소매를 잡아당기다가 우르르 쏟아진 옷 더미에 파묻혀 푸하핫 웃음을 터뜨리던 장면, 잘 내려가지 않는 원피스의 지퍼를 도하가 내려 주던 장면, 셔츠를 입혀 주던 도하가 단추를 채우다 말고 그녀를 끌어안았던 장면, 누가 먼저랄 것도 없이 침대로 넘어지던 장면까지.

하아, 솔이 벌겋게 달아오른 얼굴을 베개에 파묻었다.

"이제 기억이 났나 보네."

"⋯⋯."

"나 봐."

옆으로 누워 있던 솔의 몸이 순식간에 틀어졌다. 부드러운 듯 강한 힘으로 솔을 내리누른 도하가 그녀의 위에 올라타 얼굴을 잡아 돌렸다. 쪽, 기다렸다는 듯 솔의 입술을 머금은 도하가 살풋 입가를 끌어 올리며 말했다.

"내가 얼마나 힘들었는지 알아?"

"뭐, 뭐가요."

"샤워 가운은 절대 안 입겠다고 셔츠 하나만 달랑 꺼내 입는 여자 친구를 참아 냈잖아."

도하가 얼굴을 내려 쇄골 부근에 입을 맞추며 말했다.

"그게 더 야한 줄도 모르는 여자 친구를."

"……."

"것도 심신 미약 상태에서."

오똑 선 코끝이 다시 가슴의 연한 살결에 닿았다. 낯선 간지러움이 기분 좋았다. 이래서 어제도 허락했구나 싶은 한편, 그 와중에도 용케 가슴까지만 선을 그은 자신이 우스워 풋 웃음이 났다.

"왜 웃어?"

"아니에요. 좋아서요."

"좋아?"

"……네."

"그럼 오늘은 안 참아도 돼?"

"네?"

질문의 뜻을 파악할 새도 없이 셔츠 위를 맴돌던 손이 안으로 파고들어 왔다.

"흣."

야릇한 감각에 모든 신경이 허리로 향했을 때 그의 손이 빠르게 올라와 오른쪽 가슴을 움켜쥐었다. 입술이 닿을 때와는 또 다른 기분이었다. 더 넓고 포근하다.

"더 가도 돼?"

도하가 한 손에 꽉 들어차는 가슴을 크게 돌리며 물었다.

솔은 여린 입술을 꽉 깨물었다. 처음 느껴 보는 낯선 감각을 피하고 싶은 방어 본능과 온몸을 지배하는 자극적인 감각을 더 느껴 보고 싶은 성적 욕구가 머릿속에서 치열하게 맞부딪쳤다.

도하가 솔의 답을 채근하듯 느슨하게 고개를 기울여 바라보았다. 답이 떨어지자마자 파고들 것처럼 붉은 입술은 브래지어 바로 위에서 웃고 있었다. 그 웃음이 얼마나 형형한지, 솔은 결국 따라 웃으며 고개를 끄덕였다.

허락이 떨어지기 무섭게 도하는 솔의 셔츠를 찢듯이 잡아 내렸다. 덕분에 오른쪽 가슴은 셔츠 안에 갇힌 채로 왼쪽 가슴만 훤히 드러난 상태가 되었다. 어쩐지 묘하게 야릇한 기분이 들었다.

도하도 인내심의 한계를 느낀 듯 곧장 브래지어를 젖히고 입술을 파묻었다. 속옷 위에서만 느껴지던 입술이 그대로 정점에 닿자 형언할 수 없는 짜릿한 감각이 발끝까지 퍼지며 몸이 뒤틀렸다.

그러자 도하는 그녀가 움직이지 못하게 짓누르며 연분홍빛 정점을 거칠게 빨아들였다. 반대쪽 가슴을 주무르는 손놀림도 한층 더 격해졌다. 평소의 도하와는 전혀 다른 무자비한 공격이었다.

갑자기 강단 위에서의 온화하고 반듯한 그의 모습이 떠올랐다. 강의실에서는 눈도 마주치기 힘든 그가 이렇게 제 맨가슴을 마구 빨고 있다는 것이 비현실적으로 느껴지는 동시에 묘한 배덕감 같은 게 들면서 아래가 뜨거워지기 시작했다.

하의는 아예 입지 않았기에 팬티가 젖어 드는 것이 맞닿은 도하의 바지에도 고스란히 느껴질 것 같았다. 왠지 부끄러운 마음이 들어 그의 중심만은 피하려 했지만 눈치 빠른 도하는 허리를 들었다가 더욱 깊게 밀어붙여 왔다.

"웃, 도하 씨."

너무도 적나라하고 선명한 느낌에 놀란 솔이 높은 신음과 함께 도하의 얼굴을 손으로 감쌌다. 그러나 그건 달뜬 도하를 더욱 자극하는 일일 뿐이었다.

"하, 좋다."

도하는 솔의 가슴 사이로 혓바닥을 옮겨 깊은 골 사이를 짙게 빨아올리며 골반을 계속해서 움직였다.

"한 번만 더 불러 줘."

분명히 그는 바지를 입고 있었는데도 알몸으로 맞닿은 것처럼 깊숙한 촉감에 미끈한 액체가 울컥울컥 쏟아졌다. 다리 사이가 견딜 수 없이 화끈거렸다.

"그만…… 그만해요."

생경한 느낌을 참지 못한 솔이 결국 백기를 들었지만 도하는 속도를 늦추고 사악하게 속삭여 왔다.

"한 번만 더 불러 주면."

"하……. 도하 씨."

"잘 안 들려."

"도하 씨, 제발."

"조금만 더 크게."

"강도하!"

결국 원망하듯 그의 이름을 부르자 호흡과 함께 빨라지던 도하의 허리가 비로소 멈추었다. 띠띠띠띠. 그리고 바로 다음 순간, 솔의 휴대폰이 요란스럽게 울렸다. 기막힌 타이밍의 알람이었다. 7시. 학교 갈 준비를 해야 하는 시간이었다.

"……하."

도하가 기다란 팔을 뻗어 솔의 알람을 중지시키곤 긴 숨과 함께 그녀의 위로 무너져 내렸다. 어깨 위에서 그의 빠르고 거친 숨결이 느껴졌다.

"오늘 수업 어떻게 하지?"

도하가 솔의 입술에 부드럽게 입 맞추며 말했다.

"계속 생각날 것 같은데."

솔이 맥없이 웃으며 도하의 넓은 가슴을 가볍게 밀었다. 도하는 왜, 하며 솔을 더욱 꼬옥 끌어안았다. 벗은 옷은 하나도 없는데 여전히 맨살을 맞대고 있는 것처럼 뜨거웠다.

"장담은 못 하겠지만 최대한 맞춰서 갈게. 네가 원하는 만큼만."

"……"

"넌 늦더라도 오기만 하면 돼."

어쩐지 뭉클한 기분이 들었다.

"나한테 너보다 중요한 건 없으니까."

연한 목소리가 티 없이 깨끗했다.

"늦지 않을 거예요."

당신보다 중요한 건 나 역시 없으니까.

문득 그런 생각이 들었다. 구구절절 설명하지 않아도 나를 알아주는 사람이 있다는 것. 그리고 그 사람이 강도하라는 것은 생각보다 훨씬 눈부신 일인 것 같다는.

방 안이 온통 햇살로 가득했다.

○ ◎ ●

맑은 날씨는 다음 날까지 이어졌다. 5월 초라고는 믿기 어려울 만큼 기온도 높게 치솟았다. 덕분에 낮에는 조금 더웠지만 저녁이 되니 선선하고 쾌청해서 딱 좋았다.

'잘 어울리겠다.'

도하는 이런 날 솔을 만날 생각에 빙긋 웃으며 작은 케이스를 열어 보았다.

오는 길에 주얼리 매장이 보여 충동적으로 들러 구매한 것이었다. 두 줄의 얇은 체인 가운데쯤 여러 개의 스톤이 박힌 세련된 플라워 셰이프가 있는 팔찌였다. 로즈골드 계열의 색감도, 벚꽃을 닮은 셰이프도 솔의 여리고 하얀 피부에 잘 어울릴 것 같았다.

그리고 무엇보다, 솔의 손목에 있는 붉은 상처를 감싸 줄 수 있을 것 같았다.

말은 안 했지만 도하는 솔을 볼 때마다 그 상처가 마음에 걸렸다.

어제만 해도 그랬다. 아침에 너무 흥분한 나머지 당장이라도 솔의 안으로 짓쳐 들어가고 싶었지만 그녀의 손목을 보고 간신히 이성을 되찾을 수 있었다. 왠지 그 손목이 자신에게로 솔이 천천히 올 수밖에 없는 이유를 암시하는 것만 같아서. 결코 가볍지 않은 상처 같아서.

'늦지 않을 거예요.'

그럼에도 따뜻한 목소리로 말해 주던 그녀를 생각하면, 그 아름답던 반나체의 모습을 생각하면 최선을 다해 맞춰 주겠다던 약속과 달리 순식간에 몸이 달아올랐다.

어제 오전 수업은 정말이지 무슨 정신으로 했는지 알 수가 없었다. 우려했던 대로 셔츠만 입고 제 아래서 신음하던 솔의 모습이 수시로 뇌리를 파고들어 미칠 지경이었으니까.

'끝났으려나.'

도하는 그새 또 차오르는 열을 털어 내듯 고개를 저으며 시계를 보았다.

솔은 내일 있을 〈홈메이드〉의 첫 촬영 준비 때문에 방송국에 가 있었고 도하는 인근 카페에서 그녀를 기다리는 중이었다.

'벌써 7시가 넘었는데.'

그런데 6시쯤 끝날 것 같다던 솔은 7시가 지나도록 연락이 없었다.

30분쯤 전에 보냈던 문자도 읽지 않은 상태였다.

시간이 조금 더 걸리려나. 전화를 해 볼까 하던 차, 카페 문이 열리고 두 명의 젊은 남자가 들어섰다.

"야, 뭔데 그래?"

모자를 쓴 남자가 훤칠한 남자에게 닦달하듯 물었다.

"아까 걔가 누구길래 그렇게 꼼짝을 못 하냐니까?"

남자는 대답하지 않고 카운터로 가서 아이스 아메리카노 두 잔을 주문했다. 그 얼굴이 어딘가 익숙하다는 생각이 들었을 때.

"야, 도유진!"

도유진이라는 이름이 고막을 파고들었다.

'유진아, 난 네 이름만 떠올려도 구역질이 나.'

그 남자였다. 속의 어둠을 끌어내던 남자.

"빰 맞고 정신 나갔나? 뭐라고 말 좀 해 봐. 왜 그렇게 멍청하게 당하고만 있었냐고. 전 여친이라도 돼? 네가 바람나서 헤어진 거야?"

친구의 끊이지 않는 질문에 도하가 커피 잔을 바싹 움켜쥐었다. 그녀가 손찌검을 했다니, 두 귀로 분명히 듣고도 믿기 힘든 말이었다. 심장 박동이 조금씩 빨라지기 시작했다.

"아니."

그때 주문한 커피가 나오자 유진은 조용히 챙겨 들고 몸을 돌렸다.

"나무."

"뭐?"

"내, 치부 같은 나무."

내, 라는 말이 가슴에 박히기 무섭게 다음 말에 쿵, 심장이 곤두박질 쳤다.

"여전히 울고 있네."

아니길 바랐는데 떨리는 목소리 끝에 결국 이솔이라는 이름이 따라붙었다. 그 이름이 울고 있다고 했다.

'성의는 감사하지만 저는 울지 않으니까.'

그렇게 말했던 그 이름이.

여전히.

······여전히.

○ ◎ ●

녹화 전 마지막 미팅. 모든 조율이 끝나고 다들 자리를 정리하던 무렵이었다.

"저, 드릴 말씀이 있어요."

솔은 가방에서 파일 하나를 꺼내 맞은편에 앉은 형철에게 쑥 내밀었다.

솔의 단단한 시선을 본 형철은 묵묵히 파일을 열어 보았다. 그의 양쪽에 앉아 있던 작가들도 불안과 호기심이 깃든 눈으로 고개를 들이밀었다. 중간중간 헉하고 놀라는 작가들과 달리 형철은 조용히 파일 내용에만 집중했다.

살짝 추켜올린 안경 너머로 보이는 눈빛이 날카롭고 진중했다.

사실 솔도 처음엔 고백할 생각이 없었지만 그가 도하의 새아버지가 될지도 모르는 사람이라는 것을 알게 된 이상 말을 하지 않을 수가 없었다.

"거기 있는 '피해자' C 양이 저예요. 물론 뒤로 갈수록 '피해자라 주장하는' C 양으로 바뀌지만요."

솔이 건넨 파일은 7년 전 사건 기사를 프린트해서 모아 놓은 것이었다. 시간순으로 철해 놨기 때문에 넘길수록 상황이 어떻게 변해 갔는지 쉽게 파악할 수 있었다.

"솔이 너 정말!"

그제야 파일의 정체를 알게 된 윤정은 벌겋게 상기된 얼굴로 솔을 질책했다. 하지만 솔은 꼿꼿한 자세로 흔들림 없이 말을 이었다.

"오래전 일이지만 꽤나 시끄러웠던 일인 데다 당사자들의 합의로 사건 전말이 개운하게 밝혀지지도 않았기 때문에, 혹시나 방송이 나가고 나서 누군가 문제 제기를 하면 프로그램에 피해를 줄 수 있을 것 같아서요. 이미 너무 늦었지만 지금이라도,"

"대체 누가 그런 한심한 짓을 한다는 거냐!"

갑작스러운 이석의 호통에 솔의 말이 잘려 나갔다. 정작 형철과 작가들은 침착하게 듣고 있었는데 아버지인 이석이 분을 이기지 못하고 계속해서 소리를 질러 댔다.

"7년이나 지난 그깟 일을 누가 기억이나 한다고!"

"……."

"같은 학교였던 애들이 너를 알아보고 문제 제기를 해? 그럴 확률이 얼마나 될 거라고 생각하는 거냐. 사람들은 남의 일에 관심 따위 없다고 대체 몇 번을 말해! 제발 미친 망상은 이제 그만 좀 할 수 없느냐 말이야!"

"……."

"애들이 크다 보면 싸우고 다투고 할 수도 있는 거지. 그게 뭐 별일이라고!"

솔은 지그시 눈을 감았다. 차오르는 눈물을 어떻게든 삭이기 위해서였다.

"하여간 약해 빠져서는!"

"셰프님, 이건 강하고 약하고의 문제가 아닌 것 같습니다."

그때, 젖은 어둠 위로 형철의 차가운 목소리가 들렸다.

"누구나 오수를 마시면서 크는 건 아니니까요."

최선을 다했지만 결국 차가운 액체가 감은 눈을 비집고 떨어졌다.

"뭐야?"

그동안 쌓인 감정이 터진 듯 형철에게 달려들려는 이석을 작가들이 붙잡았다. 천천히 눈을 뜬 솔은 아버지의 난동을 무연히 지켜보며 형철을 향해 입을 열었다.

"이미 너무,"

떨리는 목구멍으로 간신히 숨을 삼키고.

"이미 너무 늦었지만 지금이라도 말씀드려야 할 것 같았습니다."

좀 전에 못다 한 말을 꿋꿋하게 이어 붙였다.

"죄송합니다."

시종일관 동요 없던 형철의 눈동자가 미세하게 흔들렸다. 처음엔 경악했던 작가들도 곪다 못해 썩어 문드러진 솔의 가족을 눈앞에서 목격하고는 체념한 듯 고개를 저었다. 솔을 향한 약간의 동정 어린 시선도 느껴졌다.

"우선 촬영은 일주일 정도 연기하는 게 좋을 것 같습니다. 그사이 저희는 내부 회의를 진행하고 연락드리겠습니다."

형철은 차분하게 상황을 정리하고 자리에서 일어섰다. 그의 묵직한 시선이 잠시 솔에게 닿았다. 흥분을 삭이지 못한 이석은 반항이라도 하듯 먼저 나가 버렸고 윤정도 난감한 표정으로 쫓아 나갔다.

"지금이라도 말해 줘서 고마워요."

혼자 남은 솔을 엘리베이터까지 데려다준 형철은 덤덤한 목소리로 말했다.

"신경 써 줘서."

솔은 조용히 고개를 숙이고 엘리베이터에 올랐다. 그게 눈물을 감추기 위함이라는 것을 형철은 모르지 않았다. 그래서 다른 말 없이 그저 문이 닫힐 때까지 기다려 주었다.

그도 아버지라는 존재가 된 지 얼마 되지 않았기에 잘은 몰랐지만 이석은 확실히 아버지로서의 자격이 없는 사람 같았다. 그리고 솔은 그런 부모 밑에서 혼자인 게 익숙한 아이 같았다.

지금처럼.

"해원고라⋯⋯."

형철은 좀 전에 봤던 기사를 떠올리며 휴대폰을 들었다. 언뜻 기억나는 바로는 제 아들도 해원고를 나왔다고 했던 것 같았기 때문이다. 솔과 나이도 같았으니 어쩌면 사건에 대해 잘 알고 있을지도 모른다는 생각이 들었다.

유유히 돌아서는 형철의 휴대폰에 아직은 어색한 아들의 이름이 떠올랐다.

[유진]

○ ◎ ●

하필이면 그때였다. 흐르는 눈물을 연신 거둬 내며 도망치듯 방송국을 나왔을 때.

"왜 울어?"

옆을 스치는 그를 무시하고 지나치려는데 팔목이 잡혔다. 조용히 떨치려 했지만 그는 놓아 주지 않았다.

"얘기 좀 하자. 잠깐이면 돼."

갑자기 꾸역꾸역 짓눌렀던 모든 감정이 솟구치면서 울컥 구역증이 치밀었다. 퀴퀴한 과거의 냄새가 코끝을 찌르는 것 같았다. 솔은 있는 힘껏 그를 뿌리쳤다. 짝. 작은 손이 그의 볼을 스쳤다. 자신도 예상치 못한 행동이 당황스러웠지만 솔은 부러 더 독하게 쏘아붙였다.

"흉한 꼴 보기 싫으면 다시는 네 이름 부를 일 없게 해 달라고 했을 텐데."

"……"

"이건 네가 자초한 일이야, 도유진."

차갑게 돌아서는데 낮은 음성이 발을 붙들었다.

"차라리 그때 이렇게 때려 주지 그랬어."

솔은 아랫입술을 세게 깨물었다.

"나 좀 고쳐 주지."

아무 대꾸도 하지 않고 발을 내디뎠다. 비릿한 피 맛이 혀끝을 감돌았다. 그 맛이 아무리 써도, 그때에 비할 바는 아니었다.

"고쳐 주고 가지."

너를 좋아했던 그때. 사람을 참 쉽게도 믿었던 그때.

그때 우리는 완전히 고장 나 있었다.

○ ◎ ●

이솔과 도유진은 해원고등학교 1학년 11반에서 부반장과 문제아로 처음 만났다.

유진은 반을 대표하는 문제아 네 명 중 하나였지만 그들 중 잠이 제일 많았기 때문에 가장 조용했다. 다른 세 명도 틈만 나면 땡땡이를 치거나 자율 학습 시간에 큰 소리로 떠드는 것만 빼면 크게 사고를 치지는 않았다. 그래서 별로 신경 쓸 일이 없었다. 딱히 관심도 없었다. 그저 항상 맨 뒷자리에서 가방을 베고 자는 그를 잘생긴 잠만보 정도로만 생각했었다.

'도유진 씨.'

솔이 7년째 다니고 있던 정신건강의학과 의원에서 다시 만나기 전까지는.

'도유진 씨 들어오세요.'

자그마한 로비에서 혼자 우뚝 솟은 그를 보고 솔은 본능적으로 고개를 숙였다. 남색 캡 모자를 최대한 깊게 눌러쓰고 휴대폰을 보는 척 시선을 박는데 등골이 서늘해지는 목소리가 들려왔다.

'이솔 씨.'

'......'

'이솔 씨 대기하세요.'

삼선 슬리퍼를 신고 추리닝 바지를 입고 있었던 솔은 대기석에 가는 것처럼 태연하게 출구로 향하고는 문을 열자마자 달리기 시작했다. 슬리퍼 한쪽이 벗겨지는 줄도 모르고 전력 질주를 하던 솔은 맨발에 차가운 유리 파편이 박힌 후에야 정신을 차리고 멈추어 섰다.

인도 한복판에 주저앉아 깨진 손톱처럼 작은 파편을 용케 잡아 빼고 뚝뚝 떨어지는 핏방울을 엄지로 훔치는데 갑자기 코끝이 시큰해지면서 울컥 눈물이 솟구쳤다. 내가 왜 이렇게 도망쳐야 하나, 이유를 알 수 없는 설움이 밀려든 때문이었다.

'부반장?'

그때였다. 기다란 그림자가 솔을 훅 덮쳐 왔다.

고개를 들어 보니 언제 왔는지 잘생긴 잠만보가 반쯤 허리를 숙이고 솔을 들여다보며 거친 호흡을 쌕쌕 내쉬고 있었다.

'에이 씨, 소매치긴 줄 알았잖아.'

그는 툭, 솔이 잃어버린 슬리퍼 한쪽을 던져 주며 헛웃음을 흘렸다.

'너 왜 도망갔어? 난 네 이름이 이솔인 줄도 몰랐는데.'

전력 질주 한 것이 무색하게 허탈해지는 순간이었다.

'너 울어?'

다시 엉망으로 일그러지는 솔의 얼굴을 본 유진이 놀란 얼굴로 물었다. 참았던 눈물이 줄기차게 떨어져 내렸다. 솔은 슬리퍼 한쪽을 품에 안고 아이처럼 엉엉 울었다.

솔이 다쳐서 우는 줄 알았던 유진은 약국에서 연고와 밴드를 사서 인근 벤치에 앉아 직접 치료해 주었다. 이름도 모르는 초면 같은 사이에 발을 보이는 게 왠지 부끄러워서 솔은 극구 사양하려 했지만 유진은 자기 때문에 다친 거니까 자기가 책임져야 한다고 끝까지 쓸데없는 고집을 부렸다.

생각보다 좋은 애구나, 생각했다.

녹음이 쏟아지던 7월 중순. 솔은 유진과 음료수 한 캔씩을 사서 마시며 자연스럽게 서로의 이야기를 나누었다. 왜 의원을 다니는지부터 시작된 이야기였다.

'처음엔, 사랑받고 싶었어.'

너무 어릴 때부터 방치되어 혼자 자랐던 솔은 열 살 때 학교에서 손목을 삐었다가 엄마 윤정이 병원에 데려가 준 후로 가끔씩 다쳐서 집에 갔다. 그러다 칼로 손목을 한 번 그은 뒤로 그게 자해라는 걸 알게 됐다.

윤정은 이석 몰래 솔을 정신건강의학과에 다니게 했고 솔은 과도한 애정 결핍으로 인한 우울증이라는 진단을 받았다. 약을 먹으면 조금씩 나아지다가도 근본적인 문제가 해결되지 않아 약 복용을 7년이 넘게 끊을 수가 없었다.

유진도 우울증이라고 했다.

다만 그는 태어날 때부터 엄마랑 단둘이 살았는데 엄마가 최근에 큰 병에 걸렸다는 사실 외에는 자세한 사정을 말해 주지 않았다.

그래도 좋았다. 한 번도, 누구에게도 말해 본 적 없는 이야기였기에.

비밀을 공유할 수 있는 진짜 친구가 생긴 것 같았다.

부반장과 문제아는 영역 자체가 너무 달라 학교에서는 구태여 친한 척을 하지 않았지만 유진은 시도 때도 없이 문자를 보내곤 했다.

[작은 나무가 운다.]

휘이이, 바람이 불어 교내 소나무가 나뭇잎 스치는 소리를 내자 그는 말했다.

[너 같다.]

[응?]

[너는 이름도 사람도 나무 같아, 솔솔.]

[뭐라는 거야.]

[그늘도 있고 기댈 수도 있고.]

그늘이라는 게 꼭 나쁜 것만은 아닐 수도 있구나.

[좋다, 내 나무.]

처음으로 그런 생각을 했었다.

그렇게 유진과 일거수일투족을 공유하고 시시콜콜한 이야기까지 문자로 주고받으면서 관계가 깊어지던 어느 날이었다.

송희정이라는 아이가 전학을 왔다. 이사장의 조카라는 어마어마한 타이틀을 달고 왔던 그녀는 하는 행동도 어마어마했다. 유진을 포함한 네 명의 문제아를 단숨에 휘어잡은 희정은 주기적으로 반 아이들 중 한 명을 골라 집단적으로 괴롭히기 시작했고, 그 대상이 솔이 되기까지는 그리 오랜 시간이 걸리지 않았다.

청소 시간에 유진이 솔의 대걸레를 빼앗아 대신 빨러 간 것을 본 다음부터였다.

'야, 도유진.'

솔의 손목을 우악스럽게 낚아챈 희정은 곧장 남자 화장실로 끌고 가 유진의 옆에 세우고 물었다.

'너 얘랑 친해?'

미소 띤 희정을 가만히 바라보던 유진은 이내 무감한 표정으로 탈수기에 대걸레를 넣고 꾹 눌러 짜며 말했다.

'아니.'

시커먼 구정물이 탈수기 안으로 뚝뚝 떨어졌다. 그때 솔은 분명히 보았다. 잠시지만 그의 눈동자가 흔들리는 것을.

'그래?'

그래서 원망하지 않았다.

'그럼 먹여.'

희정이 탈수기를 솔의 앞으로 밀치며 명령해도 반항 한번 하지 않던 유진을, 솔은 이해하고 싶었다. 그래서였다.

'야!'

유진의 비명 같은 목소리가 울리기도 전에 이미 스스로 눈앞의 오수를 벌컥벌컥 들이마신 것은.

솔은 검붉은 피가 나올 때까지 속을 게워 내다 결국 급성 탈수증으로 인한 쇼크로 구급차에 실려 갔고 며칠이 지난 후에야 정신을 차릴 수 있었다. 눈을 떴을 때 그날 일은 '해원고 오수 고문'이라는 이름으로 기사화되었고, 솔은 피해자 C 양이라는 이름으로 유명해져 있었다. 그래도 솔은 그를 원망하지 않았다.

「저희는 억울합니다.」

다음 날, 그가 보란 듯이 솔을 배신하기 전까진.

「피해자 C 양, 습관적 자해형 정신 질환자.」

반 커뮤니티에는 그간 솔이 유진과 주고받았던 병원 관련 문자가 캡처되어 올라와 있었고, 인터넷에는 희정 무리가 인터뷰한 반박 기사가 올라온 상태였다. 피해자 C 양은 하루아침에 파격적인 자작극을 벌인 관심종자가 되어 버렸다.

솔은 억울함을 호소하며 희정 무리를 고소했지만 일이 커지기를 원치 않았던 이석과 윤정은 곧장 고소를 취하고 합의를 해 주었다.

'그러게 왜 애를 정신과에 보내? 이게 무슨 망신이야!'

'자해를 하는데 그럼 어떡해요.'

'그딴 거 하든 말든 내버려 둬. 자꾸 관심을 가져 주니까 이 난리를 치는 거 아냐?'

그간 솔이 겪은 고통에 대해서는, 그들의 빠른 합의 덕분에 앞으로 솔이 겪게 될 고통에 대해서는 누구도 신경 쓰지 않았다.

이후 공개적인 정신병자로 낙인찍힌 솔은 희정 무리의 선동으로 반 커뮤니티, SNS는 물론 이메일, 문자 등으로 집단적인 인신공격을 당하기 시작했다. 잘 알지 못하는 익명의 사람들도 기사 댓글로 입에 담기 힘든 험한 말들을 수도 없이 쏟아 냈다.

「나라면 그냥 죽는다.」

「왜 사냐?」

「그냥 꺼져.」

「여기 너 좋아하는 사람 아무도 없어.」

눈을 감으면 가면을 쓴 사람들이 꿈까지 좇아와 솔을 괴롭혀 댔다. 꿈이라는 것도 꿀 수 없는 죽음 속으로 도피하고 싶은 심정이었다. 솔은 결국 전학을 결정했고 서울 역삼동으로 이사도 하게 되었다.

'항복형 애정 결핍입니다. 어차피 이 세상에 나를 사랑해 줄 사람은 없다고 생각하는 거죠. 익숙하던 주는 관계에 집착하게 될 겁니다.'

이사 전날 마지막으로 들른 의원에서 의사는 또 다른 진단을 내려 주었다.

그때는 비웃었지만 병원을 나오던 길, 솔은 망연히 서 있던 유진을 아무런 감정 없이 지나치면서 깨달았다. 정말이었다.

솔은 사랑을 포기하게 되었다.

'네가 너무 부담스러워.'

'내가 왜?'

'너무 주기만 하잖아.'

전학 간 곳에서 솔을 친절하게 챙겨 주던 반장 강민과 첫 연애라는 걸 하게 되었지만 의사의 말처럼 정말 주는 관계에만 집착하다가 그마저도 3년 만에 잃게 되었고.

'지금이라도 말해 줘서 고마워.'

'너한테 더 주지 않게 해 줘서. 이제 아무에게도 더 주지 않게 해 줘서.'

솔은 사람도 포기하려 했었다.

우연찮게도 바로 그날, 한 남자를 만나기 전까진.

그를 만난 후로 솔은 항우울제 없이 웃었고 눈물을 참지 않고 울었다. 포기했던 모든 것을 까맣게 잊어버리고 바보처럼 또, 그늘진 나무가 되고자 했다.

말라 죽은 땅에 내려앉은 보석 같은 빗소리. 이솔에게 강도하는 그런 존재였다.

기적이었다.

10

그대는 나를 사랑할까?

뚝딱뚝딱. 자갈과 어우러지는 못질 소리가 시원하고 경쾌했다.

얇은 검은색 니트를 팔꿈치까지 걷어붙인 지태는 텐트 치기에 여념이 없었다. 턱 밑으로 굵은 땀방울이 툭툭 떨어져 내렸다.

세희는 캠핑 의자에 앉아 턱을 괸 채 그런 지태를 바라보았다. 도와주겠다는데도 절대 안 된다고 주저앉고 혼자서 한 시간이 넘도록 씨름하는 모습이 귀엽기도 하고 재밌기도 하고. 저절로 미소가 입가를 타고 올랐다.

"다 돼 가?"

"그럼, 1분이면 돼."

그 1분이 벌써 한 시간째라고 놀려 주고 싶은 것을 꾹 참았다.

"지태야."

망치질에만 열중하던 지태가 응? 하는 표정으로 세희를 돌아보았다. 땀에 젖은 지태의 머리칼이 바람에 날렸다.

예쁘다.

분명 지태는 날카로운 생김새부터 듬직한 체형까지 남성적인 면모가 더 많았지만 세희는 요즘 들어 그를 보며 예쁘다는 생각을 자주 했다. 화사한 웃음도 맑은 눈동자도 예뻤지만 하는 행동이 더 그랬다.

오늘 캠핑만 해도 집에만 있기 답답하지 않으냐며 깜짝 선물처럼 준비해 온 것이었다. 사람이 많은 곳은 세희가 부담스러워할 것 같아서 서울 근교 캠핑장 중에서도 가장 한적하고 조용한 곳을 찾았다고 했다.

덕분에 주변에는 하늘을 찌를 듯이 솟아 있는 기다란 나무와 형형색색의 봄꽃, 새 우는 소리만 가득했다. 마치 숲 한가운데 그들만 존재하는 것처럼.

더할 나위 없이 안온했다.

"덥지 않아? 마실 거라도 줄까?"

고맙다는 말을 하고 싶었는데 엉뚱한 말이 나갔다. 역시나 아직은 마음을 표현하는 게 쉽지 않은 세희였다.

"아니, 마실 거 말고 그거."

지태가 붉은 입술을 귀엽게 내밀며 웃었다. 세희는 픽 웃으며 다가가 그 입술에 쪽 입을 맞춰 주었다. 그러자 지태가 환하게 웃으며 양팔로 세희의 허리를 끌어안았다. 바닥에 한쪽 무릎을 대고 있던 지태의 얼굴이 서 있는 세희의 가슴골에 쏙 파묻혔다.

얇은 티셔츠 위로 느껴지는 뜨거운 숨결에 흠칫 굳었던 세희는 이내 긴장을 풀고 그의 얼굴을 꼭 감싸 안아 주었다.

이렇게라도 표현을 해야지. 까딱했다간 우리 벤츠 놓치겠다.

"으음, 이러면 너무 자극적인데."

세희의 적극적인 손길에 자극을 받았는지 지태가 망치까지 던져 놓고 본격적으로 파고들었다. 기다렸다는 듯 양쪽 가슴을 오가며 아이처럼 비비적거리는 얼굴에 세희가 푸하하 웃음을 터뜨렸다.

"하, 못 참겠다."

거친 숨을 뱉으며 한참을 괴롭히던 지태는 결국 세희의 오른쪽 가슴을 앙 물었다. 아무도 없는 깊숙한 숲속이었지만 야외라는 사실만으로도 야릇한 긴장이 온몸을 휘어 감았다.

얇은 티 한 장을 사이에 두고 느껴지는 혓바닥의 감촉이 선명하고 뜨거웠다.

그새 딱딱해진 정점을 잇새에 가두고 잘근잘근 씹듯이 깨물던 지태가 갑자기 입술을 크게 벌리더니 말랑한 가슴을 조금 더 깊이 머금고 있는 힘껏 빨아들였다.

"읏……."

정점이 아릿할 정도로 강한 흡착력에 세희가 낮은 신음을 토해 내며 그의 얼굴을 바싹 잡아당겼다. 헐렁한 티로도 가려지지 않는 세희의 풍만한 가슴에 지태의 얼굴이 완전히 파묻혔다.

세희의 허리를 감싸고 있던 그의 손이 아래로 내려가 굴곡 있는 언덕을 힘주어 움켜쥐었다. 양손으로는 아래를 부드럽게 주무르며 입으로는 위쪽을 거침없이 빨아들이는 그의 행동에 가랑이 사이가 빠르게 달아올랐다.

"안 되겠다."

그런데 아프게 빨리던 가슴이 불시에 풀어졌다.

지태가 어느새 축축하게 젖은 티에서 입술을 떼고 빙긋 웃으며 세희를 보았다. 붉은 입술이 타액에 젖어 번들거렸다.

"얼른 텐트부터 쳐야겠다."

그 말에 맥이 탁 풀리며 웃음이 났다. 기껏 달궈 놓고 그럴 시간이 어디 있냐고 따지고 싶은 마음을 애써 누르며 세희는 쓰게 웃었다.

"이럴 땐 참 쓸데없이 도덕적이네."

"응?"

작게 읊조린 말을 들었는지 지태가 고개를 기울이며 되물었다.

"너 참 반듯하다고."

"어떻게 알았어? 요즘 나 같은 남자 없어, 맞아."

"응, 여기엔 아무도 없고."

그렇다고 끝까지 갈 생각은 물론 없었지만 그래도 이건 아니었다.

마치 먹음직스러운 생크림케이크를 눈앞에 두고 포장만 풀어 할짝인 기분이랄까.

"뭐라고?"

"아니, 여기 좋다고. 한적하고, 깊숙하고."

"그치, 좋지?"

"응, 심지어 해가 지니까 어두워서 개미 한 마리도 얼씬하지 않을 것 같네."

"나 좀 잘했어?"

지태는 해맑게 웃으며 세희의 젖은 면 티셔츠를 다림질하듯 쭉쭉 펴주었다.

벤츠라는 생각은 잠시 접어 둬야겠다. 눈치라는 중요한 기능이 조금, 아니 아주 많이 떨어지는 것 같으니까.

"저녁이라도 준비하고 있을게."

세희가 텐트 앞의 테이블로 향하자 지태는 서둘러 던져 놓았던 망치를 집어 들었다.

"응, 1분만 기다려!"

열의에 찬 표정으로 대못을 박는 그의 얼굴이 여름의 계곡처럼 청량하게 빛났다.

짜증 나게 사랑스러운 인간.

고개를 설레설레 젓는 세희의 입가에도 맑은 웃음이 번졌다.

○ ◎ ●

얼마나 걸었는지 모르겠다.

도유진으로부터, 체기 같은 기억으로부터 도망치기 위해 한참을 바삐 걸었던 솔은 어느 작은 카페를 스치다 불현듯 도하와의 약속을 기억해 냈다.

서둘러 가방에서 휴대폰을 꺼내어 보니 부재중 전화가 열 통이 넘게 찍혀 있었다. 미팅 중 무음으로 설정해 놓은 바람에 전화가 오는 줄도 몰랐다. 옷소매로 젖은 볼을 대충 닦아 낸 솔은 얼른 통화 버튼을 눌렀다. 신호음이 한 번 지나기도 전에 통화가 연결됐다.

"죄송해요, 제가 너무……."

— 어디야?

말을 끊는 목소리가 성말랐다.

"여기, 여기는……. 잠시만요……."

솔은 망연히 걸어왔던 길을 돌아보았다.

방송국에서부터 쭉 직진만 했는데 너무 멀리 온 모양이었다. 인적이 드문 낯선 거리는 자그마한 상점들만 즐비해 있어 무어라 설명하기가 어려웠다.

— 잠깐만.

그때 전화 건너편에서 묵직한 목소리가 들렸다.

— 거기 그대로 있어.

그 말이 어쩐지 가깝게 느껴져 이리저리 고개를 돌리던 솔이 마지막으로 뒤를 돌아보려 한 순간, 따뜻한 온기가 뒤에서 훅 덮쳐 왔다. 얇은 허리를 감싸 안은 손이 익숙했다. 등 뒤에서 느껴지는 넓은 가슴도, 은은하게 끼쳐 오는 투베로즈 향도.

익숙함이 절박했던 솔에게는 더없이 반가운 것들이었다.

"어떻게 알고 왔어요?"

도하는 대답 대신 솔을 세게 끌어안았다. 어깨에서 느껴지는 숨결이 애틋했다. 그가 얼마나 정신없이 솔을 찾아다녔는지 알 것 같았다.

그렇게 한참이었다. 그는 아무 말 없이 솔을 안고 있기만 했다. 안아 주기만 했다. 마른 자욱 위로 다시 눈물이 떨어져 내렸다.

넋을 앗아 가던 기억이 빠르게 희미해졌다.

○ ◎ ●

"여기가 어디예요?"

분명히 근처 일식집에서 저녁을 먹기로 했었는데, 차 안에서 깜빡 잠이 들었다가 깨고 보니 검푸른 바다 곁을 달리고 있었다.

"설마 동해예요?"

"서해는 아니지."

도하는 유하게 웃으며 말했다.

"모처럼 둘 다 쉬는 황금 같은 주말을 그냥 날릴 순 없잖아."

내일 촬영이 미루어졌다고 했더니 계획을 변경한 모양이었다.

그래도 이렇게 갑자기 여행이라니. 놀라서 눈만 끔벅이는 솔의 손을 커다란 손이 부드럽게 감싸 왔다. 사이사이 진하게 파고드는 손길에 무연했던 정신이 차츰 맑아졌다.

"저녁 뭐 먹고 싶어? 회? 조개구이?"

이어진 질문은 화룡점정. 진짜 바다에 왔구나, 실감이 났다.

"회요. 조개는 굽기 힘들잖아요."

"그런 건 걱정 말고. 뭐가 더 먹고 싶은데?"

바다에 오면 꼭 한 번 남자 친구가 구워 주는 조개를 먹어 보고 싶긴 했지만, 뜨거운 불 앞에서 힘들게 구울 도하를 상상하니 아무래도 회가 낫겠다 싶었는데.

"둘 다 먹자. 요즘 세트 메뉴가 워낙 잘 나와서."

눈치 빠른 도하의 칼같은 정리에 풋 웃음이 나왔다.

"그래요."

창틈으로 시원한 파도 소리와 바다 냄새가 섞여 들었다. 솔은 창문을 끝까지 내리고 밖으로 머리를 살짝 내밀어 보았다. 머리카락 사이로 파고드는 바람이 기분 좋았다. 마치 엄마 품에 안겨 따뜻하게 어루만져지는 아이처럼.

사랑받는 기분이 들었다.

○ ◎ ●

찰박찰박. 파도 소리가 선명한 해변가. 바다를 코앞에 두고 먹는 회와 조개구이는 일품이었다.

불판 앞에서 뜨거울 법도 한데, 도하는 힘든 내색 한번 없이 그 많은 조개를 하나도 태우지 않고 섬세하게 구워 가며 잘 익은 조갯살에 특제 소스까지 콕 찍어 솔에게 먹여 주었다. 저도 손이 있는데, 군이 쓸 필요가 없을 정도였다.

"도하 씨도 좀 먹어요."

보다 못한 솔이 싱싱한 깻잎에 광어 한 점을 싸서 도하에게 척 내밀었다. 도하는 그제야 어쩔 수 없다는 듯 피식 웃으며 받아먹었다. 소주도한 잔 들이켜려는 그에게 짠, 하고 잔을 맞추고 같이 마셨다.

선선한 바닷바람과 잔잔한 물결 소리, 맛있는 음식과 알큰한 술, 그리고 강도하. 웃음이 나지 않을 수 없는 조합이다. 기분이 좋아서 발까지작게 구르며 회 한 점을 집어 먹는데, 진득한 시선이 느껴졌다.

"왜, 왜요?"

너무 저만 우걱우걱 먹었나 싶어 조심스레 물었더니 도하가 짧게 웃으며 솔의 머리 위로 손을 가져다 댔다. 다정하게 쓰다듬는 손길이 따뜻했다.

"사람이 어떻게 이렇게 예쁠 수 있나 싶어서."

캑, 입안에서 살살 녹아 마땅할 회가 목에 탁 걸리는 느낌이었다.

"괜찮아?"

솔은 풋 하고 웃으며 고개를 주억거렸다.

"가만 보면 넌 내가 진지할 때마다 웃는 것 같아."

"웃긴 말을 진지하게 하시니까 그렇죠."

"어디가 웃겨? 명백한 사실인데. 너 예쁜 거 너만 몰라."

"아, 그만해요."

솔이 붉어진 얼굴 앞으로 손사래를 치며 말했다.

"어디가 예뻐요. 지금은 진짜 판다 같을 텐데. 너무 울……."

울어서, 라고 할 뻔했던 말을 꿀꺽 삼켰다. 눈치 빠른 그가 모를 리 없다는 걸 알면서도 이렇게 좋은 순간을 괜히 망치고 싶지 않았다. 하지만 조개도 거의 다 구웠겠다, 장갑을 벗어 놓고 턱을 괴는 그의 농밀한 시선을 보니 그냥 넘어갈 수는 없을 것 같았다.

"별일 아니었어요. 그냥……."

하지만 딱히 둘러댈 핑계도 없다. 말끝을 잇지 못하는 솔을 물끄러미 바라보던 도하가 약간 가라앉은 목소리로 입을 열었다.

"얘기하고 싶지 않으면 안 해도 돼. 그런데, 나 없는 데서 울지는 마."

"……."

"약속을 까먹을 정도로 넋 놓고 걷지도 말고."

"……."

"내 연락 피하지도 말고."

별일이 아닐 수 없다는 말을 그는 참 예쁘게도 돌려 했다.

"나 진짜 피 말라 죽어."

마지막 말에 심장이 저릿했다.

"아까는 죄송했어요."

"사과받자고 한 소린 아니야."

"그래도 죄송한걸요."

"굳이 할 거면 죄송보단 미안이 낫고."

무슨 의미인지 몰라 쳐다보니 도하는 아렴풋 웃으며 말했다.

"앞으론 말을 좀 낮추는 습관을 들이라고. 너무 격식을 차리는 것 같아서 가끔 서운하니까."

가장 친한 친구인 여진과 호에게도 선을 긋는 솔이었다. 누군가에게 경계를 넘어 가까이 다가가는 게 아직은 어색하고 어려웠다.

그래도 조금씩 노력해 봐야겠다. 도하니까.

솔은 작게 웃으며 고개를 끄덕였다.

침묵이 흘렀다. 도하는 조용히 술을 한 잔 들이켰다. 그 모습이 어쩐지 외롭고 쓸쓸해 보였다.

"저."

솔은 그를 따라 술잔을 들다 말고 나직하게 말을 꺼냈다.

"우리 오늘 같이 자는 거죠?"

캑, 이번엔 건너편에서 난 소리였다. 도하가 손등으로 입을 가리고 헛기침을 하며 길쭉한 눈을 부릅떴다.

"어?"

"여행 왔으니까요. 지금 다시 돌아갈 건 아니잖아요."

"그치, 맞지, 그건 맞는데……."

"방 두 개 잡을 것도 아니죠?"

도하의 얼굴이 붉다 못해 하얗게 질려 가는 것 같았다. 얘가 대체 갑자기 왜 이러나 싶은 표정이었다.

"같이 있고 싶은데…… 혹시나 해서."

천진한 질문은 아니었다. 아무것도 묻지 않는 도하에게 무어라도 말해 주고 싶었다. 격식을 차리지 말라는 그의 경계를 넘어가고 싶었다.

몸이 닿으면 마음도 닿을 수 있지 않을까. 세상 모두가 알아도 단 한 사람, 그는 몰랐으면 싶은 이 심정을 어떻게든 내려놓고 용기를 낼 수 있지 않을까. 그래서 마음과 마음이 맞닿을 수 있지 않을까. 그런 막연한 생각이 들었다.

"같이 있는 건 당연한 건데, 자는 건 장담을 못 하겠네."

얼어붙은 표정으로 바라만 보던 그가 한참 만에 실없이 웃으며 말했다.

"오늘은 내가, 너무 미약한 상태라."

"⋯⋯."

"최대한 맞춰 갈 자신이."

"맞추지 마요."

찰랑이던 소주가 식도를 타고 넘어갔다. 뜨겁고 달콤했다. 솔은 발긋하게 달아오른 눈가를 찡긋 구기며 웃었다.

"내가 맞출게요."

○ ◎ ●

샤워를 마친 도하는 젖은 머리를 털어 내며 거울을 보았다.

희뿌연 수증기 속의 얼굴이 누가 봐도 취객처럼 달아올라 있었다. 술을 많이 마신 것도 아닌데. 지진이라도 난 듯 요동치는 심장이 좀체 가라앉지 않는 탓이었다.

'내 치부 같은 나무. 여전히 울고 있네.'

사실 도하는 카페에서 그렇게 말하는 유진을 보았을 때 당장이라도 끌고 나가 멱살을 잡아채고 싶었다. 솔이랑 어떤 관계냐고, 당신이 울린 거냐고, 대체 왜 그 순한 아이가 손찌검까지 하게 된 거냐고.

답답한 마음을 모조리 쏟아 내고 만에 하나 솔이 유진 때문에 힘들어

한 거라면 이성이고 뭐고 다 팽개치고 반쯤 죽여 놓고 싶은 심정이었다. 하지만 결국 도하는 혼란스러운 마음과 떨리는 주먹을 온 힘을 다해 참아 내야 했다.

감정만 앞서 앞뒤 사정도 모르고 달려들었다가 혹시라도 솔이 곤란해질까 염려가 되기도 했지만, 무엇보다 울고 있다는 솔을 1분 1초라도 **빨**리 찾는 게 더 급했기 때문이다.

'어디야?'

— 여기, 여기는……. 잠시만요…….

그토록 꺼려 하던 방송국에 제 발로 들어가 곳곳을 헤집고 인근 카페도 다 들쑤신 후에야 멀리, 홀연히 떠도는 여자를 발견했을 때는 심장이 깊게 침잠하는 듯했다.

솔은 마치 바람 같았다. 기억을 잃은 사람 같기도, 영혼 같기도 했다. 그렇게 생기가 없었다. 그녀가 오늘 겪은 일은 어쩌면 그녀의 가장 아픈 부분일지도 모르겠다는 직감이 칼날처럼 가슴을 파고들었다.

'거기 그대로 있어.'

그래서 도하는 아무 말도 하지 않았다. 그저 금방이라도 모래처럼 부서져 버릴 것 같은 그녀의 여린 몸을 소중히 안아 주었다. 그래도 조금은 이야기해 줄 줄 알았는데. 아니, 그러길 바랐는데.

'별일 아니었어요. 그냥…….'

죄송했다는 말만 남기고 조용히 입술을 맞붙이는 그녀를 보니 어쩔 수 없는 공허감이 밀려들었다.

아직 내가 그 정도는 안 되는구나. 기댈 수는 없는 존재구나.

'우리 오늘 같이 자는 거죠?'

그런데 그 타이밍에 그런 말을 할 줄이야.

감히 상상도 하지 못했기에 심장이 두 배로 빠르게 뛰어 버렸다. 가만 생각해 보면 솔은 항상 방어에 집중하는 수비수 같으면서도 결정적인 순간 치고 들어오는 공격수의 자질이 있었다. 모든 중요한 순간에는 그녀의 용기가 발휘되었다.

'전 앞으로 월, 수, 금요일에 시네하우스에서 영화를 볼 예정인데…… 교수님은요?'

처음 그들의 관계를 뒤집어 버렸을 때도,

'우리 같이 걸을까요?'

마음이 닿기 시작했을 때도,

'지금이요. 월요일 말고 지금. 봐요, 우리.'

첫 키스를 했을 때도,

'맞추지 마요. 내가 맞출게요.'

그리고 지금도.

그녀는 언제나 그보다 한발 앞서 달콤하게 손을 내뻗었다. 그게 얼마나 어려운 일인지 누구보다 잘 알고 있었기에.

"사람이 어떻게 이렇게 예쁠 수가 있나."

한 번 더 진지하게 고민이 되는 도하였다.

"천천히, 강도하. 천천히."

마음과 달리 점점 더 가파르게 뛰는 가슴을 구기듯 부여잡고 도하는 욕실 문을 벌컥 열어젖혔다.

○ ◎ ●

"안 잤어?"

두꺼운 담요를 온몸에 휘감고 텐트 바깥의 테이블에서 페퍼민트차 한 잔을 마시고 있던 세희가 동그란 눈을 깜빡이며 고개를 들었다.

"네가 없는데 어떻게 자."

지태가 세희의 옆에 와 앉으며 자연스럽게 어깨를 끌어안았다. 지태

에게서 흘러나오는 은은한 샴푸 향이 코끝을 적셨다. 조금 멀리 나가야
하긴 했지만 샤워장이 그럭저럭 깔끔하게 잘 갖추어져 있어 깨끗이 씻
고 막 잠자리에 들었던 터였다.

분명히 새근새근 아이 같은 지태의 숨소리를 듣고 나왔는데 그새 뒤
척이는 소리에 깼나 싶어 미안한 마음이 들었다.

"잠이 안 와?"

지태가 세희의 손등에 입술을 포개며 물었다. 비비적거리는 입술 새
로 따끈한 혀가 짧지만 짙게 느껴졌다. 좀 전까지 수도 없이 달아올랐던
몸인데도 그의 혀끝 하나에 또 모든 감각이 재생되는 느낌이었다.

이제 슬슬 두려울 정도다. 이러다 신지태에게 완전히 길들여지는 건
아닌지.

"아니 그냥, 날씨가 좋아서."

"이렇게 바들바들 떨면서."

"금방 들어갈 거야. 먼저 가서 자."

하필이면 강기우와 너저분한 진흙탕 싸움을 시작할 때 지태를 만나서
그간 힘들어하거나 슬퍼하는 모습만 주로 보였다.

그래서 다시 불면증을 겪는 모습까지 보여 주고 싶진 않았다.

강기우의 사건은 잘 마무리되고 있었지만 그와 별개로 눈을 감으면
밀려드는 어둠처럼 제 앞날도 캄캄하고 아득하게 느껴져서 잠을 자기가
힘들었다. 그나마 지태가 있으면 좀 나은 편이었다.

"같이 자면 안 돼?"

세희는 쓰게 웃으며 그의 입술 아래서 손을 빼냈다. 언뜻 지태의 눈매
가 굳는 것이 보였다. 혹여 예민한 감정을 알아차렸을까 싶어 세희는 얼
른 말을 이었다.

"나는 이것만 마시고……."

"세희야."

"응?"

"우리 결혼할까?"

머그잔을 움켜쥐던 세희의 손이 멈칫 굳었다. 지태는 한동안 아무 말도 못 하는 세희의 얼굴을 부드럽게 당겨 제 어깨 위에 얹으며 둥근 이마에 쪽 입을 맞추었다.

"얼른 같이 살고 싶다."

"……."

"차세희 행복하게 만들어 줄 자신은 차고도 넘치는데."

표현에 서툰 세희와 다르게 지태는 그때그때 생각나는 말들을 솔직하게 꺼내 놓는 편이었다. 가끔 이렇게 필터링도 없이.

그러니까 이건 그냥 하는 소리다. 아무 의미 없이. 그저 의식의 흐름대로.

세희는 지태의 마음을 그렇게 정의 내리며 옅게 웃었다. 물론 설레지 않은 것은 아니었다. 하지만.

"우리 지금도 같이 사는 거나 마찬가지잖아. 네가 일주일에 서너 번은 집에 가서 자야 한다는 것만 빼면."

"그러니까, 그 서너 번도 이제는 못 버티겠으니까."

"……."

"매일 보고 싶어. 매일 안고 싶고. 그래서 조금 힘들어지려고 해."

로망과 현실은 달랐다.

"나중에. 다 안정되고 나면."

세희는 묵묵히 차를 마시며 말했다.

사실은 막연한 모든 것들이 두려웠다. 앞으로 무슨 일을 하며 어떻게 살아가야 할지 자신의 인생도 갈피를 잡지 못했는데 누군가와 함께하는 삶을 그릴 여유는 없었다. 그 상대 역시 같은 상황이라면 더더욱.

심지어 지금은 태진전기 부회장을 상대로 소송까지 진행 중인 상황이었다. 것도 스폰이라는 추잡한 문제로 얽혀 연애도 이렇게 숨어서 하는데 결혼이라니. 현실적으로 아예 불가능한 말이었다. 세희는 불가능한 것에 기대거나 불확실한 것을 가늠하는 게 싫었다.

"안정되는 게 뭔데?"

지태가 세희의 옆머리를 귀 뒤로 넘겨 주며 이마에 한 번 더 입을 맞추었다. 세희의 몸을 쓰다듬는 촉감과 귓가에 내려앉는 목소리는 더없이 다정했지만 질문만은 날카로웠다.

"……지금 같지 않은 거."

세희의 볼을 쓰다듬던 지태의 손이 멈추었다. 세희는 천천히 고개를 들고 지태를 바로 보았다. 기다란 눈매가 표정 없이 세희를 보고 있었다.

"지금 같은 게 꼭 나쁘다는 건 아니야. 불안정한 만큼 자유로우니까. 이렇게 같이 있을 수도 있잖아."

"……"

"하지만 난 너 때문에 행복해지고 싶지 않아, 지태야."

지태의 눈이 일시에 얼어붙었다.

"누구 덕분에 행복해지고 싶을 때가 아니라, 내가 행복을 줄 수 있을 때, 그때 하고 싶어. 결혼은."

그제야 바싹 조여 있던 눈동자에서 힘이 빠진다.

"내가 충분히 자랑스러운 사람이 됐을 때."

긴장이 한풀 꺾인 지태의 입가에서 작은 웃음이 샜다.

"무슨 말인지 알아. 너답다고도 생각해. 그런데 차세희."

"……"

"나한테 행복은 그냥 너야."

"……"

"그래서 나한테 행복을 주고 싶으면 그냥 너 데려오면 돼. 잘된 너 말고, 예쁜 너 말고, 착한 너 말고, 어떤 너 말고…… 그냥 너."

왜 갑자기 가슴 깊은 곳이 울컥거리며 따가워지는지 모를 노릇이다. 세희는 눈을 지그시 내리깔며 고개를 주억거렸다.

그냥 너.

그 말이 너무 깊이 박혀 버려서 다음 말이 낮게 이어지는 것도 몰랐다.

"……너한테 행복은 뭔지 모르겠지만."

○ ◎ ●

작정하고 맞는 첫날밤이란 건 이런 걸까. 원래 이렇게 숨 막히고 어려운 걸까.

침대맡에 등을 기대고 앉은 솔은 손에 든 와인은 마시지도 못하고 꼿꼿하게 굳어 정면만 보고 있었다. 어색할까 봐 영화라도 보자 했더니 더 어색해져 버렸다.

─그대는 나를 좋아한다.

커다란 벽걸이 TV에서 나오고 있는 영화는 이제는 솔과 도하의 시그니처 무비가 된 〈프라하에서〉였다.

새삼 도하가 처음 그녀의 옆 옆자리에 앉아 이 영화를 같이 봤던 순간이 떠올라서 솔은 엷게 미소 지으며 그를 바라보았다. 비스듬히 기대어 앉은 채 한쪽 무릎을 세우고 와인을 마시고 있는 도하는 적어도 솔보다는 느슨하고 편안해 보였다. 약간 모로 누운 자세 때문에 가운 사이가 벌어지면서 바위처럼 넓고 단단한 가슴이 훤히 드러나 보였다.

불쾌할 정도로 관능적인 몸이었다.

흠, 괜히 헛기침을 한 솔이 얼른 시선을 거두고 정면을 보았다. 거의 동시에 도하가 고개를 돌리는 게 느껴졌다. 그의 눈빛이 닿은 얼굴에 온 신경이 쏠려서 터질 것처럼 붉어지기 시작했다. 솔은 서둘러 입을 열었다.

"저, 궁금한 게 있는데."

도하가 붉은 와인을 느리게 넘기며 뭔데? 하듯 눈썹을 살풋 올렸다.

"그때…… 왜 그러셨어요?"

"언제?"

"4년 전에요. 갑자기 제 옆자리에 앉으셨을 때."

이런 사소한 것까지 기억한다고 말하기가 어째 조금 무안했지만 정말 궁금했다.

도하는 반쯤 남은 와인을 침대맡에 내려 두고 피식 웃었다. 지긋한 시선이 다시 솔에게 닿는가 싶더니 이윽고 훌쩍, 그의 탄탄한 허벅지가 솔의 다리 바로 옆에 붙었다.

"말은 바로 해야지. 옆자린 이런 게 옆자리고. 난 옆 옆자리였잖아."

"그렇긴 하지만……. 아무튼요."

"왜 그랬을 것 같은데?"

솔의 어깨에 부드럽게 팔을 두른 그가 조각상처럼 굳어 있는 솔의 손에서 와인 잔을 살며시 빼 들어 수납 장 위에 놓아 주었다. 별거 아닌 행동이었는데도 갑자기 얼굴을 덮치듯 내려앉은 그의 상체에 몸은 더욱 빳빳하게 경직돼 버렸다.

"모르니까 물어본 건데……요."

굳어 버린 몸 때문인지 말도 딱딱하게 나갔다. 그런 솔이 재미있는지 도하는 미소 띤 얼굴을 더욱 가까이 붙여 왔다. 고개를 살짝 비트는 그의 콧날이 솔의 코를 지나 멈추었다. 입술과 입술이 맞닿기 딱 좋은 구도였다.

"이렇게…… 볼 수가 없잖아."

"……."

"네 얼굴 보는 게 유일한 낙이었는데. 바로 옆에 앉으면 너무 티가 나니까."

낙. 좋아하는 단어였다. 그때쯤 솔도 도하를 보며 늘 생각했던 단어였으니까.

숨 쉬기도 부담스러울 정도로 가까운 거리였지만 솔은 기왕 말이 나온 김에 궁금한 것을 더 묻고 싶었다.

"정말 그런 거였으면…… 왜 말도 제대로 안 걸었어요?"

선수면서, 다음 말은 양심적으로 눌러 삼켰는데도 내내 여유작작하던 도하의 눈빛이 묘하게 흔들렸다.

"……웃지 않는다고 약속하면."

"제가 왜 웃어요?"

"넌 내가 진지할 때마다 웃는 버릇이 있으니까."

"하, 알았어요. 말해 주세요."

"……웃으면?"

"뭘 바라시는데요?"

뭔가를 바라고 조건을 걸려는 것을 눈치챈 솔이 빠르게 받아치자 도하가 검은 눈동자를 어슷하게 내리며 솔의 가운 가운데 있는 끈을 움켜잡았다.

"이거."

"……네?"

"웃으면 이거 나 주는 거야."

벗으라는 말을 그는 참 예쁘게도 돌려 말했다. 그럼에도 알몸으로 그의 앞에 마주 앉아 있을 생각을 하니 갑자기 거사가 코앞에 닥친 것처럼 긴장이 되어 아랫배가 딴딴해졌다.

"오늘은 제가 맞추기로 했으니까. 알겠어요. 그럼 이제 말해 봐요. 왜 그런 건데요?"

이어진 질문에 도하는 짧게 숨을 내쉬고 솔을 마주 보았다.

"······이었어."

"네?"

"······처음이었다고."

이건 애초부터 불공정한 내기였다. 절대 웃지 않을 수가 없는 말이었으니까. 처음엔 놀란 눈으로 보던 솔이 이내 하하 소리까지 내 가며 짧은 웃음을 터뜨렸다.

"이리 내."

그러자 도하는 얄짤없다는 듯 가운의 끈을 잡아당겼다.

"악!"

솔이 웃음 가득한 비명을 지르며 몸을 비틀어 보았지만 어림없었다. 잠깐의 실랑이 끝에 솔은 침대 위에 벌러덩 누운 자세가 되었고 도하는 그 위에 올라타 있었다.

리본 모양으로 예쁘게 매어져 있던 끈은 일자로 풀어진 지 오래였다. 그래도 바로 옷장 열듯이 활짝 열어젖히지는 않아 다행이었다. 꿀꺽. 마른침을 삼키는 솔의 위로 도하가 천천히 내려왔다. 가운이 벗겨지지 않게 아슬아슬하게 붙잡은 도하가 솔의 목덜미에 얼굴을 대고 후, 나직이 숨을 쉬었다.

아직 닿은 것은 아무것도 없는데.

고르고 일정하던 그의 숨소리가 어쩐지 조금씩 가빠지는 것처럼 느껴져 덩달아 심장이 쿵쾅거리며 뛰기 시작했을 때, 그가 말했다.

"······안 믿기는 거 아는데. 이 나이에 웃긴 것도 아는데. 진짜야."

어린 마음에 역한 기억으로 남았던 어머니의 불륜 장면을 잊기 위해 도하는 나이가 차자마자 연애를 했고 강박적으로 관계를 가져 보기도 했다. 하지만 아무리 많은 연애를 하고 관계를 가져도 그 끝은 늘 똑같았다.

허무했다.

특히나 쾌락 끝에 남는 공허감만큼 찝찝하고 헛헛한 게 없었다. 그걸 깨달은 후로는 구태여 관계에 집착하지 않았다. 어차피 해 봐야 역겨운 잔상이 지워지지도 않았고 허전한 제 마음이 채워지지도 않았으니까. 하지만 솔은 달랐다. 처음 본 순간부터 그랬던 것 같다.

……안고 싶었다.

다른 무엇 때문이 아니라 순전히 그녀와 닿고 싶어서. 끝 간 데 없이 깊이 닿고 싶어서. 온전히 가져 보고 싶어서. 그런 감정으로 관계를 가져 본 적은 단 한 번도 없었다. 그러니 맹세코, 그것 또한 처음이었다.

"처음으로 좋아했어."

사람이 사람에게 말 한마디 제대로 걸 수 없게 만드는 그것.

"네가 내, 첫사랑이었어."

사랑. 그것만은 명백한 처음이었다.

○ ◎ ●

네가 내, 첫사랑이었어.

심장을 단박에 떨어뜨린 그 말을 되짚어 보기도 전이었다. 도하의 촉촉한 입술이 솔의 입술 위로 겹쳐 왔다. 델 듯이 뜨거운 감각에 흡, 하고 입술을 벌리자마자 말캉한 혀가 밀려들어 왔다. 어느 때와도 비교할 수 없는 높은 온도였지만 움직임은 한없이 부드러웠다.

신경 써 주고 있구나. 사랑해 주고 있구나. 그런 생각에 가슴이 몽글몽글 부풀어 오를 정도로.

솔은 그의 따뜻한 키스에 보답하듯 굳어 있던 손을 뻗어 그의 넓은 등 허리를 감싸 안았다. 그러자 조심스럽고 매끄럽던 혀의 움직임이 조금씩 거세지기 시작했다. 그녀의 보들보들한 뺨과 벌게진 목덜미를 움켜쥔 도하가 짙은 농도로 밀려들어 왔다. 작은 혀를 얽어매고 정신없이 빨아들이는 거센 흡착력에 정신이 얼얼해졌다.

결국 짧은 신음을 쏟아 낸 솔이 도하의 등허리를 더욱 세게 감싸 안았다. 순간 뾰족 솟은 날개뼈 부근의 탄탄한 근육이 움찔하는 게 느껴졌다.

도하가 거칠게 가운을 벗어젖혔다.

군살 하나 없이 근육으로만 이루어진 단단한 몸이 조명 아래 은은하게 빛났다. 딱 벌어진 어깨 아래 부담스럽지도 부족하지도 않게 자리 잡은 적당한 잔근육을 보자 심장이 저릿하게 떨려 왔다.

"솔아."

도하가 낮게 읊조리며 맨몸을 솔에게 맞대어 왔다. 솔의 가슴은 아직 가운이 가리고 있었지만 아래는 얇은 가운 띠만 비스듬히 걸쳐져 있어 맞닿은 부분이 고스란히 느껴졌다.

너무 크고, 뜨겁고, 딱딱해. 엄청난 자극과 함께 순간적인 두려움이 밀려왔다.

"피하지 마."

솔이 피하듯 고개를 돌리자 도하는 한 손으로 그녀의 턱을 부드럽게 잡아 올리며 시선을 맞춰 왔다.

"네 거잖아."

동시에 여왕의 손등에 키스하는 기사처럼 그녀의 손을 정중히 잡아 올려 입술을 묻었다. 손가락 하나하나에 그의 촉촉한 입술이 닿았다 떨어졌다. 그 모습이 마치 그녀를 가지기 전 마지막 허락을 구하는 것처럼 느껴져 긴장했던 몸이 약간은 풀리며 언뜻 미소가 떠올랐다.

"너도 내 거고."

그 말을 하기 위해서였을까. 도하는 말이 끝나기 무섭게 솔의 가운을 어깨 너머로 찢듯이 젖혔다.

"윽."

봉긋한 가슴이 드러나자마자 그의 입술에 삼켜졌다.

오른쪽 가슴을 사정없이 빨아들이며 왼쪽 가슴을 잡아 돌리는 그에게서 더는 조절할 수 없는 흥분이 느껴져 솔의 아래에서도 미끈한 애액이 주룩 쏟아져 나왔다.

가장 좋아하던 영화의 소리가 더는 들리지 않았다. 대신 여린 살을 빨아들이는 거친 마찰 소리만 축축한 공기 위를 떠돌았다.

"교수…… 윽, 도하 씨."

마치 그간 참아 왔던 모든 것을 쏟아 내듯 너무도 오래 지속되는 강한 압력에 솔이 그의 등허리를 쥐어뜯듯 잡으며 높은 신음을 내질렀다. 정신이 얼얼해진 바람에 하마터면 습관적으로 교수님이라는 호칭을 쓸 뻔했다.

"그렇게 부르지 말라니까."

도하가 솔의 정점을 씹듯이 깨물며 왼쪽 허리를 쓸어내렸다. 어느덧 붉게 부풀어 오른 연분홍색 유두가 금방이라도 터질 것만 같았다. 순간적으로 마음이 약해진 그는 유륜부터 느리고 진하게 핥아 올리며 물었다.

"……그만할까?"

반쯤 쉰 목소리가 살가운 듯 거칠었다.

"아니, 아니에요."

강요에 의한 답이 아니었다. 솔은 도하의 부드럽고 강인한 손길이 좋았다. 몸을 태울 듯 달구는 혀 놀림도 좋았다. 늘 죽어 있다고만 생각했던 모든 감각이 그로 인해 생생히 살아나는 기분이었다.

"좋……아요."

너무 좋아. 솔은 그에게 매달리듯 안기며 속삭였다.

그 한마디에 이성을 잃은 듯 도하가 고개를 비틀어 반대쪽 가슴을 삼키며 허리를 쓸던 손을 훅 내렸다. 크고 뜨거운 도하의 손이 솔의 골반 아래를 한 번에 움켜쥐었다. 가녀린 몸매에도 탄탄하게 살이 오른 엉덩이가 그의 손에 속수무책으로 짓눌렸다.

솔은 짧게 신음하며 다리를 비틀었다. 어느새 이불이 젖을 정도로 축축해진 아래의 미끄러운 감촉을 참을 수가 없었다. 이를 느낀 듯 도하가 솔의 오른쪽 다리를 잡아 벌렸다. 본능적인 거부를 할 새도 없이 후끈한 손바닥이 아래를 덮었다.

"괜찮아. 천천히 갈게."

도하는 놀란 솔을 달래듯 가슴을 빨아들이던 속도를 늦추며 애액으로 범벅이 된 아래를 천천히 쓸었다. 간지럽고 저릿한 감각이 온몸에 퍼지면서 살갗이 바짝 돋아났다. 솔이 몸을 뒤틀자 살짝 벌어진 틈 사이로 도하의 손가락이 밀려 들어왔다.

가장 길고 가느다란, 가운뎃손가락이었다.

"으윽."

느리지만 깊게 들어온 손가락이 앞뒤로 천천히 왕복 운동을 하기 시작했다.

생전 처음 느껴 보는 생경한 감각은 강렬하면서도 불편했지만, 덕분에 다리 사이를 맴돌았던 정체불명의 애달픈 갈증은 조금 채워지는 듯했다. 있는 힘껏 그의 손가락을 밀어 내고 싶다가도 막상 빠져나가면 허전하고 아릿해서 다리 사이가 부르르 떨려 왔다. 대체 이게 무슨 모순적인 감정인지, 제 마음을 자신조차 알 수 없었다.

"힘 빼고 나 봐."

그제야 도하가 가슴에서 입술을 떼고 솔의 옆에 모로 누우며 말했다. 팔베개를 해 주듯 목 뒤로 파고든 손이 그녀의 뒷머리를 부드럽게 감싸 잡고 그의 쪽으로 돌렸다.

솔의 두 눈이 도하와 마주쳤다. 나른하면서도 날카로운 눈매가 술에 취한 듯 퇴폐적이었다. 아래는 조금씩 빠르게 들쑤시면서 강제로 저를 보게 하는, 절대로 시선을 거두지 못하게 하는 그를 가만히 보고 있자니 갑자기 형언할 수 없이 야릇한 감각이 들었다.

온몸이 지배당하는 느낌. 눈빛에 잡아먹히고 있는 느낌.

심장이 터질 것처럼 빠르게 뛰었다. 결국 부끄러워 시선을 내리자 도하의 손이 한 번 더 그녀의 뺨을 쓸어 올렸다.

"피하지 말라니까."

빠르게 쑤시던 아래에는 한 손가락을 더 밀어 넣으며.

"……흐읏."

"피하지 말고 나 봐. 힘 빼고 지금 이 감각에만 집중해. 그래야 덜 아파."

그래야 덜 아프다는 말에 솔은 울음을 그치려는 어린아이처럼 신음을 참으며 몸에서 천천히 힘을 빼 보았다.

살짝 들려 있던 허리가 시트에 완전히 맞붙으면서 자연스럽게 무릎이 들렸다. 빠듯하게 조여 있던 아래가 느슨해지자 그의 두 손가락이 조금 더 수월하게 밀려 들어왔다.

"하아, 미치겠다. 너무 뜨거워."

도하가 짙은 눈썹을 좁히며 느리게 손을 움직였다.

찔꺽찔꺽, 두 개의 손가락이 물기에 흠뻑 젖은 마찰 소리를 내며 점점 빠르게 움직이기 시작했다. 동시에 솔의 허벅지에 닿아 있던 그의 페니스도 안쪽을 향해 움직였다. 귀두에서 흐른 물이 솔의 허벅지를 적셨다.

솔의 애액만큼이나 미끈한 액체가 당장이라도 그녀의 안으로 들어오고 싶은 욕망을 간신히 억누르고 있음을 증명하는 것만 같았다.

"……하아."

도하가 지그시 내린 눈을 솔과 맞추며 젖은 입술을 열어 신음했다. 그가 신음하는 모습을 똑바로 지켜보고 있자니 다시금 가슴이 저려 왔다.

흔들리는 솔의 눈빛을 읽었는지 도하가 갑자기 솔의 입술을 헤집듯 혀를 밀고 들어왔다. 마치 또다시 피하게 두지는 않겠다는 듯. 더는 못 참겠다는 듯. 그는 농도 짙은 키스를 마구 퍼부으며 질구를 빠르게 흔들어 댔다.

"하으으읏!"

금방이라도 무언가 터져 버릴 것만 같은 홧홧하고 알싸한 느낌에 솔이 비명 같은 신음을 질렀지만 젖은 소리는 곧장 그의 입술에 빨려 들어갔다.

"그만, 그…… 읍!"

솔의 신음을 삼켜 버린 도하는 마침내 그녀의 안쪽에서 손을 빼고 곧장 그 위로 올라탔다. 손가락이 빠져나간 헛헛함이 느껴지기도 전에 굵직한 무게감이 아래를 장악했다. 이제 정말 그를 받아들일 순간이 되었다는 직감에 심장 박동이 가파르게 솟구치기 시작했을 때.

"신음 소리도 예뻐서."

양손으로 그녀의 얼굴을 감싸 쥔 도하가 촉촉이 젖은 입술을 떼어 내며 말했다.

"이제 정말 안 되겠다."

도하는 그대로 손을 뻗어 수납 장 위에 있던 물건을 집어 들었다. 무언가 바사삭거리는 소리와 함께 뜨거웠던 성기에 차가운 비닐이 덧씌워진 것이 느껴졌다. 정신없는 와중에도 빠르고 능숙하게 콘돔을 낀 그의 행동에 묘한 안도감이 든 순간, 미끄덩한 성기가 다리 사이로 바짝 붙어 왔다.

"……괜찮겠어?"

도하는 마지막으로 그녀의 의사를 물었다.

그 질문에 잠시 두려움이 인 것도 사실이었지만 여기까지 온 이상 물러나고 싶지도 않았다. 어떻게든 겪게 될 '처음'이라면 지금이었으면 했다.

내가 첫사랑이었다는 남자, 가장 많이 좋아한 남자, 이제 좋아한다는 말로는 다 표현할 수 없을 만큼 좋아하는 남자. 만에 하나 다시 버려지더라도,

사랑했음이 후회되지 않을 남자.

솔은 그의 눈을 피하지 않고 바로 보며 천천히 고개를 끄덕였다.

어떻게 괜찮지 않을 수가 있겠어요. 당신이랑 있는 모든 순간이 좋은데. 나는 그저 좋은데.

"하."

도하의 입에서 탄성 같은 미소가 떨어졌다. 깊게 숨을 들이켠 도하가 그녀의 허리를 으스러질 듯 끌어안으며 작은 구멍으로 제 아래를 밀어붙였다. 살짝 열린 틈으로 찌르르한 고통이 밀려들었다. 하지만 너무 커다란 그의 중심은 한 번에 머금기엔 역부족이었다. 솔은 바짝 경직되는 몸을 최대한 이완시키기 위해 이를 악물었다.

순간 도하의 입술이 솔의 귓불을 깨물었다. 진하게 핥고 빨아들이는 농밀한 감각에 정신이 아득해졌다. 귓불에서 그의 타액이 뚝뚝 흘러내리는 동시에 아래에서도 잠시 멎었던 애액이 줄줄 쏟아져 나왔다. 그러자 맞물려 있던 도하의 페니스가 쑥 밀려들었다. 화르르 불길이 치솟는 것처럼 타는 듯한 고통에 허리가 휘었다.

"하윽!"

솔의 높은 비명과 함께 도하의 길쭉한 성기가 끝까지 밀려 들어왔다. 열릴 때까지만 해도 참기 힘들었던 고통은 그가 완전히 들어온 후에는 일시적으로 멎는 듯하다가 다시 빠져나가려는 순간 격렬하게 재생되었다.

"하아, 솔아, 솔아."

도하는 끊임없이 그녀의 이름을 부르며 귓가를 지분거렸다. 너무 좁고 뜨거워서 미칠 것 같다며 그녀의 아래를 포기하지 못하고 천천히, 천

천히 드나들었다. 솔의 뺨을 움켜쥔 도하의 손이 파르르 떨려 왔다. 그가 얼마나 흥분하고 있는지, 얼마나 참고 있는지 여실히 느껴지는 떨림이었다.

그런 그를 위해서라도 솔은 다시금 마음을 다잡고 그의 목을 끌어안았다. 몸에 힘을 최대한 빼서 그를 깊숙이 받아들이고 한껏 벌렸던 다리를 들어 그의 허리를 휘어 감았다. 매달리듯 안겨 붙는 솔의 행동에 도하의 잇새로 가쁜 신음이 쏟아졌다. 동시에 그의 허리가 조금씩 빠르게 움직이기 시작했다.

퍼억, 퍽. 유연한 움직임과는 다르게 난폭한 소리가 도하의 거친 신음과 섞여 고막을 잔인하게 괴롭혀 댔다.

흐으으윽, 솔은 거의 울듯이 신음하면서도 그의 성기가 뿌리 끝까지 들어올 때마다 아래에 힘을 주어 그를 붙잡았다. 도하가 안에 있는 순간이 그나마 덜 고통스럽기도 했지만 그가 나가지 못하게 꽉 붙들어 매고 제 안에 깊게, 더 깊게 가둬 버리고 싶은 본능 때문이었다.

그럴수록 도하의 미간은 점점 더 고통스럽게 일그러졌다. 도하가 더는 한계인 듯 바짝 들린 솔의 엉덩이를 꽉 움켜잡고 미친 듯이 골반을 치대기 시작했다.

"아익! 도하 씨!"

"아파?"

와중에도 자상하게 물어 오는 목소리에 솔이 고개를 흔들었다. 아프지 않다면 거짓말이겠지만 아프다고 하면 당장이라도 멈출 기세였다. 고통스러우면서도 자극적인 이 감각을 끝까지 느껴 보고 싶었다.

"아프면 말해. 말해야 돼."

도하가 상체를 일으켜 세워 앉은 자세로 다시 거칠게 몰아치기 시작했다. 반듯하게 누운 와중에도 눈에 띄게 봉긋한 가슴을 양손으로 움켜잡고 그 힘에 의지하듯 더욱더 세게 몰아붙였다.

철벅철벅. 살갗이 맞부딪치는 소리가 쉴 새 없이 빠르게 이어지길 한참, 도하의 이마에서 떨어진 땀방울이 솔의 눈을 타고 흘러내렸다. 눈물인지 땀인지 분간할 수 없는 그 순간의 고통과 쾌락이 미치게 좋았다.

"하으으응, 으윽! 흐윽. 윽……."

조금 더 세게, 조금 더 깊게 느껴 보고 싶을 정도로.

솔의 자지러지는 신음 때문인지 조심하려던 이성도 잃고 미친 듯이 박아 대던 도하가 결국 낮은 탄성과 함께 있는 힘껏 그녀의 안으로 파고들었다.

"으윽!"

최대한 세게, 최대한 깊게. 그녀의 안에 자신을 가둔 도하는 파르르 떨리는 몸으로 솔을 와락 끌어안았다. 콘돔 안으로도 그의 뜨거운 정액이 끊임없이 쏟아지는 게 느껴지는 것만 같았다. 맞닿은 가슴 위로는 쿵쾅쿵쾅 다급하게 요동치는 심장 소리가 들려 왔다.

후우, 도하가 어느 때보다 깊은숨을 쏟아 내며 온몸에 힘을 빼고 무너져 내렸다.

"안 믿기는 거 아는데, 웃긴 것도 아는데. 처음이야."

"……."

"심장이 이렇게 빨리 뛰어 본 거."

천천히 호흡을 고르던 솔이 작게 미소 지었다.

"잘 믿겨요. 하나도 안 웃기고. 나도 처음이니까."

솔을 그윽하게 바라보던 도하가 그녀의 입술에 살며시 제 입술을 포갰다. 처음처럼 부드럽고 향긋한 키스였다. 쪽쪽쪽, 여러 번 입술을 맞춘 후에야 떨어진 도하는 그녀의 젖은 머리칼을 조심히 쓸어 넘겨 주며 말했다.

"……나가기 싫다."

그 직후였다. 그의 눈매가 놀란 듯 굳었다. 저조차도 놀랄 만큼 낯선 감정이 가슴을 장악해 버린 탓이었다.

— 그럴 때마다, 저는 이렇게 주문을 외워요.

언제부턴가 들리지 않던 영화의 소리가 다시 이어지기 시작했다.

— 나는 그대를 좋아한다. 그리고…….

그녀를 가지고야 비로소 알았다.

— 그대도 나를 좋아한다.

쾌락 끝에 남는 건, 공허가 아니라 행복이었다.

— 그대는 나를 좋아한다.

너는 나의 행복이었다.

○ ◎ ●

"이게 뭐예요?"

솔이 나른한 눈빛으로 제 손목을 내려다보며 물었다.

먼저 샤워를 하고 도하를 기다리다 깜빡 잠이 들었는데 언뜻 차가운 금속성의 물질이 닿는 느낌이 들어 눈을 떠 보니 반짝이는 체인 두 줄이 손목에 걸려 있었다. 꽃잎 하나에 여러 개의 스톤이 박힌 벚꽃 모양의 팔찌였다.

"요즘은 뭘 봐도 네 생각이 나서 참을 수가 있어야지."

턱을 받치고 모로 누운 도하가 솔의 뺨을 손등으로 살살 쓸어 주며 웃었다.

"……그래도 이렇게 갑자기."

나는 아무것도 준 게 없는데. 솔이 미안한 마음에 중얼거리자 도하가 설핏 웃으며 그녀를 당겨 안았다.

"나는 받았는데."

"뭘요?"

"엄청 크고 좋은 거."

"설마 솔이 너, 같은 말을 하려는 건 아니죠?"

솔의 가느다란 눈초리에 도하가 푸핫 웃음을 터뜨렸다.

"왜, 느끼해?"

"조금…… 그럴 것 같아요."

도하가 한바탕 웃으며 솔의 작은 머리를 끌어안고 이마에 쪽 입을 맞추었다.

"그런 게 있어. 너는 모르겠지만."

끝이 내려앉는 목소리가 담백하고 고요했다.

"너만 줄 수 있는 게 있어."

솔은 저만이 그에게 줄 수 있는 게 무엇인지 너무 궁금했지만, 장난처럼 넘기기 힘든 진심이 내재되어 있는 것만 같아 더 이상 캐묻지 않았다. 그저 가만히 제 손목을 바라보았다.

"팔찌 같은 거 해 본 적 없었는데……."

붉은 상흔을 묘하게 가리는 두 줄의 체인을 보니 어쩐지 뭉클한 마음이 들었다. 왜 이런 자국이 있는지 이상한 시선으로 묻는 대신, 별처럼 꽃처럼 반짝이는 어떤 것으로 묵묵히 감싸 주는 그가 너무 고마워서.

"무섭지 않아요?"

솔은 비로소 마음을 열 수 있었다.

"……이런 상처."

그런 얘기를 불쑥 꺼낼 줄은 몰랐는지, 처음엔 놀란 듯 동그랗게 뜨였던 도하의 눈매가 서서히 가라앉았다. 깊이 있는 시선이 솔에게 닿았다.

"무서운 건, 너였을 것 같은데."

"……."

"괜찮아?"

잠시 멎어 있던 솔은 묵묵히 그의 품에 얼굴을 묻었다. 코끝이 알싸하게 달아올랐다.

괜찮아?

짧고도 고요한 질문이 가슴속에서 태풍처럼 휘몰아쳤다. 한때, 그 어떤 말보다 절실했지만 단 한 번도 들어 보지 못했던 말. 그때, 솔에게는 목숨보다 비쌌던 말. 그 말을 그는 인사처럼 쉽고 후하게 건넸다. 마치 당연하다는 듯.

"하나는 어릴 때, 다른 하나는 4년 전 학교에서 생긴 거예요."

그래서 솔도 당연하다는 듯, 자연스럽게 꺼내 놓았다. 그에게만은 어떻게든 꽁꽁 숨기고 싶었던 이야기를.

"어릴 때 저는 이 상처랑 별반 다를 바 없었거든요. 거슬리지만 방치되는 존재."

어린 마음에 부모님의 관심을 받고 싶어서 철봉에서 떨어져도 보고, 운동장 여덟 바퀴를 돌다 탈진도 해 보고, 담벼락에 머리도 찧어 보고, 아무 감정 없는 친구와 싸워도 보고, 그러다 어느 날 생긴 게 첫 번째 상흔이란 말을 했을 때 도하는 아무 말이 없었다. 그저 온화한 미소로 조용히, 다정히 팔찌 아래 상흔을 매만져 주었다.

"엄마는 저를 정신건강의학과 의원에 맡겼고 그때부터 약을 먹었어요. 열 살 때부터."

"……"

"하지만 항우울제는 기분을 낫게 해 줄 순 있어도 습관을 고치진 못하더라고요."

어렵게 그때의 이야기도 꺼냈다. 열일곱, 같은 상처를 가진 친구를 만나고 마음을 나눴다가 끝내는 배신당했던 그때. 완전히 고장 나 버렸던 그때.

"그 애들은 저더러 습관적 자해형이라고 했는데, 지금 생각해 보면 그게 맞았을 수도 있겠다 싶어요. 어릴 때 다쳐서 집에 가면 놀라서 바라봐 주던 엄마의 표정을 그 애한테서 기대한 게 아닐까. 실은 유진이를 위해서가 아니라 나를 위해서, 내가 버려지는 게 싫어서 먼저 날 버린 거였으니까요."

"……그 애가, 유진이야?"

저도 모르게 말해 버린 이름을 도하가 콕 집어 되물었다. 처음의 온화한 미소는 찾아볼 수 없는, 묘하게 그늘이 진 얼굴이었다. 솔은 천천히 고개를 주억거렸다.

순간 도하가 짧게 숨을 내쉬는 소리가 들렸다. 그 짧은 한숨에 심장이 훅 내려앉았다. 역시, 실망한 걸까. 하기야 아무리 좋아한대도 공개적인 정신병자로 낙인찍혔던 사람을 받아들이기는 쉽지 않겠지. 당연히 꺼려지겠지. 체념한 솔은 부러 아무렇지 않은 척, 더 단단한 목소리로 말을 이었다.

"다른 사람한테 상처받는 것보단 내가 나를 상처 주는 게 더 낫잖아요. 그래서 그랬어요. 4년 전에도."

4년 전 동아리실. 깨진 술병을 들고 금방이라도 때릴 것처럼 위협해 오던 진석에게서 보란 듯이 술병을 빼앗아 제 손목을 확 내리그었다. 당시 옆에 있던 여진과 호는 깜짝 놀라 소리를 질렀지만 솔은 피가 뚝뚝 떨어지는 손목을 내버려 두고 냉랭한 표정으로 진석의 발치에 술병을 던졌다.

마침 비명을 듣고 달려온 선배들은 진석이 솔에게 해코지를 했다고 생각하고 그를 끌고 나갔다. 소문은 알아서 퍼졌고 솔은 굳이 바로잡지 않았다.

그뿐이었다. 솔은 그저, 남에게 받는 상처가 끔찍하게 싫었을 뿐이었다.

"이상하다고 생각하셔도 어쩔 수 없어요. 저한테는 그게, 버티는 방법이었으니까."

"아니."

한참을 듣기만 하던 도하가 그제야 입을 열었다. 낮은 목소리가 단호했다.

"네가 그랬지. 누구나 치부는 있고, 그건 때때로 틀린 걸 수는 있지만 이상한 건 아니라고."

"그건 도하 씨가 했던 말을……."

"지금이 그때인 것 같다."

"……."

"이상한 건 아니지만 틀렸어. 네 방식은. 다르다고도 할 수 없는, 잘못된 거야."

언제나 너그러운 이해심으로 솔을 포용해 주던 도하였다. 그런 그가 그토록 냉정하게 틀렸다고 말하는 모습이 너무도 매정하게 느껴져 순간 울컥 설움이 치밀었다. 도하의 품을 가볍게 밀어 낸 솔이 한 뼘 떨어진 곳에서 쏘아붙이듯 말했다.

"잘못됐다고요? 삶을 버티는 방식에도 옳고 그름이 정해져 있나요? 그런 건 누가 규정하는 거죠?"

"……너."

발갛게 상기된 솔과 다르게 그는 차가워 보일 정도로 침착했다.

"알고 있잖아, 너도."

말문이 막혔다. 동시에 건조했던 솔의 눈에 발간 습기가 차올랐다.

"너도 알고, 널 사랑하는 나도 알고, 우리를 둘러싼 세상이 알지."

"……."

"자신을 다치게 하는 것만큼 잘못된 건 없다는 거."

"……."

"솔아."

도하가 예의 그 다정한 목소리로 솔을 불렀다. 솔은 답하지 않고 젖은 한숨을 내쉬며 한 손으로 얼굴을 쓸어내리다 아예 얼굴을 묻어 버렸다. 도하가 그런 솔의 손을 잡아 내리고 제 쪽으로 끌어당겼다.

짧고 강한 힘에 또다시 도하의 품에 안기게 된 솔이 벗어나려 발버둥 쳤지만 그는 그녀의 어깨와 허리를 으스러뜨릴 듯 세게 끌어안고 놓아 주지 않았다. 온몸이 그의 뜨거운 몸에 철썩 맞붙었다. 넓은 가슴에 짓눌린 입술 때문에 숨이 턱턱 막혀 왔다. 간신히 고개를 들어 숨을 쉬자 도하가 솔의 뒷목을 진득하게 감싸 잡으며 그녀의 귓가에 입술을 묻었다.

지분거리듯 속삭이는 목소리가 달고 뜨거웠다.

"그냥 다른 사람을 원망해. 다른 사람에게 다치고 상처받더라도 그 사람을 원망하면서 너 자신을 보호해. 그렇게 이기적으로 살아. 그래야 살 수 있어."

정곡을 찔린 것처럼 가슴이 쑤셨다.

"다들 그렇게 살아."

너무 따갑고, 아팠다.

"네가 널 다치게 하면 넌 결국 너를 원망하게 될 텐데, 그럼 내 예쁜 독종은 누가 보호해 주고 누가 사랑해 주지?"

끝내 뜨거운 액체가 솔의 볼을 타고 흘러내렸다. 툭, 제 가슴에 닿은 눈물을 느낀 듯 도하가 한 번 더 솔을 당겨 안으며 말을 이었다.

"내가 널 아무리 사랑해도 네가 널 사랑하지 못하면 아무 의미 없어. 너조차도 사랑하지 않는 너를 다른 누가 사랑한다고, 너는 절대 믿지 않을 테니까."

더없이 애틋한 손길, 다디단 음성이 아팠다.

"나는 그게 두려워, 솔아."

"……"

"그러니까 제발, 날 생각해서라도 다시는 그러지 마."

"……."

"널 다치게 하는 사람은 내가 가만두지 않을 텐데. 그게 너라면 난 아무것도 할 수가 없잖아."

솔이 비로소 몸에서 힘을 빼고 눈물 섞인 웃음을 쏟아 냈다.

"그래도 이솔."

도하의 섬세한 손길이 그녀의 눈물을 거두어 갔다.

"잘 버텨 줘서 고맙다."

"……."

"많이 외로웠을 텐데 이렇게 반듯하게 살아 줘서. 올곧은 걸음 끝에 나한테 와 줘서."

도하는 솔이 건넨 말을 토씨 하나 틀리지 않고 고스란히 돌려주며 유연하게 웃었다. 그리고 덧붙였다.

어차피 우리는 모두 병들어 있다고. 약을 처방받거나 받지 않는 것의 차이일 뿐, 다들 엇비슷한 삶 속에서 엇비슷한 병을 가지고 살아간다고. 그러니 괜찮다고. 그런 건 아무래도 괜찮다고.

혹여나 제게 실망했을까 우려한 솔의 상심이 무색하게 그녀의 오랜 우울증에는 더없이 의연한 반응을 보였다.

"……나도 고마워요."

그제야 솔은 뽀얀 손등으로 눈물을 슥슥 거둬 내고 비죽 웃으며 말했다.

"팔찌, 잘 하고 다닐게요."

가녀린 손목에서 흘러내린 팔찌가 살구색 조명 아래 반짝, 빛났다. 도하는 다시금 여왕의 기사처럼 그녀의 손을 잡아 들고 붉은 상흔 위에 입술을 짙게 맞대었다. 촉촉한 혀와 입술이 상흔을 달래듯 빨아들였다. 솔은 달게 빨리는 흔적들을 바라보며 처음으로 용서를 빌었다.

미안해, 이솔.

모든 것을 내려놓고도 아무것도 잃지 않은 밤. 부여잡은 것들 속엔 그녀도 있었다.

이솔이 있었다.

○ ◎ ●

기온 이상으로 맑았던 주말이 지나고, 장마가 오려는지 싸늘한 날씨가 이어졌다. 솔은 얇은 바람막이의 지퍼를 끝까지 올려 입술을 파묻고 가방을 챙겨 들었다.

"수고하셨습니다!"

짧은 인사와 함께 자리에서 일어서는데 갑자기 눈앞에 시커먼 그림자가 드리워졌다.

"솔아, 우리 먼저 갈게!"

"어어, 내일 봐!"

남자의 퍽 좋지 않은 몰골과 수상쩍은 분위기에 여진과 호가 빠르게 자리를 뜨고, 혼자 남은 솔은 덤덤한 표정으로 눈앞의 남자를 응시했다.

"선배, 밤샜어요?"

모자로 얼굴을 반쯤 가리고 있긴 했지만 키가 워낙 큰지라 아래서 올려다보면 퀭한 다크서클이 훤히 드러나 보였다.

"시험 기간도 아닌데 왜……."

시험 기간이라고 딱히 공부를 하는 유형은 아니었지만. 솔이 도무지 영문을 모르겠다는 표정으로 묻자 지태는 푹 한숨을 쉰 후 낮게 물었다.

"너, 작년에 인턴 한 적 있어?"

"네."

"것도 대기업에서?"

"네."

434

지금 좀 두둑이 축적해서 완전한 독립도 하고 스펙도 쌓으려고 작년에는 1년 동안 휴학을 하고 일에만 몰두했었다. 그걸 지태가 알고 있는 줄은 몰랐지만.

　"세준이가 그러던데, 네가 취준에 좋은 카페 알고 있다고."

　"그렇긴 한데, 왜요?"

　"내가 가입한 카페는 정보가 너무 엉성해서. 네가 쓰는 카페 좀 알려 주면 안 되냐? 자소서랑 면접, 또 뭐야, 인적성? 그런 것도 팁 좀 알려 주면 더 좋고."

　어울리지 않게 멋쩍어하는 모습이 진심인 듯했다.

　내일은 없는 사람처럼 막살던 사람이 어쩐 일로. 왠지 대견하기도 하고 재미있기도 해서 살풋 웃었더니 지태의 미간이 바짝 좁혀졌다.

　"왜, 뭐가 웃긴 건데?"

　"아뇨, 그런 게 아니라, 선배 취업하시게요?"

　"뭐, 그냥 좀 보려는 거지."

　솔은 빙긋 웃으며 휴대폰을 꺼내 들었다.

　"일단 카페는 제가 링크로 보내 드릴게요. 그리고 혹시 생각 있으시면 취업 스터디도 같이하실래요?"

　"스터디?"

　"네, 안 그래도 저도 슬슬 알아보고 있었는데 같이하면 좋잖아요."

　배경 화면에서 강의 시간표를 확인한 솔이 골똘한 표정으로 말을 이었다.

　"선배랑 저는 〈소득세법〉이랑 〈재무 회계〉가 겹치니까 월, 수 3시에 만나서 공강 시간에 하는 거 어때요? 따로 시간 내지 않아도 되고 좋을 것 같은데."

　"그럼 나야 고맙지만,"

　"해요, 그럼."

솔은 곧장 취업 카페 주소를 문자로 보내 주고 설핏 웃었다.

"카페 주소는 보냈어요. 스터디는 오늘 제가 약속이 있어서 수요일부터 하면 될 것 같아요. 필요한 책이나 자료는 저녁에 문자로 보내 드릴게요."

"어어."

"그럼 먼저 갈게요. 내일 봬요."

꾸벅 인사를 한 솔은 답을 들을 새도 없이 강의실을 나섰다.

지태는 순식간에 진행된 일 처리 때문인지 다소 얼떨떨한 표정을 짓고 있긴 했지만 어두웠던 얼굴에서 분명 희미한 안도감 같은 게 스쳤다. 지태에게는 항상 받기만 한 것 같아 늘 마음이 무거웠는데 이렇게라도 도움을 줄 수 있어 다행이다 싶었다.

솔은 한결 가벼워진 걸음을 옮기며 약속 상대에게 전화를 걸었다.

"피디님, 어디세요?"

오늘 아침, 형철에게서 연락이 왔었다. 생각보다 빠른 연락이었다. 심지어 그는 바쁜 몸을 이끌고 직접 학교까지 찾아오겠다고 했다.

"아, 벌써요? 잠시만요."

벌써 도착했다는 말에 솔은 서둘러 건물을 빠져나가 정문으로 향했다. 건물을 나오자마자 멀리 정문 쪽에 익숙한 형체가 보였다. 바삐 뛰어가던 솔의 걸음이 천천히 느려졌다.

"……피디님."

하나가 아니었다.

"피디님이 왜……."

걸음이 가까워질수록 선명해지는 형체는 분명 둘이었다. 두 명의 남자 중 길쭉한 몸을 담벼락에 기대고 한쪽 발로 땅만 긁고 있던 남자가 먼저 고개를 들어 솔을 보았다. 얼음처럼 시린 바람이 코끝을 스쳤다.

다시, 겨울인 듯했다.

○ ◎ ●

"미안해요."

캠퍼스 인근 공원. 벤치에 앉은 솔은 묵묵히 형철의 말을 듣기만 했다.

"염치없는 거 알지만, 아비 된 사람으로서 말릴 수가 없었어요."

형철은 멀리 떨어진 곳에서 담배를 피우고 있는 유진을 보며 짧은 한숨을 쉬었다.

이틀 전, 솔과의 미팅 후 유진을 불러 해원고 폭행 사건에 대해 물었을 때 그가 보인 반응은 형철에게도 큰 충격이었다.

'……저, 아니에요.'

눈에 띌 정도로 선명하게 떨리던 손. 어둠에 잠식된 눈빛.

'뭐?'

'제가 안 그랬어요. 저 아니었어요.'

결국 제가 사 온 커피까지 쏟은 유진은 그렇게 말했었다. 오수처럼 시커먼 액체로 뒤덮인 테이블을 망연히 바라보며.

'지금 무슨 소릴 하는 거야?'

'……다, 알고 부르신 거 아니었어요?'

'그러니까 대체 뭘?'

'……'

'설마 너.'

등골이 선득해지는 불안을 견디지 못하고 물었더니 유진의 고개가 아래로 툭 꺾였다.

'……한 번만 보게 해 주세요. 솔이.'

솔이. 그 이름이 모든 것을 말해 주고 있었다.

'꼭 하고 싶은 말이 있어요.'

유진도 형철의 프로그램에 솔이 출연하는 것은 최근에 알게 되었다고 했다. 연예인 매니저로 일하면서 방송국을 자주 드나들다가 두 번이나 솔을 마주친 때문이었다. 하지만 솔은 잠시도 저와 이야기하려 하지 않는다고. 유진은 그간 숨겨 왔던 과거의 이야기를 전부 털어 내며 형철에게 부탁을 해 왔다.

'도와주세요.'

물론 형철은 전후 사정을 다 듣고 나서도 그를 감싸 줄 생각은 없었다. 잘못은 잘못이었다. 유진은 그때 비겁했고, 나약했다. 그러나 그 모습마저 저와 닮은 아들을 외면할 수도 없었다. 결국 염치 불고하고 유진을 데리고 솔의 학교로 찾아왔는데.

"뭐가 미안하신 거예요?"

생각보다 강인한 솔의 모습에 놀란 것은 오히려 형철 쪽이었다. 유진이 제 아들이라는 말에 넋을 잃은 것은 잠시였다. 처음엔 생각을 정리하듯 말이 없던 솔은 이윽고 어느 때보다 단호하고 굳건한 표정으로 말했다.

"저한테 아무런 말씀도 없이 도유진을 데리고 오셔서요? 아니면 피디님이 도유진의 아버지라서요?"

"……."

"저는 후자였으면 좋겠는데."

"정확히는 둘 다지만 솔이 학생 말대로 후자의 의미가 더 컸어요."

형철이 봤을 때 해원고 오수 고문은 그 자체로도 문제였지만, 이후 가해 학생들의 몰아가기로 역전된 상황과 피해자에 대한 사이버불링이 더 큰 문제였다. 그리고 그 중심엔 제 아들, 유진이 있었다.

"너무 늦었지만 정식으로 사과할게요."

"……."

"정말 미안해요."

제 손으로 키우진 못했지만 그래도 제 아들이었다. 유진이 그렇게 어긋나 버렸던 건, 비겁한 선택을 한 건 전부 형철 자신 때문인 것 같았다.

그때 자신이 곁에 있었더라면, 아니 처음부터 곁에 있었다면, 조금은 다르지 않았을까.

형철은 낮은 숨을 내쉬며 얼굴을 쓸어내렸다.

"방송은……."

"피디님이 잘 정리해 주세요."

어떻게 말해야 할지 고민하던 중 솔의 담담한 목소리가 부드럽게 끼어들었다.

"가해자 아버지가 기획한 프로에 피해자 가족들이 출연해서 웃고 떠들 순 없잖아요. 오히려 다행이에요. 순전히 저 때문인 것 같아서 죄송했는데 쌍방 문제였다니."

"……."

"그래도 저희 부모님께는 자세히 말씀하지 말아 주세요. 이제 와서 그때 사건을 빌미로 이것저것 요구할지도 모르니까요."

정작 그때는 관심도 없었으면서, 작게 덧붙이는 소리가 들렸다. 문득 지금도 이렇게 앳된 모습인데 그때는 얼마나 더 어렸을까 생각하니 가슴이 아렸다.

형철은 마지막까지 자신을 배려해 주는 솔에게 출연 무산과 관련하여 몇 가지 보상을 제시해 보았지만 솔은 꼭 합의금을 받는 것 같아 싫다며 딱 잘라 거절했다. 유진과도 힘들면 다음에 이야기하라고 해 봤지만 무언가 결심이라도 한 듯 괜찮다며 자리에서 일어섰다.

"고마워요. 여러모로."

"저는 저를 위한 선택들을 할 뿐이에요."

이틀 만에 본 솔에게서는 어쩐지 묘하게 다른 느낌이 들었다. 비에 젖어 질척이던 땅이 며칠 새 굳어진 듯한. 메말랐지만 단단한 느낌.

언뜻 보기엔 그랬다.

○ ◎ ●

어떻게 이럴 수 있을까. 왜 하필 이렇게 된 걸까.

도하는 오전 수업을 마치고 방송국에 간 상태였다. 오늘이 아버지 민성의 생일이라 정아와 점심 약속이 있다고. 제사상도 아니고, 정아는 부재중인 사람의 생일상을 꼭 그렇게 도하와 단둘이 차려서 먹어 왔다고 했다.

도하는 그게 정아 나름의 죄책감을 덜어 내고, 부재중인 아버지에 대한 도하의 분노를 증폭시키는 방법이었을 거라고 생각했다. 하지만 더는 못 참겠다며 오늘 만나서 이런 쓸데없고 이상한 짓은 그만 좀 하자고 확실히 말해 둘 거라 선언했다.

제발 이제 그냥 이혼하고 도형철 피디와 재혼하라고. 20년 넘게 모른 척해 왔던 형철의 얘기까지 꺼내며 단판을 지을 거라 했는데. 그런데, 유진이 형철의 아들이라니. 하필이면 도하의 새아버지가 될지도 모르는 사람의. 기척도 없이 들이닥친 난잡한 상황에 솔은 머리가 터질 것만 같았다.

"하고 싶은 말이 뭐야?"

"넌 참 한결같네."

그런 솔의 속도 모르고 유진이야말로 한결같이 유유했다.

"뭐?"

"복숭아 아이스티. 예전에도 그것만 마셨잖아."

"같잖은 추억 팔이 할 생각 하지 말고 용건만 말해."

탁, 거칠게 잔을 내려놓으며 하는 말에 유진이 얼핏 웃었다. 솔의 가느다란 눈썹이 살풋 구겨졌다.

"……넌, 이게 재밌니?"

"그런 거 아니야."

유진은 표정을 갈무리하듯 잔을 들어 목을 축였다.

솔은 그런 유진을 가만히 바라보았다. 차분히 내려앉은 검은 머리, 한쪽 귓불에만 꽂힌 심플한 피어싱, 무채색 계열의 단정한 옷차림. 어디서나 눈에 띄게 화려했던 7년 전과 달리 그는 꽤 많이 수수해져 있었다. 형철 말로는 연예인 매니저를 하고 있다고 했으니 괜히 돋보이지 않게 자기 자신을 죽이려고 노력하는 거겠지 싶었다.

"그냥, 안 믿기고 신기해서. 너랑 이렇게 마주 보고 있는 게."

한결 가라앉은 목소리가 진중했다. 솔이 기억하는 유진의 분위기였다. 조용하고, 깊고, 차분한. 그러나 언제든 금방이라도 사라져 버릴 것처럼 아스라한. 호숫가의 안개 같은 사람. 비겁한 사람.

"난 그냥 역한데."

거기까지 생각이 미치자 또 감정이 북받쳐 와서 가시 돋친 말이 절로 나갔다.

"또 원망하러 왔니? 그때 좀 고쳐 주고 가지, 왜 혼자 도망갔냐고 따지러 온 거야?"

"솔아."

"만에 하나 사과하러 왔어도 하지 마. 이제 와서 네 맘 편하자고 하는 사과 같은 거 받아 줄 만큼 나 그렇게 마음 넓고 멍청하진 않으니까."

"……하러 왔어."

"뭐?"

"고백하러 왔어."

솔은 양손으로 유리잔을 움켜쥐었다. 차가운 냉기가 빠르게 달아오르는 피부를 식혀 주는 듯했다. 그럼에도 파리하게 질린 손등은 다친 나비의 날개처럼 미약한 진동을 지속했다.

"솔아."

"하지 마."

그가 말하는 고백의 의미가 무엇이든 듣고 싶지 않았다.

"네가 하는 말은 아무것도 듣고 싶지 않아."

"……."

"나도 내가 뭘 기대하고 여기 앉아 있었는지 모르겠다."

솔은 의자를 박차고 일어섰다.

"먼저 갈게."

끝내 비수 같은 말이 날아든 것은 순간이었다.

"무서웠어."

"……."

"네가 날 버릴까 봐."

"뭐?"

"어차피 깨질 수밖에 없는 관계라면 네가 날 버리기 전에 내가 먼저 널 버리고 싶었어. 그래야 덜 아플 줄 알았어."

소름 끼치는 기시감이 몸에 들러붙었다.

"……미쳤구나, 너."

"그래. 내가 그렇게 미친놈처럼."

좋아했어, 너를.

태어나 들어 본 말 중 가장 잔인한 고백이 따라붙었다.

"휴대폰은 애들한테 빼앗긴 거였어. 커뮤니티 글은 내가 아니라."

"……그만해."

"정말이야. 다친 너를 더 다치게 하고 싶지는 않았어."

"그 입 다물라고, 제발!"

결국 높이 치솟은 목소리에 주변 사람들의 이목까지 집중되었다. 타인의 시선을 끔찍이도 두려워하는 솔이었지만 그 순간에는 아무것도 보이지 않았다.

"아무것도 하지 않은 것도 네 선택이야. 넌 내가 아니라 그 애들한테 버려지기 싫었던 거야. 혼자가 되는 게 무서웠겠지. 그래 놓고 뭐? 나한테 버려질까 두려워? 이제 와서 그런 핑계는, 너무 추하다고 생각하지 않니?"

"……."

"도유진. 그때 나는,"

"……."

"수백 수천 명의 욕설보다 너 하나의 침묵이 더 아팠어."

좋아했다. 많이 좋아했다는 말은, 그럴 때나 쓸 수 있는 거다. 적어도 솔에겐 그랬다.

"그냥 아무 말도 하지 말지."

솔은 충격이라도 받은 듯 망연한 눈빛으로 바라보는 유진에게서 완전히 몸을 돌렸다.

"그럼 체기 같은 기억으로라도 널 남겨 뒀을 텐데."

아니, 고맙다고 해야겠다. 내 안에서 너를 완전히 죽여 줘서 고맙다고.

얕게 쏟아지는 햇볕 아래 아직은 낯선 팔찌가 반짝거렸다. 두 줄의 상흔은 더 이상 보이지 않았다.

언뜻 보기엔 그랬다.

○ ◎ ●

'이혼은 못 해.'

상다리가 부러져라 거하게 차려진 한식집. 정아는 그 많은 음식을 먹는 둥 마는 둥 하다 젓가락을 내려놓고 그렇게 말했다.

'왜죠? 그건 도 피디님한테도 못 할 짓 아니에요?'

도하가 저와 형철의 관계를 어릴 때부터 알고 있었다던 말에도 당황하거나 미안한 기색 한번 없었다. 그저 잠시 굳었다가 차분하게 하는 말이라곤.

'도 피디랑은 아무 관계 아니야. 그냥 가까운 사이일 뿐이지.'

'도 피디님도 그렇게 생각하시고요?'

'내가 왜 이런 시시콜콜한 얘기를 너한테 해야 하는지 모르겠구나. 네가 상관할 일이 아니야.'

피식 조소가 났다. 도하에게 있어 평생 가족을 버려 온 사람은 민성뿐이 아니었다. 친구와 싸우고 피투성이가 된 자식도 내팽개치고 다른 남자와 불륜이나 저지르고 있던 정아 역시 마찬가지였다. 그렇게 방치당하며 자란 것이 평생 트라우마가 된 도하 앞에서 정아는 소름 끼치도록 뻔뻔하게 말했다.

시시콜콜한 얘기.

'이혼해 주고, 그 여자랑 살림 차려 사는 꼴을 나더러 보라는 거야? 쓸데없이 참견하지 말고 네 결혼이나 신경 써.'

그 여자, 그 여자, 정아가 평생 입에 달고 살아온 말이었다.

'세희랑은 어쩔 셈이야. 정말 이대로 끝인 거야?'

대화는 거기서 끝났다. 더 이상 이야기할 필요성을 못 느꼈기 때문이다.

식사가 끝나고 정아는 방송국으로 돌아갔고 도하는 남은 수업은 더 없었지만 학교로 차를 몰았다.

이제는 마음이 헛헛하거나 쓰릴 때면 자연히 솔이 떠올랐다. 너무 보고 싶었다. 하필 그녀도 오늘 형철을 만난다고 했는데. 방송 출연 건은 잘 정리되었는지, 별일은 없었는지 물을 것도 많았다. 그런데.

'솔…….'

정문 앞에 차를 대고 막 전화를 하려던 순간이었다. 멀리, 공원에서 나와 어디론가 걸어가는 그녀가 보였다. 옆에는 훤칠한 키에 이목구비가 또렷하고 익숙한 남자가 서 있었다.

'도유진?'

그 모습이 마지막이었다. 하필 유진이라는 게 마음에 조금, 아니 무척 걸리긴 했지만 무슨 할 얘기가 있겠거니, 오래 걸리지 않을 거라 생각하고 집에서 기다렸다.

그러나 두 시간, 세 시간이 지나고 오밤중이 되도록 솔에게서는 아무 연락도 없었다. 도 피디와 얘기가 끝나면 연락을 달라던 도하의 문자를 읽지도 않았다. 전화를 해 봐도 마찬가지였다. 고객님의 전화기가 꺼져 있어 음성 사서함으로 연결 된다는 소리만 반복해서 나왔다.

담뱃불처럼 빠르게 타들어 가던 심장이 종국에는 훅 꺼져 버리는 것 같았다. 홧홧하고도 헛헛한 기분.

"하."

솔의 옆에서 나란히 걸어가던 도유진의 얼굴을 떠올리니 심장이 가파르게 뛰었다.

이미 한번 솔에게 상처를 줬던 놈이었다. 두 번, 세 번이라고 주지 못할까. 게다가, 솔이 좋아했던 남자였다. 자기 자신을 버려 가면서까지 좋아했던.

거기까지 생각이 미치자 더는 참을 수가 없었다. 도하는 엉덩이만 걸치고 있던 소파에서 벌떡 일어나 재킷을 챙겨 들었다.

지나친 구속과 간섭으로 여긴대도 어쩔 수 없었다. 그녀가 그렇다면 그런 거다. 실로 지금 도하에겐 이솔 말고 보이는 게 없었다. 아무것도 아니다. 그는 그저 과거일 뿐이다. 너는 지금 나를 좋아한다. 너는 지금 나를,

나를…….

도하는 완전히 끊길 것만 같은 이성을 간신히 붙들고 현관문을 거칠
게 열어젖혔다.

○ ◎ ●

머리가 너무 아팠다. 유진에게서 도망치듯 카페를 나온 순간부터 빛
이 쨍쨍한 태양이 뇌 한구석에 그대로 들어박힌 것처럼 관자놀이 부근
이 찡 하고 울렸다. 당장은 아무것도 생각하고 싶지 않았다.

도하에게 연락이 와 있을 것 같긴 했지만 휴대폰을 볼 여력도 없었다.
어차피 오늘은 밀린 과제 때문에 약속도 잡지 않은 상태였다. 앞만 보고
집으로 간 솔은 문을 열자마자 겉옷만 벗어 두고 침대에 엎어졌다. 그러
곤 이불을 제대로 끌어안을 새도 없이 까무룩 잠이 들었다.

띵동, 띵동. 반복적인 초인종 소리에 잠에서 깨었을 때는 9시가 훌쩍
넘어 있었다. 부재중 전화도 수십 통이 넘게 와 있었다. 전부 도하에게
온 것이었다. 방문자가 누군지는 굳이 묻지 않아도 알 수 있었다.

"잠시만요!"

벌떡 일어난 솔은 잠결에 부스스해진 머리를 대충 매만지고 현관으로
향했다.

덜컥.

"깜빡 잠이 들어서……."

문손잡이를 돌리며 성마른 변명을 쏟아 내던 솔이 그 자리에 얼어붙
었다.

"……뭐야?"

벽을 짚고 선 채 고개를 푹 숙이고 있는 남자는 그가 아니었다.

"네가 여기 어떻게……."

유진은 흐트러진 머리칼을 쓸어 넘기며 퍼석하게 웃었다. 깊게 내뱉는 숨에서 진한 알코올 향이 풍겼다.

"설마 너, 아까 나 미행한 거야?"

"데려다준 거라고 하자. 너 혼자 집에 가는 거 싫어했잖아."

"도유진!"

너무 기가 막혀서 웃음도 나오지 않았다. 그렇게까지 쏘아붙이고 돌아섰는데 유진은 아무런 감정도 느끼지 못한 걸까. 어떻게 말도 없이 뒤를 쫓고, 것도 모자라 술에 취해 다시 찾아올 수가 있는 걸까. 솔의 상식으로는 도저히 이해가 되지 않았다.

"돌아가. 신고하기 전에."

솔은 차갑게 문손잡이를 잡아당겼다. 그대로 쾅 닫아 버리려 했는데 바윗덩이처럼 묵직한 힘이 좁은 문틈 새로 훅 끼어들더니 손쉽게 문을 열어젖혔다. 놀랄 새도 없이 가늘고 긴 어둠이 문틈으로 들이닥쳤다.

띠띠띠띠— 제대로 닫히지도 않은 문을 등지고 선 그는 곧장 솔의 어깨를 당겨 안았다.

"윽!"

놀란 솔이 힘주어 그의 가슴을 밀쳤지만 온몸으로 저를 끌어안는 남자의 힘을 당해 낼 수는 없었다.

"너 미쳤어? 이거 놔! 당장 놓으라…… 웃!"

쿵, 솔의 등이 차가운 벽에 닿음과 동시에 현관의 센서 등이 꺼졌다. 유진은 솔의 양손을 품 안에서 강제로 빼내고 빈틈이 생기지 않도록 그녀의 허리를 확 당겨 안았다. 마치 사라져 가는 것을 어떻게든 손에 쥐고 놓지 않으려는 것처럼. 알 수 없는 절박함이 온몸으로 느껴졌지만 낯선 체온은 두렵고 거북하기만 했다.

"이거 안 놔?"

그러나 안간힘을 쓰면 쓸수록 솔을 품에 안은 그의 힘도 더욱 강해졌다. 이러다 그의 품에서 완전히 바스러질 것만 같을 정도로.

신고라도 하고 싶었지만 당장 손안에 휴대폰이 없었다. 점점 하얗게 질려 가는 이성을 붙들고 어떻게 해야 하나 고민하고 있을 때, 알싸한 알코올 향과 매캐한 담배 향이 턱 끝에서 훅 끼쳐 왔다.

솔의 어깨에 얼굴을 묻은 유진이 들릴 듯 말 듯 작은 목소리로 읊조렸다.

"……맞아."

"……."

"네 말이 맞아. 나 무서웠어."

일시적으로 굳은 솔의 몸을 느꼈는지 유진은 그제야 온몸에서 힘을 빼고 솔에게 기대어 왔다.

"버려지는 건 무섭고, 버리는 건 쉬웠어."

무너지고 또 무너져 내렸다.

"그리고…… 지금도."

"……."

"나는 네가 무서워."

7년 전, 정신건강의학과에서 처음 만났던 그의 모습을 떠올리면 지금 유진의 행동을 전혀 이해할 수 없는 건 아니었다. 하지만 그렇다고 납득할 수 있는 것도 아니었다. 그녀가 사랑하는 누군가의 말처럼 우리는 모두 병들어 있기에. 같은 병을 앓아도 극복하는 방법이 다를 뿐이기에.

"미안하지만."

솔은 차분한 목소리로 입을 열었다.

"나는 네가 아니야."

"……."

"지금 날 무섭게 하는 사람은 따로 있어. 그래도 그 사람을 가만 보고 있으면 언제 그랬냐는 듯 마음이 놓여. 그 사람이 워낙 단단하고 견고해서 내 나약한 두려움 같은 건 쉽게 부서뜨려 버리거든. 그래서 나는 그 사람을 좋아해."

바람에 꺾인 꽃처럼 힘이 빠진 유진의 몸이 솔에게서 한 발짝 떨어졌다. 그럼에도 바싹 움켜쥔 어깨에서는 손을 떼지 않았다.

"아니, 사랑해."

무연한 눈빛이 황망히 흔들렸다.

"사랑?"

네가 그런 말도 할 줄 아냐는 듯, 불신이 가득 담긴 눈빛.

"우리가 그런 걸 할 수 있다고 생각해?"

그 눈빛이 초조했다.

"우리는 그런 게 필요하지."

"……!"

"인정해, 유진아."

어깨에 닿은 유진의 손길이 파르르 떨렸다. 술기운에 풀려 있던 눈매는 어느새 날카롭고도 또렷하게 빛나고 있었다.

"네 유일한 치부인 나를 받아들여. 내가 널 죽도록 미워하고 증오했던 사실을 부인하지 마. 이미 깨진 걸 되돌려 놓으려고 안간힘 쓰지도 마. 그래도 괜찮아. 그때 네 잘못에도 나, 망가지지 않았잖아."

수없이 버려졌어도, 미움받았어도, 배신당했어도.

"이렇게 잘 살고 있잖아."

솔은 믿었다. 만일 그에게 제가 좋아했던 도유진이 조금이라도 남아 있다면. 그렇다면.

"그러니까 너도 버려."

지금 이 눈물의 의미를 알 거라고.

"이겨 내."

톡 떨어진 솔의 눈물이 움푹 파인 쇄골에 안착했다. 바스락, 어깨까지 늘어난 솔의 옷자락이 유진의 손에 살풋 구겨졌다. 무언가를 간신히 참아 내는 듯 위태로운 그의 힘 조절에 솔은 안도했다.

진짜 도유진이었다. 그 시절, 많은 것을 홀로 감내하던 도유진. 감내할 줄 알았던 도유진.

"너야말로."

순간 예기치 못한 온도가 쇄골에 닿았다. 타는 듯한 입술의 열감이 작은 눈물방울 하나를 훔쳐 갔다.

"……그만 울어."

그리고 바로 그때였다.

콰앙! 고막을 찢을 듯한 소음이 현관을 울렸다.

번쩍, 눈부신 센서 등과 함께 침입한 남자는 순식간에 유진을 솔에게서 떼어 내 복도로 끌고 나갔다. 오른뺨을 정통으로 맞은 유진이 한 발 휘청하며 붉은 피를 툭 쏟아 냈다. 솔의 짧은 비명에도 도하는 아랑곳 않았다.

"문 잠가."

그저 차가운 한마디만 남기고 다시 쾅! 현관문을 던지듯 닫았다. 문이 채 닫히기도 전에 복도에서는 잔인한 마찰 소리가 연이어 들렸다. 곧장 문밖으로 뛰쳐나간 솔은 유진을 벽에 밀어붙인 채 주먹을 치켜들고 있던 도하를 뒤에서 와락 껴안았다.

"그만해요. 다 설명할게요."

"……솔아. 다쳐."

"도하 씨, 제발."

절박한 솔의 목소리에도 한참을 떨던 도하의 주먹은 그녀가 온 힘을 다해 그의 허리를 끌어안은 순간 천천히 아래로 떨어져 내렸다.

"……맞구나, 강도하."

넋을 잃은 사람처럼 맞기만 했던 유진은 그제야 도하의 눈을 바로 보며 말했다.

도하가 간신히 풀었던 멱살을 한 번 더 세게 움켜잡았다. 매섭게 치솟은 도하의 눈매는 한마디만 더 지껄이면 가만두지 않겠다고 위협하는 듯했지만, 유진은 아무런 변화 없는 표정으로 도하를 계속해서 응시하더니 이내 숨 같은 웃음을 흘리며 말했다.

"그렇게 좋아하더니."

툭. 도하의 손에서 유진의 옷깃이 떨어졌다.

"닮았다, 너랑."

○ ◎ ●

가로등 불빛만 적적한 놀이터에는 고요한 침묵만 감돌았다.

유진을 돌려보내고 복잡한 마음에 잠시 진정하러 나왔는데 솔이 따라 나와 함께 걷다가 놀이터에 자리를 잡고 이야기했다.

"다 했어?"

도하는 차분히 물었다. 차분하려고 최선을 다해 노력하며 물었다.

"……네."

솔은 조용히 고개를 끄덕였다.

솔의 얘긴 그랬다. 오후에 카페에서 유진과 잠깐 이야기를 했는데 저를 배신한 것에 대해 비겁한 핑계를 대는 그에게 화가 나 매몰차게 쏘아붙이고 나왔더니 술김에 찾아온 것 같다.

낮에는 너무 피곤하고 지쳐서 그가 미행하는 줄도 모르고 앞만 보고 걸었고 집에 오자마자 잠이 들어 초인종 소리에 깼을 땐 도하인 줄 알고 문을 열었다. 약간의 몸싸움과 말싸움이 있었고 그 과정에서 눈물 한 방울이 났다. 유진이 그것을 멋대로 닦아 준 것뿐, 다른 큰일은 없었다.

거짓말은 없는 것 같았다. 솔이 그럴 사람도 아니었고. 그럼에도 큰일은 없었다는 말이 가시 돋친 밤송이처럼 가슴속을 따갑게 굴러다녔다.

"나한텐 지금 이 모든 게 큰일인데."

도하는 늘어진 솔의 티셔츠를 부드럽게 추켜올려 주며 말했다.

"그 자식이 감히 너를 미행하고, 집까지 함부로 쳐들어오고, 네 옷이 이 지경이 될 정도로 너를……."

말을 채 잇지 못하고 내뱉는 한숨이 뜨거웠다.

"아, 제 말뜻은,"

"알아, 네가 말한 큰일이 무슨 뜻인지. 그런데 그건 당연히 없어야 하는 거고, 이건 마땅히 화를 내야 하는 일이야. 그래서 난 도저히 그 자식을 용서할 수가 없어."

담담하고 이성적인 척했지만 열려 있던 문을 본 순간 느꼈던 불안과 유진이 흐트러진 솔의 쇄골에 멋대로 입 맞추는 것을 본 순간의 충격은 이루 말할 수가 없었다. 온몸의 피가 차게 식어 버린 느낌. 그 순간에는 본능처럼 주먹이 나갔다.

머리로는 이해해야 한다는 걸 아는데, 가슴으로는 도무지 이해할 수가 없었다. 대체 왜 그런 자식을 그냥 보내 줘야만 했는지.

"죄송해요. 유진이랑 문제가 생기면 곤란해질 것 같아서 그랬어요."

"이런 상황에선 불법 침입이 명백한 잘못이야."

"아뇨, 그런 문제가 아니라……."

솔은 답답한 표정으로 고개를 숙였다.

"실은 유진이가……."

그러다 또 말끝을 흐렸다. 자꾸만 무언가 말을 하려다 말고 망설이는 듯한 모습에 순간적인 울분이 치밀었다.

"유진이, 유진이. 그만 좀 할 수 없나?"

"……네?"

"네가 자꾸 그 자식을 감싸 주려는 것처럼 보여서 미쳐 버릴 것 같은데."

너무 예민하게 나가 버렸다.

"……하."

저조차도 답답한 마음에 한 손으로 얼굴을 거칠게 쓸어내리고 고개를 들었을 때, 숨 막히게 고요한 솔의 얼굴이 보였다. 갑작스러운 억박에 놀랐는지 처음엔 동그랗게 뜨여 있던 눈이 삽시에 가라앉아 있었다.

빠르게 식은 솔의 온도에 도하의 심장도 덜컹 내려앉았다. 하지만 이미 늦은 듯했다. 체념이라도 한 듯 건조한 솔의 얼굴에서는 어떤 감정도 읽을 수가 없었다.

"그냥."

순간 작은 음영이 도하의 얼굴 위로 드리워졌다. 조용히 일어선 솔이 낮은 음성으로 말을 이었다.

"저를 못 믿겠다고 하셔도 돼요."

낮은 음색이 칼날처럼 가슴을 쑤시고 들었다. 그제야 한 가지 감정에만 함몰되어 있던 이성이 살아나는 듯했다.

"먼저 가 볼게요."

"솔아."

뒤늦게 일어난 도하가 성급히 솔의 손을 잡았지만 돌아오는 것은 심장이 멎을 듯한 냉기뿐이었다.

"괜찮아요."

차분히 뿌리친 솔이 가볍게 등을 돌렸다.

"익숙하니까."

돌아서 버렸다.

○ ◎ ●

"야."

"……."

"야, 이솔!"

솔이 한 손으로 감싸 쥐고 있던 머리를 들어 앞을 보았다.

"왜 말을 하다 말아?"

눈썹을 살짝 찌푸린 지태가 턱을 괴고 솔을 보고 있었다.

"아, 죄송해요. 어디까지 했죠?"

"직무랑 산업부터 정하고……까지."

"맞다. 우선 선배가 어떤 분야에서 어떤 일을 하고 싶으신지부터 정하자고요. 그래야 해당 산업을 분석하고 희망 기업들을 선정하고 그 기업들에서 공통적으로 요구하는 스펙을 갖춰 나갈 수 있으니까요."

미안한 마음에 한번 쉬지도 않고 열심히 읊었는데, 지태는 계속 못마땅한 표정으로 흠, 하고 지켜볼 뿐이었다.

"그래서 어떤 일을 생각 중이신데요?"

"너는."

"네?"

"너는 어떤 일이 있었기에 그렇게 생각 중이신데요?"

역시, 눈치 빠른 신지태가 모를 리 없었다.

"생각은 무슨……."

괜히 뽑아 온 자료들만 뒤적이며 얼버무리자 지태가 팔꿈치를 한 뼘 더 앞으로 내밀며 고개를 기울였다.

"싸웠구나?"

집요한 눈빛이 지난밤 솔이 흘린 눈물을 꿰뚫어 본 것만 같아 얼굴이 화끈거렸다.

"아니거든요."

지태의 입꼬리가 비죽 올라갔다.

"싸웠네, 싸웠어."

지태가 놀리듯 말하며 등을 뒤로 쭉 빼고 팔짱을 꼈다.

경영관 앞 쉼터. 따사로운 오후의 햇살이 천장을 가득 메운 푸르스름한 잎사귀를 통과해 지태의 얼굴 위로 쏟아져 내렸다. 녹음과 어우러진 청명한 햇살 덕에 장난스러운 그의 미소는 더욱 빛을 발했다. 밝고 화사한 그 미소를 보니 갑자기 간밤의 일이 정말 연인들의 가벼운 사랑싸움 정도로 느껴져 헛웃음이 났다.

"왜 웃어요? 전 심각한데."

"좀 전엔 싸운 거 아니라며?"

"……"

"괜찮아, 사귀다 보면 다 싸우기도 하고 그러는 거지 뭐."

지태는 마치 연애 고수라도 되는 양 다리까지 꼬고 거드름을 피워 댔다.

"그래서, 누구 잘못인데?"

방금까지만 해도 지태를 아니꼽게 흘겨보던 솔이 다시 눈을 내리깔았다.

잘못. 누구 잘못이라고 할 수 있을까.

사실 처음엔 미안한 마음뿐이었다. 어쨌거나 제 부주의로 오해할 만한 상황이 생겼고, 이성을 잃은 도하를 극구 말려 유진을 돌려보냈으니까. 반대 입장이었다면 솔도 충분히 화가 났을 것 같았다. 하지만 그러면 기다려 줄 줄 알았다.

'실은 유진이가……'

유진이 당신의 동생이 될지도 모르는 사람이라고. 당신이 누구보다 증오하면서도 새아버지로 받아들이려 하는 도형철 피디의 아들이라고. 그러니 경찰서에서 복잡하게 얽히기 전에 먼저 당신에게 알려야 할 것 같았다고. 차분하게 다 설명할 때까지.

'유진이, 유진이. 그만 좀 할 수 없나?'

하지만 도하는 기다려 주지 않았고.

'네가 자꾸 그 자식을 감싸 주려는 것처럼 보여서 미쳐 버릴 것 같은데.'

차가운 눈빛에서는 선연한 불안이 느껴졌다. 오래전, 저를 보던 수많은 사람들에게서 느꼈던 그 불안이. 모든 불안의 주춧돌은 불신이었다. 그걸 너무도 잘 알기에 순간적으로 북받치는 감정을 참을 수가 없었다.

'그냥, 저를 못 믿겠다고 하셔도 돼요.'

그래도 그런 말은 하지 말걸.

'솔아.'

'괜찮아요. 익숙하니까.'

뿌리치고 돌아서는 솔을 도하가 등 뒤에서 끌어안았었다.

'그런 거 아니야.'

어깨를 끌어안은 그의 팔에 힘이 들어갈수록 가슴이 싸하게 조여들었다.

'그냥, 내가 너무 흥분했나 봐.'

'······.'

'미안해. 내 실수야.'

나직한 목소리에서는 그답지 않은 조급함이 느껴졌다. 하지만 실수라기에는 너무도 강렬했던 눈빛이 잊히지 않았다. 어쩐지 그가 사과를 할수록 더 서러운 마음이 들었다.

'쉬고 싶어요.'

우선은 그 자리를 피하고만 싶었다. 끔찍한 기시감에서 벗어나고 싶었다.

'연락할게요.'

솔은 그 말만 남기고 한 번 더 도하를 떨쳐 냈다. 고집스럽게 선을 긋는 솔을 도하는 더 붙잡지 않았다. 아니, 못 한 것 같았다. 그걸 알면서도 솔은 먼저 연락하지 않았고 몇 번 걸려 온 전화도 받지 않았다. 강의는 자체 휴강을 했고 어쩌다 도하를 마주치면 피하듯 숨어 버렸다.

그렇게 이틀이었다. 솔은 슬슬 제 행동이 후회되기 시작했다.

"네가 잘못했네."

그런 솔의 마음을 읽었는지, 지태는 픽 웃으며 단언하듯 말했다.

"저 아무 얘기도 안 했는데요."

"고민하는 게 워낙 티가 나셔야지."

"무슨 고민이요?"

"돌아갈까, 말까."

"……."

"너 지금 딱, 도망치다 멈춘 사람 표정이거든."

지태는 무심한 어투로 사람 명치를 때리는 재주가 있었다.

"이유야 어쨌건 먼저 도망친 사람이 잘못이야."

"……."

"더 후회하거든."

정곡이었다. 그렇게 단단해진 척해 놓고 실은 또 도망친 거였다.

도하가 유진과 형제가 되면 아무렇지 않게 도하를 계속 만날 수 있을까. 평생 트라우마 속에 갇혀 살아야 하지는 않을까. 그럼 도하는 어떨까. 솔을 위해 제 부모의 재혼을 반대하거나, 솔을 포기하지 않을까. 결국 당신도 떠나지 않을까. 그런 막연한 두려움 때문에.

'버려지는 건 무섭고, 버리는 건 쉬웠어.'

이런 내가 유진과 뭐가 다를까.

'너조차도 사랑하지 않는 너를 다른 누가 사랑한다고, 너는 절대 믿지 않을 테니까.'

믿지 못한 건, 내가 아니었을까.

"아주 진흙탕 싸움이 되더라도 피하지 말고 부딪쳐야 해. 그래야 오해도 안 남고 후회도 덜 해. 안 그럼 미련만 남아서 사는 게 사는 게 아니더라고. 내가 겪어 봤잖아."

지태의 능청스러운 마지막 말에 실소가 났다.

"훌륭한 본보기네요."

솔이 유하게 받아치자 지태도 따라 웃었다. 여느 때처럼 청량한 웃음
이었다.

"저기."

칼바람처럼 서늘한 목소리가 들이닥치기 전까진.

"죄송한데 잠깐만 앞사람 좀 빌려도 될까요?"

자그마한 얼굴의 반을 가리는 커다란 선글라스를 쓰고 있었지만 직감
으로 알 수 있었다.

"아, 네, 물론이죠."

톡톡. 얼빠진 지태 앞에 놓인 테이블을 가느다란 손가락으로 두드리
며 인위적인 미소를 짓는 여자가 누구인지.

"오랜만이네요, 신지태 씨."

오랜만, 이라는 말에서 느껴지는 살기로 충분했다.

지금 부딪쳐야 할 사람은 지태였다.

○ ◎ ●

"강 선생님, 어디 아프세요? 안색이 너무 안 좋으신데."

학교에 들른 세희를 잠깐 만났다가 교직원 식당에서 늦은 점심을 먹
고 있던 때였다. 동료 강사가 맞은편에 앉으며 조심스레 물었다. 근 이
틀 동안 너무 많이 들었던 이야기라 이제는 지칠 정도였다.

내가 이렇게까지 포커페이스가 안 되는 인간이었나.

"그냥 조금 피곤한 모양입니다."

도하는 짧은 한숨을 내쉬며 물을 들이켰다.

이틀 전, 솔과 그렇게 헤어진 후 도하는 거의 패닉 상태였다. 사과를

해도 왜 받아 주지 않고 피하기만 하는지. 설마 이대로 끝내려는 건지. 어제 그녀가 수업까지 빠졌을 때는 그대로 강의실을 나가 버릴 뻔했다. 수업이 끝나자마자 전화를 해 봤지만 역시나 받지 않았다.

새벽까지 잠들지 않는 몸을 괴롭히려 책상에 앉아 일을 하다가 엉망으로 쓰인 원고들을 다 찢거나 던져 버리기 일쑤였다. 일은 물론 아무것도 할 수 없었다. 사랑하는 여자와 처음 다퉈 본 그는 퓨즈가 끊긴 전자기기처럼 완전히 먹통이 되어 버린 것 같았다.

"선생님, 전화요."

솔의 생각에 빠져 있느라 전화가 오는 줄도 몰랐던 도하는 강사의 말에 얼른 휴대폰을 집어 들었다. 혹시 솔인가 싶었지만 전혀 모르는 번호였다.

"혹시 기다리는 전화라도 있으세요?"

실망한 기색이 역력한 도하에게 강사가 물어 왔다. 도하는 그저 짧게 웃고 전화를 받았다.

"여보세요."

만에 하나 광고 전화면 불같이 화를 내 주리라 생각했는데.

"……누구요?"

명확히 들려오는 상대의 이름에 말문이 막혔다.

— 도형철이라고 합니다.

○ ◎ ●

기다란 바에 앉은 도하는 보드카 한 잔을 거칠게 입에 털어 넣었다. 고농도의 알코올이 목을 타고 넘어갔지만 보다 더 강한 자극을 받아서인지 아무런 감각이 느껴지지 않았다.

형철은 어제 다쳐서 들어온 유진에게 자초지종을 물었다가 대강 이야기를 들었다며 대신 사과하겠다고 말문을 열었다. 그 일에 대한 사과는 솔에게 해야 마땅하지만 그렇잖아도 정아에게서 도하의 이야기를 듣고 한번 만나야겠다 싶었던 차라 도하를 먼저 찾아왔다고. 하지만 뒷이야기는 하나도 들어오지 않았다.

"그러니까, 피디님이 그 자…… 아니, 도유진의 아버지시라고요."

묵묵히 고개를 끄덕이는 형철을 보며 도하는 허탈한 숨을 내쉬었다.

"솔이는 그럼 그때……."

"네. 저도 출연 문제 때문에 솔이 학생의 이야기를 듣고 알게 됐습니다."

이틀 전, 형철과의 만남 후 지치고 피곤해서 앞만 보고 집에 갔다던 솔의 말이 떠올랐다.

"그때 제가 녀석을 데려가지만 않았어도……."

솔은 이미 알고 있었던 것이다. 유진이 형철의 아들이라는 것을.

그날 정아는 형철과 재혼하지 않을 거라 선언했지만, 솔은 모르는 일이었다. 하필이면 둘의 재혼을 채근할 거라는 도하의 말만 들은 상태에서 형철을 만났다. 그렇잖아도 생각이 많은 아이가 얼마나 많은 생각과 고민을 했을까.

'죄송해요. 유진이랑 문제가 생기면 곤란해질 것 같아서 그랬어요.'

'실은 유진이가…….'

그제야 솔이 하려던 말들이 이해가 됐다. 결국 솔은 도하를 생각해서 유진을 보내 주고, 도하에게 상황 설명부터 해 주려 했던 것이다.

유진의 행동에 도하보다도, 그 누구보다도 속상하고 화가 났을 사람은 그녀였는데. 이성적으로 생각하고 행동하려고 노력한 그녀를 다독여 주기는커녕 기다려 주지도 못했다. 그런 자신이 너무 한심해서 경멸스러울 정도였다.

"솔이한테는 제대로 사과를 하신 거고요."

도하는 저에 대한 자조감을 쏟아 내듯 물었다.

"이제 와서 무슨 의미가 있겠나 싶지만."

형철은 고개를 끄덕이며 무거운 목소리로 답했다.

위선적이고 졸렬한 사람이라 생각했는데 적어도 지금 이 순간만큼은 진심인 것 같다는 느낌이 들어서 다행인 한편 혼란스러웠다.

"그런데 왜 이제 와서 사과하신 거죠? 그땐 당사자 부모들의 빠른 합의 때문에 사건이 무마된 것으로 알고 있는데요."

"그땐 유진이가 제 엄마랑 살고 있었습니다. 저도 나중에야 알았지만 그 사람은 당시 투병 중이라 다른 가해 학생 부모들이 추진하는 대로 따랐던 것 같고요."

형철은 자연스럽게 자신의 사정과 정아에 대한 이야기를 시작했다.

형철은 본래 유진의 엄마를 사랑해서 결혼했지만 유진이 태어나자마자 그녀가 이혼을 요구했다고 했다. 다른 남자가 생겼다는 말에 한번 붙잡지도 않고 보내 주었는데 유진이 스무 살 되던 해, 그녀의 장례식에서 알게 되었다고 한다. 유진을 낳고 얼마 안 돼 만성 신장병 판정을 받은 아내가 형철에게 짐이 될까, 버려질까 두려워 먼저 떠났다는 것을.

그녀가 떠날 때 아무것도 몰랐던 형철은 배신감과 무력감에 힘들어하다 정아를 만났다고 했다. 그때 정아도 남편 민성의 바람 때문에 힘들어했다고.

"하지만 그때뿐, 얼마 가지 않아 관계는 정리했습니다. 이후론 정아 씨의 심리적인 문제 때문에 의지할 존재로 곁에 있었을 뿐이죠."

"그걸 제가 어떻게 믿을 수 있죠?"

"……어머님을 정말 모르시는군요."

도하가 미간을 예민하게 좁히며 형철을 바라보자 그는 담담한 어조로 말을 이었다.

"정아 씨는 강민성 씨를 사랑합니다. 예전에도, 지금도. 오직 그 사람만."

도하가 차게 굳은 얼굴로 형철을 직시했다.

"제가 아는 어머니는 평생 다른 여자가 있는 아버지를 원망하면서 살았습니다. 애증의 감정을 말하는 거라면,"

"그런 존재는 없습니다."

멎어 있던 도하의 검은 눈동자가 흔들렸다.

"뭐라고요?"

"'그 여자'를 말하시는 것 같은데, 그런 존재는 없어요."

아무 말도 할 수가 없었다.

"아마 이름도 들어 보신 적 없을 겁니다."

"……."

"'그 여자'는 정아 씨가 상상 속에서 만들어 낸 허구의 인물이니까요."

공허한 눈으로 바라보길 한참, 간신히 왜, 냐고 떨구어 낸 질문에 그는 답했다.

"믿지 못했으니까."

"……!"

"항상 불안해하고 불신하고, 그러다 끝내 자기 자신을 파괴해 버린 겁니다."

결혼 전 항상 스캔들을 달고 다녔던 민성이기에, 정아는 결혼 후에도 민성이 그럴 것이라 의심하고 집착하다 결국 자기가 만든 망상과 고통에 빠져 버렸다는 것이다.

"그래서 정아 씨는 그 사람과 이혼할 수 없습니다. 당연히 재혼할 수도 없고요."

"……."

"너무 사랑했으니까."

도하는 천천히 의자를 빼고 일어섰다.

바람 빠진 풍선처럼 허탈한 웃음이 입 밖으로 비죽비죽 새어 나왔다. 비로소 알 것 같았다. 그간 정아가 왜 그렇게 비정상적인 모습을 보여 왔는지. 그리고 제가 얼마나 슬프고 잔인한 길을 답습할 뻔했는지.

'그냥, 저를 못 믿겠다고 하셔도 돼요.'

너를 사랑하는 나를 믿으라 했던 나는, 정작 너를 믿지 못했다.

'좋아했어요.'

너를.

'교수님이 교수님도 아니고, 강도하 씨도 아니고, 그 누구도 아니었을 때부터.'

'빗소리를 좋아하듯 당신의 존재를 좋아했어요.'

내가 무엇도 아니었을 때부터 나를 사랑했던 너를.

"죄송합니다. 먼저 가 볼게요."

도하는 짧은 인사를 끝으로 가게를 박차고 나왔다. 아직 늦지 않았기를 간절히 바라며 달리기 시작했다.

좁은 골목. 아직 지지 않은 해가 그의 길을 비추고 있었다.

○ ◎ ●

지난 일요일. 그래, 굳이 따지자면 그때부터였던 것 같다.

캠핑으로 지친 몸을 뜨끈한 반신욕으로 달래 주고 거실 소파에서 지태의 품에 안겨 영화를 보며 쉬고 있을 때 띵동, 초인종이 울렸다.

올 사람이 없는데 누구지?

가벼운 원피스 하나를 걸치고 들여다본 인터폰에는 생각지도 못한 얼굴이 박혀 있었다.

'어, 엄마?'

지난번에 아버지 종수에게 엄마가 저를 찾지 않을 때 집에 가겠다고 분명히 말했는데, 승미는 전해 듣지 못한 모양이었다.

아니, 전해 듣고도 오기로 찾아온 걸지도 모르지. 아마 몰래 세희에게 사람을 붙여 오피스텔을 알아냈을 것이다. 그렇다면 지태의 존재도 알고 있을 확률이 큰데.

'누구야?'

'지태야, 숨자.'

'응?'

'잠깐이면 돼.'

세희는 급한 대로 지태부터 일으켜 세웠다.

'장롱이든 화장실이든 어디든 잠깐만 숨어 있어.'

실오라기 한 장 걸치지 않은 지태를 하얀 이불과 함께 안방으로 밀어넣고 문을 닫았다. 순간 지태의 얼굴에 짧은 그늘이 스친 것도 같았는데, 눈여겨보지 못했다.

다행히 승미는 집 안을 헤집거나 윽박을 지르며 난동을 피우지는 않았다. 그저 거실 테이블에 명함 한 장을 툭 던져 놓으며 말했다.

'기자 찾고 있대. 생각 있음 연락해. 작아도 내구성은 좋으니까.'

진보 성향 신문사의 사회부 부장 명함이었다. 세희가 예전부터 사회부에 관심이 있었던 것을 기억하고 챙긴 모양이었다.

'전 국민이 스폰 앵커로 기억하는 널 기자로 써 줄지는 모르겠다만. 아니, 써 준다고 해도 누가 네 기사를 믿고 볼지는 모르겠다만.'

모난 말을 덧붙이는 것도 잊지 않았다.

'이제 너 하고 싶은 거 하고 원하는 대로 살아. 집에도 들어오든 말든, 여기서 그 애랑 살림을 차리든 말든 맘대로 해. 난 이제 너 포기니까.'

그래도 세희는 알았다. 비아냥이 아니라 진심이었다. 29년 만에 처음으로 사고를 치고 어느 때보다 독하고 집요하게 제 품에서 벗어나려 드는 딸을 승미는 마침내 진짜 포기한 듯했다. 지태에 대해서도 알고 있는 것 같았지만 어떤 것도 묻지 않았다.

'반반한 얼굴이라도 팔아서 살겠지.'

그저 못마땅한 어조로 한숨만 내쉴 뿐.

이후 승미는 집 안 어딘가 그가 숨어 있는 것을 알고 있기라도 한 것처럼 매의 눈으로 한 바퀴를 빙 둘러보고는 인사도 없이 집을 나갔다.

쾅. 세희는 현관문이 닫히자마자 안방으로 달려갔다.

지태는 침대 모서리에 걸터앉아 있었다. 같이 밀어 넣었던 하얀 이불을 품 안에 대충 쥐어 들고. 마치 눈밭 속의 인형처럼 미동도 없이 그렇게 앉아만 있었다.

숨지 않았다.

세희는 지태에게 미안하다고 했고 지태는 괜찮다고 했다. 차마 들었냐고 물어볼 수가 없어 머뭇거리는 세희에게 지태는 배고프다고, 밥을 먹자고 했다. 그는 아무 일도 없었던 것처럼 금방 본래의 모습으로 돌아왔고 세희는 안도했다. 다음 날 학교를 간다고 떠나서 3일 동안 코빼기도 비치지 않을 줄은 상상도 하지 못했다.

'오랜만이네요, 신지태 씨.'

결국 학교까지 찾아온 세희는 곧 수업이 있다는 지태를 따라 빈 강의실에 들어섰다.

"그때 일 때문이야?"

처음엔 말도 없이 잠수를 타려 드는 그에게 화가 났지만, 다시 그때 일을 생각하니 미안한 마음이 들었다.

"화난 거야?"

세희는 책상에 걸터앉으며 최대한 조심스럽게 물었다.

"아니야, 그런 거."

지태는 옆자리에 의자를 빼고 앉아 가방을 풀며 말했다. 낮은 음색은 평소처럼 부드러웠지만 묘하게 차가운 느낌이 있었다.

465

"에이, 맞는 것 같은데."

세희는 어울리지 않게 콧소리까지 섞어 가며 지태의 눈치를 살폈다.

"미안해. 그때 내가 너를,"

"아니라니까."

단호한 어조에 말문이 막혔다. 누가 봐도 삐진 게 분명한데. 시기도 그때와 너무 딱 맞물리는데. 자꾸 아니라고만 하는 그를 어떻게 달래 주어야 할지 막막했다.

"아니면 왜 나한텐 안 웃어 주지? 아까 그 애한테는 잘만 웃어 주던데."

청록빛이 감도는 나무 쉼터. 저에게만 허락된 줄 알았던 그 해사한 웃음을 솔에게 건네고 있던 지태를 봤을 때는 속이 뒤집히는 것 같았다. 특히 오늘은 바쁘다며 문자도 제대로 하지 않아 놓고. 상대가 아무리 솔이라도, 아니 솔이기에 더 신경이 쓰였다.

'좋아하냐고? 좋아하고 싶었어.'

어쨌거나 지태가 좋아하려 했던 사람이니까. 좋은 사람이니까.

"봐. 난 쳐다보지도 않잖아."

그러자 책에만 시선을 박고 있던 지태가 고개를 삐딱하게 기울여 세희를 보았다.

톡톡. 아무 말 없이 제 책상을 두드리는 그의 행동에 세희가 피식 웃으며 그에게로 다가갔다.

그래, 내가 죄인이다. 죄인이야.

미안하니까 오늘만 봐준다는 생각으로 눈을 흘기며 그의 책상에 걸터앉았을 때 지태가 세희의 허리를 확 잡아당겨 제게로 끌었다. 느리게 허리를 매만지던 손이 위로 올라오더니 세희의 목덜미를 거머쥐었다. 뒷목을 감싸는 묵직한 힘에 세희의 상체가 서서히 아래로 기울어졌다.

책상 위에 앉은 세희와 의자에 앉은 지태의 시선이 맞부딪쳤다.

"네가 자극한 거야."

"뭐?"

"내가 얼마나 참고 있었는데."

"참긴 뭘…… 읍."

알아들을 수 없어 되묻던 말은 곧장 그의 입으로 빨려 들어갔다. 거칠게 밀려 들어오는 혀끝의 열기가 강렬했다. 겨우 3일 만인데 30일은 된 것처럼 새롭고 뜨거운 느낌에 세희가 흠칫 어깨를 떨며 그를 밀어 냈다.

"미쳤어? 여기 강의실이야. 곧 수업 있다며."

"여기서 듣는다곤 안 했는데."

"뭐?"

"문도 잠갔는데, 못 들었어?"

"야!"

언제 그런 앙큼한 짓을 한 건지, 문 쪽을 돌아보려던 세희의 얼굴을 지태가 다시 잡아 돌렸다. 거추장스러운 듯 세희의 선글라스를 벗기고 다시 달려드는 지태의 입술이 다소 급하고 격렬했다.

'매일 보고 싶어. 매일 안고 싶고. 그래서 조금 힘들어지려고 해.'

설마 그걸 참아 왔다는 건가. 그렇다면, 왜?

연이어 떠오르던 질문들은 스커트 안쪽으로 파고드는 거친 손길에 곧장 휘발되었다. 책상에 앉으면서 말려 올라간 스커트 아래 뽀얀 허벅지가 그대로 드러났다. 지태는 세희의 허벅지를 강한 힘으로 쥐었다가 다정하게 어루만지며 맞닿은 입안으로는 더욱 깊게 혀를 집어넣었다.

다리 사이로 그의 엄지손가락이 살짝살짝 닿았다 떨어졌다. 허벅지만 만지는 척하면서 점점 더 노골적으로 안쪽을 스치는 손길에 중심부가 빠르게 젖어 들었다. 결국 몸이 비틀린 세희가 낮은 신음을 토하며 그의 어깨를 움켜잡은 순간이었다.

"……악!"

지태가 세희의 허벅지 아래로 팔을 집어넣어 훌쩍 들어 올렸다. 신음 같은 비명과 함께 다시 내려앉았을 땐 오롯이 지태를 마주 보고 앉은 자세가 되었다. 그것도 다리를 활짝 벌린 채.

"쉿."

양손으론 그녀의 엉덩이를 바싹 움켜쥐고 그는 또 사악하게 웃었다. 다행히 벽 쪽에 붙은 책상이라 창문으로도 보이지 않을 것 같았지만 괜히 긴장이 되어 좁혀 드는 다리를 지태가 양손으로 잡아 벌렸다. 치마가 끝까지 올라가면서 속옷이 훤히 드러났다.

부끄러움을 느끼기도 전에 지태의 손가락이 팬티 위로 안착했다. 중심부를 살살 쓸고 누르던 가운뎃손가락이 불시에 속옷 안으로 밀려 들어왔다.

"지태야."

"걱정 마. 끝까지 안 가."

위부터 아래까지 길게 쓸어내리던 손가락이 클리토리스를 빠르게 찾아내 흔들 듯 비비적거렸다. 흐윽, 신음하는 세희에게 기분만 좋게 해 줄게, 달래며 지태는 툭툭, 블라우스의 단추를 풀어 헤쳤다.

정확히 가운데 부분만 열어젖힌 그는 속옷 밖으로 넘치게 흘러나온 뽀얀 살덩이를 혀로 주욱 핥아 올리며 손가락으론 아래를 쑤시고 들었다.

세희는 아랫입술을 깨물어 신음을 참았다. 동시에 꽉 조여든 질구에 자극을 받은 듯 지태가 낮은 탄식을 뱉으며 손가락 하나를 더 밀어 넣었다. 넣었다 뺐다, 능숙한 손길로 반복하는 그에게 세희는 완전히 매달렸다.

강하게 끌어당긴 그의 얼굴이 세희의 가슴에 짓눌렸다. 지태가 크게 숨을 들이마셨다. 마치 세희의 모든 체향을 빨아들이듯 격하게 숨을 쉬던 그는 이윽고 브래지어를 찢듯이 열어젖혀 단단히 솟은 꼭지를 깨물었다. 잘근잘근 씹다가 혀로 진득하게 핥아 올리고 이내 쭉쭉 빨아들이는 저릿한 감촉에 팬티 밖으로 울컥울컥 물이 쏟아져 나왔다.

순간 애액에 함빡 젖은 지태의 손이 제동력을 잃은 자동차처럼 멈출 줄 모르고 빨라지기 시작했다.

누르고 누른 신음이 목울대 밖으로 터져 나올 것만 같았다. 세희는 그의 젖은 입술과 손에 몸을 완전히 내맡기고 그가 흔드는 대로 마구 흔들렸다. 간질간질 싸한 느낌에 음부가 타들어 가는 듯했다.

그가 없었던 며칠 동안 애타게도 그리워했던 감각이었다. 하지만 세희의 몸은 보다 강한 자극을 찾듯 미세하게 떨려 왔다. 뭔가가 더 뜨겁고 깊게 들어와 주었으면 싶던 그 순간, 쿵, 소리가 나게 의자를 뒤로 뺀 지태가 책상 앞에 한쪽 무릎을 꿇고 앉았다. 경악할 새도 없이 팬티를 무릎까지 잡아 내린 그가 작은 머리를 세희의 다리 사이로 쑥 들이밀었다.

윽, 결국 터져 나온 신음에 지태가 고개만 들어 하지 말까? 물었고 이미 감각에 취한 세희는 고개를 세차게 흔들었다.

"그럼 조여."

지태가 세희의 엉덩이를 힘껏 당겨 책상 끄트머리에 간신히 걸치게 하고는 그녀의 양다리를 제 목에 걸며 말했다.

"더 세게."

하이힐을 신고 있어서 그의 등이 긁히면 어쩌나 싶었지만 지태는 이미 그런 것 따윈 안중에도 없는 듯했다. 결국 그가 시키는 대로 양다리로 그의 목을 감싸자마자 엄청난 열기가 음부를 파고들어 왔다.

으음, 지태가 감미로운 신음을 내며 기다란 혀를 끝까지 집어넣었다.

세희는 허리를 비틀며 지태의 머리를 힘껏 껴안았다. 그럴수록 물에 젖은 흡착 소리는 더욱 강렬해졌다. 쏟아지는 애액이 샘물이라도 되는 양 정신없이 빨아들이는 입술과 혀의 감촉이 너무 강렬해서 아까까지 무슨 이야기를 하고 있었는지, 어쩌다 이렇게 됐는지 조금도 생각나지 않았다.

그저 이곳이 집이 아니라 강의실이고 그가 바른 생활 사나이라는 것이 애통할 뿐. 그래도 캠핑장에 비하면 많이 발전했지.

순간적으로 웃음이 샐 뻔했지만 바로 다음 순간 이어진 질구가 아릿할 정도의 통증에 이를 악물어야 했다.

똑똑.

바로 그때, 가벼운 노크 소리가 울렸다.

"잠겼나?"

문 너머로 학생들의 목소리도 들려왔다.

놀란 세희는 얼른 그의 목에서 다리를 풀려 했지만 지태는 도리어 양손으로 그녀의 엉덩이를 더욱 꽉 붙들고 혀를 깊게 밀어붙였다.

"……흐윽."

뭐 하는 거냐고 다시 밀쳐 내려던 순간 학생들의 목소리가 밀려들었다.

"이 강의실 시간표에는 오후 수업 없는데?"

추읍추읍. 다리 사이의 흡착 소리는 도리어 더욱 커져 갔고.

"여기 아니고 205호잖아, 에이 씨."

흐읏. 세희는 터져 나오는 신음을 참지 못했다.

"빨리 와, 등신아."

마침내 학생들의 목소리가 완전히 멀어진 후 세희가 원망하듯 다리를 흔들자 지태가 피식 웃는 소리가 들렸다. 그는 다 알고 태연했던 거다.

"흐으으응. 흐으읏!"

지태는 다시 빠르고 거친 혀 놀림으로 그녀를 빨아들였고, 끝내 세희가 자지러지는 비명을 삼키며 책상이 흠뻑 젖을 정도의 애액을 쏟아 내게 만들고야 말았다.

"하아."

그러고도 젖은 제 입술을 혀로 쓱 핥아 올리며 씩 웃는 모습이 악마가 따로 없었다.

"맛있다. 차세희."

그래도, 돌아온 것 같았다.

티슈를 꺼내 젖은 곳을 꼼꼼하게 닦아 주고 단추를 채워 주고 구겨진 스커트까지 쭉쭉 펴 주는 다정함이 여지없는 신지태였다.

"잠깐만 이러고 있자."

다시 의자에 앉은 지태는 세희의 허리를 꼭 끌어안고 가슴에 얼굴을 묻으며 말했다.

"조금만 덜 예쁘면 안 돼? 내가 너무 힘들잖아."

세희는 픽 웃으며 그의 흐트러진 머리칼을 정리해 주었다.

"됐어. 너 이렇게 어물쩍 넘어가려는 거면,"

"진짠데. 일부러 안 쳐다본 거야. 보기만 해도 하고 싶어서."

"말은."

"죽어라 참는 내 맘도 모르고. 딴 여자 앞에서만 웃어? 내가 그럴 사람이야?"

지태가 원망하듯 세희의 가슴을 블라우스째로 앙 깨물었다.

"그럼 뭔데? 요 며칠 오지도 않고 연락도 대충 하고 전화도 피하고. 내가 납득할 수 있게 설명해 봐."

그러자 또 입을 꾹 다무는 지태였다.

"이거 봐. 나한테 화난 거,"

"대상이 틀렸어."

"뭐?"

"네가 아니라 나한테 화가 나서 그랬어."

"……."

"네가 숨겨야 했던 나. 네 어머니가 걱정하시던 나. 아무것도 필요 없고 서로만 있으면 될 거라고 생각했던 나. 그래서 네 행복은 내가 아니라고 생각했던 나."

지태가 세희의 가슴에서 천천히 얼굴을 떼어 내며 말을 이었다.

"그런 내가 너무 바보 같고 어리석게 느껴져서. 빨리 뭐든 되고 싶더라. 적어도 얼굴 팔아서 먹여 살리진 않는다는 거, 증명해 보이고 싶었어."

역시, 상처였나 보다. 상처를 준 세희가 아닌, 상처를 받을 수밖에 없던 제 처지를 원망한 것뿐.

이제 지태를 꽤나 잘 안다고 생각했는데, 오만이었다는 생각이 들었다.

목울대가 시큰해졌다.

"더 이상 어리광 부리지 않으려고, 그럴 시간에 빨리 멋있는 사람이 되려고, 널 좀 참아 보려고 했는데……. 망했어. 다 망했잖아, 너 때문에."

하지만 바로 끼얹어진 찬물 같은 귀여움에 또 웃음이 났다.

"괜찮아, 망해도."

세희는 지태의 얼굴을 다시 끌어안고 포근하게 감싸 주며 말했다.

"빨리 되지 않아도."

"……."

"멋있지 않아도."

"……."

"어리광 부려도 돼. 내 행복도 그냥 너니까."

순간 멈칫하던 지태의 손이 세희의 등을 쓸어내리며 있는 힘껏 끌어안았다. 가슴을 비비적거리는 촉감이 미치게 사랑스러웠다.

"그래도."

다신 숨기지 않을 것이다. 숨지도 않을 것이다. 이토록 소중한 사랑 앞에서.

"나는 널 믿어, 신지태."

비가 온 것처럼 축축한 공기가 그들을 감쌌다.

조금도 춥지 않았다.

○ ◎ ●

전화를 해 볼까. 해서 뭐라고 말하지? 상황 설명부터 해야 하나.

이런저런 고민으로 아무것도 못 하고 휴대폰만 보고 있던 솔은 갑자기 벌떡 소파에서 일어섰다.

"안 돼."

마치 헤어진 전 여친처럼 그의 흔적들을 뒤지다 피플스타그램까지 들어갔는데, 실수로 '팔로우'를 눌러 버린 것이다. 그래, 영영 안 할 생각은 아니었지만 이런 식은 아니었다.

'쉬고 싶어요.'

'연락할게요.'

그렇게 심각하게 돌아서 놓고, 며칠 만에 한 연락이라는 게 문자도 전화도 아니고 SNS 팔로우 요청이라니. 그간 일방적인 외면을 당했던 그에게는 화해의 시그널로 보이기는커녕 장난으로 느껴져 황당할지도 모를 일이었다.

어떡하지? 취소를 해야 하나? 아직 보지 않았으면 취소해도 모르지 않을까? 그래, 아무래도 이건 너무 가벼워 보일 거야.

거실을 빙빙 돌며 초조해하던 솔이 결국 취소 버튼을 누르려던 순간이었다.

「Beautiful_DJ 님이 팔로우를 수락했습니다.」

악, 솔은 짧은 탄식과 함께 양손에 얼굴을 묻었다.

침착해야 한다. 그래, 거절을 하지 않은 것만으로도 천만다행일지 모른다. 수락을 했다는 건 어쨌거나 긍정적인 신호니까.

솔은 숨을 크게 내쉬며 다시 소파에 걸터앉았다. 어떻게든 해명의 문자를 보내려 하는데 한 번 더 알림이 울렸다.

「Beautiful_DJ 님이 첫 게시글을 올렸습니다.」

이게 뭐라고 심장이 떨리는 거지?
솔은 빠르게 뛰어 대는 가슴에 손을 얹고 알림을 클릭해 보았다.

「얼른 보고 싶어.」

짧은 글과 함께 올라온 사진을 본 순간, 꽉 조여 있던 가슴이 툭 풀리며 바람 같은 웃음이 샜다.
"……수요일."
그래, 오늘은 수요일이었고 사진 속의 건물은 바로 한동안 가지 못했던 시네하우스였다. 새삼 그의 센스가 재밌기도 하고, 그가 혼자 시네하우스에 가 있었다는 생각을 하니 가슴이 뭉근하게 달아올랐다.
사람 마음이 하루 이틀 만에 변할 리 없다는 것을 알면서도 사실 그간 1분 1초마다 마음이 바뀌곤 했었다.
내 연락을 기다리고 있을 거야. 아니, 이렇게 제멋대로 구는데 정이 확 떨어져 버렸을지도 모르지. 그래도 곧 전화해 줄 거야. 아니, 질리는 건 순간이라던데. 이제 실망해 버렸을지도 몰라.
"기다려 주고 있었구나."
그렇게 쉽게도 관계를 불신했던 제게, 시네하우스 사진 한 장이 말해 주는 것 같았다.
'솔아.'
'나는 널 생각해.'

'매일 그랬어.'

'이솔, 너였어.'

4년 전과 지금이 다르지 않듯, 앞으로도 그는 계속 거기 있을 거라고.

솔은 빙긋 웃으며 '좋아요' 버튼을 누르고 겉옷을 챙겨 들었다. 예쁜 옷으로 갈아입고 화장도 다시 하고 싶지만 그럴 여유가 없었다.

얼른 보고 싶으니까.

○ ◎ ●

시네하우스 카페. 늘 앉던 자리에 앉아 휴대폰을 보던 도하가 짧은 웃음을 흘렸다.

「sol-0329 님이 사진을 좋아합니다.」

어떻게 사람이 이렇게 귀여울 수가 있나?

도하는 휴대폰 속에 있는 솔의 자그마한 사진을 강아지처럼 살살 쓰다듬으며 생각했다.

절묘한 타이밍이었다. 술집을 나와 솔의 집으로 달려가던 중, 불현듯 시네하우스가 떠올랐다. 솔과의 추억에서 시네하우스만큼 중요한 비중을 차지하는 장소는 없었기 때문이다. 생각해 보니 오늘은 수요일이기도 했다. 어쩌면 이렇게 무작정 집으로 찾아가는 것보다 시네하우스에서 만나는 게 더 의미 있는 일이 되지 않을까.

도하는 곧장 택시를 잡아타고 시네하우스로 향했다. 솔에게는 굳이 연락하지 않았다. '시네하우스에서 보자.'라고 하는 것보다 먼저 도착해서 '시네하우스에서 기다릴게.'라고 말하고 싶었다. 그렇게 일방적인 기다림이어야 혹시 오지 못하게 되더라도 솔이 덜 미안할 테니까. 그런데

475

도착하자마자 그런 알림을 받을 줄이야.

「sol-O329 님이 팔로우를 요청했습니다.」

10년 묵은 체증이 가라앉는 느낌이었다. 정아의 이야기도 충격이고 솔의 반응도 걱정이라 답답하고 막막하기만 했던 가슴이 한순간에 내려앉았다.

이후 사진에도 '좋아요'를 눌러 준 것으로 봐선 시네하우스에 올 것 같았다. 전화를 걸어 볼까 싶었지만 참았다. 받지 않을까 두려워서가 아니라, 올 거라고 믿었으니까.

생경한 설렘이 복잡한 마음을 짓누르자 내내 수축되어 있던 근육이 풀어지면서 그간 못 잔 잠도 몰려왔다. 의자 등받이에 몸을 푹 기댄 도하는 가만히 눈을 감았다. 카페에 흐르는 잔잔한 연주곡이 귓속을 부드럽게 유영했다.

그렇게 얼마나 지났을까. 깜빡 잠이 든 것 같은데.

터벅, 터벅, 터벅. 단아하고 정갈한 발소리에 절로 눈이 떠졌다.

그녀다. 직감으로 느낀 순간 흐릿했던 시야가 선명해지면서 제 앞에 앉은 여자의 어여쁜 얼굴이 또렷하게 보였다.

"제가 많이 늦었죠."

설핏 미소 지은 입술이 담백한 목소리를 흘려보냈다. 순간 어렵게 찾은 초점이 왜 다시 흐려지는지 모를 일이었다.

"……도하 씨?"

고개를 살짝 기울이는 그녀의 어깨 위로 천연 갈색의 머리카락이 사르르 떨어졌다. 그 모습이 마치 꿈 같았다. 도하는 말없이 솔의 손을 잡아 제 입술에 대었다. 쪽, 뽀얀 살갗을 입술로 물었다. 연한 피부의 촉감, 수수한 바디 워시 향기.

그녀는 실재하고 있었다.

"누가 보면 어떡하냐고, 흔 안 내?"

주책맞게도 눈물이 날 것 같아서 부러 더 능청스럽게 물었더니 솔은 도리어 그의 손을 잡아당겨 똑같이 쪽, 입을 맞추며 말했다.

"원래 연인끼리는 다 이런다던데……."

"뭐?"

"보면 좀 어때요. 죄진 것도 아닌데."

간신히 참고 있는데 생각지도 못한 솔의 언행에 자꾸 코끝이 찌릿거렸다.

"확 안아 버릴까."

도하가 장난스레 말하자 솔은 안기라는 듯 양팔을 벌리며 한술 더 떴다. 그제야 풋 웃음이 났다. 솔의 작은 손이 그의 손을 보드랍게 감싸 쥐었다.

"미안해요."

"……."

"더 단단하지 못해서."

방심하다 선수를 빼앗겨 버렸네. 도하는 어렴풋 웃으며 그녀의 갈색 머리를 쓸어내렸다.

"넌 이미 그 자체로 충분해."

"……."

"내가 더 넓은 사람이 될게."

내가 더 믿을게.

"고마워요."

솔이 은은하게 웃었다. 작은 미소가 부피를 가늠할 수 없는 행복이 되어 가슴을 짓눌러 왔다. 우리는 실재하고 있었다.

살아 있었다.

'그런 게 있어. 너는 모르겠지만.'

'너만 줄 수 있는 게 있어.'

너와 있을 때만 인지할 수 있는 사실.

네가 내게 처음 준 선물이었다.

○ ◎ ●

「영화 〈냉정과 열정 사이〉의 키워드는 '운명적 사랑'이 아니다. '복원'과 '재생'이다.」

휴대폰 화면을 내리던 유진의 손이 한군데서 멈췄다.

「여기서 주목할 것은 그 재생이라는 것이 얼마나 섬세하고도 끈질긴 노력을 기반으로 하는가⋯⋯.」

노력.

「준세이가 기적이라고 생각했던 피렌체의 공연이 실은 아오이가 부탁한 공연이었다는 것 아오이가 포기한 사랑을 준세이가 끝까지 잡아 내는 엔딩은 적극적인 행동력의 단적인 예로⋯⋯.」

그래, 내가 한 번이라도 노력했다면.

「언뜻 '운명적 사랑'을 말하는 것 같은 이 작품은, 사실 두 남녀의 처절하고도 치열한 '노력형 사랑'을 말하는 것이다.」

나는 그 말을 할 수 있었을까?

「— S무비, 강도하」

"그래서, 언제 간다고?"

생각에 잠겨 있는데 맞은편에서 형철이 불쑥 말을 건네 왔다.

"다음 주요."

유진은 담담하게 말했다.

전담 배우의 미국 촬영 스케줄이 잡혀 6개월 정도 현지 생활을 하게 되었다고 했지만 실은 다른 매니저의 일을 제가 자처해서 대신 가게 된 것이었다.

'네 유일한 치부인 나를 받아들여. 내가 널 죽도록 미워하고 증오했던 사실을 부인하지 마.'

솔은 그렇게 말했지만 유진은 아직 자신이 없었다.

'이미 깨진 걸 되돌려 놓으려고 안간힘 쓰지도 마.'

돌이킬 수 없는 것들을 받아들일 자신이.

7년 전 그녀를 그렇게 보낸 후, 우울증이 극대화된 유진도 머잖아 치료를 핑계로 학교를 옮겼다. 그리고 하루도 맘 편히 잠들지 못했다. 돌이키고 싶었다. 늘 그 생각뿐이었다.

태어나 처음 가져 본 쉼터. 같은 상처를 가진 유일한 친구. 첫사랑. 그렇게 특별한 존재였던 솔을 유진은 잊을 수가 없었다. 만에 하나 다시 만나면 꼭 말하고 싶었다.

……미안했다고. 그때 내가 잘못했다고.

하지만 나약한 천성은 어디 가지 않는지 사과조차 거부하는 그녀에게 어설픈 고백으로 제 마음을 감춰 버리고 술기운에 못할 짓까지 하고 말았다. 그래도 그녀가 한 말들은 똑똑히 기억했다.

'그래서 나는 그 사람을 좋아해. 아니, 사랑해.'

그녀는 7년 전에도 좋아했던 사람과 사랑하는 사이가 되어 있었고.

'사랑? 우리가 그런 걸 할 수 있다고 생각해?'

'우리는 그런 게 필요하지.'

완치되어 있었다.

'괜찮아. 그때 네 잘못에도 나, 망가지지 않았잖아.'

그리고 여전히, 그늘을 가지고 있었다.

'이렇게 잘 살고 있잖아.'

저처럼 어두운 그늘이 아니라, 사람을 어루만져 주는 그늘. 아름다운 그늘.

'그러니까 너도 버텨.'

'이겨 내.'

마지막 순간 그녀가 보인 눈물 하나에 지난 세월 켜켜이 쌓인 아픔들이 싸그리 씻겨 내려가는 듯했지만, 기이하게도 한 가지 고통만은 더욱 선명해졌다. 이솔에 대한 고통. 가질 수도 잊을 수도 없는 사람에 대한 숨 막히는 갈증.

그래서 도망치기로 했다. 잠시나마 그녀를 볼 수도 만질 수도 없는 곳으로.

"그래도 중간중간 한국 스케줄 생기면 바로 들어오고."

형철은 아쉬운 듯 어색할 정도로 그윽하게 바라보며 말했다. 유진은 그저 짧게 웃고 말았다.

"잠시만요! 그렇게 막 들어가시면……."

그때, 작가들이 만류하는 소리와 함께 회의실 문이 벌컥 열렸다. 중년의 남녀가 잔뜩 상기된 얼굴로 형철에게 다가왔다.

"정말 이러실 겁니까?"

"이렇게 갑자기 해고하듯이 계약을 해지하는 게 말이 돼요?"

작게 열린 문틈으로 지나가던 방송국 사람들이 모여들며 기웃대는 게 보였다.

"보상은 충분히 해 드리겠습니다."

"보상이고 뭐고. 아무도 기억 못 하는 7년 전 일을 가지고, 그 별것도 아닌 일을 가지고 꼭 이렇게 요란을 떨어야 합니까?"

형철에게 위압적으로 다가가는 이석을 유진이 막아섰다.

"비켜요."

지난번에 마주친 것도 기억하지 못하는 듯, 황당한 표정으로 저를 밀치는 이석을 유진은 한 번 더 막아섰다. 이 사람이 진짜. 고성을 내지르려는 그의 앞에 털썩, 한 쪽씩 천천히 무릎을 꿇었다. 놀라고 당황한 수많은 시선들이 몸에 달라붙었지만 유진은 개의치 않았다.

"죄송합니다."

"……뭐?"

"제가 기억합니다."

그저 그때 못 한 말을 해야겠다고 생각했다. 그녀에게 못 한 말을.

"제가 그때, 따님에게 오수를 먹여 사경을 헤매게 하고, 따님의 정신과 병력을 공개해서 피해자 자작극으로 몰아가고, 사이버불링까지 당하게 했던 가해자니까요."

이석의 말처럼 작은 일로 치부하기에는 너무 아픈 이야기에 지켜보던 사람들이 수군거리기 시작하자 이석과 윤정의 낯빛이 파리하게 질려 갔다.

"……너,"

"잘못했습니다."

이제야 기억이 난 듯 삿대질을 하는 이석의 앞에서 유진은 고개를 꺾어 내렸다.

"제가 솔이를 너무 아프게 했습니다."

바싹 그러쥔 바지가 구겨졌다.

"그때 솔이, 많이 아파했습니다."

"……."

"다른 많은 사람들도, 아파했습니다."

아니 실은, 솔의 부모를 제외한 모든 사람들이 아파했었다. 결국 피해자가 누구건 난잡한 진흙탕 싸움을 벌이는 아이들을. 참으로 슬퍼했었다.

"죄송합니다."

모든 것은 제게서 비롯된 일이기에 제겐 그들을 원망할 자격도 없었지만, 그래도 원망해야 했다.

"정말 죄송합니다."

유진이 잘못을 빌면 빌수록 그의 죄는 무거운 것이 됐고, 그의 죄가 무거운 것이 될수록 그때의 일은 큰일이 됐다. 아무도 기억 못 하는 일, 별거 아닌 일 따위가 아니었다.

"잘못했습니다. 잘못했습니다."

구겨진 바지 위로 너무 늦은 눈물이 떨어져 내렸다.

끝내 전하지 못한 진심이었다.

○ ◎ ●

[강사의 개인 사정으로 오후 4시 〈영화와 문화〉 휴강합니다. 월말에 대체 수업이 있을 예정입니다.]

학식을 먹고 있던 솔의 얼굴이 일시에 굳었다. 동시에 문자를 받은 여진과 호도 놀라기는 마찬가지였다.

"교수님 무슨 일 있으신가? 개강하고 한 번도 휴강하신 적 없었잖아."

"그러게."

둘의 시선이 자연스레 솔에게로 향했다. 솔은 멋쩍은 웃음을 지으며 어깨를 으쓱해 보였다. 도하와의 관계에 대해 한 번도 제 입으로 언급한 적 없었지만 여진과 호는 언제부턴가 당연하다는 듯 강도하와 이솔을 붙여서 생각했다. 그래서인지 도하도 그들을 유독 편하게 대했다.

아무리 눈치를 채고 있다고 한들 여진과 호에게는 말을 하는 게 좋지 않겠냐고 먼저 얘기를 꺼낸 것도 도하였다.

'제일 친한 친구들이잖아.'

친구. 늘 있었지만 한 번도 있다고 생각한 적 없던 존재.

탁. 수저를 내려놓은 솔이 눈앞의 친구들을 물끄러미 응시했다. 여진과 호는 도하에 대해선 늘 시침만 떼는 솔에게 익숙한 듯 그새 다시 식사에 열중하고 있었다.

"저기."

소고기뭇국을 한 수저 가득 떠먹다가 흘린 여진이 손등으로 대충 입가를 닦아 내며 응? 하고 물었다.

"아, 드러."

호는 인상을 쓰면서도 얼른 물티슈를 꺼내 여진의 입술과 손을 친히 닦아 주었다.

"누가 너한테 드런 거 닦아 달랬냐? 내놔!"

여진이 호의 손에서 물티슈를 확 앗아 가며 쏘아붙이듯 말했다. 그래도 솔은 보았다. 호가 입술을 닦아 줄 때 발긋 달아오르던 그녀의 눈 밑을.

"여기들 있었네?"

그때 멀대 같은 남자 하나가 비어 있던 솔의 옆자리에 식판을 놓고 앉았다. 마치 처음부터 제 자리였던 듯 당당하게.

"뭐예요, 그 지질한 복학생 같은 말투는?"

"최하핫! 들켰나?"

능청을 떨며 밥부터 떠 넣는 모습은 평소와 다름없이 거칠었지만 차림새만은 멀끔했다. 블랙 캐주얼 슈트라니. 슈트 같은 건 손도 대지 않을 것 같은 사람이 소화력은 좋아서 마치 원래 그렇게 입고 다녔던 것처럼 잘 어울렸다.

"오늘은 왜 혼자예요? 맨날 세준 선배 아니면 광고학과 그 여시 같은 여자애랑 다니더니."

여진이 말하는 '광고학과 그 여시 같은 여자애'는 미선이었다.

"세준이는 요즘 학과 일 때문에 바쁘고, 광고학과 그 여자애는 내 애 인이 싫어하고."

"애인? 선배 또 연애해요?"

"또?"

지태가 콧잔등을 찡긋 구기며 불쾌감을 표했다.

"사실이잖아요. 예전에 선배, 여자를 무슨 옷 바꿔 입듯 착착착."

"야! 이게 못 하는 소리가 없네. '연애를 자주 했다'랑 '여자를 착착 착' 같은 저질스러운 표현은 전혀 다르거든? 너 혹시라도 내 애인 있는 데서 그런 식으로 말했다가는 나도 확 터뜨려 버리는 수가 있다."

"터뜨리긴 뭘요?"

답답한 듯 여진과 호를 번갈아 바라보던 지태는 이내 수저를 꽉 말아 쥐며 한숨을 내쉬었다.

"……됐다. 소심한 애랑 둔한 애 앞에서 내가 무슨 말을 하겠냐."

이제야 알게 된 저와 달리, 눈치 빠른 지태는 호에 대한 여진의 감정 을 진작부터 알고 있었던 모양이다.

"광고학과 그 여자애도 친구랑 연애하는데."

"네? 걔가요?"

"응, 친구랑. 썩 좋은 애도 아닌 것 같은데 그렇게 감싸고돌더니 결국 사귀더라고. 이래서 남녀 사이에는 '친구'가 없다나 봐."

지태는 굳이 '친구'라는 말을 강조하며 입꼬리를 씨익 올렸다.

지태에게 별로 좋은 감정이 없는 호는 그가 뭐라 하건 신경 쓰지 않고 밥만 먹었지만, 그의 말뜻을 알아들은 여진은 당혹감을 감추지 못하며 얼른 화제를 돌렸다.

"솔이 너, 아까 무슨 말 하려고 하지 않았어?"

"아…… 응, 나도 한다고. 연애."

지태가 열어 준 연애 이야기 덕분에 털어놓기가 한결 쉬웠다.

계란말이를 집어 먹으며 아무렇지 않게 뱉은 이야기에 여진과 호가 멀뚱한 눈으로 그녀를 바라보았다.

"다 알고 있었던 거 아니야? 왜들 그렇게 놀란 얼굴로……."

"어…… 알고는 있었는데……."

멍하니 말을 잇던 여진이 갑자기 미간을 일그러뜨리며 입술을 꾹 깨물었다. 꼭 아이가 울음을 터뜨리기 직전의 표정 같았다.

"네가 직접 말해 줄 줄은 몰랐지."

킁, 코를 훔치며 고개를 숙이는 여진을 보는데 가슴 안쪽이 저릿해졌다.

"축하해, 진짜."

"……."

"내가 이 말을 얼마나 하고 싶었는데."

설마 지금 우는 거냐고, 왜 우냐고 달래 주려던 솔의 눈에도 멀건 액체가 차올랐다.

"이 분위기 뭐야, 좋은 말 하는데. 잘됐다, 이솔."

호가 여진의 옆구리를 툭 치며 솔을 향해 싱긋 웃어 보였다. 그러자 여진도 고개를 들고 붉어진 눈가를 예쁘게 휘며 말했다.

"둘이 닮아서 더 잘 어울려. 엄청 보기 좋아."

혹시라도 도하와의 연애가 밝혀지면 수군거리며 욕할 사람들만 상상했었는데, 그래도 이제는 상관없다고 생각했었는데, 여진은 보란 듯이 말해 줬다.

잘 어울려. 보기 좋아. 축하해.

"예쁘게 만나라, 친구야."

그리고 덧붙여 주었다. 실은 나도, 좋아하는 사람이 있다고. 순간 누구냐며 불같이 달려드는 호를 보고 세 사람이 동시에 웃음을 터뜨렸다.

오랜만에 즐겁고 화기애애한 식사 자리.

"버림받을 솔, 친구가 생겼네."

옆자리에 앉은 지태가 작게 웃으며 속삭여 왔다.

"축하한다."

○ ◎ ●

"너무 늦었지."

지태가 밭은 숨을 쏟아 내며 자리에 앉았다. 반짝이는 스카이라인과 검푸른 한강이 한눈에 보이는 고급 레스토랑. 세희는 긴 다리를 관능적으로 꼬고 앉아 지태를 빤히 바라보았다. 그 모습이 심통 난 고양이 같아서 웃으면 안 되는데 비죽 웃음이 샜다.

"뭘 잘했다고 웃어? 30분이나 늦어 놓고는."

"잠깐 눈 좀 가리고 있어야겠다. 너만 보면 그냥 웃음이 나서."

지태가 한 손을 들어 제 눈앞을 가리는 시늉을 하며 말했다.

참나, 세희가 황당해하면서도 웃는 소리가 들렸다.

"미안해. 일찍 나오려고 커피도 더 안 시키고 했는데."

마지막 수업의 휴강으로 시간이 떠서 카페에 갔었다.

지난 일주일 동안 솔의 빡센 취업 특강으로 '메뉴 기획 개발'이라는 직무까지 정한 지태는 요즘 본격적인 취업 준비를 하느라 정신이 없었다. 가능하다면 방학 중에 인턴 활동을 하고 2학기에 취업을 하고 싶었다. 그래서 오늘도 눈에 불을 켜고 요식업계를 분석하다가 시간 가는 줄 몰랐던 것이다.

"흠, 신지태 잘나져서 도망갈까 무섭네."

"아파서 죽지 않는 한 너한테서 도망갈 일 없어."

"그게 더 무서운 것도 같고."

"야."

장난치는 것을 보니 화는 좀 풀린 것 같았다. 아니, 뾰로통한 척했을 뿐 애초에 늦는다고 화를 낼 세희가 아니었다. 자느라 늦으면 푹 자서 다행이다, 차가 막혀 늦으면 그래도 무탈해서 다행이다, 노느라 늦으면 재밌었다니 다행이다, 늘 그렇게 말해 주는 사람이었다.

언제나 항상 지태의 입장에서 보고 느끼고 생각하려 애쓰는 사람.

"한잔할까?"

세희가 레드와인이 든 잔을 들며 빙긋 웃었다. 지태도 따라 웃으며 잔을 맞대었다.

"짠."

유리잔이 맞부딪치는 소리가 청아했다.

어제, 강기우의 첫 재판이 열렸다. 그는 징역 5년을 구형받았다. 세희가 당한 것, 그리고 많은 여성들이 당한 것에 비하면 턱없이 짧은 형량이었지만 그래도 재벌이 집행 유예 없이 수감될지도 모른다는 사실에 많은 국민들이 열광했다.

그는 물론 항소했지만 국민적 관심이 큰 사건인 만큼 태진그룹에서도 강기우를 포기할 것이라는 게 세간의 추측이었다.

"다 잘될 거야."

지태가 잔을 내려놓으며 따뜻하게 말했다. 세희는 붉은 와인을 한 모금 마신 후 턱을 괴고 그를 보았다. 와인에 젖은 입술이 탐스럽게 빛났다.

"네가 있어서 그래."

빛나는 입술로 빛나는 말을 했다. 해 줄 수 있는 게 고작 몇 마디 말뿐이라 미안했던 그에게.

"네가 곁에 있어서 다 잘되는 거야."

존재의 의미를 선물한다.

"일부러 그러는 거야? 나 안달 나게 하려고?"

하여간 사랑할 수밖에 없는 여자.

"안달 좀 났어?"

"……빨리 나갈까?"

"풉."

장난과 진심이 섞인 지태의 농밀한 시선에 세희가 하얗고 고운 손으로 입을 가리며 웃음을 터뜨렸다.

"차 기자님?"

그때 옆에서 낯선 남자의 목소리가 치고 들었다.

"부장님."

세희가 밝은 미소로 남자를 보며 자리에서 일어섰다.

"어떻게 여기서 뵙네요."

"그러게요."

자연스럽게 악수를 건네는 남자에게 세희가 손을 내밀었다. 맞잡은 두 손에 지태의 시선이 박혔다. 남자가 누구냐는 듯 지태를 보는 시선이 느껴졌지만 지태는 외면하듯 와인만 들이켰다. 어차피 숨어야 하는 입장이니까.

와인 때문인지 남자 때문인지 속이 불같이 뜨거워졌다. 그래도 세희를 위해서 자리를 피해 주어야겠다는 생각에 지태는 타는 듯한 가슴을 짓누르고 자리에서 일어섰다.

"난 잠깐,"

화장실 좀 다녀오겠다고 말하려던 순간, 지태의 단단한 팔뚝에 따뜻한 온기가 훅 끼쳐 왔다.

"제 애인이에요."

불시에 팔짱을 껴 온 세희가 환한 웃음을 지으며 말했다.

"아, 안녕하세요. 미래일보 사회부 부장 김진환이라고 합니다."

"지난번에 엄마가 소개해 주신 분. 곧 하늘 같은 상사님이 되실 분이기도 하고."

세희가 자연스럽게 그를 소개해 왔다.

"……안녕하세요. 신지태라고 합니다."

지태는 정중히 고개를 숙여 인사했다.

"잘 부탁드립니다."

남자의 건조한 손이 지태에게 와 닿았다.

"애인이 너무 잘나서 차 기자님이 속 좀 타겠네요."

맞잡은 손을 가볍게 흔드는 남자의 농담에 굳어 있던 지태의 입가에도 짧은 웃음이 졌다.

"그런 소리 많이 듣습니다."

한번 탄 흐름에는 빠르고 유하게 적응하는 지태였다. 부드럽게 받아치는 지태를 보며 세희가 더욱 꼬옥 팔짱을 껴 왔다. 그 온기가 말하는 것 같았다.

'내 행복도 그냥 너니까.'

'나는 널 믿어, 신지태.'

와인 때문도 남자 때문도 아니었다. 오로지 그녀 때문에 뜨겁게 달아오른 가슴이 식지 않고 있었다. 지태는 그게 언제까지고 지속될 열기임을 알았다.

믿고 있었다.

○ ◎ ●

"아프면 말을 해야지 이러고 있으면 어떡해요."

침대에 걸터앉은 솔은 땅이 꺼져라 한숨을 쉬었다. 오후 수업을 마치고 곧장 찾아왔더니 도하는 메마른 낙엽처럼 침대 위에 힘없이 구겨져 있었다. 밀가루처럼 하얗게 질린 피부와 퍼석퍼석 갈라진 입술에 속이 타는 듯했다.

"술병이라고 어떻게 말을 해."

어제 절친이라는 송정욱 피디와 새벽까지 술을 마시더니 기어이 탈이 난 모양이었다.

"대체 왜 그렇게 마신 건데요?"

가끔 술을 즐기긴 해도 절대 주량 이상으로 먹는 일은 없던 도하였다. 어제 세희의 첫 재판이 있기는 했지만 안 좋게 끝난 것도 아니고, 그렇게 부어라 마셔라 할 이유가 대체 뭐였나 싶었다.

"말 안 할 거예요?"

"……."

"좋아요. 그럼 전 이만 가 볼게요. 술병 난 사람은 어떻게 간호해야 하는지도 잘 모르고. 술 깨면 낫겠지, 뭐."

냉정하게 일어섰더니 도하의 손이 그녀의 손목을 덥석 잡아 앉혔다.

"……했대."

"네?"

"지난주에 출국했대, 도유진."

"……."

"반년 정도 있다 올 거라던데."

"그게 도하 씨가 술을 마신 이유랑은 무슨 관계인데요?"

도유진이라는 이름 석 자가 묘하게 가슴을 쑤시긴 했지만, 이제 그의 이름을 들어도 슬프거나 고통스럽지 않았다. 그저 씁쓸할 뿐.

"얘기를 해 줘야 하나, 말아야 하나 싶어서."

"해 줘도 그만, 안 해 줘도 그만이죠. 다 지난 옛날 친구 얘기를 굳이."

"그게 아니라,"

힘겹게 상체를 일으켜 세워 앉은 도하는 그제야 자세히 이야기해 주었다.

지난주, 솔의 부모가 도형철 피디를 찾아가 7년 전 일로 계약 해지가 말이 되냐고 난동을 부렸는데, 유진이 그 앞에 무릎을 꿇고 앉아 7년 전 일에 대해 사죄했다는 이야기였다. 얼마나 절절하게 사죄를 했으면 방송국에 소문이 다 났을 정도라고.

제게도 하지 않은 사과를 왜 그 사람들에게 했을까. 처음엔 의문이 들었지만 머잖아 답을 알 수 있었다.

"알리고 싶었나 봐. 그때 일은 네 잘못이 아니라고."

정신 질환자가 관심받고 싶어서 벌인 소름 끼치는 자작극 따위가 아니라고.

"그리고 그때 너, 많이 아팠다고."

유진은 알고 있었다. 어쩌면 가장 잘 알고 있는 사람이었다. 솔에게 제 부모가 어떤 의미인지.

"셰프님이랑 대표님한테."

사경을 헤매는 딸을 두고도 아프냐, 괜찮냐 말 한마디 없이 정신과 문제로 싸웠던 부모였다. 그런 사람들이 유진의 말을 듣고 뭔가를 깨닫거나 후회할 거라고는 조금도 생각하지 않았다. 그러나 적어도 알아채긴 했을 것이다. 자식의 상처는 안중에도 없는 저들의 모습이 얼마나 수치스러운 것인지.

"그렇게라도 사죄하고 갔다는 사실을 너도 알아야 할 것 같은데, 너한테는 그 자체로 고통인 사람의 얘기를 하는 게 맞나 싶기도 하고, 또……."

"내가 고마워할까 봐, 흔들릴까 봐 걱정됐어요?"

"……흔들린다기보다는 그냥 마음 쓸까 봐. 그 자식이 아무리 반성했다 해도 나한텐 널 아프게 한 사람일 뿐인데 신경 쓰는 게 싫어서."

솔은 제 손목을 잡고 있는 도하의 손을 떼어 내고 그의 옆에 나란히 기대어 앉았다.

"하, 나도 나를 모르겠더라고."

도하는 부스스한 머리칼을 쓸어 넘기며 쓰게 웃었다.

"네가 다른 남자를 생각하는 것조차 싫었나 봐. 그냥 그건가 봐."

이렇게 병이 날 정도로.

솔은 말없이 그의 허리를 감싸고 넓은 가슴에 얼굴을 묻었다. 나직한 심장 박동 소리가 좋았다.

"난 지금 그 애한테 고맙거나 감동을 느끼지 않았어요. 그냥, 다행이라고 생각했어요."

"……."

"그 애가 자기 잘못을 알고 있어서, 나한테 미안해서. 한 번도 사과 받지 못한 지난 7년의 아픔이 조금은 위로받는 것 같았어요. 그래서 고마워요. 말해 줘서."

도하는 작게 웃으며 솔의 머리칼을 귀 뒤로 넘겨 주었다.

실은 유진이 생각만큼 망가지지 않았던 것도 다행이라고 생각했다. 금이 간 것일 뿐 깨어지진 않았구나. 재생될 수 있겠구나. 지금 제 머리를 쓸어내리는 사람처럼 따뜻한 온기를 가진 누군가 곁에 있다면.

"도하 씨."

"응?"

"4년 전에 내가 왜 항상 시네하우스에 갔는지 알아요?"

"글쎄, 영화를 좋아하고, 나를 좋아하니까?"

"그것도 맞는데, 더 선명한 이유가 있었어요."

"뭔데?"

솔은 희미하게 웃으며 그때를 떠올렸다.

'그 남자다.'

발소리만 듣고도 그를 구분할 수 있었던 그때.

"……올 거라고 믿었어요."

"……."

"오늘은 올 거야."

오늘이 아니면 내일, 내일이 아니면 모레, 모레가 아니면 글피.

"왠지 그럴 것 같았어요."

당신은 꼭, 올 거라고 믿었었다.

"솔아."

아무 말 없이 솔을 바라보던 도하가 그녀의 이름을 불렀다. 고개를 들자 짙은 시선이 얽혔다. 평소보다 더 깊고 고요한 눈동자가 솔을 삼키듯 구석구석 훑어 내렸다.

"사랑한다."

눈부신 말을 쏟아 낸 그의 입술이 솔의 입술에 닿았다.

"내가 많이 사랑해."

사랑해, 사랑해. 질리도록 읊조리는 입술에서는 여전히 알싸한 알코올 향이 났다. 녹진한 타액에 덩달아 취하는 기분이 들었다. 그래도, 아무래도 괜찮았다.

어느새 5월이 끝나 가고 있었다. 산뜻한 벚꽃이 지고 짙은 녹음이 시작되는 계절.

'나도 믿었어.'

짙은, 너무도 짙은.

'네가 있을 거라고.'

너라는 계절의 녹음이.

— *fin*

에필로그

우리가 재생될 수 있는 이유

※영화 〈냉정과 열정 사이〉의 키워드

영화 〈냉정과 열정 사이〉의 키워드는 '운명적 사랑'이 아니다. '복원'과 '재생'이다.

피렌체에서 유화 복원을 하던 준세이는 평생 그리워했던 옛 연인 아오이를 다시 만난다. 하지만 새로운 연인이 생긴 아오이를 보며 다시금 과거의 고통을 자각하고. 그 무렵 복원 중이던 작품까지 파손되면서 처참한 마음을 이기지 못해 도피하듯 고향으로 향한다. 그런데 바로 그곳에서 과거엔 미처 몰랐던 아오이의 마음과 비밀을 알게 되고, 후회와 그리움으로 변모된 마음을 발판 삼아 다시 복원에 도전한다. 힘겹게 제자리를 찾은 준세이는 마침내 피렌체에서 아오이와 재회, 사랑을 확인한다.

로맨스 서사는 그다지 특별할 것 없는 단조로운 이야기다. 하지만 유화 복원에 대한 준세이의 감정이 아오이에 대한 감정과 자연스럽게 맞물리는 지점에서 영화는 분명한 깊이와 색채를 확보해 낸다.

영화의 말미, 절대 복원이 불가능할 것만 같던 작품을 새로이 탄생시키는 준세이의 모습은 '사랑도 얼마든지 재생이 가능하다'는 희망적 메시지를 선사한다. 여기서 주목할 것은 그 재생이라는 것이 얼마나 섬세하고도 끈질긴 노력을 기반으로 하는가. 얼마나 단단한 믿음을 바탕으로 하는가이다.

준세이가 기적이라고 생각했던 피렌체의 공연이 실은 아오이가 부탁한 공연이었다는 것, 아오이가 포기한 사랑을 준세이가 끝까지 잡아 내는 엔딩은 적극적인 행동력의 단적인 예로, 언뜻 '운명적 사랑'을 말하는 것 같은 이 작품은, 사실 두 남녀의 처절하고도 치열한 '노력형 사랑'을 말하는 것이다.

멜로 영화 특유의 과잉된 연출과 음악은 다소 아쉽지만, 동시에 멜로 영화 특유의 비극성에서 벗어난 희망적 주제와 깔끔한 카타르시스는 충분히 고무적이다. 시간이 지나서 희미해지고 퇴색되었을 뿐 아직 사라지지 않은 것들에 대해 이 영화는 당당하고 자신감 넘치는 터치로 말한다. 우리는 모두 재생될 수 있다고.

당신이 나를 사랑한다는 믿음, 그것 하나만으로.

— S무비, 강도하

그대는 나를 좋아한다

1판 1쇄 찍음 2020년 2월 21일
1판 1쇄 펴냄 2020년 2월 28일

지은이 | 최윤서
펴낸이 | 정 필
펴낸곳 | (주)뿔미디어

기획·편집 | 이영은
표지·디자인 | 우 물

출판등록 | 2002년 9월 11일 (제1081-1-132호)
주소 | 경기도 부천시 소향로17, 303(두성프라자)
전화 | 032)651-6513 팩스 | 032)651-6094
E-mail | dahyangs@naver.com
블로그 | http://blog.naver.com/dahyangs
비북스 | http://b-books.co.kr

값 9,000원

ISBN 979-11-90625-61-6 03810

www.b-books.co.kr